HELGA GLAESENER

DAS ERBE DER PÄPSTIN

atb aufbau taschenbuch

HELGA GLAESENER hat ursprünglich Mathematik und Informatik studiert, bevor sie sich entschloss, freie Autorin zu werden. Gleich ihr erster Roman »Die Safranhändlerin« wurde ein Besteller. Sie lebt heute in Oldenburg.
Im Verlag Rütten & Loening erscheint von ihr: »Die Wikingerin«.

Mit ihrer Schwester Asta lebt Freya in Dänemark, wohin man einst ihre Mutter verschleppt hat. Doch immer ist in ihr der Traum wach, eines Tages zu fliehen – in das Land ihres Großvaters Gerold, von dem ihre Mutter ständig spricht. Als ihr Vater wieder die Hand gegen ihre Mutter erhebt, tötet Freya ihn und flüchtet mit Asta Richtung Süden, denn sie weiß, der Einzige, der ihr nun noch helfen kann, ist Gerold. Als sie endlich in Dorstadt ankommt, scheinen auch hier die Dänen insgeheim zu herrschen – und ihr Großvater ist längst weitergezogen. Er lebe nun in Rom, heißt es, als Befehlshaber der päpstlichen Garde. Während ihre Schwester zurückbleibt, macht Freya sich als Mann verkleidet in die Heilige Stadt auf. Dort herrscht Aufruhr. Verfeindete Parteien stehen einander gegenüber. Kaum hat Freya ihren Großvater getroffen, brechen die Unruhen offen aus. Gerold und der Papst werden während einer Prozession angegriffen und getötet. Dabei tritt Ungeheuerliches zutage. Papst Johannes ist in Wahrheit eine Frau – und sie ist von Gerold schwanger. Freya gelingt es, aus der Stadt zu fliehen, doch sie schwört, die Mörder ihres Großvaters zur Rechenschaft zu ziehen.

HELGA GLAESENER

DAS ERBE DER PÄPSTIN

ROMAN

Inspiriert von dem Roman
»Die Päpstin« von Donna W. Cross

atb aufbau taschenbuch

MIX
Papier | Fördert gute Waldnutzung
FSC® C083411

ISBN 978-3-7466-4015-0

Aufbau Taschenbuch ist eine Marke
der Aufbau Verlage GmbH & Co. KG

1. Auflage 2023
Vollständige Taschenbuchausgabe

Die Originalausgabe erschien 2020 bei Rütten & Loening,
einer Marke der Aufbau Verlage GmbH & Co. KG
Umschlaggestaltung U1berlin, Patrizia Di Stefano
unter Verwendung eines Motivs von
© Daniel Murthag / Trevillion Images
Gesetzt aus der Bembo durch Greiner & Reichel, Köln
Druck und Binden CPI books GmbH, Leck, Germany
Printed in Germany

www.aufbau-verlage.de

PROLOG

Dorstadts Küste, im Sommer 837

Vom Wind zerrupfte Wolken. Möwen, die über ein blau-rot gestreiftes Segel gleiten. Dazwischen der Schrei: »Giiiislaaa!« Vater brüllt ihren Namen.

Die Ruderer greifen nach den Riemen. Das Boot ruckelt sich in Bewegung, bald schießt es durch die See. Am Bug hebt und senkt sich der Drachenkopf, Gischt spritzt auf ihren Körper. Alles ist Schmerz. Spitze, rote Zähne haben sich in ihren Unterleib verbissen und wüten darin.

»Giiiislaaa!«

Sie muss ihm antworten und ruft seinen Namen. Oder denkt sie nur, dass sie es tut? Ein Mann mit einem eisernen Helm beugt sich über sie. Seine Augen funkeln durch die Löcher über dem Nasenschutz. »Heb mit an, Afdrif!« Er grinst. Seine Zähne sind rot bemalt, er sieht aus wie ein Hund, der ein Huhn gerissen hat. Gisla wird gepackt, und zwei Männer heben sie johlend in die Höhe, so dass ihr Gesicht zum nahen Ufer weist.

»Giiiislaaa …« Vaters Stimme klingt jetzt voller Qual. Die Männer lachen und lassen sie wieder auf die Planken fallen. Neben ihr bewegen sich die Ruderer rhythmisch vor und zurück. Ihre Kleider sind von Blut durchtränkt. Sie kann kaum atmen vor Schmerz.

Irgendwann beginnt es zu regnen. Es ist Nacht. Dann Morgen. Die Sonne scheint so grell, dass sie die Augen schließen muss. Sie schreit. Und wieder Dunkelheit. Und wieder Sonne.

Benommen schreckt sie hoch, als ein Ruck durch das Boot geht. Haben sie angelegt? Ja, Gelächter, Hundegebell und ausgelassene Rufe tönen ihnen vom Ufer entgegen. Der Mann mit den roten Zähnen reißt sie auf die Füße und zwingt sie, über die Bootswand auf einen Steg zu klettern. Gisla stolpert, er zieht sie wieder auf die Beine. Sie sieht, dass ihr goldenes Kleid in Höhe der Scham einen dunklen Fleck aufweist, und beginnt zu weinen. Wo ist Vater?

Der Mann mit den roten Zähnen schüttelt sie und stößt sie zu einer Frau, die sie weiterzerrt. Das Weib beschimpft sie in einer fremden Sprache. Es geht durch einen Wald. Wie seltsam unbeschwert die Vögel Gottes Lob verkündeten. Als schwebten sie mit ihm über aller irdischer Not.

Dann tauchen Häuser auf. Die Wände sind aus Holz, die tiefgezogenen Dächer aus erdfarbenem Schilf. Bohlenwege verbinden die krummen Gebäude. Hinter einem Zaun strecken sich Wiesen, dazwischen Felder, auf denen Getreide wogt. Die Frau stößt sie in einen Raum. Sie hat blonde Haare und ein strenges, hageres Gesicht mit einer kleinen Wunde unter der Nase. Grob weist sie auf einen mit Wasser gefüllten Bottich in der Mitte des Raums und reicht ihr einen Lappen.

Als Gisla sich nicht rührt, öffnet sie das goldene Kleid und zieht es ihr vom Körper. Sie sagt etwas. Es klingt freundlicher, und Gisla bemüht sich um ein Lächeln, das ihr aber sofort wieder aus den Mundwinkeln rutscht. Die Frau legt das Kleid auf einen Schemel. Es ist kostbar. Sicher soll es später gewaschen werden. Sie deutet auf den Bottich, und Gisla begreift, dass sie sich säubern soll. Unsicher taucht sie den Lappen in den

Bottich. Als sie das kalte Wasser auf der Haut spürt, wird ihr Kopf klarer. Und plötzlich kehrt die Erinnerung zurück. Die Kathedrale in Dorstadt. Der Bischof, der das Kreuz gegen die feindlichen Angreifer schwingt. Dann der Fremde über ihr, die Pein, die Scham … Ja, Wasser ist nötig, sie braucht es dringender als alles andere. Heftig reibt sie über die Haut, scheuert die weiche Stelle zwischen ihren Oberschenkeln – und kann damit erst aufhören, als die Frau ihr eine Ohrfeige gibt und ihr den Lappen mit Gewalt entreißt.

Sie soll ein Kleid aus grober, ungefärbter Wolle überziehen. Gisla gehorcht. »Elva«, sagt die Frau und deutet auf die eigene Brust. Gisla überlegt, ob sie ihren eigenen Namen nennen soll. Und entscheidet sich dagegen. Sie wird ja nicht hier bleiben. Vater wird ihr folgen und in kurzer Zeit hier sein. Er ist stark und klug. Er wird sie heim nach Dorstadt bringen. Daran besteht kein Zweifel.

Vater wird mich holen …

1. KAPITEL

Dänemark
Siebzehn Jahre später

Die Dämmerung zog heran und verwandelte den Wald. Eben noch hatte die Sonne den Horizont zum Leuchten gebracht, hatte Buchen, Berberitzen und Seidelbast in rotgoldenes Abendlicht getaucht – nun langte plötzlich die Nacht wie ein Dieb mit schwarzen Fingern in die Baumkronen.

Freya war alarmiert. Wenn es dunkel war, holte Elva ihre Sklavinnen in die Halle, wo die Hausarbeit auf sie wartete. Wolle musste gekämmt, Kleider ausgebessert, Schnürsenkel geflochten, Leder gegerbt, Kessel geschrubbt werden … Im Trubel des Tages, wenn sich die Arbeit über Gärten, Felder und Ställe verteilte, war es den Sklaven manchmal möglich, sich davonzustehlen, aber nicht in der Nacht, wenn Elva mit scharfem Blick darüber wachte, dass keiner ihrer Leute auf der faulen Haut lag. Müßiggang duldete sie nicht.

Also auf halbem Weg umkehren, ohne in die Falle geschaut zu haben, die sie vor wenigen Tagen bei einem ihrer verbotenen Ausflüge in den Waldboden gegraben hatte? Freya biss sich auf die Lippe. Wie lange war es her, dass sie, ihre Mutter Gisla und ihre Schwester Asta den Magen vollbekommen hatten? Zwei Wochen? Drei? Gestern hatte sie sich erbrochen, weil sie verdorbenes Fleisch in sich hineingestopft hatte. Nein, sie würde weitergehen und darauf hoffen, dass ihr Verschwinden nicht auffiel. Falls sie erwischt würde, müsste sie eben eine Ausrede parat haben.

Und wenn Elva ihr nicht glaubte? Ach was, Schlimmeres als Prügel drohte nicht. Es gab nur sieben Sklavinnen in dem kleinen Dorf, das ihrer Herrschaft gehörte. Elva konnte auf keine davon verzichten. Und schon gar nicht auf das gerade erst zu voller Kraft herangewachsene Mädchen, das ihr noch viele Jahre im Haushalt und auf dem Feld zu Diensten sein sollte.

Freyas Rock blieb an einem Dornenzweig hängen und riss ein. Sie strich über den ausgefransten Stoff. Das würde sie flicken müssen, bevor Elva es bemerkte. Warum verflucht, hatte sie die Falle nur so tief im Wald gegraben? Sie eilte weiter und merkte, wie sich mit Einbruch der Nacht auch die Geräusche änderten. Die Amseln verstummten, stattdessen füllte das unheimliche *Buhoo* eines Uhus und das Kreischen von Schleiereulen die Luft. Laute, die sie nicht zuordnen konnten, mischten sich in das düstere Konzert der Vögel. Zweige, die unter den Pfoten und Hufen unsichtbarer Tiere brachen, Rascheln, Schnauben …

Unvermutet begann ihr Herz zu klopfen. War im Langhaus nicht von einem Bären die Rede gewesen, der draußen an der Küste mehrere Lämmer gerissen hatte? Ihr wurde bewusst, dass sich hinter jedem Busch eine Gefahr verbergen konnte. Geächtete retteten sich in die Wälder, wilde Hunde durchstreiften sie, Luchse … Im letzten Winter hatte ein Rudel Wölfe den kleinen Torfin erwischt. Das Bild seines Körpers, aus dem die Tiere faustgroße Fleischstücke gerissen hatten, war ihr ins Gedächtnis gebrannt. Sie merkte, wie ihre Augen im Bemühen, die Dunkelheit zu durchdringen, zu schmerzen begannen.

Aufhören!, rief sie sich zur Ordnung. Das fehlte noch, dass sie in Panik verfiel. Die einzige echte Gefahr, die drohte, bestand darin, dass sie wegen der Dunkelheit an ihrer sorgfältig präparierten Falle vorbeirannte. Sie würde sich das Tier holen, das hoffentlich von der Maus, die sie als Köder ausgelegt hatte, angelockt worden war, und heimkehren und … Immer eine Sache nach der anderen.

Freya zog den Kopf ein, um unter einem schräg stehenden Baum hindurch zu schlüpfen. Sie stolperte und rappelte sich wieder auf. Endlich erreichte sie die vom Blitz gefällte Eiche, die ihr als Markierung diente, und bog in ein noch dichter bewachsenes Stück Wald ein. Ein weiteres Dutzend Schritte quer durch die Büsche, und sie hatte die Falle erreicht. Als sie vor der Grube auf die Knie ging, hörte sie es darin rascheln – ihr Herz schwoll an vor Glück. Sie hatte etwas gefangen. Hastig schob sie die Reste des Reisigs beiseite, durch das ihre Beute gestürzt war. Sie legte sich auf den Boden, tastete in das trichterförmige Loch und bekam weiches Fell zwischen die Finger. Ein ängstliches Bellen, dann ein Biss. Sie hatte einen Fuchs erwischt!

Freya zog ihn am Nacken zu sich herauf und griff mit der freien Hand nach dem Messer, das sie aus der Küche gestohlen hatte. Kurz bemitleidete sie das Tier, das ihr verzweifelt zu entkommen suchte. Dann zog sie ihm das Messer durch die Kehle.

Wenig später, als sie wieder den Waldrand erreichte, kehrte ihre Angst mit einem Schlag zurück. Das Dorf auf der anderen Seite der Wiese hatte zu leuchten begonnen, es schwirrte vor Lebendigkeit. Im Licht der Fackeln, die die Häuser und Bohlenwege säumten, küssten Männer überschwänglich ihre Frauen, sie schwenkten kleine Kinder durch die Luft und drückten ihre vor Rührung weinenden Großmütter. Freya sah Dammo, der Gepäckstücke vom Rücken eines Esels hievte, und den hinkenden Isenbard, der Säcke voller Beutegut in Björn Ragnarssons Langhaus schleppte. Björn war also mit seinen Leuten vom Beutezug heimgekommen! Aber warum heute?, fragte sie sich verzweifelt. Warum nur gerade heute? Sicher hatte Elva die Sklaven bereits zusammengetrommelt, damit gekocht wurde, *Aber vielleicht hat sie meine Abwesenheit in dem Trubel gar nicht bemerkt?* Unmöglich war das ja nicht.

Geduckt rannte Freya über die Wiese, schwang sich über einen der hinteren Zäune und mischte sich unauffällig zwischen die Dörfler. Niemand achtete auf sie oder den löchrigen Sack unter ihrem Arm, in dem sie ihre Beute versteckt hatte. Nur der kleine Orm, der Sohn eines Bauern, streckte ihr mit hoffnungsvollem Blick die Hand entgegen. Sie legte ein paar Brombeeren hinein, die sie im Laufen von einem Busch gerissen hatte, und er lachte sie an und rannte davon, um seinen Schatz heimlich zu verdrücken. Kinder waren die besseren Menschen. Sie verschenkten ihre Zuneigung ohne Hintergedanken. Heimtücke und Verstellung kamen erst, wenn der Mensch älter wurde.

»Freya …«

Rief da jemand ihren Namen? Oh, das war Mutter. Gisla brauchte nicht zu wissen, was sie getan hatte, es würde sie nur aufregen. Freya tat, als hätte sie nichts gehört, und rannte um die nächste Ecke zu dem abseits gelegenen Gebäude, in dem sie und die anderen Sklavinnen hausten. Gehetzt sprang sie die Holzstufen hinab in die halb ins Erdreich gebaute Hütte. Hier unten war es stockdunkel. Sie bückte sich unter dem Dachbalken hindurch, der das Gebäude in der Mitte stützte, und verbarg ihre kostbare Beute im Stroh der Bettstatt, die Asta, Mutter und ihr zum Schlafen diente. Dann hastete sie wieder ins Freie – und hätte fast ihre Schwester umgestoßen.

»Wo steckst du denn?«, zischte Asta. »Elva fragt die ganze Zeit nach dir. Wir sollen Heringe ausnehmen.«

»Was? Die wollen doch nicht im Ernst schon heute Nacht feiern.« Freya war noch nie in einem der Boote gefahren, aber sie wusste, dass der Kampf mit den Wellen enorme Kraft erforderte. Auch der Weg von der Küste zu ihrer kleinen Siedlung, bei dem die Männer ihr Boot in einem ausgehöhlten Baumstamm hinter sich herzogen, war kein Spaziergang. Sie hatte fest damit gerechnet, dass die Kämpfer in ihren Häusern verschwinden, dort irgendwas in sich hineinstopfen und dann schlafen würden.

»Das Fest kommt natürlich erst morgen, gebratenen Fisch wollen sie aber jetzt schon.« Asta klang wie immer herablassend, was daran liegen mochte, dass sie ein Jahr älter als Freya war, schon beinahe fünfzehn. Vielleicht hatte es auch mit ihrer vornehm weißen Haut, den prallen Lippen und den Locken zu tun, die sich wie flüssiges Gold über ihre Schultern ergossen. Ob Herren oder Sklaven – die Blicke der Männer folgten ihr, und Freya wusste, dass sie die Bewunderung genoss. »Nun mach schon, bevor es Ärger gibt. Und den kriegen wir beide – und Mutter auch, vergiss das nicht.« Asta boxte sie, um ihr Beine zu machen.

Das Haus, in dem Björn mit seiner Familie lebte, stand in der Mitte des Dorfs. Ein langgestrecktes Gebäude, das die anderen Häuser um Mannshöhe überragte, weshalb es auch ein zweites, halbes Stockwerk besaß, in dem Björn mit seiner Frau die Nächte verbrachte. Auf dem Dach und im Flechtwerk wucherte Moos, aus dem Abzugsloch über der Feuerstelle wälzte sich eine Rauchfahne.

Als Freya die Tür öffnete, schlugen ihr Gelächter und lärmende Ausgelassenheit entgegen. Aber der Schein täuschte. Als sie in die Gesichter der Heimkehrer blickte, sah sie, dass sich die meisten vor Erschöpfung kaum auf den Beinen halten konnten. Viele waren auf die Lager an den Seitenwänden der Halle gesackt, streckten die Füße Richtung Feuer und ließen sich Trinkhörner voller Met reichen, die sie in einem Zug leerten. Sie wollten feiern, sich versichern lassen, was für Helden sie waren, einige vielleicht auch die Gräueltaten vergessen, die sie begangen hatten. Was sie jedoch in Wirklichkeit brauchten, war Schlaf.

»Willst du Wurzeln schlagen?«, zischte Asta in ihren Nacken und schob sie weiter.

Verstohlen warf Freya im Vorübergehen ihrem Herrn, der es sich auf einem der mit Fellen gepolsterten Betten bequem gemacht hatte, einen Blick zu. Björn war ein muskelbepackter Mann mit blondem Haar und einem geflochtenen Bart, in den sich die ersten grauen Strähnen mischten. Seine älteste Tochter – Elva hatte ihm zu seinem Verdruss keine Söhne geschenkt – kniete mit einer Schüssel vor ihm, weil sie ihm den Bart entflechten und stutzen wollte. Die Normannen waren eitel und unnatürlich reinlich, wie Mutter gern rügte. Sie badeten jede Woche und wechselten ebenso oft ihre Kleider. Björn ließ seine Tochter – sie hieß Gafna – gewähren, obwohl auch ihm fast die Augen zufielen. Als ihre Klinge eine kaum verheilte Wunde auf seiner Wange berührte, fluchte er kurz, aber er schlug sie nicht – sie war ja auch kein Sklavenbalg.

»Nun mach schon.« Ein weiterer Stoß von Asta. »Sie guckt!«

Tatsächlich. Elva deutete ungeduldig auf einen Holzeimer mit Heringen, der neben dem Tisch hinter dem Feuer stand. Die Mädchen zogen sich Schemel heran, und Freya begann, die Fische zu schuppen. Durch die schmalen Ritzen in den Wänden, die tagsüber das Licht ins Haus ließen, pfiff der Wind. In dem abgetrennten Stall unter dem Schlafgeschoss käuten Schafe und Ziegen ihre Mahlzeit wieder. Es stank nach Rauch und der schwitzenden, salzbedeckten Haut der Heimkehrer. Aus den Augenwinkeln sah Freya, wie Björn und seine

Männer sich erhoben und träge ihre Kleider abwarfen. Offenbar wollten sie rüber ins Badehaus. Das war gut, es verschaffte den Frauen Zeit beim Kochen.

Während Freyas Messer unter die Schuppen glitt, köpfte Asta die Heringe und nahm sie aus. Sie arbeiteten mit fliegenden Fingern. Nur keinen Ärger bekommen. Nicht an einem Tag wie diesem, an dem alle wegen der Rückkehr der Krieger fast durchdrehten. Verstohlen musterte Freya den wachsenden Haufen Fischköpfe. Normalerweise durften die Sklaven sie mitnehmen, um daraus eine Suppe zu kochen. Hoffentlich auch heute. Gebratener Fuchs und Fischsuppe – das wäre ein Festmahl! Obwohl – besser, sie sparten sich einen Teil des Essens für …

»Na endlich!«, schnauzte Elva.

Freya zuckte zusammen. Gisla hatte die Halle betreten, auf dem Buckel ein schweres Fass mit Met, das sie fast in die Knie zwang. Freya sah, dass ihre Mutter vor Anstrengung zitterte und ihr Kopf rot angelaufen war, doch sie wagte keine Bemerkung. Elva war seltsam, was ihre älteste Sklavin anging. Sie schlug Gisla bei jeder Gelegenheit und oft auch ohne Anlass. Weil sie eifersüchtig ist, hatte Mutter einmal erklärt, ohne das Gesicht zu verziehen. Björn hatte sie vor Jahren, als er sie von seinem Beutezug mitbrachte, zu seiner Bettsklavin gemacht, und das konnte Elva ihr bis heute nicht verzeihen, obwohl ihr Mann die Rivalin schon lange nicht mehr unter seine Felle zog. Gisla war vor der Zeit gealtert und sah inzwischen wie eine Greisin aus.

»Zu viel! Du schneidest zu viel fort.« Elva eilte um den Tisch herum, griff in Astas blondes Haar und riss so hart daran, dass dem Mädchen die Tränen in die Augen schossen.

»Und? Was hältst du Maulaffen feil?« Diese Worte galten wieder Gisla. »Beeil dich, krumme Hexe! Wenn du was verschüttest, kriegst du die Peitsche zu spüren!«

Gisla versuchte, das schwere Fass auf ein Brett zu hieven, was ihr nach mehreren Versuchen auch gelang. Nur wenige Augenblicke verstrichen, dann begann Elva erneut zu keifen. »Ungeschicktes Luder, du zermanscht ja alles! Wer soll das noch braten? Und die Hälfte hast du drin stecken lassen …« Ihre Hand klatschte in Astas Gesicht, die nun in lautes Geheul ausbrach. »Schaff sie fort, Gisla. Los, bring deine tollpatschige Göre in die Milchhütte. Sie soll Butter stampfen. Und zwar die ganze Nacht durch, ohne Pause, bis morgen früh! Sie stampft Butter, bis die Sonne in die Hütte scheint! Keinen Atemzug weniger, sonst wird sie den Tag verfluchen, an dem sie geboren wurde.«

Das war hart, es war … unmenschlich, falls Elva ihre Drohung wirklich ernst meinte. In der Milchhütte war es eiskalt, und das Stampfen der Butter erforderte enorme Kraft. Die Kombination reichte, einen Menschen ums Leben zu bringen. Was war nur in die Herrin gefahren? Sie hatte Gisla gepiesackt, aber zu deren Töchtern war sie bisher nicht grober als zu den anderen Sklavinnen gewesen.

Freya wurde das Herz schwer, während sie ihrer Schwester nachblickte. Sie senkte den Kopf, als Elva sie herausfordernd anblickte. Der Rest des Abends floss an ihr vorbei, ohne dass sie viel aufnahm.

Etliche Stunden später lag sie neben ihrer Mutter in der Hütte der weiblichen Sklaven. Es war eiskalt hier, obwohl sie doch gerade erst Oktober hatten. Freya zog ihre Mutter zu sich heran und umschlang den mageren Körper mit den Armen, um sie zu wärmen. Die Hühner, die Elva ihnen zugestanden hatte, raschelten im Stroh, der Wind pfiff um den oberen Teil der Holzwände, der aus der Erde ragte, sonst war es still. Die anderen Sklavinnen waren offenbar von den zurückgekehrten

Männern geholt worden, oder sie hatten sich in die Hütte der männlichen Sklaven geschlichen, die auf der anderen Seite des Dorfs lag, vielleicht auch in die irgendeines Bauern.

Gisla tastete nach Freyas Hand. »Ich wollte Asta ablösen, damit sie ein paar Stunden schlafen kann, aber die Hexe hat es nicht erlaubt«, flüsterte sie.

Sofort fühlte Freya sich schlecht. Sie hatte ebenfalls daran gedacht, ihrer Schwester zu helfen, und *sie* hätte sich vielleicht wirklich unbemerkt in die Milchhütte schleichen können. Eigentlich hatte sie das auch gewollt, doch dann war sie einfach zu erschöpft gewesen – und hatte ihr Gewissen damit beruhigt, dass Elva die Nacht sicher an Björns Seite verbrachte und Asta sich deshalb während des Stampfens Ruhepausen gönnen konnte. »Ich werde ihr morgen die schweren Arbeiten abnehmen«, versprach sie. Ihre Zähne klapperten. Die Decke war zu dünn. Aber Holz für ein Feuer zu verbrauchen – dazu brauchten sie die Erlaubnis von Elva, und die bekämen sie bei diesem Wetter noch nicht.

Gisla drehte sich zu ihr auf die Seite. »Gott möge …« Die Worte verebbten. Die Stille schreckte Freya auf.

»Was möge Gott?«

Gisla bebte in ihren Armen. Sie murmelte etwas, verstummte, dann begann sie zu weinen, murmelte wieder … Und plötzlich floss es aus ihr heraus, erst stockend, im nächsten Moment sich überschlagend, als wäre ein Damm gebrochen: »Gott möge sie zerquetschen, die dänischen Teufel, in seiner Hand zermalmen … zerreißen wie Wolle … Weißt du, wie es gewesen war? Wie es wirklich war, am Tag, als sie mich …« Es quoll aus ihrem Mund, was sie bis zu diesem Augenblick nie hatte preisgeben wollen. Der Tag ihrer Entführung. Wie ihre Freundin Johanna heiraten wollte … oder sollte, aber was spielte das noch für eine Rolle. Die Hochzeit im Dom. Der Bischof, der heilige, lateinische Worte sprach.

»Und dann flogen die Türen auf.« Der Schlachtruf der Dänen besudelte den heiligen Ort … Schwerter … Blut … Schreie der Qual … in Stücke gehauene Kinderleiber … »Kinder, Freya, Kinder! Und schon waren sie über mir.«

Ein Seufzer, so tief, dass er kaum zu ertragen war.

»Sie schleppten mich raus … warfen mich in ihr Boot … Aber plötzlich tauchte mein Vater auf, Gerold, dein Großvater. Ein guter und starker Mann. Ich hab ihn nach mir rufen hören. Er wollte mich …«

»… retten«, ergänzte Freya, als ihre Mutter erneut zu schluchzen begann.

»Ich weiß, dass er sein Leben für mich gegeben hätte. Nur waren die Dänen stärker.«

Das war die bittere Wahrheit.

»Und doch«, flüsterte Gisla und grub ihre Hände in Freyas Hemd, »wir mögen Sklaven sein, aber wir dienen dem wahren Gott der Liebe. Dieser Gott wird uns, wenn die Zeit gekommen ist, aus der Hand der verfluchten Bastarde befreien – darauf musst du vertrauen, Tochter!«

Freya nickte, nicht aus Überzeugung – sie glaubte an keine Rettung –, sondern weil es den zitternden Körper in ihren Armen so sehr danach verlangte.

»Weißt du noch, wie du dich an der Fackel verbrannt hast?«

Natürlich. Ein Ungeschick, als sie stolperte. Die Narbe zog sich vom Handknöchel bis zum Ellbogen.

»Genau so wird es sein, wenn unser aller Leben endet. Gott wird die Dänen in die Hölle senden. Und dort wird er sie im Fegefeuer martern lassen. Ihr Schmerz wird wie deiner sein – nur hundertmal, tausendmal beißender. Und er wird niemals enden. Unser Gott wird die Dänen bis in alle Ewigkeit büßen lassen, ohne die Möglichkeit der Vergebung, die er allein dem reuigen Sünder gewährt. Aber sie sind ja nicht reuig …«

Still vor Mitleid strich Freya über die welke Haut ihrer

Mutter. Und wehrte sich doch gegen ihre Worte. Nicht, dass sie Björn keine Qualen gönnte. Anders als die meisten Dänen schlug er nicht, um ein Vergehen zu bestrafen, sondern aus Lust an der Angst seiner Opfer. Sie las es in seinen Augen und hörte es in seiner Stimme. Es gab keinen Menschen, dem sie mit größerer Inbrunst den Tod wünschte. Was sie störte, war der Widerspruch in dem, was ihre Mutter behauptete. Wie ließ sich ein Gott, der die reine Liebe war, mit einem Wesen vereinbaren, das sich an Marter und Folter ergötzte? Leise fragte sie ihre Mutter.

Sie hatte erwartet, dass Gisla ihr über den Mund fahren und ihr die Ketzerei, wie sie es nannte, verbieten würde, aber erstaunlicherweise schwieg sie – und murmelte dann: »Ich bin nicht klug, Freya, ich bilde es mir auch nicht ein. Aber der klügste Mensch, den ich kannte, hat fest an diesen Gott der Liebe und der Rache geglaubt.«

Sie sprach von Johanna, das wusste Freya. Und sie ahnte auch, was nun folgen würde. Johanna war in der erinnerungsmilden Vergangenheit ihrer Mutter eine Lichtgestalt voller Klugheit, Mut und Freundlichkeit gewesen – der Gegensatz zu der Verderbtheit und Grausamkeit der Dänen. Wenn Johanna behauptet hatte, dass sich Liebe und Rache in einem einzigen Wesen vereinigen konnten …

Doch ihre Mutter wechselte überraschend das Thema. »Deine Schwester wird älter.«

»Natürlich.«

»Genau wie du. Aber sie ist hübscher, sie ist eine Schönheit.«

Warum sagte sie das? Kurz war Freya gekränkt. Sie wusste selbst, dass sie mit ihrem dürren, knabenhaften Körper, an dem die Brüste nicht größer als Walnüsse waren, unscheinbar aussah, wenn nicht hässlich. Ihr Haar war rot und struppig. Keiner der Männer hatte einen Blick für sie. Das hatte natürlich auch Vorteile. So ging sie Schwierigkeiten aus dem Weg, die sie nicht haben wollte. Trotzdem traf sie die Bemerkung ihrer Mutter.

Gisla war wieder in Schweigen versunken, und Freya begann, an die Arbeit von morgen zu denken, daran, dass sie sich wirklich anstrengen wollte, Asta zu entlasten. Bei Wotan und Jesus und wie die Götter alle hießen – es war verächtlich und dumm, ihre einzige natürliche Verbündete zu verprellen. Außerdem tat Asta ihr wirklich leid. Gut, ein oder zwei Stunden Schlaf würde sie sich gönnen, nur so lange, bis ihr die Glieder nicht mehr weh taten, dann würde sie … Ein kalter Luftzug, der von der Tür zu ihr hinüberwehte, unterbrach ihre Gedanken. Als sie sich umdrehte, sah sie, dass jemand die Tür geöffnet hatte. Vor dem hellen Viereck stand eine dunkle Gestalt.

Björn.

Seine wollige Mähne hob sich wie ein heller Kranz gegen die Nacht ab. Er war betrunken, der Schein der Fackel, die er trug, führte an der Decke und der Wand einen unsicheren Tanz auf. Wortlos stieg er die kleine Treppe hinab. Als er den Boden der Hütte erreicht hatte, ließ er das Licht durch den Raum schweifen, bis es Gisla und Freya erreichte, die sich unwillkürlich enger aneinander schmiegten. Er musterte sie kurz und stieß einen Laut der Enttäuschung aus. »Wo steckt sie?«

Was?

Mutter murmelte: »Die Kleine … sie ist doch noch ein Kind, bitte nicht, Herr.« Sie versuchte sich aufzurappeln. »Ich komme schon, ich werde Euch glücklich …«

Björn brach in meckerndes Gelächter aus. »Hör ich das richtig? Du willst mein Bett beflecken?« Er trat sie aufs Bett zurück. »Weißt du nicht, wie hässlich du geworden bist, Runzelhexe? Da würde ich's lieber mit einer toten Katze treiben.« Er riss die Decke fort und starrte zu Freya, die in sich zusammenschrumpfte. Björn war unachtsam – etwas Pech tropfte auf ihren Hals, aber sie traute sich trotz des Schmerzes nicht, es fortzuwischen. »Ein Skelett«, mäkelte er und versetzte ihr ebenfalls einen Tritt. »Hoch mit dir. Hol deine Schwester!«

Erst da begriff Freya. Björn suchte eine neue Bettsklavin. Und natürlich wollte er Asta, wen auch sonst? Niemand konnte es an Schönheit mit ihr aufnehmen. Ihr fiel es wie Schuppen von den Augen. Elva musste gespürt haben, was kommen würde, sie war eifersüchtig. Deshalb die überzogene Strafe im Milchhaus. Störte es Björn gar nicht, dass Asta seine Tochter war?

Hilfesuchend blickte Freya zu ihrer Mutter – aber die lag da wie gelähmt. Sie waren machtlos. Selbst zu zweit, selbst wenn die Furcht sie nicht lähmen würde, wären sie nicht stark genug, um ihrem betrunkenen Herrn entgegenzutreten. Schwerfällig erhob sie sich und erklomm die Stufen. Die Tür stand immer noch offen, und ein kalter Wind wehte ihr ins Gesicht. Gerade als sie ins Freie treten wollte, ertönte in ihrem Rücken ein entsetzlicher Laut – kaum menschlich zu nennen, von Qual halb erstickt. Sie fuhr herum.

Gisla war aufgesprungen und hatte ihre Hände um Björns Hals gelegt. Ihr Gesicht war zu einer Fratze verzerrt. Wie eine Puppe hing sie an dem Riesen, drückte ihre Finger in den muskulösen Hals, den sie kaum umfassen konnte, trat, brüllte … Und war Björn doch nicht gewachsen. Mühelos lockerte er ihre Hände und schleuderte sie gegen die Bohlenwand. Er bückte sich zornentbrannt nach der Fackel, die ihm bei Gislas Attacke aus der Hand gefallen war, und rammte den Stil in den erdigen Boden. Freya konnte nur seinen Rücken sehen, aber sie merkte, dass er vor Zorn bebte. Er warf sich auf Gisla, die weinend auf dem Lager kauerte. Noch einmal erhob er sich kurz, um ihr Hemd auseinanderzureißen – dann drückte er ihren armen Leib mit seinem massigen Körper ins Stroh. Gisla begann zu wimmern.

Wie betäubt stieg Freya die Stufen wieder hinab. Sie schlich sich ans Fußende des armseligen Betts und begann im Stroh nach dem Messer zu tasten, mit dem sie den Fuchs getötet hatte. Björns Füße bewegten sich, sein Körper schien Gisla zu zermalmen. Wo war das verfluchte Ding? Da endlich, ihre Finger berührten den Griff aus Horn. Freya zog die Waffe heraus. Sie erhob sich, dann tat sie ohne Zögern dasselbe wie Stunden zuvor bei ihrer Jagdbeute: Sie packte in Björns Haar und zog dem überraschten Mann mit einem kräftigen Schnitt die Klinge durch die Kehle.

Nur starb er nicht.

Björn kam mit einem Röcheln auf die Knie und entriss ihr das Messer, um es ihr in den Leib zu rammen. Aber er schaffte es nicht. Während Freya zurückwich, umklammerte Gisla seine Beine. Zornig fuhr er herum und jagte ihr die Klinge ins Gesicht, direkt hinein in eines der Augen. Gisla erschlaffte, ihr blieb nicht einmal mehr Zeit für einen Schrei.

Björns Atem rasselte, aus seinem Hals sprudelte das Blut wie Wasser aus einem löchrigen Eimer. Freya stürmte die Treppe hinauf, aber ein dumpfes Geräusch ließ sie erneut herumfahren. Ihr Peiniger lag am Boden, das Gesicht auf der dunklen Erde. Seine Hand zuckte noch einige Male nach dem Messer, das ihm entfallen war, dann rührte auch er sich nicht mehr.

Freya schluckte. Alles drängte sie ins Freie – aber eine planlose Flucht wäre töricht, vielleicht sogar ihr Tod. Sie huschte die Stufen wieder hinab, beäugte misstrauisch die leblose Gestalt und raffte das Messer an sich. Und jetzt fort? Noch einmal zögerte sie. Dann drehte sie den Toten auf die Seite und zog ihm seinen dicken Umhang mit dem Marderfellkragen vom Leib. Mehrere Male musste sie würgen – so viel Blut. Aber das Kleidungsstück würde sie nicht nur wärmen, sondern vielleicht auch zufällige Beobachter täuschen. Als sie es endlich unter dem schlaffen Körper hervorgezerrt und übergeworfen hatte, löschte sie die Fackel im Sand und stolperte ins Freie.

Auch hier war es nicht völlig dunkel. Der Mond warf bleiche Linien auf den Bohlenweg und die Dächer der Häuser. Lautlos huschte Freya an einer Bank vorbei, dann an einem Stall und mehreren Hütten. Hörte sie Stimmen? Nein. Die Müdigkeit hatte die Krieger übermannt, die Freude, sie wieder wohlbehalten zurückbekommen zu haben, hielt die Frauen neben ihnen auf den Fellen. Nur eine Katze strich um eine Ecke und maunzte böse. Freyas Blick ging immer wieder über die Schulter. Aber da war nichts.

Endlich erreichte sie das Milchhaus, das genau wie die Schlafhütten der Sklaven halb in die Erde hinein gebaut worden war. Sie öffnete die Tür. Der Mond warf sein Licht auf ihre Schwester. Asta hockte vor den Steinstufen auf dem Boden, in sich zusammengesunken, den Butterstößel zwischen den Knien. Ihr Haar floss über ihr Gesicht. Sie war wirklich schön. Eine Prinzessin mit güldenem Haar, der Stößel war ihr Zepter, ihr Lumpenkleid schimmerte wie weichgezeichnete Seide. Freya stieß sie erst vorsichtig, dann kräftiger an. Als sie aufschreckte, legte sie ihr die Hand auf den Mund. »Wir müssen fort.«

2. KAPITEL

Sie flohen in die zugewachsenen Areale des Waldes, dort wo Buschwerk und hohes Unkraut den Waldboden überwuchert hatten, und mieden die Wege, die sie rasch vorangebracht hätten, aber todsicher auch von den Dänen abgesucht werden würden, sobald man Björns Leiche gefunden hatte.

War das vielleicht schon geschehen? Spätestens wenn die Sklavinnen zurückkehrten, mussten sie die Toten entdecken. Björn lag ja mitten im Gang zwischen den Strohlagern. Freya kamen die Tränen, als sie an ihre Mutter dachte. Sicher würde man ihre Leiche den Hunden vorwerfen oder ähnlich Scheußliches machen, um sie noch nach ihrem Tod zu bestrafen. Sie wischte sich die Tränen aus dem Gesicht. Nicht daran denken, nicht jetzt!

Ihr Weg war von Löchern und Baumwurzeln durchzogen. Aus dem Dunkeln schlugen ihnen Zweige wie Peitschen ins Gesicht. Die Angst trieb sie voran. Das Rennen durchs Dickicht erforderte jedoch Aufmerksamkeit, und die brachte Asta leider nicht auf. Es war zum Verrücktwerden mit ihr. Ständig kreischte sie auf, jammerte, rief um Hilfe. Sie schien mehr am Boden zu liegen als zu rennen.

»Ich kriege keine Luft mehr.«

Rasend vor Unruhe kehrte Freya um. Sie brauchte einen

Moment, um zwischen den Büschen den Buckel zu entdeckten, der ihre Schwester war. Grob riss sie Asta auf die Füße. »Komm schon.«

»Nein, ich … ich kann nicht mehr.« Asta klammerte sich an Freyas Oberarme. »Ist Mutter wirklich tot?«

»Wenn ich's doch sage.«

»Aber …«

»Sie ist tot. Wir können es nicht ändern.« Das hätte man auch zärtlicher ausdrücken können, doch die Angst vor den Verfolgern macht sie fast wahnsinnig.

»Aber wo wollen wir denn hin?«

»Zu unserer Familie.« Die Antwort kam wie geschossen, obwohl sie Freya gerade erst eingefallen war.

»Wir haben doch gar keine Familie. Wir haben … wir hatten nur Mutter.«

»In Dorstadt lebt unser Großvater«, erklärte Freya mit so ruhiger Stimme wie möglich. Drangen Geräusche durch die Bäume? Pferdewiehern? Nein, Einbildung. »Schau, Asta, Mutter war eine Adlige. Das hat sie uns doch immer erzählt. Sie war eine reiche Frau. Die Markgräfin zu Villaris. Dann muss es auch einen Markgrafen geben, und der ist vielleicht immer noch am Leben und wird …«

»… auf uns spucken. Wir sind die Töchter von dem Mann, der sein Weib geschwängert hat. Er wird uns hassen. Das werden sie alle in Dorstadt. Sie werden uns davonjagen. Wenn sie uns nicht gleich umbringen.«

Freya starrte ihre Schwester an. Sie hatte Asta bisher immer für ein bisschen einfältig gehalten. Woher kam plötzlich diese kalte Einschätzung?

»Außerdem schaffen wir es gar nicht bis dorthin. Hasteinn wird uns vorher erwischen.«

Sie sprach von Björns älterem Bruder, der in einem der Nachbardörfer lebte. Hasteinn war das Haupt der Sippe der

Ragnarssons – der Erbe des väterlichen Besitzes, ein wilder Mann, brutal, herrschsüchtig. Die Brüder hatten einander nicht sonderlich gemocht, wie Freya wusste, aber Hasteinn würde trotzdem versuchen, Björn zu rächen. Es war eine Frage der Ehre – und der Klugheit. Hielt er still, so würde das von den Nachbarn als Schwäche angesehen werden. Und wer schwach war, wurde angegriffen.

»Er erwischt uns *nicht*. Wenn wir uns in den Wälder verstecken …«

»Warum hat Mutter Björn nicht einfach gewähren lassen?«

»Was?«

»Es ging uns doch gut«, sagte Asta störrisch.

Freya schloss die Augen. Björn hatte sie beide gezeugt. Wie konnte Asta bedauern, dass Mutter sie davor gerettet hatte, von ihrem eigenen Vater vergewaltigt zu werden? Wie konnte sie nur … so wenig Würde besitzen? Sie dachte daran, wie sie Eier und Äpfel gestohlen hatte, während Asta sich abmühte, Elva gefällig zu sein. Sie selbst war in den Wald ausgerissen, wo sie Beeren und Pilze in sich hineinstopfte, Asta lernte im Langhaus mit vor Eifer geröteten Wangen, wie man Wolle kämmte und Tonschüsseln gefällig verzierte. Sie waren Schwestern, die aber nichts verband.

»Komm mit oder bleib hier«, stieß sie schroff hervor.

Asta gab nach und folgte ihr, aber sie kamen nur noch langsam voran, als hätte der Streit ihnen die Kraft ausgesaugt. Bis jetzt waren sie planlos immer tiefer in den Wald hineingerannt, nun wandte Freya den Blick zum Himmel – die Gestirne waren ihre Wegweiser. Sie musste die Angst niederkämpfen und überlegen, welche Richtung sie einschlagen sollten. Die Friesen, das Volk ihrer Mutter, wohnten im Süden. Man konnte ihr Land übers Meer erreichen – so war Mutter ja auch geraubt worden –, aber sie besaßen kein Boot, und wenn es anders gewesen wäre, hätte sie es nicht rudern und steuern können. Also mussten sie übers Land fliehen. Undeutlich grub sich ein Wort in ihren Kopf: Danewerk. Das war ein Wehrbau, den die Dänen errichtet hatten, um ihre südlichen Feinde fernzuhalten. Diesen Ort mussten sie finden. Hinter dem Danewerk waren sie in Sicherheit.

Bei Anbruch des Tages verbargen sie sich in einer schmalen Höhle, einem Loch voller Tierkot und Nestern, das mehrere Schritte in die Erde hineinführte, bevor es sich so verengte, dass nur noch eine Maus hätte weiterkrabbeln können. Asta schlief sofort ein, erstaunlicherweise, aber Freya bekam kein Auge zu. Mutter, die unter Björns Gewicht wimmerte, die klaffende Kehle ihres Peinigers … Als sie doch kurz wegnickte, schrak sie fast sofort wieder hoch, weil sie sich einbildete, einen Schatten am Höhlenausgang entdeckt zu haben. Sie stand auf, spähte vorsichtig hinaus und suchte nach Spuren, fand aber keine. Nur die eines Hirsches, der vielleicht beim Höhleneingang geäst hatte.

Müde kehrte sie in ihr Versteck zurück, doch ihre Schläfrigkeit war verschwunden. Sie starrte gegen die von Wurzeln durchzogenen Erdwände, bis es dunkel wurde. Dann machten sie sich erneut auf den Weg. Dass sie nach Süden wollten, war nun klar, aber Freya war so erschöpft, dass sie Schwierigkeiten hatte, sich an der matten Kugel, die immer wieder durch die Äste schimmerte, zu orientieren. Liefen sie im Kreis? Oder gar in die Richtung, aus der sie gekommen waren?

Bei Tagesanbruch stießen sie auf eine Quelle, und sie schlief, die Hand im Wasser, einfach ein. Als Asta sie in die Rippen stieß, war sie zuerst wütend – und dann bestürzt. Kaum einen Steinwurf entfernt pflügte sich ein Weg durch den Wald. Wie hatte sie ihn übersehen können! Wie leichtsinnig, wie gefährlich! Es war die verfluchte Müdigkeit! Wenn sie sich nicht zusammenriss, würde ihre Unaufmerksamkeit sie ins Verderben reißen.

Als sie wenig später eine verlassene, zwischen zwei Hügeln eingeklemmte Köhlerhütte entdeckte, nahm Freya sie, verfroren, hungrig und schwindlig, in Besitz und beschloss, einen Tag oder zwei auszuruhen. Das kärgliche Mobiliar in dem höhlenartigen, nach modernden Pflanzen riechenden Raum war zerbrochen, als hätte hier ein Kampf stattgefunden, aber das musste lange her sein, denn eine dicke Schicht Staub überzog das zersplitterte Holz. Es brauchte sie also nicht zu kümmern. Im Gegenteil, sie konnten den Staub als Beweis nehmen, dass niemand sie behelligen würde. Die Hütte besaß eine Tür, die sie mit Hilfe eines zerbrochenen Schemels von innen verschloss, dann legten Asta und sie sich auf die Erde und bedeckten sich mit Björns Umhang, in dem das Blut zu steifen Schlieren getrocknet war.

Eine Weile versuchte Freya die Wärme, die die Wolle ausströmte, zu genießen, aber es gelang ihr nicht, und sie rollte sich verstohlen zur Seite. Lieber frieren, als etwas auf der Haut zu spüren, das ihr vor Hass Übelkeit verursachte.

Ihr Blick fiel auf die Tür, die aus mehreren grob zurechtgestutzten Baumstämmchen zusammengebunden und -genagelt worden war, und plötzlich kam ihr Snorri in den Sinn, der Sohn des Schmieds, der sie manchmal mit in den Wald genommen hatte. Er hatte ihr seine fabelhafte Geschicklichkeit beim Stockfechten zeigen wollen, und sie hatte sich ebenfalls einen Stock gegriffen und seine Bewegungen nachgeahmt. Zuerst war sie ungeschickt gewesen, aber bald wechselte das Holz in atemberaubender Geschwindigkeit von ihrer linken Hand in die rechte, es wirbelte um ihre Hüfte, glitt an die Seite, dann kam ein Ausfallschritt … Stoß … Am Ende schaffte sie es sogar, Snorri die Waffe vor Brust und Unterleib zu stoßen. Im Ernstfall hätte er Hiebe einstecken müssen. »Du kämpfst wie ein Kerl«, hatte er lachend gesagt. Wie alt war sie damals gewesen? Neun? Zehn? Inzwischen war Snorri zum Mann geworden und arbeitete in der Schmiede seines Vaters. Würde er verstehen, was sie Björn angetan hatte?

Freya drehte sich auf die Seite. Nichts wird er verstehen, dachte sie. Am Ende halten wir alle zu unseren eigenen Leuten.

Ihr neuer Rückzugsort war kalt und zugig, und auch das Feuer, das sie irgendwann entzündeten, half dagegen wenig. Noch schlimmer als die Kälte quälte sie jedoch der Hunger. Als die Sonne verblasste, stahl Freya sich hinaus, um Waldfrüchte und Pilze zu sammeln. Da sie sich beeilen musste, suchte sie in dem kleinen Waldstück direkt beim Haus. Die Pilze wuchsen in diesem Herbst spärlich, warum auch immer. Und sie waren leider oft genug von goldenem und rotem Herbstlaub bedeckt. Freya kroch unter Büsche und in Senken und fegte das Laub beiseite. Sie hatte einen Korb aus der Hütte mitgenommen, in dem sie ihre Beute sammelte. Als sie ihn, halb verrenkt im Bemühen, einen Champignon zu erreichen, hinter sich herzog, berührten ihre Knie plötzlich etwas Weiches.

Sie hielt inne. Ein totes Tier, es musste sich um ein totes Tier handeln – allerdings um ein sehr großes. Als sie vor sich auf den Boden blickte, sah sie dort etwas krabbeln. Schwarzgoldene Aaskäfer. Sie rutschte zurück. Aus dem Laub ragte etwas, das wie ein grau gefärbter Handrücken aussah. Sie zwang sich, ein wenig Laub beiseitezuschaufeln. Unter den Blättern lag ein nachlässig mit Erde überhäufter menschlicher Leichnam. Das Fleisch faulte, an einigen Stellen waren Knochen sichtbar. Der Köhler? Vermutlich. Und sein gespaltener Schädel verriet, woran er gestorben war. Hastig warf sie das Laub zurück über die arme Kreatur und nahm sich vor, Asta nichts von ihrem Fund zu erzählen.

Aber der Appetit war ihr vergangen. Was bereits im Korb lag, musste als Mahlzeit reichen.

Und doch war es zu wenig. Sie brieten die Pilze an einem Stock, aber ihre Mägen knurrten immer noch, als sie das karge Mahl verzehrt hatten.

»Mir ist kalt«, flüsterte Asta über die Flammen hinweg, die die Hütte erleuchten und wärmen sollten, aber kraftlos wie Geister schienen.

»Ich weiß.«

»Wir werden verhungern.«

»Das werden wir nicht. Morgen Abend machen wir uns wieder auf den Weg. Wir schlagen uns nach Süden durch und kehren in das Land unserer Mutter zurück!«

»Sie werden uns dort hassen.«

»Aber wir werden keine Sklaven mehr sein.«

»Was war denn so schlimm daran, für Elva …«

»Nun halt schon den Mund«, schnitt Freya ihrer Schwester gereizt das Wort ab. Sie wollte ein paar Holzscheite nachlegen, die der Köhler in einer Ecke gestapelt hatte. Da endlich zeigte sich das Schicksal einmal von seiner gnädigen Seite. Ihre Hand ertastete, als sie einen der Scheite hervorzog, den Rand einer Kiste. Überrascht stieß sie einen Pfiff aus. Glück und Unglück wachsen im selben Garten, hatte Mutter oft gesagt. Wie recht sie hatte! Sie zerrte ihren Fund unter dem Holz hervor und beugte sich mit Asta darüber. Der Streit war vergessen.

Als sie die Kiste öffneten, kam Kleidung zum Vorschein: eine Leinenhose, mehrere Schnüre und Lederschnallen, mit denen sich die Hose in eine Pluderhose verwandeln ließ, außerdem ein rot gefärbter, etwas schmuddeliger Rock, Wollstrümpfe und sogar ein Wehrgehänge, bestehend aus Hüft- und Schultergürtel, um Messer und ein Schwert unterzubringen. »Das ist alles Männerkleidung«, stöhnte Asta enttäuscht.

»Sehe ich auch«, sagte Freya. Sie zog ihr besudeltes Kleid aus und streifte die Sachen des Köhlers über ihren kalten Körper. Vorsichtig bewegte sie die Beine. Es war seltsam, Männerkleider zu tragen. Besonders unterhalb der Taille. Ihre Beine waren in Stoff gehüllt, eigentlich gefangen, und doch fühlte sie sich plötzlich auf eine schwer zu beschreibende Weise frei. Sie stellte ihren linken Fuß auf einen Holzklotz und stützte sich mit dem Unterarm lässig auf den Oberschenkel. Asta lachte.

Ja, sie war frei – und zwar deshalb, weil sie nicht mehr nackt wie unter dem Rock war. Selbst ihre Scham wurde von Stoff bedeckt. Als sie einige Schritte tat, war sie bezaubert davon, dass es auch keinen Saum mehr gab, über den sie stolpern könnte. Nichts begrenzte die Länge ihrer Schritte, kein Stoff musste umständlich angehoben werden, wenn es über ein Hindernis ging. *Snorri hätte am Boden gelegen, wenn ich den Stock in Hosen hätte schwingen können.* Sie lachte und begann sich im Kreis zu drehen.

»Willst du das etwa anbehalten?«, fragte Asta.

»Ja, was denn sonst?«

Der Rausch verflog leider schon am nächsten Tag mit ihrem Aufbruch. Freya hatte beschlossen, von nun an im Hellen zu marschieren. Sie waren ein gutes Stück von den Dörfern der Ragnarssons entfernt, Schnelligkeit war wichtiger als Vorsicht. Aber die Wälder streckten sich endlos, irgendwann begann es zu regnen, das Laub verwandelte sich in schmierigen Matsch. Sie liefen, sie schliefen, sie froren, sie hungerten. Von den Erlen, Buchen und Walnussbäumen regnete das letzte Laub, von den Kastanien die Früchte. Einmal taumelten sogar einige Schneeflocken durch die Luft wie eine Drohung, was ihnen noch bevorstand.

»Natürlich kommen wir nach Dorstadt«, wiederholte Freya stumpf, jedes Mal, wenn Asta zu klagen begann. Glaubte sie selbst daran? Glauben half nicht weiter. Mutter hatte ihr Leben für sie gegeben, sie schuldeten ihr die Stärke zu kämpfen.

Und dann – zwei Wochen mochten verstrichen sein, vielleicht auch drei, und es dunkelte bereits – schob sich plötzlich ein gigantisches Hindernis vor den roten Horizont. Sie hatten gerade ein Wäldchen verlassen und stritten, ob sie umkehren und sich dort einen geschützten Platz für die Nacht suchen oder weitergehen sollten, als sie es erblickten. Es handelte sich um einen steilen, viele Meter hohen Wall, der rechts und links in der Ewigkeit zu verschwinden schien. Seine Kuppe wurde von einer riesigen Mauer gekrönt, in seiner Mitte befand sich ein Steinkoloss, etwas wie eine kleine Burg, aus dessen schmalen Fenstern gelbschimmerndes Fackellicht drang.

»Was ist das?«, fragte Asta verblüfft.

»Das Danewerk.«

Sie hatten es geschafft. Sie hatten die Grenze erreicht, hinter der die Freiheit auf sie wartete.

Ihre Freude verflog jedoch rasch. Je näher sie dem Bauwerk kamen, umso deutlicher wurde, dass sie auf ein monumentales Hindernis zuwanderten. Der Wall schien auf ihrer Seite mit Gras bewachsen, genau konnte man das nicht erkennen, aber so würde es wohl sein. Dort könnten sie sich vielleicht hochhangeln. Finger in die Erde … Stück für Stück. Aber dann stünden sie vor der Mauer. Und die war … gigantisch.

Freya wischte sich das Haar aus der Stirn und warf einen besorgten Blick zu einer Straße, die parallel zum Wald verlief, bei den letzten Bäumen abbog und geradewegs auf die kleine Festung im Wall zusteuerte. Es war eine breite Straße, die zweifellos häufig benutzt wurde. Bisher waren sie auf ihrer Flucht nur gelegentlich Hirten oder Bauern begegnet, die sie kaum beachtet hatten, doch von nun an mussten sie wieder vorsichtig wie Mäuse sein, vor deren Loch die Katze lauerte. Hasteinn Ragnarsson mochte sie aus den Augen verloren haben, aber er hatte seine Suche gewiss noch nicht aufgegeben. Es war nicht schwer zu erraten, wohin die beiden Sklavinnen sich wenden würden, und da er als kluger Stratege galt, würde ihm auch klar sein, wo das Netz lag, mit dem er sie fangen könnte. Gut, der Wall war lang, er schien die komplette dänische Grenze abzuriegeln, aber vielleicht ließ er ihn von Reitern bewachen, die Tag und Nacht an der Befestigung entlangritten? Vielleicht saßen in jeder Burg, die den Wall nach Süden hin schützten, seine Männer?

Wie dumm sie gewesen war, wie wenig sie nachgedacht hatte! Freya hatte die metbenebelte Prahlerei über das Glanzstück der dänischen Verteidigung nie ernst genommen. Aufschneiderei, hatte sie gedacht. Und doch war es eine Tatsache, dass ihr Dorf niemals von den Friesen oder anderen südlichen Stämmen überfallen worden war. Die Dänen hatten es tatsächlich geschafft, ihr Land abzuriegeln. Nun saßen sie beide dahinter gefangen.

Asta stieß sie an. »Was machen wir denn jetzt?«

Freya starrte weiter zur Mauer. Sie bräuchten eine Leiter, sehr hoch, sehr stabil. Aber die besaßen sie nicht. Außerdem: Wenn die Grenzbefestigung wie das legendäre Haithabu geschützt wurde, befand sich hinter dem Wall ein breiter, mit Wasser gefüllter Graben, in den die Dänen womöglich auch noch Speere gerammt hatten, mit den Spitzen nach oben. Sie waren so verschlagen wie Loki, der Lügengott.

»Ich bin müde. Lass uns einen Platz zum Schlafen suchen«, murmelte Asta. Freya nickte und wollte ihr schon in den Schutz des Waldes zurückfolgen, als sie auf der Straße eine Bewegung bemerkte. Sie riss Asta zu sich hinab und rollte mit ihr in eine natürliche Furche zwischen zwei Büschen.

»Was …?«

Sie presste die Hand auf Astas Mund, dann drehten beide die Köpfe. Ein Dutzend Männer waren hinter einer Waldzunge aufgetaucht, müde Gestalten, die auf ebenso erschöpften Pferden hintereinanderher ritten und sich auf das Wachgebäude zubewegten. Ihre Köpfe waren gesenkt, sie gönnten der Umgebung keinen einzigen Blick. Hasteinns Leute? Oder harmlose Reisende?

Als die Männer die kleine Festung erreichten, sammelten sie sich und begannen zu rufen. Die Entfernung war zu groß, um Worte verstehen zu können, aber das Tor schwang auf, und sie wurden herzlich begrüßt. Mitsamt ihren kostbaren Pferden verschwanden sie im Innern des Gebäudes.

»Das sind bestimmt keine von Hasteinns oder Björns Leuten …«

»Warum nicht?«, fragte Freya.

»Und wenn, dann würden sie uns nichts antun.«

»Weil wir ihnen so vorbildlich die Heringe gebraten und die Hütten gefegt haben?«

»Wir werden uns vor ihnen auf den Boden werfen und sie um Gnade an …«

»Scheißdreck, dann wird ihnen das Dreinhauen nur umso leichter fallen!« Freya schlug sich mit der Hand auf den Mund. Sie durfte sich mit ihrer Schwester nicht zerstreiten, wen hatten sie denn schon, außer einander? Sie wandten die Köpfe und starrten zum Wachgebäude.

»Sicher sind es Fremde, die nur zufällig …«

»Und wenn nicht?«

»Wir haben ihnen doch nie etwas getan.«

»Außer ihren Häuptling ermordet.«

Asta wollte lospoltern. *Das bist du gewesen, nicht ich!* Wohl etwas in dieser Art. Aber sie biss sich auf die Zunge. Wieder verstrich Zeit. Dann flog plötzlich eines der Fenster auf. Stimmen drangen in die Nacht, durchsetzt von Gelächter.

»Sie sind betrunken«, flüsterte Asta.

Das war anzunehmen, niemand soff so zuverlässig wie die Dänen, sie waren berüchtigt dafür und stolz drauf. Wenn es stimmte, was sie behaupteten, tranken sie sogar vor ihren Überfällen – und rammten die Feinde trotzdem in Grund und Boden. Jemand begann mit lallender Stimme zu singen.

»Geht eine Tür in die Burg hinein und auf der anderen Seite eine andere wieder raus?«, fragte Asta.

»Was sonst?«

»Und die rausgeht, wird wohl durch einen Riegel verschlossen sein?«

»Bestimmt durch mehrere. Das Tor muss ja einem Rammbock standhalten – einem ganzen Reiteransturm. Warum fragst du?«

»Aber man kann es von innen öffnen?«

»Natürlich.«

Unvermittelt sprang Asta auf die Füße. Sie rannte los, quer über die Wiese, direkt auf das Gemäuer mit den gelben Fenstern zu. Freya brauchte einen Moment, um zu reagieren. Dann folgte sie ihr. Aber ihre Schwester schien plötzlich wie von unsichtbaren Flügeln getragen, uneinholbar. Sie erreichte eine kleine Tür, die sich direkt neben dem großen Tor befand, und hämmerte mit beiden Fäusten dagegen. Entsetzt blieb Freya stehen. Was für ein Wahnsinn!

»Bitte, gute Leute, lasst uns ein. Wir haben uns verlaufen.« Astas glockenreine Stimme hallte durch die Nacht.

Freya nahm die Verfolgung wieder auf, doch es war zu spät. Die Tür öffnete sich einen Spalt weit, und ein Wächter, der misstrauisch seinen Helm übergestreift hatte, spähte hinaus. Nur ein Weib? Er schien beruhigt und sogar ein wenig amüsiert zu sein – bis er Freya entdeckte. »Was verflucht …?«

»Oh … das ist nur mein Bruder. Bitte, Herr, wir haben uns verlaufen, und es ist so furchtbar kalt. Bei Odin, fass an. Hier, meine Hände. Merkst du? Die sind wie Eis. Habt ihr Feuer drin? Ich riech das doch. Ooooh, sei gnädig. Ich könnte dich für ein Fünkchen Wärme umarmen, ich ...« Asta plapperte, und in ihrer Stimme bebte eine Verheißung, die Freya kaum ertrug. Nach kurzem Zögern zog der Mann sie ins Innere der Festung. Sein Blick richtete sich auf Freya – und plötzlich hielt er ein Schwert in seiner Hand. Er musterte sie. Was sah er? Einen schmächtigen Jungen, dem die Angst durch die zerschlissenen Kleider starrte? »Also gut, rein mit dir!«, blaffte er sie an.

Was blieb ihr, als den beiden zu folgen?

Hinter der Tür lag ein breiter Flur, von dem seitlich ein Pferdestall abging. Der Widerling nötigte sie in den Raum gegenüber. Die Luft, die ihnen entgegenschlug, war stickig, was vor allem an dem von Asta so gepriesenen Feuer lag, das an der Seite des Raums in einem riesigen Kamin flackerte. In den Geruch des Rauchs mischte sich der von Bier, Met und einer würzigen Pilzsuppe. Männer schliefen mit den Köpfen auf den verschränkten Armen an einem Tisch, andere hatten sich aufs gehäufelte Stroh geworfen, wieder andere saßen in den Ecken und soffen oder löffelten einen dünnen Brei in sich hinein. Das waren wohl die Spätankömmlinge. Aber – Jesus sei Dank! – nirgends fand sich ein bekanntes Gesicht.

Freya fragte sich, wo die Männer sein mochten, die Wachdienst schoben. Oder gab's die im Moment gar nicht? Das mochte sein, ein Angriff war um diese widrige Jahreszeit kaum zu erwarten. Wahrscheinlich hatte bereits der Schlendrian des Winters Einzug gehalten, und die Wächter betranken sich gemeinsam mit ihren Gästen.

Und nun?

Freya ging zu Asta – los weg, sie könnten sich drüben im Stall verkriechen, bis die lüsternen Schweine sich in die Bewusstlosigkeit gesoffen hatten. Aber ihre Schwester schlüpfte an ihr vorbei und ließ sich stattdessen von einem Dänen auf eine Bank ziehen. Wie ein Kätzchen schmiegte sie sich an die halbnackte Brust des Mannes und begann Zärtlichkeiten zu murmeln. Freya starrte sie mit offenem Mund an.

»Hier, Junge!« Der Mann, der sie eingelassen hatte, wollte ihr einen schäumenden Holzbecher in die Hand drücken. Als sie den Kopf schüttelte, lachte er. »Bist ein ganz braver, was? Missfällt dir deine ungezogene Schwester? Lass gut sein, Junge, das Leben ist, wie es ist.« Er schüttete den Met selbst herunter, rülpste, wischte mit dem Ärmel über den Mund und stellte sich hinter Asta. Seine behaarten Finger langten über ihre Schultern und verschwanden unter ihrem Hemd. Asta lachte und räkelte sich in seine Pranken hinein. Der zweite Mann, der auf der Bank, schob eine Hand unter ihren Rock.

Freya ballte die Fäuste. Hingehen und reinschlagen? Und dann Prügel beziehen und zuschauen müssen, wie das ... das Unfassbare dennoch seinen Fortgang nahm? Asta bog den Hals nach hinten und kraulte dem Mann in ihrem Rücken das Kinn. Als hätte sie es schon immer getan. Männer kirre gemacht. Als hätte ... Und wenn das die Wahrheit war? *Ich musste noch fegen ... eine Kuh hat sich verletzt* ... Hatten sie und Mutter nicht oft im Schlafhaus auf Asta gewartet?

Freya sank kraftlos auf eine hölzerne Wendeltreppe, die in eine runde Mauer eingelassen war und ins Obergeschoss führte. Stumpf ließ sie ihren Blick schweifen. Von dem Zimmer, in dem sie sich befand, ging ein kleinerer Raum ab, eine Art Vorzimmer, an das sich wiederum ein weiterer Raum anschloss. Lag irgendwo hinter diesem Labyrinth das südliche Tor? Es wäre logisch. Wer von Friesland aus das Haupttor erstürmte, musste mehrere Räume mit engen Türen passieren, bevor er auf die nördliche Seite gelangte. Und an jeder Schwelle würden sich ihm kampferprobte Verteidiger entgegenstellen.

Sie dachte an das nördliche Tor. Es war verschlossen geblieben, als Asta Einlass begehrte. Stattdessen hatte der Wächter sie durch die kleinere Tür eingelassen. Sicher gab es auch für die Südseite einen schmalen Zugang für Fußgänger? Aber wo mochte der stecken?

Asta begann zu singen, und einer der Kerle, die sie wie einen lebenden Beutel voller Geschenke abtasteten, leckte sich über die Lippen. Die anderen Männer glotzten oder schliefen. Niemand schenkte Freya Beachtung. Sie nutzte den Moment und huschte die Wendeltreppe hinauf.

Die Stufen endeten in einem mit Brettern ausgelegten Raum, der halb so groß wie das Zimmer darunter war und völlig leer. An einer der Wände lehnte lediglich eine Leiter. Aber es gab eine weitere Tür, der Treppe gegenüber. Sie war klein und wuchtig – ein Zwilling des Eingangs, durch den sie von Norden her den Wehrbau betreten hatten. Nur dass diese Tür ein vergittertes Guckloch besaß. Freya spähte hinaus und blickte auf mondbeschienene Wiesen hinab, die sich in einem Waldessaum verloren. Es gab einen zweiten Unterschied: Dieser Zugang zur Festung befand sich in schwindelnder Höhe – er wäre im Fall eines Angriffs leicht zu verteidigen. Wer über eine Leiter hinaufkam, konnte von der Plattform aus niedergestochen oder hinabgestoßen werden.

Sie horchte ins Erdgeschoss hinab, aber niemand schien ihr Verschwinden bemerkt zu haben. Entschlossen schob sie die Riegel zurück, die auch diese Tür sicherten, und beugte sich ins Freie. Unter ihr lag ein silbern glänzender Abgrund – der Graben, den sie dort ja auch vermutet hatte. Um den Zugang zur Tür für willkommene Besucher zu ermöglichen, war eine schmale Brücke über das Wasser gebaut worden. Dahinter begann ein Weg, der sich rasch zwischen den Wiesen verlor. Kurz packte Freya dasselbe Hochgefühl wie damals, als sie Snorri ihren Stock vor die Brust gerammt hatte. Die Hosen, in denen sie steckte, hatten sich niemals perfekter angefühlt. Da unten lag die Freiheit! Aber noch war sie nicht draußen. Außerdem musste sie sich um Asta kümmern …

Freya lehnte sich gegen den Balken, der die Tür stützte, und starrte ins Leere. Sie konnte ihre Schwester nicht einfach holen. Noch gab es dort unten Männer, die Waffen führen konnten. Die Überlegung war richtig, fühlte sich aber bitter an. Zahlte Asta gerade den wahren Preis für ihr Entkommen? Sie biss auf ihre Lippe.

Der Wind blies gegen ihren Mantel, ein Nachtvogel schiss auf das Brückengeländer, Zeit verstrich. Im Erdgeschoss wurde es kurz laut, als einer der Betrunkenen zu johlen begann, und dann wieder stiller. Irgendwann war es völlig ruhig. Freya wollte sich umdrehen und zur Treppe gehen, als sie plötzlich Astas Stimme hörte – verängstigt, protestierend. Ihre Hand ging zum Messer, sie hastete die Stufen hinab. Ein erster Blick zeigte ihr, dass fast alle Männer schliefen. Aber einer, der ihr zuvor gar nicht aufgefallen war, ein eher schmächtiger Mann mit einer Tätowierung auf der Wange, beugte sich über ihre Schwester. Was er tat, war nicht zu erkennen, da er ihr den Rücken zukehrte. Dann rutschte er seltsamerweise unter die Tischplatte, die Hölle mochte wissen, was er vorhatte. Asta hatte ihre Schwester entdeckt und blickte sie panisch an. Im nächsten Moment wurden ihre Augen groß, sie erstarrte.

Freya nahm die letzten Stufen, sie packte das Messer fester und bückte sich. Unter dem Tisch war es dunkel, aber sie hörte den Mann stoßweise atmen. Asta begann zu weinen. Dann handelte Freya genau wie bei dem Fuchs, wie bei Björn. Der Schnitt durch die Kehle war dieses Mal schwieriger, weil ihr der Bart des Mannes in die Quere kam, aber das Messer war scharf, und sie handelte entschlossen. Ihr Opfer begann mit den Armen zu rudern, soweit die Enge unter dem Tisch es zuließ, dann sackte es in sich zusammen.

Freya bekam einen Tritt von Astas zappelnden Füßen ab. Sie kroch unter dem Tisch hervor – und sah ihre Schwester fliehen. Nur in die falsche Richtung, zum Nordtor. Hastig zerrte sie sie zurück. »Dort rauf!« Asta wollte gehorchen, als ihr Blick auf die Blutlache fiel, die unter dem Tisch hervorsickerte.

»Komm schon!«

Jede Farbe wich aus Astas Gesicht. Wie betäubt folgte sie ihr hinauf in den abgeschiedenen Raum. Freya schob die Leiter durch die Pforte, wenig später standen sie auf der Brücke und dann, endlich, auf dem Weg, der dahinter begann. Der Geruch der Wiesen war wie eine Fanfare, das Mondlicht glich einem Kuss, das feuchte Blatt, das der Wind Freya ins Gesicht blies, einem zärtlichen Scherz. Überglücklich wollte sie ihre Schwester umarmen – und hielt mitten in der Bewegung inne. Astas weiches, immer noch blasses Gesicht war gezeichnet von Erschöpfung, Verwirrung und Schmerz. Aber da war noch etwas anderes. Freya brauchte einen Moment, um dem, was sie sah, einen Namen zu geben. Kälte. Astas Augen waren blau, aber nicht strahlend blau, so dass man ihnen besondere Aufmerksamkeit geschenkt hätte – sie ähnelten eher dem Himmel an einem Nebeltag. Doch hier, im geizigen Licht des Mondes, schienen sie plötzlich zu glänzen. Zwei kleine Eisbrocken.

»Was ist?«

Astas Stimme klang gepresst, als sie sagte: »Wir … sind verschieden. Ich bin vom Blut unserer Mutter und du vom Blut unseres Vaters. Ich versuche zu trösten, und du tötest.«

3. KAPITEL

Rom 854

Rom. Die Heilige Stadt, in der in jedem Winkel die Schatten der Apostel von Liebe, Vergebung und dem Trost des Paradieses nach einem gottgefälligen Leben raunten. Wo die Gebeine der Märtyrer unter den Altären der Kathedralen den Beistand des Allmächtigen verhießen. Wo ein gütiger Papst die Menschen mit seiner Liebe umschloss … Und zugleich: die Stadt, auf deren von Brücken überspannter Lebensader stinkende Abfälle und Fäkalien trieben, wo ehemals glanzvolle Quartiere zu Ruinen verkamen, wo Kardinäle mit Huren Kinder zeugten, wo man morgens die Opfer der Sicarii einsammelte, die im Auftrag der Mächtigen ein Leben beendet hatten. Ein Ort der Gegensätze, wie es ihn wohl nirgendwo sonst auf der Welt gibt, dachte Aristid, der Gardist des Papstes, der gerade den geschmähten Fluss überschritt und wegen des grauenhaften Gestanks den Arm vor die Nase hielt.

Mochte er seine Stadt? Er hatte keine Ahnung. Was ihn in Rom hielt, war eine gewisse Sentimentalität – er war hier geboren worden und aufgewachsen, aber sicher hatte es auch mit Papst Leo zu tun und dem Tag, an dem die Sarazenen gekommen waren. Ihm lief ein Schauder über den Rücken, als er an den Überfall dachte. Die Schiffe der Heiden – hunderte, mit geblähten Segeln und Kriegern, die mit Schwertern auf ihre

Schilde schlugen – waren an der Küste aufgetaucht, und zum ersten Mal in seinem Leben hatte Aristid sich wirklich gefürchtet. Er hatte erwartet, dass der Papst angesichts der Übermacht fliehen würde, was ihm seine Berater auch dringend ans Herz legten. Aber Leo war stattdessen zur Kirche Santa Aurea geeilt. Er hatte sich auf die Stufen des Gotteshauses gestellt, die Arme erhoben und den Allmächtigen im Angesicht der verängstigten Bevölkerung um Schutz angefleht.

Aristid, der zu seinem Geleitschutz abkommandiert worden war, hatte den Kopf abgewandt. Er war gläubig, natürlich, aber in gewissen Situationen muckte in diesem Glauben etwas Schwarzes auf. Seine Eltern waren bei einem Hochwasser ums Leben gekommen. Ihr Tod wäre vermeidbar gewesen, wenn sie auf ihren alten Nachbarn gehört hätten, der seine Warnungen in die Gasse schrie. Doch ein Priester hatte Vater und Mutter Gottes Schutz verheißen, und so waren sie geblieben und jämmerlich ertrunken. Aristid war nur davongekommen, weil der skeptische Nachbar ihn mit sich gerissen und zu einem Hügel in der Nähe gebracht hatte. Kein Wunder also, dass das Flehen des Heiligen Vaters ihn vor allem nervös machte.

Doch dann geschah, was unmöglich war: Noch während des Gebets kam ein Sturm auf. Das Meer begann zu kochen, und Gott selbst hob die Schiffe der Heiden aus den Wogen und schleuderte sie aufeinander, so dass sie sich gegenseitig zerstörten. Es war schockierend gewesen – und zugleich herzerwärmend und großartig. Als die Sarazenen in ihrer Angst versuchten, den Hafen anzusteuern, fielen sie der Wut der Römer zum Opfer. Wer entkam, flüchtete wieder aufs Meer hinaus und wurde von den Wellen verschlungen.

An diesem Tag war Aristid ein echter Gefolgsmann Leos geworden. Nicht einmal so sehr wegen des Gebets. Gott hätte die Stadt vielleicht auch ohne das Flehen des Papstes gerettet. Aber wenn ein mächtiger Mann im Augenblick der Gefahr an die Seite seiner Leute trat, statt sich davonzumachen, verdiente das Loyalität und Liebe. Bedauerlich, wirklich bedauerlich, dass Leo kürzlich erkrankt war. Man redete von einer Magenverstimmung und dass es schon so schlimm nicht sein würde, aber Aristid missfielen die besorgten Blicke seiner Ärzte.

Gut, konnte er leider nichts dran ändern, Krankheiten waren nicht sein Metier. Er hatte nach einem zwölfstündigen Dienst endlich frei und wollte den Abend genießen. Vor ihm lag die Marienkirche, ein gedrungener Bau, dessen Türme mit dem regenverhangenen Nachthimmel verschmolzen waren. Noch ein paar Schritte, und er hatte die *Libelle* erreicht, eine der Trasteverer Schenken, wo gelegentlich eine ausnehmend hübsche, weißhaarige Sängerin ihre Künste darbot. Als er die Tür aufstieß, empfing ihn der übliche Lärm: betrunkenes Gelächter, Streit, der Ruf nach dem Wirt, das Säuseln der Dirnen … Leider konnte er die Sängerin, auf die er gehofft hatte, nirgends entdecken. Dafür hockte sein Freund Cosimo, ein Kamerad aus der Garde, vor einem der Fenster.

Aristid zwängte sich an Cosimos Tisch. Ein kurzes Gespräch, ein Becher Wein, der eilfertig vor ihm abgesetzt wurde, und schon begann die Anspannung des Tages zu weichen. Cosimo war angenehmer Mensch – Ohren wie ein Esel, eine Nase wie ein Greifhaken, dafür eine angenehme Stimme, und vor allem besaß er beachtlichen Mut. Er war der Mann, den man im Rücken haben wollte, wenn es hart auf hart ging. Sie prosteten einander zu und bestellten kaltes Huhn, das hier in einer besonderen Würze aus Zitronensaft und Knoblauch eingelegt wurde und einfach umwerfend schmeckte.

Cosimo war in redseliger Stimmung. Er hatte ein Mädchen kennengelernt, die Tochter seiner neuen Nachbarn, und vielleicht würde er sie heiraten. Philippa hieß die Schöne. Als sie sich ihre nassen Strümpfe ausgezogen hatte, hatte er zufällig ihre Beine gesehen. *Wie eine Gazelle, Kamerad!* Es wäre allerdings seine sechste Frau, er war ja bekanntermaßen ein Pechvogel, was die Ehe anging.

»Es sind die verfluchten Geburten«, murmelte er, während seine knochigen Hände den Becher umschlossen. »Warum hat Gott die Frauen nicht … du weißt schon … breiter geschaffen. Die Schweine werfen ohne Probleme, die Hunde werfen ohne Pro…«

»Psst.« Aristid legte den Finger über die Lippen. Die Gäste saßen eng beieinander, unter den ausgelassenen Kneipengästen mochte auch ein Tugendbold sein, der die dahingeworfenen Sätze als Gotteslästerung auffasste. Er wollte nicht, dass sein angetrunkener Freund Ärger bekam.

»Alle werfen ohne Probleme, aber meine Weiber …«

»Ich bin froh über die neue Mauer«, lenkte Aristid seinen Kameraden ab. Leo hatte das nach ihm benannte Verteidigungswerk im Anschluss an den Sieg über die Heiden errichten lassen, teilweise mit den gefangenen Sarazenen als Arbeitskräften, was den Römern eine zusätzliche Genugtuung verschaffte. Das hatten sie nun davon! Sie starben bei der harten Arbeit wie die Fliegen. Aber jetzt war die Mauer fertig und schützte das vatikanische Areal und war damit ein wichtiger und höchst effektiver Bestandteil ihrer Verteidigungsstrategie geworden.

Auch Cosimo begeisterte sich für das Thema. Sie riskierten ja bei jedem Zug gegen die Stadt ihren Hals. Zu wissen, dass der Palast des Papstes jetzt von einem Bollwerk umgeben war, das man verteidigen konnte … Entspannt stießen sie auf Leo an.

Die Tür wurde aufgestoßen, und mit dem Wind wehte der Glockengesang der Marienkirche in den weinseligen, düsteren Raum. Der Mann, der die *Libelle* betrat, fiel kaum auf, nur dass seine Kleider ungewöhnlich sauber waren und sein Umhang aus teuer gefärbter blauer Wolle. Erstaunlich, dass ein gut betuchter Mann eine so schlichte Taverne aufsuchte. Die Kapuze seines Umhangs hing ihm weit ins Gesicht, unmöglich, seine Züge zu erkennen. Er blickte sich verstohlen um, schenkte aber dem einzigen noch freien Tisch keine Beachtung.

»Ich will es ihm einbläuen«, erklärte Cosimo mit einem Rülpser.

»Was?«

»Hörst du mir nicht zu? Meinem Sohn. Er soll lernen, wie man kämpft, wie man sich behauptet, wie man seine Gegner gekonnt schachmatt setzt. Hier …«, Cosimo pochte gegen seine Ochsenstirn, »… sind Dinge drin, die weitergegeben werden müssen. Aber Kinder lassen sich leicht ablenken. Deshalb werde ich Cosimo an die Kandare nehmen. Mein Sohn muss gehorchen lernen.«

»Du hast gar keinen Sohn. Du hast überhaupt keine Kinder.« Nicht nur Cosimos Ehefrauen waren bei den Geburten gestorben, sondern auch die Säuglinge.

»Da sind Dinge drin …« Cosimo pochte erneut gegen die Stirn, dann versank er ins Brüten.

Der Fremde hatte einen Gast in einem besonders dunklen Winkel entdeckt. Er umrandete einige Tische und nahm ihm gegenüber auf einem Schemel Platz. Die beiden begannen zu tuscheln, sie kannten einander offenbar. Wahrscheinlich hatte der eine auf den anderen gewartet. Als eines der Tavernenweiber an den Tisch kam, nahmen sie ihr die Becher ab, aber als sie sich dem gutbetuchten Fremden auf den Schoß drängeln wollte, stieß er sie grob beiseite.

»Wenn ich sie zum Weib nähme – ich könnte es kaum ertragen, sie zu schwängern. Es wäre ja, wie das Todesurteil über sie sprechen. So käme mir das jedenfalls vor …«

Eine der Wandfackeln war heruntergebrannt, und als der Wirt sie durch eine neue ersetzen wollte, fiel das Licht auf die dunklen Gestalten. Der Mann, der zuerst in der Taverne gewesen war, trug ebenfalls eine Kapuze, aus der eine Strähne blonden Haars lugte. Ein hochgewachsener Kerl, die Hände groß und knochig. Am Mittelfinger seiner Linken saß ein breiter Ring, in den ein klobiger grüner Stein eingelassen worden war. Das Schmuckstück wirkte viel zu wuchtig auf der Hand, wie ein Käfer auf einem dünnen Zweig. Protzerei. Aristid kniff die Augen zusammen. Irgendwas war mit diesem Burschen – die Art, wie er sich über den Becher krümmte, sein unnatürlich geneigter Kopf, die Hast, mit der er die Kapuze festhielt, als sie ihm von den Haaren gleiten wollte. Der Ring blitzte auf, als der Mann nach dem Becher griff. Und plötzlich kam er Aristid merkwürdig bekannt vor.

»Hörst du mir überhaupt zu?« Cosimo trat ihn unterm Tisch gegens Schienbein. »Ich bin kein …« Er nuschelte und brachte es noch einmal deutlicher hervor: »Kein Henker.«

»Es liegt nicht an dir, wenn deine Frauen bei der Geburt sterben. Das ist Gottes Ratschluss.«

Ein Bild schoss durch Aristids Kopf. Eine flache Hand, die gegen eine Tür gedrückt wurde. Genau, er hatte den verdammten Ring schon einmal gesehen. Aber wo war das gewesen mit der Tür? Im Vatikan? Er grub in seinem Gedächtnis, doch das Bild war wieder erloschen.

Die Tochter des Wirts kam und wollte ihm Wein nachgießen, er hob abwehrend die Hand. Ein bisschen angeheitert, das war in Ordnung. Nach mehr stand ihm nicht der Sinn. Er sah, wie der Mann mit dem blauen Mantel aufstand und dem Blonden dabei ein Säckchen über den Tisch zuschob.

»Hör mal …« Aristid legte die Hand auf die seines Freundes. »Siehst du die beiden in der Ecke? Die mit den Kapuzen?«

Cosimo stierte hinüber, aber der Wirt, der eine dampfende

Schüssel zu einem der Tische trug, verdeckte die Objekte ihrer Neugierde, und als die Sicht wieder frei war, verschwanden sie bereits ins Freie.

»Vielleicht ist es eine Prüfung des Herrn«, murmelte Cosimo. »*Zwölf* Apostel hat er erwählt. *Zwölf* Söhne zeugte Jakob, und daraus entstanden die *zwölf* Stämme Israels …«

»Ja, ja …«

»Vielleicht muss ich warten, bis ich das zwölfte Weib geehelicht habe, bevor Gott mir einen Sohn schenkt.«

»Das ist Blödsinn.«

»Ach ja?« Müde trank Cosimo seinen Becher aus. »Ich muss los. Ich bin besoffen, und wenn ich besoffen bin, sitzt bei mir das Messer lose. Du weißt, was ich meine.« Sein Schemel fiel polternd zu Boden, als er aufstand. »Vielleicht will sie mich auch gar nicht. Die Nachbarn werden ihre Eltern gewarnt haben. Fünf tote Ehefrauen …« Er legte einige Münzen auf den Tisch und schnappte sich seinen Umhang. »Der mit dem blauen Mantel steht übrigens im Dienst von Arsenius, du weißt schon, der Bischof von Horta, der gegenüber von der Tiberinsel wohnt. Sein Sohn Anastasius ist wegen des Brandes im Borgo damals exkommuniziert worden, hast du sicher von gehört. Er soll einen Jungen bezahlt haben, der den Brand für ihn legte.«

»Arsenius«, murmelte Aristid.

Dem Heiligen Vater ging es in den nächsten Tagen ein wenig besser. Zu verdanken war das wohl vor allem den Künsten von Johannes, dem Nomenclator des Papstes. Eine seltsame Gestalt war dieser Johannes: oft verschlossen, dann wieder hilfsbereit, einmal scharf in den Formulierungen, zu anderen Zeiten liebenswürdig und sogar mit einem gewissen Sinn für Humor begabt. Der Nomenclator galt als einer der wenigen, die es ohne Hilfe von Gönnern in der Hierarchie des Vatikans nach oben geschafft hatten. Niemand schien genau zu wissen, woher er stammte, doch er besaß außergewöhnliche theologische und auch medizinische Kenntnisse. Wie er die Gichtanfälle von Papst Sergius, dem Vorgänger Leos, mittels seiner Tränke linderte – das war zur Legende geworden. Und da er sich auch nicht zu schade war, den Vatikanbeamten und sogar den Menschen in den Armenhäusern beizustehen, brachte man ihm in weiten Teilen der Bevölkerung Zuneigung und Bewunderung entgegen. Kein Wunder, dass Leo ihn gleich nach seiner Ernennung zum Papst als Nomenclator berufen hatte, womit er für die Wohlfahrt zuständig geworden war.

Natürlich hatte sein Aufstieg nicht nur Begeisterung hervorgerufen. Aristid selbst hatte ihn eine Weile mit Argwohn betrachtet. Ein Fremder aus dem Nichts … Doch da Leo den Mann über alle Maßen schätzte und da Johannes außerdem mit dem Superista der Garde, Aristids Vorgesetztem, in tiefer Freundschaft verbunden war, waren seine Bedenken geschwunden. Und auch dieses Mal hatten die Tränke des Mannes ja offenbar Wirkung gezeigt. Es hieß, dass Leo bereits nach einer anständigen Mahlzeit verlangt hatte.

Aristid, der soeben seinen Wachdienst vor dem Schlafzimmer des Heiligen Vaters beendete hatte, blickte zögernd von einer der Verbindungsbrücken in die Nacht hinaus. Sollte er heim in die Mietskaserne in der Nähe der Kolosseum-Ruine, wo er eine Wohnung besaß? Nichts zog ihn in die muffigen Räume, in denen es zudem seit Tagen ein Rattenproblem gab. Er war auch nicht müde. Also rüber zum Wachturm, wo er in der Rüstkammer seine Waffen auf Vordermann bringen konnte. Hatte er schon länger vor.

Wenig später war er dabei, sein Schwert zu polieren – der beste Freund, wenn es hart auf hart ging. Es war eine teure, eine exzellente Waffe: zweischneidig natürlich, blitzscharf. Das

Heft war mit Einlegearbeiten aus Kupfer und Messing verziert, und die Klinge trug die Gravur des dänischen Schmieds, der sie ins Feuer gehalten hatte: Leutlrit. Die Kostbarkeit war Aristid während der Schlacht gegen die Sarazenen in die Hände gefallen – der Teufel mochte wissen, wie sie von den Dänen zu den Muselmanen gelangt war –, aber er hatte sofort erkannt, dass er ein Meisterstück ergattert hatte.

Nach dem Schwert nahm Aristid sich die *Franziska* vor, eine fränkische Wurfaxt, deren stumpfer Winkel zwischen Klinge und Schaft das Schleudern erleichterte. Er schärfte die Schneide und vollführte einige Hiebe. Auch sie ein Prachtstück, das wunderbar in der Hand lag.

Als er sie beiseitelegte, fiel sein Blick auf das Turmfenster. Schon wollte er sich wieder abwenden, als er plötzlich von einer der Pappeln draußen eine Eule auffliegen sah. Sie schwebte auf den Palast zu, elegant, schwerelos. Ihre Schwingen hoben sich dunkel gegen die goldene Scheibe des Mondes ab. Plötzlich stieß sie einen langgezogenen dumpfen Schrei aus – und war im nächsten Moment verschwunden.

Aristid leckte über seine Lippen. Eulen galten als Botinnen des Todes. Daran glaubte er nicht, aber das Echo des unheimlichen Schreis trieb ihm eine Gänsehaut über den Rücken, und er war froh, als er auf der Treppe zur Rüstkammer Schritte hörte.

»Hier steckst du!« Gerold trat ein, der Superista, der Führer der Garde, ein Mann um die fünfzig, hochgewachsen, mit immer noch feurig-roten Locken, die ihn jünger erscheinen ließen, als er tatsächlich war. Aristid mochte ihn. Gerold war klug und rasch in seinen Entscheidungen, selten ungerecht und sogar fähig zu lachen, wenn es einen Anlass dazu gab. Übrigens war er es auch gewesen, unter dessen Leitung die Leoninische Mauer hochgezogen worden war. Ein Mann aus dem Norden, ein Markgraf aus einem Landstrich, der sich

Friesland nannte. Der Teufel mochte wissen, was ihn ausgerechnet nach Rom, in die Stadt der Ränke und Intrigen, verschlagen hatte.

»Sieh dir das mal an.« Gerold breitete einen Plan auf dem Tisch der Waffenkammer aus. Es gab in der Garde ältere, erfahrenere Leute als ihn, daher wunderte sich Aristid wieder einmal über die Aufmerksamkeit, die Gerold ihm in letzter Zeit schenkte. Er hatte jedoch keine Zeit, sich geschmeichelt zu fühlen. Gerold kam sofort auf das Problem zu sprechen, das ihn beschäftigte: Wie könnte man die Küste vor Rom stärker sichern? Die Sarazenen waren bei Ostia geschlagen worden, aber sie würden wiederkommen, davon war er überzeugt. »Außerdem«, fügte er nach kurzem Zögern hinzu, »dürfen wir die Normannen nicht aus dem Blick verlieren.«

Da hatte er recht. Aristid wusste nur wenig von den Nordmännern, aber er hatte von ihren wendigen Schiffen gehört, mit denen sie mittlerweile in ganz Europa plünderten und seit Neuestem sogar die Mittelmeerstädte ansteuerten.

Gerold klopfte mit den Fingern auf den Plan. »Wir haben die Mauer, aber das reicht nicht für eine effektive Verteidigung. Ich denke an Katapulte.«

»Was, wenn wir sie bereits an der Küste abfangen?«

»Zu sumpfig für einen Kampf. Und außerdem überflüssig. Dort draußen gibt's ja kaum was zu holen. Wenn die Dreckskerle Beute machen wollen, müssen sie landeinwärts nach Rom. Dafür benötigen sie Zeit, sicher einen halben Tag. Wenn wir auf den Straßen, an den wichtigsten strategischen Punkten, Katapulte bereit hielten …«

»*Falarikas*«, unterbrach ihn Aristid. »Ich hab mal gesehen, was diese Brandgeschosse anrichten. Damit kannst du eine ganze Flotte in Brand setzen, und zwar bevor der erste Mann einen Fuß an Land gesetzt hat. Wenn wir mit Hilfe der Katapulte, die wir dort stationieren, Falarikas abfeuern …« Er begann seine Idee zu erklären. Katapulte in den Ruinen von Ostia – das wäre es doch!

Gerold nickte versonnen. »Der Hafen ist kaum noch zu gebrauchen, aber die Sarazenen lenken ihre Schiffe trotzdem immer wieder dorthin. Ja, das gefällt mir: Setzen wir die Dreckskerle schon vor der Landung schachmatt.«

Aristid lächelte.

Gerolds Begeisterung flaute indes schon wieder ab. »Bei den Normannen würden uns die Brandgeschosse nichts nutzen. Die brauchen keinen Hafen. Ihre Schiffe sind so flach gebaut, dass man sie überall an Land ziehen kann. Ich hab's mit eigenen Augen gesehen …« Kurz sah es aus, als wollte er etwas erklären, sein Blick glitt in die Vergangenheit, aber dann zuckte er nur mit den Schultern und deutete auf seinen Plan, auf dem der vier Meter dicke und mehr als zwölf Meter hohe Wall eingezeichnet war, der das vatikanische Territorium umschloss. Durch drei Tore konnte man in diesen Bereich gelangen – und diese Tore mussten geschützt werden.

Sie vertieften sich in den Plan, und Aristid deutete auf die Stellen, wo sich auch hier Katapulte als Verteidigungswaffen anboten. Man müsste die Männer sorgfältig daran ausbilden, natürlich. Und wenn man auch den Tiber mit einbezog?

»In den Schatzkisten des Vatikans herrscht gähnende Leere.«

Aristid wollte nicken, stattdessen blickte er wieder zum Fenster. Die Eule sandte erneut ihren Schrei in die Nacht. Unheimliches Drecksvieh! Ihm kam, vielleicht wegen seines mulmigen Gefühls, der Abend in der *Libelle* wieder in den Sinn, und er fragte unvermittelt: »Wie war das eigentlich damals, als der Borgo in Flammen aufging?«

Überrascht zog Gerold die Augenbrauen hoch. »Warum interessiert dich das?«

»Wurde nicht jemand exkommuniziert? Es hat doch ein Geständnis gegeben, oder?«

»Ja, der Junge, der den Brand legte, war zum Heiligen Vater gekommen, weil er mit seiner Schuld nicht zurechtkam. Exkommuniziert wurde aber Kardinal Anastasius, der den Burschen zu der bösen Tat angestachelt hat.«

»Der Sohn von Arsenius?«

»Warum fragst du, wenn du es weißt?«

Kurz überlegte Aristid, ob er von seinem Tavernenbesuch erzählte sollte, aber dann kam ihm die Sache lächerlich vor. Ein Diener von Arsenius hatte sich mit jemandem getroffen und ihm Geld zugeschoben – das konnte alles und gar nichts bedeuten.

4. KAPITEL

Dorstadt, 855

Da ist es!« Freya schlug vor Aufregung die Hand vor den Mund. Sie hatten es geschafft. Gott im Himmel! Vor ihnen lag Dorstadt. Der Ort, aus dem Gisla vor Jahren geraubt worden war, die Heimat ihrer Mutter. Sie waren tatsächlich nach Hause gekommen!

Ein lauer Frühsommerwind wehte ihnen aus einem Garten voller blühender Obstbäume entgegen. Hinter dem Garten erhob sich eine Bruchsteinmauer. Sie war zwar nicht besonders hoch und an einer Stelle, wo ein Fluss strömte, durch ein Gatter unterbrochen. Und doch – sie zeigte, dass der Ort wehrhaft war.

Freya hakte sich bei Asta ein und gab ihr einen stürmischen Kuss. Wie oft sie in den vergangenen Monaten gezweifelt hatten und aufgeben wollten! Tagelang hatten sie sich in den Wäldern verborgen und von dem wenigen gelebt, was sie dort fanden. Als der Hunger zu arg wurde, hatten sie an ein Haus geklopft, waren aber fortgejagt worden. Sie hatten Fallen gebaut und schließlich gar gestohlen. Gerettet hatte sie ein alter Bauer. Er wohnte in Bardowick, der ersten größeren Niederlassung, auf die sie trafen. Der Mann trat aus seinem Haus, und in den tiefen Falten glitzerten Tränen. Bald stellte sich heraus, dass ihm das Weib und seine vier Söhne weggestorben waren – alle in einer einzigen Woche –, und er brauchte dringend Hilfe, um sein Haus aus Weiden und Lehm zu flicken, und später, um den Acker zu furchen. Er war aufbrausend gewesen und hatte sie gelegentlich geschlagen, aber er hatte sie auch am Leben gehalten.

Doch nachdem sie den Pflug über den steinigen Acker gezogen hatten, war die alte Unruhe wieder über sie gekommen. In Bardowick ging es ihnen ja kaum besser als bei den Dänen. Also hatten sie sich eines Nachts davongemacht, und nun, nach mehreren Wochen anstrengenden Marschierens, standen die Schwestern hier, im Glanz der Frühlingssonne, vor einem Tor, das sie wie mit offenen Armen zu empfangen schien.

»Und wenn dieser Gerold gar nicht mehr da ist? Oder wenn uns die Leute wegjagen? Die hören doch, von wo wir kommen«, meinte Asta ängstlich. Eine Frage, die auch Freya beschäftigte. In Bardowick war man ihnen mit Misstrauen begegnet, und die Nachbarn hatten den alten Mann beschimpft, weil er Dänen Unterschlupf bot. Freya und Asta hatten sich bemüht, ihr Deutsch zu verbessern, was ihnen erstaunlich gut gelang, vielleicht weil sie von ihrer ersten Stunde an die Stimme ihrer Mutter gehört hatten. Aber wer aufmerksam lauschte, konnte immer noch erraten, wo sie aufgewachsen waren. Und der Hass auf die räuberischen Dänen saß tief.

»Wir müssen jetzt Mut haben«, erklärte Freya und marschierte weiter, bevor sie womöglich verzagten.

Man nahm sie am Tor tatsächlich genau in Augenschein, besonders Freya, die immer noch die Kleider des toten Köhlers trug und genau wie in Bardowick als schmächtiger junger Mann durchging. Sie fabulierte von Bardowick, machte den Bauern zu ihrem Großvater, ließ ihn sterben und erfand eine gierige Verwandtschaft, die ihnen den Hof weggenommen hatte, um zu erklären, warum sie auf Wanderschaft waren. Aber bald merkte sie, dass die Blicke der Männer zu Asta wanderten, die … ja, was machte sie eigentlich? Nichts Besonderes, nur war sie eben so verflixt hübsch. Sie hatte ihre Haare zu einer komplizierten Frisur geflochten und … was auf ihre Lippen geschmiert? Unmöglich, dass die von allein so glänzten. War das Fett?

Astas Schönheit erwies sich in dieser Situation als Glücksfall. Nach einigen Scherzen winkten die Wächter sie umstandslos in die Mauern. Einer rief ihnen sogar hinterher, wo sie sich den Magen füllen könnten, nämlich bei der nachmittäglichen Armenspeisung am Dom.

Erst einmal liefen sie jedoch staunend durch die Straßen. Dorstadt war größer als Bardowick, viel größer. Die Häuser, die sich an den Gassen entlangzogen, waren oft doppelstöckig gebaut, einige gar aus Stein wie Kirchen. An einem Fenster hatten die Bewohner die Schweinsblasen entfernt, um das Sonnenlicht hineinzulassen, und Freya konnte einen Blick auf einen kostbaren Wandteppich erhaschen, der womöglich aus dem Orient stammte, denn es waren Menschen in fremdländischer Kleidung eingestickt. Am Querbalken über einer Tür entdeckte sie Buchstaben. Vielleicht handelte es sich um einen magischen Spruch, der das Heil des Christengottes auf das Haus lenken sollte. Sie bedauerte, dass sie ihn nicht lesen konnte.

Die Gasse mündete auf einen Markt, auf dem Vieh, Stoffe, Schuhwerk und das letzte schrumplige Wintergemüse verkauft wurden, und als sie in eine weitere Straße einbogen, wo die Häuser weiter zurücklagen und die Grundstücke größer wurden, entdeckten sie eine Schmiede mit glühender Esse, außerdem Höfe, einen eingezäunten Garten voller Bienenstöcke, einen Lagerraum, in dem Karren auf Käufer warteten … und überall liefen Menschen, die sich vorsichtig ihren Weg durch die vom letzten Regenguss noch aufgeweichten Straßen bahnten.

»So viele Leute«, hauchte Asta beeindruckt.

Ja, genau.

»Wenn unser Großvater tatsächlich ein Graf ist, gehört ihm sicher eines dieser Häuser«, meinte Asta und drehte sich glücklich um sich selbst.

Dann erreichten sie den Dom. Staunend blieben sie auf einem halbrunden, von einer weißblühenden Schlehdornhecke umgebenen Platz stehen und bestaunten ein Backsteinhaus – das größte Gebäude, das sie je gesehen hatten. Es war dreigeteilt, mit einem Turm auf dem mittleren Hauptgebäude. An den Seiten befanden sich niedrigere Gebäudeteile mit schrägen Dächern und fensterdurchzogenen Mauern. Das Eingangstor war aus wehrhafter Eiche – vielleicht eine Reaktion auf den Überfall der Dänen – und groß genug, um Dutzende Menschen zugleich hineinzulassen.

Freya hatte noch niemals eine Kirche betreten, auch nicht in Bardowick. Eine unbestimmte Scheu hatte sie stets zurückgehalten. Mutters Erklärungen über den wahren Glauben waren dürftig gewesen. Also wusste sie fast nichts über das Christentum. Sie war mit Odin, Thor und Freya, von der sie vermutlich ihren Namen bekommen hatte, aufgewachsen. Und das waren Götter gewesen, die man leicht verstand. Mächtig, aber im Grunde nicht anders als die Menschen. Ihre Wutanfälle und Intrigen hatten die Lieder der Skalden gefüllt. Jesus dagegen … »Er ist die reine Liebe«, hatte Mutter gesagt. Was sollte man sich darunter vorstellen? Außerdem war Freya nicht getauft worden. Durfte sie da überhaupt in die Kirche hinein?

Asta, die auch schon in Bardowick zum Gottesdienst gegangen war, schritt unbekümmert die breiten Stufen hinauf. Freya folgte ihr – und blieb erneut stehen. *Gott weiß alles.* Auch das hatte sie sich von den Mahnungen ihrer Mutter gemerkt. Ihm musste also klar sein, dass sie Heiden waren. In Bardowick hatte nur ein krummes, hölzernes Kirchlein gestanden, das vom mächtigen Christengott vermutlich kaum beachtet wurde. Dies hier war anders – es sah aus wie … wie das Haus eines Fürsten, ein echtes Heiligtum. Würde Gott die beiden vorwitzigen Heidinnen mit eiserner Faust erschlagen, wenn sie es einfach betraten?

»Was ist?«

»Ich will da nicht rein.«

»Nun stell dich nicht so an«, spottete Asta. Sie stieß die schwere Tür auf und verschwand im Innern der Kirche. Nichts geschah. Kein Donnern, kein himmlischer Blitz. Zögernd folgte Freya ihrer Schwester. Sie starrte auf eine hölzerne, bemalte Gestalt, die am anderen Ende der Kirche an einem riesigen Kreuz hing. Das musste Jesus sein, der arme Sohn Gottes, den sie ermordet hatten. Warum hatte sein Vater ihn nicht vor seinen Feinden beschützt? Stumm blickte Freya sich um. Die Decke über ihr wölbte sich in einschüchternder Höhe, der Kirchenraum war größer als jede Halle, die sie je betreten hatte. Hier hatte also das Gemetzel stattgefunden, von dem ihre Mutter erzählt hatte? Aus diesen Mauern war sie von Björn entführt worden?

Die Verwüstungen waren natürlich längst beseitigt. Die Dorstädter hatten die Wände mit frischer Farbe bemalt. Merkwürdig fand Freya die Gemälde an den Seiten der Kirche, Darstellungen von Menschen, die furchtbar gequält wurden. Warum hatten die Christen solche Freude an Marterbildern? Sie trat in eine Seitennische, in der ein Holzschrein mit einer Tischdecke und einem Kerzenständer stand – eine kleinere Ausgabe des Schreins vor dem Kreuz mit dem Christus. Wie sonderbar, dass ihn noch niemand gestohlen hatte, denn die Schnitzereien waren aufwendig, sicher kostbar. Hinter dem Schrein stand eine bemalte Engelstatue, erkennbar an den goldenen Flügeln. Auch der Gottesbote trug keine Kette, die ihn vor Dieben geschützt hätte. Die Christen schienen ihren Gott gehörig zu fürchten.

Durch die Fenster fiel das weiße Mittagslicht und tauchte den Raum in mildes Zwielicht. Das Gotteshaus beeindruckte Freya tiefer, als sie hätte zugeben mögen. Aber es gab so vieles, das sie nicht verstand. Warum beispielsweise hatte Gott seine Allmacht nicht genutzt, um die Normannen zu erschlagen, die vor seinen Augen seine Kinder niedermetzelten?

»Schau mal!« Asta zog sie in den Hauptraum zurück und zeigte auf ein Gemälde, das einen Mann mit einem Kind auf dem Arm zeigte. »Das hier ist der Herr Jesus.«

Woher wollte sie das wissen? Von ihren Kirchenbesuchen in Bardowick? Als ihre Schwester ein Kreuz schlug, tat Freya es ihr rasch nach. Der Mann auf dem Gemälde sah gütig aus. Es bewegte sie, wie liebevoll er auf den Säugling auf seinem Arm niederblickte. »Ich wusste nicht, dass Jesus Kinder hatte.«

»Hatte er doch auch nicht, du Dummchen. Aber er liebt Kinder. Und zwar alle. Jesus liebt jedes einzelne Kind auf Erden«, erklärte Asta im Brustton der Überzeugung.

»Auch die der Dänen? Und der Sarazenen?«

»Ich sag doch: alle. Jesus hat gesagt, dass den Kindern das Himmelreich gehört.«

Freya lugte verstohlen, ob ihre Schwester sie veralbern wollte. Doch Asta schaute ernst, und Freyas Blick kehrte zu dem lächelnden Jesus zurück. Sie musste an Orm denken, dem sie die Beeren geschenkt hatte. Jesus liebte diesen kleinen Bengel also ebenfalls? Auf geheimnisvolle Weise schien der Mann auf dem Gemälde plötzlich nicht mehr das Kind, sondern sie selbst anzulächeln. Aufgewühlt blickte Freya zur Seite, dann kehrte sie raschen Schritts ins Freie zurück. Sie wartete, bis auch Asta herauskam. »Wir müssen unseren Großvater suchen«, erklärte sie schroff.

»Ist die Kirche nicht wunderschön?«

»Unsere Mutter hat der Christengott jedenfalls nicht beschützt.« Sie wartete auf keine Antwort, sondern ging auf den nächsten Passanten zu, einen ärmlich gekleideten Mann, der sich auf zwei Stöcke stützte, und fragte nach Gerold, dem Markgraf von Villaris. Der Lahme zuckte mit den Achseln und schleppte sich weiter. Kannte er vielleicht keine wichtigen Leute? Sie suchte nach besser gekleideten Menschen. Niemand konnte ihr helfen. Nun gut, seit Mutter entführt worden war, waren achtzehn Jahre verstrichen – eine Ewigkeit. Möglich, dass Gerold schon lange gestorben war. Oder war er bei dem Überfall ebenfalls umgekommen und Mutter hatte sich die Sache mit seinem Rufen nur eingebildet? Irgendwie musste man sich ja trösten, wenn das Leben sich in einen Alptraum verwandelte.

Asta stand wieder neben ihr. »Ich hab Hunger.«

Freya schnupperte. Erst jetzt merkte sie, dass ein würziger Duft nach Fleischsuppe in der Luft lag. Woher kam er? Aus dem alterskrummen Holzhaus, das mit offener Tür in der Nähe des Doms in einem kleinen Gemüsegarten stand? Fand hier vielleicht die Armenspeisung statt, von der die Wachen gesprochen hatten? Sie folgte Asta, die sich bereits auf den Weg gemacht hatte.

Im Halbdunkel des Innenraums fanden sie armselige Lumpengestalten, die dicht gedrängt um einen Tisch herumsaßen. Einige stopften sich Brot in den Mund, andere blickten sehnsüchtig zu einer Feuerstelle, auf der etwas in einem rußverschmierten Kessel blubberte. Eine Frau stand hinter dem Topf und rührte eifrig. Ihr Kopf war bis auf das Gesicht unter einem Schleier verschwunden – so liefen die verheirateten Christinnen ja herum, als schämten sie sich ihrer Haare. Die Frau war hässlich, was vor allem an ihrem Mund lag: Er war zu groß für das schmale Gesicht und gab ihr etwas Fratzenhaftes. »Gleich, dauert ja nicht mehr lange. Kau mir nicht die Füße an!«, fauchte sie eine durch einen schlimmen Hautausschlag entstellte Frau an. Ein paar Haarsträhnen krochen unter ihrer Haube hervor. Sie schwitzte.

Als sie die Neuankömmlinge erblickte, war Freya drauf gefasst, hinausgeworfen zu werden – noch zwei Esser, und dazu aus der Fremde! Aber die Frau lächelte nur kurz und brummte: »Kommt schon rein! Wer einem der Geringsten hilft … und so weiter. Ich bin Jutta.«

Das Essen war offenbar fertig, denn sie winkte einem der Männer, den Kessel vom Feuerhaken zu hieven und auf den Tisch zu tragen. Mit einer Kelle verteilte sie die Suppe, die verführerisch nach Speck und Kohl duftete, auf mehrere kleinere Kessel, die zwischen je vier Esser abgestellt wurden, dann sprach sie einen Segen über die Mahlzeit.

Ob es nun der Segen oder ihr Geschick als Köchin war – die Suppe schmeckte wie … »Ist wie Manna!«, sagte der Mann, der Freya gegenübersaß, und sie nickte, ohne eine Ahnung, um was es sich dabei handeln mochte. Aber noch besser war das Gefühl, als das nagende Hungerkneifen im Bauch nachließ – die reine Seligkeit. Als der Topf geleert war, was leider viel zu schnell geschah, ging Freya zu Juttas Platz am Ende des Tischs und bedankte sich. Jutta nickte und wollte wohl noch etwas Freundliches sagen, als sich ihre Miene plötzlich verdüsterte. Ihr Blick glitt zur Tür.

Freya versuchte zu erkennen, was ihre Aufmerksamkeit geweckt hatte, aber da war nichts. Oder doch? Der Raum verdunkelte sich, und ein Mann trat ein, den Jutta wohl schon durch eines der Fenster hatte kommen sehen. Er mochte um die dreißig sein – breitschultrig, wohlgenährt und in Wollkleider ohne Risse oder Flicken gehüllt. Sein Bart umschloss Kinn und Oberlippe wie ein schwarzer Kreis. Er blickte sich um, und die Menschen am Tisch schienen zu schrumpfen.

Gemächlich trat er heran und blieb vor einem Mann stehen, der immer noch seinen abgeleckten Löffel in der Faust hielt.

»Diethard – da schau her.« Die Lippen in dem schwarzen Kreis verzogen sich zu etwas schwer Deutbarem. Er nahm dem Hungerleider den Löffel aus der Hand. »Hat es nicht eine Abmachung gegeben? Hatten wir beide nicht etwas besprochen?«

Die Worte klangen harmlos, aber die Furcht im Gesicht des Angesprochenen sprach ihre eigene Botschaft. Jutta kam um den Tisch herum. »Lass ihn, er hatte Hunger, und unser Heiland sagt …«

»Ich weiß, dass er Hunger hat. Alle haben Hunger. Natürlich haben sie Hunger. Der Herr hat sie mit Krankheiten und Gebrechen gestraft. Aber ist es nicht gerade deshalb empörend, wenn einige von unseren Armen, die weit weniger der Hilfe bedürfen als andere, diese verdrängen – immer nur drauf bedacht, sich als Erste das Maul zu stopfen?«

Er legte den Löffel auf den Tisch und griff stattdessen nach dem Stock, auf den sich der Gescholtene bei seiner Ankunft gestützt hatte. »Wie oft muss man es dir noch sagen, Jutta: Die Suppe reicht nur, wenn du sie mit Augenmaß austeilst. Du darfst dich nicht von den Gierigen und Schmarotzern überreden und die Demütigen leiden lassen. Ist es nicht so, Emma?«

Die Frau, die er ansprach, lächelte schüchtern. Ihr Nebenmann murmelte etwas Zustimmendes. Ein Krüppel, dem das linke Bein fehlte, beugte sich über den Tisch und schlug Diethard mit seinem Löffel auf die Hand – eine eher kränkende als schmerzhafte Geste.

Hatte der Mann mit dem schwarzen Bart recht? War Jutta zu weichherzig? Diethard war keine Krankheit anzusehen. Was natürlich nichts heißen musste. Es gab ja auch Leiden, die erst auf den zweiten oder dritten Blick zu erkennen waren.

Aber der Ankömmling war, wie es schien, der großherzige Spender der Suppe, dann durfte er auch entscheiden, wem er seine Gabe zuteilkommen lassen wollte. Er ging am Tisch entlang und blieb bei Asta stehen. »Schmeckt's?«

Sie starrte ihn an wie das Hühnchen den Habicht.

»Ein neues Gesicht, ja? Der Herr in seiner Güte scheint beschlossen zu haben, diese armselige Hütte mit einer besonders schönen Blume zu schmücken.«

Der Mann lächelte, und Astas Wangen färbten sich glühend rot. Sie strich sich, ohne es selbst zu merken, eine Haarsträhne aus dem Gesicht.

»Lass sie in Ruhe«, fauchte Jutta, die begonnen hatte, die leeren Kessel zu einer Wanne zu tragen.

»Armes Kind, du siehst erschöpft aus. Sicher hast du einen weiten Weg hinter dir. Woher kommst du?«

Asta stotterte etwas von Bardowick.

»Oh! Ein weiter Weg für ein schutzloses Mädchen.«

»Mein Bruder ist ja bei mir.«

Der Mann nahm Freya ins Visier und nickte ihr kurz zu. »Dann hast du Glück. In Zeiten wie diesen sollte keine Frau allein durch die Welt laufen. Wie ist dein Name?«

»Esther«, log Asta rasch. Das klang so ähnlich wie ihr richtiger Name, verriet aber nicht ihre heidnische Herkunft. Sie hatte ihn schon in Bardowick benutzt, und Freya hatte sich dort Johannes genannt – in Anlehnung an die tapfere Johanna, die ihre Mutter hatte retten wollen, als Björn den Dom überfallen hatte.

»Und was hat dich … was hat euch beide in unsere Stadt geführt, Esther?«

»Wir suchen unseren Großvater. Gerold von Villaris.«

Der Mann schüttelte bedauernd den Kopf, auch er schien den Namen nicht zu kennen. »Wo werdet ihr denn heute überna…«

»Bei mir«, fuhr Jutta dazwischen, als wäre es bereits abgesprochen. »Und morgen werden sie weiterreisen.«

»Wie schön, dann ist ja für alles gesorgt.« Der Mann lehnte den Stock wieder gegen den Tisch. »Sollte es dir und deinem Bruder trotzdem an etwas mangeln, schöne Esther – ich spende nicht nur das Essen für die Armen, die meine Schwägerin nach Gottes Wünschen bekocht, sondern führe auch selbst ein christliches Haus. Ihr könnt dort jederzeit klopfen. Giso ist mein Name, und mein bescheidenes Heim liegt gegenüber der Schmiede.« Er wandte sich zum Gehen, drehte sich dann aber noch einmal um. »Was mir gerade einfällt: Eine meiner Mägde ist krank geworden. Kann sein, dass ich euch eine Zeitlang Arbeit geben könnte, falls euch das eine Sorge von der Seele nehmen sollte.«

Scharf fuhr Jutta ihn an: »Die beiden werden zu mir kommen. Ich brauche ihre Hilfe mehr als du.«

»Ich dachte, sie wollten morgen schon weiter?«

Jutta schwieg überrumpelt, und Giso ging zur Tür. Dort drehte er sich ein weiteres Mal um. Jetzt galt sein Blick dem ganzen Raum. »Wie es aussieht, hat die Zahl der wahrhaft Armen in dieser Stadt abgenommen und die der Schmarotzer sich dafür verdoppelt. Ich werde entsprechend Anweisung geben, die Rationen für die Armenspeisung zu kürzen.«

Im nächsten Moment war er verschwunden.

Sie gingen ebenfalls. Jutta hatte ihr Angebot, dass sie bei ihr übernachten könnten, nicht wiederholt und es ja auch offensichtlich nicht ernst gemeint. Sie hatte diesen Giso nur mundtot machen wollen. Die Götter mochten wissen, was für eine Fehde die beiden miteinander ausfochten.

»Was für ein grässliches Weib!«, schimpfte Asta, als sie das Haus hinter sich gelassen hatten. »Der Mann gibt sein Geld, und zum Dank muss er sich von dieser Schnepfe beleidigen lassen. Hast du das gehört? Den Ton, in dem sie ihn angefahren hat? Als wäre er ihr Knecht! Dabei muss er viel wohlhabender sein. Hast du seinen Rock gesehen? Die Borte aus Samt? Und wie gütig von ihm, selbst nach dem Rechten zu schauen. War aber offenbar auch nötig. Warum sagst du nichts?«

»Weil ich nicht zu Worte komme.«

»Willst du wissen, was mit dieser Jutta los ist? Sie neidet ihm, dass der Allmächtige ihn segnete und sie selbst darben muss. Sicher ist sie eine arme Verwandte, die sich ärgert, weil er ihr keine Münzen in den Rachen schiebt. Es ist mehr als großzügig, dass er sie trotz ihres unverschämten Benehmens die Suppe kochen lässt. Und nun?«

»Was – nun?«

»Werden wir Gisos Angebot annehmen und bei ihm wegen Arbeit nachfragen? Bisher haben wir über unseren Großvater nichts herausgefunden. Vielleicht lebt er gar nicht mehr. Und irgendwie muss es ja weitergehen.«

Daran hatte Freya auch schon gedacht. Widerstrebend schüttelte sie den Kopf. »Bis es dunkel wird, suchen wir weiter nach ihm.«

Aber wen auch immer sie ansprachen – kaum jemand konnte sich an den Namen Gerold von Villaris erinnern, und wer es doch tat, wusste nichts über seinen Verbleib. Der Überfall der Normannen, ja, der war den alten Leuten noch im Gedächtnis. Eine entsetzliche Tragödie. Der Brand, die vielen Toten, die geschändeten Weiber … Es hatte Jahre gedauert, den Dom wiederherzurichten. Jeder, der es irgendwie einrichten konnte, hatte seine Arbeitskraft zur Verfügung gestellt. Gisla? Die Tochter von Gerold? Müdes Kopfschütteln.

»Möge Gott die dänischen Teufel für ihre Sünden in der

Hölle schmoren lassen«, murmelte Asta. Es war mehr ein Ausdruck ihrer Enttäuschung als ein wahrer Fluch, aber er hatte eine erschreckende Wirkung. Der Mann, mit dem sie gerade sprachen, ein Händler, der auf dem Markt Fische verkauft hatte und nun das, was übrig geblieben war, in einen Sack stopfte, fuhr herum. Ängstlich schaute er sich um, kurz sah es aus, als wollte er sie einfach stehen lassen, aber dann hauchte er ein »Psst« und teilte ihnen mit leiser Stimme etwas Furchtbares mit, das sie zutiefst erschreckte.

Es gab immer noch Normannen in der Stadt. Mehr noch – sie waren sogar die Herrscher von Dorstadt geworden. Nicht die Räuber von damals, doch vor Jahren war jemand namens Rörik zum Plündern gekommen, und Kaiser Lothar – hier wurde die Stimme des Mannes dunkel vor Missbilligung – hatte dem Mann, anstatt ihn zum Teufel zu jagen, ganz Friesland als Lehen gegeben. Eine politische Entscheidung, die man nicht verstand und die zu größtem Zorn unter den Einwohnern geführt hatte, verständlicherweise, nach dem, was man ihnen angetan hatte. Ja, der Mann war getauft worden, aber mit Sicherheit hatte ihn das nicht zu einem Jünger Jesu gemacht, denn jetzt überfiel er angeblich mit einem Teil seiner Männer die Christen in Flandern und im Frankenreich. Es gab auch Gerüchte, dass er zurück in seine Heimat wolle, um sich dort sein Erbteil wiederzuholen, das ihm jemand entrissen hatte. Und das wäre wohl die beste Lösung. »Die Dänen und Schweden und wie sie alle heißen sind Mörder, Berserker, Teufel. Die besitzen gar kein Herz, das sie im heiligen Wasser der Taufe reinigen könnten. Wenn der Wolf sich das Fell eines Lammes überzieht, bleibt er doch ein Wolf!«

Der Fischer hatte sich in Rage geredet, aber nun wollte er heim. Der Marktplatz hat sich bereits zu leeren begonnen, die Sonne stand direkt über dem Turm des Doms. Für einen Rat ließ er sich aber trotzdem noch Zeit. »Es gibt momentan nur wenige von diesen Halunken in der Stadt, doch wenn die Dunkelheit einbricht, ist es besser, ihnen nicht zu begegnen. Besonders als Frau.«

»Wir wissen, wo die Schmiede ist. Lass uns zu Giso gehen«, drängte Asta.

Eine gute Idee? Sie waren todmüde, und der Hunger klopfte auch schon wieder an die Tür. Der Gedanke an eine Mahlzeit und ein Strohlager zum Schlafen, vielleicht gar an eine längere Zeit der Sicherheit, wenn Giso sie wirklich in Dienst nähme, übte eine fast unwiderstehliche Anziehungskraft auf sie aus. Und doch … Freya dachte an den Blick, mit dem Giso ihre Schwester gemustert hatte. An seine verfluchte, aufgesetzte Freundlichkeit. Das hatten sie doch schon mehrfach auf ihrer Reise erlebt. Selbst der Alte aus Bardowick war einmal in den Stall gekommen und hatte Asta an den Busen gefasst und erst abgelassen, als Freya nach ihm getreten hatte. Sonderbar genug, dass Asta nicht selbst Angst und Ekel vor diesem Kerl empfand. Freya wandte sich an eine alte Frau, die mit einem Stoß Holz heimwärts strebte, und fragte sie nach dem Haus von Jutta.

Die Suppenköchin wohnte ganz in der Nähe, in einer verwinkelten Gasse. Ihr Heim war alt, aber keineswegs schäbig. Ein bronzener, polierter Türschlegel glänzte im Abendlicht. Freya fasste Mut und klopfte. Jutta selbst öffnete schließlich die Tür, und einen Moment wirkte sie verdutzt. Sie zögerte, als Freya verlegen ihre Bitte um Hilfe vorbrachte. Nein, angenehm waren ihr die beiden Bittstellerinnen nicht. Schließlich trat sie jedoch zur Seite.

5. KAPITEL

Rom, 855

Wann merkte Aristid, dass etwas nicht in Ordnung war? Nicht in den Gassen der Stadt, bis dorthin war die schreckliche Nachricht noch gar nicht gedrungen. Aber als er die Mauer passierte, die den Lateranpalast vom Rest der Stadt trennte, sah er Leute aufeinander einreden und heftig gestikulieren. Es ging in dem dicht besiedelten Areal zu wie in einem Bienenkorb, in den eine Hornisse eingedrungen ist. Als er langsamer wurde, verstand er einzelne Satzfetzen ... *Heiliger Vater ... furchtbare Qualen ... Nomenclator ... hatte sich gerade erholt? ... außer sich ...*

Ging es Leo schlechter? Offenbar! Beunruhigt eilte Aristid die breiten Stufen des Palastes hinauf, an den Wachen vorbei, die jedermann scharf musterten, ihn aber als Mitglied der Garde passieren ließen, dann die weiträumigen Flure entlang. Kurz vor der Tür, die in die privaten Räume des Heiligen Vaters führte, traf er auf Raduin, den stellvertretenden Kommandanten. Sein Vorgesetzter hatte es eilig, nahm sich aber die Zeit, ihn am Arm zu packen. »Hast du Waldipert gesehen?«

»Den Vicedominus? Ist er nicht bei Leo?«

»Such ihn, und wenn du ihn findest, schaff ihn auf der Stelle zu Gerold! Aber sei auf der Hut. Der Dreckskerl ist gefährlich.« Raduin eilte weiter, ohne sich näher zu erklären.

Die Tür zum Schlafgemach des Heiligen Vaters war geschlossen, und Aristid blieb ratlos vor der Tür stehen. Er hatte kein Recht, ungefragt einen der päpstlichen Räume zu betreten, und der Heilige Vater schwebte ja auch in keiner Gefahr, in der ein Schwert von Nutzen wäre. Wieso wurde Waldipert gesucht? Der Vicedominus des Heiligen Vaters war ein hochrangiger Mann, und da es Leo schlecht ging, sollte er bei ihm sein. Dreckskerl? Raduin neigte nicht zu Kraftausdrücken. Wenn es jedoch dem Papst schlecht ging und Waldipert gesucht wurde …

Gott im Himmel!

Immer noch starrte Aristid auf die Tür, und plötzlich bildete er sich ein, eine Hand zu sehen, die sie in emsiger Geschäftigkeit aufdrückte. Eine Hand, an dessen Finger klobig und angeberisch ein Ring steckte. Mit einem grellgrünen Smaragd als Schmuck. Ihm war, als hallte wieder der Schrei der Eule durch die Räume.

War es also Waldipert gewesen, dem der Fremde mit dem blauen Mantel in der *Libelle* den Beutel Münzen zugeschoben hatte? Und da Raduin ihn gerade einen Dreckskerl geschimpft hatte: Für welchen Dienst war das Geld geflossen? Aristid drückte die Fingerkuppen gegen die Augen. Hinter der Tür meinte er ein qualvolles Stöhnen zu hören, untermalt von beruhigendem Gemurmel. Gift war die Lieblingswaffe der Mächtigen in dieser verkommenen Stadt. Er war ein Narr gewesen! Warum war er dem Kerl mit dem Beutel damals nicht gefolgt? Warum hatte er die beiden Verschwörer nicht schon in der *Libelle* zur Rede gestellt oder sie zumindest gezwungen, ihre Gesichter zu zeigen?

Also gut: Raduin hatte ihm den Auftrag gegeben, Waldipert zu suchen. Wenn der Mann sich in seinen eigenen Räumen aufgehalten hätte, hätte Raduin ihn dort festgenommen. Da das nicht geschehen war … Befand er sich bereits auf der

Flucht? Raduin würde dafür sorgen, dass die Stadttore überwacht wurden, in dieser Sache brauchte er nichts zu unternehmen. Aber der Vizekommandant wusste nichts von Arsenius. Und Waldipert ahnte nicht, dass man ihn beobachtet hatte, als er den verfluchten Auftrag annahm. Was, wenn der Mörder zu seinem Auftraggeber geeilt war, um ihm mitzuteilen, dass sein Judaswerk vollendet war? Es war doch anzunehmen, dass er den größeren Teil seines Lohns erst erhalten würde, wenn der Mord stattgefunden hatte?

Aristid hastete den Weg zurück, den er gekommen war. Vor dem Tor des Palastes traf er auf Cosimo, der offenbar gemeinsam mit einem Dutzend weiterer Gardisten soeben einen der päpstlichen Ställe durchsucht hatte. »Ihr kommt mit«, ordnete er an. Eine der Seltsamkeiten dieses Tages bestand darin, dass sie ihm gehorchten, obwohl er keinen höheren Rang innehatte.

Wo sich Arsenius' Villa befand, wusste er natürlich – der Mann besaß – abgesehen vom Lateran – das luxuriöseste Anwesen der Stadt. Während sie durch die Gassen marschierten, klärte Aristid seine Kameraden kurz auf. Es ging um die Gefangennahme des Vicedominus, und, ja, sie würden zu diesem Zweck das Haus von Arsenius durchsuchen. Genau, er meinte den Kardinal.

Cosimo schob sich neben ihn. »Ist das von oben gedeckt?«, flüsterte er.

»Geht auf meine Kappe.«

Cosimo kombinierte rasch. »Es hat mit dem Vorfall damals in der *Libelle* zu tun?«

Aristid nickte.

»Prächtig. Wenn's schiefgeht, können wir uns auf ein Halleluja der besonderen Art freuen.«

»Ihr sagt einfach, dass ihr dachtet, ich hätte die Order von oben bekommen.« Aristid hob die Stimme. »Ihr durchsucht alles: Haupträume, Ställe, Nebengelasse … Nur die privaten Gemächer des Kardinals übernehme ich.«

Sie erreichten den Tiber; von da an war es nicht mehr weit. Arsenius' Villa wurde bewacht, aber die Männer mit den Lanzen waren zu verblüfft, um die päpstlichen Gardisten aufzuhalten. Hinter dem Eingang lag ein Flur, den sie mit wenigen Schritten hinter sich brachten, dann standen sie im Peristyl, einem von Säulen umgebenen Garten. Die Gardisten rissen die Augen auf. Im Juli war Rom eine trockene Stadt, aber hier grünte und blühte es trotz der Hitze, als würde der Allmächtige den Hof täglich mit einem Regenschauer beglücken. Feigenbäume, Granatapfelsträucher, Myrtensträucher mit weißen Blüten, Zitronenbäumchen, an denen gelbe Früchte hingen …

»Weiter!«, rief Aristid.

Auch in den Innenräumen herrschte einschüchternder Luxus. Leuchter aus purem Gold, üppig mit Heiligenszenen bemalte Wände, gepolsterte Stühle, die mit Seidenstoffen bezogen worden waren … Aristid entdeckte ein Bad aus Marmor, groß genug, um die halbe Garde darin baden zu lassen. In einem kleineren Zimmer, das nur ein riesiges weiches Bett beherbergte, hing der Duft von Rosen.

Er dachte an sein Mietshaus, wo die Nachbarskinder in manchen Wintern mit geschwollenen Bäuchen herumliefen, weil die Eltern sie nicht sattbekamen. Der Reichtum hier war … zum Kotzen, wenn man daran dachte, wie dieser Diener Jesu sonntags den Segen Gottes für die Armen herab erflehte.

Sie stellten das Haus auf den Kopf, Kammer für Kammer, in größtmöglicher Eile. Leider fand sich keine Spur von Waldipert, und auch der Hausherr ließ sich nicht blicken. »Er ist ausgegangen, aber ich schwöre euch, dass ich ihm alles berichten werde, was sich hier zugetragen hat. Dieses … unwürdige

Spektakel wird ein Nachspiel für euch haben!«, zischte sein Haushofmeister, dem inzwischen aufgegangen war, was sich abspielte.

Ernüchtert kehrten sie auf die Straße zurück.

Dann fanden sie Waldipert doch noch. Auf dem Weg zurück in den Lateran versperrte ihnen eine Meute Gaffer den Uferweg am Tiber. Die Leute starrten mit gereckten Hälsen zum Fluss. Zunächst vermutete Aristid einen Ertrinkenden und ärgerte sich, dass niemand Anstalten machte, ihm mit einem der Boote zur Hilfe zu kommen. Er drängte die Schaulustigen zur Seite – und entdeckte einen Leichnam, der mit dem Gesicht nach unten zwischen den Abfällen trieb. Sein Umhang, der wie eine Decke über ihm schwamm, war aus rot gefärbter Wolle, in die ein breites weißes Kreuz eingewebt war.

Fluchend packte sich Aristid selbst ein Boot und lenkte es gemeinsam mit Cosimo zu einem Strauch am gegenüberliegenden Ufer, in dem die Leiche sich mittlerweile verfangen hatte. Sie zogen den Toten an einem Zipfel seines Umhangs zu sich heran. Als Aristid einen der schlaffen Arme packte, war er kaum überrascht, an der Hand einen Ring mit einem grünen Smaragd zu entdecken. Auch die aufgeschlitzte Kehle verwunderte ihn nicht.

Kardinal Arsenius war ihnen zuvorgekommen.

Gerold selbst nahm ihm seinen Bericht ab. Sein Gesicht wurde hart, als er von Waldiperts Tod erfuhr, aber er machte sich anschließend sofort wieder auf den Weg zurück zum Papst. Noch lebte Leo, Gerold wollte an seiner Seite sein und ihn beschützen, natürlich.

Die Nacht verging, doch weder Aristid noch einer der anderen Gardisten brachte es über sich, den Palast zu verlassen. Sie fühlten sich, als hätten sie in ihrer vornehmsten Aufgabe, den Stellvertreter Gottes auf Erden zu schützen, versagt, obwohl sie ja nicht hatten ahnen können, dass der Judas aus seiner engsten Umgebung kommen könnte. Gemeinsam saßen alle, die keinen Dienst hatten, in einer der Wachstuben und starrten die Wände an. Leo war ein guter Mann – zu gut, um ihn jetzt schon entbehren zu können. Als der Morgen sein graues Licht ins Zimmer warf, drang plötzlich ein Klagen und Stöhnen durch den Palast, und noch bevor Raduin ins Zimmer trat, wussten sie, dass der mörderische Plan gelungen war.

Der Heilige Vater war tot.

Die folgenden Tage gerieten zum Alptraum. Leo wurde in der Peterskirche beigesetzt, und zwar rasch, wegen der sengenden Hitze, die einen toten Körper schnell in Verwesung übergehen ließ. Die Kirche Gottes war nun ohne Führung, und Aristid spürte bei aller Trauer auch die Unruhe, die in der Stadt herrschte. Übergangszeiten forderten zu Machtkämpfen heraus, die nicht selten in blutige Unruhen mündeten. Entsprechend groß war die Aufmerksamkeit, die sich auf die Männer richtete, die die Wahl des neuen Papstes in die Wege leiten mussten. Das Interimstriumvirat bestimmte, dass sie in drei Tagen stattfinden solle.

Am Vortag der Wahl geschah etwas, das Aristid zutiefst aufwühlte. Er war auf dem Weg zu Gerold, um mit ihm noch einmal über Waldipert zu sprechen. Dass der Mann den Heiligen Vater vergiftet hatte, war inzwischen zwar bekannt, aber noch war er in den Aufregungen um das Begräbnis nicht dazu gekommen, von seiner Beobachtung in der *Libelle* zu berichten. Vielleicht hatte er auch gezögert, weil er sich fragte, ob er wirklich sicher sein könne, was den Mann anging, der Waldipert den Beutel herübergeschoben hatte. Was, wenn er Arsenius zu Unrecht beschuldigte? Doch am Ende war es nicht seine Sache zu bewerten, was er gesehen zu haben glaubte. Das musste Gerold tun.

Er erreichte die Räume des Superista, zwei karge, auf Nützlichkeit ausgerichtete Zimmer, in denen gelegentlich auch Besprechungen stattfanden. Als er pochte, blieb hinter der Tür alles still. Wie bedauerlich! Aristid wollte sich abwenden – und mochte doch nicht gehen. Was, wenn Gerold nur einen der Aborte aufgesucht hatte? Er wollte sein verdammtes Wissen endlich loswerden. Unruhig wippte er mit den Zehen. Es war ja nicht nur die Verschwörung in der *Libelle*, die ihn zu dieser Tür gebracht hatte. Er hielt es durchaus für möglich, dass Arsenius sich wegen der Durchsuchung über ihn beschweren würde oder es schon getan hatte. Dann war es nur gut, wenn auch seine Sicht der Angelegenheit bekannt wurde. Vielleicht also doch noch ein bisschen warten? Hinter der nächsten Ecke des Flurs stand eine Bank – ein guter Ort, um sich zu sammeln.

Er saß nur kurz auf dem kissenbedeckten Sitzmöbel, als sich tatsächlich eine Tür öffnete und Gerolds Stimme zu hören war. Mit einem Stoßseufzer kam Aristid wieder auf die Beine. Als er um die Ecke lugte, sah er den Superista vor der Zimmertür stehen. Leider war er nicht allein – vor ihm stand Johannes, der Nomenclator. Aristid biss sich auf die Lippe. Da wollte er lieber nicht zwischenplatzen.

Als er sich schon abwenden wollte, als er sah, wie Gerold die Hände des Mannes ergriff und sie … Er drückte sie. Alle beide. Irgendwie … zärtlich? Verflucht ja, es war eine verdammt liebevolle Geste. Verwirrt starrte Aristid auf die ineinander verschlungenen Finger, die sich einfach nicht voneinander lösen wollten. Nun fiel ihm auch auf, wie dicht Gerold und Johannes voreinander standen. Ihre Gesichter berührten einander fast.

Er schluckte. Unter den Gardisten, die oft zu wenig verdienten, um eine Familie durchbringen zu können, kam es gelegentlich zu unschicklichen Verbindungen. Wurden sie entdeckt, waren die Strafen hart. Gott hatte den Menschen als Mann und Frau geschaffen, und so sollten sie einander nahe kommen. Da kannte die Heilige Kirche keine Nachsicht. Und nun beging Gerold selbst so ein Verbrechen?

Die Finger lösten sich, Johannes flüsterte lächelnd ein paar Worte, die Aristid nicht verstand, dann schritt er davon. Als Gerold in seine Räume zurückkehren wollte, gab Aristid sich einen Ruck und trat um die Ecke. Der Superista schien völlig unbefangen, als er ihn zu sich rief und ihn mit einer Handbewegung in sein Zimmer bat. Hatte es das kurze Zwischenspiel eben wirklich gegeben?

»Also?«, fragte er und lauschte aufmerksam, während Aristid ihm von den beiden Männern in der *Libelle* erzählte. Seine Augen wurden immer größer. »Und du bist sicher, was ihre Identität angeht?«

Der Diener sei nur von Cosimo erkannt worden, musste Aristid zugeben. »Aber Waldipert hat dort auf jeden Fall gesessen. Der Ring ist einmalig. Und ich habe mit eigenen Augen gesehen, wie sein Gegenüber ihm einen Beutel zugeschoben hat. Dass ihm die Kehle durchschnitten wurde, ist ja wohl auch über jeden Zweifel erhaben«, fügte er trocken hinzu. Er berichtete von der Durchsuchung der Kardinalsvilla.

Gerold kaute auf seiner Lippe und schüttelte schließlich den Kopf. »Das ist zu wenig, um etwas zu unternehmen. Arsenius ist einer der mächtigsten Männer der Stadt. Er kann den Verdacht mit einem Schnippen seines Fingers beiseitefegen. Ich wäre selbst misstrauisch, wenn ich dich nicht kennen würde.

Behaupten kann man viel. Und dass Waldipert ein Geständnis ablegt, hat er ja erfolgreich verhindert.«

Aristid nickte niedergeschlagen.

»Außerdem … Es geht das Gerücht, dass Arsenius' Sohn Anastasius es auf den Papstthron schaffen könnte.«

»Was?«

»Die kaiserliche Partei hat sich für ihn eingesetzt. Die päpstliche Partei hat daraufhin für Hadrian votiert – das ist ein Priester aus Sankt Calixtus. Aber der Mann ist schwach. Gut möglich, dass Anastasius sich durchsetzen wird.«

Aristid riss die Augen auf. Er hatte wenig auf die Kandidatenauswahl geachtet. Das war hohe Politik, darauf hatte er sowieso keinen Einfluss. Sein Magen füllte sich mit Blei.

Gerold, der merkte, wie ihm zumute war, klopfte ihm auf die Schulter. »Mach dir keine Sorgen. Wenn Arsenius deswegen zu mir kommen sollte … Ich stehe auf deiner Seite. Und da er Dreck am Stecken hat, wird er kaum Staub aufwirbeln wollen. Nicht in einer so kritischen Phase.«

»Er kann auch später noch zum Schlag ausholen.«

»Niemand kann sein Leben bis zum Ende planen.« Gerolds Lächeln war offen und ohne Arg. Unsicher starrte Aristid ihn an. Hatte sein Kommandant tatsächlich den Nomenclator … unangemessen berührt? Oder hatte er die kurze Szene falsch gedeutet? Inzwischen war er beinahe überzeugt, sich geirrt zu haben.

Die Wahl wurde zu dem spektakulären Ereignis, das Gerold vorausgesagt hatte. Die kaisertreuen Kleriker versuchten, ihren Kandidaten Anastasius durchzusetzen. Die päpstlichen Kandidaten den unschlüssigen Hadrian. Aber dann kam es zu einer Wendung, mit der niemand gerechnet hätte: Das Volk, das ebenfalls zur Wahl gekommen war und nach der Verfassung des Jahres 824 dasselbe Stimmrecht wie der hohe Adel und die Kleriker besaß, stemmte sich gegen die Mächtigen. Mit seiner Hilfe wurde der Nomenclator Johannes Anglicus zum Papst gewählt.

6. KAPITEL

Dorstadt 855

Ein Fischer klopfte. Er trug einen kleinen Korb mit Kaulbarschen, die er im Rhein gefangen hatte, in Juttas Haus. »Alles ganz frisch«, versicherte er. »Ein Hochgenuss, gekocht oder gebraten. Gott segne deine gute Herrin.«

»Der Herr wird's dir vergelten«, entgegnete Freya mechanisch, was man bei den Christen in solchen Fällen zu sagen pflegte. Sie nahm die Fische entgegen und schnupperte daran. Ganz so frisch wie behauptet waren sie gewiss nicht. Vermutlich hatte der Mann sie an den Vortagen, als der Markt von Fischen überschwemmt wurde, nicht verkaufen können.

Unauffällig musterte Freya den Spender mit dem ungepflegten grauen Bart. Jutta hatte erzählt, dass er betrunken Äpfel aus dem Garten einer Witwe gestohlen hatte. Das Weib hatte ihn erwischt, und der Priester hatte ihn dazu verdonnert, bis zum Jahresende zweimal im Monat die Armentafel mit Fisch zu versorgen. Er gehorchte. Aber tat er es aus echter Reue oder nur aus Angst vor den Qualen der Hölle, die der Priester ihm zweifellos ausgemalt hatte? Freya argwöhnte, dass es ihm vor allem um die eigene Haut ging. Und damit war die Spende doch ebenso eigensüchtig wie der Diebstahl.

»Gott vergelt's. Und vergesst nicht, mich in eure Gebete einzuschließen.« Mit einem übertriebenen Lächeln eilte der

Mann davon. Als die Tür hinter ihm zuschlug, kräuselte sich das Feuer, das sie zum Kochen und Heizen nutzten.

Freya legte ein Bündel Möhren beiseite, die sie aus Juttas Garten geholt hatte, und begann, die Fische auszunehmen. Sie grübelte darüber, warum man sich im Reich des Christengottes von Sünden freikaufen konnte. Gott war im Herzen offenbar ein Krämer. Manchmal verlangte er nur ein Gebet, aber in den meisten Fällen musste es etwas Materielles sein. Stoffe, Getreide, Gemüse, ein Schaf … Und natürlich war jemand, der reichlich geben konnte, besser dran als ein armer Schlucker. Einen Moment empfand sie beinahe Zuneigung für die dänischen Götter, die logen und mordeten, genau wie die Menschen, dabei aber zumindest nichts heuchelten. So etwas konnte sie nämlich nicht ausstehen: wenn man sich besser machte, als man war.

Zweifellos war auch Giso ein berechnender Wohltäter, der die Armen nur unterstützte, weil er etwas angestellt hatte. Sie sah sein finsteres Gesicht, wenn er Jutta die wöchentliche Fuhre Gemüse und Met übergeben musste. Es schien sich übrigens um eine respektable Sünde zu handeln, da er so ausdauernd büßte. Überhaupt: Giso …

Sie lebten jetzt seit acht Wochen in dem alten Haus, und als Jutta, der die Arbeit im Garten und bei der Wohltätigkeit über den Kopf wuchs, merkte, wie fleißig ihre beiden Gäste anpackten, verstummte ihr Grummeln, und es sah aus, als hätten sie eine Bleibe gefunden. Doch dann begann Giso das Haus auch zwischen seinen Fuhren zu besuchen. Natürlich wegen der hübschen neuen Bewohnerin. Jutta schäumte vor Wut, aber Asta tat, als bemerkte sie es nicht. Das dumme Kalb konnte sich gar nicht genug über Gisos Schmeicheleien freuen. *Der Glanz deiner Haare* … »Aber nicht doch, Herr …« *Der Samt deiner Augen* … »Du machst mich ja ganz verlegen.« Gestern Abend, während Jutta und Freya sich um die Schafe kümmerten, war sie verschwunden und erst nach Mitternacht heimgekehrt. Gewiss war sie bei Giso gewesen. Jutta hatte ihr eine Ohrfeige versetzt. Aber statt sich zu entschuldigen, war Asta davongestürmt und hatte sich heulend auf ihr Strohlager geworfen. Als Freya ihr später ausmalte, was ihnen blühen würde, wenn Jutta sie hinauswarf, gab sie sich von oben herab.

»Dann werden wir eben zu Giso ziehen. Man sieht doch, dass er ein anständiger Mann ist. Er besitzt übrigens eine Schneiderei. Und Witwer ist er auch.« Bei diesen Worten hatte sie vielsagend geblinzelt, und Freya hätte der ersten Ohrfeige am liebsten eine zweite nachgeschoben.

»Es ist dumm, sein Wohl und Wehe an einen Mann zu hängen!«

»Es ist dumm, sich etwas anderes zu wünschen als einen Ehemann, der den Reichtum und die Macht besitzt, ein Weib zu beschützen!«

»So wie Björn uns beschützt hat?«

»Und wäre es tatsächlich so schlimm gewesen, wenn wir ihm gegeben hätten, was ihm gehörte?«

Freya starrte ihre Schwester an. So etwas hatte sie ja schon einmal gesagt. Meinte sie es tatsächlich ernst?

Astas Stimme bekam etwas Salbungsvolles. »Der Allmächtige hat den Männern geboten, über uns Frauen zu herrschen, weil wir nicht klug genug sind, um die Folgen unseres Handelns zu überblicken. Wir bedürfen der Anleitung …«

»Ja, für einige von uns mag das tatsächlich stimmen«, hatte Freya giftig zurückgegeben.

Seitdem hatten sie Gespräche über Giso vermieden.

Der Fisch lag zum Kochen vorbereitet in der Schale, und Freya wusch ihre Hände in einem Wasserbottich und stieg dann die Leiter ins Obergeschoss hinauf. Das Haus der alten Frau besaß nämlich über der Halle ein weiteres Stockwerk, so wie Björns Langhaus. Im unteren wurde gewohnt, gekocht und geschlafen, im oberen, das nur über die Hälfte des Hauses verlief, befand sich ein verschlossenes Zimmer. Freya hatte keine Ahnung, was die Hausherrin dort trieb. Jutta schlief im Untergeschoss, genau wie sie, es handelte sich also keinesfalls um eine weitere Schlafkammer. Aber sie erklomm in jeder freien Minute die Leiter, um dort oben … ja was? Ihr Ehemann war Tuchmacher gewesen und hatte in dem Zimmer vielleicht seine Geschäfte abgewickelt. Fühlte sie sich ihm nahe, wenn sie es aufsuchte?

Jutta öffnete auf Freyas Klopfen, aber sie schob sich so auf die Galerie, dass sie ihr den Blick ins Innere des Zimmers verwehrte.

»Der Fischer mit dem schwarzen Bart …«

»Er heißt Berengar.«

»Berengar hat Heringe gebracht. Ich habe sie ausgenommen.«

»Gut.« Sie starrten einander an. Juttas Haut war runzlig und voller brauner Flecken, aber in ihren Augen saß eine wache Klugheit, die genau wie ihr Lächeln vergessen ließ, wie hässlich sie war. »Ist noch was?«

Freya schüttelte den Kopf. Jutta hatte sich mit ihnen arrangiert, aber ob sie sie mochte? War vielleicht auch ihre Großzügigkeit den beiden fremden Mädchen gegenüber eine Sühne, mit der sie eine Sünde abgolt?

Unvermittelt trat Jutta einen Schritt zurück und wies mit einer schroffen Geste ins Zimmer hinein. Freya trat näher – und riss die Augen auf. Sie wusste nicht, was sie erwartet hatte. Vielleicht einen weiteren Webstuhl, an dem Jutta früher gearbeitet hatte, während ihr Mann seinen Geschäften nachging. Oder Körbe mit gekämmter Schafwolle, die sie als Notgroschen für klamme Zeiten aufbewahrte … Stattdessen erblickte sie einen Tisch, auf dem mittig zwei Pergamentstapel lagen. Ein größerer, der mit Schriftzeichen bedeckt war, und ein kleinerer, der aus leeren Seiten bestand. Jutta war offenbar gerade damit beschäftigt gewesen, Tinte vom Pergament zu schaben, denn es lagen schwarze Krümel und ein scharfer, dunkler Stein, an dem ebenfalls Krümel klebten, auf dem Tisch.

Im oberen Drittel der Tischplatte befand sich ein Loch mit einem Horn, in dem eine tiefschwarze Flüssigkeit schwamm. Daneben stand eine Schale mit Gänsefedern, deren Fahnen gekürzt und in Form geschnitten worden waren. Und auf der anderen Seite des Tischs ... Freya trat fasziniert näher. War das ein Buch? Sie nahm es an. Es handelte sich um einen zusammengeleimten Stapel Pergamentblätter, die in Leder eingebunden waren. Auf den beiden aufgeschlagenen Blättern fügten sich akkurate Zeichen aneinander, von links nach rechts, wie auf unsichtbaren Linien. Sie beugte sich vor und hielt die Hand über das Pergament, traute sich aber nicht, es zu berühren. Zu kostbar, zu empfindlich. Nur nichts kaputt machen. »Ein Buch.« Das Wort lag auf ihrer Zunge wie ein exotischer Geschmack.

»Was weißt du von Büchern?«, fragte Jutta.

Eigentlich nichts. Gisla hatte gelegentlich davon erzählt, meist im Zusammenhang mit der wissbegierigen Johanna, die von Büchern wie besessen gewesen war. »Sie hat sie kopiert«, hatte Mutter mit dem nachsichtigen Lächeln eines Menschen erzählt, der ein dummes Geheimnis einer Freundin preisgibt. Und dass die Feder in ihrer Hand dabei wie der Rüssel eines Insekts über die Seiten geglitten sei.

Freya merkte, dass Jutta auf Antwort wartete. Sie zuckte hilflos mit den Schultern. Plötzlich lag wieder das breite Lächeln auf dem Gesicht der alten Frau. »Dies hier ist eine Bibel«, erklärte sie sanft, nahm Freyas Hand und führte ihren Zeigefinger behutsam über den Rand der Seite. Dann holte sie aus einer Truhe eine Kiste hervor, in der ein weiterer Stapel beschriebener Pergamentblätter lag. »Und das habe ich selbst geschrieben. Ich kratze die Tinte von altem Pergament ab und schreibe darauf die Buchstaben aus dem heiligen Wort Gottes.«

»Steht jedes dieser Zeichen für ein Wort?«

»Das weiß ich nicht. Ich kann nur kopieren, nicht lesen. Mein Lebenswerk besteht darin, Gottes Wort zu bewahren, damit seine Gebote erhalten bleiben und seine Kinder nicht irregeführt werden.«

»Und diese andere Schrift?« Freya deutete auf den Pergamentstapel, von dem Jutta die Buchstaben kratzte, um die Blätter neu beschreiben zu können.

»Ach, das ist irgendwas Heidnisches. Die Buchstaben sind fremd, anders als die in der Heiligen Schrift. Nichts als eine Vergeudung von Pergament.«

»Wie bist du daran gekommen?«

Freya sah, wie Juttas Gesicht sich verschloss. Offenbar hatte sie die beiden kostbaren Bücher auf nicht ganz legalem Weg erlangt. Vielleicht hatte sie sie an sich angenommen, als die Dänen den Ort überfielen und überall Chaos herrschte? Statt zu antworten, wies Jutta auf einen zweiten Schemel, der in einer Ecke des Zimmers stand. »Du kennst jetzt mein Geheimnis«, sagte sie leise. »Und nun will ich deines erfahren. Warum treibt sich ein dänisches Mädchen in Jungenkleidern mit seiner Schwester in Dorstadt herum und scheucht die Geister der Vergangenheit auf?«

Es war so schwer zu sprechen. Freya hatte in den vergangenen Wochen erfahren, wie leidenschaftlich die Friesen die dänischen Eindringlinge hassten. Aber Jutta hatte zu viel erraten, um ihr den Rest zu verschweigen. Also begann Freya leise mit ihrer Beichte. Zuerst erzählte sie von dem Überfall auf Dorstadt und der Entführung ihrer Mutter. Juttas Gesicht wurde weicher, als sie Gislas Namen hörte. »Die Tochter des Herrn von Villaris! Sie hat also überlebt. Wer hätte das gedacht! Sie war eine so hübsche Dame. Wenn ich mich recht entsinne, hatte sie kurz zuvor den Grafen Hugo geheiratet. Ist es nicht so?«

Freya nickte. »Du kanntest also auch ihren Vater? Was wurde aus ihm? Weißt du, wo er jetzt wohnt?«

»Ach, jetzt verstehe ich, warum du überall nach dem Mann gefragt hast, als ihr damals hier angekommen seid. Aber da kann ich leider nicht helfen. Ist ja schon so lange her. Ich meine, dass er nach dem Überfall noch mal zurückkehrte. Dann war er plötzlich … Ich weiß nicht. Einfach verschwunden. Wir lebten aber auch in unterschiedlichen Welten. Und Gisla? Wie ist es ihr nach der Entführung ergangen?«

Freya berichtete, allerdings nur in dürren Worten. Es war unerträglich, in die Einzelheiten zu gehen. Gislas elende Stellung einer Bettsklavin, wie sie geschlagen und schikaniert worden waren … Freya wurde noch wortkarger, als sie von dem letzten Abend im Dorf ihres Vaters erzählte und was sie getan hatte, um Asta zu schützen.

»Du hast diesen elenden Teufel …«

»Sein Name war Björn.«

»… getötet?« Jutta lächelte. Sie hieß die Tat gut, kein Zweifel. »Aber warum läufst du in Männerkleidern herum? Ach, dass ich frage! Du bist klug!«

»Als Mann wird man respektiert, Frauen werden behandelt wie Vieh«, stimmte Freya düster zu.

»Armes Kind! Und ich hab euch abweisen wollen, als ihr nach der Armenspeisung zu mir kamt, weil ich ein feines Ohr habe und in euren Stimmen sofort den dänischen Missklang bemerkte. Ich fand ihn unerträglich. Aber dann dachte ich, dass Gott alle seine Kinder liebt.« Sie trug die Kiste mit den kopierten Pergamenten zur Truhe zurück und klappte den Deckel darüber. »Aber ihr seid Betrüger. Ihr lügt über eure Herkunft, euren Namen und du auch mit deinem Geschlecht. Und zumindest diese letzte Lüge wirst du beenden müssen.« Sie ging zu einer zweiten Truhe, die seitlich vom Fenster stand, und entnahm ihr ein Kleid. »Du wirst den Menschen gestehen, dass du in Wirklichkeit eine Frau bist, und von jetzt an wirst du nicht mehr Johannes heißen, sondern … wie ist dein richtiger Name?«

Freya nannte ihn, und Jutta verzog das Gesicht. »Das geht nicht, es klingt zu nordländisch – sie würden dich auf der Stelle erschlagen. Wir werden dich also Johanna nennen.«

Freya schüttelte den Kopf, und Jutta, die das hübsche lindgrüne Kleid aus der Kiste bereits auseinanderfaltete, hielt inne.

»Ich will kein Weib mehr sein«, sagte Freya leise. »Weiber sind dazu verdammt, beherrscht zu werden, zuerst von den Vätern, dann von den Ehemännern, zum Schluss von den Söhnen … Elva, Björns Weib, hatte in dem Dorf, in dem ich lebte, das Sagen. Sie hat dafür gesorgt, dass alles seinen rechten Gang ging. Aber sobald Björn heimkehrte, war ihr Wort nichts mehr wert.«

»Und das war gut so, denn so hat es der Allmächtige bestimmt.« Jutta betonte den Satz, als stünde er außer Frage, und doch schwang ein leiser Zweifel mit. Sie war nach dem Tod ihres Ehemanns zur Herrin ihres Hauses geworden. Hatte sie vielleicht an ihrer Unabhängigkeit Gefallen gefunden? Sie konnte entscheiden, was sie im Garten anbauen wollte, welcher Ton in ihrem Haus herrschte, wen sie einlud und wem sie die Tür wies … »Du musst heiraten, damit du versorgt bist. Und das kannst du nur als Mädchen.«

»Ich will's aber nicht.«

Jutta zögerte. Dann faltete sie das Kleid wieder zusammen und legte es in die Truhe zurück. »Für immer kann ich euch nicht beherbergen. Ihr seht ja, dass ich mir nicht einmal eine Magd oder einen Knecht leisten kann. Aber erst einmal könnt ihr hier wohnen bleiben. Und nun komm mit nach unten, es wartet reichlich Arbeit auf uns.«

Zwei Tage später, am Sonntag, erlebte Freya ihren ersten Gottesdienst. Jutta bestand darauf, dass sie mit in die Kirche kam. »Nimm dir ausnahmsweise mal ein Beispiel an deiner Schwester! Du magst unter Heiden geboren und aufgewachsen sein, aber das heißt nicht, dass du auch als Heidin sterben musst. Ich werde, dir und deiner Mutter zuliebe, dafür sorgen, dass der rechte christliche Geist in dein Herz einzieht.«

Nun ja …

Asta, die mit ihnen gekommen war, brauchte kein gutes Zureden. Sie schien sich im Dorstädter Dom bereits zuhause zu fühlen und grüßte mit breiter Liebenswürdigkeit in jede Richtung. Woher kannte sie all die Menschen? Weil sie liebenswürdiger und ihr Herz offen für Fremde war? Freyas Miene verfinsterte sich, als sie sah, wie Giso das Gotteshaus betrat. Er tauschte mit Asta ein vertrauliches, fast verschwörerisches Lächeln. Sie wünschte ihm die Pest an den Hals, aber was konnte sie schon tun?

Still ließ Freya sich von den Gläubigen hin- und herdrängen, bis sie, Asta und Jutta einen Platz seitlich vom Altar gefunden hatten. Ihr Blick ging wieder zu dem Gekreuzigten, und sie fragte sich, ob er wusste, wie unangenehm ihr dieser Kirchenbesuch war und wie gern sie ihn vermieden hätte. Wieder sah sie im Geiste eine göttliche Faust auf sich niederfahren. Erst als einige Hunde und sogar ein Schwein ins Innere des Gotteshauses trotteten – und sich niemand daran störte –, wurde sie ein wenig ruhiger. Vielleicht verfügte der Christengott über mehr Großzügigkeit, als seine Anhänger vermuteten.

Der Gottesdienst begann mit merkwürdig klingenden Gesängen. Freya starrte auf den Altar mit der bestickten Decke, den Kerzen, dem kostbar aussehenden Kelch und den anderen Gegenständen, deren Sinn sie nicht begriff. Es kam ihr vor wie ein festliches Sammelsurium mit einem einzigen Zweck: zu protzen. Ihr Blick ging wieder zu dem Kreuz, an dem Jesus festgenagelt worden war. Auch das verstand sie nicht. Warum zeigten die Christen ihren Herrn, während er gequält wurde? Ergötzten sie sich am Leid ihres eigenen Gottes? Das Einzige, was sie über die Trostlosigkeit des Doms hinwegtröstete, war das Bild, auf dem Jesus das Kind trug. Jemand, der ohne Unterschied jedes Kind auf Erden liebte … Sie seufzte.

Dann betrat der Bischof den Raum. Er besaß ein hartes Gesicht, und sie war sofort gegen ihn eingenommen. Auch wegen seiner prächtigen Kleider, die ihren Argwohn weckten. Die Mächtigen knechteten die Wehrlosen – war doch überall das Gleiche. Missmutig lauschte sie dem Kauderwelsch in lateinischer Sprache, das er vortrug, und merkte erst wieder auf, als er in die Sprache des Volks wechselte. Da ging es plötzlich wieder um die Liebe Jesu – dieses Mal zu den Witwen und Waisen, den Armen, den Kranken – den Schutzlosen also. Der Herr segnete, wer ihnen beistand, und verfluchte, wer sie darben ließ.

Freya war ratlos. Etwas in ihr fühlte sich gewaltig hingezogen zu diesem neuen Gott, aber … da war auch Misstrauen. Konnte es so eine Vereinigung von Macht und Mitleid in einem einzigen Gott überhaupt geben? Vielleicht streute Jesus seinen Anhängern ja nur Sand in die Augen, damit sie ihm huldigten?

Und dann war all das plötzlich nicht mehr wichtig. Sie sah, wie Giso, der ein Stück von ihnen entfernt stand, mit Asta verschwörerische Blicke tauschte. Er spitzte sogar verstohlen die Lippen zu einem Kuss. Was hatte dieser schmierige Kerl vor? Dem war doch nicht zu trauen! Und das musste sie Asta endlich klarmachen. Allerdings musste sie dabei geduldig vorgehen. Nur war Geduld leider nicht ihre starke Seite.

Als hätte Asta geahnt, dass ihr eine Standpauke drohte, huschte sie, kaum dass der Gottesdienst vorüber war, ins Freie und verschwand. Und auch von Giso war plötzlich nichts mehr zu sehen.

»Wo bleibt sie denn?« Das Feuer glomm nur noch in der gemauerten Feuerstelle, Mitternacht musste längst vorüber sein. Besorgt und verärgert hob Jutta die Schweinsblase an, die das winzige Fenster ihres Hauses bedeckte. Etwas polterte, als wäre eine Katze gegen den dreckigen, durchlöcherten Holzeimer gesprungen, der seit einigen Tagen im Straßenstaub lag. »Wo bleibt sie denn?« Sie wiederholte immer den gleichen Satz.

Schließlich hielt Freya es nicht mehr aus. »Ich gehe zu Giso!«

»Das lässt du schön bleiben.«

»Asta ist bei ihm. Ich hab doch gesehen, wie sie sich beim Gottesdienst angestarrt haben. Da spinnt sich was an – und ich bin ihr Bruder, der auf sie achten sollte.«

»Gar nichts bist du.«

»Aber …«

»Du bleibst. Wenn ein Falter ins Feuer fliegt, hilft's ihm nicht, wenn ein zweiter Falter sich ebenfalls reinstürzt.«

»Wieso sagst du das?«

»Was denn?«

»Dass Giso … im Feuer ist. Was ist mit dem Mann? Du hasst ihn, Jutta. Das muss doch einen Grund haben. Da ist doch was passiert. Nun sag schon.«

Jutta spannte die Schweinsblase wieder vor das Fenster, um zu verhindern, dass Mücken ins Haus eindrangen.

»Warum muss er dir Essen vorbeibringen?«

»Weil er nicht in der Hölle schmoren will. Und nun hör auf damit. Ich geh schlafen.« Ungeschickt öffnete sie die Spangen, die ihren Trägerrock hielten, und streifte ihn über Hintern und Beine.

Freya trat zu ihr, packte sie am Handgelenk und nötigte sie, sich wieder aufzurichten. »Was hat er getan?«

Kurz sah es aus, als wollte Jutta sie fortstoßen, doch dann brach es aus ihr heraus: »Giso hasst die Frauen. Er behandelt sie wie Dreck. So jetzt weißt du's.«

»Was genau soll das bedeuten?«

»Na, dass er sie … Also gut. Er hasst sie nicht sofort. Bevor sie ihm gehören, begehrt er sie. Er umwirbt sie, er schmeichelt ihnen, er überschüttet sie mit Geschenken. Aber das dauert nur so lange, bis er sie besitzt. Dann verwandelt seine Zuneigung sich in Hass.«

»Ja, aber …?«

»Vielleicht ist er vom Teufel besessen. Was weiß ich? Vielleicht ist er selbst der Teufel!«

Freya starrte die aufgebrachte Alte an.

»Er ist der Witwer meiner toten Schwester.«

Das war keine Erklärung. Oder war es vielleicht doch eine? Freyas Herz schlug schmerzhaft gegen ihre Rippen. »Wie ist sie gestorben?«

Mit einem bitteren Lachen warf Jutta ihre Arme in die Luft. »Sie wurde einfach immer ungeschickter. Einmal fasste sie in die Glut des Feuers, dann floss ihr ein Topf heißes Wasser übers Gesicht. Sie schnitt sich an den Küchenmessern, und der Hund, diese elende Bestie, die Giso sich hielt, war darauf versessen, sie zu beißen. Immer war es ihre eigene Schuld. Gestorben ist sie schließlich unter den Hufen einer wild gewordenen Kuh.«

»Du glaubst …?«

»Ich glaube gar nichts. Ich weiß nur, dass Giso beichtete und seitdem Essen für mich und die Armenspeisung bringt.«

Als Freya das Messer in der Scheide an ihrem Gürtel verstaute und ihren Umhang überwarf, versuchte Jutta nicht mehr, sie aufzuhalten.

Die Nacht verblasste bereits, als Freya Gisos Haus erreichte. Sie pochte an einer kleinen Tür, die aussah, als würde sie von den Knechten und Mägden benutzt. Die alte Frau, die auf ihr Pochen öffnete, führte sie mit dem Finger auf den Lippen in ein abseits gelegenes Kämmerchen, in dem ein Strohlager an der Wand ausgebreitet war. Durch die dünnen Wände hörte Freya Schweine schnüffeln. Asta befand sich allein in dem Raum. Sie hatte ihr wunderschönes blondes Haar aus den Zöpfen gelöst, es umschmeichelte ihr friedliches Gesicht. Sie schlief.

»Lass mich mit ihr allein.«

Achselzuckend verschwand die Alte. Freya ging zu ihrer Schwester und rüttelte sie wach. »Komm mit!«

»Wer … Ach, du bist es«, murmelte Asta. »Was ist denn los? Aua, du tust mir weh.«

»Nun steh schon auf.«

»Warum denn?«, fragte Asta schlaftrunken.

»Weil du heimkommen musst.«

Das anschließende Gespräch fand im Freien statt, zwischen der Schneiderwerkstatt, dem kleinen Gemüsegarten und dem Stall, in dem Juttas Schwester offenbar ihren Tod gefunden hatte. Es dauerte nur kurz. Freya erzählte, was sie von der alten Frau erfahren hatte.

Als sie fertig war, sagte Asta: »Dieses Weib … ist einfach nur neidisch. Giso hat Demud – ja, ich weiß, wie seine Frau hieß, er hat schon oft von ihr gesprochen … Er hat Demud von ganzem Herzen geliebt. Auch seine beiden ersten Frauen. Er beweint sie bis heute. Aber besonders Demud war er innig zugetan. Und darauf war Jutta von Beginn an eifersüchtig, weil sie Giso nämlich selbst gern geheiratet hätte. Er sieht ihr das üble Nachreden nach, weil sie Demuds Schwester ist, und ernährt sie sogar aus reiner Gutmütigkeit, wie du ja gesehen hast. Das beweist doch sein edles Herz. Und nun … geh!«

»Was willst du …?«

»Ich bleibe hier. Giso braucht jemanden, der für ihn kocht, die Hühner versorgt und sein Haus reinhält. Er hat mich in Dienst genommen.«

Asta blieb hart. Sie holte noch am selben Tag ihre wenigen Habseligkeiten ab und zog bei ihrem Galan ein.

»Was soll ich tun?«, fragte Freya und schaute Jutta an.

»Du bist machtlos.«

Und so war es auch. Freya war für die Menschen in Dorstadt zwar ein Bruder, aber da sie Angst hatte, Asta könnte ihr Geheimnis preisgeben, besaß sie keine Möglichkeit einzuschreiten. Nicht einmal, als einer der Nachbarn sie in der Gasse anhielt und sie wegen Giso und dem traurigen Schicksal seiner Frauen warnte. Freya versuchte noch mehrere Male, ihre Schwester in der Stadt abzufangen und ihr ins Gewissen zu reden, aber Asta schlug alle Warnungen in den Wind und redete glücklich über eine bevorstehende Hochzeit.

Er liebt sie, bis er sie besitzt …

»Träum nicht«, murrte Jutta und nahm Freya den Butterstampfer aus der Hand. »Jemand muss rüber zur Domschule gehen. Und damit meine ich dich. Bring dem Lehrmeister dieses halbe Brot vorbei. Es steht ihm zu, aber nur ein halbes. Lass dich von ihm nicht anmeckern. Und halte dich nicht auf. Ich brauch dich hier.«

Freya machte sich auf den Weg. Sie eilte durch die Gassen, in denen ein Junge ein Mutterschwein mit seinen Ferkeln Richtung Tor trieb und ein missvergnügter Bauer verdrossen auf das gebrochene Rad seines Karrens starrte, sie wich dem Dreck aus, der morgens aus Eimern in die Gassen entleert wurde, und schließlich erreichte sie die Schule, die in einem Steinbau neben dem Dom untergebracht war. Aus den Fenstern drang die Stimme des Lehrmeisters, dem sie das Brot bringen sollte. Kurz zögerte sie. Durfte man ihn stören, während er unterrichtete? Oder sollte sie lieber warten, trotz Juttas Drängelei?

Sie entschloss sich zu klopfen. Schließlich würde es ja nur einen Augenblick dauern, ihm das Brot in die Hände zu drücken. Vor der Tür angekommen, pochte sie, und als ihr geöffnet wurde, blickte sie in einen mit Pulten vollgestellten Raum. Hinter jedem saß ein Junge – die beim Fenster schon fast erwachsen, die auf der Türseite noch kleine Bengelchen, die ungeschickt mit ihren Griffeln auf Tafeln kratzten.

Ihr blieb keine Zeit zum Starren. Ein missmutig dreinblickender Mann erhob sich von dem Stuhl hinter dem Lehrerpult. Beim Anblick des Brots hellte seine Miene sich auf. Er nahm es ihr ab, ließ seinen Dank ausrichten und wandte sich wieder seinen größeren Schülern zu, die trotz der Unterbrechung die ganze Zeit lateinische Wörter gemurmelt hatten.

Freya blieb wie angeleimt stehen, bezaubert von der Klugheit der Jungen, die ihren Text nicht etwa aus dem Gedächtnis zitierten, sondern ihn direkt von Pergamentbögen ablasen. Offenbar lernte man hier nicht nur die Zauberkunst des Schreibens, sondern auch die des Lesens. Ein Stich von Neid durchfuhr sie. Jutta hatte ihr den Zugang zu ihrer Schreibkammer kein zweites Mal gewährt, dabei war ihre Neugierde gewaltig. Die Leute hörten das, was in der Schrift stand, nur aus dem Mund ihrer Priester. Was, wenn ihnen etwas verschwiegen wurde? Oder gar vorgelogen? Wie gern hätte sie selbst gelesen, was Jesus gelehrt hatte. Als sie den Hals reckte, erkannte sie, dass die Buchstaben auf den Tafeln der Jungs sich wie Regenwürmer auf den Linien krümmten. Es sah nicht so aus, als gäben sie sich viel Mühe. Hatte auch Johanna hinter einem dieser Pulte gesessen? Hatte sie hier das Lesen gelernt? Mit sehr viel mehr Eifer? Nein, das war kaum vorstellbar. Wie hätte sie das einfädeln sollen?

Einer der Schüler, ein dicklicher Junge, grinste Freya zu. Doch die Grimasse bekam ihm schlecht: Der Lehrmeister, der eigentlich gerade die Tür öffnen wollte, um Freya hinauszulassen, kehrte um und ließ eine dünne Rute gegen den Hals des Jungen sausen. Der dickliche Schüler grinste weiter, obwohl der Schlag einen roten Streifen hinterließ und sicher wehgetan hatte. Eine unangemessene und deshalb unheimliche Reaktion. Freya verließ hastig den Raum. Hinter der geschlossenen Tür hörte sie den Lehrmeister erzürnt schimpfen. *Kasimir, der, bei Jesus und allen Heiligen, schon noch lernen würde, den Dämon in seinem Kopf zu bezwingen* … Die Zurechtweisung klang allerdings eher verzweifelt als wütend.

Als Freya den Flur zur Hälfte hinter sich gelassen hatte, wurde die Tür plötzlich erneut aufgerissen. Kasimir stolperte aus dem Schulzimmer, er stürzte, rappelte sich wieder auf – und begann zu lachen, als er sie erblickte. Unheimlich war das. Während der Lehrmeister die Tür wieder ins Schloss knallte, rannte Kasimir zu Freya, packte ihre Hand und zog sie mit beachtlicher Kraft in einen Innenhof hinaus, der von einem Ring zweistöckiger Gebäude umgeben war. Sie protestierte, aber es war, als spräche sie zu einem Hund. Kasimir nötigte sie zu einer Steinbank. »Freunde?«, fragte er.

Nein, er ist nicht unheimlich und auch nicht gefährlich, entschied Freya. Das Strahlen in seinen Augen zeugte von

Arglosigkeit. Er ist ein Idiot, dachte sie, oder, wie die Christen es nannten, einer von den geistig Armen.

Sie musterte ihre Umgebung. Der Innenhof diente als Garten. Allerdings nicht für Blumen oder gewöhnliches Gemüse, sondern für Heilkräuter. Sie entdeckte Salbei, Weinraute, Fenchel, Kerbel, Frauenminze … Genau die Pflanzen, mit denen auch Elva die Dörfler behandelt hatte, die krank geworden waren. Freya hatte sie ihr oft aus dem Garten holen müssen, und wenn Elva guter Stimmung gewesen war, hatte sie ihr manchmal erklärt, welches Kraut gegen welches Übel half. Es hatte Freya tief beeindruckt, dass etwas, das aus der Erde kroch, ein Übel bekämpfen konnte, das im menschlichen Körper saß. Waren Heilpflanzen vielleicht ein weiterer Beweis für die göttliche Liebe?

Elva hatte allerdings trotz ihrer Mühen bei vielen Krankheiten nichts ausrichten können. Der Bruder von Snorri war beispielsweise an einer Pustelkrankheit gestorben. Aber es gab hier auch Pflanzen, die Freya noch nie gesehen hatte. Vielleicht kannten die Heiden nur einen Bruchteil der göttlichen Heilpflanzen, weil sie Gott nicht um seine Hilfe gebeten und nur hier und da etwas aufgeschnappt hatten? Einen Moment wünschte sie sich einen Menschen herbei, der ihr zu jedem Kraut seine Heilwirkung erklären könnte. Aber leider hatte sie nur Kasimir. Und der konnte mit Sicherheit nichts erklären. Er zappelte aufgeregt mit den Füßen.

»Du heißt also Kasimir?«, fragte sie, nur um etwas zu sagen.

Kasimir nickte und lachte. Seine Kleider waren aus gutem Stoff, aber viel zu eng. Sie nahm deshalb an, dass seine Eltern Geld besaßen – sonst hätte man den Idioten ja auch nicht auf die Lateinschule gelassen –, aber dass sie sich ansonsten kaum um ihn kümmerten. Die Domglocke läutete, sie wurde unruhig. Totsicher wartete Jutta schon auf sie. »Also gut, ich muss gehen.«

Kasimir griff nach ihrem Arm, ließ sie aber sofort wieder los. Sie sah, dass er krampfhaft überlegte, wie er sie aufhalten könnte. »Schreiben …« Zu ihrem Erstaunen holte er sich einen Stock und malte ernsthaft etwas in die Erde zu ihren Füßen. »Aaaa«, erklärte er mit einem zufriedenen Lächeln.

»Ja, schön.«

Er schüttelte den Kopf. »Buchstabe. Ist ein Aaaa.«

Freya starrte auf die Zeichnung – ein gebogenes Dach mit einem Querbalken. Freya hatte Jutta einmal gefragt, ob sie ihr nicht einige Wörter aufschreiben könnte, aber die hatte sofort abgewinkt. Eine zu schwierige Kunst … Wörter bestanden aus Klängen, die man Buchstaben nannte. Und davon gab es … zahllose. Es hatte eifersüchtig geklungen, als wollte sie nicht, dass jemand ihre geheime Leidenschaft teilte.

»Das ist ein Aaaa?«, vergewisserte sie sich.

Kasimir lachte, kritzelte einen Kreis und sagte: »Oooo.«

»Auch ein Buchstabe?«

Er nickte.

»Iiii«, schlug sie vor. Dieses Mal kam ein gerader Strich in den Sand.

»Kannst du auch ganze Wörter schreiben?«

Er nickte, und der Stock fuhr erneut durch die Erde. Krakelkrakel … »Kasimir.«

»Das sind die Zeichen für deinen Namen?«

»Buchstaben.«

Freya kaute auf der Lippe. »Schreib Johanna«, forderte sie und schaute zu, was er dieses Mal fabrizierte. Er schrieb mehr Buchstaben, als sie in dem Namen hören konnte. »Das ist falsch.«

Kasimir schüttelte den Kopf und zeigte mit dem Stock auf jedes einzelne Zeichen, während er sie gleichzeitig aussprach.

»Mach noch mal.«

Er gehorchte. Es gab Laute, die wie das Zischen einer Schlange oder wie ein Hauchen klangen. Erstaunlich! »Gut, dann schreib jetzt Johannes. Das ist mein Name.« Wenn er wirklich schreiben konnte, musste das eine Wort dem anderen ähneln.

Wieder kritzelte Kasimir drauf los. Die Buchstaben gerieten nicht mehr ganz so akkurat. Und doch konnte sie deutlich erkennen, dass die beiden Namen zu Beginn gleich aussehen, sich aber am Ende unterschieden.

»Und nun: Asta.« Asta begann mit dem gleichen Buchstaben, mit dem er endete – dem Dach mit dem Querbalken, das hörte sie. Und Kasimirs Wort … *A*, ein Schlangenzischen, ein Spucken und wieder ein *A*.

»Kennst du alle Buchstaben?«, fragte sie atemlos.

Kasimir nickte mit einem breiten Grinsen.

»Ich will sie lernen.« Sie packte Kasimir bei den Schultern, was er aber nicht mochte. Freya ließ ihn wieder los. »Kannst du mir beibringen, wie man liest und schreibt?«

»Ja.«

»Das ist gut. Wann kann ich dich wiedertreffen?«

Der Junge begann zu grübeln. Weil er doch ein Idiot war und vielleicht Buchstaben in die Erde kratzen konnte, aber sonst keinen Piep verstand? Er nahm erneut seinen Zweig zur Hand – und malte die Gebäude gegenüber dem Domschulzimmer, den Glockenturm, der hinter ihnen aufragte, und eine Sonne, die links des Glockenturms das Hausdach berührte. Nachdrücklich deutete er auf den Kreis mit dem Strahlenkranz.

»Du kommst also, wenn die Sonne untergeht. Hier in den Garten oder wo sonst?«

Kasimir deutete auf den Boden. Hier also.

Sie klopfte ihm selig auf die Schulter.

7. KAPITEL

Rom, Herbst 855

Cosimo würde heiraten. Nicht die Frau, von der er im Sommer gesprochen hatte, sondern Ginevra. Sie war ein fröhliches Weib mit einem Becken, breit wie eine Fähre, aus dem die Kinder herausgleiten würden wie das Brot aus einem Ofen. »Schön ist sie nicht, aber, den Heiligen sei's geschworen, ich liebe sie. Ich liebe sie wie meine Arme und Beine, meinen Hals, mein Haar, meine Fersen, wie mein eigenes Herz.«

Ach, was war er betrunken! Der Witwerstand, den er nun schon so lange ertrug, hatte ihm zugesetzt. Er war kein Mensch, der allein leben konnte. Und ich bin's auch nicht, dachte Aristid, ohne sich aber allzu viele Gedanken zu machen. Er war inzwischen dreiundzwanzig Jahre alt, gewiss sollte er allmählich eine Familie gründen. Doch die Frauen, die seine Freunde und Nachbarn ihm ständig in den Weg stellten, gefielen ihm nicht. Sie waren zu laut, zu albern, zu streitsüchtig oder im Gegenteil still wie verschlossene Truhen. Manche waren auch einfach zum Haareraufen dumm. Viele seiner Kameraden priesen das als Vorzug, doch ihm schnürte sich bei dem Gedanken, mit einer Person, die keinen vernünftigen Satz zustande brachte, sein Leben und seine Wohnung teilen zu müssen, der Hals zusammen. War aber auch gleich. Er arbeitete gern in der Garde des Papstes, sein Leben gefiel ihm, wie es war.

Sie waren wieder einmal in der *Libelle* gewesen und befanden sich auf dem Heimweg. Cosimo hatte noch mehr Wein als üblich in sich hineingeschüttet. Die Sache mit Ginevra war am Wochenende festgemacht worden. Eltern, Brüder, Schwestern, Tanten, Cousins … Er würde nicht nur eine vortreffliche Frau heiraten, sondern gleich eine komplette Familie, und auch das gefiel ihm, vor allem, weil von der neuen Verwandtschaft niemand ein Blatt vor den Mund nahm.

»Aber du musst dabei sein, wenn wir vor den Priester treten. Du bist mein bester Freund …«

»Dein einziger«, lächelte Aristid.

»Schließt sich das aus? Ich will dich an meiner Seite. Wenn es schlecht läuft, scheiß ich mir in die Hose und versuche abzuhauen. Ginevra ist mehr als ein Weib, das mir Kinder schenken soll. Ich weine vor Glück, wenn ich sie sehe. Sie womöglich ums Leben zu bringen wie meine anderen Weiber … In der Nacht, in der ich sie schwängere, wird mir sein, als müsste ich mir selbst den … du weißt schon … abhacken. Hier spür mal …« Er griff nach Aristids Hand und fuhr damit über seine Stoppelgesicht. »Merkst du? Ich heule schon bei dem Gedanken, dass ihr was passieren könnte!«

Aristid gab ihm einen aufmunternden Rippenstoß.

Sie liefen die Via Portuensis hinab, Richtung Aurelianische Mauer. Der Weg führte wieder am Tiberufer entlang, wobei der Fluss stadtauswärts zusehends durch Büsche und Pinien verdeckt wurde. Die Fensterläden der Villen zur Linken – ehemals prachtvolle, aber über die Jahrhunderte schäbig gewordene Gebäude – waren verrammelt. Da die Nächte kalt geworden waren, zogen sich die Leute in die eigenen vier Wände zurück. Nur ein Straßenköter jagte einer der unzähligen Katzen oder Ratten nach. Und sicher lauerten irgendwo auch Taugenichtse, denen die Messer locker saßen. Aber die würden sich an keine Gardesoldaten herantrauen.

Plötzlich sprang Cosimo zur Seite. Jemand hatte einen Nachtkübel mit Pisse ausgeschüttet, die Spritzer besudelten seinen Umhang. Er fluchte, aber schon nach wenigen Schritten war sein Ärger wieder verflogen. Ginevra erhellte ihm auch die demütigenden Augenblicke. Sie gingen weiter, die bewohnten Villen blieben zurück, stattdessen säumten einige Brandruinen ihren Weg. Keine gute Gegend hier. Aber wie gesagt: Zwei Gardisten des Papstes …

Unvermutet packte Cosimo seinen Freund am Arm. Er hauchte ihm ein weindurchtränktes »Psst« ins Gesicht und starrte das zugewucherte Tiberufer an. Aristid, eben noch erschöpft und schon halb am Dösen, war mit einem Schlag hellwach. Er konnte allerdings keine Menschenseele entdecken. Was sollte das? Cosimos Blick hing an einigen Wacholderbüschen, die vom Tiberufer aus die Straße zu erobern begannen. Und … Teufel noch mal, dort bewegte sich tatsächlich etwas. Ein Schatten, der sich zwischen den Zweigen entlangschob, als wäre er Teil der herbstlichen Nebelschwaden.

»Das ist er.«

»Was?«

»Der Kerl aus der *Libelle*. Arsenius' Mann fürs Dreckige, der Waldipert die Münzen zugeschoben … Mann, sei nicht so schwer von Begriff. Ich hab den Mantel erkannt!«

»Unmöglich, aus dieser Entfernung.« Aristid zog seinen Freund trotzdem hinter eine bröcklige Mauer. Der verdächtige Fremde befand sich vielleicht fünfzig Schritt vor ihnen und trat erneut aus der Deckung. Kein blauer Mantel, irgendwas Graues, Cosimo hatte sich geirrt. Der Mann spähte verstohlen in alle Richtungen. Hatte er sie entdeckt? Offenbar nicht. Seine Aufmerksamkeit konzentrierte sich auf den Straßenabschnitt, der vor ihm lag. Kurz drauf hatte ihn das Gebüsch erneut verschluckt.

»Wir folgen ihm!«, zischte Cosimo.

»Blödsinn. Was soll das bringen?«

Aristid sollte sich später oft fragen, was der Grund für sein Zögern gewesen sein mochte. Die Tatsache, dass er einen grauen Mantel gesehen hatte, wo Cosimo auf einem blauen beharrte? Oder hatten seine Augen etwas wahrgenommen, was sein Verstand nicht registrierte?

Sein Freund, mutig vom Wein, verblendet von der Liebe, die ihn beseelte, stürzte los. Aristid hatte keine Lust auf eine Schlägerei, aber allein lassen wollte er Cosimo auch nicht. Als sein Freund das Buschwerk umrundete, war er vielleicht zehn Schritte hinter ihm. Im nächsten Moment hörte er einen Schrei. Keine Wut, keine Überraschung – das war purer Schmerz.

Aristid zog sein Schwert und begann zu rennen. Als er das Buschwerk erreichte, erstickte Cosimos Gebrüll bereits in einem Gurgeln. Sein Kamerad wälzte sich im braunen Herbstlaub auf dem Boden, röchelnd, die eine Hand, die im Mondlicht zu sehen war, blutverschmiert. Der Mann, der ihn attackiert hatte, hockte neben ihm und wischte gerade die Mordwaffe am Gras sauber. Aber es gab noch einen dritten Mann – den im Mantel, der tatsächlich eine blaue Farbe besaß. Er kehrte dem grausigen Geschehen den Rücken, als ginge ihn der Mord nichts an.

Die Garde bildete ihre Leute sorgfältig aus. Aristid hatte keine Mühe, den Knieenden, der erschrocken wieder in die Höhe wollte, niederzustechen. Leider verfing sein Schwert sich dabei in einem Kettenhemd. Er musste es fahren lassen und nach seinem Messer greifen.

Der Mann mit dem blauen Mantel war herumgefahren. Sein Schwert glitt ihm in die Hand. Er schien völlig ruhig zu sein. Ohne ein Zeichen von Furcht schritt er auf Aristid zu. Als er den milchigen Fleck, den das Mondlicht zwischen die Wacholderzweige warf, passierte, konnte Aristid einen Moment lang sein Gesicht erkennen. Die Nase war lang und vorn leicht gekrümmt, die Augen ungewöhnlich rund und in tiefen Höhlen verborgen, die Brauen zogen den Schwung der Augenhöhlen perfekt nach.

Dann schnellte der Mann auch schon vor. Er schwang seine Klinge mit Kraft, aber mit nicht mehr als gewöhnlichem Geschick. Das war allerdings auch nicht nötig: Ein Schwert war jedem Messer überlegen. Die Frage, wer diesen Kampf gewinnen würde, stellte sich gar nicht.

8. KAPITEL

Herbst 855 bis Sommer 856

Was für aufregende Monate folgten! Natürlich blieb Jutta nicht verborgen, dass Freya sich jeden Tag um die gleiche Zeit aus dem Haus stahl, aber sie vermutete wohl, dass sie sich mit Asta traf, und so duldete sie es. Ihre Zunge war scharf, ihr Herz honigweich.

In Wirklichkeit eilte Freya zu einer von Unkraut und Sträuchern überwucherten und von Fröschen bewohnten Halbinsel an einem der Rheinarme, und dort brachte Kasimir ihr mit Hilfe seiner Wachstafel das Wunder des Lesens und Schreibens bei. Das lateinische Alphabet besaß dreiundzwanzig Buchstaben, erklärte er ihr, während das griechische Alphabet über vierundzwanzig verfügte, das hebräische aber nur über zweiundzwanzig.

»Was ist Hebräisch?«

»Die Sprache aus dem Alten Testament. Weil das lateinische Alphabet mit seiner Zahl in der Mitte liegt, ist bewiesen, dass es ein Erbe beider Kulturen ist«, gab Kasimir, der inzwischen aufgehört hatte, in ihrer Gegenwart zu stammeln, das Wissen weiter, das er von seinem Lehrmeister erworben hatte.

Freya lernte wie im Flug. Sie sog die Laute auf, die er ihr vorsprach, und prägte sich die kunstvollen Formen der einzelnen Buchstaben ein, die er auf seine Wachstafel schrieb. A …

B … C … D … Ihr Entzücken wuchs, als es ihr gelang, die ersten Wörter zusammenzusetzen. Natürlich musste sie auch deren Bedeutung lernen, denn Kasimirs Schreib- und Lesefähigkeiten beschränkten sich auf das Lateinische und Griechische, und deshalb musste er ihr die entsprechenden Vokabeln beibringen. Sie verhaspelte sich oft, aber sie hatten ja Zeit. »*Credo in unum Deum* … Ich glaube an den einen Gott … *patrem omnipotentem* … den Vater …«

»Den allmächtigen Vater«, korrigierte Kasimir.

»*Patrem* kommt von *patres*.«

»Nomen, Maskulinum, Akkusativ …«, spulte er sein Wissen ab. »*Omnipotentis* ist ein Adjektiv. Akkusativform. Der Fall richtet sich …«

»Weiß ich doch.«

»Du weißt gar nichts. Du machst alles falsch.«

»Nur vieles.« Freya lachte. »Bringst du mir, wenn ich das hier kann, auch Griechisch bei?«

Kasimir starrte sie an. Er war ein merkwürdiger Junge. Die oberflächliche Freundlichkeit, die Menschen aneinander schätzten, ging ihm ab. Er brachte nicht einmal einen schlichten Gruß über die Lippen. Wenn er lachte, geschah es an den falschen Stellen, bei Doppeldeutigkeiten versagte sein akkurater Verstand. »Na, da steht uns ja ein schönes Wetter bevor«, hatte sie einmal gebrummt, als sich am Horizont schwarze Wolken zusammenballten.

»Es gibt ein Gewitter. Von Wetter weißt du auch nichts«, hatte er herablassend erwidert.

Aber das störte sie nicht. Sein Kopf war eine Schatztruhe, gefüllt mit unverfälschtem Wissen, und gleich, wonach sie fragte – ob nach Lauten und Zeichen, nach Zahlen, später nach den komplizierten Methoden des Rechnens –, fast nie blieb er ihr eine Antwort schuldig. Er spuckte die Fakten aus wie Kiesel, die sich in seinem Mund gesammelt hatten.

Als es draußen zu kalt wurde, verlegten sie ihren Unterricht vom Rheinufer in den Stall, in dem Freya inzwischen schlief, weil einige Nachbarn sich darüber ereifert hatten, dass Jutta gemeinsam mit einem jungen Mann die Nächte verbrachte. Oft konnten sie dort wegen der frühen Dunkelheit die ins Wachs geritzten Buchstaben nur mit den Fingern ertasten.

Kasimir hatte offenbar über ihre Frage nachgedacht. Plötzlich begann er, griechische Buchstaben in seine Wachstafel zu ritzen, und so lernte Freya auch die zweite klassische Sprache – Lateinisch und Griechisch gingen in ihrem Unterricht nun munter durcheinander, was nur deshalb zu keiner Verwirrung führte, weil das griechische Alphabet sich vom lateinischen völlig unterschied.

Eine Zeitlang fürchtete sie, dass der Freund ihr vielleicht Unsinn beibrächte, irgendeinen Firlefanz, der seiner Phantasie entsprungen war. Denn normale Fragen wie die, woher der Domlehrer stammte, wer in der Schule neu aufgenommen worden war oder ob man noch von Johanna sprach, dem einzigen Mädchen, das dort je unterrichtet worden war, stimmten ihn ratlos. Als wegen Reparaturarbeiten die Mahlzeiten in einem anderen Raum eingenommen wurden, kam er panisch zu ihr gerannt, weil er nicht begriff, was vor sich ging. Jede Veränderung ängstigte ihn, nur Zahlen und Sprachen machten ihn glücklich, als wären sie die Welt, in der er sich eine Trutzburg errichtet hatte und wo er sich sicher fühlte. In einer besonders finsteren Nacht grübelte sie, ob womöglich ein Dämon in die leere Hülle seines Verstandes gefahren war, der mit ihnen beiden seine Späße trieb.

Doch dann, im darauffolgenden Sommer kam ein Sonntag, der jeden Zweifel beseitigte.

Wie inzwischen üblich besuchte Freya gemeinsam mit Jutta den Gottesdienst. Und wie üblich standen auf der anderen Seite des Doms, unter dem Bild von Jesus und dem Kind, Asta und Giso. Asta trug an diesem Tag ein Hemd mit Puffärmeln unter einem Rock in der Farbe von Mohnblumen, ihr blondes Haar war unter einer bestickten Haube verschwunden, die zierlichen Füße in hellroten Schuhen. Mutters hübsche Tochter war zu einer wunderschönen Frau herangewachsen. Sie und Giso hatten im Frühjahr geheiratet, aber das Unglück, das Jutta prophezeit hatte, war ausgeblieben. Die beiden waren wie Turteltäubchen. Nicht einmal in der Kirche konnten sie ihre Hände voneinander lassen.

War also alles gut geworden?

Nein, keineswegs. Freya blutete das Herz, während sie ihre Schwester verstohlen beobachtete. Asta hatte seit der Nacht, in der sie sie aus Gisos Haus holen wollte, kein Wort mehr mit ihr gesprochen. Sie hatte sie auch nicht zur Hochzeit eingeladen. Das Band zwischen ihnen war durchtrennt. Und das schmerzte. Sie hatten ja nicht nur Hässliches miteinander erlebt. Da waren zum Beispiel die Nächte gewesen, in denen sie miteinander unter der Decke geflüstert, gelacht und geweint hatten.

Gleichzeitig spürte Freya, wie ihr eigenes Verlangen schwand, den Spalt zu überbrücken, und das tat mindestens genauso weh. Aber ihre Schwester hatte sich verändert. Wie geschmeichelt sie tat, wenn einer der Umstehenden das Wort an sie richtete, wie übertrieben sie lachte, wie distanzlos sie die Nachbarn berührte, als wollte sie sie dazu nötigen, sie in ihrer Mitte aufzunehmen. Jeder Stolz schien ihr verlorengegangen zu sein. Sie umrankte die Friesen wie Efeu, der fremden Halt braucht, um sich daran aufrichten zu können. Und deshalb wird es auch nichts mehr mit uns, dachte Freya. Wir verachten einander.

Unglücklich wandte sie sich ab und war froh, dass der Bischof mit den beiden Priestern einzog, mit denen er den Gottesdienst zelebrierte. Die drei Männer wurden durch eine steinerne Schranke vom Kirchenvolk getrennt – das war etwas, was Freya nicht verstand, denn Jesus hatte doch die Nähe der Kranken und Armen gesucht, aber was wusste sie schon? Die Zeremonie begann. Und damit die Zeit, in der sie sich gewöhnlich langweilte, weil sie nichts verstand. Abwesend lauschte sie der Messe.

»*Liber scriptum proferetur …*«, schob sich ein Satz in ihren Kopf.

Liber … das Buch …

»*… in quo totum continetur …*«

Totus – alles … *in quo totum* …. in dem alles …

Was war das denn? Sie horchte auf. Da waren Wörter, die sie verstand.

»*unde mundus iudicetur …*«

Nein, doch nicht. Oder?

Mundus – die Welt, *iudicare* – urteilen. Womit die Welt urteilt? Es rieselte ihr heiß über den Rücken. Lieber Gott, Jesus und Maria … Sie begann zu verstehen, was der Priester sprach und sang. Natürlich nur einige Brocken, aber …

»*Quid sum miser tunc dicturus …*«

Sum … ich bin … *miser* … elend …

»*… salva me, fons pietatis …*«

salve me … Rette mich. *Fons* … was bedeutete *fons*?

Egal. Wichtig war: Sie lernte bei Kasimir tatsächlich die lateinische Sprache. Er hatte sie nicht betrogen. Alles, was er ihr beigebracht hatte, entsprach den Tatsachen. Aufgeregt lauschte Freya den Stimmen des Priesters und des Bischofs, wie berauscht versuchte sie dem Gottesdienst zu folgen. Das Herz schlug in ihrer Brust wie ein Trommelschlägel.

Das Hochgefühl hielt an, bis der Bischof auf einen mit Leinen bespannten Holzblock stieg und in der Sprache der Friesen mit seiner Predigt begann. Die war wie eine kalte Dusche. Gottes Mann in Dorstadt mochte ihr Bestes im Sinn haben, aber jedes Wort, das er in ihrer Alltagssprache hervorbrachte, klang wie eine Verdammung. Mit hallender Stimme verkündete er Gebot auf Gebot und Strafe auf Strafe. Seine Freude, was das Schildern der Strafe anging, und seine Liebe zu grausamen Details jagten ihr einen Schauder über den Rücken. Warum nur immer dieses Berauschen an der Grausamkeit?

Zumindest weiß ich jetzt, dass ich wirklich die lateinische Sprache lerne, versuchte sie sich aufzuheitern, doch ihre Euphorie war verflogen, und ihre Blicke begannen wieder zu wandern. Sie sah, wie einige junge Frauen sich über etwas beugten, das sie nicht erkennen konnte, vielleicht über ein Kind. Ein Hund pinkelte gegen eine Heiligenstatue und wurde von einem Gottesdienstbesucher mit einem Tritt ins Freie gescheucht. Dann erregte eine Gruppe weiter hinten ihre Aufmerksamkeit, die sich von den anderen Besuchern der Messe abgesondert hatte. Sie kannte sie. Es handelte sich um die Normannen, die sich hatten taufen lassen, damit Kaiser Lothar ihnen die Stadt zu Lehen gab. Das Trüppchen war nur klein, sechs Männer und zwei Frauen, eine davon aus der Stadt und geächtet, weil sie sich mit dem Feind eingelassen hatte.

Freya war diesen Leuten bisher aus dem Weg gegangen. Allein der Klang ihrer Sprache war ihr verhasst. Mit Abscheu sah sie, dass die Männer neben ihren Kreuzen Nadeln in der Form von Thors Hammer trugen. Ihr war klar, dass sie die Dorstädter damit verhöhnen wollten. Zwei der Normannen machten sich offenbar gerade über den Bischof lustig. Der Hass, der ihnen von den Einheimischen entgegenschlug, war mit Händen zu greifen, schien ihr Vergnügen aber nur zu vergrößern. Sie waren Eroberer, sie wollten sich gar nicht mit einem Pack gemein machen, das sich wie Schafe niedermetzeln ließ.

Angewidert wandte Freya den Blick ab und starrte zu einer Gruppe von Bauern. Dort fiel ihr ein Mann auf, der zwar mitten zwischen den Leibeigenen stand, jedoch nicht richtig zu ihnen zu gehören schien. Er war vielleicht dreißig Jahre alt und trug dieselben ärmlichen Kleider wie die anderen. Sein Gesicht war schlecht rasiert, der Bart struppig, die Haare strähnig und schulterlang. Nichts Besonderes also. Nur seine Haltung … Das war keiner, der sich vor anderen aus Gewohnheit duckte oder buckelte. Dafür war sein Rücken zu gerade und sein Blick zu neugierig.

Ging sie das etwas an? Nein.

Sie wollte sich gerade wieder auf die Predigt konzentrieren, als der Fremde plötzlich den Kopf drehte und sein linkes Ohr sichtbar wurde. Es war zerfetzt. Der Ohrlappen hing in dünnen Fleischfäden herab wie ein Vorhang aus Fäden, als hätte eine Ratte daran geknabbert. Gebannt starrte Freya auf die hässliche Entstellung. Ihr brach der Schweiß aus, ihre Beine begannen zu zittern. Es war, als wollte der Funke einer Erinnerung aufflackern, als wollte ihr Körper ihr eine Warnung zurufen. Doch dann hustete der Bischof in seinen Ärmel, und das lenkte sie ab. Die Männer Gottes begannen zu singen … *Laudate dominum* … Als Freya wieder zu den Bauern blickte, war der Fremde verschwunden.

»Ein Mann mit einem kaputten Ohr? Kenne ich nicht.« Wie nach jedem Gottesdienst teilte Jutta Essen an die Armen aus.

»Ich glaube, dass er zu den Normannen gehört, zu unseren Feinden«, meinte Freya verstört.

»Warum das?«

»Weil … ich weiß nicht. Mir ist, als hätte ich ihn schon einmal gesehen.«

»Und? Ist das wichtig? Hier, nimm die Möhren und schnippele sie in die Suppe, sonst reicht es nicht.«

»Er stand hinten in der Kirche, unter den Bauern, als wollte er verhindern …«

»Nun lass mich schon mit deinen Satansanbetern zufrieden.« Jutta hatte Halsweh, seit Tagen schon. Gereizt schöpfte sie die Suppe in die Kessel, und Freya begann, die schweren Gefäße zum Tisch zu schleppen.

Doch, ich hab ihn schon einmal gesehen, dachte sie, es ist lange her, sehr lange. Sie zermarterte sich ihren Kopf, suchte in ihrer Erinnerung. Verflucht, warum wollte ihr nicht einfallen, wann und wo das gewesen war? Das Grübeln machte sie unvorsichtig. Als sie den letzten Kessel auf dem Tisch absetzen wollte, schwappte Suppe über den Rand auf ihren linken Fuß. »Autsch!« Sie brüllte auf – und vergaß den Fremden.

Bis er einige Nächte später in einem ihrer Träume auftauchte. Es war ein Alptraum der besonders schlimmen Sorte. Sie schwamm in Dunkelheit, ein brutales Lachen hüllte sie ein … Vor ihr befand sich ein Felsen … Vergeblich stemmte sie sich mit den Füßen dagegen und zappelte, um einer Hand zu entkommen, die sie packen wollte … Sie wand sich … ein Messer, jemand wollte sie mit einem Messer schneiden … STRAFE … Das Wort hallte durch den Traum … und das Messer fuhr in ihr Fleisch. Es schmerzte nicht, erstaunlicherweise, und dadurch wurde ihr bewusst, dass sie träumte. Kurz schien sie zu erwachen. Aber das Wissen schwand, und der Traum zog sie zurück in ihr Elend … Wasser überall … Wasser, das in ihre Nase drang … grüne Schlingpflanzen … STRAFE … Als sie auftauchte, um nach Luft zu schnappen, sah sie kurz das Gesicht ihres Peinigers … Sein Ohr hing in Fetzen herab wie vertrocknetes Blattwerk … Sie schlug nach ihm. Er fauchte. Sie schlug ihn erneut … ein Kratzen, dann zwei gelbe Augen direkt über ihr … und …

Die Katze.

Es war die Katze, die sie behelligte. Juttas Mäusefängerin. Sie hatte sich auf Freyas Brust gesetzt, weil sie hinaus ins

Freie wollte. Tat sie ja gern, die elende Königin des Stalls. Verschwitzt und immer noch zitternd stemmte Freya sich von ihrem Lager hoch. Sie ging zur Tür, schob den Riegel zur Seite, und die Katze strich an ihrem Bein entlang und verschwand in der Nacht. Schwer atmend blickte Freya zum Himmel. Der Mond war beinahe rund, die Luft kalt und feucht. Hatte sie während des Alptraums geschrien? Wahrscheinlich nicht. Die Fenster der umliegenden Häuser waren verschlossen. Das war ein Glück, denn sie konnte es sich nicht leisten, halbnackt von jemandem gesehen zu werden. Ihre Brüste waren in den letzten Monaten gewachsen und drückten gegen den dünnen Stoff ihres Hemdes. Die Binde, mit der sie sie normalerweise gegen den Körper presste, lag neben ihrem Lager.

Langsam hob sie den rechten Arm. Der Ärmel ihres Hemdes rutschte zur Schulter und gab eine Narbe frei, die ihren Unterarm entstellte. Sie war alt, normalerweise achtete Freya kaum darauf. Nun fiel ihr auf, dass sie die Form eines Hammers besaß. *Der Mann mit dem zerrissenen Ohr* … Ihr Traum verblasste bereits, doch dieses Mal klammerte sie sich an die Bröckchen, die die Erinnerung ihr zuwarf.

Sie sah ein Langhaus, ähnlich wie das von Björn. Einer der Dänen zeigte auf das Ohr seines Kameraden, das in Fetzen vom Schädel hing, die anderen lachten. Und dann: ein Fleischstück auf dem gemauerten Rand einer Feuerstelle. Sie packte es, wurde gesehen … sie rannte … stolperte über Äste … wurde erwischt … durchs Schilf geschleppt … in dem sumpfigen See unter Wasser gedrückt … Und dann … der Nachthimmel … das Messer, das in ihren Arm schnitt … Das Bild löste sich auf, ein nächstes folgte, nein, wieder das vorherige: der Fels, an den sie sich klammerte, sumpfiges Wasser, in dem sie mit den Beinen strampelte …

Die Erinnerungen erloschen so plötzlich, als bliese man eine Kerze aus. Freya starrte immer noch auf die Narbe. Sie musste nicht mehr grübeln, was geschehen war. Sie hatte ein Stück Fleisch gestohlen, und einer der Dänen hatte sie erwischt und sie zu einem Teich geschleppt, um sie zu bestrafen. Ein wichtiger Mann. Hasteinn, der Bruder ihres Herrn. Kein anderer hätte es gewagt, die Sklavin des Gastgebers anzufassen.

Nach dieser Nacht war sie ihm nie wieder unter die Augen gekommen. Hatte Mutter dafür gesorgt, dass sie anderweitig beschäftigt wurde, wenn Hasteinn seinem Bruder einen der seltenen Besuche abstattete? Oder hatte Elva sie versteckt, aus Angst, dass ihre kostbare Sklavin erneut in Schwierigkeiten geraten könnte?

Freya lehnte die Stirn gegen das Holz des Stalls. Hasteinn war also nach Dorstadt gekommen. Warum hatte er sich verkleidet? Weil er erfahren hatte, dass die Mörderin seines Bruders sich in Dorstadt aufhielt? Nein, das schloss sie aus. Er konnte nichts von ihrem neuen Leben wissen. Es ging nicht um sie. Da er sich von den anderen Normannen ferngehalten hatte, musste es sich um eine Intrige gegen Röriks Leute handeln. Was hatte der Mann vor?

Freya machte sich noch am selben Nachmittag auf den Weg zu ihrer Schwester. Aus der Schmiede, die Gisos Haus gegenüber lag, drang Rauch. Das Feuer in der Esse loderte, und der Schmied stand vor einem Tisch voller Hämmer, Zangen, Feilen und Schüsseln mit Nägeln.

»Willst du was kaufen?«, fragte er, ohne von dem Tisch mit dem Gerät aufzusehen.

»Nein.«

»Dann verschwinde. Ich mag keine Gaffer.«

Freya zuckte mit den Schultern. Rasch überquerte sie die Gasse. Als sie Asta das letzte Mal besucht hatte, war sie durch einen Nebeneingang eingelassen worden, aber der war jetzt verschlossen. Machte nichts, denn Asta wohnte gewiss nicht mehr in der armseligen Kammer, in der Freya sie damals gefunden hatte.

Freya wandte sich also zu dem größeren Tor, das in die Werkstatt führte. Sie lugte hinein – und war überrascht, wie weit der Raum sich nach hinten streckte. Und welchen Reichtum er barg. Auf mehreren Tischen lagen Gewänder in allen Farben der Natur, entweder für Kunden, die sie bestellt hatten, oder um Besuchern zu zeigen, wie sorgfältig und geschickt die Schneiderwerkstatt arbeitete. Bunte Knöpfe, kleine Ketten, Schlaufen und gefächerte Rüschen häuften sich auf Messingplatten. Kein Zweifel, hier wurde für die Reichen der Stadt gearbeitet.

Giso stand zum Glück mit dem Rücken zur Tür. Außerdem war er mit einer Frau beschäftigt, die eine Naht prüfte und ihn dabei mit misstrauischen Fragen überhäufte. Die beiden Männer, die für ihn arbeiteten, nähten mit gesenkten Köpfen an kostbaren Stoffen, was ihre volle Aufmerksamkeit erforderte. So konnte Freya unbemerkt zu einer Treppe und ins Obergeschoss hinaufhuschen, wo sich vermutlich die Wohnräume befanden.

Von der Diele gingen mehrere Türen ab. Freya öffnete eine davon – und blieb beeindruckt stehen. Ein hölzernes Wandbord, gefüllt mit Tellern und Tassen … in der Mitte ein breiter Tisch, Stühle … an den Wänden standen mehrere geräumige Truhen, die darauf hindeuteten, dass die Hausfrau viel Kostbares aufzubewahren hatte.

Leise rief sie den Namen ihrer Schwester. Nur nicht als Dieb verdächtigt werden. Sie hatte Glück. Asta befand sich in einem Nebenraum und steckte sofort den Kopf ins Zimmer. Freya suchte nach Worten … zu dumm, dass sie sich nicht zurechtgelegt hatte, was sie sagen wollte. »Tut mir leid, wenn ich störe …«, stotterte sie. Und verstummte. Im Gesicht ihrer

Schwester ging eine Veränderung vor sich, es hellte sich auf, Astas Augen begannen zu strahlen. Impulsiv trat sie vor und schloss sie in die Arme. Freya wollte etwas sagen, aber Asta legte den Finger auf die Lippen und zog sie in den hinteren Raum, eine Schlafkammer. Sie nötigte sie zu einer Bank neben dem Fenster.

»Dass du gekommen bist. Ach, Freya, ich bin so froh. Ich habe dich vermisst, du glaubst gar nicht wie. Was gibt es Neues bei dir? Wie geht es Jutta? Nun erzähl schon.«

Das ging zu schnell. Eben waren sie noch … beinahe Feindinnen gewesen und jetzt … Trotzdem begann Freya zu erzählen. Alles war besser, als zu schweigen. Sie berichtete von Juttas Halsschmerzen, und Asta murmelte etwas Mitleidiges. Aber es war offensichtlich, dass sie nicht zuhörte, und sie nutzte die erste Gelegenheit, um ihre Schwester zu unterbrechen.

»Hast du den Teppich in der Wand im Wohnzimmer gesehen? Der ist nicht von mir, nein, aber Giso hat versprochen, mir einen eigenen Webstuhl zu kaufen, den ich hier oben aufstellen kann. Weil unten ja immer so viel los ist. Und Garn will er mir auch schenken, so viel ich möchte. Er ist so großzügig. Und bewundert meine flinken Finger … Die hab ich ja wirklich, stimmt doch! Vielleicht werde ich mit den Teppichen sogar Geld ins Haus bringen, meint er. Gunhild – das ist meine Magd – hat mir beigebracht, wie man Muster entwirft. Oh, das ist kompliziert. Warum sagst du nichts?«

Asta wartete auf keine Antwort, sondern sprang auf und hastete zu einer Truhe. »Sieh nur! Ist das nicht wunderschön?« Mit strahlendem Gesicht zog sie ein Kleid hervor, ein grün eingefärbtes weiches Wollkleid mit einer leuchtendroten Borte. »Sicher hat Mutter auch so eins getragen, früher, bevor sie … du weißt schon. Sie wäre stolz auf mich, wenn sie mich in diesem Kleid sehen könnte. Glaubst du nicht auch?«

Freya konnte das Geschnatter kaum ertragen. Sie wollte über Hasteinn sprechen. »Weißt du, wen ich heute in der Kirche …«

»Und schau mal …« Ihre Schwester fischte aus einer Holzkiste einen bronzenen Armreifen, den sie über das Handgelenk streifte. »Auch ein Geschenk von Giso. Er ist großzügig … liebevoll … ein wunderbarer Ehemann. Merkst du, wie du ihm Unrecht getan hattest? Du kennst ihn einfach nicht. Giso hat gesagt …«

»Hasteinn ist in Dorstadt.«

Es war, als hätte sie ihre Schwester geschlagen. Asta ließ den Arm mit dem Reifen sinken und starrte sie an.

»Ich habe ihn am Sonntag in der Kirche gesehen. Er war es, ganz sicher. Ich weiß, dass ich noch ein kleines Kind gewesen bin, als ich ihn das letzte Mal …«

»Still. Sei still!« Asta streifte den Ring vom Arm und packte ihn umständlich wieder in das Kästchen zurück. Dann wollte sie das neue Kleid falten – es glitt ihr aus den Händen. »Ich bin schwanger.«

»Oh!«

Ihrer Schwester entfuhr ein schrilles Lachen. »Gratulier mir.«

»Natürlich, das ist … wunderbar. Wann soll das Kind denn …«

»Warum musst du immer alles kaputt machen?«

»Asta! Ich habe doch nur gesagt …«

»Was hab ich mit den Dänen zu tun?«

»Hör mal, wenn Hasteinn sich verkleidet nach Dorstadt hineinwagt …«

»… braucht mich das nicht zu interessieren. Ich bin verheiratet. Ich habe jetzt einen Mann, der mich beschützt.«

Freya starrte ihre Schwester an. Was sie sagte, war verrückt. Männer waren keine Zauberer.

»Du bist nur neidisch, weil du selbst keinen Ehemann ergattern konntest. Deshalb willst du mir Angst machen. Aber es liegt an dir, dass dich keiner anschaut. Du bist so … grob. Du gibst dir ja nicht mal Mühe zu gefallen.« Asta hob ihre Hand, um eine Haarsträhne unter die Haube zurückzuschieben. Dabei verrutschte das Hemd, das sie unter ihrem Trägerrock trug. Nur einen Finger breit, aber Freya sah trotzdem die blutrote Strieme, die sich knapp unterhalb der Halsbeuge entlangzog. Sie starrte auf die Verletzung, und ihr Entsetzen musste sich in ihrem Gesicht spiegeln, denn Asta begann zu lachen. Sie öffnete die Spange, die den Träger ihres Rocks hielt, und streifte das Hemd halb über den Arm. Dann drehte sie sich, so dass der obere Teil ihres Rückens sichtbar wurde. Er war von Striemen übersät – einige älter, andere kaum verheilt.

»Ja, mein Mann schlägt mich«, sagte sie leise, mit einem Ton in der Stimme, dass sich Freya der Magen umdrehte. »Und ich bin stolz darauf. Mein Mann ist mein Gebieter, so wie der Allmächtige es im Garten Eden bestimmt hat. Er wacht über mich und straft und erzieht mich, damit ich zu dem Juwel werde, das er verdient. Er ist gut und gerecht. Und: Er wird mich vor jedem Mann beschützen, der mir etwas antun will. Vor allem ist er aber der Vater meines Sohnes …« Sie streichelte ihren Bauch. »Im Herbst werde ich niederkommen, dann ist unser Glück vollkommen. Und nun geh, Freya. Ich hatte gedacht, du hast mich aufgesucht, um wieder Freundschaft zu schließen, stattdessen … Die Dänen gehen mich nichts mehr an.«

Wenn Freya ihre Schwester in der nächsten Zeit zufällig in den Gassen oder beim Gottesdienst traf, ging sie ihr aus dem Weg. Was sollte sie auch zu ihr sagen?

Dann geschah etwas Merkwürdiges, das sie kurzfristig ablenkte. Jutta bekam Besuch, einen alten Freund, den sie glückstrahlend willkommen hieß und den sie in ihre Schreibstube einlud – ein Privileg, das sie sonst niemandem gönnte. Der Mann war aus Rom gekommen, Johann, ein Händler, der früher in Dorstadt gelebt und sich später in Köln niedergelassen hatte. Er war sein Lebtag auf Reisen gewesen, um die Geschäfte zu befördern, aber allmählich musste er kürzer treten, weil ihn die Knochen schmerzten. Er blieb nur wenige Stunden – es gab ja so viele alte Freunde in der Stadt, die er noch aufsuchen wollte. Aber nach seinem Fortgang war Jutta verändert: niedergeschlagen, in sich gekehrt, regelrecht düster. Als Freya nachfragte, ob der Mann schlechte Nachrichten gebracht habe, war sie ihr unwirsch über den Mund gefahren.

Einige Tage verstrichen. Dann rief sie Freya zu sich hinauf ins Schreibzimmer. Weil sie jetzt doch ihr Herz erleichtern wollte? Hatte der Mann sie bedroht? Oder einen alten Kummer wachgerufen?

Nein, es ging um den Pergamentstapel auf ihrem Tisch, der, von dem sie die Tinte kratzte, um neue Bögen für das Kopieren der Heiligen Schrift zu bekommen. Sie deutete auf den Packen. »Ich weiß, dass du dich heimlich mit dem Idioten aus der Domschule triffst. Und ich sehe, wie du Buchstaben in die Gartenerde ritzt, wenn du eigentlich Unkraut ziehen sollst. Er erklärt dir das Geheimnis der Schrift, stimmt's?«

Freya spürte, wie ihr die Röte ins Gesicht stieg und sie gleichzeitig der Starrsinn packte. »Ich bin ein Mann. Warum sollte ich nicht lesen und schreiben lernen?«, fragte sie herausfordernd.

»Du bist vor allem frech und vorlaut. Aber sei's drum … Hier!« Sie nahm einige von den beschriebenen Bögen. Die Buchstaben darauf waren griechisch, wie Freya sofort erkannte. Jutta drückte sie ihr in die Hand. »Vielleicht hilft dir das bei deinem Studium. Sie sagen, der Idiot kann keine Rübe von einer Kirsche unterscheiden, aber Gott hat ihm die Gabe gegeben, Sprachen und deren Niederschrift zu verstehen. Und da du dich darauf versteifst … Warum lachst du?«

»Ich liebe dich.« Freya drückte der alten Frau einen Kuss auf die Wange. Sie wollte mit ihrem Schatz sofort aus dem Zimmer, um sich in die Schriften zu vertiefen, doch Jutta hielt sie zurück. »Warte. Wann genau soll das Kind deiner Schwester geboren werden?«

Verblüfft über den Themenwechsels starrte Freya in das faltenzerfurchte Gesicht. Sie hatte Jutta von Astas Schwangerschaft erzählt, aber nicht erwartet, dass die alte Frau noch einmal darauf zurückkommen würde. »Ich weiß nicht.«

»Dann finde es heraus und sorge dafür, dass du ihr in der schweren Stunde beistehst. Gib dem Säugling nach der Geburt Nahrung, das vor allem.« Mit diesen rätselhaften Worten scheuchte sie sie hinaus.

9. KAPITEL

Die folgenden Monate vergingen wie im Flug. Der Sommer wich dem Herbst, die Ernte wurde eingefahren, das Laub färbte sich bunt, Jutta spendierte Freya eine zweite mit Stroh gestopfte Decke.

Freya war nicht länger wegen Hasteinn beunruhigt. Mittlerweile bezweifelte sie sogar, dass es sich bei dem Bauern mit dem lädierten Ohr tatsächlich um den Bruder ihres toten Herrn gehandelt hatte. Liefen nicht überall Menschen mit Verletzungen herum? Auch den Erinnerungen in ihrem Traum misstraute sie inzwischen. Was träumte man nicht alles zusammen! Nur wenn sie zufällig auf die hammerförmige Narbe auf ihrem Unterarm blickte, wurde ihr mulmig zumute. Aber sie schob die Ängste beiseite. Das Leben fand in der Zukunft statt.

Und dort tat sich Gutes. Sie konnte bei den sonntäglichen Gottesdiensten sehen, dass Astas Gesicht unveränderlich vor Glück strahlte. Aber vor allem: Sie merkte, dass ihre Schwester immer wieder verstohlen zu ihr hinüberblickte. Tat ihr der böse Streit inzwischen leid? Könnte man vielleicht doch wieder zueinanderfinden? Ich würde den Dreckskerl Giso umbringen, wenn er mir etwas antäte wie ihr, dachte Freya, aber da Asta die Schläge nicht störten … Die Menschen empfanden unterschiedlich, und vielleicht war es wichtiger, ihre Meinung hinzunehmen, als sie zu der eigenen bekehren zu wollen.

Am folgenden Sonntag – inzwischen war es Oktober geworden – hatte Astra wieder zu ihr hinübergespäht. Freya sah, dass sich der Bauch ihrer Schwester unter dem Kleid wie eine Kugel wölbte. Zweifellos würde sie bald entbinden. Was, wenn sie während der Geburt stürbe? Ohne eine Versöhnung. Wäre das nicht entsetzlich? Juttas Mahnung kam ihr wieder in den Sinn. Sie hatte ihr geraten, Asta bei der Entbindung beizustehen. Hatte aus ihr die Weisheit des Alters gesprochen?

Giso war bereits ins Freie gegangen, aber Asta hatte sich mit einigen Freundinnen festgeredet. Freya zögerte – dann gab sie sich einen Stoß und durchquerte den Kirchenraum. »Ich werde bald Onkel, wie es scheint.«

Asta drehte sich um. Sah sie verlegen aus? Abwehrend? Oder doch ein kleines bisschen froh? Schwer einzuschätzen. Freya fiel nichts ein, womit sie die betretene Stille unterbrechen könnte. Die beiden Frauen, mit denen ihre Schwester sich unterhalten hatte, machten sich dezent davon. Dass es Streit zwischen den Geschwistern gegeben hatte, war wohl allgemein bekannt.

»Tja, wie du siehst … Wenn es nicht bald losgeht, platze ich.«

»Und wann soll das Kind kommen?«, stellte Freya die Frage, die Jutta ihr ans Herz gelegt hatte.

»Kann man so genau nicht sagen. Aber mir zieht's schon oft im Kreuz.«

»Aha.« Sie fühlten sich beide unwohl. Ihr Gespräch war durchtränkt von Heuchelei.

»Und dir? Was macht …?«

»Ich würde gern …«, begann Freya gleichzeitig mit Asta zu sprechen. Sie lächelten angestrengt. Schließlich gab Freya sich einen Ruck. »Kannst du mir deine Magd schicken, wenn es soweit ist?«

»Natürlich. Mein Sohn wird sich freuen, seine … also, dich zu sehen.«

»Nein, ich meine: Kannst du mir Bescheid geben, wenn die Wehen beginnen?«

»Warum?«

»Ja, was denkst du wohl?«

Astas Augen wurden feucht. Plötzlich beugte sie sich vor und umarmte ihre Schwester, so gut es über den geschwollenen Bauch hinweg ging. »Ich wusste, dass wir Freundinnen sind«, flüsterte sie. »Dieser … dumme, dumme Streit. Du glaubst nicht, wie unglücklich mich das gemacht hat. Ja, ich bin heilfroh, wenn du an meiner Seite bist. Die Hebamme ist tüchtig, das sagt Giso jedenfalls. Er hat sie aus Utrecht kommen lassen, eine Verwandte von ihm. Aber sie ist eine kalte Frau. Ich mag sie nicht. Freya, ich will nicht sterben.«

»Wirst du nicht. Du bist zu stur!«

Asta lachte und ließ sie wieder los. »Giso hat erlaubt, dass wir unseren Sohn nach meinem Großvater benennen. Er wird also Gerold heißen.«

»Und wenn es ein Mädchen wird?«

»Dann soll es deinen Namen tragen!«

»Johannes?«

Asta lachte. »Dann eben Johanna. Ich schicke dir unsere Magd Judith, wenn's ernst wird.«

Schon wenige Tage später war es so weit. Freya hatte schon eine erste Runde geschlafen, als es an der Stalltür pochte. Hastig warf sie sich ihren Mantel über.

»Die Hebamme sagt, dass die Herrin eine leichte und schnelle Geburt haben wird«, erzählte Judith auf dem Weg. Man merkte ihr an, dass sie Astas Wunsch, in einer so heiklen Situation den Bruder zu sehen, sonderbar fand.

Als sie Gisos Haus erreichten, führte Judith sie leise über eine Hintertreppe an der Gesindestube vorbei durch eine Nebentür in die Schlafkammer. Dann machte sie sich eilig davon. Hoffentlich nicht, um vor ihrem Herrn eine Beichte abzulegen.

Freya öffnete vorsichtig die Tür. Giso war nicht im Raum, natürlich nicht. Die Christen hielten es für unschicklich, einen Mann zu einer Gebärenden zu lassen. Und wie sollte sie ihr eignes Erscheinen erklären? Sie hatte nicht gründlich genug nachgedacht. Leise trat sie zu Asta, die zwischen aufgewühlten Kissen auf ihrem Bett lag und stöhnte. Am Fußende des Betts saß eine Freya unbekannte rundliche Frau mit einer voluminösen Haube und rührte mit Hilfe eines geschmirgelten Holzstabs in einem Becher einen Trank an – das war sicher die Hebamme. Sie schnauzte gereizt: »Raus! Hier wird gerade ein Säugling geboren.«

»Und darum bin ich gekommen.« Einer Eingebung folgend fügte Freya hinzu: »Ich bin ein Arzt.«

»Er soll bei mir bleiben«, flüsterte Asta angestrengt, während sie schon wieder vor Schmerz das Gesicht verzog. Sie packte Freyas Hand und bohrte die Fingernägel hinein. Ihr Körper bäumte sich auf, sie stöhnte. Das Gebären musste wirklich schmerzhaft sein. Kein Wunder – ein kompletter Säugling musste ja eine überaus enge Pforte passieren.

»Was braust du da?«

»Einen Sud aus Eisenkraut«, brummte die Hebamme. »Warum hat Giso einen Arzt gerufen? Es handelt sich um eine ganz gewöhnliche Geburt.«

Fand das Weib den angeblichen Arzt zu jung? Bestimmt. Man durfte ihr nicht zu viel Zeit zum Überlegen geben. »Gib her!« Freya nahm ihr den Becher aus der Hand und roch an dem Trank. Dann nickte sie, als stimme sie der Verwendung widerwillig zu, und gab ihn zurück.

Die Hebamme traute sich nicht aufzubegehren. Das Licht im Raum war schwach, nur wenige flackernde Kerzen, gar so deutlich konnte sie das Alter des Ankömmlings also nicht einschätzen. Hinzu kam die Angst jeder Frau vor dem Männlichen. Freya wandte sich ab, um einer weiteren Musterung zu entgehen.

»Dieses Weib stellt sich an«, keifte die Hebamme. »Sag ihr, sie muss den Sud trinken. Das ist wichtig, damit die Geburt … Reiß dich zusammen!«, herrschte sie Asta an. »Du bist nicht die Erste, die ein Kind gebiert. Das sag ich ihr schon die ganze Zeit: dass sie nicht die Erste ist, die …«

Freya hob gebieterisch die Hand und beugte sich über Asta. Ihre Schwester rang sich ein Lächeln ab. Im nächsten Moment begann sie sich wieder in den Decken zu wälzen, ihr Gesicht verzerrte sich. O lieber Himmel – war das normal? Ließ Gott jede Frau so viehisch leiden, wenn sie ein Kind gebar? Die Hebamme drängte sich neben Freya. Sie wartete, bis Asta sich wieder entspannte, und setzte ihr den Holzbecher an die Lippen. Asta trank, dann seufzte sie. »Es tut so weh.«

»So steht es ja auch in der Heiligen Schrift: Unter Schmerzen sollst du Kinder gebären«, meinte Freya, um ihre Autorität zu unterstreichen, und drückte Astas Hand, um Zuversicht zu verströmen.

»Ja, sie soll leiden. Und den Mund halten!«, giftete die Hebamme. »Ich hab schon mehr Kindern auf die Welt geholfen, als man zählen kann. Sterben tun immer die, bei denen die Mütter jammern.«

»Ist das so?« Unter den Papieren, die Jutta Freya geschenkt hatte, waren auch einige lateinische Schriften gewesen, die sie aber nicht hatte übersetzen können – zu viele unbekannte Wörter. Da sie aber offenbar vom Gebären handelten und Astas Entbindung bevorstand, hatte sie Kasimir um Hilfe gebeten. Auf einem der Blätter entdeckte er ein Kapitel mit der Überschrift *Welches ist die beste Hebamme?* Ein Satz daraus hatte sich Freya besonders eingeprägt: *Die gute Hebamme wird die Schwangeren trösten und Mitleid mit ihnen haben.* Wenn man diesen Maßstab ansetzte, hatte Giso eine absolute Versagerin geholt.

»Eine schlimme Nacht, um zu gebären«, murmelte die Hebamme, als wollte sie ihr Urteil bestätigen. »Die Dämonen hassen die Heiligen, weil sie ihren bösen Nachstellungen widerstehen, und deshalb hassen sie auch den Tag, an dem wir ihrer gedenken. Drei Tage müssen sie Ruhe geben, einen Tag für jedes Wesen der Dreifaltigkeit. Aber in der Nacht, die folgt, ziehen sie durch die Häuser und suchen nach den Gebärenden. Sie wollen, dass die Kinder sterben, bevor sie durch die heilige Taufe im Herrn gerettet werden können.«

Asta begann zu weinen.

Der römische Arzt hatte noch etwas geschrieben: *Träume, Vorahnungen oder abergläubische Zeremonien sollen die Hebamme nie das vernachlässigen lassen, was sich auf die Geburtshilfe bezieht.* War das nicht eindeutig? Hatte der Gelehrte nicht vor genau solchen Frauen wie dieser gefühllosen Geiferin gewarnt?

»Geh!«, befahl Freya. Die Hebamme hob den Kopf und starrte sie verständnislos an. Freya packte sie bei den Schultern und zerrte sie zur Tür. »Du bist unfähig!«

»Herr Jesus!« Die Frau begann sich zu wehren. »Dazu hast du kein Recht. Willst du das Weib vom Herrn Giso umbringen? Was unterstehst du dich? Ich werde mich beschweren. Ich werde …«

»… verschwinden! Und zwar sofort und leise und ohne ein Wort mit jemandem in diesem Haus zu wechseln. Sonst – ich schwöre es dir – werde ich bis nach Utrecht bekannt machen, wie du mit deiner stupiden Kenntnislosigkeit die Frauen gefährdest. Bist du gar eine Hexe? Auch das müsste man wohl untersuchen lassen. Los, raus mit dir!«

Freya drängte die Frau in den Flur, warf hinter ihr die Tür wieder ins Schloss und umklammerte kurz die Klinke. Als sie keinen Protest hörte, kehrte sie zu Asta zurück, kniete neben ihr nieder und flüsterte: »Nun in aller Ruhe. Du bist Asta, die Tochter der Gräfin von Villaris. In dir schlummert jede Kraft, die du brauchst, um Giso das schönste aller Kinder zu gebären. Du bist stark, und du bist ruhig. Dein Kind vertraut dir.«

Leise begann sie, die Lieder zu singen, mit denen Gisla sie in den Nächten beruhigt hatte. Etwas anderes fiel ihr nicht ein. Die Krämpfe wurden stärker, ihre Schwester begann, mit hochrotem Kopf und unter Stöhnen zu pressen. Freya beugte sich vor und nahm das Kind in Empfang, als es endlich, den Kopf voran, den Unterleib verließ. Es war ein Junge. Er begann sofort mit einem himmelschreienden Gebrüll.

»Gib es her.«

Zärtlich legte Freya den Schreihals, an dessen Nabel noch die Schnur aus Fleisch hing, in Astas Arme. Hinter der Tür zum Wohnraum wurden Gisos Freudenrufe laut. Sie küsste ihre Schwester und machte sich eilig davon.

Und nun heim in den Stall? Unmöglich. Freya war viel zu aufgeregt über das Wunder, dessen Zeuge sie gerade geworden war. Sie hatte ein rotblaues, blutverschmiertes, zappelndes Bündel in den Armen gehalten – und es sofort ins Herz geschlossen. Asta hatte einen kleinen Krieger geboren, jemanden, der es nicht still duldete, durch einen engen Spalt in ein Leben gezwungen zu werden, von dem er gar nicht wusste, ob es ihm behagen würde. Dieser Säugling war … ein König.

Natürlich konnte es auch sein, dass alle Kinder nach der Geburt schrien, einfach aus Schmerz. Wie schade, dass sie so wenig davon wusste. Und auch von dem, was während der Schwangerschaft geschah. Wo hatte das Kind die neun

Monate verbracht? In Astas Magen? Aber wie hätte es das überleben sollen? Dort gab es ja nicht mal Luft zum Atmen. Nirgends im Bauch eines Menschen. Und wie hatte es sich ernährt? So viele Fragen. Keine davon konnte sie beantworten.

Freya hatte sich zum Rheinufer gewandt. Bisher hatte die Freude sie rasch vorangetragen, doch nun ging sie plötzlich langsamer. Ihre Umgebung wurde wieder sichtbar – über ihr verschränkten sich die kahlen Äste der Birken, die Morgendämmerung warf helle Flecken ins Laub. Hinter einer Wegbiegung lagen der Fluss und die Landzunge, auf der sie an so vielen Abenden von Kasimir die fremden Sprachen gelernt hatte. Hatte die Gewohnheit sie hierhergeführt? Wahrscheinlich. Aber was hatte sie aufgeschreckt? Sie meinte, gedämpftes Stimmengewirr zu hören.

Geduckt folgte sie dem Weg, bis die Büsche zur Seite wichen und vor ihr ein Steg auftauchte, der von der Halbinsel in den Fluss hineinführte. Dort standen Männer. Leute aus der Stadt. Sie meinte, den mürrischen Schmied zu erkennen und zwei, drei andere. Etwas lag zu Füßen der Männer auf den Planken, einer stieß mit dem Stiefel dagegen und lachte. Freya war neugierig, das Risiko, in Gefahr zu geraten, gering, also ging sie zu ihnen hinüber. Ein feiner Nieselregen setzte ein und begleitete sie die letzten Schritte. Niemand nahm an ihrem Erscheinen Anstoß. Man kannte sie inzwischen in der Stadt. Sie war Johannes, der junge Mann, der für Jutta arbeitete.

»Endlich hat es mal den Richtigen erwischt«, begrüßte Baldrich, der Fassträger, sie und machte ihr Platz, damit sie sehen konnte, wovon er sprach.

Ein Toter. Und nicht nur das – der Mann war umgebracht worden. Sein Mörder hatte ihm den Kopf abgetrennt und ihn neben der Schulter abgesetzt, als wollte er ihn lächerlich machen. Entsetzt starrte Freya in das weiße Gesicht. Sie erkannte es, obwohl die Lachfältchen sich mit Blut gefüllt hatten und der blonde Zopf von Blut und Erde schwarz und steif geworden war. »Das ist einer von den Dänen aus der Stadt.«

»Schlaumeier«, rief der Schmied lachend.

»Wir schmeißen ihn ins Wasser«, schlug ein anderer vor, ein Mann mit einer roten Säufernase.

»Warum das denn?«, protestierte der Schmied.

»Damit wir keine Schwierigkeiten kriegen, wenn die Scheißnormannen ihn suchen. Denk nach! Wem würden sie den Spaß wohl anlasten?«

Zustimmendes Gemurmel.

»Wartet …« Freya meinte auf der Wange des abgetrennten Kopfes etwas zu erkennen, eine weitere Wunde. Sie beugte sich hinab und legte den Kopf auf die Seite. Dann schöpfte sie mit den Händen ein wenig Wasser aus dem Schilf und wusch das Blut von der Haut. Darunter wurde etwas sichtbar, eine Ritzung. Sie brauchte einen Moment, um zu verstehen, was sie sah. Der Mörder hatte die Umrisse eines Hammers in die Wange seines Opfers geritzt. Thors Hammer, dachte sie, und ihr wurde schwül. Unwillkürlich fasste sie nach ihrem Arm.

»Teufel, was ist das denn?« Der Fassträger beugte sich über sie. »Die Wunde ist auf jeden Fall frisch.«

»Die Dänen planen Krieg untereinander«, meinte Freya mit gepresster Stimme.

»Und woher willst du das wissen, Bursche?«

»Weil der Hammer das Zeichen ihres Kriegsgottes ist. Und da dieser Tote zu den Dänen aus unserer Stadt gehört, müssen seine Mörder von einem anderen Stamm kommen. Sie haben ihn umgebracht und entstellt, um Dorstadt eine Warnung zu schicken.«

»Blödsinn. Du redest Scheiße!«

Aber die anderen Männer schienen beeindruckt. Die Hammerwunde war ja deutlich zu erkennen. Schließlich wiederholte der mit der roten Nase seinen Plan: »Ab ins Wasser mit ihm. Und außerdem gilt: Mund halten. Die Dänen, egal woher sie kommen, sind unsere Feinde. Was sie untereinander treiben, kann uns gleich sein. Nur gut, wenn sie sich gegenseitig massakrieren.«

Allgemeines Nicken. Seinen Worten folgte sofort die Tat. Der Tote bekam Steine in die Hosenbeine gestopft und wurde mit einem kleinen Floß, das an der Brücke dümpelte, in die Mitte des Flusses transportiert, wo er mit einem Platschen in den Fluten verschwand.

Aber natürlich war damit gar nichts in Ordnung gebracht worden, das war Freya klar, und sie verbrachte den folgenden Tag in fiebriger Ratlosigkeit. Sollte sie zum Bischof gehen, der sich vielleicht am besten mit den Heiden und ihren Gebräuchen, auch was Kriege anging, auskannte? Nein, sie traute dem Mann nichts zu. Er kam ihr verweichlicht vor. Aber verflucht, sie kannte auch sonst keinen der Dorstädter genügend, um sich ihm anzuvertrauen. Sollte sie sich vielleicht an Giso wenden? Seine Stimme besaß Gewicht. Oder, ein neuer Gedanke: Sie könnte direkt zu den Dänen gehen, die ihren Mann gewiss bereits vermissten. Nichts davon gefiel ihr. Andererseits konnten sie doch nicht wie die Maus vor der Katze in Schockstarre verharren.

Und dann wurden all diese Überlegungen plötzlich bedeutungslos. Jutta kehrte von einem Gang aus der Stadt heim. Sie zitterte, ihre Augen waren gerötet, sie hatte geweint und tat es immer noch. Als sie Freya vor dem Feuer stehen sah, rannte sie zu ihr, packte sie an den Armen und begann sie zu schütteln. »Warum, in Gottes Namen, hast du ihm keine Nahrung gegeben?«

»Was?«

»Ich hatte es dir doch gesagt!«

»Was denn?«

»Ich hatte dir doch gesagt: Gib ihm zu essen!«

Jutta ließ sie los. Sie wankte zu einem Schemel, sackte darauf nieder und wiegte sich in den eigenen Armen. Bestürzt starrte Freya sie an. Was konnte passiert sein? Jutta hatte Asta besuchen wollen, das wusste sie, nur … »Was ist los?«

Es dauerte eine Weile, bis Jutta bereit war zu reden. Jedes Wort, das sie dann sagte, war ungeheuerlich. Sie begann von ihrer Schwester zu reden, von Demud. Wie sie Giso geheiratet hatte und sofort schwanger wurde.

Das will ich nicht hören. Was ist mit Asta?

Wie ihr Ehemann aber schon bald nach der Hochzeit grob zu ihr wurde.

Was ist mit Asta?

Wie sie ihm ein Kind gebar …

»Hat er meiner Schwester etwas angetan? Bitte, Jutta …«

Und wie er gleich nach der Geburt mit dem Säugling zur Rheinbrücke ging und ihn in die Fluten warf.

»Er hat … *Was* hat er getan?«

»Hörst du mir nicht zu?«

»Er hat sein eigenes Kind ermordet?«

»Es war ja kein Mord.« Mit leiser, beinahe kalter Stimme begann Jutta zu erklären. »Nach friesischer Sitte hat ein Mann das Recht, seinem Kind das Leben zu verweigern, wenn er es für unvollkommen hält. Jeder Vater darf ein Neugeborenes töten, aber nur, solange es noch keine Nahrung zu sich genommen hat.«

Freya brachte kein Wort heraus.

»Demud wurde erneut schwanger. Sie brachte beim zweiten Mal – es war ein Sommertag voller Düfte – ein Mädchen zur Welt. Giso hatte ihr versprochen, es am Leben zu lassen, er hatte es beim Nagel vom Kreuze Jesu geschworen. Doch dann fand er angeblich auch an ihm einen Makel.«

»Du hättest ihn aufhalten müssen.«

»Als hätte ich es nicht versucht! Er hat mich aus dem Haus geprügelt. Und Demud … begann wirr zu reden. Giso hat sie in den folgenden Wochen und Monaten geschlagen, bis kein heiler Fleck mehr an ihr war. Er wollte sie von ihren Launen heilen. So hat er es dem Priester wohl später bei der Beichte erklärt.«

Musste er deshalb die Armen speisen? Weil er seine Kinder ermordet hatte? War das alles, was man ihm als Strafe auferlegt hatte? Ein paar Möhren für das Leben zweier wehrloser, unschuldiger Menschen?

»Bitte, Jutta. Was ist mit Asta und ihrem Sohn?«

Freya rannte durch die Gassen. Es war spät geworden, das Licht schaffte es kaum noch zwischen die Häuser, die in der Nähe des Markts besonders eng standen. Während sie sich zwischen verfrorenen Mägden und rumpelnden Karren ihren Weg bahnte, verfluchte sie sich selbst. Jutta hatte es ja wirklich gesagt: Gib dem Kind zu essen! Nur hatte sie nicht begriffen, was sie damit meinte. Jutta hatte Asta allerdings nicht selbst gesprochen, sie hatte nur Giso getroffen, der ein paar Andeutungen gemacht hatte. Die vielleicht nur den Zweck hatten, sie zu quälen? An diese Hoffnung klammerte Freya sich. Zwischen Giso und Asta war ja alles anders als damals bei Demud. Giso liebte ihre Schwester. Er schenkte ihr Kleider und Schmuck, sie hielten sich bei den Händen. Niemals würde er ihrem Kind etwas antun.

Freya näherte sich der Schmiede. Ihr Besitzer feilschte mit einem Kunden über eines seiner beiden kostbaren Schwerter. Als sie die Gasse überquerte, wäre sie fast von einer Kuh überrannt worden. Einige Vögel flogen von den Dächern auf … Hinter den Häusern begann jemand zu schreien …

Sie stieß die Tür zur Werkstatt auf und rannte an den Männern vorbei, die sich in der Nähe des wärmenden Feuers über die Stoffe beugten. Von Giso war keine Spur zu sehen. Sicher war er oben bei Asta und dem Kind, dem vollkommenen Knaben, den er sofort ins Herz geschlossen hatte.

Sie stolperte die Treppe hinauf, riss die Tür der Schlafkammer auf … Und ihr Herz schmolz vor Erleichterung. Asta stand vor einem Spiegel und kämmte ihr schönes, blondes Haar, das sie wohl gerade frisch gewaschen hatte – es hing ihr feucht über die Schultern.

»Wo ist er denn?« Freya suchte das Körbchen, in das man das Kind inzwischen sicher gelegt hatte …

»Er schläft.«

Zittrig vor Erleichterung sank sie auf das Bett. Der Junge lebte, alles andere war gleich. »Er ist so schön«, versuchte sie eine Unterhaltung in Gang zu bringen.

»Ich weiß.« Asta lächelte.

»Hast du ihm schon Nahrung gegeben?« Es war nicht mehr wichtig. Giso hatte an seinem Kind Gefallen gefunden oder eine erneute Strafe des Priesters gefürchtet. Jedenfalls war der Kleine unversehrt. Freya erhob sich und trat neben ihre Schwester. Sie legte ihren Arm um sie, und gemeinsam schauten sie in den Spiegel, aus dem ihnen Astas hübsches Gesicht mit den goldenen Locken entgegenstrahlte. Kein Wunder, dass Giso in seine Frau verliebt war. Sie sah aus wie eine Göttin. Freya wollte Astas Lächeln erwidern. Doch dann gefroren ihre Mundwinkel.

Etwas war mit den Augen ihrer Schwester nicht in Ordnung. Sie flackerten, als würde hinter den Pupillen eine Flamme vom Wind gezaust. Und plötzlich entdeckte sie auch mehrere kleine, blutige Wunden an ihrer Lippe. Nicht wie von einem Schlag, sondern … als hätte Asta sie im Schmerz zerbissen.

»Wo ist das Kind?«

Asta antwortete nicht, aber durch das Fenster drangen plötzlich Schreie, als hätten Fremde es übernommen, sie für sie auszustoßen.

»Wo ist dein Junge?«

Asta begann sich zu drehen, sie hob ihr Kleid, es sah aus, als tanzte sie. Erst als Freya ihr eine Ohrfeige versetzte, hörte sie damit auf. Ihr Gesicht wurde hart und womöglich noch bleicher. »Es musste sein. Mach kein Drama daraus. Giso folgt nur der alten Sitte. Unser Sohn war … schwächlich. Es wollte nicht aufhören zu weinen. Und …«

Freya rannte in die Wohnstube. Keine Menschenseele. Es gab auch keinen Korb, in den man ein Neugeborenes hätte legen könnte. Und es hatte wohl nie einen gegeben.

»Es ist doch nichts Schlimmes passiert«, erklärte Asta, die ihr gefolgt war, geduldig. »Wir werden ein neues Kind bekommen. Männer sind weiser als Frauen, sie denken klarer, sie sehen, wie aus dem Weinen wütendes Gebrüll wird und später Respektlosigkeit, die sich gegen Vater und Mutter wendet. In diesem Kind lauerte der Teufel. Ich … ich konnte es ja selbst nicht beruhigen. Ein Kind, das nicht einmal vom Gesang der Mutter …«

»Alle Säuglinge brüllen!«

»Er wird es schon vollbracht haben, und danach geht er sofort zum Priester, um zu beichten. Pater Meingotus ist ein vernünftiger Mann. Er wird ihm wieder eine Buße auferlegen, um ihn zu reinigen, aber … Wohin gehst du?«

Freya stolperte die Gesindetreppe hinab. Dorstadt besaß keine Brücke. Aber Giso würde sicher nicht seine kostbare Hose durchnässen wollen. Wo befanden sich die Bootsstege, die dazu taugten, einen Säugling zu ertränken? Die Halbinseln? Das Schilfröhricht?

Die Nebentür war verschlossen, sie musste also wieder den

Arbeitsraum passieren, half nichts. Sie riss die Tür auf – und da war es, als träfe sie ein zweites Mal eine Keule. Blut. Überall in dem Zimmer war Blut. Es bildete rote Pfützen und Rinnsale auf dem Boden, es hatte Möbel und Wände bespritzt und die Stoffe besudelt. Und Gisos Arbeiter: Hingemetzelt wie Schlachtvieh lagen sie in den Lachen zwischen zertrümmerten Tischen und von den Wänden gerissenen Borden. Als hätte man Fenster und Türen geöffnet, nahm Freya plötzlich auch den Lärm in den Gassen wahr. Wie hatte sie das überhören können – dieses … viehische Gelächter … das angstvolle Betteln und Weinen?

Die Dänen! Sie mussten tatsächlich die Stadt gestürmt haben, und zwar viel früher als erwartet!

Freya wich zurück. Wie betäubt lauschte sie den gellenden Schreien. Hasteinns Männer schlachteten die Dorstädter ab. Ein Rumoren in einem der Nebenräume erinnerte sie daran, dass die Kämpfer gewiss auch in diesem Haus nach Beute suchten. Entsetzt rettete sie sich in den Flur und von dort in die Küche. Ihr Blick hetzte über ein Regal. Töpfe und Kannen – damit konnte man sich nicht verteidigen. Wo wurden die Messer aufbewahrt?

Sie hörte gedämpfte Schritte. Wahrscheinlich hatten Hasteinns Leute zuerst das Lager geplündert und waren nun auf weitere Beute aus. Neben der Kochstelle befand sich eine Nische, ein ideales Versteck – und gerade deshalb nicht zu gebrauchen, denn natürlich hatten die Dänen einen Blick dafür, wohin ihre Opfer sich verkrochen. Wieder glitt ihr Blick zum Regal. Das oberste Fach war durch ein blaues Tuch verhüllt. Sie riss es beiseite und fand Schaumkellen, einen Apfelentkerner … alles, aber keine Messer.

Die Schritte kamen näher.

Eines der Dinger war vielleicht doch zu gebrauchen. Ein Fleischhaken, dessen Spitze aus einem gabelartigen Metallteil bestand. Nicht geeignet, einen Menschen zu töten, aber vielleicht, ihn so zu verletzten, dass sie fliehen konnte.

Freya packte das Gerät – und hörte im selben Moment hinter sich einen überraschten Laut. Sie fuhr herum und schwenkte den Fleischhaken mit aller Kraft, die in ihr steckte. Gott und Jesus standen ihr bei: Zwar schützte ihren Gegner ein Helm, aber der bedeckte nur die Schädeldecke und die Nase. Die Götter führten ihre Hand so glücklich, dass eine der Spitzen des Fleischhakens sein Auge aufriss. Blut schoss aus der Wunde, ihr Angreifer taumelte zurück.

Freya entwand ihm das Schwert, packte es mit beiden Händen und rammte ihm die rotverschmierte Klinge mit aller Kraft in den Leib. Noch einmal traf sie günstig – er brachte nicht einmal mehr einen Hilferuf zustande. Sein Heulen erstarb. Sie starrte in die aufgerissenen Augen, in denen sich seine Qual spiegelte. Hatte sie Mitleid? Nein.

Hektisch blickte sie an sich herab. Sie trug wegen der Kälte den Mantel, den sie Björn nach seinem Tod abgenommen hatte. Er glich den Mänteln der angreifenden Dänen. Mit fliegenden Händen zerrte sie den Helm vom Kopf ihres Opfers. Es war immer noch nicht tot. Aber wehren konnte er sich auch nicht mehr. Sie stülpte das vom Blut klebrige Stück Rüstung über ihren Kopf und raffte das Schwert wieder an sich. Alles drängte sie zur Flucht.

Und was würde aus Asta? Ihr Blick ging zur Decke, und etwas Hässliches, Schwarzes kroch in ihr Herz, als sie an das kleine Wesen dachte, das ihre Schwester kampflos dem mörderischen Vater überlassen hatte. Sie verstand es nicht. Sie verstand es einfach nicht. Ihre Abscheu verbrannte jedes Mitgefühl. Rasch durchquerte sie die Schneiderwerkstatt.

Draußen tat sich die Hölle auf. Die Dänen mussten in der Minderheit sein – Hasteinn hätte niemals ein echtes Heer aufbieten können. Aber die verweichlichten Dorstädter hatten den kriegserfahrenen Männern nichts entgegenzusetzen. Sie wurden niedergemacht wie Schafe, und wer sich zu wehren versuchte, wurde sofort umringt und von mehreren Dänen umgebracht. Die Angreifer würden sich nicht lange aufhalten. Sie würden zusammenraffen, was sie als Beute ansahen, und dann wieder ablegen, denn das war ihre Methode: angreifen, töten, rauben, fliehen.

Während Freya durch die Gassen rannte, korrigierte sie ihre Annahme. Wohin sie blickte, brachen marodierende Krieger in Häuser ein. Es musste sich um mindestens hundert Bewaffnete handeln, schätzte sie, vielleicht sogar zwei- oder dreihundert. Das konnten nicht nur Männer aus Hasteinns Dorf sein. Hasteinn mochte der Anführer sein, aber er hatte sich für diesen Feldzug mit anderen Stämmen zusammengetan.

Warum gab es keine Gegenwehr von den Dorstädter Dänen? Waren sie geflohen, im Wissen, dass sie den Überfall nicht überleben würden? Ein Huhn flatterte gegen Freyas Brust. Kopflos. Wer schlachtete in einer Stunde wie dieser Geflügel?

Unbehelligt schaffte sie es zu Juttas Haus. Die Tür war eingetreten worden, und einige Männer kamen ihr entgegen, hielten sie aber nicht auf. Sie galt mit dem dänischen Helm und dem dänischen Mantel als einer der Ihren. Offenbar war das Haus nur flüchtig durchsucht worden – Jutta besaß keine Kostbarkeiten, das war auf den ersten Blick zu erkennen. Und ins Obergeschoss … Freya starrte zur Decke. Wohin war die Leiter verschwunden? Die Dänen hatten eines der Strohlager in Brand gesetzt, die Flammen erleuchteten den Raum. Von der Leiter war nichts zu sehen. Sie lag auch nicht am Boden. Hatte Jutta es geschafft, sie in das kleine Schreibzimmer hinaufzuziehen?

Das Feuer begann sich in die Wand zu fressen. Nur der Regen der vergangenen Tage verhinderte, dass hier sofort alles in Flammen stand. Bewegte sich neben dem Strohlager etwas? Ein Mann richtete sich auf und stolperte aus dem züngelnden Gefahrenkreis. Man konnte ihn kaum noch als Menschen bezeichnen. Sein Körper – auch das Gesicht – war von Wunden entstellt, sein Hemd durchtränkt von Blut. Einer der Nachbarn? Er trug ein Schwert – und hob es, als er sie erblickte.

»Lass, ich bin's, Freya.« Sie zischte die Warnung, zu groß war ihre Angst, sich zu verraten.

Der Mann verstand sie nicht. Getrieben von Schmerz und der Angst vor den dänischen Dämonen ging er auf sie los. Es gelang Freya, an ihm vorbei zu schlüpfen, doch er folgte ihr und schlug mit schier übermenschlichen Kräften zu. Sie überlebte nur, weil sie sich unter einen Tisch rollte. Dann stürzte der Mann unvermittelt zu Boden. Sein Schädel war gespalten, Gehirnmasse quoll heraus.

Mit zittrigen Knien kam Freya wieder auf die Beine. Ihr Retter war ein Däne. Sein Gesicht war – anders als ihres – von dem Helm, den er trug, beinahe vollständig bedeckt, sogar Mund und Nase waren hinter einer goldenen Nachbildung verschwunden. Die Augen blitzten amüsiert unter den eisernen Augenbogenbeschlägen. Er war groß gewachsen, breitschultrig und lachte sie siegestrunken an. »Friss dir Muskeln an, Bürschchen!«

Freya starrte ihn an. Hinter ihr schlugen inzwischen Flammen aus der Flechtwand. Sie spiegelten sich im Helm des Dänen. Es sah aus, als würde der Kopf des Mannes brennen. Er lachte über ihr Entsetzen und schlug ihr gut gelaunt auf die Schulter. »Sieh zu, dass du hier rauskommst.« Dann war er fort.

Sie blieb zurück, unfähig, sich zu rühren. Die Worte des Mannes hallten in ihrem Kopf. *STRAFE* … Nein, nicht die Worte, sondern seine Stimme. Aber war es möglich, eine Stimme wiederzuerkennen, die man nur ein einziges Mal in seiner Kindheit gehört hatte? Ausgeschlossen. Schon gar nicht, wenn sie wie jetzt durch eine Metallplatte verzerrt wurde. Der Däne, der eben den Raum verlassen hatte, war nicht Hasteinn gewesen. Ihre Angst hatte sie genarrt. So musste es sein.

Bei der Tür, die zum Hof ging, wurden plötzlich Arme geschwenkt. Ein rundes, weißes Gesicht kam auf sie zu. Kasimir, der Idiot. Er hielt einen rauen Stein in der Hand, den Jutta bei ihrem Gemüsebeet liegen gehabt hatte, weil sich auf seiner rauen Oberfläche so gut der Schmutz aus den Möhren reiben ließ. Sollte das eine Waffe sein? Er redete, sie verstand kein Wort. Mitkommen? Hastig zog er sie in den Garten. Jutta lag zwischen ihren Beeten. Im ersten Moment dachte Freya, sie sei tot, aber sie war wohl nur benommen. Neben ihr lag die Leiter, die sie aus dem Haus geschleppt hatte, vielleicht, um ihre Kostbarkeiten im Obergeschoss zu retten. Sie war damit ins Kohlbeet gefallen und dort, erstarrt vor Angst, liegen geblieben. Freya half ihr auf die Füße.

Mit Juttas Hilfe fanden sie auf Schleichwegen, die sie durch mehrere Gärten führten, zu einem verwilderten Friedhof und dann, über eine Weide, zu einem Bach. Sie wateten seinen Lauf entlang, bis sie einen Seitenarm des Rheins erreichten.

»Ein Boot«, sagte Kasimir und deutete ins Schilf, wo ein altes Floß schaukelte. Seine Schultern zuckten vor Aufregung. Ungelenk umarmte er Freya.

Ihr Blick ging hinüber zur Stadt, aus der Flammen und Rauch aufstiegen. »Wir verlassen Dorstadt«, sagte sie leise.

10. KAPITEL

Rom, April 858

Hugo Abbas haderte mit sich. Er war ein Mann, der auf seine besten Jahre zusteuerte, ein schlauer Mann, mutig, weitblickend. Auch seine Ahnentafel war ruhmreich. Seine Tante Judith war mit Kaiser Ludwig dem Frommen verheiratet gewesen, und sein Vater Konrad, der dem Schwager in schwierigen Zeiten die Treue gehalten hatte, war dafür mit einem Grafentitel und ausgedehnten Ländereien belohnt worden. Aber was hatte ihm das alles gebracht? Nichts, dachte er. Gar nichts. Er war im Mittelmaß stecken geblieben.

Gut, ihm war das Pech beschieden, der Letztgeborene zu sein. So etwas machte einen Aufstieg schwierig. Sein Vater hatte ihn wie in ihren Kreisen üblich mit einem Kloster abgespeist – Saint-Germain in Auxerre. Dort bezog er als Laienabt eine auskömmliche Pfründe. Aber das hatte ihm nicht genügt. Für einen talentierten Burschen wie ihn musste es doch … Macht, dachte Hugo und zitterte innerlich. Ich will echte Macht …

Sein Blick glitt zu Arsenius, seinem Förderer, der mit der umständlichen Art eines alten Mannes im Begriff war, eine Nachricht zu verfassen. Der Römer war so lange seine Hoffnung gewesen. Hugo hatte ihn vor fünf Jahren kennengelernt, als er in einem spontanen Entschluss in die Heilige

Stadt übersiedelte. Kein Ort verhieß mehr Möglichkeiten, einen einflussreichen Posten zu ergattern, als der Sitz der Kurie. In Arsenius, der aus einer der führenden römischen Familien stammte, hatte er den Mann gesehen, der ihn protegieren könnte. Mit Vergnügen hatte er sich in die Intrigen einspannen lassen, die der listige Alte gemeinsam mit seinem Sohn Anastasius ersann. Er war eingeweiht gewesen, als Anastasius den Borgo in Brand setzte, und war Zeuge von dessen Flucht an den Kaiserhof nach Aachen geworden, als die Untat bekannt wurde.

Auch während der erzwungenen Abwesenheit von Anastasius hatte er weiter in Arsenius' Dienst gestanden und war sich auch für höchst gefährliche Aktionen nicht zu schade gewesen. So hatte er beispielsweise Waldipert, den Vicedominus von Papst Leo, angestachelt, den Heiligen Vater zu vergiften, und dem Mörder anschließend, um sich und Arsenius zu schützen, eigenhändig die Kehle durchgeschnitten und ihn in den Tiber geworfen.

Das war ein großartiger Coup gewesen. Jedoch: Was hatte er ihm gebracht? Keinen Posten jedenfalls. Nur den Messerstich eines gottverdammten päpstlichen Gardisten. Hugo hatte Mühe, ein Zähneknirschen zu unterdrücken.

Aristid hieß dieser Kerl. Er war ihm schon lange auf die Nerven gegangen, und er hatte sich damals – vor drei Jahren war das gewesen – entschlossen, ihm endgültig den Garaus zu machen. Dafür hatte er sich einen Sicario zu Hilfe geholt, einen Berufsmörder, mit dem er gelegentlich zusammenarbeitete. Aber dann war alles schiefgegangen. Der Sicario hatte den Falschen erwischt, Aristid hatte den Mann umgebracht – und es war zu einem Duell gekommen. Was Hugo besonders schmerzte: Er selbst hatte dabei ein Schwert in der Hand gehabt, der Gardist nur noch ein Messer. Und doch hatte der Teufel es irgendwie geschafft, ihm die Waffe zwischen die

Rippen zu jagen. Nur mit viel Glück war es ihm gelungen, schwer verletzt zu entkommen.

Inzwischen gehörte dieser Aristid zum engeren Kreis um Gerold von Villaris, den Kommandant der Garde; das hatte er herausgefunden. Und auch, dass Gerold ihn schützte. Hugo hatte Arsenius mehrfach gedrängt, eine Intrige gegen die beiden zu spinnen, aber der Kardinal war nicht interessiert gewesen. Wie undankbar! Kein Wunder, dass Hugo in den letzten Wochen immer öfter daran gedacht hatte, ins Frankenreich zurückzukehren und sein Glück bei den dortigen Königen zu suchen.

Allerdings – er gönnte sich eine kleine Prise Optimismus – war es möglich, dass sein Schicksal sich doch noch zum Guten wendete. Arsenius' exkommunizierter Sohn Anastasius war nämlich vor wenigen Tagen nach Rom zurückgekehrt, und zwar im Gefolge von Kaiser Lothar. Und nicht nur das: Hugo war Zeuge gewesen, wie Lothar sich gleich bei seiner Ankunft wutentbrannt beim Heiligen Vater beschwerte, dass Gerold von Villaris, der Kommandant der päpstlichen Garde, sich gegen ihn verschworen habe, mit dem Ziel, die Stadt Rom unter griechische Herrschaft zu bringen. Natürlich war damit auch der Papst selbst diskreditiert – Gerold war nämlich sein Vertrauter. Das Drama steigerte sich, als Daniel, der Magister Militum, vortrat und behauptete, ein Gespräch zwischen Papst Johannes und Gerold belauscht zu haben, in dem die beiden gemeinsam über die Verschwörung gesprochen hätten.

Hugo hatte gar nicht erst in das triumphierende Gesicht von Anastasius schauen müssen, um zu wissen, wer Daniel angestiftet hatte. Gerade in diesen Momenten wurde wohl Gericht über diesen Gerold gehalten, und wenn Anastasius dadurch wieder an die Macht käme … Ja, deshalb saß er hier im Zimmer. Weil plötzlich alles wieder möglich schien.

Als wären seine Überlegungen ein Stichwort gewesen, öffnete sich in diesem Moment die Tür.

»Wer wagt es ...«, donnerte Arsenius. Und brach ab, als er seinen Sohn erkannte.

Hugo erwartete, dass man ihn hinauswerfen würde, doch in ihrer Aufregung schienen die beiden Männer ihn, der wie ein Steingötze hinter einem der Tische kauerte, nicht wahrzunehmen.

»Nun erzähl schon. Wie ist es gelaufen?«

Anastasius begann zu berichten, doch seine schlechte Laune zeigte bereits, dass die Verhandlung nicht in seinem Sinn ausgegangen war. Papst Johannes hatte sich wie erwartet auf die Seite seines Superista gestellt und das konspirative Gespräch, genau wie dieser, geleugnet. Daraufhin hatte Anastasius eingegriffen und sich als Sacramentale zur Verfügung gestellt. Er wollte Eideshelfer um sich sammeln, die Daniels Vorwurf untermauern sollten.

»Sehr gut!«, stimmte Arsenius zu.

»Hat nur leider nichts geholfen. Der stellvertretende Kommandant der Papstgarde hat ebenfalls Eideshelfer aufgeboten – natürlich Mitglieder seiner Garde.«

»Aber er kann doch im Leben nicht so viele Männer wie du zusammenbekommen haben. Unsere Familie ist mächtig!«

»Weiß ich selbst. So war es ja auch. Nur hat es nichts geholfen. Gerold forderte plötzlich ein Gottesurteil ...«

»Der Narr! Und?«

Anastasius lachte bitter. »Bis zu diesem Moment schien uns der Sieg sicher zu sein. Aber dann machte Papst Johannes plötzlich einen sonderbaren Vorschlag. Er wollte das Belauschen des Gesprächs nachstellen, um zu beweisen, dass Daniel gelogen hat. Der Mann wurde vor die Tür geführt, Johannes legte den Finger auf die Lippen und bedeutete seinem Superista damit zu schweigen. Danach zitierte er Cicero: ›Ratio est iustitia summa insita in lege.‹«

Beim Gesetz ist die Vernunft das höchste Recht, übersetzte Hugo im Kopf.

»Anschließend wurde Daniel wieder hereingerufen – und hatte kein einziges Wort gehört. Natürlich, die Tür ist dick. Er faselte, dass Gerold seine Unschuld beteuert habe, und als er sah, wie man ihn hinters Licht geführt hatte, verlor er die Fassung. Es wurde klar, dass er gelogen hatte, aus Neid, weil sein Sohn bei einem Amt nicht berücksichtigt wurde. Der Papst hat ihn verbannt. So sieht es aus.«

»Jesus Christus!« Arsenius erhob sich und schritt nervös im Zimmer auf und ab. »Johannes mag arglos und unschuldsvoll sein, aber ein Dummkopf ist er nicht. Du hast ihn unterschätzt.«

»Das stimmt.« Anastasius lächelte grimmig. »Doch es spielt keine Rolle. Ich bin wieder in Rom – und habe die volle Unterstützung des Kaisers und seiner Truppen.«

Arsenius runzelte die Stirn, dann blieb er stehen, als hätte ihn der Schlag getroffen. »Was willst du damit sagen?«

Spätestens jetzt hätte Hugo erwartet, dass man ihn hinauswerfen würde, doch Vater und Sohn schienen ihn tatsächlich vergessen zu haben. Und so wurde er Zeuge eines Plans, wie er verräterischer und gefährlicher nicht hätte sein können: Anastasius wollte bei der Stationsmesse, die am kommenden Freitag stattfinden würde, das Patriarchum, den päpstlichen Palast, stürmen. Er wollte den Papstthron für sich mit Gewalt erobern.

Fasziniert sah Hugo die Erregung im Gesicht des Mannes. Und die Furcht in dem seines Vaters. »Es wird nicht einfach sein, den Palast zu erobern. Der Superista ist ein hervorragender Kämpfer, und die Männer der Garde sind ihm treu ergeben.«

Anastasius lächelte. »Mach dir wegen Gerold keine Sorgen. Ich habe bereits einen Plan, wie wir ihn ausschalten können.«

Noch einmal widersprach Arsenius, doch die Bedenken klangen schwach. Hugo sah ein Leuchten in seinen Augen, als er zu seinem Sohn trat. Vielleicht ging ihm zum ersten Mal auf, dass Anastasius die Träume der Familie, an deren Erfüllung er selbst Jahr um Jahr gescheitert war, wahr machen könnte. *Der Thron des Papstes …*

Auch Anastasius schien das Besondere des Augenblicks zu spüren. Er legte seinem Vater die Hand auf die Schulter und flüsterte: »Vertrau mir, ich werde dich zu einem stolzen Mann machen. Das verspreche ich.«

Dann zeigte sich, dass Arsenius seinen Mann für schmutzige Angelegenheiten doch nicht vergessen hatte. Er drehte sich zu Hugo und bat ihn mit einem Nicken, näher zu treten. »Und du, mein Freund, wirst ihm bei diesem Unternehmen beistehen. Gerold muss beseitigt werden. Und ich schwöre dir – niemals soll ein Mensch reicher belohnt werden als du, sobald die Sache erledigt ist.«

11. KAPITEL

Rom, April 858

Rom war … riesig, die Stadt war einfach überwältigend. Freya und Kasimir näherten sich ihr von Norden, in einem Pulk anderer Reisender, die mit Karren und Sänften, zu Pferd oder wie sie auf Schusters Rappen unterwegs waren. Freyas Blicke waren auf die rötliche Ziegelmauer geheftet, die so hoch war, dass sich sieben oder acht Männer hätten aufeinanderstellen müssen, um ihre Zinnen zu erreichen. Wehrtürme in unglaublicher Zahl schützten die einzelnen Mauerabschnitte. Es war ein Bauwerk wie von Riesen, zu vergleichen höchstens mit dem Danewerk, nur dass sich hinter diesem Schutzwall kein karger, wenig bewohnter Landstrich verbarg, sondern eine komplette Stadt. Freya hatte während ihrer Reise Köln, Worms und einige andere Städte betreten, die einen tiefen Eindruck auf sie gemacht hatten. Aber in der Erinnerung wirkten sie plötzlich nur noch wie Weiler. Wie viele Menschen mochten wohl in der Stadt Gottes leben, auf die sie sich zubewegten?

Die Strecke vom Waldstück, von dem aus sie die Mauer erstmals erblickt hatten, bis zu dem Wachtor, auf das ihre Straße zuführte, dehnte sich. Kurz bevor sie es erreichten, blieb Kasimir stehen. »Männer«, sagte er unglücklich. Gegen Männer hatte er etwas. Sie waren grob, manchmal gefährlich, fast immer machten sie sich über ihn lustig. Auch Freya nahm die Bewaffneten misstrauisch ins Visier. Die Männer wirkten argwöhnisch und grob. Sie hielten jeden zweiten Passanten an, viele davon wurden anschließend durchsucht, gelegentliche Schreie zeigten, dass es dabei nicht eben sanft zuging.

Aber es half ja nichts. »Jutta sagt, dass Gerold von Villaris hier lebt«, wiederholte sie, was sie Kasimir schon dutzendfach erklärt hatte.

Denn das war es, was ihr die alte Frau gebeichtet hatte, als sie etwa eine Woche nach ihrer Flucht aus Dorstadt in einem von Regen gepeitschten und von nassen Blättern aufgewirbelten Wald gesessen hatten und sie Juttas fieberglühende Hand hielt. Ihre Wohltäterin hatte bei dem Überfall auf Dorstadt nur einen kleinen Ratscher mit einem Messer erhalten, kaum der Rede wert. Die Wunde würde bald zuheilen, hatte Freya angenommen. Aber dann war es zu einem Wundbrand gekommen – und sie hatte in dem verfluchten Wald gesessen und keine Idee gehabt, wie sie ihn bekämpfen könnte. Warum nur weiß ich so erbärmlich wenig vom Heilen!, hatte sie stumm geflucht. Womöglich wuchs direkt neben ihrem Fuß das Kraut, mit dem sie ihrer alten Freundin helfen könnte. Kurz hatte sie überlegt, nach Dorstadt zurückzukehren. Aber ihre Heimat lag damals bereits mehrere Tagesmärsche hinter ihnen und befand sich womöglich in Hasteinns Gewalt.

Und dann hatte Jutta plötzlich zu reden begonnen. Freya müsse nach Süden gehen, immer weiter nach Süden, bis sie in die Heilige Stadt komme. Zischend, drängend, unter Hustenanfällen, so dass man sie kaum verstehen konnte, hatte sie ihnen den Grund genannt: Johann, der Dorstädter Händler, der bei ihr zu Besuch gewesen war, hatte ihr anvertraut, dass er während einer seiner Reisen den Markgrafen von Villaris getroffen hatte. »In Rom. Dein Großvater Gerold lebt in Rom. Er ist in den Dienst des Papstes getreten, als Kommandeur seiner Garde«, flüsterte sie. »Ich wollte es dir sagen, aber ich hatte solche Angst … ich wollte nicht, dass du mich verlässt. Ich … bitte, hasse mich nicht …« Tränen der Scham liefen ihr über die Wangen.

»Mein Großvater? Du meinst …«

Jutta hustete. Es kam kein Blut, aber Freya spürte, dass ihr angestrengtes Keuchen den nahen Tod ankündigte. Sie hatte die Hand der alten Frau in die eigenen genommen. War sie zornig gewesen? Nein, dazu war sie viel zu verfroren gewesen. Aber als es dunkel wurde und Jutta zu atmen aufgehört hatte und Kasimir Freya mit beiden Armen umschlang, aus Angst, sie könnte ebenfalls sterben, beschloss sie, tatsächlich nach Rom zu gehen. Zu dem einzigen Mitglied ihrer Familie, das noch lebte, denn Asta, die erbarmungslose Mutter, zählte sie nicht mehr dazu. Und so hatten sie sich, nachdem sie Juttas Leichnam verscharrt hatten, auf den Weg gemacht.

Die Reise hatte länger als vermutet gedauert, viel länger. Sie schleppten sich das ganze nächste Jahr und auch noch im folgenden Frühling von Dorf zu Dorf und von Stadt zu Stadt, wobei sie sich mit Hilfsdiensten ihre Mahlzeiten verdienten. Oft mussten sie sich irgendwelcher Lumpen erwehren, die den schmächtigen jungen Burschen und seinen unbeholfenen Begleiter für leichte Beute hielten. Aber Freya trug inzwischen einen soliden Stock bei sich. Sie hatte verbissen geübt, damit zu kämpfen, stundenlang, so wie sie es bei Snorri gelernt hatte, als ginge es um ihr Leben, was gelegentlich auch der Fall sein sollte.

Doch das lag nun hinter ihnen. Sie hatten ihr Ziel erreicht, und Freya nötigte Kasimir, sich mit ihr in eine der Warteschlangen einzureihen. Er krallte sich an Freyas Umhang und starrte die Bewaffneten an wie ein Vogel die Katze.

»Sie tun uns nichts.«

Und so war es dann auch: Roms Wächter hielten Freyas

Kampfstock wohl für eine Wanderhilfe und winkten die beiden jungen Männer anstandslos durch. Jenseits des Tors erwarteten sie neue Wunder. Ein weitläufiger Platz tat sich vor ihnen auf, umsäumt von Häusern, die wie kleine Paläste wirkten, allesamt aus Stein, viele doppel- oder sogar dreistöckig, mit Säulen, Giebeldächern und hohen gebogenen Fenstern, durch die die Sonne eine Flut an Licht in die Zimmer tragen musste. Hinter einem der Fenster sah Freya eine elegante Frau in einem fließenden gelben Gewand stehen, die mit jemandem plauderte, den man von draußen nicht sehen konnte. Sie hielt einen durchsichtigen Becher in der Hand, in dem man roten Wein schimmern sah. Aufgeregt stieß Freya Kasimir an und machte ihn darauf aufmerksam. »Der Becher muss aus Glas sein«, flüsterte sie. »Schau dir das an. Als wäre er aus Luft gemacht. Das ist Glas!«

»Es sind so viele Menschen hier«, beklagte sich Kasimir.

»Ich werde sie aus der Stadt jagen.«

»Das kannst du doch gar nicht. Es sind viel zu viele.« Er begann ihr auseinanderzusetzen, warum es für sie unmöglich wäre, ihr Vorhaben umzusetzen. »Wirklich, was du dir so ausdenkst!«

Scherze verstand er immer noch nicht.

Hinter den Dächern erhob sich ein wehrhafter Turm, und Freya fragte sich, ob er womöglich zu der Festung gehörte, die den Heiligen Vater schützte. Sie hatte auf ihrer Reise davon reden hören, dass sarazenische Piraten die Stadt zu einem ihrer bevorzugten Angriffsziele gemacht hatten. In solchen Fällen musste sich der Papst ja irgendwo verschanzen können. Und damit war sie wieder bei dem Grund ihrer Reise: Sie musste ihren Großvater finden, den Kommandeur der päpstlichen Garde.

Ein Mann schob Freya eine Karre in die Kniekehlen und drängte sie und Kasimir rüde auseinander. Sie trieben zwischen Fußgängern und Reitern, Karren und Sänften und wurden hin und her gestoßen. Schließlich schaffte Kasimir es wieder an ihre Seite. Er klammerte sich ängstlich an ihren Ärmel. »Warum sind wir hier?«

»Du weißt doch, mein Großvater.«

Seine Schulter begann zu zucken, sicheres Anzeichen eines bevorstehenden Tränenausbruchs, und Freya beschloss zu handeln. Sie packte einen Mann am Arm, der sie jedoch in einer fremden Sprache rüde zurückwies. Ihr fiel ein Bewaffneter auf, der die Straße hinabging. Sein schwarzes Haar war sorgfältig geschnitten, genau wie der kurze Bart, vor allem aber war er jung, kaum älter als sie. Sie bahnte sich den Weg zu ihm und fragte in dem altmodischen Latein, das Kasimir ihr beigebracht hatte: »Wo finde ich den Kommandanten der päpstlichen Garde?«

Überrascht nahm der Mann sie in Augenschein. »Was willst du denn von ihm?«

»Ist eine private Angelegenheit.«

»Ah ja?« Auf seinem Gesicht erschien ein Lächeln, so unangenehm, dass es ihn um Jahre älter machte. »Wie ist dein Name?«

Freya hasste es, ausgefragt zu werden. Sie war immer schon misstrauisch gewesen – die Lehre ihres Sklavendaseins –, aber die Reise nach Rom hatte ihr den Argwohn in die Knochen gebrannt. Sie wollte sich abwenden, allerdings zu spät. Der Mann packte sie bei den Schultern und schob sie wortlos vor sich her. Sie warf Kasimir, der aufgeregt neben ihnen her trabte, einen warnenden Seitenblick zu: *Abstand wahren!* Hoffentlich hatte er verstanden. Nach einigen hundert Schritten versuchte Freya sich zu befreien. Unmöglich. Die Hände waren wie Eisenkrallen.

»Lass mich los!«

»Werde ich. Wenn's an der Zeit ist.« Nun tat der Griff richtig weh. Der Mann steuerte auf eine Gruppe anderer Bewaffneter zu, die vor einem Gemüsekarren standen und den Käufern des Bauern den Weg versperrten. Einige waren zu Pferde, die meisten gehörten zum Fußvolk. Der Mann, den sie unvorsichtigerweise um Auskunft gebeten hatte, nahm einen aus dem Trupp zur Seite – einen Kerl mit einem kantigen Gesicht, kühlen dunklen Augen und widerborstigem, schwarzem Haar. Er schob Freya am ausgestreckten Arm von sich, so dass sie nicht lauschen konnte, und flüsterte mit ihm. Nach einem kurzen Gespräch reichte er sie an seinen Kameraden weiter und verschwand wieder in der Menschenmenge.

»Na, dann komm mal.« Der Schwarzlockige verabschiedete sich von seinen Kameraden mit einem Nicken.

»Lass mich los! Ich hab niemandem was getan.«

Keine Antwort.

»Wohin gehen wir?«

»Du willst doch zur päpstlichen Garde.«

»Ich will …«

»Das spielt jetzt gerade keine Rolle. Gib mir mal das Ding.« Er nahm ihr den Stock ab, und Freya hörte auf, sich zu wehren. Es war zwecklos.

Trotz ihrer Aufregung bemerkte sie, wie sich das Stadtbild allmählich veränderte. Die Gassen, die sie im Schlepptau des Fremden durchmaß, wurden zwar breiter, aber auch schmutziger, und an die Stelle der Villen traten zuerst hässliche Mietshäuser und dann verfallene, teilweise durch Brand zerstörte Ruinen, zwischen denen Schafe und wilde Ziegen grasten. Vor Jahrzehnten oder Jahrhunderten mussten hier einmal Kämpfe ausgetragen worden sein, aber offenbar hatte es an Geld gefehlt, die Stadt danach wieder instandzusetzen. Der Heilige Vater mochte mächtig sein – reich war er bestimmt nicht. Ein verstohlener Blick über die Schulter verriet ihr, dass Kasimir ängstlich von Mauer zu Mauer schlich.

Ihr Bewacher schüttelte sie leicht. »Du könntest dir selbst einen Gefallen tun, wenn du mir erzählst, wer dir den Auftrag gegeben hat, den Kommandanten zu suchen.«

»Ich nehme keine Aufträge an. Ich bin frei.« Freya zögerte. »Gerold von Villaris ist mein Großvater.«

Der Mann lachte schallend auf. »Weniger geht nicht, was? Ich kenne den Kommandanten ziemlich gut. Da gibt's keine Familie. Bring dich nicht in größere Schwierigkeiten, als du schlucken kannst, Bursche.« Sie wichen einem Reiter aus, der in waghalsigem Tempo die Straße hinabpreschte. »Ich rate einfach mal: Dein Auftraggeber ist Kardinal Anastasius?«

Freya schüttelte den Kopf, versuchte aber nicht mehr, sich zu rechtfertigen. Sie hörte Schritte. Kasimir schloss auf. Glücklicherweise kamen jetzt auch wieder aus einigen Seitenstraßen Passanten. Sie hatten einen belebteren Teil der Stadt erreicht. Bald tauchte eine Kirche vor ihnen auf, größer als der Dorstädter Dom, größer als alle anderen Gebäude, die Freya jemals gesehen hatte. Neben dem Gotteshaus stand eine hohe, schlanke Säule, in die Buchstaben eingemeißelt waren. Ein vorsichtiger Blick über die Schulter zeigte ihr, dass Kasimir mit offenem Mund davor stehen blieb. Ja, genau, die Buchstaben stammten aus einer Sprache, die sie noch nicht kannten.

Hinter der Säule befand sich ein gedrungenes achteckiges, vom Alter gezeichnetes Gebäude, das sie für eine Kapelle hielt. Daneben breitete sich ein Gebäudekomplex aus, und ohne dass der Gardist etwas gesagt hätte, wusste sie, dass es sich um den Palast des Heiligen Vaters handeln musste – ein rechtwinkliger Bau mit mehreren Stockwerken und langen Reihen großer Fenster, belebt wie ein Ameisenhügel, nur dass darin keine Insekten wuselten, sondern vermutlich Geistliche, die ihren Angelegenheiten nachgingen.

Aus der Kapelle drang plötzlich ein leiser Gesang. *Cum*

sancto spiritu in gloria Die patris: Mit dem Heiligen Geist in der Herrlichkeit Gottes …

Was der Palast nicht geschafft hatte, löste der Gesang bei Freya aus. Ein Schauer der Ehrfurcht ergriff sie. Ihr war klar gewesen, dass sie die Stadt des Heiligen Vaters, des Stellvertreters Gottes, betreten würde. Aber zum ersten Mal wurde ihr bewusst, dass sie ihn tatsächlich zu Gesicht bekommen könnte. Hielt er womöglich in diesem Augenblick, nur durch eine Mauer von ihr getrennt, einen Gottesdienst ab? Sie vergaß ihre beklemmende Situation – und wurde im selben Moment grob in die Wirklichkeit zurückbefördert. Der Gardist war stehen geblieben und zwang sie, ihn anzublicken: »So, Bursche, das wäre jetzt deine letzte Möglichkeit zu beichten, wer dich gedungen hat.«

Ihr fiel keine Antwort ein, und er nötigte sie eine Treppe hinauf. Ein Blick zeigte ihr, dass Kasimir wieder auf ihren Fersen war, wenn auch in großem Abstand. Der Gardist öffnete eine Tür, die hinter ihnen mit einem Krachen wieder zufiel. Sie liefen endlose Flure entlang. Durch offene Türen sah Freya Säle mit langen Tischreihen, an denen vielleicht gespeist wurde. In anderen Räumen befanden sich gepolsterte Stühle. Und dann … ein Raum mit Regalen voller Bücher. Das waren nicht nur einige wenige, sondern … Hunderte, vielleicht Tausende … Es musste sich um eine Bibliothek handeln. Davon hatte sie gehört: Dass es Häuser gab, in denen die Gelehrsamkeit ganzer Jahrhunderte aufbewahrt wurde.

Der Gardist zerrte sie weiter. »Wenn es nicht Anastasius war, wer dann? Und was genau solltest du tun? Ging es um Gift? Reinschleichen, rausfinden, wo dein Großvater …«, das Wort kam mit ätzendem Spott, »wohnt, und dann ein Pülverchen in eine Flasche edlen Weins …«

Sie ließ den Mann reden. Wenn sie Glück hatte, würde er sie geradewegs zu Gerold bringen, um ihm den angeblichen

Enkel vor die Füße zu werfen – und dann könnte sie erklären, wer ihre Mutter war. Sie bogen um eine Ecke und blieben vor einer Tür stehen.

»So, Bursche, letzte Möglichkeit.«

Als Freya schwieg, öffnete er die Tür und schob sie in ein geräumiges Zimmer hinein. Er war nur spärlich möbliert. An den Wänden hingen Waffen – ob als Schmuck oder um sie im Zweifelsfall bei der Hand zu haben, konnte sie nicht ausmachen. In der Mitte stand ein großer Tisch, um den sich ein gutes Dutzend Männer mit düsteren Mienen gesammelt hatten.

»Du bist spät, Aristid«, murmelte einer von ihnen. Er hob kaum den Blick von dem Papier, über dem er brütete. Die Stimmung im Raum war angespannt und die Männer so nervös, dass es sich auf sie übertrug.

»Bin aufgehalten worden«, erklärte ihr Begleiter knapp. »Dieser Bengel hat sich nach dir erkundigt. Keine Ahnung … vielleicht bin ich zu kribbelig.«

Der Mann vor dem Plan sah übel aus, wie verprügelt. Ein langer Kratzer lief quer über seine linke Wange, außerdem waren da mehrere Blutergüsse. Aber nicht das fesselte Freyas Blick, sondern seine Haare. Ein feuerroter Kranz thronte auf dem malträtierten Kopf. Rot, dachte Freya. Die sind so rot wie meine eigenen.

Und augenscheinlich besaß er auch das richtige Alter, um die sechzig, schätzte sie. Einen Moment konnte sie vor Aufregung kaum atmen.

»Wir haben jetzt keine Zeit, uns mit so was zu befassen. Lass ihn festsetzen, bis alles vorbei ist.« Der Rothaarige blickte immer noch nicht auf, und Aristid – so hieß der Mann, der sie hiergebracht hatte, ja wohl – schob sie wortlos in den Flur zurück. Dort packte er sie am Kinn und musterte sie. Er griff in ihr Haar und nahm auch das in Augenschein. Weil er unter dem Staub die rote Farbe entdeckt hatte? »Du willst also tatsächlich der Enkel des Superista sein?«

Wieder sparte sie sich die Antwort. Er glaubte ihr oder glaubte ihr nicht, es war gleichgültig. Wichtig war der Mann am Tisch.

»Tja …« Aristid schaute zu einer Bank neben der Tür. »Jetzt hör mir zu. Du wartest hier und rührst dich nicht vom Fleck, bis ich wieder zurück bin! Ist das klar? Du bleibst genau hier sitzen!« Damit verschwand er wieder im Zimmer.

Freya verschränkte ihre Finger, weil sie zitterten. So oft hatte sie sich diese Stunde ausgemalt. Die Bilder in ihrem Kopf waren ein Schauspiel der Rührung gewesen, das Elixier, das ihr Kraft gegeben und sie vorangetrieben hatte. Und nun? Sie fühle sich wie jemand, den man vom wärmenden Feuer gezerrt und in Eiswasser getunkt hatte. Möglich, dass der Gardekommandant wirklich ihr Großvater war. Rote Haare waren in Italien ja noch ungewöhnlicher als im Norden. Sonst jedoch war der Mann ihr niederschmetternd fremd vorgekommen. Hätte sie nicht etwas fühlen müssen in seiner Gegenwart? Irgendein Band? Wärme? Zugehörigkeit? Sie hatte gar nichts gespürt – bis auf eine leichte Übelkeit. Und auch er selbst hatte ja nicht einmal den Kopf gehoben.

Sie dachte an Asta und ihre Worte: *Wenn dieser Gerold erfährt, wer wir sind, wird er uns wegen unseres Vaters hassen.* Wie klar der Blick ihrer Schwester gewesen war – und wie rührselig ihr eigener.

Natürlich würde Gerold in ihr nicht seine Enkeltochter sehen, sondern den Bastard der dänischen Bestie, die seine Tochter entführt hatte. Ihr war, als hätte man ihr eine Binde von den Augen genommen. Sie hatte sich seit ihrer Flucht aus Dorstadt etwas vorgemacht.

Wie betäubt starrte Freya auf den Boden, auf dessen Fliesen die Stiefel der Gardisten Schmutzspuren hinterlassen hatten.

Ihre Hoffnungen waren zerschlagen, und um Gerolds Liebe betteln würde sie auf keinen Fall. Dafür war sie zu stolz.

Langsam erhob sie sich. Kasimir. Zunächst einmal musste sie ihren Freund wiederfinden. Der war echt, einer, auf den sie wirklich bauen konnte. Aber schon nach wenigen Schritten blieb sie ratlos stehen. Woher war sie gekommen? Die Gänge sahen alle gleich aus.

Als sie weiterging, entpuppte sich der Palast des Papstes als gottverfluchtes Labyrinth. Mehrere Male hörte sie Schritte und verbarg sich hinter Vorhängen oder offen stehenden Türen. Stimmen wurden lauter und verklangen, und sie huschte weiter, bis sie in einem Saal landete. Vor den Wänden standen Statuen. Ihr fiel auf, dass sie sämtlich Männer darstellten. Ausschließlich Männer, Frauen waren es ja nicht wert, Stein, Farbe und Kunstfertigkeit an sie zu verschwenden. Man verschacherte sie, schlug sie, man tat ihnen weh, indem man ihre Kinder ermordete … Ihr Magen fühlte sich an wie von Galle zerfressen.

Dann hörte sie plötzlich einen lauten, verzweifelten Aufschrei. Kasimir? Der Ruf kam ganz aus der Nähe. Sie spähte um Ecken, lief in einen angrenzenden Raum … Und plötzlich brach ein Chaos los. Kasimir stürmte ins Zimmer. Er wurde durch etwas Unförmiges behindert, das er unter seinem Hemd verbarg, und verfolgt von … von einer Katze, tatsächlich einer Katze, einem graugestreiften, fauchenden Tier, das ihm direkt auf den Fersen war. Sein Gesicht verwandelte sich in pure Seligkeit, als er Freya erblickte. Er rannte in ihre Richtung, erhoffte Rettung. Aber natürlich vergeblich, denn der Katze folgten mehrere Männer, einer von ihnen schwang eine Schere.

Kasimir hob abwehrend die Hände. Dabei rutschte ein Buch aus seinem Wams, das zu Boden fiel, auf den goldroten Fliesen auseinanderblätterte und den Blick auf kunstvoll verzierte Buchstaben in goldenen und bunten Farben preisgab.

Freyas Mund wurde trocken. Es handelte sich um eine Kostbarkeit, wahrscheinlich aus der Bibliothek, und ihr liebenswerter, närrischer Freund musste es gestohlen haben. Man würde ihn erschlagen oder foltern oder hängen oder alles zusammen. Er wollte sich hinter ihr verstecken, aber noch bevor er sie erreichte, legte sich ein muskulöser Arm von hinten um Freyas Brust, und sie spürte die Kälte einer Klinge, die gegen ihre Kehle gepresst wurde.

»Und ich dachte, ich hätte gesagt: Warte hier«, murmelte eine verdrossene Stimme.

Man fesselte ihnen die Hände mit dünnen Kordeln, die der Mann mit der Schere von einem Vorhang abschnitt. Es musste sich bei ihm um den Bibliothekar handeln, denn er hob, nachdem der Frevler außer Gefecht gesetzt worden war, das Buch wie einen verletzten Säugling auf und strich bekümmert über die Seiten. Jemand bot sich an, die gottlosen Halunken in die *Segreta* zu bringen, ins Verlies. Kasimir begann zu weinen, und Aristid – denn er war es gewesen, der ihr das Messer an die Kehle gesetzt hatte – verschränkte gereizt die Arme. »Wer ist das?«

»Einer der im Geiste Armen, die der Allmächtige besonders liebt«, gab Freya giftig zurück.

»Und außerdem ein Dieb, für die der Herr deutlich weniger übrig hat?«

»Sollen sie nun in die Segreta?«, wollte der Wächter wissen.

Aber bevor Aristid antworten konnte, drang eine Stimme aus einem der anderen Räume, die von dem Kaminzimmer abgingen. Sie war leise, beinahe sanft. »Bringt den geistig Armen und seinen Freund bitte zu mir.«

Niemand protestierte, erstaunlicherweise. Aristid packte Freya am Arm, kniff sie, um ihr zu bedeuten, dass er keine

Sperenzchen mehr dulden würde, und schob sie durch eine Tür – dieses Mal in ein Zimmer mit großen Fenstern, durch die das warme Abendlicht und ein zittriger Vogelgesang drangen. An den gelb getünchten Wänden zeugten gewebte Bilder von den Qualen der Märtyrer, das mochte sie nicht, aber der Sandelholzduft der Kerzen, die hier überall brannten, linderte ihre Anspannung und ließ sie ruhiger atmen. Mehrere bequeme Stühle zeugten von Gastlichkeit, und außerdem … Jetzt klopfte ihr Herz wieder schneller: Überall lagen Bücher. Nicht ordentlich verstaut in Regalen wie in der Bibliothek, sondern auf Tischen und Truhen verstreut, eines sogar auf einem Flechtschemel. Die kostbaren Zeugnisse der Wissenschaft, mit deren Herstellung unzählige Gelehrte Jahre ihres Lebens verbracht hatten, wurden hier offenbar benutzt, und das so selbstverständlich wie andernorts Töpfe und Pfannen. Sie wurden nicht gehütet, sondern … studiert.

Freya hatte bisher nicht den Mut gefunden, die Person anzuschauen, die über all diese Schätze verfügte, doch nun wandte sie den Blick zu der Gestalt, die vor einem deckenhohen Kreuz stand und sie beobachtete – und wurde im selben Moment unsanft in die Knie gezwungen. Aristids Faust wickelte sich um ihren Kragen. Auch Kasimir lag auf den Fliesen.

»Wen haben wir denn da?«, fragte die weiche Stimme.

Aristid beschränkte seinen Bericht auf einen dürren Satz: »Einen Bücherdieb und eine … Person, die seltsame Dinge behauptet.«

»Ich bin kein Dieb«, jaulte Kasimir kläglich. »Ich wollte doch nur lesen. Da sind seltsame Buchstaben drin, ganz seltsame. Die kenne ich nicht. Ich wollte nur sehen …«

»Psst«, zischte Freya ihn an.

»Denn du redest mit dem Heiligen Vater.« Die Worte kamen leise und ironisch, aber sie klangen vor allem traurig. Der Mann mit der weichen Stimme trug ein schlichtes gelbes Gewand mit weißem Besatz, der Haarkranz, der die kahlgeschorene Mitte des Kopfes umgab, war noch voll, aber schon von grauen Strähnen heller gefärbt.

»Ich wollte nur lesen«, beharrte Kasimir störrisch.

»Warum?«

»Weil …« Kasimir war zu verblüfft, um eine Antwort zu finden. Er wusste, dass nicht jeder Mensch Freude am Lesen hatte, das hatte er in der Dorstädter Schule ja täglich erfahren, aber er hatte es nie begreifen können. Erklärte sich der Zauber der Schrift nicht von selbst?

»Mein Freund kennt viele fremde Sprachen und kann sie lesen und schreiben, aber von anderen Dingen versteht er leider nichts. Sein Kopf ist in Unordnung«, flüsterte Freya. Ihr war inzwischen klar, wer vor ihr stand: Der Heilige Vater selbst, Johannes, Stellvertreter Jesu Christi auf Erden. Allerdings hatte sie sich diesen mächtigen Mann anders vorgestellt. Nicht so … irdisch, mit dunklen Ringen um den Augen, die von zu wenig Schlaf zeugten, und Sorgenfalten, mit einem fülligen Bauch, der auf eine Vorliebe für gutes Essen schließen ließ, und sonderbar kleinen Ohren, die unter dem Haarkranz fast verschwanden und unmännlich, beinahe weiblich wirkten.

Vor allem aber hätte sie nicht dieses Lächeln erwartet, das bei ihrer Antwort sein Gesicht zum Leuchten brachte. Die Mächtigen lächelten nicht. Sie waren zornig, ernst, grausam oder aufgeblasen, aber sie strahlen niemals Güte aus, so wie dieser Gesandte Gottes. *Diliges proximum tuum sicut te ipsum.* Liebe deinen Nächsten wie dich selbst. Zum ersten Mal glaubte Freya einen Menschen zu sehen, der von diesem Grundsatz durchdrungen war.

Der Heilige Vater trat zu Kasimir, und Aristid spannte die Muskeln an. Für den auf Kampf gedrillten Streiter war das Verhalten des Papstes vor allem riskant. Er war bereit, auf jede verdächtige Bewegung zu reagieren.

»Du kannst also lesen?« Johannes half Kasimir auf die Füße und führte ihn zu einem der aufgeschlagenen Bücher. »Was steht hier geschrieben?«

Kasimirs Augen begannen zu leuchten. Er nahm das in Leder gebundene Buch auf und las flüssig vor, was dort in altertümlichem Griechisch geschrieben stand. Einige Sätze, von denen er nicht sicher war, ob Freya sie verstand, übersetzte er nach alter Gewohnheit ins Friesische. Es ging um ein medizinisches Thema – den Gesichtsausdruck eines Sterbenden. Eine spitze Nase … tief liegende Augen … die Schläfen eingesunken, die Ohren kalt und geschrumpft …

Der Heilige Vater ließ ihm erstaunlich viel Zeit. Er schien von dem jungen Mann mit den eingezogenen Schultern, der sich plötzlich in einen Gelehrten verwandelte, berührt, aber vielleicht war das auch eine Täuschung, denn draußen war es inzwischen fast dunkel, und im spärlichen Kerzenschein konnte man wenig erkennen. Minuten verstrichen. Kasimir hatte sich festgelesen und sprudelte die Wörter heraus wie eine Quelle ihr Wasser. Schließlich nahm Johannes ihm das Buch behutsam aus den Händen. »Wie mir scheint, bist du wahrhaftig ein Mann mit erstaunlichen Talenten, mein Freund.«

Kasimir lachte vor Freude.

»Und was ist mit deinem Beschützer? Ist er ebenfalls des Lesens kundig?«

Der Papst legte das Buch beiseite, drehte sich zu Freya und wollte auch ihr hochhelfen. Doch dann geschah etwas Sonderbares. Mitten in der Bewegung hielt er inne. Er legte die Hände auf ihre Wangen und hob ihr Gesicht an, und sein Gesichtsausdruck veränderte sich. Er stierte sie regelrecht an, als … ja, was denn? Als wäre sie doch ein Feind? Hatte Gott ihm ein Zeichen gegeben, eine vernichtende Botschaft? Freyas Mund war auf einmal wie ausgedörrt.

»Wie lautet dein Name?«

»Johannes«, rutschte es ihr raus. So nannte sie sich ja seit Jahren. Und Hosen trug sie auch. Beides war ihr immer richtig vorgekommen. Aber hier, im Angesicht des Papstes mit dem gleichen Namen, wirkte ihre Antwort wie eine Frechheit. Halb erwartete sie, dass er sie mit der Macht Gottes zu Boden schlug.

»Und warum bist du nach Rom gekommen, Johannes?«

Freya bemühte sich um eine feste Stimme. »Ich wollte den Kommandanten der Garde aufsuchen ... in ... einer Familienangelegenheit.«

»Wie heißt deine Mutter?«

Er fragte nach Gisla? Warum? Hatte Gott ihm die Gnade der Offenbarung geschenkt? Konnte der Heilige Vater in ihr Herz blicken? Verwirrt nannte Freya den Namen.

Danach war es still. Johannes wandte sich ab und trat zum Fenster, und Aristid wickelte seine Faust um Freyas Kragen, zur Sicherheit. Keine Sperenzchen.

Die Zeit dehnte sich. Draußen scherzten zwei Männer über ... es war nicht zu verstehen. Der Heilige Vater schloss das Fenster und drehte sich wieder um. Er wandte sich an Aristid. »Nimm den Gelehrten mit, aber sein Freund bleibt noch einen Moment bei mir. Ich gebe Bescheid, wenn du ihn abholen kannst.«

Aristid gefiel das nicht. Er leckte über seine Lippe, aber was blieb ihm schon übrig? Widerwillig löste er die Hand aus ihrem Kragen und verschwand mit Kasimir im Gang.

»Erzähl mir von deinem Leben und dem deiner Mutter«, sagte Johannes, als die Tür sich hinter den beiden geschlossen hatte. »Ich will alles wissen.«

Alles, ja. Freya war willig, ihr komplettes Leben vor dem Heiligen Mann ausbreiten. Sie hatte es immer gehasst, sich von dem Beichtvater in Dorstadt, der sie in den schmutzigen Fluten des Rheins getauft hatte und dabei so betrunken gewesen war, dass er sie fast ersäufte, die Sünden aus der Nase ziehen zu lassen. Jutta hatte sie jedes Mal mit Drohungen vor den Beichtstuhl an der Treppe des Doms zerren müssen.

Aber hier, in diesem Zimmer, vor dessen Fenster ein Vogel herzzerreißende Melodien sang, war es anders. Ja, sie wollte dem Mann Gottes mit der sanften Stimme ihr Herz ausschütten und alles preisgeben, was sie quälte. Sie suchte nach Worten, begann mit Gislas Entführung und wollte von dem Leben bei den Dänen erzählen. Aber dann war es plötzlich, als wäre ein Pflug über den Acker ihrer Erinnerungen gegangen und hätte zerstückelt, was sie in ihrem Gedächtnis bewahrte. Unvermittelt schilderte sie den Mord an Björn … *Warum verdammt der Heilige Vater mich nicht?* Dann die Qualen ihrer Kindheit … Ihr Zorn auf Asta, die bestimmt umgebracht worden war … die Flucht aus Dorstadt … das Danewerk, noch ein Mord … Wieder Asta, die zugelassen hatte, dass ihr Kind getötet wurde … An dieser Stelle brach sie in Tränen aus. Johannes umarmte sie und murmelte, dass ein Sendschreiben an die friesischen Bischöfe geschickt werden müsse, das die Kindstötung durch den Vater unter Gottes Verdammnis stellte …

»Ich habe sie im Stich gelassen.«

»Nun ja …«

»Sie war von der Geburt geschwächt und … wie von Sinnen vor Angst. Warum hab ich das nicht bedacht?« Freya stammelte von ihrer Sehnsucht, zu jemandem zu gehören, unverbrüchlich … Da war natürlich Kasimir, und sie sah in ihm wirklich einen Freund, einen treuen und lieben Menschen, den sie von ganzem Herzen schätzte, aber …

»… du sehnst dich nach deinem Großvater«, sagte Johannes und strich ihr über die Wange. »Zumindest hast du ihn jetzt gefunden.«

»Wenn er es überhaupt ist.« Nein, das war ja nicht ihre Angst. »Wem liegt schon an einem Bastard?«

»Ihm vielleicht sehr viel.«

»Ich habe Leute umgebracht. Werde ich, wenn ich sterbe, im ewigen Feuer der Hölle brennen?«

Der Papst lächelte, doch sie sah auch den Zweifel in diesem Lächeln. Sie hatte ja tatsächlich Menschen getötet, war eine Mörderin. Er nickte ihr zu, dann zog er an einer Glocke, und Aristid kehrte mit Kasimir in den Raum zurück.

»Nimm die beiden bitte … mit zu dir nach Hause. Es sind gute Menschen. Es handelt sich nur um eine Übergangslösung, bis die Stationsmesse in Sankt Peter gelesen ist. Danach wird sich alles richten.«

Aristid nickte, wenn auch nicht sonderlich begeistert. Als sie bei der Tür waren, hielt der Papst sie noch einmal auf. »Gibt es ein Buch, für das dein Kamerad sich besonders erwärmen könnte?«, fragte er Freya.

Ohne nachzudenken, antwortete sie: »Das, aus dem er vorgelesen hat. In dem steht, an welchen Zeichen man erkennen kann, ob ein Mensch dem Tode nahe ist.«

Johannes nahm es lächelnd vom Tisch. »Mir wollte es vorkommen, als wäre er nicht allein von diesem Thema gefesselt. Du hast jedes Wort, das er vorgelesen hat, verstanden. Er brauchte gar nicht zu übersetzen, stimmt's?«

Sie blickten beide zu Kasimir, der heftig nickte, weil er begriff, dass seine Schülerin gelobt wurde.

»Hier.« Johannes legte das Buch in Freyas Hände. »Nimm es mit und vertreibe dir die Zeit bis nach der Stationsmesse. Es ist ein kluges Buch, das von einem griechischen Arzt namens Hippokrates geschrieben wurde. Nur eine Abschrift, natürlich. Aber dennoch von großem Wert, was den Inhalt angeht, auch wenn einiges von dem, was er annahm, als widerlegt angesehen werden muss.«

»Danke«, sagte Freya.

12. KAPTEIL

Rom, 858

Herr im Himmel, zieh die Füße ein!« Meist ignorierte Aristid die Gäste, die der Heilige Vater ihm unbegreiflicherweise aufgedrängt hatte, aber heute war das unmöglich. Er hatte es eilig, und die beiden waren ihm wie Katzen ständig unter seinen Füßen. Nein, nur der eine, der Idiot. Er brachte ihn um den Verstand. In der Frühe hatte Kasimir entdeckt, dass das Mietshaus auf dem dreckigen Innenhof ein *Impluvium* besaß, ein Regensammelbecken. Voller Begeisterung hatte er sich einen Eimer geschnappt und mit Wasser gefüllt, und nun saß er mitten im Raum und wusch in atemberaubender Langsamkeit die Zwischenräume seiner Zehen. Um sich herum hatte er Beinkleider, löchrige Schuhe und sein Wams mit den Hakenschnürbändern verstreut ... Und jetzt begann er auch noch, nackt wie er war, zu singen.

»Du bleibst zu Hause«, schnauzte Aristid, als er sah, wie der Bengel mit den roten Haaren die Schuhe über die nackten Füße streifte. Der machte sich – wenig überraschend – nicht einmal die Mühe zu antworten. Er tat, was er wollte, und pfiff darauf, ob er damit aneckte.

Während Aristid das Wehrgehänge über seinen Kopf schob, musterte er den angeblichen Enkel des Superista verstohlen. Sein rotes Haar glich dem von Gerold, daran war nicht zu rütteln. Inzwischen glaubte er auch, weitere Ähnlichkeiten zu entdecken. Die Farbe der Augen zum Beispiel, ein intensives Blau. Oder diese elegante Art, sich zu bewegen, obwohl kaum vorstellbar war, dass sich so etwas vererbte. Im Verhalten jedoch gab es deutliche Unterschiede. Gerold setzte sich durch, seine Stimme war fest, sein Benehmen … Jede Geste zeigte, dass er wusste, was er wollte. Dieser Bengel wirkte dagegen … ja, auch hart, aber gleichzeitig … misstrauisch? Dünnhäutig?

Er traute ihm nicht. Was allerdings gleichgültig war, denn Gerold hatte den Jungen anerkannt. Er hatte Aristid noch am selben Abend aufgesucht, an dem der Junge in ihr Leben getreten war, und seitdem war er praktisch täglich vorbeigekommen. Als Vorwand dienten ihm Pakete, die er dem kleinen Johannes, wie Aristid seinen Gast inzwischen nannte, übergab und die Bücher aus der päpstlichen Bibliothek enthielten – ein verdammter Leichtsinn, wenn man bedachte, welchen Wert die vollgekritzelten Blätter besaßen. Andererseits hatte Aristid gesehen, wie glücklich der Superista war. Wenn da also wirklich Enkel und Großvater zusammengefunden hatten … Im Übrigen ging ihn das ohnehin nichts an. Er wünschte den beiden viel Glück und hoffte ansonsten, dass er seine Wohnung bald wieder für sich haben würde.

Johannes packte seinen Stock, den er ihm dummerweise zurückgegeben hatte.

»Hab ich gesagt, ich will dich nicht dabei haben?«, fuhr Aristid ihn an.

»Muss ich dich um Erlaubnis bitten?«

Nein, musste er wohl nicht. Verdammte Plage. Der Junge ging zur Tür – und drehte sich wieder um.

»Was?«

»Der Tag heute ist für den Heiligen Vater gefährlich. Bei einer Stationsmesse reitet er durch die ganze Stadt, alles ist voller Leute. Niemand kann die sicher im Auge behalten.«

Diese Binsenweisheit hatte er sicher von seinem Großvater. »Und da nimmst die Sache lieber selbst in die Hand?« Aristid nickte ironisch zu dem Stock.

»Schaden kann's ja nicht.«

Also gut. Aristid protestierte nicht mehr. Wenigstens machte der Idiot keine Anstalten, ihnen zu folgen.

Sie liefen zum Lateran, zum Pferdestall, und der Bengel schaffte es tatsächlich, eines der Pferde zu ergattern. Vielleicht hatte er dem Stallmeister weismachen können, dass er zur Garde gehörte? Oder hatte Gerold selbst eine Anweisung hinterlassen?

Wieder flackerte Aristids Misstrauen auf. Er hasste Lügen und Heimlichtuerei. Was der kleine Johannes tat, konnte ihm gleichgültig sein, aber – und das machte ihm viel mehr zu schaffen – auch der Superista hinterging ihn. Er hatte es am vergangenen Abend herausgefunden. Gerold war wie üblich vorbeigekommen, hatte ihn dieses Mal aber fortgeschickt. Warum? Die Wohnung besaß zwei Räume, bisher hatte er sich mit seinem Enkel in den Schlafraum zurückgezogen, wenn er vertraulich mit ihm reden wollte, und darauf gebaut, dass der Hausherr nicht lauschen würde. Was Aristid auch nicht tat. Warum also plötzlich diese Heimlichtuerei?

Aristid schätzte seinen Superista, er verehrte ihn, aber er wäre ein Narr gewesen, wenn ihm dieses Verhalten nicht verdächtig vorgekommen wäre. Also hatte er nachts gewartet, bis Johannes und der Idiot schliefen, und sich dann den Beutel vorgenommen, den der Superista dieses Mal mitgebracht hatte. Es war ein Reisesack aus robustem, dickem Leinen, mit Leder verstärkt, und es befanden sich keine Bücher darin, sondern Kleidung: Beinlinge, Hemden, zwei Lederwämser, ein Umhang, ein Paar Stiefel … War es eine Gabe, weil sein Enkel weiterziehen wollte?

Aristid hatte genauer hingeschaut und entdeckt, dass die

Kleider für Johannes viel zu groß waren. Er würde darin versinken. Gerold, der ja keineswegs arm war, hätte an jeder Ecke etwas Passenderes finden können. Es gab also nur eine logische Schlussfolgerung: Der Sack war nicht für Johannes gepackt worden, sondern für Gerold selbst. Der Superista wollte fort, und zwar heimlich.

Aber warum?

Aus Angst vor Anastasius, der versucht hatte, ihn zu vernichten, und bei einem zweiten Mal vielleicht erfolgreich sein würde? Fürchtete er den Mann? Wollte er mit seinem Enkel irgendwo in der Fremde ein neues Leben in Sicherheit beginnen? Dieser Verdacht drängte sich auf, aber andererseits war niemand dem Papst so treu ergeben wie Gerold.

Nichts passte zusammen – und genau das machte Aristid verrückt.

Eine gute Stunde später verließ die Prozession den Lateranpalast. Das Wetter war wie vom Herrgott eigens für diesen besonderen Anlass gesandt: An einem flirrend blauen Himmel stand eine fast weiße Sonne, laue Winde ließen die Banner und Wimpel wehen, es war warm, aber noch nicht heiß.

Die Jubellaute der Römer stiegen zwischen den Häusern auf, und die Stimmung war so festlich, wie man es sich nur wünschen konnte. Aristid hielt sich in der Nähe des Papstes auf, weil Gerold es so angeordnet hatte und weil es ihm auch selbst am liebsten war. Der kleine Johannes blieb an seiner Seite. Er versuchte ungeschickt, sich im Sattel zu halten. Wahrscheinlich hatte er noch nie auf einem Pferd gesessen. Na, wenigstens den lächerlichen Stock hatte er im Stall zurückgelassen.

Der Papst, der in der Mitte der Prozession ritt, schien den Tag auch nicht zu genießen. Sein Lächeln wirkte angespannt, und wenn er sich zur Seite beugte, um die Bitten seiner Untertanen anzuhören oder sie zu segnen, wirkte er seltsam abwesend. Blass sah er auch aus. War er krank? Aristid dachte an den Tod von Leo. Gift war die bevorzugte Waffe in dieser gottverdammten, mehr scheinheiligen als heiligen Stadt. Aber nein, beruhigte er sich. Der Heilige Vater war auf der Hut. Sie alle. Sicher handelte es sich nur um ein gewöhnliches Unwohlsein.

Sie ritten an den Ruinen des Kolosseums vorbei. Die Leute waren aufgekratzt und scheuten sich nicht, einander zu Boden zu stoßen, um in die Nähe des Papstes zu gelangen. Jubel überall, es war nicht zu überhören, wie beliebt Johannes beim Volk war. Jemand lief neben der Prozession und sang dabei einen Choral, der Heilige Vater rang sich ein Lächeln ab.

Aristid sah, wie Gerold sein Pferd neben das des Papstes lenkte und die beiden sich miteinander unterhielten. Auch der Superista blickte sorgenvoll. Ach, wenn dieser verfluchte Vormittag doch nur schon zu Ende wäre!

Je weiter sie vorankamen, umso verstopfter schienen die Gassen. Der schwere Geruch des Weihrauchs, den die Akoluthen in silbernen Fässchen schwenkten und der wie ein Nebel durch die Menge zog, reizte Aristids Lungen. Aufmerksam bleiben, trotz allem. Warum war eigentlich der Kaiser der Prozession ferngeblieben? Das fiel ihm jetzt erst auf. Erwartete Lothar den Zug in der Kirche? Er sah, wie der kleine Johannes mit seinem Pferd kämpfte. Wie lächerlich! Sie hielten auf die Kirche Sankt Clemens zu.

Auf einmal passierte es. Aristid merkte anfangs nur, dass die Leute unruhig wurden. Dann hörte er plötzlich Schmerzrufe und Flüche. Er richtete sich in den Steigbügeln auf und versuchte zu erkennen, was vor ihm geschah. Ein Stein wurde aus der Menge der Schaulustigen geworfen und traf einen der Gardisten. Nicht nur ein Stein, sofort folgten weitere … Und dann kam es knüppeldick. Ein ganzer Hagel ging auf den päpstlichen Zug nieder. Herr im Himmel – er war auf einen Pfeilschuss gefasst gewesen und hatte die Fenster und Dächer der Häuser im Auge behalten. Er hatte die Zuschauer, die auf seiner Seite der Prozession nach vorn drängten, gemustert, ob sie Stichwaffen bei sich trugen. Aber … Steine?

Hastig drängte er sein Pferd in die Nähe des Papstes. Mit Steinen zu töten, aus einer Menge heraus, in der gestoßen und gedrängelt wurde, war fast unmöglich. Was also bezweckten die Angreifer mit der Attacke? Er hörte, wie der Heilige Vater Gerold eine Warnung zurief. »Das ist eine Falle!« Seine Stimme klang alarmiert, entsetzt, verängstigt. Wo steckte der Superista? Verflucht, was war da los? Aristid entdeckte Gerold. Der ignorierte den Papst und verfolgte einige der Steinewerfer, die er in der Menge ausgemacht hatte.

Verzweifelt deutete der Heilige Vater in Gerolds Richtung. Die Steinewerfer flohen zur Treppe der Clemenskirche – der Superista war ihnen dicht auf den Fersen. Doch plötzlich, wie auf Kommando, drehten sie sich um und umringten ihn. Eine Falle, verflucht, ja! Aristid fiel es wie Schuppen von den Augen. Der Angriff mit den Steinen war keine spontane Aktion gewesen, er hatte auch nicht dem Heiligen Vater gegolten, sondern seinem treuesten Leibwächter.

Aristid gab seinem Pferd die Sporen, doch das Tier reagierte panisch, weil sich auch um ihn selbst ein Kokon von Männern gebildet hatte, die unter ihren Umhängen plötzlich Schwerter hervorzogen. Sollte es der gesamten Garde an den Kragen gehen? Er versuchte, sein Pferd unter Kontrolle zu bekommen, und rutschte, als das nicht gelang, aus dem Sattel. Aus den Augenwinkeln sah er, wie der kleine Rotschopf abgeworfen wurde, sich aber sofort wieder aufrappelte und nach einer Lücke suchte, um zur Kirchentreppe zu gelangen.

Aristid musste mehrere Streiche parieren. War es eine Eingebung Gottes, die ihn plötzlich herumfahren ließ? Er blickte direkt in ein Gesicht, das er unter Tausenden wiedererkannt hätte. Eine gebogene Nase zwischen zwei runden Augen. Die Lippen krümmten sich zu einem hässlichen Lächeln … *Erkennst du mich?* Dann glitt eine Klinge des Mannes auf ihn nieder, und er entging ihr nur, weil sein Widersacher unvermutet einen Stoß in den Rücken bekam.

Aristid hob das Schwert, um den nächsten Schlag zu parieren, da schlitzte ihm etwas das Fleisch am Oberarm auf. Es war nur eine Bagatelle, die ihn aber zu äußerster Wut anstachelte. Er schlug jetzt drein, in jede Richtung. Der Mann mit den Kugelaugen war abgedrängt worden, versuchte jedoch verbissen, erneut in seine Nähe zu gelangen. Keine Zeit, sich um ihn zu kümmern, denn … Gerold! Wo steckte Gerold? Immer noch auf den Stufen der Kirche? Einige der anderen Gardisten kamen Aristid zur Hilfe, und er schaffte es, sich aus dem Getümmel zu befreien. Der Weg zu den Kirchenstufen dauerte ewig. Raduin, Gerolds stellvertretender Kommandant, war plötzlich an Aristids Seite, und gemeinsam schafften sie es zu dem Bedrängten.

Gerold lag auf den Stufen, und einige seiner Angreifer, die er niedergestreckt hatte, ebenfalls. Die Verwundeten brüllten vor Schmerz, zwei oder drei rührten sich nicht mehr – der Superista war ein begnadeter Kämpfer. Aber er war auch selbst getroffen worden. Er hatte sich auf die oberste Stufe gerettet, die Kirchenmauer im Rücken, und Aristid sah seine Augen aufleuchten, als er seine Männer erblickte. Seine Hand zuckte nach dem Schwert, doch er schaffte es nicht, danach zu greifen. Eigensinnig versuchte er es ein weiteres Mal – vergeblich. Er konnte den Arm nicht mehr bewegen.

Und plötzlich ging Aristid auf, dass sein Kommandant im Sterben lag.

Raduin sank neben Gerold auf die Knie und nahm ihn in die Arme. Die Menschenmenge, die mittlerweile einen

Ring um die Kirchentreppe gebildet hatte, öffnete sich, und der Papst hastete heran. Er kniete neben Gerold nieder und versuchte mit Hilfe seines Palliums, den Blutstrom zu stillen. Aber das würde nicht gelingen. Es war zu spät. Ein Wispern ging durch die Menge, als Gerolds Augen brachen und sein Körper schlaff wurde. Jemand schluchzte auf. Nein, nicht der Papst, sondern Gerolds Enkel, der so heftig auf seinen Knöchel biss, dass ihm Blut zwischen die Finger lief.

Schließlich die Stimme des Erzdiakons: »Kommt, lasst ihn uns in die Kirche tragen.« Er trat neben den Heiligen Vater, um ihm auf die Füße zu helfen. Johannes nickte benommen. Aber als er sich aufrichtete, geschah etwas Seltsames und Erschreckendes. Er begann plötzlich, sich zu krümmen. Dann stürzte er, direkt neben dem Toten, zu Boden und wand sich wie in schrecklichen Krämpfen.

Also doch Gift!

Der Erzdiakon befürchtete anderes. »*Deus misereatur!* Der Papst ist vom Teufel besessen!«

Entsetzt wichen die Leute zurück. Ein Geistlicher begann, den Heiligen Vater mit Weihwasser zu besprühen, um den höllischen Dämon zu bannen. Johannes schrie auf, ein Laut wie aus dem Fegefeuer. Er wälzte sich immer noch am Boden, und die Menschen starrten auf seinen Mund, die Nase und die Ohren, in der Hoffnung, der böse Geist würde daraus entweichen.

Und dann ... plötzlich ... Blut. Die weiße Robe färbte sich in Höhe von Johannes' Oberschenkel rot. Aristid starrte auf den Flecken, der sich rasch ausbreitete. War auch der Heilige Vater attackiert worden? Hatten sie eine Wunde übersehen? Noch ein grauenerregender Schrei – dann herrschte plötzlich Stille.

Der Erzdiakon fasste sich ein Herz und schob den Stoff der Tunika hoch. Ein kleiner, bläulicher, blutverschmierter

Fleischklumpen lag zwischen Johannes' Beinen. Mehrere Augenblicke war es totenstill. Dann rief der Diakon fassungslos: »Ein Wunder!«

Kurz war es still. »Nein, Teufelswerk!«, kam es aus der Menge. Ein wahnsinniger Tumult setzte ein.

Der Heilige Vater lag auf dem Stein und lächelte, als sähe er etwas Erstaunliches und Schönes. Aber das Lächeln war trügerisch, seine graue Gesichtsfarbe bewies, dass auch er im Sterben lag. Wie gebannt starrte Aristid auf den hässlichen Fleischklumpen, der aussah wie … ein deformierter Säugling. Auf einmal begriff er. Bei dem, was dort auf den Kirchenstufen geschehen war, handelte es sich keineswegs um Teufelswerk oder ein Wunder. Er sah sich wieder im Lateranpalast stehen, während er auf Gerold wartete. Dann der Moment, als er ihn und Johannes, damals noch Nomenclator, vor Gerolds Tür entdeckte … das Bild, wie die beiden einander zärtlich mit den Händen berührten …

Aristid wich zurück. Es gab nur eine Erklärung: Papst Johannes, der Gesandte Gottes, der Führer der Christenheit, war in Wirklichkeit eine Frau und Gerold ihr Geliebter. Und dass sie jetzt starb, war Folge einer Fehlgeburt, so wie auch Cosimos Frauen sie erlitten hatten.

Aristid taumelte aus dem Kreis und blickte in verstörte und auch in sensationsgierige Gesichter. Plötzlich entdeckte er den rothaarigen Bengel. Der kleine Johannes stand auf einer Mauer, weil er es nicht zu seinem Großvater geschafft hatte. Seine Augen waren so weit aufgerissen, dass die Pupillen von einem hellen Kreis umgeben waren. Er sah aus, als hätte ihn eine Faust getroffen.

Aristid wurde gestoßen. Jemand brüllte: »Wir sind betrogen worden.« Der Name Satans fiel. Und schon kam ein nächster Verdacht: »Der Papst war seine Hure! Satan hat seiner teuflischen Braut ein Kind in den Bauch gemacht.« Der Gedanke wurde in Windeseile aufgegriffen, und das Wort Teufelshure donnerte die Gasse entlang.

Aristid ging auf, dass er und alle, die dem Papst loyal gedient hatten, nun vor gewaltigen Problemen stehen würden.

13. KAPITEL

Aristid holte sie von der Mauer, und Freya ließ sich, zu benommen, um einen klaren Gedanken fassen zu können, von ihm mitreißen.

Sie hatte ihren Großvater gefunden. Er hatte ihr von der Kindheit ihrer Mutter erzählt, von all dem Tragischen, das ihnen widerfahren war, und sich von ihrer eigenen Kindheit in der Sklaverei berichten lassen. Und als er begriffen hatte, dass sie tatsächlich das Kind seiner Tochter war, hatte er sie nicht verstoßen, wegen des Mannes, der sie gezeugt hatte, sondern sie in die Arme geschlossen und geweint. Sie war selig gewesen.

An diesem Glück hatte sich auch nichts geändert, als er ihr in der vergangenen Nacht etwas Ungeheuerliches gebeichtet hatte – dass nämlich Papst Johannes in Wirklichkeit eine Frau war. Es handelte sich um Johanna, die von Gisla so bewunderte Freundin. »Und seit ihrer Herrschaft geht es den Römern und der Kirche besser als lange zuvor«, hatte er mit ruhiger Stimme erklärt. »Sie ist gütig, besitzt einen messerscharfen Verstand und einen festen Glauben, der auf der Heiligen Schrift beruht und den sie von dem befreit hat, was sich über die Jahre an heidnischem Aberglauben in die Kirche eingeschlichen hat.«

Freya hatte schlucken müssen. Und Gerold hatte noch einen weiteren Schlag parat: Johanna war schwanger. »Ja, von mir. Sie wird mein Kind gebären«, hatte er erklärt. Er hatte ihr Zeit gelassen, sein Geständnis zu verkraften. Nahm er an, sie würde sich über die Sünde der Unzucht derart empören, dass sie ihm den Rücken kehrte? Der Gedanke war ihr überhaupt nicht gekommen. »Was wird sie tun?«, hatte Freya stattdessen gefragt.

»Sie wird Rom heimlich verlassen und gemeinsam mit mir in der Ferne ein neues Leben beginnen. Und wenn du willst, dann auch mit dir.«

»Aber … wie soll das denn gehen?«, hatte sie heiser geflüstert.

»Es muss auf jeden Fall heimlich geschehen. Deshalb hat sie mich auch gebeten, ihre Bücher hierherzuschaffen. Sie will am Freitag noch die Stationsmesse abhalten, danach werden wir der Stadt den Rücken kehren.«

Freya hatte einen Moment gebraucht, um diese Worte zu verdauen. Aber als ihr aufging, was sie für sie selbst bedeuteten, war sie beinahe vor Glück geplatzt. Was kümmerte es sie, wenn zwei Menschen einander in Liebe nahegekommen waren? Wie konnte die Kirche so etwas bestrafen, aber jemanden, der das eigene Kind ersäufte, mit Essensspenden davonkommen lassen? Nein, sie fand nicht, dass sie ihrem Großvater und seiner Liebe Vorwürfe machten musste. Ihre Zukunft hatte von diesem Moment an so verheißungsvoll ausgesehen – bis Gott sie mit eiserner Faust zerschlagen hatte: Gerold und Johanna waren tot.

Aristid verlangsamte das Tempo und zog Freya in eine Gasse hinein, und sie wusste, was nun kommen würde. Er würde ihr erklären, dass sie und Kasimir verschwinden mussten. Sein Kommandant war tot. Es gab keinen Grund mehr für Freundlichkeit. Erstaunlich, dass er sie überhaupt bis hierher mitgenommen hatte.

»Junge, das ist … eine verdammte Scheiße!«

Aristid hatte begriffen, was sich auf den Stufen der Clemenskirche abgespielt hatte, das las sie in seinen Augen. Er dachte schnell und kritisch, aber sie wollte nicht hören, wie er ihren Vater in den Schmutz zog. »Ich hole Kasimir und bin weg.«

Der Gardist nickte.

»Sag mir nur, wer Gerold und Johanna ermorden ließ.« Sie hatte keine Antwort erwartet und war erstaunt, als er einen Namen nannte.

»Anastasius, mit Sicherheit. Er ist Kardinal, eigentlich exkommuniziert, aber vor kurzem mit dem Kaiser nach Rom zurückgekehrt. Er will den Papststuhl ergattern. Deshalb die Morde – darauf kannst du Gift nehmen.«

Anastasius also. Freya prägte sich den Namen ein.

»Los, wir müssen weiter.«

Bald erreichten sie Aristids Mietshaus. Gemeinsam hasteten sie das schmutzige Treppenhaus mit den ordinären Zeichnungen hinauf. »Beeil dich. Sie werden hier mit Sicherheit auftauchen!«

»Die Männer des Kardinals?«

»Na, wer sonst? Der Mord an Gerold war geplant, natürlich wollen sie auch den Teil der Garde niedermachen, der ihm ergeben ist.«

Und Aristid gehörte dazu. Klar, sonst hätte Johanna sie nicht bei ihm untergebracht.

»Hör auf zu heulen.«

»Tu ich gar nicht.« Freya stieß die Tür zur Wohnung auf. Kasimir erwartete sie mit seligem Lächeln, in den Händen eines der Bücher, die der Papst … die Johanna ihnen geschickt hatte, um sie in ihr neues Leben mitzunehmen.

»Wo werdet ihr hingehen?«, fragte Aristid und begann, die eigenen Sachen zusammenzuklauben.

»Die Welt steht uns offen.«

»Keine Ahnung also. Nehmt nur das Nötigste mit. Nein, Bücher gehören nicht dazu.«

Freya warf die Abschriften in einen Sack und schulterte ihn.

»Warum versuch ich's nur … Also hör zu, der Papst …«

»Die Päpstin – sie war schwanger.«

»Ja, das war nicht zu übersehen. Will ich aber nichts von wissen. Niemand wird euch hier in der Stadt mehr helfen. Ist dir das klar?« Er stopfte einen Beutel, aus dem es metallen klimperte, zwischen die Kleider in seinem Sack, während Kasimir verstört im Raum stand und das Buch an sich presste, das ihn gerade noch so glücklich gemacht hatte.

»Ich will hier bleiben«, protestierte er.

»Das geht nicht. Komm!« Freya wollte zur Tür, aber Aristid versperrte ihr plötzlich den Weg.

»Ihr könnt die Stadt mit diesen verfluchten Schriften nicht verlassen. Die Tore werden mit Sicherheit bewacht, und wenn sie eure Reisesäcke öffnen und den Kram finden, werden sie euch als Diebe hängen.«

»Ich will gar nicht fort.«

»Sondern?«

»Mein Großvater wurde ermordet.«

»Ach, du lieber Himmel!« Er brach in Gelächter aus. »Was hast du vor? Die Kardinalsvilla stürmen? Seine Wachen mit deinem lächerlichen Stöckchen totschlagen?«

»Und wenn? Was geht's dich an?«

Sie wollte an ihm vorbeistürmen, aber er packte ihren Arm. Sie sah, dass er mit sich rang. »Also gut, sei's drum: Ihr kommt mit mir.«

»Warum sollten wir das wohl tun?«

»Damit ihr überlebt.«

Sie benutzten Schleichwege, aber diese Vorsicht hätten sie sich sparen können. Aristids Zuhause lag im Disabitato, dem verwilderten Außenbereich der Stadt, und der war so dünn besiedelt, dass man schon zu normalen Zeiten nur wenige Menschen traf. Doch der Skandal um den Tod des Papstes, der in Wirklichkeit eine Päpstin gewesen war, ging wie ein Lauffeuer durch die Stadt, und wer konnte, war zum Lateranpalast gerannt, um zu sehen, ob Gott Feuer auf San Giovanni regnen ließ. Wobei *ER VOR DEM NICHTS VERBORGEN IST* doch eigentlich nicht überrascht gewesen sein dürfte, dachte Freya bitter.

Aristid brachte sie und Kasimir zu einer Frau namens Ginevra, die in einer ärmlichen Hütte inmitten ähnlicher Hütten in Sichtweite der Stadtmauer hauste. Seine Hure, wie Freya zuerst annahm, denn das Weib, drall und hübsch, mit tausendfach gekringelten Locken, trug ihm ein kleines Mädchen entgegen, dem er zärtlich die Haare raufte. Bald stellte sich indes heraus, dass sie die Braut eines seiner Freunde gewesen war.

»Nur wenige Tage vor der Hochzeit hat man Cosimo ermordet, am Ufer des Tibers«, vertraute Ginevra Freya am Abend des schrecklichen Tages an, als sie in ihrer verrauchten Küche saßen und sie ihnen gebratenen Speck mit etwas Brot brachte. »Na, wenigstens hat er mir meinen Goldschatz hinterlassen. Dabei hatte Cosimo solche Angst, mir ein Kind in den Bauch zu machen, weil ihm die Eheweiber alle weggestorben sind. Ich setze dir einen Riesen in den Leib, der dich umbringt, hat er zu mir gesagt und wollte sich deshalb sogar vor der Ehe drücken. Kannst du dir das vorstellen? Da hab ich ihn in mein Bett gezogen und dafür gesorgt, dass sein Grund, wie ein Häschen davonzuhoppeln, verschwindet. Es kommt wie Gott will, hab ich zu ihm gesagt. Am Ende wurde uns ja leider ein ganz anderes Schicksal zuteil.«

Sie drückte eine Träne weg und pries Aristid, der sie und die kleine Cosima, die sie sechs Monate nach dem Tod des Vaters ohne jedes Problem in Gottes schöne Welt gepresst hatte, mit allem versorgte, was sie zum Leben brauchten. »Ein Mann mit einem Herz wie Jesus.«

Der Mann mit dem Herzen wie Jesus hob abwehrend die Hände. Er mochte es nicht, wenn man ihm dankbar war, das hatte Freya schon festgestellt. Lieber Abstand wahren, sich niemandem verpflichten. Konnte sie gut verstehen. Die Zahl der Menschen, die sie nah an sich herangelassen hatte, ließ sich ebenfalls an einer Hand abzählen. Im Moment war es nur noch Kasimir.

Ginevra schnappte sich ihr Mädchen und schob ihm Brotkrumen in den Mund, und Kasimir beäugte die beiden staunend. So kleine Kinder hatte es in seinem Leben offenbar nie gegeben. Als Cosima von ihrer Mutter auf den Boden herabgelassen wurde und einen Tonkrug voller Wasser umrannte, wartete er erschrocken, ob Ginevra sie verprügeln würde. Als das nicht geschah, trat ein erleichtertes Strahlen in sein Gesicht. Es war noch hell, und er folgte dem Mädchen hinaus auf die mit Schafskötteln gespickte Wiese, die zwischen Ginevras Hütte und der nahen Stadtmauer lag. Freya sah, wie er dem Mädchen aufhalf, wenn es zwischen den hohen Gräsern stolperte.

Kurz darauf verabschiedete sich Aristid und verschwand. Wohin? Darüber schwieg er sich aus.

»Ich habe mit Menschen geredet, die Anastasius hassen«, sagte Aristid leise, als er spät in der Nacht zurückkehrte. Und davon schien es etliche zu geben. Als er neben ihr auf dem Strohlager lag, das Ginvera ihnen in der Küche mit den rauchgeschwärzten Wänden aufgeschüttet hatte, erklärte er, dass der Kardinal das Patriarchum hatte besetzen lassen. Anastasius erhob schamlos Anspruch auf den Thron des Heiligen Vaters. »Dieser Dreckskerl ist exkommuniziert und will das heiligste Amt des Christentums ausüben!«, meinte er bitter. Und da er vom Kaiser unterstützt wurde, war es durchaus möglich, dass er das Ziel seines brennenden Ehrgeizes erreichen würde.

»Ein Mörder?«

»Ein Mörder und Brandstifter.«

Sie erfuhr, dass Anastasius vor Jahren einen Stadtteil Roms in Brand gesetzt hatte, den Borgo. »Dieser Mann ist nicht nur wegen seiner Verbrechen hassenswert, er ist auch eine echte Gefahr – für Rom und die gesamte Christenheit.«

In den folgenden Tagen sammelte Aristid die Männer um sich, von denen er annahm, dass sie seine Abscheu teilten. Ihre Absicht: zu verhindern, dass Anastasius zum Papst gewählt würde. Aber er weigerte sich, Freya zu einem der konspirativen Treffen mitzunehmen. »Je weniger Menschen zugegen sind, umso leichter lösen sich die Zungen. Du erfährst doch alles.«

Behauptete er. Aber das war natürlich gelogen. Nach seinem Ausbruch rückte er nur noch mit dem Notwendigsten heraus. Sie war wieder zu einer Last geworden, der er sich am liebsten entledigt hätte, nahm Freya an. Es hatte auch keinen Sinn, ihm heimlich zu folgen, denn hinter ihm schlossen sich die Türen.

Der Kummer machte sie träge. Sie versuchte Ginevra bei der Arbeit zu helfen, aber die duldete nicht, dass ihr ein junger Mann die Wäsche wusch oder die Küche durcheinanderbrachte. »Hat Gott uns nicht im Garten Eden erklärt, welche Pflichten der Mann und welche die Frau zu erfüllen hat?«

Hatte er? Freya wusste es nicht. Die Abfuhr brachte sie immerhin dazu, sich wieder den Schriften zuzuwenden, die Johanna ihr hinterlassen hatte. Bald war sie erneut in einem Universum des Wissens versunken. Sie hatte ja bereits in dem Buch von Hippokrates gelesen, der ein berühmter Arzt gewesen war und die vier Säfte beschrieben hatte, welche die Gesundheit des Menschen bestimmten: Blut, Schleim, gelbe und schwarze Galle. Krankheiten hatte er auf eine fehlerhafte Mischung der Säfte zurückgeführt – eine umfassende und kluge Betrachtung, wie sie fand, weil er in den vielen Symptomen nach einer gemeinsamen Ursache suchte. Sein bescheidener Grundsatz hieß: *Medicus curat, natura sanat.* Der Arzt behandelt, die Natur heilt.

Allerdings hatte sie nicht erwartet, dass sie unter Johannas Nachlass weitere medizinische Abhandlungen finden würde. Sie hatte eher auf religiöse Schriften getippt – Kirchenlehre und Ähnliches. Doch zu ihrer Freude befassten sich auch die anderen Abschriften mit der ärztlichen Heilkunst.

Eines der Bücher interessierte sie besonders. Es war von einem Mann namens Soranos von Ephesus geschrieben worden. *De arte obstetricia morbisque mulierum – Über die Kunst der Geburtshilfe und die Krankheiten der Frauen.* Seit sie hilflos an Astas Bett gesessen hatte, hatte sie ein beklemmendes Gefühl der Hilflosigkeit verfolgt. Ihre Schwester hatte ein gesundes Kind zur Welt gebracht, aber was wäre gewesen, wenn es zu Problemen gekommen wäre?

Gebannt las Freya, was die Menschen schon vor Jahrhunderten über das Entbinden gewusst hatten: welche Anzeichen auf ein drohendes Absterben der menschlichen Frucht hindeuteten, dass es eine Nachgeburt gab und wie man sich zu verhalten hatte, wenn sie vom Körper der Gebärenden zurückgehalten wurde. Auch wie zu handeln war, wenn es während einer Geburt zu Schwierigkeiten kam, sich beispielsweise der Embryo – so nannte Soranos das ungeborene

Kind – verkeilte und das Leben der Mutter in Gefahr geriet, hatte er in allen Einzelheiten beschrieben. Vieles jagte ihr eine Gänsehaut über den Rücken. Ein sogenannter Wasserkopf beispielsweise, der die Geburt unmöglich machte, musste durch einen Schnitt geöffnet werden, damit sich die Flüssigkeit entleerte und er in sich zusammenfiel, so dass der kleine Leichnam aus dem Leib der Mutter gezogen worden konnte, um zumindest deren Leben zu retten. Auch Glieder des Embryos mussten unter Umständen abgetrennt werden. Wie entsetzlich, wie … kaum vorstellbar. Und doch! Musste man nicht manchmal beherzt etwas Furchtbares tun, um ein noch schlimmeres Unglück zu verhindern? Sie dachte an die schon vorhandenen Kinder, die durch den Tod der Mutter zu Waisen würden. Bestand die Pflicht eines mitleidsvollen Menschen nicht gerade darin, so zu handeln, dass möglichst wenig Schaden entstand? Soranos hatte Zeichnungen vom weiblichen Körper angefertigt, und Freya erfuhr, dass der Körperteil, in dem die Säuglinge heranwuchsen, Gebärmutter oder Uterus genannt wurde.

Ein zweiter Abschnitt behandelte die Krankheiten, unter denen Frauen jenseits von Schwangerschaft und Geburt leiden konnten. Der Unterleib wurde gelegentlich von Ödemen und Geschwüren befallen, manchmal entzündete er sich. Zur Behandlung gab es aber die Heilpflanzen und mitunter auch mechanische Möglichkeiten, beispielsweise etwas, das er Klistier nannte.

Ihr Herz brannte, als sie das Buch beiseitelegte. In dem kleinen Dorf in Dänemark waren so viele Frauen gestorben, die vielleicht hätten leben können, wenn sie jemanden wie Soranos an der Seite gehabt hätten …

Ginevra steckte den Kopf durch die Tür. »Du kannst mir vielleicht doch ein wenig helfen. Im Garten …«

»Komme schon.«

In jedem freien Moment nahm Freya sich nun die Schriften vor. Da war ein Arzneibuch, das den Namen *Hortulus* trug und im Benediktinerkloster Reichenau geschrieben worden war, und zwar vor so kurzer Zeit, dass man immer noch die Gallustinte zu riechen meinte. Sie erfuhr, dass die Schwertlilie den Blasenschmerz vertreibt, der Gartenkerbel Blut stillt, der Rettich Husten heilt, die Lilie Linderungen bei Quetschungen bringt … Ein weiteres Buch enthielt komplette Rezepte wie beispielsweise einen Sud gegen Würmer oder ein Schlangenmittel, mit dem auch an Aussatz Erkrankte geheilt werden konnten. So viele Möglichkeiten zu helfen …

Immer wieder kehrten Freyas Gedanken zu der Frau zurück, der sie die Bücher verdankte. Gelegentlich wurde sie dann ratlos und bitter. Warum hatte Johanna die Heilige Kirche betrogen, indem sie sich den Papstthron aneignete? Denn war es nicht ein Betrug gewesen, als sie, wissend um ihre Weiblichkeit, die Wahl annahm? Allerdings verschwanden diese Zweifel wieder, wenn sie Ginevras Lob hörte, an dem die Frau festhielt, gleich welcher Schmutz in den Gassen Roms nun über die Tote ausgegossen wurde: Die Päpstin Johanna hatte den Armen geholfen, sie hatte gehandelt wie Jesus. Basta! Und, dachte Freya, hatte Gott sie nicht schalten und walten lassen? Was, wenn ihm ihr Tun gefallen hatte? Vielleicht war es ihm gleich, ob ein Mann oder eine Frau seine Kirche regierte? Hatte er Johanna vielleicht nur für die Sünde der Unzucht bestraft? Oder war ihr Tod gar keine Strafe gewesen, sondern hatte er sie zur Märtyrerin gemacht, wie so viele Männer und Frauen, die er besonders liebte?

Manchmal kam ihr auch ein anderer Gedanke, der sie nicht minder quälte: Warum hatte Johanna sich so lange geweigert, ihrer Liebe zu folgen? Freya hatte noch nie einen Mann geliebt, ausgenommen Snorri vielleicht, der aber noch ein Junge gewesen war. Und doch: Was hatte man von einer Liebe zu halten, die nicht bereit war, für den Geliebten alles andere aufzugeben? Welche Sehnsüchte, welches Verlangen hatte Johanna angetrieben? Der Wunsch nach Macht konnte es nicht gewesen sein, denn wer nach Macht gierte, scherte sich nicht um die Not anderer Menschen. Auch den Wunsch nach Reichtum schloss Freya aus. Dann hätte Johanna anderes bei Aristid hinterlegen lassen. Gold oder Papiere mit geheimem Wissen, mit deren Hilfe sie anderen hätte nutzen oder schaden können, indem sie sie erpresste.

Aber sie hatte ausschließlich Bücher über Heilkunde gewählt, die ihr die Möglichkeit verschafft hätten, den Leidenden zu helfen. Also musste sie ein gütiges Herz besessen haben. Freya merkte, wie sie sich allmählich mit der Freundin ihrer Mutter aussöhnte.

Womit sie sich aber nicht abfinden konnte, war der Gedanke, dass der Mörder ihres Großvaters womöglich ungestraft davonkäme, ja vielleicht sogar selbst den ehrenvollsten Platz im irdischen Reich Gottes einnehmen würde. Sie hoffte auf Aristid und dessen geheime Pläne.

»Was soll das heißen – du willst die Stadt verlassen?«, fragte sie entgeistert, als Aristid mehrere Wochen später mit Morgentau an den Stiefeln in Ginevras Küche zurückkehrte. Er sah furchtbar aus. Sein Gesicht war grau vor Müdigkeit, tiefe Furchen zogen sich um die Mundwinkel, der Bart war gewuchert.

Er ließ sich erschöpft auf die Umrandung des Kochfeuers sinken. »Sie hassen Anastasius. Sie hassen ihn von ganzem Herzen, und sie wissen auch, wie gefährlich er ist. Aber Mut? Je besser die heimischen Truhen gefüllt sind, umso geringer die Bereitschaft, etwas zu riskieren. Anastasius wird die Wahl gewinnen.« Er klang zutiefst resigniert.

»Wie viele Stimmen werden denn gebraucht, um das zu verhindern?«, fragte Freya.

»Das Leben ist niemals sicher. Ist doch eine Illusion«, murmelte Aristid, ohne auf ihre Frage einzugehen. »Ich ramme dem Dreckskerl mein Messer rein. Ihm – und Hugo Abbas. Und dann ist es gut.«

»Wer ist Hugo Abbas?«

»Anastasius' Mann fürs Schmutzige. Der Mörder, der auch Cosimo auf dem Gewissen hat. Man sagt, dass er Franke ist, aus gutem Haus. Um ein paar Ecken sogar mit dem Kaiser verwandt. Aber mit einem höllischen Vergnügen daran, Blut zu vergießen. Ich bringe die beiden um, diese Rechnung muss ich begleichen. Und dann verschwinde ich.«

Freya stand auf und ging zu ihm. Sie umfasste sein Gesicht mit den Händen und blickte ihm in die Augen. Es waren Augen, die Klugheit, Wärme und Zielstrebigkeit verrieten … Aber es waren auch die Augen eines Mannes, der sich verrannt hatte. Sie ahnte, dass er sein Vorhaben mit dem Leben bezahlen würde. »Anastasius fürchtet nicht den Tod, sondern die Bedeutungslosigkeit«, sagte sie.

»Ah ja?« Er ließ ihre Hände an seinen Wangen.

»Wie viele Männer brauchst du, um zu verhindern, dass er zum Papst gewählt wird?«, wiederholte sie ihre Frage.

»Einen.«

»Was?«

»Marinus Probus. Er ist einer der Optimates. Reich wie die Sünde, seine Familie ist mit fast dem gesamten römischen Stadtadel verwandt. Ich war bei ihm, und bis vor ein paar Tagen hatte es so ausgesehen, als könnte man ihn für den Kampf gegen den Kardinal gewinnen. Wenn er sich gegen Anastasius ausgesprochen hätte, wären ihm ein Dutzend andere gefolgt. Aber plötzlich lässt der Feigling sich verleugnen. Er hatte nicht mal den Mut, mir ins Gesicht zu sagen, dass er die Seiten gewechselt hat.« Aristid drückte ihre Hände gegen seine Wangen, dann nahm er sie herab. »Willst du mit mir einen Spaziergang machen?«

Ach, hätte sie doch abgelehnt. Aber sie folgte ihm in die verwinkelten Gässchen des Abitato hinein, in denen die Menschen ihre Nachttöpfe entleerten und Bettler in die Ecken kackten. Sein Ziel war der Lateran. Schon von weitem erblickte sie die kaiserlichen Bewaffneten, die gemeinsam mit Anastasius' Männern vor den alten Gemäuern patrouillierten. Freya wurde nervös. War Aristid durchgedreht? Wollte er da hineinstürmen und … Ja, was denn?

Nein, er bog weit vor dem Palast ab und schlenderte in Richtung des achteckigen Baptisteriums. Noch ein paar Schritte, dann blieb er stehen und zeigte auf die Mauer hinauf, die das Gelände vom Rest des Laterans trennte.

Freya schluckte. Oben auf der Mauerkrone stakten, zur Schau gestellt wie Melonen auf dem Markt, auf Speere gespießte Männerköpfe. Das Fleisch war von Vögeln und Insekten angefressen und befand sich im Zustand der Verwesung. Bei allen Köpfen fehlten die Augen. Vielleicht waren sie ebenfalls herausgepickt worden, aber sie vermutete eher, dass man sie den Männern vor der Hinrichtung ausgestochen hatte. Sprenkel von Pferdeäpfeln an der Mauer bewiesen, dass die Römer die menschlichen Trophäen mit Ausscheidungen beworfen hatten. Eine gespenstische Darstellung von Macht und Grausamkeit. Plötzlich roch Freya auch den Gestank, der von den Köpfen ausging. Sie atmete flacher, um sich nicht übergeben zu müssen.

Neben ihr begann Aristid leise, Namen aufzuzählen. »Appius, Gaius, Servius, Raduin …« Sein Blick wanderte dabei über die grauenvolle Parade. Ein Kopf, ein Name. Es musste sich bei den Hingerichteten um seine ehemaligen Kameraden handeln, die dem verstorbenen Papst ergeben gewesen waren und das hatten büßen müssen. Sicher diente die Zurschaustellung ihrer Köpfe auch zur Abschreckung. Hatte er gerade Gerolds Namen genannt?

Freya kehrte dem grausamen Bild den Rücken. Nur weg von hier. Mit wenigen Schritten war Aristid wieder an ihrer Seite. »Tut mir leid«, murmelte er, »ich wollte dir nur zeigen, wie es steht.«

»Suchen sie dich auch?«

»Natürlich. Sie wollen …« Er packte ihren Arm und zog sie wie beiläufig zu einem kleinen Unfall: Ein Ochsenfuhrwerk war wegen eines gebrochenen Rads seitlich in einen Misthaufen gekippt, der sich über eine halbe Hauslänge zog. Mehlsäcke lagen im dampfenden Mist, einer davon war aufgeplatzt. Der Mann, dem das Fuhrwerk gehörte, fluchte.

»Schau zum Tor, aber vorsichtig. Siehst du den Kerl, der gerade herausgekommen ist? Blauer Umhang, bronzene Armreifen, der Mann, der den Wächter in die Mangel nimmt? Merk dir sein Gesicht. Das ist Hugo Abbas.«

Verstohlen nahm sie Cosimos Mörder ins Visier. Schwarze Haare, eine gekrümmte Nase, die seinem ansonsten ebenmäßigen Gesicht etwas Schiefes gab, Augen, die so tief in den Höhlen lagen, als wollte ihr Besitzer verbergen, wie sorgfältig er seine Umgebung beobachtete. Freya drehte sich wieder zum Misthaufen. Ein Wolf, jederzeit bereit zum Biss, dachte sie.

Unauffällig machten sie sich davon.

14. KAPITEL

Es war der Abend desselben Tages. Ginevra briet, mit Cosima auf der Hüfte, Schweinehoden, und Kasimir weichte Linsen ein, mit denen sie die Köstlichkeit verfeinern wollte. Die rundliche Frau lachte und schwatzte, während sie die Hoden wendete. Offenbar wollte sie einen Teil des Gerichts verkaufen, denn Aristid sorge zwar für sie, wie sie Freya zuflüsterte, »… aber weiß man, wie das Leben spielt?«

Freya bemerkte erstaunt, mit welcher Sorgfalt Kasimir ihrer Gastgeberin half. Er rührte mit der gleichen Hingabe im Linsentopf, mit der er ihr früher die lateinischen und griechischen Buchstaben beigebracht hatte. Wenn die kleine Cosima ihn anlachte, erhob er sich und streichelte mit seinem braunen Linsenfinger das runde Gesicht. Der Sack mit den Büchern lag unbeachtet in der Ecke, in der Freya ihn abgelegt hatte. Es war, als wäre ein Teil seiner Persönlichkeit, der verschüttet gewesen war, plötzlich wieder an die Oberfläche gekommen.

»Wer ist Marinus Probus?«, fragte Freya, während sie Nadeln von einem Stängel Rosmarin strich, die ebenfalls in den Topf hinein sollten.

Die Hoden setzten an, und Ginevra hängte den Kessel mit Hilfe eines dicken Wolllappens einen Haken höher. »Was?«

»Er soll ein einflussreicher Mann sein, ziemlich reich …«

»Ach, der.« Ginevra brach in Gelächter aus. »Ja, stinkreich, genau.« Sie wedelte den Rauch beiseite, der aus dem Topf aufstieg. »Was ist mit ihm?« Freya brauchte nicht zu antworten, Ginevra schwatzte bereits weiter. »Wie es heißt, ist er immer noch verliebt, in diese … Ich glaube, sie heißt Paulla. Wenn es stimmt, was getratscht wird, ist sie von geringerem Stande als er. Nicht arm, Gott bewahre. Aber er könnte auch was Besseres kriegen. Nur will er das gar nicht, sagt man, denn Paulla … Ich hab sie übrigens mal in *San Clemente* gesehen, beim Gottesdienst. Blonde Haare, Lippen prall wie Kirschen, zuckersüß, sag ich dir. Wenn ich ein Mann wäre …« Sie lachte und zwinkerte Freya verschwörerisch zu.

»Und was weißt du sonst über Marinus?«

Das Kirschenmundmädchen war interessanter. »Paulla ist aber nicht nur eine hübsche Larve«, meinte Ginevra, »da täte man ihr Unrecht. Sie soll auch ein weiches, gutes Herz haben. Will man kaum glauben, was? Schön und kalt ist eins, sag ich immer. Aber nicht bei der. Einmal hat angeblich bei Marinus eine der Sklavinnen lange Finger gemacht. Nichts Schlimmes, sie hat Essen beiseitegeschafft, Äpfel, einen ganzen Korb, den sie wohl heimlich vernaschen wollte.«

Ginevra stach prüfend mit einem Messer in die Hoden, wiegte zweifelnd den Kopf und wendete sie dann ein weiteres Mal.

»Jedenfalls hat man sie erwischt, und du weißt sicher, dass die Strafen für so was wehtun. Sonst würde ja auch alles drunter und drüber gehen. Aber Paulla hat sich trotzdem für sie eingesetzt, und am Ende ist das Mädchen mit einer geharnischten Ansprache davongekommen. So musst du dir diese Kirschenmunddame vorstellen. Klug, tatkräftig, gütig. Kein Wunder, dass Marinus in sie vernarrt ist. Aber was interessiert dich das eigentlich?«

»Tut es gar nicht. Ich hab nur über die beiden reden gehört«, log Freya.

Nur diesen einen Mann, Marinus, brauchte Aristid also, um Kardinal Anastasius den Speer dort hineinrammen zu können, wo es ihn am meisten schmerzte: in seinen Ehrgeiz. Und die gütige Paulla, in die er verliebt war und auf die er offenbar hörte, war klug und tatkräftig. Wies ihr Gott selbst den Weg, den sie gehen musste?

Als Ginevra am nächsten Tag bei einer Freundin war, ging Freya in den Verschlag, in dem sie mit ihrer kleinen Tochter schlief. Ihr war klar, dass man keinen fremden Mann zu der jungen Frau vorlassen würde. Also öffnete sie eine verschrammte Holzkiste und zog Ginevras zweiten Rock hervor. Er war grün, mit einer sonnengelben Borte am Hals, auf die Sterne gestickt waren. Eine silberne Fibel in Form eines Vogels lag auf dem Stoff, um den Halsausschnitt zusammenzuhalten. Beides sah aus wie nie benutzt, vielleicht war es für die Hochzeit gedacht gewesen.

Freya nahm den Rock mit einem rabenschwarzen Gewissen aus der Kiste und zog ihn über Wams und Beinlinge. *Ist nur ausgeliehen und für eine gute Sache* – damit tröstete sie sich. Sie war so dünn, dass die Männerkleider unter dem Rock nicht auftrugen, aber es war merkwürdig, wieder wallenden Stoff an den Beinen zu spüren. Unangenehm? Ja, schon. Sie wischte das zwiespältige Gefühl beiseite und machte sich auf den Weg.

Viel Hoffnung hatte sie allerdings nicht. Gleich, wie gutherzig diese Paulla war – sie würde kaum mit einer Fremden über ihren Verlobten sprechen und ihn schon gar nicht anschließend zu einem politisch riskanten Schlag überreden wollen. Und doch schien sie die Einzige zu sein, die diesem

Marinus ins Gewissen reden könnte, nachdem er Aristid nicht mehr vorgelassen hatte.

Freya formulierte im Kopf ihre Argumente. Eigentlich gab es nur eines: Sie musste Paulla überzeugen, dass Anastasius ein Mörder und Brandstifter war und dass er, wenn man ihn zum Papst krönte, die Heilige Kirche ins Verderben stürzen würde. *Ein Teufel will den Papstthron besteigen. Und dich hat Jesus auserwählt, es zu verhindern* … Na gut, das mit Jesus wäre vielleicht ein bisschen kühn.

Viel zu rasch stand Freya vor dem Haus, das ihr Passanten gewiesen hatten. Es war eine Villa in der *Via Aurelia*, verputzt, mit gelber Farbe bemalt, die Fensterläden in einem leuchtenden, fröhlichen Rot. Aus dem Innenhof wuchs eine Pinie, deren schirmartige Krone über die umlaufenden Ziegeldächer ragte.

Freya trug einen Korb mit Erdbeeren bei sich – geklaut aus Ginevras Garten und ihr Vorwand, damit man sie überhaupt zur Tochter des Hausherrn vorließ. *Die soll ich Paulla von Marinus bringen* … Jesus, Maria, was, wenn Marinus' Sklaven bei Paullas Familie bekannt waren? Oder der Mann gerade jetzt neben seiner Verlobten saß? Dann würde man sie als Betrügerin aufhängen.

Doch ihre Befürchtungen waren hinfällig. Die alte Frau, die ihr die Tür öffnete, bekam leuchtende Augen, als Freya ihr Marinus' angebliche Gabe zeigte. Umstandslos wurde sie durch einen Gang in ein Zimmer geführt. Nein, kein Zimmer, das war … ein steinerner Vogelkäfig. Nur dass die Vögel nicht atmeten und piepten, sondern auf den Putz gemalt worden waren. Pummelige Kernbeißer, Rotkehlchen, schwarzgelbe Pirole, gelb gepunktete Stare … Ganze Schwärme füllten die Wände. War das schön? Oder erschlagend? Am merkwürdigsten fand Freya die grauweißen Habichte, die in die Ecken gemalt worden waren und von dort ihre Artgenossen belauerten. Empfand die gütige Paulla Lust im Angesicht der Gefahr? Konnte man nicht wissen. Die Idee zum Raumschmuck musste ja nicht einmal von ihr stammen.

»Schaut, Herrin, was der Herr Marinus euch geschickt hat.« Die Sklavin, die Freya eingelassen hatte, schob sie so nachdrücklich ins Zimmer, als wäre sie selbst das Präsent. Es war unordentlich im Raum. Eine der Truhen stand offen, Tücher, Kleider und Strümpfe hingen unordentlich über den Holzrand, Kissen lagen auf dem Boden zerstreut, dazwischen, wie bunte Tupfer, mehrere Schweißtücher. Wie ein Ort der Fürsorge wirkte dagegen ein Tischchen neben dem Bett, auf dem eine Schüssel voller liebevoll zurechtgeschnittenem Gemüse, eine zweite mit kaltem Fleisch und außerdem eine Vase voller Wacholderzweige standen. Freya stellte ihre Erdbeeren daneben.

»Ist er nicht aufmerksam, der Herr Marinus?«, fragte die Sklavin.

Die schöne Paulla drehte zum ersten Mal den Kopf. Sie lag auf einem mit Daunenkissen gepolsterten Bett und war tatsächlich eine Augenweide: rank wie eine Weinrebe, mit hübschen Füßen, zierlichen Händen und einem feingeschnittenen Gesicht. Doch die Kirschlippen, die Ginevra so gepriesen hatte, waren farblos, ihr Gesicht blass, die Augen verweint. Freyas Blick fiel auf eine Tonschüssel, die halb versteckt unter dem Bett stand. Sie war gesäubert worden, aber die Sklavin hatte unter dem Rand einen Rest eingetrocknetes Erbrochenes übersehen. Das war also wohl die Erklärung für Paullas Mangel an Appetit: eine Magenverstimmung. Freya wollte etwas sagen, doch die Kranke kam ihr zuvor. »Ich will niemanden sehen.«

»Aber Kindchen«, widersprach die Alte, »schau doch nur, wie Marinus sich nach dir verzehrt. Du kannst unmöglich …«

»Ich sagte, sie soll gehen!«

Nun, das war unmissverständlich. Schweren Herzens wandte Freya sich zur Tür. Bei den wenigen Schritten hinaus in den Vorraum fiel ihr plötzlich ein unangenehmer Geruch auf. Nicht nur nach Erbrochenem, sondern … Sie war irritiert. Statt die Tür hinter sich zu schließen, zog sie sie aus einem sonderbaren Argwohn heraus nur an.

»Wie töricht du bist, Kindchen«, hörte sie die Alte jammern. »Begreifst du nicht, was Marinus dir mit seiner Gabe sagen will? Er ist reumütig – und es ist überaus großzügig vom ihm, dass er sich mit einem Geschenk zu dieser Reue bekennt. Paulla, ach, mein Mädchen …«, es klang, als würde die Sklavin sich zu ihrem Schützling auf die Bettkante setzen, »jeder Mann ist manchmal stürmisch, das ist ihr Temperament, du wirst es noch lernen. Sie können sich nicht zügeln, und dann …«

Der Geruch war so intensiv, dass er bis in den Flur drang. Er stammte von einer Pflanze. Wacholder? Nein, der roch anders: würzig, balsamisch, etwas süßlich, etwas herb … auf jeden Fall angenehmer.

»… ist es doch wirklich nicht zu viel verlangt, ihm zumindest Gehör zu schenken.«

Und dann endlich fiel Freya ein, welche Pflanze ihn absonderte: Der Sadebaum, dieser Zwilling des Wacholders, den sie im Volk deshalb auch als Stinkwacholder bezeichneten. Im Aussehen waren sie einander zum Verwechseln ähnlich, aber die Wirksamkeiten … Der Sadebaum diente zum Abbruch von Schwangerschaften!

Sie kehrte ins Zimmer zurück, ging zu dem Tischchen, rieb die nadelförmigen Blätter zwischen den Finger – und ließ sie sofort wieder fallen. Hastig wischte sie ihre Hand an einem der Schweißtücher, die zu einem Stapel gefaltet auf einem zweiten Tischchen lagen, von der Haut. Die Öle des Sadebaums konnten schon bei der Berührung zu Blasen führen.

»Hast du den Verstand verloren?«, herrschte sie die Alte an. Sie raffte die Zweige mit dem Schweißtuch zusammen und warf sie durch das Fenster in den Hof.

Was folgte, waren ein Wutanfall der Greisin, dann Tränen, schließlich gestammelte Erklärungen. Die Frau war Paullas ehemalige Amme. Sie hieß Gaia, und sie hatte sich genau erkundigt, wie sie Paulla in ihrem unglückseligen Zustand … »Sie ist schwanger, natürlich, aber nicht durch ihr Verschulden. Meine Paulla ist eine kaum erblühte Knospe … Sie wusste doch von nichts und schon gar nicht, zu welchen Unbedachtsamkeiten Männer sich hinreißen lassen können, wenn sie durch weibliche Schönheit …«

»Und da wolltest du ihr diesen Dreck einflößen?«

»Man hat mir gesagt, wenn ich es vorsichtig dosiere …«

»… ist es immer noch ein verdammtes Gift!«

»Aber …«

»Es würde sie umbringen. Verflucht, Gaia, du warst dabei, deine Herrin zu töten!«

Noch mehr Tränen. Aber glücklicherweise stellte sich heraus, dass Paulla von dem Höllenkraut noch nichts zu sich genommen hatte. Ihr Erbrechen rührte von der Schwangerschaft her. »Ich habe ihr …«

»Lass uns einen Augenblick allein«, unterbrach Paulla, die bisher geschwiegen hatte, ihre Amme.

»Eher würde ich mir ein Messer …«

»Dann tu das, aber bitte nicht hier.«

Gaia verschlug es die Sprache. Einen Moment sah es aus, als wollte sie explodieren, doch dann verschwand sie mit einem letzten bekümmerten Blick auf ihren Schützling.

Paulla setzte sich auf. Einen Moment starrte sie auf ihre Hände. Dann sagte sie: »Es war gar nicht Marinus. Nur damit es einmal ausgesprochen wurde. Er hat nichts mit meinem Zustand zu tun. Er weiß auch nichts von der Schwangerschaft.« Sie musterte ihre Besucherin. »Und außerdem stammst du nicht aus seinem Haushalt, sonst würde ich dich kennen. Wer also bist du?«

»Jemand, der es gut mit dir meint.«

»Ach ja?« Paullas Blick ging zum Tisch, wo einige verstreute Nadeln zwischen Teller und Erdbeeren liegen geblieben waren. Zögernd meinte sie: »Wie es aussieht, verstehst du etwas von Heil- und Giftpflanzen. War diese hier wirklich so giftig, wie du sagst?«

»Schon in geringen Mengen. Nur Unwissende versuchen, damit eine Schwangerschaft zu beenden.«

»Das wusste ich nicht. Gibt es … Also gibt es überhaupt eine Möglichkeit, das, was in meinem Bauch …« Sie brach ab, und auch Freya zögerte mit der Antwort. Ein Kind, das im Leib der Mutter heranwuchs, war bereits ein Mensch und sollte deshalb mit Fürsorge behandelt werden – darüber hatte sie bei Soranos gelesen. Aber galt das tatsächlich während der kompletten Schwangerschaft? Der griechische Arzt schien selbst gezweifelt zu haben – und hatte das Dilemma zu lösen versucht, indem er Aristoteles zitierte: *Ein männlicher Embryo wird vierzig Tage nach der Empfängnis beseelt, bei einem weiblichem dauert es neunzig Tage.*

»Wie lange ist es her, dass du empfangen hast?«

»Fünf Wochen und zwei Tage.«

»Hat du seitdem geblutet?«

»Nein.«

Also gut. Siebenunddreißig Tage. Noch befand sich im Körper der jungen Frau also nur ein Klumpen Fleisch, der sich zudem noch nicht sicher eingenistet hatte. »Vielleicht gibt es tatsächlich Rettung«, murmelte Freya.

ꕥ

Sie hatte Mühe, all die Zutaten zu bekommen, die Soranos für einen Abortus vorschlug. Levkoje, Kardamom, Schwefel, Absinth, Myrrhe … Als sie sie beisammen hatte, löste sie die Mittel, wie vom Arzt niedergeschrieben, in Wasser auf und formte daraus ein Pressar, das sie mit einem Faden versah. Zurück bei Paulla, verhalf sie ihr zu einem Bad, das Gaia, immer noch gekränkt und misstrauisch, zubereitete. Anschließend bat sie das Mädchen, sich abzutrocknen und sich auf ihr Bett zu legen.

Es war ein schwieriger Moment, Paulla zu überreden, die Beine zu spreizen, aber schließlich folgte sie. Freya hielt die Luft an. Von etwas zu lesen und es tatsächlich auszuführen, waren zwei unterschiedliche Dinge. Sie schob das Pressar in die Richtung, in der die Gebärmutter liegen sollte, und da Paullas Unterleib durch das Bad weich geworden war, ging die Prozedur so problemlos vonstatten, wie Soranos vorhergesagt hatte.

Freya bestand darauf, in dieser Nacht bei der jungen Frau zu wachen, und da die Eltern immer noch fort waren, hinderte sie auch niemand daran. Der Uterus stieß die Frucht am folgenden Vormittag ab. Es glich völlig der natürlichen Reinigung und verlief ohne besondere Schmerzen.

»Und nun ist alles gut?«, fragte Paulla unter Lachen und Weinen.

Freya nahm sie in die Arme. Alles gut? Das gab es nicht. Nicht auf dieser Erde. Sie wiegte das junge Mädchen.

»Er hieß Cluvius«, flüsterte Paulla. »Und er ist … er war fast so etwas wie ein Bruder. Wir hatten alle zusammen ein Fest zu Ehren der Vestalia gefeiert, der Göttin von Heim und Herd. Nicht ernst gemeint natürlich, wir glauben ja alle an den Heiland, es war nur ein Spaß mit Freunden. Dann wurde es spät, und Marinus ging heim. Meine Mutter schickte mich zu Bett. Da stand er auf einmal im Zimmer. Ich habe nicht einmal gehört, wie die Tür ging. Er kroch unter meine Decke …«

»Ich weiß«, flüsterte Freya und drückte sie.

»Und warum hast du mir nun die Erdbeeren gebracht? Wer bist du denn? Woher kommst du?«

Freya erklärte es ihr.

Paulla sprach noch am selben Tag mit Marinus. Was genau sie ihm sagte, erfuhr Freya nicht – sie traf sie niemals wieder. Aber der Römer schickte einen Boten zu Aristid und bat ihn zu kommen, und er lud zu diesem Treffen auch seine Freunde ein. Am nächsten Tag wandten sich die Männer gemeinsam an Kaiser Lothar, um ihm zu erklären, dass sie Anastasius niemals als ihren Papst anerkennen würden.

Angesichts dieses mächtigen Widerstands gab der Kaiser nach und ließ seinen Günstling fallen.

Der Tag, als der intrigante Kardinal aus dem Lateranpalast gejagt wurde, sollte sich in das Gedächtnis der Römer einbrennen. Viele der einfachen Bürger trauerten immer noch ihrem Papst Johannes nach, und der Brand im Borgo, für den man Anastasius exkommuniziert hatte, war ebenfalls nicht vergessen. Zu viele Leute waren damals gestorben.

Eine Menschenmenge erwartete den entmachteten Kardinal, als er den Lateranpalast verließ. Er erschien, an der Schulter die Fetzen des abgerissenen Schulterbands seiner Kardinalswürde, und sofort wurden Schmährufe laut. Eine faule Tomate traf ihn am Hals und zerplatzte auf seiner Brust, ehe er reagieren konnte. Als hätte der blutrote Schandfleck einen Korken aus einer Flasche gezogen, prasselten plötzlich aus jeder Richtung Wurfgeschosse auf ihn ein. Nicht nur schimmliges Gemüse, auch Mist und in Kohlblättern verpackte Fäkalien. Das meiste traf ihn nicht, und doch glich er nach wenigen Schritten einer wandelnden Gosse.

Auch Freya und Aristid wohnten dem Schauspiel bei. Als

Anastasius ihren Weg querte, war sein Gesicht eine Fratze unbeherrschten Zorns. Ein kleines Kind, vielleicht drei Jahre alt, krähte ihm das Wort entgegen, das es aus der Menschenmenge aufgeschnappt hatte: »Hölle … Hölle …«, und einen Moment sah es aus, als wollte er sich auf den Jungen stürzen und ihn zerschmettern. Es kostete ihn eine ungeheure Anstrengung, sich abzuwenden. Dabei streifte sein Blick auch Aristid. Er runzelte die Stirn, als versuchte er sich zu erinnern.

»Ich gehörte zur Garde von Papst Johannes«, erklärte Aristid, ohne die Stimme zu heben, und fügte mit einem schmalen Lächeln hinzu: »Es war mir eine Freunde, diesen Moment herbeizuführen.«

Anastasius wollte etwas erwidern, aber da traf ihn ein Stück Holz, und er taumelte weiter. In dem kurzen Moment, in dem er sich zusammengekrümmt hatte, entdeckte Freya ein Gesicht in der Menge gegenüber. Viel konnte sie nicht erkennen: eine gekrümmte Nase, ein Blick voller Gift, dann eine rasche Bewegung, als der Mann sich fortdrehte und floh. Sein blauer Umhang verfing sich in einem dornenbesetzten Rosenstock an einer Hauswand. Der Umhang riss … Und Hugo Abbas war fort.

Wenige Tage später wurde ein Mann namens Nikolaus unter dem Beifall des römischen Volks zum Papst der Heiligen Kirche gewählt. Eine seiner ersten Handlungen bestand darin, die Männer der päpstlichen Garde zu rehabilitieren. Es hatten sehr viel mehr aus dem exklusiven Kreis überlebt, als Freya befürchtet hatte. Und natürlich standen sie bereit, auch dem neuen Herrn von Rom zu dienen.

Ihre Rückkehr in die Garde wurde in einer Spelunke gefeiert, die sich *Libelle* nannte. Die Männer tranken auf Nikolaus, sie tranken auf Marinus, sie tranken auf Aristid.

»Sie sollten vor allem auf den kleinen Johannes mit der beredten Zunge trinken«, murmelte Aristid, als die meisten von ihnen schon betrunken waren.

Freya, die neben ihm auf einer Bank in einer besonders düsteren Ecke saß, stieß ihm den Ellbogen in die Rippen. »Mund halten«, fauchte sie ihn an. Das fehlte noch, dass etwas von Paullas' Hilfe und womöglich gar von ihrer Schwangerschaft an die Öffentlichkeit drang.

»Stumm wie ein Fisch.« Er prostete ihr zu.

Die Luft in der *Libelle* war rauch- und weingeschwängert, einige Männer begannen, von der Liebe zu grölen, neben der Tür versuchte ein älterer Gardist, begleitet vom Spott seiner Kameraden, einen Handstand zu machen. Aristid legte seinen Arm um Freyas Schulter. Er zog sie an sich und flüsterte etwas in ihr Ohr, vielleicht wiederholte er, dass er auch in seinem angeheiterten Zustand nicht zur Plaudertasche würde, sie konnte nichts verstehen. Es war eng auf der Bank. Er brannte vor Glück, und das Brennen übertrug sich auf ihre Haut. Sie beobachtete ihn, während er lachte und Wein verschüttete und eine kleine Rede auf Gerold hielt. Den Arm vergaß er auf ihrer Schulter. Er blieb dort liegen, bis der Wirt sie bei Sonnenaufgang hinauswarf.

Sie liefen ins Disabitato, in die Richtung von Ginevras Haus. »Ich muss mir eine neue Wohnung suchen«, murmelte Aristid. Da hatte er recht – seine eigene war während seiner Abwesenheit weitervermietet worden, dort hauste nun eine achtköpfige Familie, die wenig geneigt war, sie wieder zu verlassen. Sie waren müde, aber auf eine angenehme Art. Ohne sich abzusprechen, bogen sie kurz vor Ginevras Haus auf Seitenpfade ab. Von Flechten eroberte Mauern, verwilderte Gärten, Weiden, grasüberwucherte Hügel – die Gegend jenseits der belebteren Stadtteile mochte verkommen sein, aber die Stille tat nach dem Lärm in der *Libelle* gut. Freya hörte die hellen Triller der Rotkehlchen in den Mandelbäumen und gelegentlich das *Ripriprip* eines Rebhuhns.

Nach einer Weile änderte Aristid erneut die Richtung. Nun ging es zu einem der Stadttore. Auch dagegen hatte Freya nichts einzuwenden. Die Wächter hielten sie nicht auf, und sie liefen die uralte gepflasterte Handelsstraße entlang, die sich in gerader Richtung bis zum Horizont zog. Auch hier draußen säumten verfallene Bauten ihren Weg, die aussahen, als hätten Riesenvögel steinerne Nester in die Landschaft gesetzt. Der Himmel hatte sich einen mohnblumenroten Umhang übergeworfen, der aber an den Rändern schon auszufransen begann.

»Bist du betrunken?«, fragte Aristid.

»Nein.«

»Doch, ein bisschen. Hörst du die Vögel?«

»Mir platzen die Ohren.«

Er lachte. Sie liefen weiter. Ein Reiter kam ihnen entgegen und wirbelte Staub in ihre Gesichter. »Dein Kasimir ist ein komischer Kauz.«

»Er hat mir mal das Leben gerettet.«

»Donnerwetter, im Ernst?«

»Jedenfalls fast. Mich wollte einer umbringen. Ich hatte eine … ich hatte wirklich Angst. Und plötzlich stand er in der Tür, mit einem Stein in der Hand.«

»Und damit hat er den Kerl …?«

»… niedergestreckt. Also … hätte er. Wenn der Mann … Hör auf zu lachen.«

»Ich sag doch: Donnerwetter.«

Eine merkwürdige Sehnsucht packte sie, ein Begehren, in das sich aber sofort ein Hauch Melancholie mischte, der sich innerhalb weniger Schritte in handfeste Trostlosigkeit verwandelte. Der Abend heute mochte für Aristid ein Neubeginn sein. Er würde sich eine Wohnung suchen, arbeiten, abends mit seinen Freunden in die *Libelle* gehen … Aber für sie bedeutete er einen Abschied. Sie war kein Soldat, würde auch nie einer werden. Sie musste sich überlegen, was aus ihrem und Kasimirs Leben werden sollte. Vor ihr lag erst mal … gar nichts.

Freya bückte sich nach ihrem Schuh, als müsste sie einen Kiesel herausholen. Niemand sollte bei ihr nasse Augen sehen. Insbesondere Aristid nicht. Da hatte sie einen verdammten Stolz. Gerade, als sie sich wieder aufrichten wollte, entdeckte sie hinter sich in einiger Entfernung einen Eselskarren, der übers Pflaster ruckelte. Sie meinte etwas Blaues hinter dem Karren aufblitzen zu sehen, und sofort packte sie wieder die alte Angst. Als der Mann mit dem Karren in einen Trampelpfad abbog, war die Straße jedoch leer, sie hatte sich etwas eingebildet. Würde das ihr Schicksal sein? Gespenster, die sie bis an ihr Lebensende verfolgten?

»Was ist?« Aristid hatte sie beobachtet.

»Gar nichts.«

»So siehst du aber nicht aus.« Er half ihr auf, hob ihr Kinn an und starrte ihr ins Gesicht. Seine Haare … Warum kriegte er die bloß nicht ordentlich gekämmt? Das bekam er einfach nicht hin. Die standen in jede … Unvermittelt zog er sie an sich. Ihr Busen, auch wenn sie ihn wie immer eingebunden hatte, trennte ihre Körper wie ein kleiner harter Wall. Sie versuchte reflexhaft sich loszumachen, aber er ließ es nicht zu. »Ich wusste es«, murmelte er, »schon die ganze Zeit. Ich …«

»Gar nichts wusstest du.«

»Was für ein Idiot ich war!«

Ohne sich voneinander zu lösen, taumelten sie in einen verwilderten Obstgarten, der seitlich der Straße lag. Zu Füßen einer Dattelpalme ließen sie sich fallen. Freyas Hände fuhren über Aristids Lippen, seine unter ihr Hemd.

»Soranos sagt …«

»Was?« Er umschlang sie, sein Körper war warm und fürsorglich. Freya vergaß, was Soranos gesagt hatte. Der Duft der Blumen war betäubend, das Unkraut weich wie ein Federbett. Als Aristid die Schnur ihres Hemdes löste, wollte sich Björns Gesicht vor seines schieben. Aber es war sofort wieder verschwunden. Und was Aristid tat, war so gut und umsichtig, wie seine Hände behutsam waren. *Bis sich der Drang zur Vermischung geltend macht*, hatte Soranos gesagt. *Das Weib sollte Jungfrau bleiben, bis sich der Drang …*

Freya hörte auf zu denken.

15. KAPITEL

Hugo brannte vor Hass. Er war Anastasius in den Lateran gefolgt, voller Hoffnung, dass der machtbesessene Sohn seines Förderers genügend Stimmen erschmeicheln oder kaufen könnte, um den Papststuhl zu gewinnen. Und dann diese Demütigung, dieser grausame Fall. Arsenius war an diesem Tag von einem Schwächeanfall niedergeworfen worden – er hatte die Schmach seines Sohns nicht miterleben müssen. Aber Hugo war Zeuge gewesen, wie die johlende Menschenmenge den Mann erniedrigte.

Er hatte auch mitbekommen, wie dieser Gardist, Aristid, den er inzwischen wie keinen anderen Menschen hasste, Anastasius aufgehalten hatte. Er hatte ihn prahlen hören, dass er persönlich es gewesen sei, der den Untergang des Kardinals eingefädelt hatte – und keinen Augenblick gezweifelt, dass der Mann die Wahrheit sagte. Die Köpfe, die auf der Lateranmauer ausgestellt worden waren, mussten ihm das Blut zum Kochen gebracht haben. Hugo hatte sein Wissen sofort an Arsenius weitergegeben. »Töte ihn! Lass ihn leiden«, hatte der alte Mann ihm, nach Atem ringend, zugeflüstert. Vor Aufregung entleerte sich sein Darm, es stank erbärmlich.

Hugo hatte seitdem mehrfach versucht, Aristid umzubringen, aber es war, als hätte sich der Gardist mit der Hölle verbündet – immer befand er sich in Begleitung seiner Kameraden oder an einem Ort, der zu auffällig für einen Mord gewesen wäre. Auch nach der durchzechten Nacht in der *Libelle*, als er leichtsinnigerweise die Stadt verließ, konnte Hugo ihn nicht drankriegen. Ein junger Bursche war bei ihm gewesen, *sehr* jung noch, bartlos, ein Insekt, das man im Vorübergehen zerquetschen könnte. Doch der Gardist war ein begnadeter Kämpfer, das hatte er in der Nacht am Tiber bewiesen, und da könnte auch ein Insekt reichen, einen Kampf zu entscheiden.

Trotz dieser Einsicht hatte Hugo es sich nicht verkneifen können, ihnen zu folgen – erst ins Disabitato, dann aus der Stadt hinaus. Seine Rippe, die der Dreckskerl ihm bei ihrem Kampf gebrochen hatte, schmerzte immer noch, genau wie der verletzte Stolz. Er hatte Schutz hinter Sträuchern und Mauerresten gesucht, dann hinter einem Eselskarren, der über die Steine holperte. Nur, was für einen Sinn hatte es, wie ein geprügelter Köter hinter den beiden Männern herzuschleichen? Irgendwann drehte er um und kehrte in Arsenius' Palast zurück.

Und hier war er nun und machte sich frustriert über eine Schüssel mit gebratenem Fasan her, die jemand in sein Zimmer gestellt hatte. Widerliches Zeug, kalt und nur halb durchgebraten. Was sollte er bloß tun? Nach Auxerre zurückkehren und sich im Kloster von den Mönchen anöden lassen, die sich durch kriecherische Schmeicheleien seine Gunst verschaffen wollten? Endlose Audienzen mit Fronbauern abhalten, deren Angelegenheiten ihn weniger als der Dreck unter seinen Fingernägeln interessierten? Die Langeweile würde ihn umbringen.

Vielleicht sollte er Arsenius und seinen Sohn doch nicht so schnell aufgeben. Oder Verbindungen zu anderen Stadtadligen suchen. Lothar war abgereist, es konnten wieder neue

Kräfte an die Macht kommen. Wenn Nikolaus stürbe, so wie Leo damals gestorben war … Gift, dachte Hugo. Es fanden sich immer bestechliche oder gekränkte Diener.

Er ließ das Essen stehen, wischte sich die Hände an einem Kissen ab und warf sich aufs Bett. Er fand jedoch keine Ruhe. Seine Gedanken kehrten zu Aristid zurück, und er stellte sich einen Moment vor, wie er Anastasius vom Tod des verfluchten Gardisten, der ihn den Papstthron gekostet hatte, unterrichten würde. »Er hat durch mich seine Strafe erlitten.« Das würde schwerer wiegen als jeder andere Dienst, den er dem Kardinal erweisen könnte. Und es war ja durchaus möglich, dass Anastasius es erneut an die Macht schaffte, ausgekochter Ränkeschmied, der er war …

Als der Morgen graute, hatte Hugos Verstand sich geklärt. Es war Anastasius, auf den er setzen musste.

An einem der nächsten Tage wandte er sich an einen Neuling bei der Garde, von dem er wusste, dass er bestechlich war, drückte ihm einige Münzen in die Hand und trug ihm auf, herauszufinden, wo Aristid inzwischen wohnte.

Es handelte sich um eines der armseligen Häuser, wie sie im Lauf der Jahrzehnte am Rand des Abitato errichtet worden waren. Unterkünfte für Leute, die sich nichts Besseres leisten konnten. Äste, Lehm und Stroh … jeder Sturm konnte die Drecksnester mit sich reißen. »Rechts von der Hütte stehen zwei hohe Myrtensträucher mit weißen Blüten«, hatte der verräterische Gardist erklärt. Es kostete Hugo keine Mühe, das Gebäude zu entdecken. Er schlich hinter einen der Sträucher – und trat in Hundescheiße. Die weiche Masse sickerte sofort in seine Sohlen. Zähneknirschend wischte er sie im Unkraut ab. Er würde für den Rest des Tages stinken wie ein Schafshirte.

Danach hieß es warten. Es dauerte, bis endlich jemand aus der Hütte trat. Eine Frau mit einem Kind auf dem Arm. Sie streckte das Gesicht der Sonne entgegen und machte sich mit dem plappernden Mädchen zu einem entfernt liegenden Brunnen auf, um einen Eimer zu füllen. Hugo kaute auf seiner Lippe. Herrgott, wie die Hundescheiße stank!

Die Tür öffnete sich erneut. Eine junge Frau erschien, nicht gerade hübsch, auch nicht hässlich, aber … überhaupt nicht sein Fall. Die Art, wie sie sich bewegte – das war ihm zu zielstrebig. Die trug den Kopf zu hoch. Er mochte bei Weibern eher das Weiche, das sich die Richtung weisen ließ. Sie verschwand Richtung Tiber, und er vergaß sie. Wieso mochte Aristid sich nur so eine Elendshütte als Unterkunft ausgesucht haben?, grübelte er. Bestimmt verdiente man bei der Garde nicht schlecht. Weil man sich im Dreck am besten verstecken konnte? War am Ende egal. Klar war, dass er nicht ewig hier herumlungern konnte. Also blickte er sich um, und als er auch bei den Nachbarhäusern niemanden entdeckten konnte, wagte er sich aus seinem Versteck.

Vorsichtig schlich Hugo zu den kleinen Fenstern und lugte in die Zimmer. Hinter dem ersten befand sich eine Küche mit einer rußbedeckten Feuerstelle unter einer Rauchöffnung, außerdem sah er einen Tisch, auf dem ein paar Knochen für eine Suppe lagen, einige Schemel, Schlafstätten aus Stroh in den Ecken – aber keine Menschenseele. Hinter dem zweiten Fenster entdeckte er ein weiteres Strohlager und einen Webstuhl, von dessen Tuchbaum ein grober beiger Wollstoff herabhing, so wie ihn die Armen trugen. Hugo schätzte, dass es noch einen oder zwei weitere Räume in der Hütte geben musste. Tatsächlich entdeckte er auf der Rückseite des Hauses einige Fensterschlitze, die aber durch Lappen verhängt worden waren, um die Sonne draußen zu halten. Stimmen hörte er keine.

Genug gespäht. Er huschte zur Haustür und betrat die Küche. Die Kammer dahinter, die mit dem Webstuhl, ignorierte er – er wusste ja, dass sie leer war. Interessant waren die beiden anderen Räume.

Während er durch einen Flur schlich, ergriff ihn plötzlich eine seltsam wohlige Erregung, ein Gefühl ähnlich dem, wie wenn er eine der Huren beschlief, die Arsenius ihm regelmäßig schickte. Die Möglichkeit, dass Aristid sich nur wenige Schritte von ihm entfernt befand, ließ ihn lächeln. Er zog sein Messer und öffnete leise eine grobe Brettertür – und blickte auf den Rücken eines Mannes, der vor einem Holzkreuz kniete und betete. Ihm wurde schwach vor Enttäuschung. Das war nicht Aristid, auch wenn er das Gesicht nicht erkennen konnte. Die Haltung des Kerls war krumm, ohne jeden Stolz. Eine unbedarfte Seele. Hugo hätte sich wieder zurückziehen können, aber seine Frustration war so groß, dass er dem Betenden ins Haar griff und ihm die Kehle durchtrennte. Sein Opfer röchelte noch eine Weile, ehe die Augen brachen.

Hugo ließ den Leichnam fallen und suchte nach einer weiteren Tür. Er fand sie unter einem Schrägbalken, der das Dach abstützte. Dort stand allerdings nur eine Ziege, die in dem stinkenden Verschlag ihre Nahrung wiederkäute. Gerade wollte er sich fortdrehen, als er aus der Küche ein Geräusch vernahm. War die Frau mit dem Wasser zurückgekehrt?

Er schlich durch den winzigen Flur – und konnte sein Glück kaum fassen: Aristid stand vor dem Tisch, mit dem Rücken zu ihm, genau wie der betende Junge. Hugo hatte sein blutiges Messer abgewischt und wieder in die Scheide gesteckt. Und dort ließ er es auch. Bei Aristid war ein Schwert gefragt. So leise wie möglich zog er es aus der Scheide, bangend, dass ein Geräusch sein Opfer aufstören könnte.

Doch Aristid war zu sehr in seine Tätigkeit versunken – was auch immer er gerade tat. Der Mann ließ ihm lächerlich viel Zeit, das Schwert in der Hand zu wiegen und Entfernung und Winkel einzuschätzen, um die Spitze der Klinge punktgenau platzieren zu können. Sein erstes Ziel würde der Unterleib sein. An solchen Wunden starb man nicht sofort. Er wollte, dass sein Opfer sich krümmte, und dabei die Angst aus den Augen aufsaugen. Gott, war er glücklich!

Hugo spannte die Muskeln.

Leider traf der Stich nicht wie geplant. Aristid hatte sich überraschend bewegt. Er wankte von der Wucht des Stoßes und versuchte sich zu drehen. Im Fallen griff er zur linken Hüfte, war aber nicht mehr fähig, sein Schwert zu ziehen. Im Gegenteil, es behinderte ihn und verhedderte sich zwischen seinen Beinen. Während er stürzte, segelte eine Handvoll Wildblumen mit ihm auf den Sand. Der Idiot war damit beschäftigt gewesen, sie in ein Gefäß mit Wasser zu stellen. Blumen. Ausgerechnet Blumen waren ihm zum Verhängnis geworden!

Hugo genoss es zu sehen, wie in die dunklen Augen das Begreifen trat. »Niemand stellt sich Hugo Abbas in den Weg«, erklärte er großspurig. Er wollte sich zu dem Verletzten herabbeugen, um sein Werk fortzusetzen, als er plötzlich von draußen Stimmen hörte. In den Augen des Sterbenden blitzte Angst auf. Er versuchte, eine Warnung auszustoßen, aber Hugo hielt ihm den Mund zu, dann stopfte er ihm eilig einige von den Blumen ins Maul – das Nächste, was er zu packen bekam, um den Mann am Schreien zu hindern. Er ließ ihn los und versteckte sich hinter die Tür.

Jemand lachte, eine Frau, und Hugo hätte sich fast gegen die Stirn geschlagen. Deshalb die Blumen! Der Idiot, der sich dort sprachlos am Boden wälzte, war verliebt und fürchtete nun um das Weib, das in die Falle laufen würde. Er zwinkerte dem Verletzten zu, der die Blumen auszuspucken suchte.

Das Weib mit dem Kind kam herein. Sie war hässlich. Wie schade, es konnte sich keinesfalls um Aristids Liebchen handeln! Seine Ansprüche mussten höher sein. Hugo stach sie nieder. Das Kind allerdings rutschte ihm durch die Hände, es rannte kreischend zurück ins Freie. Als Hugo ihm durchs Fenster nachblickte, entdeckte er die zweite Frau, die hier wohnte. Sie lief auf das Mädchen zu, die Haube, die sie trug, löste sich und rutschte auf ihre Schulter. Feuerrote Haare umspielten ihr Gesicht, und Hugo ging ein Licht auf. Der Junge, der so lästig an Aristids Seite geklebt und ihn auch ins Disabitato begleitet hatte, war also in Wirklichkeit ein Weib, seine Hure.

Die rote Hexe hatte nicht begriffen, warum das Mädchen schrie. Sie packte das Kind und rannte mit ihm zum Haus, der Teufel mochte wissen, was sie sich vorstellte. Hugo verkroch sich erneut hinter der Tür. Er sah, wie die Rote auf der Türschwelle innehielt und auf die Frau starrte, die reglos in ihrem Blut lag. Und dann auf den Mann, der sich vergebens mühte, auf die Füße zu kommen. Ihre Augen weiteten sich.

»Raus!«, brachte Aristid hervor, er spie das Wort mit den Blumen aus.

Das Weib gehorchte, und zwar schneller als Hugo reagieren konnte. Er warf einen Blick auf Aristid, zweifelnd, was er tun sollte. Die Küche mit ihrer Möglichkeit zur Rache war reizvoll. Aber dann folgte er doch dem Weib, das immer noch das Kind mit sich schleppte. Er sorgte sich nicht groß. Die anderen Hütten schienen verlassen, die Leute waren auf den Äckern oder zum Handeln auf den Märkten, es würde einfach sein, die Fliehenden zu packen. Doch als er ins Freie stürmte, waren sie bereits verschwunden.

Unentschlossen umrundete er das Haus und stieg dann einen Hügel hinauf, der sich als Fluchtweg anbot. Von der Kuppe aus nahm er jedes mögliche Versteck in Augenschein, konnte aber keine Spur von den beiden entdecken. Stattdessen fand er Blutspuren, als er in die Hütte zurückkehrte. So ein Mistdreck! Die Schlampe war offenbar zurückgekehrt, während er nach ihr gesucht hatte. Eine breitgewalzte Blutlache bewies, dass sie neben dem Verletzten niedergekniet war. Neben dem Toten, korrigierte Hugo. Aristid rührte sich nicht mehr. Die Augen waren starr, Speichel und Blütenreste klebten im Mundwinkel. Der Dreckskerl war einfach gestorben. Wie schade, er hatte doch noch einiges mit ihm vorgehabt.

Aber jetzt war nicht die Zeit, etwas zu bedauern. Allmählich wurde er nervös. Wieder im Freien entdeckte er die Flüchtigen endlich. Die Frau rannte mit dem Kind vor der Brust Richtung Abitato, dorthin also, wo die belebteren Straßen begannen. Wenn sie diese Gegend erreichten … Sie könnte ihn beschreiben, wusste vielleicht gar seinen Namen …

Er nahm die Verfolgung auf, aber die Frau flog trotz ihrer Last dahin. Sie verschwand in einem Pappelwäldchen, und als er es erreichte, war sie fort.

16. KAPITEL

Bayern, April 859

In dem Wald, einem Geflecht aus hochstrebenden, noch kahlen Bäumen, verrottendem Holz und filzigem Buschwerk brach die Nacht herein. Außerdem regnete es, und kalt war es auch. Jedes einzelne Ungemach wäre zu ertragen gewesen, doch alles zusammen zwang Freya fast in die Knie. Sie und Cosima waren seit Stunden unterwegs, aber obwohl sie einem ins Buschwerk geschlagenen Trampelpfad folgten, waren sie auf keine einzige Siedlung gestoßen. Was hieß, dass sie hier draußen übernachten mussten. Die kleine Cosima lag mit dem Köpfchen auf Freyas Schulter und zitterte, ohne zu klagen. Seit sie ihre Mutter hatte sterben sehen, hatte sie kaum ein Wort gesprochen. Es war, als wäre mit dem schrecklichen Ereignis auch in ihr etwas gestorben.

Freya, die Mühe hatte, auf dem von Pfützen übersäten Pfad nicht auszurutschen, versuchte sie unter ihrem Mantel, den sie vor Monaten in der Lombardei gestohlen hatte, zu wärmen, aber … O Himmel, sie war selbst so erschöpft. Ihr Blick blieb an einer schräg gewachsenen Buche hängen, unter der sich Moos und die Blätter des vergangenen Herbsts zu einem weichen Bett vereint hatten. Plötzlich überkam sie eine fast übermenschliche Sehnsucht, sich dort mit dem kleinen Mädchen in den Mantel zu kuscheln und zu warten, bis die Engel Gottes sie holten. Nur wären es wohl keine Engel, die kämen, weil es ja eine Sünde war, sich selbst das Leben zu nehmen. Und eine doppelte, wenn man auch noch ein Kind mit in den Tod riss. Wahrscheinlich würde ein gehörnter Teufel …

Freya fuhr herum. War da nicht eben ein Rascheln gewesen? Sie tastete angespannt mit den Augen das Dickicht ab – und verachtete sich selbst dafür. Gewiss raschelte es überall, sie war von zahllosen unsichtbaren Tieren umgeben. Hugo Abbas … Wenn er ihr gefolgt wäre, hätte er sie schon vor Monaten erwischt. Mittlerweile lagen die Alpen zwischen ihnen, eine Barriere aus Klippen und schwer passierbaren Wegen. Unfassbar, dass dieses Ungeheuer trotzdem noch die Macht besaß, sie in Panik zu versetzen.

Cosima, die ihre Angst zu spüren schien, klammerte sich in ihre Haare, und Freya tätschelte den Rücken des Kindes. Sie gab nicht viel auf ihre Fähigkeit, Menschen zu trösten. Da fehlte ihr etwas. Trotzdem musste sie es probieren. »Wir suchen uns einen Ort zum Schlafen, danach fühlen wir uns besser.«

Die Kleine reagierte nicht. Sie hätte jemanden gebraucht, der sie in den Armen wiegte, ihr ein Lied vorsang – sie hätte Ginevra gebraucht.

Mit einem Seufzer setzte Freya sich auf einen Hang und nötigte Cosima, sie anzuschauen. »Ich kann dich nicht immer tragen, weißt du, du bist zu schwer.« Die Augen in dem Kindergesicht wurden groß. »Aber das macht nichts«, beeilte sie sich fortzufahren, »weil du ja schon selbst … Was ist? Nein, nicht weinen. Du brauchst keine Angst zu haben.« Es nutzte nichts, die Tränen flossen, unterbrochen von heftigen Schluchzern. »Ich bin bei dir. Ich lasse dich auch nie allein. Ich … ich bin jetzt deine Mamma.«

Das Zauberwort ließ die Tränen versiegen. Cosima starrte sie an.

»Nun hast du's verstanden, ja? Ich bin deine Mamma. Du musst nur jetzt ein Stück allein laufen.«

Es war wichtig, dass sie einen Unterschlupf fanden. Wenigstens eine Höhle. Mit der kleinen Hand in ihrer eigenen machte Freya sich wieder auf den Weg. Laufen war Hoffnung, sie durften sich nicht mehr hinsetzen, sonst kämen sie womöglich nicht mehr hoch.

Freyas Gedanken wanderten zurück nach Rom. Sie dachte daran, wie sie in Ginevras Haus zurückgekehrt war, nachdem der Mörder es verlassen hatte, wie sie auf das Blut gestarrt hatte, das aus Aristids Wunde floss, und auf die Blumen neben seinem Kopf. Er hatte gelächelt, aber sein Lächeln war sofort blanker Angst gewichen. »Raus, schnapp die Kleine …« Beim Sprechen hatte er zu dem verbeulten Topf gestarrt, in dem er seine Goldmünzen aufbewahrte.

Sie hatte nicht gewollt, doch die Anzeichen des nahenden Todes waren überdeutlich gewesen: das blasse Dreieck um Mund und Nase, die angestrengte Atmung, und als sie die Hand auf seine Brust legte, flatterte sein Herz. Er lag auf seinem Schwert. Sie hätte es nicht hervorziehen können, ohne ihm unerträgliche Schmerzen zuzufügen. Und sich und ihn also nicht einmal verteidigen können, wenn Hugo Abbas zurückkehrte. »Geh!«

Sie hatte nach Kasimir gesucht und seinen Leichnam gefunden. Da hatte sie das Gold an sich genommen, den sterbenden Aristid geküsst, Cosima gepackt und war geflohen. Erst aus der Stadt, dann aus dem Kirchenstaat. Aber der Mann mit dem blauen Umhang verfolgte sie weiter. Er suchte sie in ihren Träumen heim, sie sah ihn in den Scheunen, wo man sie mitleidig übernachten ließ, und glaubte, sein krummnasiges Gesicht unter den Kutten der Wanderer zu erkennen.

Niedergeschlagen folgte sie dem Pfad, der sich oft genug im Unkraut verlor.

Und dann geschah das Wunder doch noch. Der Wald lichtete sich, und an seinem Ende schimmerte etwas Gelbes, eine Flamme, sicheres Zeichen für eine menschliche Behausung. Freya nahm Cosima auf den Arm, um schneller voranzukommen. Doch kurz darauf erwartete sie die nächste Enttäuschung: Der Weg endete an einem großen See. Und das Haus, aus dem das Licht drang, stand auf einer Insel, zwar nicht weit entfernt, aber durch das Wasser mit einer unüberwindbaren Barriere versehen.

Freya sackte ins Ufergras und zog Cosima an sich. Die Kleine weinte still, sie fror und hatte Hunger. In dem Haus auf der Insel wurden weitere Lichter entzündet. Es musste sich um mehrere Gebäude handeln, womöglich gar um ein komplettes Dorf. Aber es half ja nichts. Sie musste aufstehen … am Ufer entlanggehen … etwas anderes finden …

»Keine gute Zeit für Frauen und Kinder, allein hier draußen zu sein, keine gute Zeit, gar nicht.«

Freya schrie auf, sie konnte es nicht verhindern. *Hugo* … Aber die Worte waren im Dialekt der Gegend gesprochen worden. Ein Mann trat aus der Dunkelheit und hob besänftigend die Hände. »Ich tu dir nichts, keine Sorge. Tja, Elend, überall Elend, und ein Kindchen hast du auch bei dir?« Er seufzte und bedeutete Freya, ihm zu folgen. Der Mann war schon alt, sicher um die fünfzig, soweit sie es bei dem spärlichen Licht erkennen konnte. »Es sind Banden unterwegs, Raubgesindel«, erklärte er, während er Zweige zur Seite bog und sie zu einem Pfad führte. »Wir trauen uns selbst kaum von der Insel, wenn die Sonne weg ist. Josef der Schlitzer, das ist einer von ihnen. War mal ein guter Junge, der Josef, bis der Teufel in ihn gefahren ist. Kam von einem Tag auf …«

»Wohin bringst du uns?«, unterbrach ihn Freya. Ein gutmütiges Gesicht bedeutete gar nichts. Bei den Dänen gab es Leute, die ihre Kinder liebkosten, während sie davon erzählten, wie sie Menschen in Häuser gesperrt und Feuer auf die Strohdächer geworfen hatten.

»Na, ins Kloster. Mein Name ist übrigens Adam.« Der Pfad führte bergauf, dann senkte er sich wieder. Plötzlich tauchte erneut der See auf – und mit ihm ein langer Steg, an dem ein Boot lag. »Ihr habt Glück, dass ich eure Stimmen gehört habe. Ich war schon am Ablegen. Keine Angst …« Er lachte, weil Cosima vor dem Boot, das im Wasser schaukelte, zurückschreckte. »Ich bin Fischer, in diesem Kahn bist du so sicher wie im Himmelreich.«

Freya reichte ihm das Kind und folgte den beiden in das Gefährt. Die Regenwolken hatten sich hinter eine Gebirgskette verzogen, und ihnen war ein sternenklarer Himmel gefolgt, der sich auf dem stillen See spiegelte. Schon bald genoss sie die kräftigen, ruhigen Ruderschläge. Die Lichter auf der Insel wirkten plötzlich wie ein Willkommensgruß.

Nach dem Anlegen führte der Mann sie über schmale Wege zwischen Gärten und geduckten Häusern zu einem Torbogen – Teil einer Mauer, die zwei hohe Gebäude miteinander verband. Freya musterte die Häuser verstohlen. Hier herrschte Wohlstand, das war nicht zu übersehen. Aber das hatte sie schon bei dem Überfluss an Kerzenlicht geahnt, das durch die Fenster schien. Verstohlen blickte sie an sich herab. Ihr Kleid hatte gelitten, es hing nass und fadenscheinig an ihrem Körper. Das war jedoch nicht wichtig. Sie hoffte ja nur auf ein Lager in irgendeinem Stall oder einer Scheune.

Adam betätigte einen Klingelzug, kurz darauf wurde ein hölzernes Fensterchen im Wachstübchen des Tores hochgeschoben. Eine verschnupfte Frauenstimme fragte nach ihrem Begehr, und der alte Mann übergab sie an die Schwester Pförtnerin.

Die Insel hieß Frauenchiemsee, erfuhr Freya von ihr auf dem kurzen Weg ins Hauptgebäude. Das Kloster gehörte dem Benediktinerinnenorden, und die Äbtissin trug den Namen Irmingard. »Sie ist eine Tochter von Ludwig, dem Frankenkönig«, erklärte die erkältete Pförtnerin stolz. Freya war indes zu müde, um beeindruckt zu sein. Die Frau brachte sie über einen Seitenhof zu einem abseits gelegenen Gebäude. »Ihr seid derzeit die einzigen Besucher. Bemüh dich aber trotzdem, das Kind still zu halten. Unsere Gäste sind im selben Gebäude wie die Kranken untergebracht. Und …«, sie senkte die Stimme, »einer unserer Kranken geht es leider gar nicht gut.«

»Natürlich.« Freya nahm Cosima auf den Arm, um sie im Zweifelsfall durch Wiegen beruhigen zu können. Die Kleine wurde sofort schlaff, als hätte sie nur auf diesen Moment gewartet, um endlich einschlafen zu können.

Als sie das Haus betraten, hielt Freya die Luft an. Zwischen den dicken Mauern hing ein intensiver Geruch nach Schweiß, ungelüftetem Bettzeug und … Krankheit, ja. Erbrochenes, Urin … Ein Hort der Reinlichkeit war das Hospital jedenfalls nicht. Sie dachte an das, was Soranos über die Bedeutung von Sauberkeit gelehrt hatte.

Die Pförtnerin leuchtete mit ihrer Tranlampe zu einer Tür, die von einem langen Gang abging. »Da findest du dein Lager. Such dir einfach aus, wo du schlafen willst.«

Und was zu essen würde es vermutlich erst morgen geben. Freya wollte sich gerade zurückziehen, als sich eine der Türen gegenüber öffnete. Eine Nonne trat heraus. Ihre Kleider waren schwarz, genau wie ihr Gesicht, so dass Freya einen Moment die beklemmende Vorstellung hatte, der Tod selbst trete in den Gang. Dann fiel das Lampenlicht auf die Frau – und offenbarte von Erschöpfung gezeichnete Züge.

»Ein Gast«, erklärte die Pförtnerin, während sie sich mit dem Ärmel über die Nase wischte. »Adam hat die beid…«

»Sag der Äbtissin Bescheid. Maria geht es immer schlechter.«

Als wollte die Kranke, von der sie sprach, ihre Aussage unterstreichen, drang ein qualvolles Stöhnen in den Flur. Die Pförtnerin tat einige Schritte, und Freya folgte ihr. Sie starrten in ein Zimmer, in dem ein leichter Windzug mehrere dicke Kerzen zum Flackern brachte. Auf einem Bett, dessen Kopfende sich an der Wand befand, lag eine bleiche, sehr junge Frau.

Die Nonne, der ihre Pflege oblag, sicher die Siechmeisterin, seufzte. »Geh zu Gisela, Barbel. Ich brauche ein Kreuz aus Malachit. Außerdem ein wenig Staub vom heiligen Altar, den sie anfeuchten muss. Sie soll beides in ein Säckchen legen. Hast du verstanden? Das Kreuz liegt in einer Lade des Altars, Gisela sollte Bescheid wissen. Und …

»Im Hauptaltar?«

»Wo denn sonst, es … Ach lass, ich gehe selbst.«

Die Siechmeisterin eilte hinaus, und nach einem unentschlossenen Blick auf die Kranke beschloss die Pförtnerin, ihr zu folgen. Dem Mädchen im Bett standen vor Schmerz die Tränen im Gesicht, es schwitzte, und seine Hand tastete immer wieder zum Unterleib. Armes Ding, sie war so bleich …

Cosima wurde in Freyas Armen zur Last, und sie verließ das Zimmer ebenfalls und trug die Kleine zu dem Zimmer, das die Pförtnerin ihr gewiesen hatte. Mit dem Fuß tastend, fand sie einen Strohhaufen. Als sie sich bückte, entdeckte sie darauf ein Laken und eine dünne Decke. Nicht viel, aber besser als alles, was sie in den letzten Wochen genossen hatten. Sie bettete Cosima auf das Stroh und deckte sie zu. Die Kleine war so erschöpft, dass sie einfach weiterschlief.

Freya blickte über den Flur zum Krankenzimmer. Malachit? Was mochte das nur sein? Hatte sie noch nie von gehört. Und Staub … Was für eine Krankheit könnte durch

Staub geheilt werden, und sei er von einem Altar gekratzt? Das arme Mädchen! Es war gewiss nicht älter als dreizehn oder vierzehn. Sie erhob sich und kehrte widerstrebend ins Krankenzimmer zurück – was natürlich ein Fehler war. Sie hatte dort nichts zu suchen. Das Mädchen schien bei Bewusstsein zu sein, war aber von ihren Schmerzen wie benommen.

»Wie lange hast du diese Beschwerden schon?«, fragte Freya, was wohl auch Soranos als Erstes hätte wissen wollen.

»Lange. Schon ein paar Tage.« Das Sprechen strengte die Kranke an.

Freya trat näher und griff nach ihrem Handgelenk, um den Puls zu kontrollieren. »Wo genau sitzt der Schmerz?«

Die Kranke legte die freie Hand wie erwartet auf den Unterleib. Ihr Körper war heiß, sie litt wahrscheinlich auch an Fieber. »Es … sticht. Es tut so weh …«

Im Flur wurden Schritte laut. Freya widerstand dem Drang, sich davonzumachen. Malachit und Staub … Ihre Empörung stieg. Mehrere Nonnen betraten den Raum. An ihrer Spitze eine hochgewachsene Frau, das Gesicht vom Schleier gerahmt, die Augen wach, die vollen Lippen gespitzt, als würde sie etwas missbilligen. Ihrem Auftreten und der Ehrerbietung nach zu urteilen, welche die anderen Nonnen ihr entgegenbrachten, musste es sich um jemanden von Rang handeln. Vielleicht gar die Äbtissin? Sie war jung, nur wenige Jahre älter als Freya, erstaunlicherweise. Neben ihr schritt die Siechmeisterin, auf der anderen Seite eine ältere Frau, deren mürrische Falten ihre einstige Schönheit zerstört hatten.

»Ja, ist denn das zu fassen!« Die Siechmeisterin hastete zu Freya und packte sie grob am Arm. »Was tust du hier? Stehlen? So ist dieses Pack!« Die Klage ging an die Pförtnerin. »Stopft sich in die Taschen, was es zwischen die Finger kriegt! Das ist der Dank für die Barmherzig…«

»Ich wollte nur sehen, ob ich helfen kann.«

»Helfen, das wird ja immer besser! *Ich* werde dir helfen, und zwar …«

»Still! Was sollte es denn hier zu stehlen geben?« Die Äbtissin brachte die Furie zum Verstummen. Sie kam näher und musterte Freya. »Du willst unserer armen Maria also beistehen?«

Freya nickte, während sie sich innerlich für ihre Impulsivität verfluchte.

»Und natürlich besitzt du dazu die nötigen Fertigkeiten?«

Lag in ihrer Stimme Ironie oder Interesse? »Ich bin eine Hebamme«, stieß Freya hervor. Das war eine Lüge. Die Schriften des Soranos gelesen zu haben machte keine Frau zur Geburtshelferin. Dazu musste man viele Jahre lang eine echte Hebamme mit Erfahrung begleitet und von ihr gelernt haben. Aber Staub von einem Altar …

»Und was kann uns diese Hebamme berichten?«

Freya zögerte. Sie hatte eine Ahnung, woran das Mädchen leiden könnte. Die Stelle, die Maria berührt hatte, gab einen ersten Hinweis. »Vielleicht kann sie geheilt werden.«

Dieses Mal war es die Mürrische, die sich entrüstete: »Herrin, wir liegen seit Tagen vor unserem Schöpfer auf den Knien und beten, fast ohne Pause.«

»So ist es. Wenn er wünschte, dass Maria gesundet, würde er die Krankheit von ihr nehmen«, blaffte die Siechmeisterin und kniff Freya in den Arm.

Die Äbtissin nickte zustimmend. »Was antwortest du auf diesen Einwand?«

Warum fragte sie? Um hinterher umso strenger strafen zu können? Sich entschuldigen und verschwinden – alles andere wäre Wahnsinn. Aber das Lächeln der Frau schien so … zugewandt, als wäre sie tatsächlich interessiert.

Freya überlegte ihre Antwort gut. »In der Heiligen Schrift steht geschrieben: *Es grüßt euch Lukas, der geliebte Arzt.* Da dieser Lukas ein Mann Gottes war, muss man daraus nicht schließen, dass es unserem Herr gefällt, wenn seine Kinder die Kunst der Medizin ausüben?« Wo hatte sie dieses Argument gelesen? Nicht bei Soranos. Es musste in einem der anderen Bücher aus der Bibliothek des Laterans gestanden haben.

»Tatsächlich, wir finden diesen Gruß im Brief an die Kolosser, nicht wahr, Ursula?«, bestätigte die Äbtissin mit einem Blick auf die Mürrische.

»Verzeih, Irmingard«, widersprach Ursula, »aber ist damit nicht vielmehr gemeint, dass Lukas sich als Arzt der Seelen betrachtete, der die Heiligen in Kolossä von ihren Sünden heilen wollte? Und erlaubt mir außerdem die Frage, warum wir einem eitlen Geschöpf, das aus irgendeinem Winkel in unser Kloster gekrochen ist, gestatten sollten …«

»Der Einwand ist berechtigt, oder?« Diese Frage ging an Freya.

Mund halten, einfach den Mund halten. Freya konnte aber nicht widerstehen zu antworten. »Da Paulus, an den der Brief geschrieben wurde, Lukas ebenfalls als Arzt bezeichnete, muss man wohl annehmen, dass damit tatsächlich eine medizinische Tätigkeit gemeint war.« So, und jetzt würde sie sich kein Wort mehr entlocken lassen, weil sie noch nie erlebt hatte, dass ein Mensch mit Begeisterung reagierte, wenn man ihn ins Unrecht setzte.

Die Äbtissin trat ans Bett. Maria hatte die Augen geschlossen, jedoch die Fäuste geballt. Schlaf war in ihrem Zustand unmöglich. »Was hast du bis jetzt festgestellt?«

»Der Pulsschlag der Kranken ist frequent, ihre Temperatur erhöht, und sie leidet unter Schüttelfrost. Außerdem hat sie mir gezeigt, an welcher Stelle ihr Schmerz sitzt. Hier nämlich.« Freya deutete auf den Unterleib.

»Und was bedeutet das?«

Noch einmal zögerte Freya. Dann ging sie auf die andere

Seite des Bettes. Als sie die Decke zurückschlug, stieg der Geruch nach Urin wie eine Wolke auf. »Außerdem kann sie den Harn nicht mehr halten.« Vielleicht, weil sie es nicht mehr schaffte, aus dem Bett zu kommen? Das wäre die simpelste Erklärung. Freya schob das durchgeschwitzte Hemd der Kranken nach oben und tastete ihren Leib ab. Sie sah aus dem Augenwinkel, wie Ursula vor Empörung nach Luft schnappte. Als sie mit der Hand den Körper unterhalb des Bauchnabels abtastete, fand sie eine harte Stelle.

Irmingard beugte sich vor. »Was ist dort?«

»Wenn du selbst fühlen willst, Herrin … Der Unterleib ist geschwollen, die Haut trocken. Alles deutet darauf hin, dass sich der Uterus entzündet hat.«

»Was ist das, ein Uterus?«

»So nennt man die Höhle, in der während einer Schwangerschaft der Säugling heranwächst.«

»Es ist eine Höhle. Aha, das leuchtet ein, irgendwo muss so ein Würmchen ja Schutz finden.« Irmingard lächelte. »Wie heißt du?«

»Freya.«

»Ein heidnischer Name!«, zischte Ursula.

»Meine Eltern haben erst nach meiner Geburt zu Jesus gefunden«, log Freya.

»Und was führt dich hierher auf unsere Insel?«, wollte Irmingard wissen.

Ja, was wohl? »Die Not.«

»Pah!«, schnaubte Ursula.

»Du hast Recht, Ursula: Pah. Da wir auf einer Insel wohnen, würde ein Mensch in Not sich mit Sicherheit woanders hin um Hilfe wenden. Also muss der Herr selbst ihre Schritte und die von Adam gelenkt haben, meinst du nicht auch?« Das war Spott, aber kluger Spott. Irmingard wandte sich wieder an Freya. »Siehst du eine Möglichkeit, ihr zu helfen?«

Freya starrte auf das kranke Mädchen. Was wusste sie schon? Sie hatte gelesen, viel gelesen. Aber bis auf Paulla hatte sie nie einen Menschen behandelt. Andererseits: *Staub vom Altar …* »Ein erschlaffendes Klistier aus süßen und warmen Ölen wäre vonnöten – und außerdem lindernde Umschläge.«

»Teufelszeug!«, kam es von Ursula.

Irmingard musterte Freya, dann ging ihr Blick zu dem kranken Mädchen. Skepsis rang mit Hoffnung.

»Das wäre, was ich vorschlagen würde.« Nur nicht die alten Ärzte erwähnen, die als Heiden und damit als gottlos galten.

»Also gut«, entschied Irmingard. »Beten werden wir sowieso. Versuche es zusätzlich mit deiner Kunst.«

Es wurde eine lange und von Ängsten begleitete Nacht. Freya begann die Kranke zu waschen, was offensichtlich lange nicht geschehen war. Besonders die Geschlechtsorgane säuberte sie gründlich. Sie ließ sich von der sie verkniffen beobachtenden Siechmeisterin – ihr Name war Elsbeth – Lavendel- und Kamillenöl bringen, außerdem eine ausgekochte Schweinsblase und eines der mit Löchern versehenen Holzrohre, die Elsbeth für Einläufe zu nutzen pflegten. »Nein, ein neues, es muss unbedingt sauber sein.«

Der Tag brach an, und Freya nutzte das Morgenlicht, um mit der Behandlung zu beginnen. Zu Beginn war sie unsicher. Die Kranke spannte gegen den Schmerz und aus Furcht ihre Muskeln an. Erst ein paar Umschläge mit warmem, duftendem Wasser halfen, dieses Verkrampfen zu beseitigen, so dass Freya das Klistier, wie es von Soranos beschrieben und aufgezeichnet worden war, in die Gebärmutter einführen konnte.

Am Nachmittag schaute die Äbtissin ins Krankenzimmer. Sie ließ sich erklären, was Freya bisher unternommen hatte, setzte sich dann neben Maria, ergriff ihre Hand und sprach ihr leise Mut zu.

»Man sollte den Priester kommen lassen, anstatt die Arme mit Rohren zu foltern«, grollte Elsbeth. »Beichte und Krankensalbung sind vonnöten. Ich erinnere an die Klage des Bischofs von Orléans, dass das gesalbte Öl vernachlässigt wird und die Kranken in der Hand von Wahrsagern …«

»Was für Rohre?«

Freya erklärte ihr Tun. Die Wirkweise eines Klistiers, den Segen heilender Öle.

Irmingard besaß die Gabe des Zuhörens. Sie lauschte aufmerksam. Dann stand sie auf. »Elsbeth, die Sorge um die Kranken beansprucht deine ganzen Kräfte, mit denen wir haushalten sollten. Du wirst dich von nun an vor allem um die anderen Kranken kümmern, Maria werden wir den Künsten der Hebamme überlassen. – Doch, genau so wird es geschehen!«, würgte sie den Protest der Siechmeisterin ab.

Kurz nachdem Irmingard das Krankenzimmer verlassen hatte, kam die kleine Cosima durch die Tür gestürmt, in ihrem Gefolge eine junge Magd, der die Äbtissin offenbar den Auftrag gegeben hatte, das Kind zu hüten. Das Mädchen brüllte vor Angst, als sie es wieder hinausschleppen wollte, bis die Magd sie mit Essen lockte. Freya nickte Cosima aufmunternd zu, sie gab nach und ließ sich auf den Arm nehmen.

Als die beiden wieder verschwunden waren, setzte Freya sich neben Maria, die schwer atmend in den Kissen lag. Sah sie aus, als hätte ihr die Behandlung geholfen? Ihr Gesicht war grau, die Augenringe fast schwarz. Was mochte geschehen, wenn sie trotz aller Mühen starb? Zauberin … Ein böses Wort, das für Feuer und Hinrichtung stand. Was würde aus Cosima, wenn die Äbtissin den Stab über die erfolglose Hebamme senkte? Würde man Ginevras Tochter im Kloster behalten und sich um sie kümmern?

Freya riss sich zusammen. Es war der falsche Moment, seinen Kopf mit Sorgen zu verstopfen. Die Blase lag in der Nähe des Uterus und könnte ebenfalls Teil des Problems sein. Sie behandelte sie mit Honigwasser, das sie sich aus der Küche bringen ließ und mit dem sie Zäpfchen tränkte, denen Soranos eine Wirkung gegen Entzündungen zugeschrieben hatte. Sollte die Kranke reichlich trinken, um die Blase auch auf diese Weise, gewissermaßen von oben, zu reinigen? Hatte darüber etwas in ihren Büchern gestanden? Freya konnte sich nicht erinnern und entschied sich für das Trinken, doch ihr wurde schmerzlich bewusst, wie lückenhaft ihr Wissen war.

Der Tag verging – und auch der nächste und der übernächste. Umschläge, Klistiere aus warmem, süßem Öl … Immer wieder Zuspruch … dann, weil der Mensch ja essen musste, eine leichte Suppe … Und ganz allmählich, so dass man kaum einen bestimmten Zeitpunkt hätte nennen können, blickte das Mädchen ein wenig klarer, es schlief länger und weinte deutlich weniger.

Die Äbtissin erschien zu einem weiteren ihrer häufigen Besuche. »Gottes Wege sind unergründlich, und manchmal lässt er aus Steinen Wasser fließen«, meinte die Siechmeisterin, die sie begleitete, giftig.

Irmingard beugte sich über Maria. »Die Laken sind erneuert«, stellte sie fest.

»Weil Kranke sauber und trocken ruhen müssen. Das ganze Hospital müsste gründlich gereinigt werden«, erklärte Freya. Elsbeth stand der Hass ins Gesicht geschrieben, aber so war es nun einmal. Freya versuchte ihre Worte zu begründen. »Hippokrates, ein angesehener griechischer Arzt, der wegen seiner Weisheit über Jahrhunderte von anderen Ärzten zitiert wurde … Er hat über die Reinlichkeit geschrieben, die er neben der Ernährung und der Verwendung heilkräftiger Quellen und Pflanzen als einen der Pfeiler der Heilung ansah.«

»Tatsächlich?« Die Äbtissin blickte sich um, als nähme sie den Raum zum ersten Mal wahr. In den Ecken hingen Spinnweben, auf dem Lehmboden lagen Staubflusen, die sich dort, wo Wasser verschüttet worden war, in braune Flecken verwandelt hatten.

Elsbeth lief dunkelrot an. »Es gibt nicht genügend Mägde.«

»Dann werden einige unserer Schwestern heute weniger beten und dafür mehr arbeiten müssen. Regele das, und zwar jetzt gleich.«

»Verzeih, Herrin, aber die Kranke braucht Ruhe, und die ist im Moment noch wichtiger als Reinlichkeit«, widersprach Freya.

Irmingard zog die Augenbrauen hoch.

»Sie braucht Sauberkeit *und* Ruhe. Im Augenblick halte ich die Ruhe für wichtiger.«

Elsbeth schnaubte entrüstet – und die Äbtissin brach in Gelächter aus. Sie beugte sich noch einmal über Maria, die ihren Blick verwirrt erwiderte. Es ging ihr besser, eindeutig.

»Mir scheint, du wirst hier gerade nicht benötigt. Komm bitte mit, Freya.« Irmingard öffnete die Tür. Sie schritten über den Klosterhof, in dem Lilien und Narzissen die Beete zum Leuchten brachten. Der Sommer kam, und Freya merkte, wie sehr sie ihn nach den dunklen Tagen herbeisehnte. Sie hielt nach Cosima Ausschau, aber von der Kleinen war nichts zu sehen.

»Du kannst also lesen? Habe ich das richtig verstanden? Und sogar fremde, altertümliche Sprachen?«

»Man hat es mich in Dorstadt gelehrt.«

»Dich? Eine Frau aus dem Volk?«

Die Skepsis war hörbar, und Freya fiel keine Antwort ein, die nicht wie eine Lüge geklungen hätte. Kasimir war wie eine wandelnde Sagengestalt, jenseits aller Glaubwürdigkeit.

Unvermittelt änderte Irmingard die Richtung und führte

sie in eines der Häuser, die den Innenhof säumten. Sie erklommen eine Treppe und schritten lange Gänge entlang. Schließlich öffnete die Äbtissin eine Tür, und … Freya schluckte. Auch das Frauenwörther Kloster besaß eine Bibliothek. Keine so große wie die in Rom, aber in mehreren Regalen standen fast hundert Bücher und Abschriften. Der Raum roch nach Gelehrsamkeit, Nüchternheit und Klugheit. Magisch angezogen trat sie vor die Regale. Sie las die Namen der fremden Autoren. Jemand, der Fredegar hieß, hatte eine Chronik geschrieben, Gregor von Tours eine Schrift mit dem seltsamen Namen *Zehn Büchern Geschichten.* Ihr Herz schlug schneller, als sie bekannte Autoren entdeckte: Cato, Galen, Plinius, Oreibasios, Aulus Cornelius Celsus … Während ihre Blicke über die Reihen flogen, traten Tränen in ihre Augen. Es gab tatsächlich auch eine Abschrift der Gynäkologie von Soranos. Sie nahm das Buch heraus und schlug es vorsichtig auf. Die Sätze waren ihr so vertraut wie das Vaterunser. *Wie jeder andere Körperteil, so leidet auch die Gebärmutter bisweilen an Erschlaffung und Schwäche. Bei den betroffenen Frauen …*

»Wir haben gelehrte Schwestern im Kloster, die diese Schriften kopieren, und einige wenige, die sie lesen können, aber niemanden, der die medizinischen Werke anzuwenden versteht«, sagte Irmingard leise.

Freya nickte.

»Ich würde mich freuen, wenn du eine Weile bei uns bleibst. Diese Bibliothek stünde dir dann offen, Freya. Und du und dein Kind, ihr würdet versorgt und bekämt ein eigenes Häuschen, in dem ihr leben könnt. Das ist es, was ich dir anbiete.«

17. KAPITEL

Maria überlebte. Es dauerte eine Weile, aber nach neun Tagen stand sie das erste Mal auf, um im Blumengarten die Sonne zu genießen. Sie saß auf einer mit Kissen bedeckten Bank, und ihre Wangen wurden rosig. »Es tut nicht mehr weh«, sagte sie, und vor Erleichterung kullerten Tränen über ihr Gesicht. Bald gesellten sich andere, vor allem jüngere Nonnen zu ihr. Freya spürte die Blicke der Mädchen, während sie nach den anderen Kranken sah, deren Betten sie ebenfalls in den Garten hatte schaffen lassen, um ihnen ein wenig Sonne und Licht zu gönnen. Die kaum verhohlene Bewunderung machte ihr zu schaffen. Was, wenn die Nonnen nach Marias Genesung zu viel von ihr erwarteten? Gleich wie bewandert man in der Heilkunst war – viele Kranken starben. Wie hatte Hippokrates ganz recht geschrieben? *Medicus curat, natura sanat.* Der Arzt behandelt, die Natur heilt. Wenn sich die Natur gegen den Arzt wandte, waren alle Anstrengungen vergebens. Freya ahnte, dass der Begeisterung bald Ernüchterung und Vorwürfe folgen könnten.

Aber es war sinnlos, sich jetzt darüber den Kopf zu zerbrechen. Sie holte Wasser und Lauge und begann, endlich die Krankenräume gründlich zu säubern. Zu ihrem Erstaunen kamen nach einiger Zeit Frauen aus den umliegenden

Bauernhäusern, um ihr zu helfen. »Die Äbtissin schickt uns.« Ihre Begeisterung hielt sich in Grenzen, doch die Stimmung hob sich, als sie sahen, dass sich die fremde Ärztin nicht zu fein war, selbst Wäsche einzuweichen und Schmutz aus den Ecken zu kehren.

»Mein Name ist Brid«, erklärte eine von ihnen, mit der Freya gemeinsam Holzeimer voller Schmutzwasser ins Freie trug, um sie in einer Fäkaliengrube zu entleeren. »Ich bin mit Adam verheiratet, dem Mann, der dich mit seinem Boot hier rübergebracht hat.« Sie war eine sommersprossige, schon ältere Frau mit einem freundlichen Gesicht. Freya hatte gesehen, dass sie hinkte, was sie aber nicht vom Arbeiten abhielt.

»Sag ihm bitte noch einmal meinen Dank. Ich und meine Tochter …« Freyas Blick ging zu Cosima, die auf einem verwilderten Stück Garten blühendes Unkraut pflückte. »Wir wären womöglich gestorben, wenn er uns nicht beigestanden hätte.«

»Ist sie das dort drüben? Die kleine Bienenfängerin?«

Cosima hatte eines der flauschigen Insekten aufgeschreckt und lief nun ungeschickt, den Blumenstrauß in der Hand, hinter ihm her. Sie hatte sich inzwischen an das Kloster gewöhnt, es schien ihr eine erfreuliche Sicherheit zu geben. Zwar schreckte sie immer noch oft aus Alpträumen hoch, aber wenn sie nicht schlief, begann sie ihr neues Zuhause zu erkunden. Ursula sparte allerdings nicht mit harten Worten, wenn sie das Mädchen irgendwo umherstreifen sah oder Cosima zu jammern oder zu lachen begann, wie kleine Kinder es nun einmal taten.

Es war, als hätte Brid ihre Gedanken gelesen. »Nicht einfach, in einer so gelehrten und stillen Umgebung ein Kind großzuziehen.«

»Es geht schon.«

Als wollte Cosima ihre Worte widerlegen, schrie die Kleine

plötzlich auf. War sie von der Biene gestochen worden? Wahrscheinlich. Sie steckte den Finger in den Mund und lutschte und brüllte, was das Zeug hielt. Rasch eilte Freya zu ihr, um sie ins Hospital zu tragen.

»Zeig her, mein Herz, Mamma macht es wieder heil.« Vorsichtig entfernte sie mit einer Pinzette einen Bienenstachel aus der rosigen Haut und tauchte den Finger in eine Schüssel mit Kamillenwasser. Cosima verstummte. Sie besaß ein unheimliches Geschick darin, im Gesicht der Frau zu lesen, die sie jetzt immer Mamma rief, und sie tat alles, um sich ihr Wohlwollen zu bewahren. Hier im Kloster bedeutete das eben, den Mund zu halten.

Freya drückte ihr einen Kuss auf die Wange, und Cosima begann auf dem Hintern zu rutschen, um von dem Tisch zu kommen, auf dem ihre Mamma sie abgesetzt hatte. »Garten.« Ja, sie lernte auch sprechen.

Nachdem das Hospital gereinigt worden war, half Freya den kranken Nonnen in die Betten mit den frischen Laken zurück. Bei Jesus, war sie erschöpft! Am liebsten hätte sie sich gleich dazugelegt. Brid kam, um sich zu verabschieden. Mit einem breiten Lächeln schaute sie zu Cosima, die auf einem behelfsmäßigen Strohlager, das Freya ihr in einer abgeschiedenen Ecke der Hospitalräume aufgeschüttet hatte, eingeschlafen war.

»Der Herr hat mir und Adam leider nur ein einziges Kind geschenkt, unser Grethlein. Und die ist nun fast erwachsen und will heiraten. Da wird es still werden in unserem Haus.«

»Ja, so dreht sich das Rad des Lebens.«

»Natürlich hoffen wir auf Enkelkinder. Aber …« Brid verstummte und suchte nach Worten. »Ein Kinderlachen ist der größte Rubin im Schatzkästlein der himmlischen Gnaden.«

Es war nicht schwer zu erraten, worauf sie hinauswollte – sie machte ein Angebot. Freya hätte es nur gar zu gern angenommen; es ging jedoch nicht. »Ich könnte dir dafür nichts geben.«

»Was redest du! Ich würde niemals etwas annehmen.«

»Wäre Adam denn damit einverstanden?«

»Er besitzt den Körper eines Bären und das Herz eines Lämmchens.« Brid schaute sehnsüchtig auf das schlafende Kind, und Freya begann zu lächeln, nicht nur, weil gerade eines ihrer größten Probleme gelöst wurde, sondern auch, weil es so gut tat, unter Menschen zu leben, die einander halfen. »Nur tagsüber, abends würde ich sie wieder zu mir holen.«

Brids und Adams Haus war wie jedes Gebäude auf der Insel mit einem kurzen Spaziergang zu erreichen. Freya brachte ihre Tochter also von nun an jeden Morgen zu der kleinen Kate, und sie bemerkte erfreut, wie schnell Cosima sich eingewöhnte. Grethlein erwies sich als schüchterne junge Frau, die wenig sprach und mit ihren Gedanken meist bei ihrem Verlobten Wenzel war, aber sie schloss das kleine Mädchen rasch in ihr Herz. Wenn Freya abends zu der Familie kam, fand sie die beiden meist gemeinsam in Haus oder Garten. Oft sahen sie Wenzel dabei zu, wie er den Stall im Haus seiner künftigen Schwiegereltern reparierte. Ein Sturm hatte einen Teil des maroden Dachs weggefegt, und er nagelte Latten über das Loch, die er mit Stroh bedeckte. Man hielt zusammen, und Freya betrachtete es als Wunder und Geschenk, dass man ihr einen Platz in dieser kleinen Gemeinschaft einräumte.

Sie nutzte die gewonnene Zeit, indem sie den Kräutergarten des Klosters durchkämmte. Die Äbtissin ließ ihr die Heilkräuter und Gemüse, denen die Ärzte früher Heilkraft zugesprochen hatten, vom Festland herüberbringen, und sie pflanzte sie in die gejäteten Beete: Salbei, Kerbel, Frauenminze, Sellerie, Flaschenkürbis … Wenn sie nicht bei den Kranken oder im Garten war, las sie sich durch die medizinischen Bücher in der Bibliothek.

Irmingard, die ihr Treiben mit großem Interesse verfolgte, überließ ihr kostbare Pergamentblätter, damit sie sich eigene Notizen machen konnte. Freya verglich, wie die verschiedenen Ärzte argumentierten, und studierte die Erkenntnisse, die man früher aus Sektionen gewonnen hatte. Oreibasios hatte eine Schrift Galens kopiert, in der es um die innere Lage von Organen ging. Hatte Galen tatsächlich Menschen aufgeschnitten, also: tote Menschen? Ganz klar wurde es nicht, aber der Gedanke, hinter Haut und Fleisch sehen zu können … wie verlockend! Was für Erkenntnisse könnte man erlangen! Leider verbot die Kirche Sektionen, es hatte also keinen Sinn, sich damit zu befassen.

Die Zeit für ihre Studien wurde knapper, als sich auf der Insel und dem nahen Festland herumsprach, dass es eine Hebamme im Kloster gab, die auch dort noch heilen konnte, wo Gebete allein versagten. Freya wurde zu Schwangeren gerufen, aber auch bei Verletzungen oder Krankheiten begann man sie um Rat zu fragen. So klopfte eines Tages ein Mann an die Klostertür, dessen Weib über heftige Bauchschmerzen klagte. Ihr Stuhl war hart, Freya konnte es spüren, als sie sie untersuchte. Zwei Einläufe halfen. Das Kind der beiden litt stark unter einem starken Husten. Freya gab ihm einen Sud aus Thymian und Primelwurzeln. Die Frau kam einige Tage später selbst ins Kloster, um Freya zu danken. »Ohne deine Hilfe wäre mein Sohn gestorben«, meinte sie überschwänglich.

»Nein, er hätte nur ein wenig länger gehustet«, erwiderte Freya mit einem Lächeln.

Alles war also gut. Es … war so vollkommen gut, dass Freya es mit der Angst bekam. Nachts begann sie wieder aus Alpträumen aufzuschrecken. Sie wusste, dass sie nicht fürs Glücklichsein geboren war. War sie es nicht gewesen, die Asta nach

Dorstadt genötigt hatte, wo ihre Schwester Giso kennenlernte, der ihr Kind ermordete? Und trug nicht auch sie die Schuld am Tod von Aristid, Kasimir und Ginevra? Alle drei wären noch am Leben, wenn sie damals nicht zu Paulla gegangen wäre. Auf mir liegt ein Fluch, dachte Freya, während sie auf die schwarzen Dachbalken blickte.

Draußen war es stürmisch. Ihr Haus befand sich außerhalb der Klostermauer, aber auch ein Stück entfernt von den anderen Häusern – ein einsames Gemäuer also, direkt am See, in dem früher vielleicht ein Gärtner gewohnt hatte, der die schwereren Arbeiten verrichtete. In einem Verschlag lagen immer noch angerostete Gartengeräte.

Wellen schlugen gegen den Steg, der in den See führte, der Wind pfiff. Cosima drängte sich, obwohl sie schlief, dichter an sie heran, und Freya drehte sich auf die Seite, um ihr und sich selbst Trost zu spenden, indem sie die Kleine umarmte. Diese Nacht war aber nicht für Trost gemacht. Dämonen suchten sie mit schwarzen Erinnerungen heim.

Sie sah wieder Aristid in Ginevras Haus auf dem Lehmboden liegen. Ob Hugo noch einmal zurückgekehrt war, um sein grausames Werk zu vollenden? Hatte er den armen Aristid leiden lassen? Der Schmerz grub sich in ihren Magen. Es gab, seit sie Rom verlassen hatte, keinen Tag, an dem sie nicht an Aristid gedacht hatte, aber plötzlich war es, als stünde er leibhaftig neben ihrem Bett. Sie hörte ihn sprechen, sah sein Lächeln, mit dem er so sparsam umging und das sich doch immer wieder auf seine Lippen drängte, fühlte wieder seine überwältigende Zärtlichkeit, als sie begannen, einander zu berühren, in dem verwunschenen Garten vor den Toren Roms …

Sie weinte und küsste Cosimas weiches Haar.

Der Sommer verging, es wurde Oktober und November, und die Arbeit verlagerte sich von den Gärten in die Häuser. Sensen wurden geschliffen, Pflüge und Karren repariert, die Frauen kramten die Spindeln hervor und setzten sich an die Webstühle. Der Winter wurde mild, brachte aber trotzdem zusätzlich Arbeit für Freya. Gicht und Rheuma verschlimmerten sich, und die Kälte führte zu Lungenkrankheiten. Auf der Insel lebten fast dreihundert Menschen. Alle arbeiteten für das Kloster und nahmen gern die Dienste der Hebamme in Anspruch, nachdem sich herumgesprochen hatte, wie oft die Kranken bei ihr genasen. So waren auch Freyas Tage prall gefüllt.

An einem Februarnachmittag suchte Irmingard sie auf. Das geschah inzwischen häufig. Es war, als hätten gemeinsame Interessen und eine ähnliche Art des Denkens ein unsichtbares Band zwischen ihnen geknüpft. Diese Mal kam die Äbtissin aber nicht, um zu plaudern, sie hatte etwas auf dem Herzen. »Ich fürchte, ich habe beim letzten Besuch von Abt Poppo zu viel über deine Begabung und dein Wissen geschwärmt. Er wünscht, dass du hinüber zur Herreninsel kommst. Sein Stallmeister wurde von einem Huf getroffen, es scheint dringend zu sein. Draußen wartet ein Boot auf dich.«

Freya blickte durch ein Fensterchen zum Steg, wo Schneeflocken übers Wasser trieben und ein Leibeigener sich vor dem Boot die kalten Hände rieb. Nach Herrenwörth war es nicht weit. Diese zweite, sehr viel größere Insel des Chiemsees, auf der sich die Klosteranlage der Benediktinermönche befand, lag in Sichtweite. Die Bewohner der Zwillingsinseln hatten allerdings kaum Kontakt miteinander. Die Mönche kamen zu den Gottesdiensten, um die Sakramente zu spenden, und gelegentlich wurden sie dabei von Abt Poppo begleitet, der als *Pater immediatur* für die wirtschaftlichen Entscheidungen des Frauenklosters verantwortlich war. Über ihr spirituelles Wohl wachte er natürlich auch – und diese Funktion nahm er sehr genau. Freya war einmal zugegen gewesen, als die Altargefäße und Reliquien des Klosters gereinigt werden sollten. Er gestattete der Messnerin, die Schränke zu öffnen, in denen sie aufbewahrt wurden, aber nur seine Mönche bekamen die Erlaubnis, sie herauszunehmen und sie – nach der Reinigung, für die natürlich wieder die Frauen zuständig waren – zurückzustellen. Wie lächerlich das gewesen war, was für eine Demütigung! Keine Dänin hätte sich so etwas bieten lassen.

Und nun sollte sie den Stallmeister des Mannes behandeln? Widerwillig nahm Freya ihre Tasche, in der sie die wichtigsten Kräuter und einige scharfe Messer aufbewahrte.

»Freya?«

»Ja?«

»Solltest du Poppo begegnen, sei vorsichtig mit dem, was du sagst. Er ist ein Mann, der unangenehm sein kann.«

Es schneite immer noch, als sie nach Herrenwörth übersetzten. Das Boot trug sie an einem beeindruckenden blendendweißen zweistöckigen Bau vorbei, sicher dem Kloster, aber der Ruderer brachte sie glücklicherweise gleich zu den Ställen. Der Stallmeister war noch jung, ein Bursche mit langen schwarzen Haaren, die er zu einem Zopf gebunden hatte. Er lag auf einem Bett und spielte gemeinsam mit einem Kameraden auf einem hölzernen Spielbrett *Mola rotunda*. Steine wurde verschoben, doch er war nicht bei der Sache. Seine Gelassenheit war reine Angeberei, er schwitzte vor Schmerz, als sie den Stall betrat.

Freya stellte fest, dass sein Fuß bereits durch einen Lehmverband stabilisiert worden war, aber die Wunde, die sich aus dem Verband schälte, war heiß und sah gerötet aus. Sie hatte vorsichtshalber Beinwell gegen die Entzündung mitgebracht, säuberte vorsichtig die schmerzende Stelle und strich die Salbe darauf.

Der Mann fluchte – und tat es auf Dänisch.

Einen Moment war sie schockiert. Andererseits: Warum sollte es einen Dänen nicht zu den Bayern verschlagen? Die Liebe konnte ihn geleitet haben, der Wunsch nach Wohlstand, vielleicht auch ein Zwist in der Heimat …

»Woher kommst du?«, fragte sie auf Dänisch zurück.

Er lachte überrascht. »Und du?«

Entweder war er ein Schwätzer oder zu taktvoll, um zu bohren, als sie keine Antwort gab. Stattdessen breitete er sein abenteuerliches Leben vor ihr aus. Offenbar war er mit einigen Schweden bis nach Nowgorod gereist, wo die Rus, wie sie sich dort nannten, vor Jahren ein eigenes Fürstentum errichtet hatte. Er hatte Handel getrieben, war allerdings auf einer Fahrt zurück in die Heimat Piraten in die Hände gefallen. Nur durch die Gunst der Götter war ihm die Flucht gelungen. Dann kam er doch wieder auf seine Frage zurück. »Du stammst aus dem Osten von Dänemark?«

Das war leicht an ihrem Dialekt zu erkennen. Freya log eine Geschichte zusammen. Ob er sie glaubte, konnte sie nicht erkennen. Dann raffte sie ihren Mut zusammen. »Hast du etwas von Hasteinn Ragnarsson gehört? Geht er immer noch auf Fahrt?«

»Kann man wohl sagen! Es heißt, dass er im vergangenen Sommer Luna eingenommen hat.« Der Mann tippte gegen seine Stirn. »Und gedacht hat, es wäre Rom, der Idiot.«

Freya wurde heiß. Die Stadt Luna hatte sie mit Cosima während ihrer Flucht passiert. So nah war ihr der Feind also gewesen? Was der Mann weiter erzählte, rauschte an ihr vorbei. Sie war sicher, dass Hasteinn sie längst vergessen hatte. Immerhin waren sechs Jahre vergangen, seit sie seinen Bruder getötet hatte, und vier Jahre, seit sie ihm in Dorstadt begegnet war. Aber selbst wenn er immer noch an sie denken sollte – es war unmöglich, dass das Schicksal ihn zum Chiemsee führte.

Und doch war sie bedrückt, als sie sich verabschiedete und sich auf die Suche nach dem Ruderer machte. Das Einzige, was ihre Stimmung ein wenig hob, war, dass der Abt auf eine Begegnung mit ihr verzichtet hatte.

Der Sommer kam und verging, ohne dass etwas Besonderes vorfiel. Aber an einem der ersten Herbsttage, während die Bauersfrauen die Früchte von den Obstbäumen ernteten und die Männer auf den Weingütern des Klosters drüben am Festland arbeiteten, legte zu ungewöhnlicher Zeit, mitten in der Woche, ein Boot von der Herreninsel an, das Abt Poppo ins Frauenkloster brachte. Erstaunlicherweise überbrachte eine der Nonnen Freya kurz darauf eine Bitte Irmingards, an einem kleinen Festmahl zu Poppos Ehren teilzunehmen.

»Ich? Warum?«

»Ja, das ist eine unerwartete Ehre.« Die Nonne eilte davon.

Irmingards Aufforderung abzulehnen war unmöglich. Ging es um den Stallmeister? War er vielleicht nicht völlig genesen? Oder war er im Gegenteil so rasch oder vollständig gesund geworden, dass man die Hilfe der Ärztin auch für andere Kranke in Anspruch nehmen wollte? Freya dachte an Irmingards Warnung – Poppo ist ein unangenehmer Mann. Sie beschloss, so unsichtbar wie möglich zu bleiben. Rasch zog sie den Rock an, den sie sonst nur sonntags trug, brachte Cosima zu Brid und machte sich auf den Weg ins Haupthaus.

Der Saal, in dem die Nonnen gewöhnlich ihre Mahlzeiten einnahmen, war in aller Eile umgeräumt worden. Die Tische standen in einer langen Reihe, sie waren mit rosafarbenen und violetten Astern geschmückt worden. Kerzen aus Bienenwachs verströmten warmes Licht. Der Weg zu Brid hatte Zeit gekostet, Freya kam zu spät. Die Nonnen hatten bereits sämtlich ihre Plätze eingenommen. Eine von ihnen, die Pförtnerin Barbel, deutete unauffällig zu einem Stuhl an der unteren Seite des Tischs, wo die jüngeren Nonnen saßen. Keines der Mädchen flüsterte, wie sie es gewöhnlich taten. Sie starrten auf die Blumen oder die Tischplatte.

Abt Poppo saß am breiten Tischende neben Irmingard – ein einschüchternder Mann mit breiten Schultern, die Tonsur exakt rasiert, die Kleider aus feinsten Stoffen, und da es so still im Raum war, konnten alle hören, was er erzählte. Er sprach von Kaiser Lothar, der offenbar kurz nach der Wahl von Papst Nikolaus gestorben war. »An einem Geschwür, das ihn von innen aufgefressen hat, Gott hab ihn selig. Eine böse Prüfung, haben die Ärzte gesagt.« Sein Blick streifte Freya, so bedeutungsvoll, als wollte er seinen Worten eine Botschaft mitgeben. Aber welche? Keine, dachte sie, und tatsächlich war er schon wieder bei einem anderen Thema. Lothars Sohn Ludwig, der den Verstorbenen als Kaiser abgelöst hatte, sei ein weiser Mann, dozierte er. Irmingard, sichtlich gelangweilt, winkte der Küchenmeisterin, die den Kopf zur Tür hineinsteckte.

»Kein Hitzkopf, er überlegt reiflich, bevor er sich in das Wagnis eines Krieges stürzt – und zeigt damit eine wahrhaft christliche Besonnenheit. Aber ich sehe, ich langweile dich mit diesen politischen Angelegenheiten?«

»Sein reifliches Überlegen hat dazu geführt, dass die Sarazenen bis nach Monte Cassino und San Vincento vordringen konnten«, antwortete Irmingard verärgert. »Es heißt, die Äbte der beiden Klöster dort müssen sich durch Tributzahlungen vor Plünderungen schützen.«

Poppo sah aus, als wollte er ihr über den Mund fahren, riss sich aber zusammen. Freya wusste inzwischen, dass Irmingard eine Tochter von König Ludwig dem Deutschen war, der das

Ostfrankenreich regierte, und damit auch eine Verwandte von Poppos gerade so gepriesenem neuen Kaiser, den sie offenbar nicht leiden konnte. »Urteile nicht vorschnell«, meinte er mit einem gezwungenen Lächeln.

Das Essen wurde hereingetragen. Die folgende halbe Stunde verging ohne längere Gespräche. Löffel klapperten, die Trinkgefäße, aus denen roter Wein floss, wurden durch die Reihen gereicht. Während sie auf das Holunderblütenmus warteten, dass die Küchenmeisterin als Nachspeise angekündigt hatte, wandte der Abt sich erneut an Irmingard. »Ist das dort hinten deine gepriesene Hebamme?«

»In der Tat, Poppo. Und ich freue mich, dass dein Stallmeister nach ihrer Behandlung so rasch genesen ist. Geht es ihm immer noch gut? Tatsächlich? Nun, es überrascht mich kein bisschen. Freya besitzt geschickte Hände.«

»Gesegnet sei der Herr, der sie ihr gegeben hat«, meinte der Abt steif.

»... und der allein auch über Tod oder Genesung entscheidet«, ergänzte Ursula von der anderen Seite des Tischs boshaft.

Das Lächeln, das Poppo ihr schenkte, war ausgesprochen liebenswürdig. Er nahm ihre Anregung auf. »Eine überaus interessante Feststellung. Irmingard, was glaubst du, bewirkt die Heilung eines Kranken? Das Tun eines Menschen, der in lächerlichem Hochmut die Einbildungen heidnischer Ungläubiger studiert, oder die Hand Gottes, ohne die sich nicht einmal ein Sandkorn in der Wüste bewegt?«

Da war er, der Angriff, den Irmingard wohl auch befürchtet hatte.

»Du schweigst? Was glaubt denn die Hebamme selbst?«

Alle Blicke wanderten zu Freya. Sie räusperte sich. »Ganz sicher die Hand Gottes.« Jede andere Antwort wäre Wahnsinn gewesen. Aber als sie sah, wie Poppo triumphierend lächelte, konnte sie sich nicht verkneifen hinzuzufügen: »Andererseits lehrt uns die Heilige Schrift auch, dass der Allmächtige sich zur Ausführung seines Willens der Menschen bedient. Der gesalbte König führt die christlichen Heere, der Papst die heilige Kirche, das Weib gebärt nach Gottes Gebot die Kinder, der Bauer erntet die Früchte des Feldes. Alles geschieht durch den Menschen – aber nach dem Willen dessen, der ewig ist.«

Das Lachen der Äbtissin löste die Stille auf, die ihren Worten folgte. Deutlich amüsiert meinte Irmingard: »Sag mir, an welcher Stelle die Hebamme irrt, lieber Poppo. Ich bin begierig zu lernen.«

»Und ich würde gern dem Heiligen Vater eine Botschaft schicken, um nachzufragen, warum ausgerechnet ein Kloster eine Hebamme in Dienst nehmen muss«, fuhr Poppo sie an.

»Das kann ich dir auch selbst beantworten: weil zu jedem Kloster Familien gehören, denen Gott geboten hat, sich zu mehren und die Erde zu bevölkern«, meinte Irmingard liebenswürdig.

Das Essen endet frostig.

Irmingard begleitete ihren Gast hinab zum See, und Freya konnte von ihrem Häuschen aus sehen, wie die Männer hinausruderten. Poppos schneidende Stimme, als er den Bootsführer zurechtwies, drang bis in ihren Garten.

Überraschenderweise kam die Äbtissin kurz darauf über den kleinen Weg zu ihrer Kate. Sie beobachteten gemeinsam, wie das Boot drüben auf der Herreninsel anlegte und der Abt im Kloster verschwand. »Nimm dich in Acht, Freya.«

»War es denn verkehrt, was ich gesagt habe?«

»Nein, gerade deshalb. Die Wahrheit sagen und damit einen Mächtigen ins Unrecht setzen – das zieht die härtesten Strafen nach sich. Würde ich dich nicht so dringend brauchen, dann würde ich dich jetzt an einen weit entfernten Ort schicken.«

Ihre Sorge war indes umsonst. Abt Poppo verließ am folgenden Tag sein Kloster, und wenn man dem Klatsch trauen durfte, der von Herrenwörth zur Fraueninsel drang, verbrachte er den Herbst mit der Jagd auf einem seiner Güter und Weihnachten mit der schönsten Hure Bayerns.

18. KAPITEL

Der Frühling löste den Winter ab, die Tage wurden wieder länger und wärmer. Cosima war inzwischen fast sechs Jahre alt und blieb nun oft im Hospital, um ihrer Mamma zu helfen, für die Kranken zu sorgen. Sie brachte Brot und Früchte, reichte gelegentlich Tücher an, wenn Wunden frisch verbunden werden musste, sie beschenkte, als sie merkte, wie viel Begeisterung sie damit auslöste, die kranken Nonnen mit Blumen aus dem Klostergarten, der sich inzwischen über eine große, ehemals verwilderte Fläche ausbreitete.

»Warum weinen die Frauen so oft?«

»Weil ihnen etwas wehtut, manchmal auch, wenn ich versuche, ihnen zu helfen. Oft muss erst ein Schmerz kommen, ehe alles gut wird«, erwiderte Freya.

Cosima nickte ernst. Sie war ein kluges Mädchen, das schnell begriff. An diesem Abend durfte sie ihre Mamma zu den Nachbarn begleiten. Brid wollte ein Kleid nähen, das Grethlein am Tag ihrer Hochzeit und später zu den Gottesdiensten tragen sollte. Es war ein Wunder aus feiner, schwarz gefärbter Wolle, um dessen Ausschnitt sich eine geflochtene Borte aus hauchdünnem weißem Garn wand.

»Du hättest ihr dein eigenes Kleid geben sollen«, brummte Adam.

»Du weißt genau, dass das nicht geht«, entgegnete Brid.

»Warum sollte …«

»Weil es einen Riss hat?«

Und den konnte man nicht stopfen? Neugierig beobachtete Freya das Ehepaar. Es kam selten vor, dass die beiden stritten, auf ihrer Ehe schien ein besonderer Segen zu liegen. Aber nun warf Adam plötzlich die Lederschürze, aus der er gerade Flecken rieb, zu Boden, trampelte darüber hinweg und verließ wortlos das Zimmer.

Freya und Brid blieben allein zurück. Sie hörten durch das Fenster Grethlein und Cosima lachen, aus der Ferne erklang der Chorgesang der Nonnen, in den sich Entengeschnatter mischte.

»Ich könnte es nicht ertragen, mein Grethlein in diesem Kleid zu sehen, das ist es!« Erbittert stieß Brid mit ihrem Fuß gegen den Rahmen eines Webstuhls. »Gerade zu ihrer Hochzeit. Dass Adam überhaupt wagt, es vorzuschlagen! Weißt du, dass ich fast gestorben wäre in dem Kleid? Am Tag meiner Hochzeit? Ich hätt's den Schweinen in den Koben werfen sollen. Dummheit, wenn man seinen Schmerz in einer Kiste aufbewahrt.«

Freya neigte nicht dazu, Menschen auszuhorchen, aber Brid wollte sich die Sache vom Herzen reden. Sie brachte es fertig, ihre Stimme zu dämpfen und die Worte trotzdem wie einen Schrei klingen zu lassen. »Warum konnten sie keinen Frieden halten? Warum konnten diese verfluchen Mannsleut es nicht einfach gut sein lassen? Was spielte es denn noch für eine Rolle?« Das Kleid flog zu Boden. »Sie hatten Streit, verstehst du? Mein Bruder Josef, den ich liebte, und mein Ehemann, den ich mindestens genauso liebte. Am Tag meiner Hochzeit. Und warum? Weil mein Vater mir eine Mitgift gegeben hatte, die mir und Adam auf die Sprünge helfen sollte. Vater besaß ein gutes, weiches Herz. Er konnte den Acker entbehren, und er mochte Adam. Der hätte übrigens auf die Mitgift gepfiffen, wenn er gewusst hätte, welches Unglück sie uns bringt. Er war Fischer. Ich kann uns ernähren, und wenn es mit Hering sein muss, hatte er zu mir gesagt. Warum musste Josef sich einmischen?« Sie beantwortete die Frage selbst. »Weil er betrunken war! Dir geht's doch nur um den Acker und den Ochsen, hat er zu Adam gesagt. Einen Ochsen sollten wir nämlich auch noch kriegen. Und da ist Adam aus der Haut gefahren und hat ihn beschimpft und dann …«

Freya stand auf, um ihre Freundin zu umarmen. Brid hatte hemmungslos zu weinen begonnen. Das Nächste, was sie sagte, konnte sie kaum verstehen. Offenbar hatte Josef sich über Adams Beleidigungen so geärgert, dass er, trunken wie er war, zu seinem Messer gegriffen hatte und auf ihn einstechen wollte. Brid war dazwischen gegangen. Das Messer hatte sich in ihre Hüfte gebohrt, und ihr Bruder war so erschrocken gewesen, dass er aus dem Haus und von der Insel floh. ›Josef, du verfluchter Schlitzer!‹, hat Adam ihm nachgerufen. Und das ist der Name, der an ihm kleben geblieben ist: Josef der Schlitzer. Ich habe Adam schon so oft gesagt, er soll das Wort nicht mehr in den Mund nehmen. Es ist ungerecht! Es war doch nur ein kurzer, jähzorniger Moment, ein einziger Augenblick …«

»Das sagst du, weil du deinen Bruder nicht kennst«, schnaubte eine Stimme von der Tür. Adam war zurückgekehrt. Sollte es aus Reue gewesen sein, so war diese Regung nun verflogen. Er hob seine Schürze auf und verschwand erneut.

Zwei Wochen vor dem Osterfest kehrte Abt Poppo nach Herrenwörth zurück. Freya wartete beklommen auf neues Ungemach, aber er hatte sie entweder vergessen oder beschlossen, sie zu ignorieren. Am Ostersonntag setzte er zur Fraueninsel über, um den Gottesdienst abzuhalten, und natürlich fand auch ein Ostermahl statt, für das schon Tage zuvor geschlachtet und gebacken worden war. Nachmittags kehrten die Gäste auf ihre Insel zurück.

Wieder sah Freya von ihrem Garten aus, wie die Boote über das Wasser zogen. Die schwarze Robe des Abts wurde von Böen aufgeblasen. Er sieht aus wie ein Rabe, dachte sie und ein düsteres Bild aus ihrer Kindheit kam ihr den Sinn: ein Rabe, der in böser Kumpanei mit einem Wolf über die Kälber herfiel, die neben Björns Dorf grasten. Der Rabe pickte ihnen die Augen aus, der Wolf riss sie, beide fraßen die Kadaver.

Freya versuchte das Bild aus dem Kopf zu bekommen, indem sie sich einen Spaten holte und damit begann, einen verkümmernden Busch, der ihr schon lange ein Dorn im Auge war, aus der Erde zu graben. Als sie ihn mit einem Beil auf Brennholzgröße zurechtstutzte, kam die Äbtissin in ihren Garten. Ihr Gesicht war gerötet, der Gang rasch und ungeduldig. »Ich brauche jemanden, der mir zuhört – oder ich platze!« Sie packte Freya am Arm und zog sie zu einer Bank, die Adam in den Wintermonaten gezimmert hatte.

»Es wird bald regnen«, sagte Freya mit einem Blick zu den Gipfeln der Chiemgauer Alpen, wo sich schwarze Wolken sammelten.

»Passt genau zu meiner Stimmung! Weißt du, was Poppo mir vorhin erzählt hat? Lothar von Lothringen … Du weißt, wer das ist? Der Bruder des neuen Kaisers. Und mein Cousin, mein eigener Cousin … Freya, schwöre mir bei der Heiligen Jungfrau, dass jedes Wort, das du jetzt hörst, unter uns bleiben wird.«

Freya schwor es. Sie hätte auch ohne Eid nichts weitergetragen.

»Also: Lothar hat vor einigen Jahren geheiratet. Theutberga, eine Tochter des Grafen von Arles. Ich war zur Hochzeit geladen, und du kannst mir glauben, er verabscheute seine arme Braut vom ersten Moment an. Der Hass nahm im Lauf der Ehe nicht ab, sondern zu. Einmal … Er hat sie getreten, wie man einen Hund tritt. Ich war selbst dabei. Er schämte sich nicht, sie vor aller Welt zu demütigen.«

Freya dachte an Elva. Auch Björn war zu seiner Ehefrau gelegentlich grob geworden. Getreten hätte er sie allerdings nie, und sie hätte es auch nicht geduldet. Bei den Dänen besaßen die Frauen Stolz.

»Lothar hat sich schon bald eine Konkubine genommen. Gut, das hätte Theutberga wohl aushalten müssen, Männer sind treulos wie Hunde, keiner stört sich daran. Aber sie konnte ihm keine Kinder gebären. Und da hat er sie verstoßen.«

»Durfte er das denn so einfach?«

Irmingard lachte böse. »In Gottes heiliger Kirche ist das natürlich nicht vorgesehen. Nur ist Theutberga schwach, ohne Kampfeswillen. Sie hat sich in die Abtei Sainte-Glossinde verkrochen. Und damit hätte es wohl sein Ende gehabt, wäre nicht Waldrada – das ist der Name von Lothars Hure – so auf den offiziellen Titel der Königin versessen gewesen, dass sie auf eine Scheidung drängte. Das Kind, das sie Lothar geboren hat, sollte ehelich werden und seinen Thron erben. Sie hat Lothar so lange zugesetzt, bis er sich während der Aachener Synode an die Erzbischöfe wandte. Die haben seinen Wunsch nach Scheidung abgesegnet. Es ist von Bestechung die Rede. Aber dann wollte der Heilige Vater nicht zustimmen. Und nun …«

Irmingard sprang auf. Es begann zu regnen, aber sie nahm es kaum wahr. Erregt lief sie vor der Bank auf und ab. »Glaubst du an die Gebote, die Gott uns am Berg Sinai gegeben hat: dass der Mensch nicht ehebrechen und dass er vor allem kein falsches Zeugnis ablegen soll?« Sie erwartete keine Antwort. »Tja, und jetzt hör, was Poppo mir zugetragen hat: Um die Scheidung beim Papst durchzusetzen, behauptet Lothar plötzlich, dass Theutberga Unzucht getrieben hat. Und zwar mit ihrem eigenen Bruder!«

»Das ist gelogen?«

»Bist du verrückt? Theutberga ist keusch wie ein Gänseblümchen. Aber Lothar würde ein Lamm einen Wolf nennen, wenn's ihm nutzt. Er ist so … schmierig. Und er wird hierherkommen!«

»Was?«, fragte Freya verblüfft.

»Das ist die zweite frohe Botschaft, die Poppo mir vorhin überbracht hat«, erklärte Irmingard sarkastisch. »Ich nehme an, dass er selbst ihn eingeladen hat. Um mich zu traktieren, natürlich. Er weiß, dass ich meine Cousins nicht ausstehen kann. Sie mich übrigens auch nicht.«

»Wäre es denn nicht angemessener, diesen Lothar…«

»König von Lothringen – das ist sein Titel.«

»… auf Herrenwörth einzuquartieren?«

»Mitsamt seiner Hure? Denn die bringt er natürlich mit, und bei den Mönchen dürfen keine Frauen nächtigen. Es steht nicht fest, wann genau er hier ist, aber sicher noch in diesem Sommer. Er will hier ausruhen, bevor er sich auf den Weg über die Alpen macht, um dem Papst die Scheidung abzuschwatzen. Aber ich ertrag's nicht, dass dieser Mann die Mauern meines Klosters mit seinem Atem verseucht. Ich ertrage das nicht, Freya.«

»Kannst du es verhindern?«

Irmingard schwieg kurz. »Nein«, sagte sie dann resigniert.

Wann wurde zum ersten Mal der Dämon erwähnt? Im Mai? Jedenfalls blühte es bereits in den Gärten.

Alles begann damit, dass ein Frauenwörther Leibeigener, der für das Kloster auf den Besitzungen jenseits des Sees Brennholz geschlagen hatte, zurückkehrte und jedem, dem er begegnete, erzählte, dass in Breitbrunn, einem Dorf auf der anderen Seite des Sees, ein Dämon aufgetaucht war. Er hatte mit Steinen gegen das Haus eines Böttchers geworfen, und als der Hausherr vor die Tür trat, verwandelte sich das entsetzenerregende Wesen vor seinen Augen in Rauch. »In Rauch! Eben war da noch ein Mensch gewesen, dann: nur noch eine Rauchfahne!« Das wahrhaft Unheimliche folgte jedoch erst später: Der Böttcher war ins Haus zurückgekehrt, hatte sich schlafen gelegt – und war noch in selbiger Nacht unter Krämpfen und entsetzlichem Geschrei verstorben.

Die Frauenwörther bekreuzigten sich. Ihre Blicke glitten beunruhigt über den See zum jenseitigen Ufer, wo sich der Wald dunkel gegen einen wässrigen Himmel abhob. Ein Dämon und so nah bei ihrer Insel? Einige Tage verließ niemand mehr nach Anbruch der Dunkelheit das Haus, und ein Hund, der wie toll das Torhaus des Klosters anbellte, wurde mit einer Axt erschlagen.

Dennoch wäre die Sache wohl bald wieder in Vergessenheit geraten, wenn nicht einige Wochen später ein Händler die Insel betreten hätte: ein weitgereister Mann mit bunter Mütze, der zum Kloster wollte, um dort orientalische Gewürze anzubieten. Die Verwalterin kaufte Pfeffer, Gewürznelken, Ingwer und Safran, und nach dem Geschäft kam er zu den Fronhäusern, um bei einem Bauern namens Meusewin, den er von früher kannte, zu übernachten.

Gäste waren außerhalb des Klosters selten, also saß bald das ganze Dorf in Meusewins kleiner Kate. Der Bierkrug wanderte, und der Mann begann zu erzählen, was ihm auf seinen Reisen widerfahren war. Bis zu den Ungarn war er gekommen und sogar bei den Muselmanen gewesen. Auch in Rom?

Natürlich. Wortgewaltig schilderte er den Lateranpalast – und Freya, die unter den Zuhörern saß, dachte, dass er entweder ein ausgesprochen schlechtes Gedächtnis besaß oder flunkerte. Es gab keine goldenen Kuppeln und Prunkstraßen in der Ewigen Stadt. Vielleicht früher einmal, aber nicht in den letzten Jahrzehnten.

Dann kam der Händler auf Kempten zu sprechen, einen Ort in der Nähe von Bingen, wo er ebenfalls einige Säckchen seiner kostbaren Pfefferkörner verkauft hatte. Und da fiel erneut das Wort *Dämon*.

Die Gespräche und das Lachen erstarben, und der Händler, der sich über die neu erwachende Aufmerksamkeit freute, flüsterte: »Das unheilige Geschöpf geht dort schon seit Monaten um. Sein fluchwürdiges Treiben findet auf immer die gleiche Weise statt. Es schlägt mit einem Hammer gegen die Hauswand – ich hab mit eigenen Augen die Dellen im Holz gesehen, er hat's fast gespalten! –, und die Leute, die sich im Haus befinden, sterben. Manche trifft es noch in derselben Nacht, andere erst nach Tagen oder Wochen. Aber sterben müssen sie alle. Zwei Familien sind gar verbrannt, weil der Dämon ihre Häuser in Brand steckte.«

Die Inselbewohner starrten einander erschrocken an. Natürlich dachten sie wieder an Breitbrunn. Dort hatte der Dämon mit Steinen geworfen, in Kempten einen Hammer benutzt. Es waren unterschiedliche Werkzeuge, aber ging es nicht um das Gleiche, nämlich darum, die Häuser zu beschädigen?

»Zu *markieren*. Der Dämon markiert die Häuser«, murmelte einer der Männer. »Er will sich merken, welche Bewohner seine Opfer werden sollen.«

»Genau«, stimmte Malachias, der Onkel von Brid, zu und erinnerte daran, dass Gott, als er die Ägypter strafen wollte, dem Volk Israel befahl, das Blut eines Lammes auf ihrer Tür zu verstreichen, damit er sie verschone. Waren Dämonen nicht gefallene Engel? Äffte dieser Dämon vielleicht den Befehl Gottes nach, indem er ebenfalls die Häuser kennzeichnete – allerdings um zu töten, statt um die Menschen darin zu verschonen?

Grethlein, die zwischen Wenzel und Freya beim Fenster saß, rückte näher an ihren Verlobten heran und schob ihre Hand unter seinen Arm.

»Es ist schon mehr als zwei Monate her, seit die Sache in Breitbrunn geschehen ist, und hier ist nie was passiert«, versuchte Adam die Leute zu beruhigen. »Der Dämon ist sicher längst über alle Berge.«

»Trotzdem sollten wir die Äbtissin unterrichten«, meinte eine alte Frau, die neben der Feuerstelle ihr Enkelkind wiegte. Ihr Blick ging zu Freya, von der offenbar jeder wusste, dass sie bei der Äbtissin ein- und ausging.

»Ein Dämon, schon wieder.« Die Äbtissin erhob sich aus dem Lehnstuhl, in dem sie eingeschlafen war. Vor ihr, auf einem Tisch lag ein aufgeschlagenes Buch. Es war mitten in der Nacht.

»Die Leute fürchten sich«, sagte Freya.

»Wer könnte ihnen das verdenken?«, seufzte Irmingard und ging zum Fenster, um frische Luft zu atmen und wach zu werden.

Freya trat neben sie, und sie starrten beide ins Freie, wo sich der Nebel im Geäst eines Baums verfangen hatte. »Einer meiner Vorfahren, König Pippin, wurde im Bad zu Aachen von einem Dämon heimgesucht«, flüsterte die Äbtissin. »Es heißt, das Scheusal habe Menschengestalt angenommen, um ihn zu täuschen. Es stieg ins Bad hinab, als wäre es ein Diener, aber Pippin erkannte seine höllische Abstammung und bohrte ihm ein Schwert in den Leib. Das Badewasser, so sagt man, füllte sich danach mit Moder, Blut und Fett.«

Moder, Blut und Fett … Freya versuchte sich zu erinnern, ob die Dänen je über Dämonen geredet hatten. Bei den Nordmännern trieben der verschlagene Loki und seine Kinder, die Midgardschlange und der Fenriswolf, ihr Unwesen. Auch Riesen und Trolle. Aber Dämonen? Vielleicht wurden sie von ihnen verschont, weil sie Heiden waren? Hielten Satans Diener sie keiner Verfolgung für würdig? Oder hatten die Dänen die Dämonen als Ursache von Tod und Verderbnis einfach nicht erkannt?

»Also gut, wir müssen auf jeden Fall Vorsorge treffen.« Irmingard straffte sich. »An die Inselbewohner sollen Kreuze und Weihwasser verteilt werden, damit sie sich verteidigen können, falls sie von einem der Unholde angegriffen werden. Außerdem müssen beim kleinsten Verdacht die Glocken geläutet werden. Und ich werde Poppo bitten, dass er uns für einige Wochen einen Mönch zuteilt, der laut den Namen des Herrn über die Insel rufen soll, wenn ihm etwas Verdächtiges auffällt. Sie fliehen vor Gottes heiligem Namen, sagt man. Was ist? Worüber grübelst du, Freya?«

»Woraus bestehen die Leiber der Dämonen?«

»Aus einem feinen Stoff, ähnlich dem der Engel, erklärt der große Augustinus im *Decretum Gratiani*. Deshalb sind ihre Sinne auch schärfer als die von uns Menschen. Aber da sie anders als die Engel auch niedere Elemente in sich aufnehmen, können sie auch leiden, und darin besteht unsere Hoffnung: Man kann sie vernichten.«

»Auf die Weise von Pippin – mit einem Schwert?«

»Man sagt, es gibt mehrere Möglichkeiten.« Irmingard seufzte. »Leider weiß ich darüber fast nichts. Das ist die Wahrheit.«

»Steht das Buch von Augustinus in der Bibliothek?«

Die Äbtissin nickte.

»Dann sollten wir es studieren. Und das möglichst rasch.«

Sie fanden das Buch, aber der Dämon war schneller, als sie es lesen konnten. Nur zwei Tage waren verstrichen, als Volker, der Bierbrauer des Klosters, kurz nach Sonnenaufgang plötzlich schreiend zwischen den Katen taumelte. Er zerkratzte sein Gesicht, riss sich die strähnigen Haare aus und war unfähig, etwas zu erklären, Da es nicht gelang, ihm ein vernünftiges Wort zu entlocken, rannten die Nachbarn zu seinem Elternhaus, denn Volker war trotz seines fortgeschrittenen Alters noch ledig – ein Eigenbrötler ohne Freunde, dem es schwerfiel, mit anderen Menschen auszukommen.

Die Tür, wuchtiges Eichenholz, im Lauf der Jahrzehnte dunkel gefärbt, stand sperrangelweit offen, Hühner gackerten im Inneren, die Leute hörten eine Ziege schreien. Freya, die gerade auf dem Weg zu Brid gewesen war, stieß zu der erschrockenen Menschenmenge, die wie gelähmt zur Türöffnung starrte. Der Geruch von Rauch hing in der Luft, obwohl es Sommer war und niemand sein kostbares Holz zum Heizen vergeuden würde. Der Gedanke an den Dämon von Breitbrunn drängte sich förmlich auf.

Freya bahnte sich einen Weg zwischen den Nachbarn hindurch und betrat die Kate. An der hinteren Wand entdeckte sie das Strohlager der beiden alten Menschen, es war leer. Dem Bett gegenüber stand ein Tisch mit einem Topf, um den Fliegen summten, über der Kochstelle befand sich ein Dreibein mit einem eingehängten Kessel. Vom Feuer stieg allerdings kein Rauch auf. Woher also stammte der Geruch?

Im hintersten Teil der Kate hatte die wertvolle Ziege ihre Unterkunft. Sie stampfte und riss an dem Seil, mit dem sie angebunden war. Wohnraum und Stall waren durch eine dicke, brusthohe Holzwand voneinander getrennt, so dass Freya nicht erkennen konnte, was das Tier verstörte. Zögernd wandte sie sich dem Verschlag zu.

Volkers Eltern lagen neben der Ziege. Malachias, der Vater, direkt an der Wand, seine Frau Magret halb auf ihm, als hätte man die beiden dort abgeworfen. Margrets tote Augen starrten zur Decke. In ihrer Hand steckten mehrere Hühnerfedern. Offenbar hatte sie in ihrer Not nach allem gegriffen, was ihr unter die Finger kam. Ihr dünnes weißes Haar hatte sich gelöst. Beide trugen nur ihr Hemd, waren also wohl in der Nacht gestorben, und bei beiden hatten sich Blase und Darm entleert, wie es geschieht, wenn der Mensch stirbt. Da Malachias' Hemd sehr viel kürzer als das von Margret war, konnte Freya seinen besudelten Unterleib sehen. Sie holte eine Decke von der Schlafstelle und breitete sie über den Toten aus. Das arme alte Paar hätte nicht gewollt, dass man sie in diesem Zustand sah. Dazu hatten sie zu viel Würde besessen.

Als sie aus der Hütte trat, sah sie, dass die Nachbarn sich inzwischen vor drei winzigen Fenstern versammelt hatten. Was gab es dort zu sehen? Wieder drängte Freya sich nach vorn. Der Querbalken über dem Fenster war mit Hammerschlägen traktiert worden. Die entsprechenden Späne lagen auf dem Boden, noch ganz hell und frisch. Rauch und ein zerschlagenes Holz an einem Haus, nun war es bewiesen: Der Dämon hatte auch auf Frauenwörth zugeschlagen.

In ihrem Rücken ertönte ein klägliches Rufen. »Bitte nein, nicht das, bitte …« Die Menge teilte sich. Brid schwankte den Weg hinab. Eine Nachbarin stürzte auf sie zu und umklammerte sie mit beiden Armen. »Du gehst da nicht hinein. Bitte, Liebes …«

Brid versuchte sich zu befreien.

»Still, mein Schatz. Du kannst nicht mehr helfen. Dein Onkel und Margret … Gott hat sie in sein Reich gerufen.« Die Frauen rangen miteinander. Adam, der seiner Frau gefolgt war, wollte sie auseinanderbringen, aber dann hob er die Nase. Witterte er ebenfalls den Geruch des Rauchs? Er bekreuzigte sich und wandte sich mutig zur Tür.

Dort stand aber inzwischen Volker – verstört, das Gesicht voller Kratzer. Entsetzt sah Freya, wie er Adam einen rabiaten Faustschlag verpasste, der dem Opfer das Blut aus der Nase schießen ließ. »Du Dreckskerl fasst meine Eltern nicht an. Eher bringe ich dich um, als dass du … Lasst mich!« Er versuchte sich aus den Händen der Dörfler, die ihn gepackt hatten, zu befreien.

In diesem Moment begannen die Glocken zu läuten, und eine Reihe Nonnen kam wie eine Armee Gottes auf die Kate zu. »Aufhören!«, tönte Irmingards aufgebrachte Stimme.

Es war eine Stunde später. Die Äbtissin war nach einem erschütterten Blick auf die Opfer des Dämons und nachdem sie Brid die Erlaubnis gegeben hatte, die Toten zu waschen, ins Kloster zurückgekehrt, um das Notwendige zu veranlassen. Der Abt musste informiert werden, einer seiner Mönche musste kommen, um für die Ermordeten zu beten und sie mit Weihwasser zu besprengen. Aber noch war der Gottesmann nicht da, und Freya saß mit Brid allein in der Kate, denn die Nachbarn waren sämtlich geflohen – sie flüsterten wohl lieber in der Sicherheit der eigenen vier Wände über das ungeheuerliche Geschehen. Die Ziege und Hühner drängten sich hinter der Holzbarriere, die beiden Toten waren gesäubert und lagen, in Decken gehüllt, auf ihrem Strohlager, und Brid begann flüsternd zu erklären, was es mit Volkers Attacke auf Adam für eine Bewandtnis hatte. Dafür musste sie weit in die Vergangenheit zurückgehen.

Malachias war ihr Onkel und natürlich auch der von Josef gewesen, und bei Volker handelte es sich entsprechend um ihren Cousin. »Früher waren wir einmal Freunde gewesen, und zwar über die normale Verbundenheit durch Blutsbande hinaus. Aber als die Sache mit meinem Bruder Josef passierte, der auf Adam einstechen wollte, und als Adam Josef daraufhin einen Schlitzer schimpfte, ging alles kaputt. Malachias stellte sich auf Josefs Seite, Volker und Margret dann auch …«

Brid seufzte. »Das Ganze ist inzwischen zwanzig Jahre her. Wir haben einander nichts angetan, versteh das bitte nicht falsch. Aber wir redeten auch nicht mehr miteinander. Ich und Margret schon. Manchmal, wenn die Männer nicht dabei waren. Ich mochte sie gern und sie mich auch, glaube ich. Doch Malachias, Volker und Adam waren unversöhnlich. Was hätte ich denn tun sollen? Den eigenen Mann verlassen? Wegen einer Sache, an der Adam gar keine …« Ihre Stimme wurde leiser. Die Frage nach der Schuld war schwierig. »Wenn Malachias mit Adam nichts mehr zu tun haben wollte, dann hätte er ihn halt meiden sollen, aber die ganze Familie gegeneinander aufbringen … Die letzten Jahre sind nichts als Hass gewesen«, murmelte sie mit einem Seufzer, der ihren ganzen Leib erbeben ließ. »Dabei habe ich als Kind mit Volker gespielt, wann immer uns die Arbeit Zeit dazu ließ. Wir haben Steine übers Wasser springen lassen und Fische gebraten …«

Freya hörte nur noch mit halbem Ohr zu. Sie starrte auf das Feuer. Die gemauerte Feuerstelle glitzerte an einer der Seiten, als hätte jemand Wasser darüber gegossen, und ihr kam wieder der Rauch in den Sinn, den sie gerochen hatte, als sie zum Haus kam. Sie erhob sich, ging zu dem rußgefärbten Mauerwerk und strich mit der Hand darüber. Ja, tatsächlich, die Stelle war feucht. Als sie die halb verbrannten Scheite anhob, entdeckte sie darunter eine kleine schwarze Wasserlache. Offenbar hatte jemand das Kochfeuer entzündet und es kurz drauf wieder gelöscht. Um für den Rauch zu sorgen, der die Dörfler an den Dämon aus Breitbrunn erinnern sollte? Ihr wurde schwül. Sie blickte sich nach einem Eimer um, entdeckte allerdings keinen, was ebenfalls seltsam war, denn ein Haushalt ohne Eimer zum Wasserholen – so etwas gab es nicht. Der Stall besaß ein Türchen, das ins Freie führte.

»Was tust du denn?«, fragte Brid.

Freya zwängte sich an der Ziege vorbei, öffnete die Tür und … tatsächlich. Zwischen einem Kohlbeet und dem angrenzenden Misthaufen lag ein achtlos fortgeworfener Holzeimer. Sie kehrte ins Haus zurück und ging zu den beiden Toten. Während ihrer Zeit im Hospital hatte sie die Stadien kennengelernt, die ein Körper bis zu seinem Begräbnis durchlief. Zunächst erschienen rotviolette und blaugraue Flecken. Dann kam eine Starrheit des Körpers hinzu, die bei den Augenlidern und Kaumuskeln begann und sich in den folgenden Stunden in alle Glieder ausbreitete. Nach einem bis zwei Tagen löste die Starrheit sich wieder, die Glieder wurden beweglich.

Freya legte Margrets Gesicht frei und versuchte ihren Kiefer zu bewegen. Es war noch möglich, sie war also erst vor kurzer Zeit verstorben. Dann schlug sie die Decke zurück, um den ganzen Körper betrachten zu können. An der Seite und auf dem Rücken, wo Margret zu liegen gekommen war, hatten sich, wie erwartet, die Totenflecken ausgebildet. Was sie nicht fand, war eine Wunde, die den Tod verursacht haben könnte. Obwohl: Margrets eigentlich dürres Gesicht schien merkwürdig angeschwollen. Freya beugte sich über den Hals der Toten – und entdeckte rötliche Flecken, Anzeichen, dass unter der Haut die Adern geplatzt waren. Sie war gewürgt worden.

Brid trat neben sie. »Was machst du denn?«, fragte sie schockiert.

»Wir müssen die Äbtissin holen.«

Es erforderte Zeit, Irmingard all die verdächtigen Anzeichen zu erklären. Die Totenflecken und die Starre des Körpers, die Hinweise darauf gaben, wann ein Mensch gestorben war. Das Feuer, das mit Wasser bespritzt worden war, um den Rauch zu erzeugen. Der Eimer vor der Tür, der vermutlich fortgeworfen worden war, um zu vertuschen, wie der Rauch entstanden war. Und vor allem die rötlichen Flecken, die Freya auch an Malachias Hals entdeckt hatte …

»Du meinst also, dass die beiden keinem Dämon, sondern einem Mörder aus Fleisch und Blut zum Opfer gefallen sind?«

»Wenn ein Dämon einen Körper aus feinster Materie besitzt, verfügt er über keine Muskeln, die die Adern eines Menschen zum Platzen bringen könnten. Und ein Dämon bräuchte auch nicht mittels Wasser …«

»Ja, ja …« Irmingard brachte sie mit einer Handbewegung zum Schweigen. Sie wirkte verstört. »Aber die Hammerschläge gegen das Holz …«

»… sind ein Zeichen dafür, wie gerissen der Mörder ist.«

Irmingard nickte. Bedächtig breitete sie wieder das Tuch über die Toten aus. »Es gefällt mir nicht.«

Freya schaute sie erstaunt an.

»Dass wir Abt Poppo auf die Insel holen müssen, meine ich. Über solche Vorfälle zu urteilen, eine Untersuchung einzuleiten, all das gehört in seine, nicht in meine Hand. Ich hasse es, wenn er mir in meine Angelegenheiten pfuscht.«

»Kann man ihm die Sache nicht fürs Erste verschweigen?«

Irmingard lächelte trüb. »Unglücklicherweise befindet er

sich gerade jetzt auf Herrenwörth. Ich kann es nicht riskieren, ihn zu ignorieren.«

Der Abt traf schon am Nachmittag auf der Fraueninsel ein. Freya, die sein Boot anlegen sah, wanderte nervös durch ihre Kate. Sie hatte, was den Mörder anging, inzwischen einen Verdacht, der sich ihr förmlich aufdrängte. Volker war ein sonderbarer Mann, einerseits verschlossen wie eine Auster, dann plötzlich wieder aufbrausend – selbst aus den nichtigsten Gründen, hatte Brid gesagt. War er vielleicht mit seinen Eltern in Streit geraten und hatte sie in einem Wutanfall erwürgt? Tötete er erst den Vater und dann die Mutter, um zu verhindern, dass sie seine Untat bekannt machte? Und versuchte er anschließend, den Verdacht auf einen Dämon zu lenken? Und war auch seine Verzweiflung, als er sich das Gesicht zerkratzte, nur gespielt gewesen, um die Nachbarn zu täuschen?

Sie konnte sich natürlich auch irren. Und damit stellte sich die nächste Frage: Sollte sie Poppo von ihrem Verdacht erzählen? Aber was, wenn eine andere Person die beiden armen, alten Leute ermordet hatte und sie einen Unschuldigen in Schwierigkeiten brachte?

Doch sie hätte sich all ihre Überlegungen sparen können. Poppo verließ die Insel nach einer Stunde wieder, ohne sie rufen zu lassen.

Freya fehlte die Ruhe, darauf zu warten, dass die Äbtissin sie rief. Sie ging ins Haupthaus des Klosters, wo Irmingard sie mit düsterer Miene empfing.

»Schlechte Nachrichten?«

»Das kann man wohl sagen.« Irmingard deutete auf einen Stuhl, aber Freya blieb stehen. »Ich versuche gar nicht erst, drumherum zu reden. Poppo hält die Hammerschläge und den Rauch, die ja vom ganzen Dorf gesehen und gerochen wurden, für einen überwältigenden Beweis, dass ein Dämon die beiden Alten ums Leben gebracht hat.«

»Aber ich habe …«

»Und außerdem nimmt er dein Bemühen, die Existenz dieses Dämons zu verschleiern, als Beweis, dass du mit ihm unter einer Decke steckst.«

»Was?«

»Er begründet es auch damit, dass niemand deine Herkunft kennt. Eine Frau, die aus dem Nichts kommt, sagte er, und ein Kind als Tochter ausgibt, deren Aussehen beweist, dass sie lügt. Er hält dich für eine Zauberin.«

Freya spürte, wie ihr die Farbe aus dem Gesicht wich. »Ich wurde von einer Frau aus Dorstadt geboren, der Tochter eines Markgrafen, die in die Sklaverei der Dänen geriet«, erklärte sie steif. »Von dort bin ich vor einigen Jahren geflohen. Erst nach Dorstadt, um womöglich meine Familie zu finden, dann nach Rom, wo mein Großvater lebte, schließlich auf diese Insel. Mehr gibt es über mich nicht zu sagen. Und Cosima ist die Tochter einer Freundin von mir, die ums Leben kam. Ich habe sie mit mir genommen, weil sie sonst keinen Menschen mehr auf Erden …«

»Pssst. Ich habe nicht gesagt, dass ich Poppos Überzeugung teile.« Die Äbtissin hob die Augenbrauen. »Was ist?«

»Zählen wird aber nicht die Meinung einer Frau, und sei sie noch so mächtig, sondern die des Mannes, der …«

»Glaubst du wirklich, dass ich mich so rasch füge?« Irmingard lachte trocken. Sie ging zu einem verborgenen Fach in der vertäfelten Wand und holte eine Flasche Wein heraus, den sie in zwei Becher füllte. »Ich habe Poppo erklärt, dass mir die Angelegenheit zu bedrohlich erscheint, um sie von einem gewöhnlichen Abt klären zu lassen, und dass ich mich an meinen Vater, den König, wenden werde, damit er mir einen Geistlichen zur Aufklärung schickt, der Erfahrung in solchen Angelegenheiten besitzt.«

»Und damit ist die Sache erledigt?«, fragte Freya verblüfft.

»Nichts ist erledigt, so lange Poppo Krummstab und Mitra trägt. Nur halte dich eine Weile ruhig, Freya. Darum muss ich dich bitten. Keine Spekulationen mehr zum Tod von Malachias und seiner Frau.«

19. KAPITEL

Freya hielt sich an diese Bitte. Dass die Insel trotzdem nicht zur Ruhe kam, lag an Adam. Wahrscheinlich hatte Brid ihm erzählt, wie gründlich Freya die Toten untersucht hatte, besonders am Hals, und dass sie anschließend die Äbtissin rief. Jedenfalls wurde plötzlich in jeder Ecke darüber spekuliert, dass Malachias und Magret womöglich von einem gewöhnlichen Menschen getötet worden seien. Adam brachte auch sofort einen Namen ins Spiel: Josef der Schlitzer. »Das springt einem doch ins Auge! Josef wollte an Malachias' Erbe kommen. Der war schließlich sein Onkel.«

Als Freya davon hörte, hielt sie ihm entgegen, dass Volker als Malachias' Sohn dessen Haus und Grundstück erben würde. Adam ließ sich jedoch von seinem Verdacht nicht abbringen. Entweder wusste er etwas von alten Erbverträgen, das er nicht preisgeben wollte, oder er war schlicht von seinem Hass verblendet.

»Josef wird kommen und sein Erbe einfordern. Passt auf! Bald ist er da.«

Aber er irrte sich. Josef blieb der Insel fern, und Malachias' Haus und seine Grundstücke jenseits der Insel gingen, wie Freya vermutet hatte, an Volker. Freya beobachtete den Erben voller Misstrauen. Sie fand ihn ungewöhnlich fröhlich. Sogar die Tränen, die er sich bei der Beerdigung abzwang, erschienen ihr künstlich. Oder gehörte er zu den Menschen, denen es schwerfiel, ihre Gefühle auszudrücken? Gleichwie: Irmingard hatte sie darum gebeten, Stille zu bewahren, und daran hielt sie sich weiterhin.

Das sollte sich als Segen herausstellen, denn es dauerte keine fünf Wochen, bis auch Volker dahingerafft wurde. Wieder geschah es in der Nacht, und die Nachbarn erzählten von entsetzlichen Schreien, die sie geweckt hatten. »Wie von jemandem, der etwas Grauenhaftes erlebt – als wäre ihm …«

… ein Dämon erschienen? Ja, das war es, was sie befürchtet hatten. Sie waren zu seinem Haus gerannt und hatten verängstigt durch die Fenster gelugt, wo sie aber nichts erkennen konnten. Als es plötzlich still im Haus wurde, waren sie, voller Angst vor dem Geschöpf Satans, in ihre eigenen Häuser zurückgeflohen, hatten die Türen verrammelt und gebetet und sich erst bei Sonnenaufgang getraut, die Äbtissin zu benachrichtigen.

Dieses Mal war es also Irmingard, die als Erste das Haus betrat. Sie fand die Leiche von Volker zusammengekrümmt vor der Feuerstelle. Und auch dieses Mal entdeckte sie frische Hammerschläge an einem der Fenster.

Freya versagte es sich, zum Unglückshaus zu gehen. Poppo befand sich auf Reisen, wie so oft, aber er würde zurückkehren und … Nur nicht auffallen, dachte sie und spürte, wie ihr Magen rebellierte. Würde der Abt, wenn er von dem neuen Todesopfer hörte, sie auch in der Öffentlichkeit als Zauberin verleumden?

Nachts, als die Nonnen in ihren Zellen schliefen und die schockierten Dörfler sich in die Häuser verkrochen hatten, bekam sie allerdings einen unerwarteten Gast. Irmingard drückte die Tür auf, mit einer Fackel in der Hand. »Psst, ich bin's. Steh bitte auf! Ich brauche dich.« Während Freya hastig ihr Kleid überstreifte, flüsterte sie: »Ich habe Volkers Leiche einsargen und zum Friedhof tragen lassen, und ich will, dass du sie dir anschaust. Jetzt! Gemeinsam mit mir.«

Freya blickte zu Cosima – die Kleine schlief wie ein Engel unter der bunten Decke, die Brid ihr genäht hatte. Leise schlich sie mit der Äbtissin hinaus in den Nachtregen, der die Pfade aufweichte. Die kleine, schmucklose Friedhofskapelle besaß im hinteren Teil ein Beinhaus zur Aufbewahrung der Knochen der Toten, die man wegen der geringen Ausmaße des Begräbnisfeldes nur wenige Jahre in der Erde ruhen lassen durfte. Vorn befand sich der Raum für den Gottesdienst. Sie betraten die Kapelle, und Irmingard öffnete den Sarg, der im heiligen Schatten des Kreuzes auf zwei Stützen abgestellt worden war. Sie hielt die Fackel über den Toten.

Volker schien geschrumpft zu sein, er wirkte noch armseliger als zu Lebzeiten. Sein Körper war so steif, als wäre er aus Holz geschnitzt. Die Augen standen offen – es hatte wohl niemand den Mut gehabt, sie nach seinem Tod zu schließen.

»Nun?«

Freya öffnete Volkers Hemd, wie sie es zuvor bei Malachias und Margret getan hatte. Sein Hals war ohne Verletzungen, das sah sie sofort. Doch am linken Arm fanden sich Kratzer. Allerdings auf der Außenseite des Unterarms, was ihr merkwürdig vorkam. Wenn ein Fremder, Dämon oder Mensch, ihn gepackt und gewaltsam festgehalten hätte, hätten sich dann die Fingernägel nicht in die Innenseite des Unterarms graben müssen? Oder einleuchtender noch: in die Innenseite des Oberarms? Wobei ein Dämon ja keine Hände aus Fleisch und Knochen besaß. Sie drehte und wendete den Toten, soweit es bei der Leichenstarre möglich war. Von den Armverletzungen abgesehen, schien er unversehrt zu sein.

Erneut beugte sie sich über das Gesicht des Mannes – und bildete sich plötzlich ein, ein Gefühl darin zu entdecken. Angst? Entsetzen sogar? Aber das konnte nicht sein, denn die Augen eines Menschen erloschen beim Sterben. Freya atmete durch. »Kannst du mir der Fackel etwas tiefer halten?« Sie beugte sich noch dichter über das ungepflegte Gesicht.

Es waren die Pupillen. Sie waren unnatürlich geweitet und … glänzten merkwürdig. Das Glänzen mochte vom Fackellicht herrühren, aber dass die Pupillen das Weiß der Augen fast völlig verdrängten …

Freya runzelte die Stirn. Sie kannte das; so etwas hatte sie bereits gesehen. Aber wo?

Die Erinnerung brauchte Zeit, um sich in ihr Bewusstsein vorzuarbeiten. Rom. Sie war einmal bei den Ruinen der Trajansthermen gewesen und dort auf Frauen gestoßen, die ihre Körper verkauften. Auch bei ihnen waren ihr die geweiteten, glänzenden Pupillen aufgefallen. Ginevra hatte ihr die Sache später erklärt. Die Frauen standen in starker Konkurrenz zueinander, weshalb nicht wenige von ihnen versuchten, mithilfe von Tollkirschen die Augen zu verändern, denn große Pupillen ließen die Freier angeblich schwach werden. »Aber«, hatte Ginevra missbilligend hinzugefügt, »die Sache endet für die Huren oft in Wahnsinn und grässlichen Krämpfen, manchmal sterben sie auch daran.«

Freya nahm Irmingard die Fackel ab. »Fällt dir etwas an den Augen auf?«

Die Äbtissin war eine genaue Beobachterin. Sie bekreuzigte sich. »Was ist das?«

»Die Folge einer Vergiftung durch Tollkirschen, nehme ich an. Ich müsste nachlesen.«

»Glaubst du, er hat sich aus Versehen …« Sie starrten auf den Leichnam. Malachias, Margret und Volker waren tot. Drei Menschen aus einer Familie. Zwei davon mit Sicherheit ermordet. War es da nicht logisch anzunehmen, dass derselbe Mensch, der die Eltern tötete, auch Volker umgebracht hatte?

»*Cui bono?*«, flüsterte Freya. *Wem ist es von Vorteil?* Das hatte angeblich der berühmte Seneca gefragt, wenn er einen Angeklagten verteidigte. Aristid hatte dieses Zitat geliebt und es gelegentlich benutzt, wenn er über die Ränke beim römischen Adel gesprochen hatte. Wem also nutzte der Tod der drei Menschen?

»Adam?«, murmelte Irmingard, die wohl denselben Gedanken verfolgte.

Oder Volkers Erben auf der Insel, und das waren Brid und Adam. Nervös umklammerte Freya die Fackel. Fast wünschte sie, sie hätte die Sache mit den Pupillen auf sich beruhen lassen. Dass Brid einen Menschen umbrachte, hielt sie für ausgeschlossen. Aber auch Adam … Er hatte sie hierher gebracht. Er hatte sie in seinem Haus willkommen geheißen. Er scherzte mit Cosima und steckte ihr Apfelstückchen und andere Leckerbissen zu, als wäre sie seine Enkeltochter. »Vielleicht wollte Josef an sein Erbe.«

»Was?« Irmingard brauchte einen Moment, um sich an den Mann zu erinnern. »Brids Bruder? Den sie den Schlitzer nennen? Man hat seit vielen Jahren nichts mehr von ihm gehört. Nein, das leuchtet mir nicht ein.«

Vielleicht hatte sie recht. »Wirst du Poppo von Volkers Tod in Kenntnis setzen?«

Irmingard seufzte. »Ich muss ihn wohl unterrichten – wenn ihm die Gerüchte von anderer Seite zugetragen würden, wäre es noch schlimmer.«

»Und dieser Geistliche, um den du deinen Vater bitten wolltest …«

Irmingard winkte ab. Entweder hatte sie gar nicht mit dem König gesprochen, weil sie Angst gehabt hatte, noch mehr

Staub aufzuwirbeln, oder er hatte abgelehnt. Bedrückt verließen sie die Kapelle.

Doch dann verblasste Volkers Tod neben einem anderen Ereignis, das so gewaltig und denkwürdig war, dass alles andere daneben unwichtig wurde: Ein Bote kam und kündigte die Ankunft König Lothars von Lothringen an, dem Cousin der Äbtissin.

Die beiden Klosterinseln verwandelten sich innerhalb einer einzigen Stunde in Ameisenhaufen. Der König, so hieß es, sei nur noch zwei Tagesreisen entfernt. Da er mit einem gewaltigen Tross reiste, der untergebracht und verpflegt werden musste, setzen die Bediensteten der Klöster zum Festland über und ritten in die Dörfer, wo Schlafgelegenheiten und gewaltige Mengen an Nahrungsmitteln bereitgestellt werden sollten.

Aber auch Frauenwörth geriet in eine beispiellose Hektik. Da der König und seine engste Dienerschaft in der Klosteranlage wohnen würden, musste auch dort alles geputzt und geschmückt werden. Außerdem muss es ein Willkommensfest geben, bestimmte die Äbtissin. Entsprechend wurde nun jeder, der Hände zum Arbeiten hatte, eingespannt. Die Frauen fegten, kochten und buken, die Männer besorgten Wein und Vorräte aus den umliegenden Dörfern. Ihre Boote bevölkerten den See wie eine kleine Armada.

Natürlich musste trotz dieses Trubels die Beisetzung von Volker stattfinden. Allerdings erschienen nur Brid und Freya zur Beerdigung auf dem winzigen Friedhof. Die Bestattung wurde in würdeloser Eile abgehalten – ein Gebet, einige gedankenlose Floskeln des Priesters –, so dass Brid sich hinterher bitter beschwerte. Volker hatte immerhin sein ganzes Leben auf der Insel verbracht.

Doch auch sie selbst musste unverzüglich ins Kloster zurück, denn sie und Grethlein sollten die Konkubine des Königs bedienen. »Eine Dame voller Ansprüche soll sie sein«, zischte Brid Freya zu. »Blumen! Ich soll ihr Zimmer mit Blumen schmücken. Sie hat durch den Boten ausrichten lassen, dass sie in keinem Zimmer wohnt, das nicht mit Blumen geschmückt ist. Hat man so was schon gehört?«

Freya war die Einzige, die still im Hospital ihrer Arbeit nachgehen durfte. Sie nahm an, dass Irmingard sie bewusst im Hintergrund halten wollte, denn gewiss würde auch Poppo viel Zeit auf der Insel verbringen, solange der König dort wohnte. Nicht auszuschließen, dass er dessen Anwesenheit nutzen würde, um die Hebamme des Klosters als Hexe zu denunzieren. Das wäre ihm nicht nur eine persönliche Genugtuung – wenn der Abt sich als Kämpfer gegen die Geschöpfe Satans darstellte, würde das mit Bestimmtheit auch sein Ansehen erhöhen. Kurz dachte Freya daran, die Insel für eine Weile zu verlassen, solange, wie der König im Kloster residierte. Aber einer ihrer Schützlinge hustete Blut, sie musste für Einreibungen und Medizin sorgen …

Lothar und seine Begleiter legten an einem sonnigen Nachmittag auf der Fraueninsel an. Die Gärten leuchteten von Blumen und Gemüse, und das tiefe Grün der Bäume spendete Schatten.

Der König war ein Mann in den besten Jahren, knapp dreißig, schätzte Freya, die seine Ankunft durch eines der Hospitalfenster beobachtete. Sein schulterlanges Haar war schwarz und lockig, das Gesicht schmal, die Lippen waren gewunden, als wäre die Mundöffnung zu klein für sie geraten. War er grausam? Herrschsüchtig? Sie meinte eine gewisse Verbissenheit bei ihm zu entdecken, wie sie Menschen zu eigen ist, die sich an den Ansprüchen ihrer Umwelt aufreiben. Als er der Dame in seiner Begleitung einen Blick zuwarf, hellte seine Miene sich kurz auf, aber gleich darauf verfinsterte sie sich wieder.

Und Waldrada? Auch ihre Haare waren dunkel, doch eher ins Bräunliche, und fielen in noch üppigerer Lockenpracht, von Spangen gehalten, über ihre Schultern. Ihr Gang war elegant, die Art, wie sie ihr violettes Kleid mit den goldenen Knöpfen raffte, selbstbewusst, das Lächeln, mit dem sie die Nonnen begrüßte, liebenswürdig. War sie tatsächlich herrschsüchtig und ehrgeizig? Unmöglich, das zu beurteilen.

Freya zog sich wieder ins Zimmer zurück.

Das Ehrenmahl, das für den König vorbereitet worden war, dauerte bis weit in die Nacht hinein. Als Freya aus dem Hospital in ihre Kate zurückkehrte, drangen immer noch Gespräche und Gelächter über die Insel.

Cosima war so müde, dass sie sich nach einem Bissen Brot auf ihr Lager legte. Gleich darauf schlief sie auch schon. Sie war ein Kind mit lebhaften Träumen, in denen sie manchmal murmelte und Wörter sagte, die Freya nicht verstand; erwachen tat sie aber fast nie. Freya trat ans Fenster. Aus dem Kloster drang nun neben dem Gesprächslärm auch Lautenmusik. Im Dorf herrschte dagegen völlige Stille. Kein Wunder, nur die Alten, die kleinen Kinder und die Menschen, die ans Bett gefesselt waren, befanden sich noch in den Katen.

Ein guter Moment, dachte Freya. Wenn ich's jetzt nicht mache, geschieht es nie. Sie zog ihren Mantel über, nahm eine Laterne, deren Licht sie hinter dem dicken Wollstoff so gut wie möglich verbarg, und verließ das Haus. Es war nicht weit bis zu Adams Heim; keine Seele begegnete ihr. Sie stieß die Tür auf, stellte die Laterne auf dem Tisch ab, verschloss die

Tür wieder und machte sich auf die Suche. Viele Plätze, an denen ein Mensch sein Werkzeug verstauen könnte, gab es nicht. Die Truhe, die aber nur Kleidung und wenige Dinge von Wert enthielt, eine Kiste, in der Brid Lebensmittel vor Ungeziefer und Nagern schützte, eine zweite Kiste, in der Adams Angeln und Netze verstaut waren …

Enttäuscht drehte Freya sich um sich selbst. Und nun? Sie blickte zur Decke, von der Schinken und Würste herabhingen. Hatte Adam das Werkzeug in einer der Nischen zwischen Wand, Dach und Stützbalken ablegt? Begleitet vom Blöken der Schafe begann sie mithilfe eines Schemels die Schrägen abzusuchen. Sie fand eine Schilfmatte, in die alte Stoffe eingeschlagen waren, einen glänzenden Kessel, der vielleicht für Grethleins Hochzeit gedacht war, ein Kästchen mit Nadeln und Fäden … Gerade als sie sich reckte, um in einen besonders hoch gelegenen Winkel zu langen, hörte sie Geräusche an der Tür. Erschrocken sprang vom Schemel. Aber die Türklinke senkte sich bereits, keine Möglichkeit zu verschwinden …

Grethleins Verlobter trat ein, geduckt, übermüdet und nun auch noch verdutzt. »Was machst du hier?«

Freya fiel keine Ausrede ein, die nicht sofort nach einer Lüge geklungen hätte, und noch während sie nach einer Erklärung suchte, lieferte Wenzel sie selbst. »Wer hätte das gedacht? Unsere gute Freundin Freya ist also eine Diebin.«

»Das stimmt nicht.«

»Raus!« Er deutete zur Tür. Aus seinem jungen, arglosen Gesicht, das sie so mochte, war alles Verbindliche verschwunden, die Stimme klang so hart wie die Worte.

»Ich habe nur etwas gesucht.«

»Das sehe ich.« Er packte ihren Arm und wollte sie zur Tür zerren.

»Es geht um den Dämon.«

Wenzel stutzte, dann ließ er sie los. Er war kein Grübler, sondern ein schlichter junger Mann, der gern arbeitete, sein Grethlein liebte und sich am wohlsten fühlte, wenn er mit den anderen Menschen in der Familie oder im Dorf reden und lachen konnte. Misstrauisch starrte er sie an.

Freya wählte ihre Worte bedachtsam. Sie sprach davon, dass inzwischen der dritte Verwandte aus Brids Familie auf gewaltsame Weise zu Tode gekommen sei. Wenn der König wieder abgereist war, würde sich Abt Poppo mit der Sache befassen, so viel stand fest. Was, wenn er Adam ins Visier nähme?

»Wieso Adam?«

»Weil er das Haus von Brids Verwandten erben wird«, erklärte sie geduldig.

»So einer ist er aber nicht.«

»Jeder, der ihn kennt, weiß das«, stimmte Freya zu, obwohl ja gerade ihr Misstrauen sie in diese Situation gebracht hatte. »Aber es wäre gut, wenn wir den Hammer finden würden, den er sicher besitzt. Also, seinen eigenen. Wenn wir uns überzeugen könnten, dass der eiserne Kopf nicht zu den Löchern in den Fensterbalken von Volkers Haus passt, dann könnten wir beweisen, dass nicht Adam, sondern jemand anderes gegen die Fenster von Malachias' Haus geschlagen hat.«

»Ach so.« Wenzel begriff. Er ging zu dem kleinen Verschlag fürs Viehzeug, und es stellte sich heraus, dass der Raum trotz seiner Enge noch ein Nebengelass besaß, in dem Adams Werkzeuge verstaut waren. Eine Axt, zwei Spaten, eine Zange, ein Sichelmesser, ein Kistlein mit Nägeln … Und natürlich auch der unverzichtbare Hammer. Freya ergriff ihn.

Gemeinsam mit Wenzel ging sie zu Volkers Haus, das seit seinem Tod leer stand. Wenzel trat vor eines der beschädigten Fenster und hielt den Hammer gegen die lädierte Stelle. Der eiserne Kopf passte nicht annähernd in die Lücke, er war viel zu groß. Freya nahm ihm das Gerät ab und ging zu den anderen Fenstern. Dasselbe Ergebnis. Ihr wurde schwach vor Erleichterung.

»Und nun?«, fragte Wenzel.

»Bin ich froh, dass ich Adam weiter vertrauen kann. Ich bin wirklich froh, Wenzel.«

Grethleins Verlobter neigte nicht dazu, jemandem etwas nachzutragen. Er nickte ihr kurz zu und verschwand wieder Richtung Kloster. Sein Anliegen, das ihn in Adams Haus geführt hatte, hatte er aus den Augen verloren.

Es gab keine Gelegenheit, mit der Äbtissin über Adams Hammer zu sprechen – die Gäste und die Pflichten als Leiterin des Klosters nahmen ihre gesamte Zeit in Anspruch. Wenn Freya sie durch den Hof eilen sah, wirkte sie übernächtigt und angespannt. Freya kümmerte sich also weiter um ihre Kranken und versuchte, möglichst unsichtbar zu bleiben. Wenzel, der Gute, schien glücklicherweise nicht mit Adam und Brid über das nächtliche Erlebnis gesprochen zu haben, jedenfalls begegneten die beiden ihr weiter mit der gewohnten Freundlichkeit.

20. KAPITEL

Frauenwörth

Hugo rieb sich die Augen und wollte ihnen doch nicht trauen. War das denn wirklich möglich? Er stand am Fenster der Kammer, die man ihm und zwei weiteren Männern aus Lothars Begleitung zugewiesen hatte, und eigentlich ging's ihm schlecht. Er litt an einer Magenverstimmung, an der wahrscheinlich das verdorbene Fleisch vom vergangenen Abend schuld war, und starrte seit geraumer Zeit schlecht gelaunt in den Innenhof des Klosters. Aber eben war jemand aus einem der gegenüber liegenden Häuser getreten – eine Frau mit einem feuerroten Schopf. Ihr Anblick hatte ihn wie ein Schlag getroffen. Das war doch … Sie trug einen Eimer zum Brunnen, um ihn mit Wasser zu füllen, und er konnte nur noch ihren Rücken sehen. War das wirklich …?

Ruhe, immer mit der Ruhe. Möglicherweise handelte es sich einfach um eine Ähnlichkeit. Es gab sicher Hunderte, vielleicht Tausende Frauen mit roten Haaren. Aber diese Art, wie sie sich bewegte … selbstsicher, fast männlich … wie mühelos sie die Brunnenkurbel bediente … Hugo trat vom Fenster zurück, um nicht auch selbst erkannt zu werden, und spähte verstohlen zu ihr hinüber. Die Frau hatte den Eimer wieder hinaufgezogen. Sie trug ihn zu dem Gebäude zurück, aus dem sie gekommen war, und immer noch konnte er nur ihren Rücken erkennen. Aber da drehte sie sich auf einmal um, als spürte sie, dass sie beobachtet wurde. Er starrte in ihr Gesicht – und er hatte sich nicht geirrt! In seiner Brust begann es zu jubilieren. Aristids Liebchen, die verdammte Schlampe, die ihm in Rom durch die Finger geflutscht war, befand sich auf der Insel.

Wie war das möglich? Er hatte keine Ahnung. Vor drei Jahren, nachdem das Dreckstück mit dem Kind auf den Armen aus der Hütte gerannt war, hatte er sämtliche Gassen nach ihr durchforstet, aber es war gewesen, als wäre sie vom Erdboden verschluckt. Auch an den folgenden Tagen hatte er sie nirgends entdecken können und seine Rache schließlich voller Bitterkeit in den Wind geschrieben. Und nun wurde sie ihm präsentiert wie ein reifer Apfel.

Vorsichtig zog er sich ins Innere des Zimmers zurück. Dass sie ihn nur ja nicht entdeckte! In Wirklichkeit ging es ihm gar nicht um diese Frau, sondern um Aristid. Dieser Mistkerl, der Anastasius' Hoffnung auf den Papstthron und damit seine eigene auf Ruhm und Macht zerschlagen hatte, war tot, und doch hatte Hugo immer das Gefühl gehabt, dass er ihn nur unvollständig vernichtet hatte. Ihm war ja die Qual des Gardisten nicht entgangen, als die Rothaarige die Küche betrat. Sie war seine Schwachstelle, das hatte er sofort begriffen. Und dass die Frau ihm entkommen war, hatte ihn entsetzlich gewurmt. Er hatte sich gefühlt, als hätte man ihn kurz vor dem Höhepunkt der Wollust mit kaltem Wasser übergossen. Bot ihm das Schicksal nun eine zweite Chance? Er hoffte von Herzen, dass die Hölle, in der der Gardist zweifellos schmorte, ein Guckloch auf die Welt besaß!

Doch halt, vorerst musste er kühl bleiben. Was, wenn die Frau ihn ebenfalls wiedererkannte? Wenn sie ihn des Mordes beschuldigte? Befand er sich womöglich selbst in Gefahr? Hugo rieb sich den schmerzenden Unterleib. Nein, er stand unter dem Schutz eines Königs, der ihm vertraute. Gleichgültig, was das Mädchen gegen ihn vorbrächte – sein eigenes Wort würde schwerer wiegen.

Aber nun musste er sich erst einmal umziehen. Das Abendessen stand bevor, und Lothar erwartete, dass er in der Halle erschien. Oh, dieses verfluchte Fleisch! Ihm war kotzübel. Half aber nichts – Lothar besaß ein hitziges Gemüt. Er entzog seine Gunst so rasch, wie er sie gewährte. Hugos Stellung war noch keineswegs sicher.

Während er die Strümpfe ausrollte, die er während der Mahlzeit tragen wollte, dachte er an Rom zurück, an die quälenden Wochen der Ungewissheit, in denen er darauf gehofft hatte, dass Anastasius seine Macht zurückgewänne. Aber man hatte den Kardinal in ein Kloster abgeschoben, damit er dort ein bedeutungsloses Dasein als Bibliothekar fristete, und der Mann hatte sich gefügt. Also hatte Hugo nach einem neuen Förderer Ausschau halten müssen. Er hatte sich in den Dienst des aquitanischen Königs Pippin gestellt. Es folgte eine Zeit voller Hochs und Tiefs, die damit endete, dass er im letzten Winter in Ungnade gefallen war. Wegen einer Magd – das musste man sich einmal vorstellen. Zugegeben, er hatte das Mädel hart rangenommen. Aber es war zweifellos schon vorher krank gewesen. Man starb doch nicht an einigen lustvollen Peitschenhieben! Der König war leider entsetzlich aufgebracht gewesen, obwohl Hugo sich sogar bereit erklärt hatte, die Familie des Mädchens zu entschädigen. Ihm war im buchstäblich letzten Moment die Flucht zu König Lothar gelungen, und weil der seinen Vetter nicht ausstehen konnte, hatte er den fränkischen Laienabt mit Vergnügen in Dienst genommen. Kürzlich hatte er ihm gar das Erzbistum Köln in Aussicht gestellt.

Aber ich muss vorsichtig sein, was die rote Hexe angeht, dachte Hugo, während er die Beinlinge festschnürte. Seine Rache sollte umfangreich und köstlich sein, durfte ihn aber auf keinen Fall erneut in den Ruf eines Mädchenschänders bringen, denn die Kölner Geistlichen mussten seiner Ernennung zum Erzbischof zustimmen, und er wollte ihnen auf keinen Fall einen Vorwand liefern, ihn abzulehnen.

Wenig später zwängte Hugo sich in den mit Menschen vollgestopften Speisesaal des Klosters. Er saß als Günstling in der Nähe des Königs und der Äbtissin, und es war amüsant zu beobachten, welche Abscheu Irmingard für ihre Gäste empfand. Waldrada, die Konkubine des Königs, die sie offenbar ebenfalls nicht ausstehen konnte, machte sich eine Freude daraus, Irmingards Abneigung anzufachen. Wie nobel, für den Dienst am Herrn auf das Glück eigener Kinder zu verzichten, zischelte sie. Wie bewundernswert, wenn ein Mensch sich mit der Abgeschiedenheit einer Insel zufriedengeben konnte, wo das Leben doch so viel Aufregendes zu bieten hatte.

Irmingard schäumte – und versuchte es zu verbergen, indem sie dem Minstrel winkte, die Gäste mit einem Lied zu unterhalten.

»Besonders im Winter stelle ich es mir eintönig vor – ein Leben ohne Ausritte, ohne Reisen zu Verwandten …«

»Die Sorge, hier noch Wochen oder gar Monate zu leben, scheint dich wahrhaft zu bedrücken, meine Liebe. Wie wäre es, wenn du dich baldmöglichst selbst auf den Weg nach Rom machst, um Papst Nikolaus persönlich zu erklären, wie aus der keuschen Königin Theutberga eine verruchte Sodomitin geworden ist …«

»Ein anderes Thema, Cousine«, schnappte der König verärgert, und Hugo verkniff sich ein Grinsen. Papst Nikolaus hatte keinen Zweifel daran gelassen, dass er Lothars Mätresse verabscheute und den Vorwurf der Sodomie, der die Scheidung des Königs legitimieren sollte, für lächerlich hielt.

Waldrada tat, als wüsste sie das nicht, und spreizte geziert die Hände. »Ich würde dem Heiligen Vater nur gar zu gern von den verdammenswerten Fehltritten Theutbergas berichten. Aber leider sind die Alpen von Abgründen zerrissen. An etlichen Stellen muss man die Pferde an Seilen hinablassen, habe ich gehört. Es heißt, dass nicht einmal jedes zehnte diese Strapazen überlebt. Ich weiß nicht …«

Lothar griff nach ihrer Hand. Was er ihr ins Ohr flüsterte, konnte Hugo nicht verstehen, aber es war wohl etwas Beschwichtigendes. Ein seltsames Paar, die beiden. Warum schlug der König seiner Hure nicht einfach die Faust ins Gesicht, wenn er wollte, dass sie schwieg? Dann wäre der Ärger vorbei. Aber er schien von dieser Frau wie besessen. Vielleicht ist sie eine Zauberin, überlegte Hugo. Die Unterwürfigkeit, mit der der König sie behandelte, war doch nicht normal. Waldrada war zwar hübsch anzusehen, aber nicht schöner als andere Frauen in Lothars Umgebung. Warum war er gerade diesem von Ehrgeiz zerfressenen Weib verfallen, das ihn antrieb, sie zu ehelichen, und damit womöglich seine Macht und sein Königtum gefährdete?

Das Wort Zauberin lenkte Hugos Gedanken zurück zu Aristids Hure. Hatte sie mit ihrem roten Haar nicht etwas Verruchtes an sich? Als käme sie aus einer verborgenen Welt, in der die Geschöpfe ihre Köpfe mit Feuer umhüllten. Ihm gefiel diese Idee, und er lächelte, während er sie im Kopf weiterspann.

»Natürlich würde ich die Gefahren einer Alpenüberquerung nicht scheuen, wenn der Heilige Vater …«

»Nun gebt endlich Ruhe«, fuhr Lothar nun doch aus der Haut. »Papst Nikolaus hat gesagt, dass ich hier auf seinen Boten warten soll, über den er mir Nachricht schicken wird – und genau das werde ich auch tun.«

Noch während des Essens wurde aus Hugos Idee ein vollständiger Plan, und sein erster Schritt zu dessen Verwirklichung bestand darin, dass er sich an Poppo wandte, den Abt von Herrenwörth. Der Mann hatte aus seiner Abneigung gegen Irmingard von Anfang an keinen Hehl gemacht, und das könnte förderlich sein. Sie gingen gemeinsam zum Abort des Klosters im Gästetrakt, und nachdem Hugo sich überzeugt hatte, dass sie unter sich waren, begann er mit bekümmerter Stimme zu reden. »Mir ist ein Weib aufgefallen, Poppo.«

»Gut, sehr gut. Das beweist, dass unter der Kutte, die du gar nicht trägst, immer noch ein Mann steckt!«

Hugo lächelte. Der Mann wurde ihm immer sympathischer. »Das kann ich wohl nicht leugnen. Aber ich fürchte, es handelt sich nicht um ein Weib, das Wohlgefallen erregen könnte.«

»Ach?«

Mit einem lauten Geräusch verabschiedete sich ein Teil der Scheiße in seinem Gedärm. Himmel, tat das gut! Hugo versuchte sich zu konzentrieren, er senkte die Stimme. »Ich muss im Gegenteil gestehen, dass sie mir sogar unheimlich ist, denn ich beobachtete sie … nun, bei einem mehr als ungewöhnlichen Treiben. Oder vielmehr: Ich hörte sie sprechen.« Er legte eine bedeutungsvolle Pause ein, die aber nicht zur Wirkung kam, weil Poppo eine späte Wespe abwehren musste. Erst als das Insekt erschlagen war, wandte der Mann sich ihm wieder zu.

»Was hat sie denn gesagt?«

»Zunächst konnte ich gar nichts verstehen. Es klang wie Lateinisch, aber …«

»Handelte es sich um eine Nonne?«

»Auf keinen Fall. Sie trug ein gewöhnliches Kleid und besaß lange Haare, die zu zeigen sie sich nicht scheute. Rote Haare, Haare wie die Glut des Feuers …«

»Gott schütze uns«, flüsterte Poppo. »Ich kenne sie.«

»Tatsächlich?«

»Sie arbeitet im Hospital, angeblich ist sie eine Hebamme. Was genau meinst du mit: Du fandest sie verdächtig?«

Hugo beugte sich zur Seite und flüsterte dem Abt die Geschichte ins Ohr, die er sich zurechtgesponnen hatte.

»Hm.« Poppos Laune besserte sich spürbar. »Aber wähle deine Worte klug. Irmingard hält ihre Hand über das Weib. Und sie ist mächtig und hat viele Verbindungen.«

Der Boden war bereitet, das Misstrauen gesät. Nun brauchte es nur noch einen äußeren Anlass, den er skandalisieren konnte. Und auch hier eilte Hugo das Schicksal zur Hilfe. Ein paar Tage später stürzte Waldrada. Das Missgeschick ereignete sich, als sie eine steinerne Treppe im Klostergarten hinablief. Sie hob den Rock, ihre Mägde sahen ihr Knie bluten, und der besorgte König ließ unverzüglich nach der Ärztin aus dem Kloster rufen. Die verband das Knie, nichts Schlimmes, und kehrte in ihr Hospital zurück.

Als Hugo von der Sache hörte, nutzte er seine Chance. Er suchte den König auf, der sich immer noch bei der jammernden Waldrada befand. Kurz hielt er sich im Hintergrund, dann begann er herumzudrucksen. Wo genau habe der Unfall sich denn ereignet? Ach ja? Beim Klostergarten? Hugo ließ sich bitten, ehe er mit dem herausrückte, was den König hoffentlich in die gewünschte Rage versetzen würde: Es ging ihm um ein rückwärts gesprochenes Gebet.

»Was soll das heißen? Rückwärts?«, fragte Lothar ungeduldig.

»Nun, da muss ich ein wenig ausholen. An einem der vergangenen Tage befand ich mich ebenfalls im Klostergarten und traf dort auf dieses Weib, welches das Knie der Herrin verband – die Heilerin oder Hebamme oder als was immer sie sich ausgibt. Sie kehrte mir den Rücken zu und bemerkte mich deshalb nicht. Aber ich sah, dass sie etwas in den Sand kritzelte. Es ähnelte einem Gesicht, wie mir schien – einem weiblichen Gesicht, da den Kopf ein Schleier schmückte. Ich stand nicht allzu weit entfernt, also konnte ich auch hören, dass sie leise sprach. Sie benutzte lateinische Wörter, was mich stutzig machte, da es sich bei dem Weib ja um keine Nonne handelte. Und als ich genauer lauschte, begriff ich, dass sie ein Gebet sprach – aber rückwärts. Sie begann also mit dem letzten Wort und ...«

»Ich weiß, was rückwärts bedeutet.«

Waldrada begriff schneller als Lothar. »Willst du damit sagen, dass sie eine Zauberin ist?« Sie wurde bleich. »Hat sie mich gemeint? War das mein Abbild, das sie in den Sand zeichnete? O liebe Jungfrau Maria und all ihr Heiligen ...« Entsetzt strich sie über ihr Knie.

Hugo hüstelte. »Nun, man muss vorsichtig sein. So ein Vorwurf wiegt schwer, und er sollte nicht ohne Beweise vorgebracht werden. Außerdem heißt es, dass die Äbtissin dem Weib ihr Vertrauen schenkte. Und das wird sie sicher nicht grundlos getan haben. Irmingard ...«

»... hat den Verstand eines Huhns!«

Hugo hüstelte noch einmal, jetzt, um die peinliche Pause zu überspielen, die den Worten folgte. »Nun ja ... Da mich der Vorfall im Garten besorgte, erlaubte ich mir, Abt Poppo anzusprechen, und er erklärte mir, dass er ebenfalls ein misstrauisches Auge auf die Frau hat. Sie tauchte offenbar vor einigen Jahren einfach hier auf, niemand weiß, woher sie stammt und ...«

»Und er hielt es nicht für nötig, mich darüber in Kenntnis zu setzen, dass eine Zauberin in meiner unmittelbaren Nähe ihr Unwesen treibt?« Lothars Faust krachte auf die Kugel, die die Rückwand des Bettes schmückte.

Hugo gelang es nur mit Mühe, sein Lächeln in eine Grimasse der Bestürzung zu verwandeln.

21. KAPITEL

Frauenchiemsee, 861

Es war eine dunkle, erstaunlich warme Oktobernacht. In Volkers Haus, in das mittlerweile Adam und seine Familie eingezogen waren, weil es stabiler und geräumiger war, brannten Kerzen. Sie hatten gemeinsam gegessen, und Brid webte nun ein hübsches blaues Tuch für Grethleins Ausstattung, während ihre Tochter mit Cosima spielte und Adam und Wenzel Schuhe reparierten.

»Ich muss euch etwas sagen«, murmelte Adam. Er war kaum zu verstehen, denn wie so oft übertönte Brids beständiger Redefluss die leise Stimme ihres Mannes. Die Hochzeit, der Schwur, den Grethlein, »aber bald, mein Herz«, lernen musste. Der feierliche Moment, wenn sie vor den Altar träte …

»Ich muss etwas sagen«, wiederholte Adam lauter. Freya schaute ihn aufmerksam an. Auch Brid unterbrach nun ihren Sermon, alle Blicke wandten sich zu ihrem Mann. Adam war auf Irmingards Geheiß mehrere Tage mit einem Karren über Land gefahren. König Lothar hatte sich über das Klostergesöff mokiert, das man ihm servierte, also hatte Adam mehrere Fässer Wein aus Rosenheim besorgen sollen, wo die Händler süße Rheinweine feilboten. Und darum ging es ihm. »Ich habe dabei nämlich auch was von Josef gehört.«

Brid ließ ihr Schiffchen sinken. Ihr Gesicht verlor an Farbe.

Und es kam so schlimm, wie sie befürchtet hatte. Nein, schlimmer. Adam hatte sich in den verschiedenen Orten, durch die er fuhr, nach seinem Schwager erkundigt – und erfahren, dass Josef gehängt worden war. Er hatte einem *magister comacinus*, einem der fahrenden Steinmetze, ein Messer in den Bauch gejagt.

»Nein«, sagte Brid. Das Schiffchen glitt zu Boden.

»Ich wollte es euch nur sagen. Es hilft ja nichts. Übrigens ist die Sache schon fünf Jahre her.«

Fünf Jahre? In Freyas Kopf überschlugen sich die Gedanken. Wenn Josef seit fünf Jahren tot war, trug er mit Sicherheit keine Schuld am Tod von Onkel, Tante und Vetter. Und damit rückte wieder Adam ins Zentrum des Verdachts. Er besaß nun das Haus der Toten, sein eigenes hatte er verkauft. *Cui bono?* Nur hätte Adam doch niemals vom Tod seines angeheirateten Schwagers erzählt, wenn er tatsächlich der Mörder der Familie gewesen wäre.

Ihr väterlicher Freund musste ahnen, was sie dachte. Er blickte ihr direkt ins Gesicht. »Ich habe niemandem etwas angetan. Ich könnte das gar nicht.«

»Nein«, sagte Freya.

Aber erst, als sie wieder daheim war, spulte sich der logische Faden bis zum Ende ab. Plötzlich fiel es ihr wie Schuppen von den Augen. Ihr drehte sich der Magen um.

Die Verbrechen waren abscheulich, und der Täter, dem sie bereits gefährlich nahe gekommen war, hatte bewiesen, dass er keine Skrupel kannte. In Freyas Kate war es dunkel, aber sie scheute sich, Licht zu machen. Ohne weitere Erklärung befahl sie Cosima, zum Schlafen die Kleider anzubehalten, so wie sie es auch selbst tat. Sie mussten auf eine rasche Flucht vorbereitet sein – eine Flucht, die misslingen würde, wie ihr bald klar wurde. Sie lebten ja auf einer Insel, und die Boote wurden, da der König im Kloster zu Gast war, zurzeit aufmerksam bewacht. Freya holte sich das Messer, mit dem sie gewöhnlich Fleisch für die Küche schnitt, und legte es neben ihr Kopfkissen.

Sie dachte an Irmingard. Sie musste zu ihr, aber die Männer des Königs bewachten auch die Klostertore. Kaum anzunehmen, dass man sie um diese Zeit noch zur Äbtissin vorlassen würde. Nein, sie musste mit ihrer erschütternden Erkenntnis bis zum nächsten Tag warten – und hoffen, dass bis dahin nichts geschah.

Diese Hoffnung sollte vergebens sein. Das Unglück kam allerdings in anderer Form als erwartet. Als die Nacht am finstersten war, wurde ihre Tür aufgerissen. Männer, einige mit Fackeln in den Händen, stürmten herein, und man riss sie von ihrem Lager hoch. Cosima, die aus dem Schlaf aufschreckte, schrie vor Angst, wurde aber zum Glück von den Eindringlingen – Bedienstete des Königs – ignoriert. *Sie wird sich zu Brid retten. Am besten gar nicht auf sie aufmerksam machen.*

Draußen war es kalt geworden – ein Wetterumschwung. Schwarze Wolkenballen zogen am Himmel, an dem noch vor wenigen Stunden Sterne gefunkelt hatten. Als Freya, von den Männern des Königs gehalten, den Klosterhof betrat, sah sie, dass im großen Saal des Klosters trotz der späten Stunde Lichter brannten. Hinter den Fenstern bewegten sich Menschen – eine ganze Gruppe schien sich dort versammelt zu haben. Was hatte die Leute aufgeschreckt?

Ein Schlag traf sie auf den Hinterkopf, mit einer Wucht, dass sie in die Knie ging. Sie versuchte, nicht zu schreien, aber es tat zu weh, als dass sie ihre Qual hätte verbergen können. Die Wachen des Königs hoben sie lachend wieder auf die Füße. Nein, nicht alle lachten. Einige schlugen besorgt ein Kreuz, jemand flüsterte den Namen des Herrn.

Freya wurde weitergezerrt. Die Gesichter der Menschen,

die immer zahlreicher in ihrem Blickfeld auftauchten, verschwammen vor ihren Augen. Es ging ins Kloster hinein, dann eine Treppe hinauf. Sollte sie nach Irmingard rufen? Überflüssig, die Äbtissin wusste gewiss, was hier geschah. In Freyas Kopf stach und hämmerte es von dem Schlag, ihre Knie schlugen gegen die Treppenstufen, ihre Arme schmerzten vom Klammergriff der Männer.

Dann war sie im Saal. Freya versuchte den Kopf zu heben, was wohl als Zeichen von Stolz wahrgenommen und sofort mit einem weiteren Schlag beantwortet wurde. Dieses Mal hielt sie sich jedoch auf den Füßen. Plötzlich stand Poppo vor ihr, ein breites Grinsen im selbstzufriedenen Gesicht. Irmingard kam heran und gestikulierte. Sie trug ihr Kleid mit den Nähten nach außen und merkte es nicht einmal. Elsbeth war auch da … außerdem der Kämmerer des Königs mit seinem blanken Schädel und …

Hugo Abbas.

Aber das war unmöglich! Es musste jemand sein, der ihm ähnelte. Der Mann hielt sich im Hintergrund, aber sein Gesicht strahlte vor Glück. Doch, dachte Freya, es ist Hugo. Sie hatte plötzlich Angst wie nie zuvor in ihrem Leben.

»… sie sofort loslassen!« Irmingards Stimme erklang.

»Eine Zauberin? Die sich nicht scheute, eine edle Dame mittels satanischen Beschwörungen dem Würgegriff dämonischer Ungeheuer zu überantworten?«

Freya drehte den Kopf. Der König stand am Fenster, er war es, der gesprochen hatte. Die Konkubine neben ihm brach in Tränen aus, und der König legte tröstend den Arm um sie.

Ihr Blick glitt wieder zu Hugo Abbas. Sie blinzelte das Blut fort, das in ihre Augen lief, und sah, dass Aristids Mörder seine Freude darüber, dass sie ihn erkannt hatte, kaum verbergen konnte. Wie kam er hierher? Wie war das möglich?

»Sie tut es schon wieder!« Die Hure des Königs griff sich

theatralisch an die Brust. »Maria hilf … mein Herz … der Dämon …«

»Peitscht dem Weib die Boshaftigkeit aus dem Leib«, befahl Lothar mit bebender Stimme.

Es gab kein Schlupfloch. Man band sie unten im Hof an einen Baum, mit dem Gesicht zum Stamm. Dann wurden die Knöpfe ihres Rocks geöffnet, der daraufhin zu Boden fiel. Freya stand im Hemd da. Im nächsten Moment riss eine Peitsche ihre Haut auf. Der Henker zählte. Er hatte eine dunkle, rauchige Stimme. *elf* … *zwölf* … O Gott, sie würde sterben … *dreizehn* … Hoffentlich hielt Brid Cosima die Ohren zu … *achtzehn* …

Irmingard protestierte. Fiel sie dem Mann in den Arm? Jedenfalls hörten die Peitschenhiebe auf. »Bindet sie los!«

Das taten die Männer aber nicht. Jemand, wohl Irmingard, zog Freya den Rock wieder zu den Schultern hinauf. Sie umrundete den Baumstamm, um Freya ansehen zu können, ihr Blick war voller Mitgefühl und Zorn. Dann ging sie fort. Dafür tauchte ein anderes Gesicht auf. Das von Hugo. Sein Grinsen war so breit, dass die Mundwinkel bis zu den Ohren reichten. »*Sein* …«, er betonte das Wort, »Kopf wurde auf der Mauer des Laterans aufgespießt, sein Körper den Ratten überlassen – nur damit du sein Ende kennst.«

Freya spuckte ihn an, er wischte sich lachend mit einem Zipfel ihres Rocks das Wams sauber.

Irgendwann wurde sie wohl ohnmächtig. Als sie ihre Umgebung wieder wahrzunehmen begann, dämmerte es bereits. Sie zitterte vor Schmerz und Kälte. Männer und Frauen liefen über den Hof. Einige warfen ihre scheue Blicke zu, aber die meisten ignorierten sie …

Sie träumte von Köpfen, in die Raben ihre Schnäbel stießen …

Und schreckte erneut hoch. Stimmen, aufgeregte Stimmen drangen über die dicke Klostermauer. Sie hob den Kopf. Hatte ein Boot angelegt? Was hatte der Römer gerade gesagt? Was für ein Römer? Wie kam sie drauf, dass sich dort draußen Römer befanden? *Weil sie ein so sauberes Latein sprechen, wie man es nur in Rom beherrscht.* Freya bastelte diese logische Folgerung wie etwas Sperriges in ihrem Kopf zusammen. Und auch die zweite: Der Bote des Heiligen Vaters musste eingetroffen sein.

Ein Weinen lenkte ihre Aufmerksamkeit auf das Hospital. War das die Nonne mit dem entzündeten Bein? Die Wunde fraß sich nach innen. Man musste täglich den Verband wechseln, immer wieder einen frischen Sud aus Beinwell draufstreichen …

Cosima … Hatte Brid sie aufgenommen?

Und … der Mörder … Sie musste die Leute vor dem Mörder warnen …

Als Freya das nächste Mal die Augen öffnete, lag der Hof im Mittagslicht, und Elsbeths Stimme drang durch das Hospitalfenster. Sie merkte, dass man ihre Arme über ihrem Kopf zusammengebunden hatte. Sie hing jetzt an einem eisernen Ring, der an einem der Äste befestigt worden war. Ihre Füße standen in buntgefärbten Blättern. Ein Mann tauchte auf, mit einem Speer in der Hand, dessen Spitze er misstrauisch gegen ihre Brust richtete. *Wag nicht, dich zu mucksen, Zauberin.* Zwei Männer aus dem Dorf kamen in den Hof, Fulk und Lambert, sie wandten die Gesichter ab. Lamberts Furunkel schien abgeheilt, er humpelte nicht mehr. Aber er traute sich nicht, ihr zu danken. Es war gefährlich, den Eindruck zu erwecken, man stünde mit einer Zauberin auf vertraulichem Fuß.

Plötzlich meinte Freya ihren Namen zu hören. Von wo? Von wem? Unsicher drehte sie den Kopf und wandte ihn schließlich zum Gästehaus des Klosters. Ein Mann stand an einem der oberen Fenster und starrte zu ihr hinab. Die Sonne blendete sie. Sie konnte nicht viel erkennen, und ihr Kopf sackte zurück auf die Brust. Als sie ihn wieder hob, war der Mann verschwunden.

Zum Abend hin wurde es still im Hof. Jemand brachte ihr Wasser. Grethlein. Freya traten die Tränen in die Augen, während sie hastig trank. »Halt Cosima von hier fort!« Dann war sie wieder allein. Erneut brach die Nacht an. Sie fror entsetzlich, und gleichzeitig begann ihr Gesicht fiebrig zu glühen.

Eine Männerstimme erklang. *Schönes, reines Latein.* Von irgendwo kam ein gleichmäßiges Schlagen, als hackte jemand Holz, was zu dieser Tageszeit kaum vorstellbar war. Der Wind wirbelte die Blätter auf. Dann machte sich jemand an ihren Fesseln zu schaffen. Ihre Arme waren taub geworden – der Schmerz, als sie herabsanken, schlimm. Sie stürzte und wurde aufgefangen. Der Mann, der ihre Fesseln gelöst hatte, warf sie über die Schulter und trug sie Richtung Tor. O Jesus, jeder Schritt tat höllisch weh. Vor dem Tor ließ er sie von der Schulter gleiten und schaffte es, sie aufrecht zu halten, indem er sie stützte. Sie blickte in sein Gesicht. Es war ihr unbekannt.

Plötzlich trat Irmingard auf den Weg. »Oh, ihr Heiligen, du Armes …« Ihre Stimme zitterte vor Nervosität. Sie küsste ihre Freundin auf die Wange. »Er bringt dich fort.«

»Aber Cosima …«

»Sie sitzt schon im Boot.«

In was für einem Boot?

»Es tut mir so leid, was du erdulden musstest, Liebes, es tut mir so leid. Aber ich kann dich nicht schützen. Lebe wohl. Und der Herr und seine Engel seien mit dir.« Die Äbtissin strich über Freyas Wange und wollte kehrtmachen. Aber das ging doch nicht. Sie musste erst noch erfahren …

»Irmingard …«

»Ja?«

»Wenzel ist der Mörder, den wir suchten.«

»Was?« Noch einmal tauchte das Gesicht der Äbtissin vor ihr auf.

»Nur so ergibt es einen Sinn. Schütze Adam und Brid …« Denn nach seiner Hochzeit mit Grethlein würde er Adams Erbe sein. Und wenn der Schwiegervater starb, würde alles, was die Familie besaß, ihm, dem Habenichts, zufallen. »Such nach seinem Hammer.« Freya glaubte nicht, dass Wenzel sein Werkzeug fortgeworfen hatte. Er war geizig wie fast alle armen Menschen. Vielleicht hatte er ihn vergraben, aber bestimmt wieder hervorgeholt, als er sich sicher glaubte.

»Wenzel«, murmelte Irmingard.

Und dann stolperte Freya auch schon neben dem Fremden zum See hinab. Ihr Helfer trug ein Schwert, sie spürte es zwischen seiner und ihrer Hüfte. Es tröstete sie. »Meine Tochter …«

»Ist schon im Boot.«

Ach ja, das hatte Irmingard gesagt. Bald standen sie auf dem Steg.

»Ich hab dir gesagt, dass sie es ist. Ich hab ein Gedächtnis für Gesichter«, erklärte der Fremde und schob Freya zum Wasser. Cosima saß wirklich in dem Boot, das dort in der Dunkelheit schaukelte. Glücklich sprang sie auf. Der Mann, der sich mit ihr in dem schwankenden Gefährt befand, nötigte sie wieder zu Boden und half Freya über die Bootskante.

»Ich muss zurück. Du weißt, wo du warten sollst.« Die Schritte auf dem Steg entfernten sich.

Dafür kam das Gesicht des anderen Mannes auf Freya zu und wurde groß. Widerborstiges dunkles Haar, Bartstoppeln, brennende Augen, ein paar gestotterte Worte: »O Gott, Jesus, ich danke dir …«

Freya starrte Aristid an. Er nahm die Ruder in die Hand. Die Insel wurde kleiner.

22. KAPITEL

Am Ufer erwarteten sie zwei Pferde. Unmöglich, selbst hinaufzusteigen. Aristid hob Cosima auf einen der Pferderücken, dann half er Freya auf den zweiten hinauf und schwang sich hinter sie. Er packte Cosimas Zügel, und sie ritten eine Straße entlang und kurz drauf in einen dicht bewachsenen Wald hinein. Es ging durch Senken und Wasserpfützen. Freya schluckte bei jedem ungeschickten Tritt ihres Pferdes. Die Peitschenhiebe brannten wie Feuer.

Aber was galt das gegen das Glück, Aristids Körper zu spüren, seine Arme, ihn zu riechen? Tief im Dickicht neben einem steilen, weißen Fels hielten sie an. Aristid half ihnen zu Boden und bettete Cosima auf Moos und Blättern. Die Kleine schlief bereits, als Freya sich neben ihr niederließ.

Aristid band die Pferde an einen Strauch, und Freya beobachtete ihn. Wie war es möglich, dass er seine Verletzungen überlebt hatte? Hatte sie nicht selbst die Anzeichen des nahen Todes bei ihm erkannt? Und wie war er Hugo entkommen? War er aus dem Haus gekrochen, während der Mann sie jagte? So musste es wohl gewesen sein. Seine Kleider verbargen die Narbe; gewiss sah sie furchtbar aus.

Während er sich um Feuer bemühte, stellte Freya fest, dass das Erlebte Aristid über die Jahre hinaus älter gemacht hatte, skeptischer. Gefährlicher, dachte sie. Nur seine Augen waren immer noch dieselben. Und sein Lächeln, als er sich endlich neben ihr ins Moos fallen ließ. Die Luft war schwer von den Gerüchen des Herbstes. Der Wind zupfte an ihren Kleidern. Vorsichtig legte Freya sich ebenfalls ins Blättermeer, seitlich, das war möglich. »Du lebst«, sagte sie.

»Nicht bis gestern, nicht bis Cassius zu mir kam und sagte, dass er dich im Kloster gesehen hat. O Gott, Freya … Sie hatten eine Frauenleiche und eine Kinderleiche aus dem Tiber gezogen. Ich konnte nicht selbst hin, um nachzusehen …« Sie legte den Finger auf seine Lippen, er nahm ihn fort. »Ich war sicher, dass du tot bist.« Er weinte, wie sonderbar. Seine Lippen kamen näher, und er küsste sie. Dann umarmten sie einander, vorsichtig, aber bald mit Leidenschaft.

Wie war es möglich, dass es so viel Glück auf Erden gab?

Der Mann, der Freya aus dem Klosterhof befreit hatte, Cassius, war bereits Gardist in der Wachmannschaft der Päpstin gewesen, erklärte ihr Aristid später. Freya musste ihn einige Male getroffen haben – nur erinnerte sie sich nicht mehr daran. Nachdem Aristid von Ginevras Nachbarn gefunden worden war, hatte Cassius ihn bei sich aufgenommen und ihn nach seiner Genesung, die sich über ein halbes Jahr hinzog, in die neu gebildete Garde von Papst Nikolaus geholt. Sie waren Freunde geworden und beide aufgestiegen, offenbar in hohe Stellungen, auch wenn Aristid es nicht direkt sagte. Jedenfalls hatte der Heilige Vater sie zu Boten erklärt und nach Frauenwörth geschickt.

»Ich habe Hugo oben bei der Klostermauer stehen gesehen, kurz nachdem wir angelegt hatten. Cassius schickte mich sofort ans andere Ufer zurück. Dann sah er dich an dem verdammten Baum.«

»Ich glaube, er hat meinen Namen gerufen.«

»Kann sein, jedenfalls war er sicher, was deine Person angeht. Er hat ein Gedächtnis wie der liebe Gott. Das hat er wirklich.«

»Mein Glück!« Freya lächelte.

»Und meines.«

Die Nacht und auch der nächste Tag verstrichen. Freya bekam kaum etwas davon mit, sie schlief die meiste Zeit. Erstaunlicherweise schien niemand sie zu verfolgen. »Die Nachricht, die wir aus Rom gebracht haben, wird alles andere in den Hintergrund gedrängt haben«, mutmaßte Aristid.

»Welche Nachricht?«

»Dass Nikolaus sich weigert, Lothars Wunsch nach einer Scheidung zu entsprechen. Zwei Erzbischöfe, die die Trennung des Königs von Theutberga auf der Synode von Metz anerkannt haben, sind exkommuniziert worden.«

Darüber also war die Zauberin, die man gefangengenommen hatte, in Vergessenheit geraten. Deshalb hatte Irmingard es wagen können, Freya loszubinden.

»Versuch zu schlafen.«

Aber das ging nicht. Cosima war erwacht und krabbelte übers Moos zu ihr. Freya schloss die Kleine in die Arme, so gut es eben ging, mit dem Schmerzen des zerschlagenen Rückens.

»Ich habe Angst«, flüsterte das Mädchen.

»Warum?«

Cosima schwieg. Sicher hatte das Kind einiges von dem Tratsch aufgeschnappt, der aus dem Kloster ins Dorf gedrungen war. *Deine Mutter ist eine Hexe!* Freya strich über die schwarzen, dicken Locken. Es gab Dinge, die jetzt geklärt werden mussten. »Vor drei Jahren habe ich mit Aristid und dir in Rom gelebt«, flüsterte sie. »Kannst du dich daran erinnern?«

Sie spürte, wie das kleine Mädchen den Kopf schüttelte.

»Dort hat auch deine Mutter gelebt.«

Cosima rührte sich nicht. Kein überraschtes Zucken.

»Sie hieß Ginevra und war eine kluge und tapfere Frau. Sie hat Aristid und mich bei sich aufgenommen, als wir in Not waren – und ich habe mir oft gewünscht, sie hätte es nicht getan, weil es sie am Ende das Leben kostete. Als sie gestorben ist, bin ich mit dir nach Frauenwörth geflohen. Hörst du mir zu?«

Cosima nickte.

»Dort war es schön, nicht wahr? Leider mussten wir nun aber auch diesen Ort verlassen.«

»Warum?«

»Weil uns ein böser Mann verfolgt hat. Aber keine Sorge, wir werden fortgehen, so weit, dass er uns niemals wieder finden kann.«

Cosima hatte die Schnur zwischen die Finger bekommen, die den Ausschnitt von Freyas Hemd zusammenhielt. Sie nestelte daran und berührte Freyas nackte Brust. »Bist du eine Hexe?«

»Nein, das bin ich nicht.«

Die kleinen Finger banden die Schnur zu einer Schleife. Cosima löste die Schleife wieder und begann sie erneut zu binden.

»Dir liegt noch etwas auf dem Herzen. Frag weiter! Nicht die Fragen, sondern das Schweigen macht unglücklich.«

»Ich habe Angst, dass du mich wieder allein lässt.« Ihre ewige Sorge.

»Dann hör mir jetzt genau zu.« Freya umschloss die zarten Hände des Kindes mit ihren eigenen. »Du bist der Schatz meines Herzens. Wenn du dich verläufst, werde ich dich suchen. Wenn du in einen See fällst, werde ich dir nachspringen. Wenn du in ein Feuer gerätst, werde ich dich herausziehen.

Wenn dir jemand ein Leid antun will, werde ich dich verteidigen. Das schwöre ich dir, du kannst dich darauf verlassen.«

»Gut«, sagte Cosima, mehr nicht. Aber ihr kleiner Körper wurde weich. Und zum ersten Mal fiel Freya auf, wie ähnlich ihr das Mädchen, das sie längst als ihre Tochter betrachtete, geworden war.

Aristid hatte den weißen Steinhang als Ort zum Warten nicht zufällig gewählt. Er hatte hier bereits mit Cassius übernachtet, und die beiden hatten verabredet, dass sie sich hier erneut treffen wollten. Am folgenden Mittag stieß der Mann zu ihnen – ein stämmiger Kämpfer, der nur aus Muskeln zu bestehen schien und ein kluges Gesicht besaß. Sein Gespräch mit Aristid währte kurz, denn er wollte sofort nach Rom zurückkehren.

»Lothar hat sich zu Verwünschungen gegen Nikolaus hinreißen lassen, sogar zu Drohungen. Ich muss den Heiligen Vater warnen. Der König ist wie … er ist komplett verrückt. Nicht auszuschließen, dass er Heere sammelt und gegen die Heilige Stadt zieht. Diese Hexe hat ihm in den Verstand geschissen, wenn du meine Meinung wissen willst.« Cassius öffnete die Ledertasche an seinem Gürtel und zog einen versiegelten Brief hervor. »Reite damit nach Paris, Aristid, so schnell, als wären dir die Legionen der Hölle auf den Fersen, und übergib ihn an Graf Robert.«

»Was ist so eilig?«, fragte Freya.

Cassius hätte ihr wohl kaum geantwortet, aber Aristid tat es. »Der Heilige Vater hat Nachricht bekommen, dass die Dänen ins Westfrankenreich einfallen werden. Dieses Mal wollen sie Paris plündern – Roberts Stadt. Zumindest sagen das die …«

Cassius legte ihm die Hand auf den Arm. Kurz herrschte

Schweigen, dann bestieg der Gardist sein Pferd und jagte mit ihm wieder durchs Gebüsch.

»Was für Dänen?«, fragte Freya, als er verschwunden war.

»Ihr Führer nennt sich Hamstein.«

»Hasteinn«, korrigierte sie reflexhaft.

Aristid nickte. Wahrscheinlich hörte er gar keinen Unterschied. »Er will seinen Raubzug noch vor dem kommenden Winter durchführen, wenn unser Gewährsmann die Wahrheit sagt. Die Städte erwarten keine Überfälle mehr, sie denken, sie haben es für dieses Jahr hinter sich, und das will er ausnutzen.«

»Dann müssen wir schnell sein.«

Er nickte.

Bei Gott, sie mühten sich. Freya, obwohl im Reiten ungeübt und durch die Wunden auf ihrem Rücken behindert, fand sich dennoch bald mit ihrem Pferd zurecht. Doch die arme Cosima bekam wunde Oberschenkel und einen blutenden Hintern. Sie klagte nicht, aber als sie am zweiten Abend einen Waldessaum erreichten, schwammen Tränen in ihren Augen, und es war klar, dass sie nicht mehr mithalten konnte. Freya stieg vom Pferd und wollte sie Aristid abnehmen. Der aber starrte durch die Zweige, hinter denen sich der Wald lichtete.

»Was ist da?« Noch während sie fragte, sah Freya es selbst. Hinter mehreren Wiesen lag eine Stadt, eine größere Stadt mit mehreren Kirchtürmen, die auf ihre Bedeutung hinwiesen. Ein sicherer, warmer Ort zum Übernachten?

»Es stinkt«, flüsterte Cosima.

»Was?« Freya schnupperte, und da roch sie es auch. Rauch, etwas brannte.

»O ja, es stinkt gewaltig«, murmelte Aristid. Freya kehrte in den Sattel zurück, und sie lenkten ihre Pferde aus dem Wald heraus. Der Rauch stieg allerdings nicht von der Stadt auf, auch nicht von ihren Rändern. Was immer da brannte, lag hinter einer abseits gelegenen Waldzunge verborgen. Sie umrundeten sie, und dann sahen sie, was los war: Ein Dorf brannte.

Es war nur ein kleiner Weiler, vielleicht sechs oder acht Gehöfte, aber das Feuer schlug aus sämtlichen Dächern. Tiere, die aus Ställen ausgebrochen waren, flüchteten über die Äcker, ein Bulle riss Zäune nieder, Enten retteten sich auf einen Teich, ein Kind stand auf einem leeren Karren und schrie. Und überall schwärmten die Bauern mit ihren Eimern aus, um zu löschen, was vielleicht noch zu retten war.

Aber da war noch mehr. Es gab Tote. Freya sah mehrere leblose Personen am Boden liegen. Die meisten waren Bauern, leicht an ihrer schlichten Kleidung zu erkennen. Zwei jedoch trugen die Kammhelme der Dänen. »Sieh nicht hin«, murmelte sie und wusste nicht, ob sie Cosima oder sich selbst meinte. Die Bauern hatten Männer mit Schweinespießen durch die Schultern am Boden fixiert. Die Gesichter der Gemarterten waren hinter dem Metall der Helme verborgen, aber die Schreie drangen übers Feld. Ihr Ende würde grässlich sein. Es waren ohne Zweifel die Männer, die das Dorf überfallen hatten, und doch fühlte Freya einen Moment Mitleid.

Aristid zog an den Zügeln und nickte ihr nachdrücklich zu. Die Dörfler hatten es geschafft, ihre Feinde zu vertreiben, ihre Hilfe war unnötig. Argwöhnisch blickte er sich um. Nur nicht Opfer der fliehenden Dänen werden. Die Nordmänner waren berüchtigt für ihren Blutrausch – sie töteten auch dann noch, wenn es nichts mehr zu gewinnen gab.

Gerade als sie ihm folgen wollte, fielen Freyas Blicke auf etwas, das zwischen den Büschen im Abendlicht aufblitzte. Mit einem Wink machte sie Aristid darauf aufmerksam. Er glitt aus dem Sattel. »Bleib auf dem Pferd. Reite zum Dorf, wenn du in Gefahr gerätst«, flüsterte er Cosima zu. Auch Freya kletterte vom Pferderücken und zog das Messer, das Aristid ihr überlassen hatte.

Sie fanden einen Mann, der rücklings wie ein Käfer auf dem Waldboden lag. Sein blutdurchtränktes Wams deutete an, was ihm passiert war. Wahrscheinlich ein Stich mit einer Mistgabel in den Bauch. Wenn es stimmte, würde er daran sterben. Aber die Angst in seinen Augen zeigte, was er wirklich fürchtete: dass die Bauern ihn vorher fänden und ihm vor dem Tod noch eine Hölle bereiten würden.

Freya sah, dass Aristid sich abwenden wollte. Er war kein Mann, der einen Sterbenden umbrachte, er dachte allerdings auch nicht daran, einem Feind zu helfen. Freya beugte sich über den Verletzten, und sie sah, wie seine Augen sich weiteten. Er starrte auf ihr Messer. Sie ließ ihm Zeit, sich auszumalen, was ihm blühen könnte. Je größer die Angst, umso so stärker die Bereitschaft zu reden. »Woher kommst du?«, fragte sie schließlich.

Als der Mann sie Dänisch sprechen hörte, echtes Dänisch, ohne einen Akzent, entspannte er sich ein wenig. »Hedeby. Und du?«

Hedeby lag nur zwei Tagesritte von Hasteinns Dorf entfernt, am Ufer der Nordsee, und Freya wusste, dass die Männer sich oft zum Kämpfen zusammentaten, wenn es auf größere Feldzüge ging. Sie versuchte ihre Aufregung zu verbergen. »Weißt du, ob Hasteinn seine Leute noch in diesem Herbst nach Paris führen wird?«

Der Verletzte merkte auf. Sie hatte ins Schwarze getroffen. Gleichzeitig sah sie, wie seine Augen sich verdunkelten. Der Schmerz lenkte ihn ab. »Warum fragst du das?«

»Weil ich Dänin bin und gern Handel treibe.« Sie lächelte und wartete, dass der Mann nachhakte. Aus Richtung des Dorfs kam ein lauter qualvoller Schrei. Unmöglich zu sagen, wer ihn ausgestoßen hatte, aber die Nervosität des Dänen stieg.

»Handel?«, keuchte er.

»Ja. Ich will eine ehrliche Information, und zwar …«, sie legte ihre Hand auf einen Bronzering, den der Mann am rechten Arm trug, »… mit einem Schwur auf deinen Eidring.«

Er rang sich ein bemühtes Grinsen ab. »Scheiß drauf!«

»Wie heißt du?«

»Was?«

»Dein Name.«

»Ulfgrim.«

»Nun, Ulfgrim, ich würde dir gern Rettung anbieten. Aber das Leben tropft aus dir wie aus einer löchrigen Schüssel. Wenn du mir ehrlich Auskunft gibst, werde ich dich töten und hier, an dieser Stelle, mit deinem Schwert begraben, damit du dich ehrenvoll auf die Reise nach Walhalla begeben kannst.«

Dem Mann gelang ein Lachen. Möglich, dass sie ihn gemocht hätte, wenn sie ihm unter anderen Umständen begegnet wäre. Sie löste den Eidring von seinem Arm und legte seine Finger darum. Aristid lehnte an einem Baum und beobachtete das befremdliche Geschehen.

»Wann zieht Hasteinn also nach Paris?«

»Willst du ihn treffen?«

»Mehr als alles andere. Sein Bruder hat meine Mutter getötet. Ich hasse ihn.«

»Soso …« Der Verletzte bewegte die Daumen. Die Schmerzen hinderten ihn am Denken.

»Zwei deiner Kameraden wurden von den Bauern, die ihr überfallen habt, mit Spießen an den Boden gerammt. Ihr Ende wird grausam sein. Und das Ende jedes Dänen, den sie finden, wird ihrem gleichen.«

Ulfgrim unterdrückte ein Stöhnen.

»Nun?« Sie quetsche seine blutige Hand mit ihrer eigenen fest um den Ring.

»Dieses Jahr wird Paris jedenfalls verschont bleiben«, keuchte er.

Also plündert er die Stadt im nächsten Jahr?, wollte sie fragen, doch das wäre zu einfach, darum ging es nicht. Ulfgrim amüsierte sich, trotz seiner Qual – er trickste sie aus. »Wohin zieht Hasteinn jetzt im Herbst?«

Der Däne wollte antworten, aber stattdessen schoss ihm Blut aus dem Mund.

»Du stirbst. Wo willst du ruhen? In den Mägen der Wildschweine oder in einem anständigen Grab?«

Ein Röcheln, kaum zu verstehen. Dann spuckte er einige Wörter aus. »… Finte …«, glaubte sie zu verstehen. Und dann: »… Dorstadt.«

»Er will nach Dorstadt?« Freya begann den Sterbenden zu schütteln. Er hustete, das Blut lief ihm in die Halsfalten, aber er nahm alle Kraft zusammen und drückte den Eidring. Dann war es auch schon vorbei. Ulfgrims Kopf sackte zur Seite.

Aristid verknüpfte die wenigen Wörter, die er verstanden hatte. »Hasteinn zieht gegen Dorstadt statt nach Paris?«

»Das hat der Däne behauptet.«

»Eine Lüge«, meinte Aristid und löste sich vom Baum.

»Glaub ich nicht.« Freya besaß kein Werkzeug, so begann sie mit den Fingern im lockeren Waldboden zu graben.

»Lass es sein. Er ist ein Mörder.«

»Ich hab ihm etwas versprochen.« Freya sah aus den Augenwinkeln, dass Cosima ihnen auf die kleine Lichtung gefolgt war. Mit ernstem Blick betrachtete das Mädchen den Toten und beobachtete, was ihre Mamma tat. Es gab Wurzeln, die mit dem Messer zerschnitten werden mussten; die Grube auszuheben war mühsam, aber Freya schaffte es. Sie spürte, wie sonderbar Aristid ihr Tun fand, aber schließlich packte er mit an und half, den Toten in das primitive Grab zu betten. Freya beugte sich vor, schloss Ulfgrims Augen und legte seine Schwurhand auf den blutverschmierten Schwertgriff. Dann schaufelte sie die Erde auf ihn und trat sie fest. Sie suchte Zweige und alte Tannennadeln, um das Grab zu verdecken.

»Wir reiten nach Paris«, sagte Aristid. »Ich muss den Brief überbringen und Robert vor den Dänen warnen.«

»Aber der Mann hat gesagt, Paris ist eine Finte.«

Aristid schüttelte den Kopf.

»Und in Dorstadt lebt meine Schwester …«

Sie sah, wie Aristids Miene sich veränderte. Er wusste von Asta, sie hatten ihm von ihr erzählt, aber erst jetzt gingen ihm wohl die Zusammenhänge auf. Kurz zögerte er, dann trat er zu seinem Pferd und saß auf. Er würde seinen Auftrag erfüllen, natürlich. Er war ein verlässlicher Mann.

Leise Rufe drangen zum Wald. Aristid blickte über die Schulter. Reiter preschten aus der Stadt, späte Helfer vermutlich. Offenbar hatte man mittlerweile verstanden, was in der Nachbarschaft passiert war. Sie beobachteten, wie der Trupp Richtung Dorf jagte und hinter den Bäumen verschwand.

»Gibt es eine Möglichkeit, dich umzustimmen?«, fragte Aristid, als er sich wieder zu ihr umdrehte. Er lächelte schmerzlich, als sie schwieg. »Gut, dann werden wir uns trennen müssen. Aber nur für kurze Zeit, Freya. Und eines musst du mir vorher noch schenken.«

Der Geistliche der Stadt war ebenfalls zum Dorf geritten und offenbar den Rest des Tages damit beschäftigt gewesen, sich um die Verletzten zu kümmern, von denen sicher viele nach der Beichte und den Sterbesakramenten verlangten. Er kehrte erst spät zu seiner Kirche zurück, völlig erschöpft und wenig begeistert, als ihn drei Fremde abpassten und um eine Trauung baten. Nur eine Goldmünze konnte ihn überreden, noch einmal seinen Dienst zu versehen.

Er sprach vor einem Altar ohne Decke und Schmuck in einem Raum, dessen einzige Beleuchtung aus einer Tranfunzel bestand, die Worte, die vorgeschrieben waren, wenn zwei Menschen den Ehebund eingingen. *Quod Deus conjunxit homo non separet* … Der Mensch soll nicht trennen, was Gott verbunden hat.

Anschließend mussten sie ihr Eheversprechen abgeben, und Freya war so erschöpft, dass sie sich gleich zweimal bei dem, was sie dem Geistlichen nachsprach, verhedderte. Was sich ihr aber ins Gedächtnis brannte, war Aristids Gelöbnis.

»Und ob ich das will. Natürlich will ich sie lieben. Verdammt, das will ich mehr als alles andere.« Er drehte sich zu ihr und packte sie bei den Schultern. »Ich hasse es, mich von dir zu trennen, und sei es für wenige Wochen. Ich hasse es, an die Gefahren zu denken, die dir drohen könnten. Ich hasse es zu wissen, dass ich beim Aufwachen nicht in deine Augen sehen kann. Bei Gott, sobald ich meinen Auftrag mit Anstand erledigt habe, bin ich wieder bei dir. Und dann lasse ich dich nie wieder aus den Händen.« Er beugte sich zu ihr hinab, die Nase scharf wie der Schnabel eines Raben, die Augen leuchtend.

»Bald sind wir wieder zusammen.«

»Das gebe Gott«, meinte er inbrünstig.

»Und damit erkläre ich euch vor Gott zu Mann und Frau«, erklärte der Pfarrer gähnend.

23. KAPITEL

Es wurde ein Höllenritt. Aristid litt mit seinem Pferd, das er beinahe zu Tode hetzte, während er über die jahrhundertealte Römerstraße von Augsburg nach Autun jagte. Dort verkaufte er das Tier und erstand ein frisches – unmöglich, die Reise mit dem zuschanden gerittenen Hengst fortzusetzen. Kaum, dass der Morgen graute, war er erneut unterwegs. Nur keine Zeit verlieren. Die Zukunft hielt Böses bereit. Das war der Gedanke, der ihn antrieb. Verfluchtes Dorstadt!

Freya, das Mädchen mit dem Feuerkopf und nun sein Eheweib, beherrschte seine Gedanken. Er begehrte sie, natürlich, sie war mehr als nur hübsch. Aber das war es gar nicht. Sie war … wie ein Mann? Er dachte an ihren enormen Mut und den beachtlichen Willen. Die Art allerdings, wie sie auf die Menschen in ihrer Umgebung achtete, wie sie zu erraten suchte, was andere bedrückte, wie wichtig es ihr war, sie zu trösten – da sah er wieder die Frau in ihr. So etwas schaffte kein Mann. Oder nur wenige. Er jedenfalls nicht. Er hatte viele Kameraden gehabt, die er mochte, für einige hätte er sein Leben gelassen. Aber er hatte selten darüber nachgedacht, welche Sorgen sie umtreiben mochten.

War es verrückt, über solche Dinge zu grübeln, während er mit einem wichtigen Auftrag unterwegs war? Natürlich. Er konnte aber nicht anders. Was wäre, verflucht, wenn in Dorstadt tatsächlich die Dänen auf sie warteten? Dieser Hasteinn, dessen Bruder ihre Mutter getötet hatte und mit dem sie offenbar ein tiefer Hass verband … Sie würde vorsichtig sein, darauf musste er sich verlassen!

Der zehnte Tag seiner Reise! Aristid war vor Erschöpfung wie gerädert, und sein Pferd – jetzt ein gefleckter Schimmel mit rastlosem Temperament – ebenso am Ende der Kräfte wie er selbst. Die Stadt aber, die auf einer Flussinsel liegen sollte, konnte nicht mehr weit entfernt sein. Frierend passierte er zwei Klöster, beide aus hellem Stein, geräumig und im Schatten stattlicher Kirchen angesiedelt, deren Ausmaße ihre Bedeutung verrieten. An ihren Mauern hatte allerdings Feuer geleckt, Aristid konnte sehen, wo die Flammen sich entlanggefressen hatten. Waren die Klöster Opfer eines Überfalls geworden? Vermutlich. Die Spuren des Rußes waren allerdings teilweise schon wieder beseitigt worden, seit dem Überfall musste also Zeit verstrichen sein.

Es war nachmittags, der Wind pfiff scharf durch Äste und Zweige. Aristid durchquerte ein Wäldchen, der Weg senkte sich, und endlich tauchte der ersehnte Fluss vor ihm auf – und mit ihm das Ziel seiner Reise. Er zügelte sein Pferd und gönnte sich eine kurze Pause, um die Stadt zu betrachten. Die Häuser von Paris waren aus Stein gebaut und mit gebrannten Ziegeln eingedeckt. Viele der Bauten wirkten luxuriös. Erinnerte ihn ein bisschen an Rom. Am nördlichen Ende der Insel erhob sich ein kleiner Palast, vermutlich die Residenz des Grafen. Im Süden war eine Kathedrale zu sehen. Jenseits des Flusses schmiegte sich noch eine kleine Siedlung ans Ufer, als hätte die Stadt ihre Grenzen gesprengt.

Er trieb seinen Schimmel wieder an. Die Straße endete an

einer Holzbrücke, die Stadt und Umland miteinander verband. Argwöhnisch glitten seine Blicke am Flussufer entlang. Die Dänen führten ihre Kriegszüge mithilfe ihrer Flotten. Sie waren phantastische Segler und Ruderer, schnell, wendig. Sie waren nach Britannien gelangt … ins Reich der Slawen … zu den Staaten längs des Mittelmeers … Kein Weg schien ihnen zu beschwerlich. Doch gleich, wohin die Gier sie führte: Die Gefahr kam immer über das Wasser.

Im Moment schien allerdings alles in Ordnung zu sein. Bis auf die Fischerkähne, die sacht an den Holzstegen schaukelten, war kein Boot zu sehen. Und auch die Stadt selbst wirkte friedlich. Als Aristid die letzte kurze Wegstrecke hinter sich gelassen hatte, trat ein Mann aus einem Lehmhaus, ein Wächter mit Schwert und Streitaxt am Wehrgehänge. »Dein Begehr?«, fragte er misstrauisch.

Graf Robert empfing Aristid in einem prunklosen Privatzimmer. Der Mann, den sie den Tapferen nannten, war um die vierzig, hochgewachsen, mit einem akkurat gestutzten Bart, aus dem eine schlecht verheilte Narbe durchschimmerte. Er erhob sich. Der Tisch, an dem er gesessen hatte, war mit Landkarten übersät. Beruhigend, fand Aristid. Der Graf schien ein Mann mit einem analytischen Verstand zu sein. Sein Blick war wach und neugierig, seine Bewegungen geschmeidig. Nichts ließ erkennen, dass er an den Krankheiten litt, mit denen das Alter normalerweise aufwartete.

Aristid verneigte sich und nestelte Nikolaus' Brief aus der Ledertasche, die er am Gürtel trug. Konnte Robert lesen? Diese Fähigkeit war auch an Fürstenhöfen wenig verbreitet. Doch, ja, er beherrschte die Kunst. Sein Blick glitt über das Pergament.

»Die Dänen also wieder.«

»Möglicherweise, es ist nicht sicher.«

Robert zog eine Augenbraue hoch. »Ach. Und warum die Einschränkung? Diese Ratten haben in den letzten Jahren zweimal Amiens geplündert. Sie waren in Tours, in Orleans und, ja, auch mehrfach hier in Paris. Es stand zu erwarten, dass sie wiederkommen. Wir sind ihr Futternapf, ihre Schatztruhe.« Eine kurze, zornige Bewegung mit der Hand – die Karten flatterten zu Boden. Der Graf ging zu einem der Fenster und blickte auf die beiden Flussläufe, die sich einen Pfeilschuss hinter seinem Palast strudelnd vereinigten. »Berichte!«

»Dem Heiligen Vater wurde über einen Spion zugetragen, wie ihre Pläne aussehen.«

»Ah ja. Und noch mehr?«

»Nur, was im Brief steht.«

Robert trommelte mit den Fingern auf den Fenstersims. Dann schaute er über die Schulter. »Wie heißt du?«

Aristid nannte seinen Namen und seinen Rang in der päpstlichen Garde.

»Lange nicht geschlafen, was?«

»Alles hat seine Zeit.«

Nun drehte der Graf sich vollends um und musterte ihn. »Warum kommen die Dänen nur möglicherweise?«

Aristid erklärte, was der sterbende Ulfgrim behauptet hatte.

»Du vertraust einem dänischen Heiden, der gerade ein Dorf niedergebrannt hat?«

»Ja, das ist ein Einwand.« Aristid zögerte – und rückte mit der ganzen Wahrheit heraus. »Ich vertraue der Frau, die mit ihm gesprochen hat. Mein Eheweib. Sie ist in Dänemark aufgewachsen und kennt diese Leute.« Jedes seiner Worte klang naiv. »Ich würde Paris für den Kampf rüsten, aber einkalkulieren …« Was sollte er sagen? Wahrscheinlich besser gar nichts.

Robert lachte spöttisch. »Kalkulieren, ja? Ich war in Tours, als sie über die Stadt herfielen. Wir haben die Dreckskerle verjagt, das ist uns gelungen. Aber nach ihrer Flucht haben wir Frauen gefunden, deren Unterleibe wie große Wunden waren. Ich habe Kinder gesehen, aufgespießt vor einer Scheune, wie Flaggen, die uns daran erinnern sollen, dass es nicht dienlich ist, den Dänen Widerstand zu leisten.«

»Bitter.«

»Ja.« Der Graf leckte über seine Lippe. »Du bist Gardist. Wie lange schon?«

»Etliche Jahre.«

»Es heißt, ihr habt eine Mauer um den Lateran gebaut?«

»Das war Gerold, der Superista. Leider lebt er nicht mehr.«

»Und hat die Mauer euch geholfen?«

»Natürlich, ja. Mehrfach.«

»Also gut. Komm mal her.« Robert machte ein wenig Platz beim Fenster und deutete hinaus auf die schilfbewachsenen Uferränder. »Was würdest du tun, um Paris vor den Normannen zu schützen?«

»Tja …« Aristid zögerte. »Ich denke, ich würde auch die Insel komplett mit einer Mauer umgeben. Das müsste zu machen sein, wenn man für eine tiefe Gründung sorgt. Außerdem in Abständen befestigte Wachtürme. In jedem Fall welche an den Brücken. Aber am wichtigsten wären wohl effektive Waffen.«

»Womit du was genau meinst?«

Aristid lächelte. »Die Drachenboote sind aus Holz. Es bieten sich deshalb mit Pech getränkte Pfeile an. Anstecken und auf die Boote schicken. Wenn erst die Schiffe brennen …«

»Habt ihr das ausprobiert?«

»Bei den Schiffen der Sarazenen. O ja!«

Robert kehrte dem Fenster den Rücken. Er ging zum Tisch, bückte sich nach den Karten, die er zu Boden gefegt hatte, glättete sie und legte sie akkurat übereinander. »Tritt in meine Dienste.«

»Was?«, fragte Aristid überrascht.

»Das ist ein Angebot. Paris zahlt nicht schlechter als Rom.«

Aristid schüttelte den Kopf. Bedauernd, wie er feststellte. Er mochte den Mann, der sich nicht zu gut für Fragen war. »Es tut mir leid. Ich muss nach Dorstadt. Wie es aussieht, führen die Dänen dort ihren nächsten Angriff. Mein Weib ist hingeritten, um ihrer Schwester beizustehen.«

»Dann kehrst du gar nicht nach Rom zurück?«

»Wenn du dem Heiligen Vater etwas mitzuteilen hast, müsstest du einen eigenen Boten senden. Ich …« Aristid fehlten die Worte.

»Deine Frau reitet an einen Ort, der von den Normannen angegriffen wird.«

»Sie ist … besonders.«

Roberts Gesicht verzog sich zu einem Lächeln. »Verstehe. Ruhe dich aus, schöpfe ein bisschen Kraft – und ziehe in Frieden.«

Als Aristid schon fast durch die Tür war, hielt der Graf ihn noch einmal auf. »Solltest du dich allerdings entschließen, von Dorstadt aus wieder den Weg nach Paris einzuschlagen, sollte es nicht dein Schaden sein.«

24. KAPITEL

Sie hatte sich aufgemacht, weil sie Asta helfen wollte. Jedenfalls glaubte Freya das in manchen Stunden. In anderen ging sie härter mit sich ins Gericht: Der Zweck des Teufelsritts, zu dem sie sich und die arme Cosima nötigte, bestand darin, ihr Gewissen zu entlasten. Sie und Asta waren Schwestern. Sie hatten es geschafft, gemeinsam vor den Dänen zu fliehen. Sie hatten zusammengehalten. Es war ein Verrat gewesen, als sie Asta ihrem grauenhaften Ehemann überließ.

Doch ihre Stimmung schlug sogleich wieder um. Asta hatte zugelassen, dass Giso, das verdorbene Miststück, ihr Kind ermordete – weil es weinte! In Wirklichkeit war es ihm vermutlich darum gegangen, seiner Frau zu zeigen, welche ungeheuerliche Macht er über sie besaß. Er war berauscht von der giftigen Sehnsucht, andere zu demütigen. Warum hatte Asta das nicht erkannt? Sie hätte ihr Kind beschützen müssen – im Zweifelsfall, indem sie Giso ein Messer zwischen die Rippen jagte!

Andererseits: Hatte Soranos nicht geschrieben, dass Frauen nach einer Entbindung gelegentlich unter einer besonderen Art der Melancholie litten, die sie unfähig zu klarem Denken machte?

Hatte Asta sich vielleicht in genau diesem Zustand befunden? Dann wäre sie selbst es gewesen, die sie und das Kind hätte schützen müssen.

Freya kamen die Worte in den Sinn, die ihre Schwester am Danewerk gesagt hatte: Ich bin vom Blut unserer Mutter und versuche zu heilen. Du bist vom Blut unseres Vaters und tötest. In gewisser Hinsicht war das richtig – sie hatte Björn und den Mann im Wachhaus getötet. Und wenn ihr Ehemann versuchen würde, ihr Kind zu ermorden, würde sie ihn ebenfalls umbringen. Aber Jesus hatte gesagt: Wenn jemand dich auf die eine Wange schlägt, halte die andere hin. War Asta vielleicht einfach frommer und geläuterter als sie?

Freya versuchte, mit den fruchtlosen Grübeleien aufzuhören – aber es war unmöglich.

Sie erreichten Dorstadt an einem kühlen, sonnigen Nachmittag. Der Wind blies kräftig über die Ebene und trieb winzige Regentropfen in ihre Gesichter. Cosima hatte die Beine angezogen und sich zitternd in Freyas Arme verkrochen, die letzten Meilen waren anstrengend gewesen. Kurz vor dem Stadttor zügelte Freya das Pferd und musterte die Gemäuer.

Wenn Ulfgrim nicht gelogen hatte, war diese Stadt von Hasteinn als Ziel für seinen nächsten Raubzug ausgesucht worden. Was, wenn der Überfall schon stattgefunden hatte? Dorstadt schien jedoch unversehrt zu sein. Aus den Schornsteinen kringelte sich der Rauch der Feuerstellen, und auf einem Acker vor den Toren pflügte ein Bauer mit einer kräftigen Mähre einen abgeernteten Acker. Trotzdem war Freya misstrauisch.

Nicht weit entfernt befand sich ein kleiner, verlassener Unterstand für Schafe. Freya ritt die wenigen Schritte, hob Cosima aus dem Sattel, setzte sie auf eine sichtgeschützte krumme Bank und nahm ihr Gesicht in die Hände. »Du wartest hier auf mich. In Ordnung? Ich suche jemanden auf, dann kehre ich zurück. Es wird nicht lange dauern.«

Cosima nickte.

»Und du gehst keinen Schritt von hier fort!«

Noch ein Nicken. Cosima krümmte sich auf der Bank zusammen und schloss die Augen.

Freya saß wieder auf und ritt in die Stadt ein. Die vertraute Gasse, die direkt zum Marktplatz führte, löste ein schmerzliches Gefühl von Verlorenheit in ihr aus. Sie dachte an Jutta, die sie so herzlich aufgenommen hatte, an den armen Kasimir und die Stunden auf der Rheininsel, in denen er ihr das Lesen beigebracht hatte. Hinter den Dächern ragte der Turm des Doms in die klare Luft, in einem Stall schnaubten die Pferde, aus einem Fenster drangen Gesprächsfetzen, die sich wie ein Streit anhörten, aus einem anderen Werkzeuggeräusche. Alles wirkte wie immer.

Es wirkte wie immer – und trotzdem verkehrt. Freya brauchte einen Moment, bis ihr aufging, was sie störte. Die Menschen! Es befand sich fast niemand in den Gassen. Eine Frau überquerte hastig den Weg, um ins gegenüberliegende Haus zu gelangen, an einer Hausecke hockte ein Bettler, der stumpf auf das löchrige Säckchen zu seinen Füßen starrte – das war's. Sonst kein menschliches Wesen.

Beklommen nahm Freya die Gebäude längs der Gasse genauer in Augenschein und entdeckte verräterische Hinweise: Türen waren mit neuen Riegeln und Schlössern versehen, Wände mit frischem Lehm geflickt … Bei einem Haus hatte offenbar das Dach gebrannt – doch trotz des nahenden Winters hatte noch niemand Zeit gefunden, es neu mit Stroh einzudecken. Nein, in dieser Stadt war gar nichts in Ordnung. Und der Grund drängte sich auf: Die Dänen hatten Dorstadt bereits heimgesucht, aber erst vor kurzer Zeit, wie die Angststarre der Bewohner ahnen ließ. Erstaunlich war, wie wenig die Plünderer verwüstet hatten. Hatten die Dorstädter sie mit Silber und anderen Kostbarkeiten zum Abziehen bewegt? Vermutlich war es so. Viele Männer aus dem Norden sahen in den Klöstern und Städten, die sie überfielen, Kühe, die sie nicht schlachten, sondern melken wollten, und zwar immer wieder von Neuem. Nur wer Widerstand leistete oder nichts zu bieten hatte, wurde niedergemacht.

Mit schmalen Lippen wandte Freya sich zum Haus ihres Schwagers. Äußerlich hatte es sich nicht verändert. Der doppelstöckige Bau kündete immer noch vom Wohlstand des Besitzers – der sie allerdings nicht mehr beeindruckte, seit sie die Steinvillen in Rom gesehen hatte. Was ihr aber sofort auffiel, war ein hässliches gezacktes Loch, dort, wo früher der Türknauf geprangt hatte. Freya lenkte ihr Pferd in den Garten, band es an einem Birnbaum fest und ging zur Werkstatttür. Sie drückte sie auf.

Der Raum sah aus, als hätte ihn jemand mit einem riesigen Besen ausgekehrt. Kein einziger Tuchballen lag mehr auf den Tischen oder in den Regalen, die Kisten mit den Garnen, Knöpfen und Nadeln waren entleert und zum Teil zertrümmert worden. Auch von den Nähern, die ihn sonst immer mit Betriebsamkeit gefüllt hatten, war nichts zu entdecken. Wachsam schritt sie über die Fliesen, von denen mehrere zersprungen waren, als hätte jemand eine Eisenkugel darauf geschleudert. Freya stieg die Treppe hinauf und öffnete die Tür zur Wohnstube. Ihr erster Blick fiel auf den Wandteppich, der den Heiland bei seiner Taufe zeigte. Der zweite auf Asta, die am Webstuhl arbeitete.

Ihre Schwester ließ das Webschiffchen fallen. Nach der ersten Überraschung begannen ihre Augen zu leuchten. Sie umarmte Freya, schleppte Essen und einen Krug Wein herein, sie lachte, sie schien schwindlig vor Glück. Als sie einander gegenüber saßen, wurde es still, aber nur kurz. Dann begann Asta noch lauter zu reden. Nun vom Lob ihres Ehemanns. Was für ein von Gott gesegneter Mensch sie war. Giso überhäufte sie mit Geschenken, er umwarb sie zärtlich, die Menschen beneideten sie um ihn …

Kein Wort zu dem grauenhaften Tag, der sie voneinander getrennt hatte, keine Frage, wie es ihrer Schwester in der Fremde ergangen war.

»Inzwischen ist Giso zu einem der führenden Männer der Stadt geworden. Er hat sogar höchstpersönlich mit den Dänen verhandelt. Sie waren ein zweites Mal hier, Freya, vor kurzer Zeit, stell dir vor. Auch Hasteinn …«

Man hätte meinen sollen, dass Astas Lächeln spätestens bei dem verhassten Namen verblassen würde, aber es hielt sich auf ihrem Gesicht wie eingemeißelt.

»… hat mich nicht gesehen, zum Glück. Ich hatte mich hier im Haus versteckt. Und wahrscheinlich hätte er mich sowieso nicht erkannt, sagt Giso, weil es ja schon ewig her ist …«

»Was ist passiert, als sie damals in Dorstadt eingefallen sind?«

»Na was schon? Sie haben geplündert. Leider auch Menschen getötet. Aber dieses Mal war es anders. Da haben sie nur gestohlen. Und was sie weggeschleppt haben, kann man ersetzen, sagt Giso.« Das verfluchte Lächeln wollte nicht weichen. Asta trug es wie ein Kettenhemd. »Komm mit!« Sie ergriff ihre Schwester bei der Hand und führte sie in ein kleines abgelegenes Zimmer, das Freya vorher noch nie betreten hatte. Der Raum enthielt eine Wiege, sonst nichts. In der Wiege lag ein Kind.

»… mein Sohn … hier, nimm ihn … nein, lieber nicht, er ist gerade still …« Asta beugte sich über das straff gewickelte Bündel, und einen Moment meinte Freya, echte Zärtlichkeit in ihrem Gesicht zu sehen. Das Kind in der Wiege mochte zehn Monate alt sein. Es hatte die Augen geöffnet, gab aber keinen Ton von sich. Warum lachte es nicht, als es die Mutter entdeckte? Taten das nicht alle Kinder in diesem Alter?

»Wie heißt er?«

»Giso hat ihn Thomas genannt. Nach dem Apostel.«

»Wie hübsch. Hat er Geschwister?«

Statt zu antworten, schob Asta ihre Schwester wieder aus dem Zimmer. Thomas ließ sie ziehen, ohne zu protestieren. Warum befand er sich überhaupt in einem so abseits gelegenen Raum? Behielten Mütter ihre Kinder nicht in der Nähe, um sie rasch stillen und ihre Windeln wechseln zu können oder sie zu liebkosen? Selbst die Bäuerinnen trennten sich nicht von ihren Säuglingen, sondern hängten sie während der Feldarbeit in mit Wolle ausgestopften Kisten in die Bäume.

»Schlägt Giso dich und das Kind?«

»Unsinn!« Asta brauste auf, doch ihr Gesicht sagte etwas anderes. Giso, so erfuhr Freya, als sie wieder in der Stube waren, befand sich auf Reisen. Die Dänen hatten auch die meisten Kleider der Dorstädter mitgenommen, weshalb er möglichst rasch neue Stoffe und Garne besorgen wollte. Ihm stand ein blendendes Geschäft bevor. Bis nach Köln wollte er und hatte für die Ballen extra einen Wagen geborgt und zwei Dorstädter als Begleitschutz mit sich genommen. »Aber ich rede immer nur von mir. Was ist mit dir? Wie ist es dir ergangen, Schwester?«

Nun wollte sie es also doch wissen. Aber Freya war nicht mehr in der Stimmung zu erzählen. Wortkarg berichtete sie, und Asta hörte, obwohl sie gefragt hatte, kaum zu. Sie hatte sich wieder an den Webstuhl gesetzt. Das Schiffchen wieselte zwischen den Kettfäden, schneller als Freya es je bei einem Menschen gesehen hatte. »Ich muss fertig werden«, unterbrach Asta sie mitten in einem Satz. »Meine Stoffe sind die schönsten von allen, sagte Giso. Die wird er zuerst verwenden. Er hat für diesen hier schon einen Kunden, den Schmied … Engelbert, erinnerst du dich? Er ist …«

»Asta, ich …«

»Ach ja, und du musst natürlich bei uns wohnen …«

»Du weißt doch, dass Giso mich nicht leiden kann. Außerdem wartet vor der Stadt meine Tochter auf mich.«

»Ach, dann willst du sofort weiterreisen?«

Ich habe eine Tochter! »Ich … Nein, ich werde ein paar Tage in der Stadt bleiben. Ich warte auf meinen Ehemann.«

»Verheiratet bist du auch?« Kurz sah es so aus, als erwachte Astas Interesse, doch dann konzentrierte sie sich wieder auf ihr Schiffchen. »Vielleicht hast du recht. Wenn Giso zurückkehrt, könnte es Schwierigkeiten geben. Aber so lange er fort ist, werdet ihr bei mir schlafen. Kein Widerspruch.«

Freya holte Cosima aus dem Schafstand. Sie schlief mit ihr im Zimmer ihres kleinen Neffen – das schien Asta die günstigste Lösung zu sein. Weil sie ja nicht wusste, wann genau ihr Gatte zurückkehrte. Wenn Freya mit den Kindern allein war, holte sie Thomas entgegen Astas Anweisung aus seiner Wiege. Sie schaukelte ihn und versuchte, ihn zum Lächeln zu bringen. Vergebens. Hätten sich nicht gelegentlich seine Augen bewegt, er hätte eine Puppe sein können. Freya war zutiefst bedrückt.

Sie und Cosima suchten jeden Tag beim Glockenklang den Dom auf, so wie sie es mit Aristid verabredet hatte. Aber natürlich konnte er noch nicht in der Stadt sein. Selbst wenn er ohne Pause weitergeritten wäre, hatte er doch eine dreimal so lange Strecke zurückzulegen gehabt.

Die Tage verstrichen, eine Woche, zehn Tage, zwölf Tage …

Dann kehrte Giso nach Hause zurück.

Sie hatten weder seinen Karren aufs Grundstück rollen sehen, noch das Muhen der Zugochsen gehört. Doch Giso selbst hatte Freyas Pferd im Garten entdeckt. Er öffnete die Türen so leise, dass Freya ihn erst bemerkte, als er im Zimmer stand. Asta blickte vom Webstuhl auf und verlor jede Farbe.

Giso starrte Freya an. Ihre Frauenkleider verwirrten ihn, natürlich, er kannte sie ja nur als Jungen. Als ihm endlich aufging, wen er vor sich hatte, schoss er auf Asta zu: »Das ist ja … Ich fasse es nicht! Dein verfluchter Lügenbold von Bruder ist also eine … ein dreckiges … Verdammt, meine Ehefrau schämt sich nicht, ihren Herrn und Lehrer mit dreistesten Lügen … Raus aus meinem Haus!«

Der letzte Satz galt Freya, die sich aber nicht rührte.

»Wie konntest du es wagen, diese heidnische Hure in unser anständiges Haus zu lassen, du tückisches Drecksstück?« Das ging wieder an Asta. Sie brach in Tränen aus.

Als Giso sich ein zweites Mal an Freya wandte, wurde seine Stimme ruhig und sehr leise. »Ich gehe jetzt, die Ochsen ausspannen. Wenn ich zurückkehre, bist du verschwunden, Johannes, oder wie immer du heißen magst. Du bist verschwunden, oder, bei Gott, du wirst …« Ihm fehlte die Phantasie, um eine Drohung zu finden, die seiner Wut entsprach. Ohne den Satz zu beenden, stolzierte er aus dem Raum.

Asta legte den Finger auf die Lippen, als befürchtete sie, er könnte an der geschlossenen Tür lauschen. »Du hast es gehört – du musst das Haus verlassen.« Ihre Stimme klang panisch.

»Und du kommst mit. Asta! Ich bringe dich vor ihm in Sicherheit. Und sorge für dich und dein Kind. Wirklich! Du musst das nicht erdulden.«

Die Tür flog wieder auf. Giso hatte sich nicht um die Ochsen gekümmert, sondern eine Peitsche, einen gedörrten Ochsenpenis, geholt. Ohne Freya eines Blicks zu würdigen, befahl er Asta, Schürze, Rock und Hemd abzulegen. Fassungslos sah Freya, wie ihre Schwester ohne ein Wort des Widerspruchs an ihren Knöpfen zu nesteln begann. Sie rannte zu ihr und hielt sie fest. »Nein!«

»Nun geh schon«, wisperte Asta. »Bitte, Freya.«

»Knie nieder!« Giso wippte mit dem Ochsenziemer.

Freya wollte protestieren, losbrüllen, doch bevor sie einen Laut herausbringen konnte, öffnete sich die Tür ein weiteres Mal. Cosima trat ein. Ihre Augen weiteten sich. Verständnislos starrte sie auf den Mann mit dem Ochsenziemer, dann auf die Frau, die ihnen Obdach gegeben hatte und die sie inzwischen Tante nannte.

Freya ging zu Giso, riss ihm die Peitsche aus der Hand, zog sie ihm mit aller Kraft übers Gesicht, rannte zum Fenster und warf das Folterwerkzeug in den Garten hinab. Sie drehte sich zu Asta. »Wir gehen!«

Asta schüttelte den Kopf, und Giso, der wutentbrannt seine anschwellende Wange hielt, sich aber offenbar nicht an Freya herantraute, begann zu grinsen. Sein Augenlid zuckte vor Aufregung. »Braves Weib … braves Weib …«

Freya wartete, aber Asta kniete nieder. War es Hilflosigkeit? Hatte sie ihr nicht angeboten, ihr beizustehen? Freya packte Cosimas Arm, zog sie aus dem Zimmer, stolperte die Treppe hinab und hastete ins Freie.

»Wir brauchen den Reisebeutel mit unseren Sachen«, flüsterte Cosima.

»Nicht jetzt.«

Ihre Füße trugen sie zum Dom. Freya fragte einen der Domknechte, der die Treppen des Gotteshauses fegte, ob ein südländisch aussehender Reiter aufgetaucht sei und nach ihr gefragt habe.

»Wie soll ich das wissen? Kenne ich deinen Namen?«

Ganz sicher, denn sie hatte ihn schon mehrere Mal in den

vergangenen Tagen genannt. Am liebsten hätte sie ihm ins bärtige Gesicht geschlagen. »Freya.«

Der Bursche kehrte weiter, ohne zu reagieren. Sie war ja nur eine Frau. Kaum mehr als eine Kuh. Nachlässig wedelte er mit dem Besen, um eine Taube zu vertreiben.

Freya hielt nach jemand anderem Ausschau, den sie fragen könnte. Eine Greisin saß auf einer Bank. Ihr verkrümmter Körper brauchte den Halt der Hauswand, aber ihr Blick war aufmerksam. Freya ging auf sie zu, als der Domknecht ihr plötzlich nachrief: »Ja, da war einer. Der sprach Lateinisch. Hat deinen Namen genannt. Ist aber weitergeritten.«

»Ist Aristid gekommen?«, fragte Cosima. Ihr erschrockenes Gesicht begann vor Hoffnung zu leuchten.

Freya nickte. »Und nun musst du mir genau zuhören. Du wartest hier auf ihn. Und wenn er kommt, bevor ich zurück bin, sag ihm, ich hole unser Pferd und den Beutel. Ihr bleibt hier an dieser Stelle, ihr rührt euch nicht fort!« Sie drückte dem Mädchen einen Kuss auf die Stirn und eilte zu Gisos Haus.

Dort hastete sie die Treppe hinauf, um zum letzten Mal das Zimmer des Säuglings aufzusuchen. Asta hatte beschlossen, bei ihrem widerwärtigen Ehemann zu bleiben, da war nichts zu machen. Ihre Schwester war, wie sie war. Als Freya das Obergeschoss erreichte, hielt sie abrupt inne. Was waren das für erstickte Geräusche in dem Zimmer mit dem Webstuhl? *Selbst schuld, Asta, verflucht, warum willst du nicht hören?* Sie wollte weiter, einfach raus aus dem schrecklichen Haus, aber dann schlich sie doch zur Kammertür, öffnete sie und spähte durch den Spalt.

Ihr Mund wurde trocken. Asta lag vor dem Webstuhl auf dem Boden. Sie war nackt, ihr Körper so voller blutiger Striemen, dass kaum noch heile Haut zu entdecken war. Nur die Stellen, die man auch bei einer angekleideten Person hätte sehen können, hatte Giso bei seiner Strafaktion ausgespart: Arme, Kopf und Hals. Asta biss auf ein Wollknäuel, um ihr Stöhnen zu ersticken. Die Wolle war ebenfalls rot gefärbt. Freya lief zu ihr und beugte sich über sie. Asta drückte ihre Hand. Ihr gequälter Blick suchte eine Ecke des Raums, die durch die Tür verborgen wurde.

Giso trat hervor. Sein Gesicht leuchtete, er weidete sich am Schmerz seiner Frau und an der Wut ihrer Schwester. Der blutige Ochsenziemer wippte in seinen Händen.

Freya tastete nach der Stelle, an der sie gewöhnlich unter ihrer Schürze ein Messer trug, aber hier im Haus hatte sie es abgelegt. Ihr Blick fiel auf ein Tischchen neben dem Webstuhl. Darauf lag das Wollmesserchen, mit dem Asta ihre Fäden durchtrennte. Die Klinge war kurz, aber nicht zu kurz, um sie als Waffe zu gebrauchen. Zwei Schritte, und sie hielt das kleine Messer in der Hand.

Giso wich zurück. Er war ein erbarmungsloser Weiberschinder, aber sein Alltag bestand aus Nähen und Weben. Vermutlich hatte er nie im Leben kämpfen müssen, und wenn es angebracht gewesen wäre, wie bei den Überfällen der Dänen, hatte er sich wahrscheinlich verkrochen. Freya sah, wie seine Augen sich weiteten, als sie auf ihn zustürzte. Er hob den Ochsenziemer, rechnete aber nicht mit ihren raschen Schritten. Die Klinge drang in sein Fleisch. Er stieß einen grässlichen Schrei aus, der aber sofort verstummte. Sie hatte seine Kehle getroffen.

Asta starrte entsetzt auf ihren Ehemann, der mit rudernden Armen zu Boden sank.

Freya begann ihre Wange zu liebkosen. »Sieh nicht hin. Er ist ein Ungeheuer. Hör zu, Asta, ich gehe kurz weg, um jemanden zu holen. Dann bringe ich dich und dein Kind fort. Hast du mich verstanden?«

Asta reagierte nicht.

»Du hast recht, erst muss ich dich verbinden.« Freya half ihrer Schwester auf die Füße und schleppte sie in den Flur, damit sie ihrem Mann nicht beim Sterben zusehen musste. Rasch griff sie zwei Hemden und einen Rock aus einer Truhe. Eines der Hemden zerriss sie in lange Streifen und verband damit Astas schlimmste Wunden. Das andere zog sie ihrer halb ohnmächtigen Schwester über den Kopf, der Rock folgte. Sie befestigte die Träger an den Schnallen über der Brust und umfasste Astas Gesicht. »Du musst mir vertrauen. Verstehst du? Ich helfe dir.«

Nichts ließ erkennen, ob Asta sie verstand.

Freya rannte zum Domplatz zurück. Und dann war Gott zum ersten Mal an diesem Tag bei ihr. Aristid saß neben Cosima auf der Domtreppe. Pures Glück erhellte sein Gesicht, als er ihr entgegenlief, um sie in die Arme zu schließen, aber sie machte sich sofort wieder frei. »Komm! Uns bleibt nur wenig Zeit. Wir müssen die Stadt verlassen.«

Die Nacht hatte mit ihren Schatten bereits die Dächer erreicht, als sie bei der Schneiderei ankamen. Freya stürzte voran. Der Flur oben war leer. Von bösen Ahnungen erfüllt lief sie weiter zur Webkammer.

Giso war gestorben, und Asta lag auf ihm. Sie hatte ihr Gesicht an seines geschmiegt und sah aus, als würde sie lächeln, obwohl das unmöglich war, denn sie war ebenfalls tot. Sie hatte das Messer aus Gisos Hals gezogen und es benutzt, um die Adern ihrer Handgelenke zu zerschneiden.

Aristid starrte schockiert auf das Blutbad. Cosima, die ins kleine Zimmer gerannt war, erschien in der Tür, auf dem Arm den Säugling, über der Schulter ihren Reisesack. Auch sie blickte mit offenem Mund auf das schreckliche Bild.

»Wir müssen fort«, sagte Freya. Die Nachbarn würde sie,

die hier zu Gast gewesen war, für die Mörderin der beiden halten. Was ja auch stimmte! Wie betäubt nahm sie Cosima den Säugling ab, dem sie die Eltern geraubt hatte. Sie holten Decken und warme Kleider aus den Truhen der Toten, dann ihre Pferde.

Wenig später hatten sie die Stadt verlassen.

25. KAPITEL

Sie fanden ein Plätzchen im Wald unterhalb eines Hügels, wo sie halbwegs geschützt übernachten konnten. Aristid sammelte trockene Zweige und entzündete ein Feuer. Die aufgestörten Vögel und Füchse beobachteten ihn mit gelben Augen, der Wind pfiff, aus der Ferne tönte das Heulen jagender Wölfe.

Verstohlen beobachtete Aristid, wie Freya den Säugling, der offenbar ihr Neffe war, von seinen Windeln befreite. Das Kind bewegte kaum die Glieder, ließ sich wickeln, ohne einen Laut von sich zu geben, und schluckte ohne ein Zeichen von Gier einen Apfel, den Freya ihm vorkaute. Aristid bekreuzigte sich und wandte sich ab. Der Anblick des toten Manns und der toten Frau saß ihm in den Knochen. Hatte Freya die beiden getötet? Er war aus dem, was sie ihm später ins Gesicht geschrien hatte, nicht schlau geworden. Aber nachfragen? Da musste er wohl einen ruhigen Moment abwarten.

Einfacher war es, sich mit Cosima zu beschäftigen. Sie war ein waches, unglaublich wissbegieriges Kind. Er griff sein Schwert und nahm sie mit in den tieferen Wald, wo er mit ihr späte Maronen sammelte. Als sie zurückkehrten, brieten sie die Pilze über einem Feuer – ein karges Mahl, das aber den ärgsten Hunger stillte. Er gab ihr den letzten Apfel aus seiner

Jacke und blickte besorgt zum Himmel. Keine Wolken, aber der Wind war eisig. Ihm war klar, dass sie der Kinder wegen für die kommende Nacht einen Unterschlupf finden mussten.

Der ruhige Moment kam, als Cosima eingeschlafen war. »Was ist in dem Haus passiert?«

»Wie konnte Asta jemanden wie Giso lieben?«, flüsterte Freya anstelle einer Antwort. Der Säugling lag auf ihrem Bauch, bedeckt von ihrem Mantel, gewärmt von ihrem Körper. Ob er schlief, war nicht auszumachen. Cosima schnarchte leise in der Kuhle, die sie sich in einem sandigen Hügel gesucht hatte.

»Was ist passiert?«, wiederholte Aristid seine Frage, aber Freya schwieg, und schließlich legte er sich neben sie, um ihr und dem Kind ein bisschen Wärme durch seinen Körper zu geben. Ihm fielen die Augen zu, doch gerade, als er wegnickte, begann sie doch noch zu reden: »Ich will nicht mehr töten.«

»Wie meinst du das?« Er kniff die Augen zusammen, um wieder wach zu werden.

»Kein Mensch darf entscheiden, wer leben soll und wer sterben muss.«

Das mochte stimmen in einer Welt, in der alle Menschen gütig wie Jesus waren. In ihrer eigenen gab es viele gute Gründe, einander den Hals umzudrehen. Und Freya hatte mit Sicherheit einen Grund für das gehabt, was auch immer sie getan hatte. Sie umfasste ihren kleinen Neffen mit dem Arm und rollte sich mit ihm auf die Seite, so dass sie ihm in die Augen sehen konnte. »Auf Frauenwörth war ich glücklich, verstehst du? Besonders im Hospital. Ich habe Menschen geholfen. Nicht allen, aber einigen. Ich habe sie von Schmerzen befreit, und das ist viel, wie du weißt. Andere konnte ich gar heilen. Und fast allen habe ich Hoffnung gegeben oder wenigstens Trost in ihren elendsten Stunden. Und das ist es, was mich zufrieden macht. Ich will, dass es den Menschen, die mit mir zusammentreffen, besser geht.«

»Das gelingt dir jetzt schon recht gut, will ich meinen.«

»Du verstehst es nicht, Aristid, du verstehst es nicht.« Sie löste einen ihrer Arme von dem Kind und streichelte seine Wange. »Ich habe beschlossen, dass ich niemals wieder einen Menschen töten werde.« Wie zur Bekräftigung angelte sie nach dem Messer in ihrer Lederscheide. Sie wollte es ihm in die Hand drücken. Als er nicht zugriff, warf sie es über ihn hinweg ins Gras.

Am folgenden Tag brachen die Temperaturen ein, und sie waren gezwungen, der Kinder wegen einige Tage bei einem ruppigen Großbauern zu verbringen. Die Nächte in seiner Scheune wurden kurz, weil Aristid dem Mann nicht traute und deshalb abwechselnd mit Freya Wache hielt. Der Kerl wäre ja nicht der Erste, der Reisende, die bei ihm Unterschlupf suchten, um Hab und Leben brachte. Aristid hielt Freya vor der ersten Wache auffordernd sein Schwert hin, aber sie verschränkte die Arme auf dem Rücken. Stur, sie war unfassbar stur, wenn sie einmal einen Entschluss gefasst hatte. Er küsste sie und ermahnte sie inständig, ihn beim ersten Anzeichen einer Gefahr zu wecken.

Nach einer knappen Woche stiegen die Temperaturen wieder, und sie sattelten die Pferde, um weiterzureiten. Kurz vor Weihnachten erreichten sie Paris.

Sie näherten sich der Stadt von Osten, und zwar wieder auf einer der Römerstraßen, deren Pflasterung hier aber schon so zerbröselt war, dass die spitzen Steine eher ein Hindernis darstellten, als Erleichterung zu bringen. Die Sonne lag auf den

Dächern und brachte den Fluss zum Funkeln. Schneeinseln tupften die brachliegenden Äcker.

»Und? Wie findest du Paris?«, fragte Aristid, als sie die ersten Häuser erreichten.

Freya antwortete nicht, und er verstand sie. Auch wenn die Seinestadt lange Zeit die merowingischen Könige beherbergt hatte, musste sie auf Freya armselig wirken. Zwar gab es großzügige Gehöfte, geräumige Schmieden, Kirchen und doppelstöckige Steinhäuser, deren schneebedeckte Dächer über weiträumigen Gärten thronten, aber kaum eines der Gebäude war unversehrt. Türen und Dächer waren notdürftig repariert, Ställe neben niedergebrannten Vorgängerbauten hochgezogen worden. Man merkte der Stadt an, dass sie in den vergangenen Jahren mehrfach überfallen worden war. Auch die Menschen, die ihnen begegneten, konnten ihr nicht gefallen. Sie wirkten misstrauisch und erschöpft, und die Kleider schlotterten um ihre Leiber – eine Folge der Hungersnöte, die den Kriegen stets folgten.

»Du bist nicht sonderlich begeistert?«

»Nichts ist wie Rom«, meinte Freya.

»Wir kehren dorthin zurück, wenn du es willst.« Er hatte ihr von Roberts Angebot, in seinen Dienst zu treten, erzählt, und wahrscheinlich hatte sie seine Sehnsucht, es anzunehmen, gespürt, denn sie hatte nicht protestiert, als er den Weg gen Westen einschlug. Dabei war ihm selbst nicht ganz klar, was ihn nach Paris zog. Warum gab er eine sichere Stellung bei dem mächtigsten Mann der christlichen Welt auf, um einem Grafen zu dienen? Gewiss nicht, weil er auf Reichtum hoffte. Nein, er mochte Robert, das war es. Der Mann hatte auf ihn nicht nur mutig und klug, sondern auch anständig gewirkt – und das war eine seltene Eigenschaft, gerade bei Menschen hohen Standes. Ich werde sentimental, dachte Aristid mit einem selbstironischen Lächeln. Und natürlich würde er in die Heilige Stadt zurückkehren, sobald es Anzeichen gab, dass Freya in Paris nicht glücklich wurde. Nun würde er ihr aber erst einmal das einzige Gebäude zeigen, das sie vielleicht locken könnte.

Sie hatten den Grand Pont erreicht, eine Steinbrücke, die von der östlichen Seite der Stadt auf die Île de la Cité führte, und ihm wurde erneut bewusst, wie schutzlos die Insel war, auf welcher der Graf von Paris residierte. Sie lud zum Plündern ein wie Juwelen in den Händen einer alten Frau.

Die Wachen winkten sie durch, vielleicht wegen der Kinder. Und auch das ist leichtsinnig, dachte Aristid. Jeder Spion konnte sich mit Kindern einen harmlosen Anstrich verpassen. Hinter der Brücke lag auf der rechten Seite der kleine Palast. Doch er lenkte sein Pferd nach links, wo sich die Kuppel der Kathedrale Saint-Étienne erhob.

Freya folgte ihm müde. Sie trug ihren schweigsamen Neffen inzwischen in einem dicken Wolltuch, das über ihrer Schulter hing. Cosima schlief in seinem eigenen Arm. Es dauerte nicht lange, bis die Kathedrale vor ihnen auftauchte. Aber sie war nicht sein Ziel. Er passierte sie und hielt vor einem trutzigen, schmucklosen Gebäude, das direkt dahinter am Seineufer lag.

»Was für ein Gebäude ist das?«, fragte Freya.

Aus den Fenstern drang das Klappern von Holztellern. Jemand murmelte ein Gebet – schlechtes Latein, aber immer noch als Vaterunser zu erkennen. Eine Nonne trat aus dem Haupttor des Gebäudes, müde, mit Augenringen.

»Ein Hospital«, sagte Aristid.

26. KAPITEL

Drei Jahre später

Es ist Gott, dachte Freya. Ich habe aller Gewalt abgeschworen und damit von der größten aller Sünden gelassen, und seitdem segnet er mich. Denn genau so war es. Sie konnte sich nicht erinnern, jemals so glücklich gewesen zu sein wie in den beiden Jahren seit ihrer Ankunft in Paris. Natürlich hatte sie auch Schweres erlebt. Besonders bitter hing ihr der Tag nach, an dem ihr kleiner Neffe gestorben war. Es war kurz nach ihrer Ankunft passiert. Nicht einmal in den Minuten, in denen sein Leben erlosch, hatte Thomas einen Laut von sich gegeben. Er hatte einfach aufgehört zu atmen, während sie ihn wickelte. Sie hätte ihn fast, ohne es zu bemerken, in den Strohkorb zurückgelegt, den sie ihm mit alten Stoffen ausgestopft hatte, um ihn weich zu betten. Nur das unnatürliche Schlenkern seines Kopfes hatte sie aufmerksam gemacht. Der Junge war nicht einmal ein Jahr alt geworden.

Freya verscheuchte das schreckliche Bild. Keine Trauer könnte ihn zurückholen.

Sie wandte sich wieder der Gegenwart zu und drehte sich langsam im Kreis. Der Raum, in dem sie stand, war gefüllt mit Büchern, getrockneten Kräutern, Flaschen voller heilender Öle und medizinischem Gerät. Graf Robert hatte, als er von ihren Fähigkeiten erfuhr, ihr großzügig zukommen lassen, was sie brauchte, um den kranken Parisern zu helfen. Die Nonnen, die sie zunächst misstrauisch beäugt hatten – *eine Fremde, die glaubt, alles besser zu wissen!* –, waren großherzig genug gewesen, schließlich anzuerkennen, dass ihre auf dem Wissen alter Ärzte beruhende Kunst Leben rettete. So war ihr das Hospital wie ein zweites Zuhause geworden und hatte sie davor bewahrt, über Astas und Thomas' Tod in Trübsal zu versinken.

Vielleicht gründet Glück schlicht auf der Möglichkeit, sich in einer Gemeinschaft nützlich zu machen, dachte Freya. Und vielleicht hatte auch die Päpstin Johanna es so empfunden, denn warum sonst hätte sie ausgerechnet die Bücher der Ärzte mitnehmen wollen, als sie beschloss, den Lateran zu verlassen?

»Freya?« Angela, eine der Nonnen, steckte den Kopf ins Zimmer. »Sie stirbt uns weg. Brigida. Ihr Kleines … das ist anders als normal … Komm, nun komm schon …«

Freya wusch hastig ihre Arme und Hände in einer Wasserschüssel, dann folgte sie Angela zu dem Raum für besonders schwere Geburten, der abseits der anderen Zimmer in der Nähe eines Lagerraums lag, damit die Schreie der Gebärenden die anderen Kranken nicht über Gebühr verstörten. Soranos hatte viel darüber geschrieben, wie wichtig es war, Frauen in der Stunde der Niederkunft zu beruhigen. Freya hatte entsprechend die Wände des Raums mit Blumen in hellen Farben verzieren und Schüsseln mit lieblich duftenden Essenzen auf die Tische stellen lassen.

Aber ein Blick auf die Frau, die sich kreischend im Bett aufbäumte, zeigte, dass hier weder Blumen noch Düfte helfen würden. Cateline, die Nonne, die sie betreute, erklärte flüsternd, dass die Bedauernswerte das Hôtel-Dieu vor einer Stunde aufgesucht hatte. »Da ging's ihr schon schlecht. Ich bin neben ihr auf die Knie gegangen und hab die Mutter Gottes und die Heilige Marguerite angeru…«

»Bereite ein Dekokt aus Bockshorn, Malve und ein wenig Eiweiß«, ordnete Freya an. Sie mussten den Druck lindern, der von der Gebärmutter ausgeübt wurde, und außerdem den Geburtskanal weicher machen. Leise sprach sie der Kranken, einer hübschen, schon älteren Frau Mut zu. »Ist es dein erstes Kind, Brigida?«

»Mein fünftes. Und jedes ließ sich leicht wie ein Furz rausdrücken. Leicht wie ein Furz, hab ich immer gesagt. Gott straft mich für meine Überheb… Aaaaah …«

Der Tag wurde lang und grässlich. Brigidas dunkles Haar klebte am Kopf, ihr Gesicht glänzte von Schweiß, schließlich bekam sie Fieber. Zwar ließ sich der Muttermund weiten, aber dann – es dunkelte schon – ließen ihre Wehen nach, und ihr Gesicht verfärbte sich grau. Als Freya die Hand auf ihren Unterleib legte, fühlte er sich kalt an. Sie musste handeln. Dass das Kind zu retten sei, glaubte sie nicht mehr. Vielleicht aber die Mutter.

Während sie ihre linke Hand mit Öl bestrich, bat sie die beiden Nonnen, die Cateline und Angela abgelöst hatten, die Kopfseite des Betts auf einen Balken zu heben, so dass eine Schräglage entstand, und Brigida festzuhalten. Freya führte ihre Hand, wie Soranos es gelehrt hatte, behutsam durch den Gebärmuttermund ein. Ihre Befürchtung bestätigte sich. Sie konnte die Frucht ertasten, aber weder Atmung noch Wärme oder Puls spüren. Der Embryo war tot. Und musste so rasch wie möglich aus dem Leib der Mutter entfernt werden.

Ihr stand eine grauenhafte Prozedur bevor. Freya besorgte sich die entsprechenden Instrumente. Dann holte sie tief Luft und versuchte, jedes Gefühl beiseitezuschieben. Anders war es unmöglich, zu tun, was nötig war. Sie nahm ein Perforatorium zur Hand, erwärmte es in Öl und stieß das Gerät mit der nötigen Kraft in die Mundhöhle des abgestorbenen Embryos. Behutsam begann sie, den schlaffen Körper aus der Gebärmutter zu ziehen. So etwas musste sanft und allmählich geschehen, damit das Perforatorium nicht abglitt oder das Fleisch riss. Brigida schrie entsetzlich, dann wurde sie ohnmächtig. Das machte es leichter.

Freya musste das Perforatorium noch zweimal ansetzen, ehe sie den Fötus ans Licht ziehen konnte. Er musste bereits vor Stunden, wenn nicht vor Tagen verstorben sein, denn er war dunkel verfärbt. Sie legte ihn in einer Schüssel ab und wandte sich der Mutter zu.

Es dauerte mehrere Tage, bis sicher war, dass Brigida am Leben bleiben würde. Allmählich ließ das Fieber nach, die Frau trank in kleinen Schlucken und aß winzige Portionen des Breis, den die Nonnen ihr brachten. Schließlich fragte sie nach ihrem Kind. Dass Kinder starben, war so alltäglich, dass sich viele Mütter daran gewöhnt hatten. *Lieb's nicht zu sehr, sonst nimmt der Herrgott es dir fort,* war eine gängige Redensart. Doch Brigida war untröstlich.

»Du hast doch schon welche – und drei davon sind Jungs«, versuchte Angela ihr Trost zuzusprechen.

Brigida antwortete mit einem vernichtenden Blick.

»Und außerdem solltest du dankbar sein, dass du lebst!«

Diese Dankbarkeit fühlten zumindest Brigidas Mann und ihre beiden ältesten Kinder. Sie drängten sie, nach Hause zu kommen. Niemand kochte. Und die kleineren Kinder weinten nach ihr. Pater Gilles, ein Mann mit schmalen Schultern und nachlässig geschnittener Tonsur, der Beichtvater von Saint-Étienne, verwies auf die Sünde des Haderns mit Gott, und Brigida ließ sich überzeugen, ihrer Familie zu folgen.

Freya war todmüde, als sie an diesem Tag heimwärts ging. Cosima lief neben ihr. Die Kleine liebte es, im Hôtel-Dieu herumzustreunen. Sie erzählte den Kranken gern Geschichten, die sich momentan auf die Katzen des Hospitals bezogen, die ihre Königin beschützten, eine Katze mit goldenem Fell. Vor allem aber fragte sie Freya und den Nonnen Löcher in den Bauch. Warum wurde ein Körper heiß? Warum linderten Pflanzen Fieber? Wie kamen Würmer in den Menschen rein? Warum stanken viele Kranke? Freya gab Auskunft, so gut sie es vermochte.

»Warum sterben Kinder manchmal, wenn sie zur Welt kommen?«, fragte sie nun, und Freya erklärte in einfachen Worten, wie eine Geburt vonstattenging und dass Kinder gelegentlich bereits im Bauch der Mutter krank waren oder von zu großer Gestalt oder dass sie quer zum Geburtskanal lagen, den man sich wie eine Röhre vorstellen musste. Sie verstopften ihren eigenen Weg ins Leben.

»Warum ist das Kind von Brigida gestorben?«

»Das weiß ich nicht. Manchmal kann man es nicht herausfinden.« Soranos hatte Vermutungen geäußert, welches Tun einem Ungeborenen schadete. Zu harte Arbeit beispielsweise. Aber am Ende blieb vieles ein Geheimnis. Freya wurde von einer Frau gegrüßt, die an Feigwarzen gelitten hatte. Sie grüßte zurück. Die Frau deutete mit einem Lächeln auf ihren Unterleib, was wohl bedeuten sollte, dass ihre Beschwerden nicht zurückgekehrt waren.

»… hat mir die Frau einen Esel aus Holz geschenkt.«

»Was?«

»Aber ich spiele nicht mit Kinderkram«, meine Cosima hochnäsig. »Ich bin schon sieben.«

»Eine Frau hat dir einen Esel geschenkt?«

Cosima zog das Spielzeug aus einem Beutel, den sie unter ihrer Schürze trug – eine grün bemalte Schnitzerei mit einem Messingglöckchen um den Hals. Ein teures Spielzeug, so sorgfältig gearbeitet, dass man die Muskeln unter der Haut zu sehen meinte. »Was war das denn für eine Frau?«

»Sie trägt ein Kleid, das so rot wie deine Haare ist, Maman. Aber sie ist nicht so hübsch wie du.«

»Und wie heißt sie?«

Cosima furchte die Stirn, dann fiel er es wieder ein. »Adelais. Sie kam mit einer Sänfte auf die Insel. Ganz viele Leute waren da. Auch der Graf. Der hat sie rausgehoben, und ... sie hat böse geguckt. Ich weiß nicht ...«

»Na, da bin ich ja gespannt«, meinte Freya.

Sie musste nicht lange warten, bis sie die Fremde kennenlernte, der der Graf so viel Aufmerksamkeit geschenkt hatte.

»Stimmt, Adelais, ja. Sie ist übrigens schon seit Tagen Hauptgesprächsthema in der Stadt«, sagte Aristid, der in ihrer Schlafkammer soeben Wasser in eine Holzschüssel goss, um sich zu waschen. »Du hast das wirklich nicht mitbekommen? Das Hôtel-Dieu hat dich gefressen, meine Liebe. Du siehst und hörst nur noch, was in seinen Mauern passiert.«

Er zog sein Hemd über den Kopf, und Freya trat hinter ihn und umfasste seinen Brustkorb. Sie liebte seinen muskulösen, geschmeidigen Körper, sie liebte seinen Geruch, sie liebte die zahllosen kleinen und größeren weißlichen Narben in seiner Haut, die von seinem bewegten Leben erzählten. Sie liebte sogar die grauen Haare, die sich bei ihm schon früh zwischen die borstigen schwarzen Locken geschlichen hatten. »Mich hat das Hospital gefressen und dich die Stadtmauer«, flüsterte sie.

Er lachte, drehte sich um und trug sie in einem impulsiven Entschluss zum Bett. Aber ihr Liebesspiel überstürzte sich, als wäre er nur halb bei der Sache. Musste er noch einmal ins Palais? Natürlich, warum sonst würde er sich umkleiden? Freya sah sein Bedauern, als er sich vom Laken wälzte, und sie verfluchte innerlich die Mauer.

Robert mochte Aristid. Er hatte ihn schon wenige Wochen nach ihrer Ankunft zum Führer seiner Garde befördert. Bald hatten sie gemeinsam über Plänen gebrütet, wie sie Paris besser vor Angreifern schützen könnten. Die Vision, die sie entwickelten, hatte sie beflügelt, und im Sommer vor einem Jahr hatten sie damit begonnen, die Île de la Cité mit einer wuchtigen, von Wachtürmen durchbrochenen und mit Wehrgängen gekrönten Schutzmauer zu umgeben, welche die Insel endlich vor den verfluchten Angriffen vom Fluss aus bewahren sollte.

Momentan verbrachte Aristid jeden freien Augenblick bei den Bauarbeiten, und wenn er dort wirklich einmal überflüssig war, übte er im Vorhof des Palais mit den Männern aus der Stadt eine effektive Verteidigung: Wie man Kübel voller flüssigem Pech oder kochendem Wasser mit Hilfe von Schüttvorrichtungen über Angreifern entleerte … wie man Brandpfeile auf die Boote der Dänen abschoss … wie man die Axt und das Schwert benutzte … Bogenschießen … Er lehrte die Männern alles, was er bei der römischen Garde gelernt hatte, und man konnte sehen, wie die Furcht der Pariser Gardisten einem neuen Stolz wich.

Sie gingen also beide in ihrer Arbeit auf – und litten zugleich darunter, wie selten sie einander sahen. Aristid, der begonnen hatte, mit einem scharfen Messer seinen Bart zu stutzen, bemerkte die missmutige Falte zwischen ihren Augen. »Ach, du lieber Gott – du hast es vergessen!«

»Was denn?«

»Dass wir eingeladen sind. Robert will Adelais heute Abend offiziell vorstellen. Er gibt ein Fest zu ihren Ehren. Und ich hab dir das gesagt. Im Ernst. Zwei- oder dreimal. Los, Madame, raus aus den Federn!«

Während er sich zu Ende rasierte und das Messer abspülte, zog Freya widerwillig den Rock an, den sie bei solchen offiziellen Anlässen trug – ein rostrotes Gewand, dessen Träger sie mit silbergerahmten Bernsteinschnallen über der Brust befestigte. Sollte sie ihr Haar unter einem Schleier verschwinden lassen, wie es bei verheirateten Frauen üblich war und wie sie es sich im Kloster selbst angewöhnt hatte? Sie entschloss sich dagegen. Ihr Haar loderte – es brachte den Stoff ihres Rocks zum Leuchten. Sie wollte heute hübsch aussehen. Für Aristid.

»Wer ist diese Adelais überhaupt? Was macht sie so wichtig?«, fragte sie.

»Ihre Familie. Die Frauen wurden in die höchsten Kreise verheiratet. Eine ihrer Schwestern mit Lothar. Nicht mit dem, den du auf Frauenwörth getroffen hast, sondern mit seinem Vater. Adelais ging an den Welfen Konrad.«

»Zusammen mit einer Kuh und einem Pisspott?«

Aristid warf ihr ein Lächeln zu. »Mach dir nichts vor. Männer werden ebenso verschachert. Nur die Eigensinnigen und die, die von keiner Familie am Gängelband geführt werden, wählen ihren Weg selbst. Wir haben Glück gehabt. Haben wir doch, oder?« Er legte das Messer in eine hölzerne Kiste mit einem gewölbten Deckel, kam zu ihr und fasste sie unters Kinn. »Ich liebe dich, Freya. Wäre ich ein Dichter, dann würde ich's in Reime fassen. Aber ich kriege nur schlichte Sätze hin.«

Es gelang ihm nicht, sie zum Lachen zu bringen. Freya hatte noch nie von einem Konrad gehört, und ihr war wieder einmal schmerzlich bewusst, wie wenig sie in die Welt eines Grafen von Paris gehörte. Sie war eine Sklavin, die ihren Herrn ermordet hatte und davongelaufen war. »Hab ich das richtig verstanden? Robert will Adelais also heiraten?«

»So bald wie möglich.«

Das Palais des Grafen befand sich auf der nordwestlichen Seite der Insel, dort, wo die Befestigung zuerst vollendet worden war, und als Freya an eines der hohen, schmalen Fenster trat, welche die Außenseite der Festhalle säumten, konnte sie in der Nacht verschwommen die Mauern mit den Wehrgängen und den runden Wachtürmen erkennen. Fackeln, die sich wie gelbe Insekten an der Brustwehr entlangbewegten, bewiesen, wie besorgt Aristid trotz der fortgeschrittenen Jahreszeit um die Sicherheit der Stadt war. Freya zog den Umhang enger, den sie der Kälte wegen übergeworfen hatte. In den beiden Kaminen flackerten riesige Feuer, aber sie würden nicht ausreichen, den Saal zu wärmen. Mit einem Stich der Sehnsucht dachte sie an Rom mit seinem südlichen Klima zurück.

»Er wird dir nichts mehr antun können.« Aristid war neben sie getreten und starrte ebenfalls zu den Mauern.

»Was?«

Er antwortete nicht. Weil ihm etwas herausgerutscht war, das er lieber für sich behalten hätte? Sie stieß ihn mit dem Ellbogen an, und er gab widerwillig Auskunft. »Robert hat gehört, dass die Dänen, die die Seinelande plündern, einen neuen Anführer haben. Sie werden jetzt von diesem Hasteinn – du weißt schon – geleitet. Tut mir leid, ich wollte dir das …«

»Von Hasteinn!«

»Zunächst heißt das einmal gar nichts, außer …«

»Versuch nicht, mich dumm zu halten. Nicht zu wissen, was los ist, heißt nicht, sicherer zu sein.«

»Ich will nur nicht, dass du dich in etwas verbeißt. O Jesus, warum kann ich nicht die Klappe halten! Hör zu, Freya: Ich kann vielleicht nicht verhindern, dass der Bastard irgendwann hier auftaucht, aber …« Er deutete hinaus zu dem Bollwerk.

»Mauern kann man stürmen.«

»Diese Mauern hier nur unter großen Verlusten, und die scheuen die Bastarde. Nein, sie werden ihre Boote um die Stadt herumtragen, um sie flussaufwärts wieder zu Wasser zu lassen und im Landesinneren zu plündern. Tours, Nantes, Angers … Aber in den Stunden auf dem Land wären sie wie

Robben – unbeholfen, verletzlich. Und ich schwöre dir, da krieg ich sie dran.«

»Und *ich* schwöre dir, sie würden nur darauf warten, dass du die Insel verlässt. Keine Robben, Aristid – Schlangen.«

Er legte den Arm um ihre Schulter und drückte sie, aber das konnte Freya nur wenig beruhigen. In ihren Rücken wurde es laut, und sie drehten sich wieder zur Halle. Der Raum mit den langen gewienerten Tischen, den Fackeln und Leuchtern, den bunten Wandteppichen und den Jagdhunden füllte sich jetzt rasch. Männer in den grell gefärbten Röcken der höfischen Mode und Frauen, deren Kleidersäume wie Schleppen über die Fliesen glitten, strömten herein. Sie plapperten, einige lachten, über dem Stimmengewirr schwebten die Klänge einer maurischen Laute.

Freya entdeckte die wichtigen Personen: Pater Gilles, den herzlichen, aber zu Widerspruch neigenden Beichtvater des Grafen, seinen Kämmerer mit der vom Suff roten Nase, den Mundschenk, der durch schlagfertige Äußerungen auffiel, den Truchsess … Und von den letzteren natürlich auch die Ehefrauen. Da sie als begabte Heilerin galt, lud man Freya gelegentlich in den kleinen, reichlich hochnäsigen Kreis der Damen von Rang ein. Aber sie mochte diese Geselligkeiten nicht, zu deutlich ließ man sie spüren, dass sie nur geduldet war. Oder bildete sie sich das ein? Steckte vielleicht immer noch das Sklavenmädchen in ihr, das ständig in Angst vor den Mächtigen lebte und sich deshalb wie ein Igel zusammenrollte, sobald ihr einer davon zu nahe kam?

Ingebrand, der Truchsess, klatschte in die Hände, und die Geladenen strömten zu der blumengeschmückten Tafel und stellten sich neben die Stühle, die ihnen nach Rang und Namen zugewiesen waren. Alle Blicke gingen zu der hohen Tür am schmalen Ende des Raums, die nicht nur wegen ihres floralen Schnitzwerks auffiel, sondern auch wegen der armdicken Riegel, mit denen der Raum im Fall eines Angriffs als letzter Zufluchtsort gesichert werden konnte.

Die beiden Menschen, auf die sie warteten, traten ein. Robert hatte sich herausgeputzt wie selten: Über einem blendendweißen Rock trug er einen mit Fuchspelz gesäumten Mantel, farbige Strümpfe und sogar einen schmalen goldenen Reif im Haar. Niemand jedoch schenkte ihm Beachtung. Die Blicke hingen an dem Mädchen an seiner Seite, das offenbar kaum einer bisher zu Gesicht bekommen hatte.

Es war gar kein Mädchen. Die Braut war alt. Scharfe Falten zerschnitten ihr mageres Gesicht. Sie wirkte müde und verdrossen und als würde sie sich am liebsten in die nächste Kammer flüchten. Ihr Kopf wurde von einem dunkelblauen Schleier verhüllt, doch man ahnte das graue Haar darunter. Ihr perlenbesetztes Kleid mit den seidigen Rüschen … Als hätte man ein hässliches Gemälde in einen schönen Rahmen gepackt und ließe es dadurch noch abstoßender wirken.

Posaunen ertönten, die Hunde bellten, der Truchsess hob seinen Stab, und das Zeremoniell, bestehend aus Verneigungen, Essen, Musik und Plaudereien, begann. Erstes Thema hätte natürlicherweise die gräfliche Verlobte sein müssen, aber sie wirkte so … entsetzlich langweilig. Armer Robert, raunten die Höflinge hinter vorgehaltener Hand. Dort, wo Freya und Aristid saßen, ging man allerdings bald zu einem interessanteren Thema über: die Angriffe durch die Nordmänner.

Looïs, der stellvertretende Kommandant der Garde, dem im Lauf der Jahre ein Buckel gewachsen war, erzählte, dass ein Bündnis aus Dänen und Norwegern es bis nach Konstantinopel geschafft hatte, in dessen Mauern fast hunderttausend mutige und gottestreue Christen lebten. Hatten die Nordmänner die Stadt angegriffen? Die Nachrichten dazu waren widersprüchlich. Man sollte die heidnische Drecksbande in ihren eigenen Landen angreifen, stimmte der Recke das alte

Lied an. Ihre Dörfer verheeren, so wie sie es in den Frankenlanden taten … Sie bluten lassen, bis ihnen die Kacke aus der Nase trat … ein geeintes Heer unter Führung des Kaisers nach Norden schicken, das wär's doch …

Und dann fiel wieder der Name Hasteinn.

»… ist er wohl die umtriebigste unter diesen Kakerlaken. Er steckt unter jedem Zipfel, den du anhebst«, grollte ein Mann, dessen rechte Wange eine einzige vernarbte Wunde war.

Freya verschloss die Ohren. Was half es, auf einen machtlosen Kaiser zu setzen, der nicht einmal sein eigenes italienisches Königtum vor Angriffen schützen konnte? Verstohlen blickte sie zu Adelais. Die Frau, die mit Konrad dem Welfen verheiratet gewesen war, aß wie ein Spatz. Wenn Robert sie ansprach, reagierte sie einsilbig. Sein Lächeln blieb ohne Antwort. Als Jehanne, die Frau des Truchsesses, sie in ein Gespräch verwickeln wollte, war sie so geistesabwesend, dass es schon einer Brüskierung gleichkam. Was mochte sie dazu gebracht haben, einem fremden Kind ein Spielzeug zu schenken?

Eine Stunde verstrich, eine zweite … Draußen pladderte ein Regenguss, in das Geräusch mischte sich gelegentlich fernes Donnergrollen.

Endlich waren die Platten geleert und die kandierten Datteln und das Eiermus mit Pfefferkörnern, Safran und Mandelmussauce gegessen. Die Gäste erhoben sich, um in kleinen Gruppen weiter zu plaudern. Der Wein war stark gewesen, viele von ihnen betrunken; das Gelächter wurde lauter, die Gespräche offener. Freya kehrte zu den Fenstern zurück, auf deren Bänken sich kleine Regenpfützen gebildet hatten. Ein Mann, dessen Bauch wie ein Sack über dem Gürtel hing, rülpste, eine Dame hielt die Hand vor den Mund, als fürchte sie, sich übergeben zu müssen. Freya fragte sich, wie viele der Anwesenden wohl am nächsten Tag Boten zu ihr schicken würden, damit sie sich ihrer Gichtbeschwerden annähme.

Dunkel erinnerte sie sich, unter Johannas Aufzeichnungen einen ebenso simplen wie effektiven Behandlungsansatz gefunden zu haben: Enthaltsamkeit. Beim Gedanken an die Tote wärmte sie ein Gefühl der Zuneigung. Johanna schien ihr im Geiste sehr ähnlich gewesen zu sein.

»Man hat mir gesagt, dass du Freya heißt. Ein ungewöhnlicher Name.«

Langsam drehte Freya sich um. Adelais! Die Verlobte des Grafen stand vor ihr und starrte sie an. »Ich … ja.«

Adelais nahm ihre Hand. Unter den neugierigen Blicken der Anwesenden führte sie Freya hinaus in einen langen, fast dunklen Gang, der zu einem der Innenhöfe führte. In unregelmäßigen Abständen flackerten Pechfackeln, und gelegentlich erhellte ein Blitz den dunklen Flur – das Unwetter hatte Paris erreicht. »Freya also. Kannst du mir sagen, wie die Äbtissin von Frauenwörth heißt?«

»Irmingard.«

Adelais nickte befriedigt. »Dann bist du also tatsächlich die Ärztin, die auf Frauenwörth für die Kranken sorgte.«

Ein unbehagliches Schweigen entstand, nur unterbrochen durch einen heftigen Donnerschlag. Freya dachte an die quälenden Stunden, in denen sie im Hof des Klosters an einem Pfahl gehangen hatte, unter dem Verdacht, eine Zauberin zu sein. An König Lothars Wut … Adelais war mit den fränkischen Königsfamilien verwandt, gewiss auch mit Lothar. Hatte sie mit ihm oder einem ihrer Geschwister über den Vorfall auf der Insel gesprochen?

»Wenn ich eine Frau mit feurigen Haaren treffe, die auf den Namen Freya hört und die Gabe Jesu besitzt, Krankheiten zu heilen, soll ich ihr eine Botschaft überbringen«, sagte Adelais. »Hier ist sie.« Sie drückte Freya etwas in die Hand. Eine Pergamentrolle, von der sich ein Siegel abhob. Dann kehrte sie stoisch in die Halle zurück.

Freya verbarg die Rolle unter ihrem Umhang, doppelt eingeschlagen, damit sie durch den Regen keinen Schaden nahm. Ohne die Blicke der Torwächter zu beachten, lief sie in das Unwetter hinaus und rannte durch die Gassen zu dem Fachwerkhaus mit dem Strohdach, das Robert Aristid und seiner Familie zur Verfügung gestellt hatte. Obwohl sie nur wenige Schritte hatte zurücklegen müssen, war sie bis auf die Haut durchnässt, doch das Pergament war noch beinahe trocken, als sie es auf dem Tisch ablegte. Sie wischte die feuchten Hände an einem Laken trocken und entzündete eine Kerze. Dann erbrach sie das Siegel und strich das Pergament glatt. Sofort erkannte sie die steile, korrekte Art, in der Irmingard immer ihre Notizen gemacht hatte.

Freya, meine Teure, ich hoffe von Herzen, dass diese Zeilen dich erreichen werden …

Sie überflog die Seite, dann begann sie erneut zu lesen, dieses Mal langsamer, mit zusammengezogenen Augenbrauen. Irmingard bedauerte, dass Freya fort war und noch mehr die schrecklichen Umstände, derentwegen sie hatte fliehen müssen. *Ich hoffe von ganzem Herzen, dass es dir gut geht. Leider ahne ich, dass wir einander nie mehr wiedersehen werden. Aber meine liebe Freundin und Herzensvertraute Adelais kommt durch die Welt …*

Freya schluckte. *Herzensvertraute.* Wie einfach war es, einen Menschen zu verurteilen.

Sie hat mir versprochen, sich diskret nach dem Gardisten des Papstes umzuhören. Aristid, das war der Name, den sein Kamerad nannte. Und dass er nach Paris reisen würde und du vermutlich mit ihm. Sollte sie erfahren, wo du dich aufhältst, will sie nichts unversucht lassen …

Freyas Blick ging zu den letzten Zeilen.

Wenzel ist seiner bösen Taten überführt worden. Wir haben ein Säckchen mit Tollkirschen bei ihm gefunden und auch einen Ring mit einem Stein aus Karneol, der Malachias gehörte und nach dessen Tod als verschwunden galt. Da gestand er seine Sünden. Er erklärte, dass er das Grethlein von Herzen liebte und sich zugleich wegen der eigenen Armut schämte …

Freya rollte den Brief wieder zusammen.

Sie war todmüde.

Adelais, die in der Halle so hochmütig gewirkt hatte, entpuppte sich in den beiden folgenden Wochen tatsächlich als warmherzige, wenn auch eckige Person. Hinter ihrem Stolz verbarg sich Schüchternheit, ihre oft brüsken Worte waren der Unfähigkeit geschuldet, elegante Worte zu drechseln. Freya besuchte sie oft, und bald kamen sie einander so nahe, dass die Frau sie ins Vertrauen zu ziehen begann.

Adelais war ein unglücklicher Mensch. Die Ehe mit Konrad … Nun, er war ein guter Mensch gewesen, gewiss, nicht umsonst hatte Gott ihn mit hohen Ämtern gesegnet. Aber er hatte eine Dreizehnjährige geheiratet, die ihn in der Hochzeitsnacht blamierte, weil sie schrie, als er das vorgeschriebene Ritual …

»O Jesus«, sagte Freya.

Die Frauen, die er wirklich begehrte, waren schön gewesen. Was sollte ihm da ein dünnes Kind ohne Busen, das weinte, wenn er es zu vorgegebenen Terminen in sein Schlafzimmer befahl, und das sich auch mit Schlägen nicht zur Ruhe bringen ließ. »Ich habe ihm drei Söhne und eine Tochter geboren. Danach ließ er mich in Ruhe. Ich durfte nach Frauenwörth, um im Kloster Frieden zu finden, und damals lernte ich Irmingard kennen.« Ein Lächeln erhellte Adelais' Züge und milderte die Strenge der Falten.

»Robert ist anders«, sagte Freya. Sie suchte nach den richtigen Worten. Anstand. »Er besitzt Anstand.«

»Und dennoch wünscht er von Herzen, mich nicht heiraten zu müssen.« Das war eine schlichte Feststellung, die Adelais ohne Groll hervorbrachte. »Vielleicht könnte ich seine Zuneigung gewinnen, wenn ich ihm ebenfalls ein Kind schenkte«, sann sie nach, widerlegte ihre Hoffnung jedoch sofort selbst. Sie würde bald ihren vierzigsten Geburtstag feiern. Nachdenklich senkte sie die Spindel, mit der sie gern arbeitete, weil es ihre Nerven beruhigte. »Eigentlich will ich auch keine Kinder mehr. Du bringst die Kleinen zur Welt, schließt sie in dein Herz – aber nach wenigen Jahren werden sie dir fortgenommen und in die Fremde geschickt. Ich habe drei Söhne und eine Tochter und wusste mich mit keinem von ihnen zu unterhalten, wenn ich sie gelegentlich traf, was selten genug geschah.«

»Sind sie zur Hochzeit geladen?«

»Die Kräfte von Konrad sind gebunden, er soll das aufständische Transjuranien befrieden, heißt es. Mein kleiner Abt ist im vergangenen Herbst verstorben, und mein Mädchen ...« Ihre Stimme erstarb, die Erinnerung an ihre Tochter schien sie besonders zu bedrücken. »Nun, vielleicht kommt der Graf von Auxerre«, brachte sie schließlich hervor, und ihre Stimmung hellte sich ein wenig auf. »Er ist ein lebhafter Mensch, schon als Säugling ein Wildfang. Ja, ihn zu sehen, würde mich glücklich machen und mir helfen, das andere ... Der Mensch sollte den Blick auf die Geschenke des Lebens wenden.«

Freya brauchte einen Moment, um zu verstehen. Das andere? Natürlich, sie meinte die Hochzeitsnacht, die sie sicher fürchtete wie das Brennen der Hölle. Sie beschloss, Adelais ein Mittel vorbeizubringen, das zumindest die Trockenheit der Scheide, den Fluch des fortgeschrittenen Alters, mindern würde.

27. KAPITEL

Er war zu spät, verfluchter Scheißdreck! Grund war das Wetter. Es hatte den halben November geschneit, als hätte Gott die Nachkommenschaft Adams satt und beschlossen, sie unter Massen von Schnee zu begraben, nach seinem gescheiterten Versuch, sie zu ersäufen.

Auf jeden Fall scheint er *mich* satt zu haben, dachte Hugo mit einem sarkastischen Lächeln. Es war, als läge ein Fluch auf seinem Leben. Nach mehr als drei Jahren demütigender Loyalität zu König Lothar hatte der Herrscher Hugo im Frühjahr tatsächlich zum Erzbischof von Köln erheben wollen. Doch dann hatte der Kölner Klerus die Frechheit besessen, ihn abzulehnen. Hugos Rang eines Subdiakons erschiene ihnen nicht ausreichend für die hohe Würde. Kleinkarierte Scheißkerle.

Es war allerdings kein Geheimnis, dass hinter der Ablehnung in Wirklichkeit Lothars Onkel Karl steckte, der König von Westfranken, den sie den Kahlen nannten. Karl hasste seinen Neffen, vor allem wegen der Art, wie er sich seiner Ehefrau entledigt hatte, und daher hatte er die Gelegenheit ergriffen, ihn über Hugo zu brüskieren. Eine schmierige kleine Intrige. Karl hatte den Streit noch weitergetrieben, indem er Hugo nach dem Kölner Desaster auch sämtliche anderen Ämter genommen hatte. Damit hatte er ihn praktisch mittellos gemacht. Und da war Hugo der Kragen geplatzt. Lothar mochte sein eigenes Leben für das Drecksweib, das ihn an ihren Schnüren tanzen ließ, ruinieren, er selbst fühlte sich zu nichts mehr verpflichtet.

Stattdessen hatte Hugo in einer Demut, die ihm das Blut zum Kochen brachte, an Karls Tür geklopft. Der König hatte ihn warten lassen, ihn erniedrigt, indem er ihn bei den Pferden übernachten und mit den Knechten fressen ließ. Aber am Ende hatte er doch Gnade walten lassen und ihm die Grafschaft Auxerre verliehen, ein Lehen seines Reichs, das einst Hugos Vater besessen hatte.

Jetzt galt es natürlich, die neue Beziehung zu festigen – und der erste Schritt dazu war Hugos Besuch der Hochzeit seiner Mutter. Man hatte Adelais mit Robert von Paris verlobt, einem Mann, den Karl zwar verabscheute, den er aber zur Verteidigung des westfränkischen Reichs gegen die Normannen und Bretonen benötigte. Hugo war entschlossen, sich mit seinem neuen Stiefvater gut zu stellen. Er brauchte weitere Verbündete, Leute, die sich für ihn auch dann einsetzten, wenn es schwierig wurde. Da musste er eben schmeicheln, zarte Gespräche mit Adelais führen, kernige Männergespräche mit dem Beau-père und …

Verfluchter Dreck! Sein Pferd geriet ins Rutschen und schaffte es nur mühsam, sich in dem zu Matsch getauten Schnee zu fangen. Hinkte es jetzt etwa? Nein, es stolperte nur wenige Schritte, dann war wieder alles in Ordnung. Hugo erreichte ein kleines Dorf, das sich in ein Tal schmiegte, und er überlegte, ob er in einem der Häuser Unterkunft suchen solle. Es dunkelte bereits, der Hochzeitstag war so gut wie verstrichen, und er konnte nur hoffen, dass Robert sein verspätetes Erscheinen nicht als Affront auffasste. Dennoch war er unentschlossen. Und plötzlich, hinter wucherndem Buschwerk, das sich wie eine Mauer gebärdete, tauchte Paris vor ihm auf.

Hugo riss am Zügel, er starrte auf die Stadt. Es *musste* sich um Roberts Residenz handeln. Anders war nicht zu erklären, dass sich vor ihm in der Dunkelheit Lichter ausbreiteten, als würden Scharen von Glühwürmchen sich zur Paarung sammeln. Er begann zu lächeln. Dort unten wartete in Form seiner Mutter und ihres neuen Gemahls sein Glück auf ihn.

Mutter. Hugo ließ das Wort auf der Zunge zergehen und horchte auf einen Widerhall in seinem Herzen. Wider Erwarten rührte sich dort etwas. Wärme? Zuneigung? Er bildete sich plötzlich ein, ein rotwangiges Gesicht zu sehen, das sich über sein Lager beugte. Kam ein Lied über die blassen Lippen? Roch die Maman nach Kirschen? Ihm wurde der Hals trocken, und er wischte die weiche Regung beiseite wie einen Krümel vom Hemd. Nur nicht sentimental werden. Wichtig war jetzt vor allen Dingen, dass er seine Mutter in seine Planungen einbezog. Allenthalben wurde darüber geredet, wie schwach Frauen wurden, wenn es um ihre Kinder ging. Er besaß also eine ihm von der Natur geschenkte Verbündete, und darauf musste er aufbauen.

Hugo trabte mit neuer Kraft auf die Stadt zu.

28. KAPITEL

Er ist es nicht, du musst dich irren«, sagte Aristid. Seine Stimme klang gepresst. Sie standen auf einem der dunklen, eisigen Wehrgänge; hinter dem Dach des Küchenbaus konnten sie den für die Hochzeit des Grafen geschmückten Innenhof des Palais sehen. Türen und Fenster waren mit Zweigen immergrüner Bäume, mit künstlichen Blüten aus gefärbtem Wachs und zu Schlangen gefalteten Stoffen dekoriert, und da der Wettergott so gnädig gewesen war, die Pracht mit Regengüssen zu verschonen, hatte man die Wachsblütenkerzen sogar entzünden können. Die Gäste waren allerdings nach der Trauung in Saint-Étienne sofort in die Wärme der Festhalle entschwunden, und nur ein Käuzchen, das auf einem Baumstumpf saß, bewunderte das Kerzenlicht, das sich in den Pfützen des getauten Schnees spiegelte.

»Wie könnte ich dieses Gesicht jemals vergessen?«, erwiderte Freya rau. »Sie haben ihn als Hugo, Graf von Auxerre, angekündigt, als Adelais' Sohn. Aber es ist Hugo Abbas.« Nicht nur der schärfer werdende Wind drängte sie, Aristids Nähe zu suchen. Wie war es nur möglich, dass dieses Monstrum sie immer wieder aufstöberte? Sobald sie etwas aufgebaut hatten, kam Hugo Abbas, es zu vernichten, als hetzte Satan selbst ihn durch ihr Leben.

Aristid küsste sie auf die Stirn. »Geh zu Cosima. Zieh sie warm an. Sattle unsere Pferde.«

»Also wieder davonlaufen?«

»O Gott, ich weiß es nicht.«

Sie hörte den Schmerz in seiner Stimme. Er liebte die Arbeit, die er für Paris verrichtete, er liebte den scharfsinnigen Grafen, dem er diente, er liebte ihr neues, gemeinsames Leben. Unvermittelt presste er sie an sich, so leidenschaftlich, dass es wehtat. »Geh heim, rasch!«

Es ängstigte sie zu sehen, wie fest er auftrat, als er den Wehrgang Richtung Turm verließ. Da war kein Zögern zu erkennen, er kochte vor Wut. Aber was konnte sie tun, außer worum er sie gebeten hatte?

Der Wind wehte ihre Kapuze vom Kopf, als sie durch die Gassen eilte. Freya stolperte an vom freigiebig verteilten Wein Betrunkenen vorbei, welche die Kälte nicht mehr spürten, und hörte durch die Fenster das Gegröle der Pariser, die die Hochzeit ihres Grafen in den eigenen vier Wänden feierten. Endlich daheim raffte sie im Licht der glimmenden Feuerstelle zusammen, was ihnen beim Überleben helfen würde. Schmuck, den Aristid ihr geschenkt hatte, Silbermünzen mit unterschiedlicher Prägung, ein Amulett der heiligen Margarete, das von den Nonnen stammte ... Sie würde die Frauen vermissen, sie würde das Hospital, in dem sie gemeinsam zum Wohl ihrer Mitmenschen gearbeitet hatte, vermissen ...

Was hatte Aristid eigentlich vor? Offenbar eine Flucht noch in dieser Nacht. Aber wohin war er gegangen? Warum war er nicht sofort mit ihr gekommen? Nicht darüber grübeln. Sie brauchten warme Kleider. Am besten zogen sie und Cosima einiges übereinander. Freya begann, ihre Schätze in zwei Reisesäcke zu stopfen, entschied, wovon sie sich zugunsten einer raschen Flucht dennoch trennen müssten ...

Zögernd blickte sie auf die Wand rechts neben der Tür, wo

Aristid seine Waffen aufbewahrte. Zwei Schwerter, eine Streitaxt, mehrere Messer, ein Bogen, ein Köcher voller Pfeile … Sie nahm das Schwert, das Aristid liebte und am besten beherrschte, steckte aber für sich selbst nichts ein. Es war ihr ernst mit dem Entschluss, nie wieder zu töten.

Leise ging sie zu Cosima, die die Unruhe in einem Raum nebenan verschlafen hatte. Das Mädchen, das sie längst als ihr eigenes betrachtete, hatte die schmalen Arme um einen kleinen weißen Hund geschlungen, den Aristid ihr kürzlich geschenkt hatte. Mit klopfendem Herzen starrte Freya auf sie herab. Seine Kinder muss man schützen, das stand über allem. Hatte sie einen Fehler begangen, als sie Aristid von Hugos Erscheinen berichtete? Sie hätte ihn unter einem Vorwand von der Feier fernhalten sollen. Andererseits würde Hugo Abbas womöglich noch Tage, wenn nicht Wochen oder Monate am Hof des Pariser Grafen zubringen. Sie hätten es kaum vermeiden können, ihm zu begegnen. Und wenn doch, wäre sicher irgendwann Aristids oder ihr eigener Name gefallen.

Hätte Robert für sie eingestanden? Eine lächerliche Hoffnung. Im Adel waren alle irgendwie miteinander verwandt. Sie bekriegten einander, sie verbündeten sich – aber keiner von ihnen würde sich wegen zwei einfacher Getreuer gegen ein Mitglied der engen Familie stellen. Dazu waren die Fundamente der Macht zu fragil.

Behutsam weckte Freya ihre Tochter. Cosima schien einen sechsten Sinn für Gefahren zu besitzen, denn sie ließ sich ohne Fragen ankleiden. Und nun? Aristid war immer noch nicht heimgekehrt. Freya nahm Cosima an die Hand und trat mit ihr auf die Straße. Sie blickte zum Palais, und ihre Furcht wuchs.

»Wohin gehen wir denn?«

Freya traf einen Entschluss. »Ins Hôtel-Dieu.«

Als sie das Hospital erreicht hatten, ließ sie die Kleine in ihrem eigenen Zimmer warten, dann suchte sie die Gänge ab. Wer wachte bei den Kranken? Jehanne. Eine Nonne von großer Schönheit und kleinem Verstand, immer zerstreut, schroff mit den Gebärenden, unzufrieden mit ihrem Schicksal. Freya machte kehrt, bevor Jehanne sie entdecken konnte, und lief in den Trakt, in dem die Nonnen schliefen. Sie schlich sich in ein kleines Zimmer neben der Treppe, die in den Chorraum der Kapelle führte. Angela hatte dort eine eigene Zelle zugewiesen bekommen, weil sie wegen ihres lauten Schnarchens nicht im Dormitorium schlafen durfte. Freya weckte sie. Wie sollte man einen Hugo Abbas erklären? Wie ihre Notlage begreiflich machen? Alles zu kompliziert. »Wir sind in Gefahr.«

»Was?«

Freya stammelte eine Erklärung, aber es war wohl die Angst in ihrer Stimme, die Angela aufrüttelte.

»Was soll ich tun? Wie ich kann ich helfen?«

»Cosima ist in meiner Kammer. Pass auf sie auf, bis ich zurückkehre.«

»Aber natürlich.«

Und was, wenn das nicht geschähe? Wenn ihr und Aristids Leben in dieser Nacht in den Mühlen politischer und familiärer Rücksichten zerrieben würde? Dann gäbe es nur noch das Vertrauen, dass im Hôtel-Dieu in den unzähligen Stunden gemeinsamen Ringens um die Kranken eine Solidarität gewachsen war, die um Cosima einen schützenden Wall errichten und sie vor einem Gossenleben bewahren würde.

Freyas Kopf klärte sich erst wieder, als sie den verwitterten Tunnel des Haupttors durchschritt, der in den Gebäudekomplex des Palais führte. Sie musste tun, was sie bereits vor einer Stunde hätte machen sollen: Aristid aufhalten, bevor er über die Klippe trat. Und mit ihm verschwinden.

Aber sie kam zu spät.

Das erste Anzeichen war die Stille. Kein Fiedel- oder Flötenklang mehr, weder Gelächter noch fröhliche Gespräche oder launige Verse drangen in den dunklen Gang, in dem die Fackelfeuer ihren von der Zugluft befeuerten Tanz tanzten. Freya betrat den Festsaal; er hatte sich nicht geleert, im Gegenteil. Kleine und größere Gruppen standen beieinander, man flüsterte und gestikulierte. Die Musikanten, die ihre Instrumente abgesetzt hatten, blickten schockiert. Freyas Mut sank auf einen Tiefpunkt, als sie sah, wie sich ihr die Köpfe zuwandten.

Um die beiden blumengeschmückten, thronartigen Stühle des Brautpaars hatte sich ein Kreis gebildet, der sich nun öffnete. Adelais eilte auf Freya zu, sie war totenbleich. Auf ihrem gelben Hochzeitsgewand zogen sich vom Busen bis hinab zu ihrem Schoß rot gesprenkelte Flecken – Blut. *O Aristid.*

»Komm mit.« Die Stimme der Gräfin war frostig. Sie ignorierte die warnenden Worte ihrer Dienerinnen, scheuchte einige Männer, der ihr folgen wollten, zurück, eilte in einen Gang, den Freya nie zuvor betreten hatte, und stieg mit ihr eine steinerne Wendeltreppe hinab. »So anmaßend«, flüsterte sie, »so brutal und … so überflüssig …«

Der Weg war kurz, mit der letzten Stufe erreichten sie einen Keller. Freyas erster Blick fiel auf einen voluminösen, in der Erde eingegrabenen rußverschmierten Topf, über dem eine Winde hing. Dann ging er zu den Wänden. Scharfkantige Beile und Messer … Folter, dachte sie, und ihr wurde so schlecht, dass sie die Hand auf den Mund presste.

Endlich wagte sie es, Aristid anzuschauen, der an der hinteren Wand stand wie ein von der Meute in die Ecke getriebenes Wild. Ingebrand, der Truchsess, der mit den Männern in die kleine Hölle hinabgestiegen war, hatte in hilfloser Geschäftigkeit mehrere Fackeln entzündet, so dass Freya sehen konnte, dass das Blut auf Adelais' Gewand nicht von Aristid stammte. Sein Gesicht war hochrot, die Schläfenadern geschwollen, als wollten sie die Haut sprengen. Aber er schien unverletzt.

Hugo Abbas dagegen hatte Federn lassen müssen. Der Mann kehrte Freya den Rücken zu, doch sie sah den blutgetränkten Zipfel eines Tuchs, das er gegen sein Gesicht presste. Aus seinem Mund ergossen sich unflätige Beleidigungen. »... Schweinskadaver, das sich gegen die Gäste seines Herrn ... Pisse einer Hure ...«

»Nun ist es aber wirklich genug!«, fiel Robert seinem frischgebackenen Stiefsohn ins Wort, offenbar hatte er bereits mehrfach versucht, Hugos Sermon zu unterbrechen. Unglücklich schaute er zu Adelais, der Mutter des Geifernden, während seine Phantasie ihm sicher die schrecklichsten Visionen präsentierte. Sein militärischer Ratgeber hatte den Sohn seiner Ehefrau angegriffen – vor dem ganzen Hof. Adelais' Familie war mächtig, ein Krieg beinahe unvermeidlich, wenn er nach dem Skandal nicht hart durchgriff. Das unverzeihliche Handeln zu ahnden war er also nicht nur sich selbst und Adelais schuldig, sondern auch den Menschen, über die er herrschte.

Ungeschickt raffte Adelais das gelbe Schleppenkleid und trat, Rußflocken im Schlepptau, an seine Seite. Hugo, der seine Mutter jetzt erst bemerkte, starrte sie an, dann senkte er das blutige Tuch und verbeugte sich artig. Robert wollte etwas sagen, doch Adelais legte die Hand auf seinen Arm.

»Hugo, mein Lieber, ich bin ... verwirrt, da ich während der scheußlichen Attacke oben durch eine meiner Damen abgelenkt war. Würdest du die Güte haben, mir zu erklären, was vorgefallen ist?« Ihr Blick wurde weicher, als verwandelten sich die Züge des jungen Manns bei jedem Wort, das sie sprach, stärker in die Züge des Kindes, das er einmal gewesen war.

»O Maman, ich weiß es ja selbst nicht. Ich war so glücklich, dich endlich wiederzusehen, und freute mich über das Fest und … ich unterhalte mich … deine Gäste stehen um mich herum … da plötzlich, ohne Anlass oder Vorwarnung, stürzt dieser Wahnsinnige sich auf mich. Was soll ich sagen? Ist er möglicherweise besessen? Robert, du wirst den Zustand dieser Kreatur am besten beurteilen können. Schlimmstenfalls …«, er räusperte sich, »könnte es sich natürlich auch um einen geplanten …«

»Hugo, ich …«

»… einen geplanten Anschlag handeln.« Hugos Gesicht wurde hart, als er zu Aristid blickte. »Warum sonst sollte wohl jemand mit einem Messer auf einen ihm unbekannten Mann losgehen? Während einer Hochzeit noch dazu?«

»Mit einem Messer?«, fragte Robert.

»Ich bin sicher, in seiner Hand eines gesehen zu haben.«

»Du hast ihn mit einem Messer angegriffen?« Robert wandte sich an Aristid.

Der schüttelte stumm den Kopf. Sein Gesicht war wie versteinert. Sah er die Leichen von Cosimo und Ginevra vor sich? Den armen toten Buchstabenfreund Kasimir? Es war dumm, was du getan hast, dachte Freya, es war herzzerreißend dumm. Sie fing seinen Blick auf, mit dem er sie bat, so unauffällig wie möglich zu verschwinden. Dann raffte er sich zu einer Antwort auf.

»Ich kenne Hugo Abbas aus Rom. Er war an einer Intrige beteiligt, mit dem Ziel, Papst Leo zu vergiften, was, wie wir alle wissen, auch gelang. Außerdem hat er einen Gardisten ermordet. Und …«

»Ich möchte auf der Stelle gähnen«, rief Hugo. »Der überführte Übeltäter sucht sein Heil in der Verleumdung. Was auch sonst. Billigstes Theater!«

»… und außerdem einen Lateinschüler und eine Frau, die

unglückseligerweise seinen Weg kreuzten, während er darauf lauerte, mich zu töten«, erklärte Aristid stur.

»Wie ich bereits sagte: Ich bin diesem Subjekt noch nie begegnet.«

Eine beklemmende Stille trat ein. Was galten Behauptungen, die sich nicht beweisen ließen, gegen einen Mordversuch vor Hunderten von Zeugen? *Geh*, sagte der Blick, den Aristid dieses Mal an die Decke schickte, aus Angst, dass Hugo auf Freya aufmerksam werden könnte.

»Wir haben es also mit einem von deinen Feinden gedungenen Attentäter zu tun?«, vergewisserte sich Adelais, während sich ihr faltiges Gesicht in Kummer zusammenzog.

»Ich befürchte es. Nicht jeder liebt unsere Familie«, bestätigte Hugo düster. Er trat auf seine Mutter zu und hauchte einen Kuss auf den Schleier, der mit Hilfe eines feinziselierten goldenen Bands an ihrem Kopf befestigt war.

»Und du bist sicher, dass du ihn nicht kennst?«

»Mag sein, dass ich ihn schon einmal gesehen habe, aber wenn, dann ist er mir nicht aufgefallen. O Maman, lass dich trösten, die Untat wurde ja vereitelt, der Übeltäter …«

»Du hast ihn mit seinem Namen angesprochen.«

»Bitte?« Perplex starrte Hugo seine Mutter an.

»Mir ist das aufgefallen. Du hast den Raum betreten, mit anderen geplaudert. Dann stand plötzlich der Mann vor dir. Und du hast seinen Namen gerufen: Aristid.«

»Aber … nein!«

»Ich habe mich noch gewundert. Wie klein ist die Welt der Mächtigen, habe ich gedacht. Wobei Aristid in Wirklichkeit ja gar nicht mächtig ist – nur ein ehemaliger römischer Gardist, der jetzt dem Grafen von Paris hilft, seine Stadt vor den Dänen zu bewahren.«

»Maman …«

»Geh.«

»Was?«

Adelais drehte sich zu Robert. »Bitte, mein Gemahl, sorge dafür, dass mein Sohn diese Stadt verlässt. Ich verachte Gewalt und Intrigen, und ich will ihm nie wieder begegnen.« Sie raffte ihr Kleid, die Rußflusen, die sie an ihrem Saum mit sich schleppte, wirbelten auf.

»Maman …«

»Sprich mich nicht so an«, fuhr sie den entgeisterten Hugo an. »Ich habe … ich … ich will keinen Sohn, der ein Lügner und Mörder ist.« Sie schritt an ihm vorbei. Aber ihre Hoheit war gespielt, noch bevor sie den Keller verlassen hatte, war ihr Gesicht nass von Tränen.

Freya folgte ihr und wenig später auch Hugo. Als der Mann sich auf der engen Treppe an ihnen vorbeidrängelte, zischte er Freya zu: »Du bist ein Nichts, ein Wurm, eine Made, genau wie dein Hurenbock, und die Welt ist wirklich klein. Ich werde euch zertreten, Hexe.« Er stieß seine Mutter, die bereits den Gang erreicht hatte, beiseite, so dass sie taumelte, dann verschwand er durch eine kleine Tür in der Nacht, wo die Flammen der brennenden Wachsblütenkerzen Dämonen aus Licht und Schatten auf seinen hübschen blauen Rock warfen.

29. KAPITEL

Paris, 867

Der Hochzeit des Grafenpaars folgten drei gute Jahre – was bedeutete: ruhige Jahre.

Nachdem Hugo Paris in geifernder Wut verlassen hatte, trug er seinen Hass zu König Karl. Es gelang ihm jedoch nicht, seinem Herrscher die Erlaubnis zu einem Vergeltungsschlag abzuringen. Vertraute des Königs, die mit Robert befreundet waren, berichteten genüsslich, wie Karl den Grafen von Auxerre hatte abblitzen lassen. Man habe ihm Unrecht getan? Wie bedauerlich! Er solle Hugo gestatten, mit einem Heer gegen Paris zu ziehen? Wenn er das unbedingt wolle. Oder: nein, lieber doch nicht. Denn Robert sei für das Reich wichtig, nicht wahr? Schließlich hielt er ihnen die Dänen vom Leib. Ach, das würde ihm nicht mehr lange gelingen? Vielleicht aber doch.

Während dieses Gesprächs hatte Karl eine seiner Konkubinen kommen lassen, deren gefällige Kurven ihm mehr Vergnügen bereiteten als die öden Tiraden eines von seiner Mutter gekränkten Grafen, der ihm mit seiner Penetranz Migräneanfälle bescherte.

»Gott segne ihn für seine Liebe zur weiblichen Schönheit«, hatte Aristid, als er mit dem Grafen allein war, gespöttelt.

Überraschenderweise verteidigte Robert Karl. »Er hat

neulich ein Gesetz erlassen, in dem festgelegt wurde, welche Eigenschaften Geldmünzen brauchen, um als gültiges Zahlungsmittel anerkannt zu werden. *Das* sind die Dinge, die fürs Reich Bedeutung haben. Ordnung, Regeln …«

»Mag sein. Nur biegt sich bei Karl dort, wo andere Männer ihr Rückgrat haben, ein Stämmchen aus windelweicher Gleichgültigkeit. Er konnte sich bis heute nicht aufraffen, eine wirkungsvolle Verteidigung gegen die Nordmänner auf die Beine zu stellen.«

»Pass auf, mit wem du dich anlegst. Finger weg vom König«, erwiderte Robert, und Aristid hatte gespürt, dass es nur halb als Scherz gemeint war. Aber was kümmerte ihn das? Der König hatte keinen Grund, Hugo einen Gefallen zu tun, aber einen sehr guten, sich den Grafen von Paris warm zu halten. Es war gleich, was sie von dem Mann hielten.

Sie hatten die friedliche Zeit genutzt, um die Mauer, die die Insel umgab, zu komplettieren, so dass es nur noch zwei Zugänge zur Île de la Cité gab: der Grand Pont und der Petit Pont. Auch die Klöster und Kirchen jenseits der Seine – bei Angriffen Rückzugsorte für die umliegende Bevölkerung – waren in einen wehrhaften Zustand versetzt worden. Wachen beobachteten inzwischen kontinuierlich den Fluss, ihre Warnsignale wurden mittels festgelegter Hornklänge, deren Länge Auskunft über das Ausmaß der Gefahr geben sollte, von Wachturm zu Wachturm getragen.

Auf der Insel selbst hatten sie geübt, wie in den Kellern der Wachtürme und des Palais' – einen von ihnen hatte Freya irrtümlicherweise für einen Folterkeller gehalten – innerhalb kürzester Zeit Pech oder Wasser erhitzt und mittels Winden in die Verteidigungsanlagen transportiert werden konnte.

Sie waren vorbereitet.

»Warum kommen die Dänen nicht?«, fragte Robert, als er wieder einmal mit seinen engsten Beratern auf dem nördlichen Wehrgang stand und zum Fluss starrte, als würden sich an seinem Grund, verborgen durch die schäumenden Wellen, Drachenschiffe an die Insel heranschleichen.

»Weil ihre Spione sich unsere Befestigungen angeschaut und verstanden haben, dass sie sich daran die Köpfe einrennen würden«, meinte der kahlköpfige Rousel, Roberts Meister der technischen Raffinesse, der die Winden zum Laufen gebracht hatte, und Aristid hatte hinzugefügt: »Woraus wir schließen können, dass wir alles richtig gemacht haben.«

Dennoch waren sie nicht wirklich beruhigt. Ständig erreichten sie Berichte über die Raubzüge der Nordmänner: Die Söhne von Ragnar Lodbroks hatten Northumberland verwüstet, mit zwei ihrer Verbündeten das Land der Pikten verheert, die Rus-Häuptlinge Askold und Dir bedrängten angeblich wieder einmal Konstantinopel … Die neuen Mauern mochten die Dänen irritiert haben, aber irgendwann würden sie sich wieder auf den Weg nach Paris machen.

Über Aristids Leben lag außer dieser Sorge noch ein weiterer Schatten: Freya wurde nicht schwanger. Ihn selbst bekümmerte der fehlende Nachwuchs nicht sonderlich, hatte er doch weder Titel noch Besitztümer zu vererben. Er spürte jedoch, wie sehr sie sich danach sehnte, einen eigenen Säugling in den Armen zu halten. Obwohl sie so vielen Frauen zur Mutterschaft verholfen hatte – selbst die Gräfin war überraschenderweise mit zwei Knaben niedergekommen –, konnte sie nicht herausfinden, warum ihr eigener Körper unfruchtbar blieb. Sie tröstete sich, indem sie sich besonders liebevoll um die beiden Grafensöhne kümmerte: den altklugen Odo und den ein Jahr jüngeren Schreihals Robert, der seinen Namen vom Vater und sein Temperament von den Frühjahrsstürmen bekommen hatte. Aber Aristid sah sie oft in melancholische Grübeleien versunken, wenn sie sich unbeobachtet glaubte.

Auch an diesem Abend, als er müde und mit schmerzenden Knochen aus dem Palais kam, fand er sie niedergedrückt. Freya saß über einem der kostbaren Bücher, die Adelais für sie aus der Bibliothek von Saint-Germain-des-Prés entliehen hatte, und übertrug in der ihr eigenen akkuraten Schrift in ein Wachstafelbüchlein aus Pinienholz, was sie sich merken wollte. Gewiss ging es wieder um ihre geliebte Medizin, aber sie wirkte trotzdem nicht, als wäre sie bei der Sache.

Er warf einen Blick in Cosimas Kammer. Das Mädchen besaß einen eigenen Raum zum Schlafen – ein Luxus, den er Freya, sich und ihr ohne schlechtes Gewissen gönnte. Obwohl er und seine Frau schon so viele Jahre miteinander verheiratet waren, gab es häufig stürmische Stunden. Nicht nötig, dass sie die zu dritt zelebrierten. Aristid legte die Hand auf das spröde Pergament des Buchs. »Komm mit.«

»Wohin?«

»Wir brauchen frische Luft.«

Wenig später passierten sie das Tor des Grand Pont, das ihnen von den verblüfften Wachen geöffnet wurde. Am anderen Flussufer angekommen, tasteten sie sich über eine regennasse Wiese, auf der bereits die ersten Frühlingsblumen sprossen, zur Seine hinab. Unter der Brücke lag, halb verborgen vom Schilf, ein Ruderboot, auf das Aristid sich gelegentlich zurückzog, wenn er Ruhe zum Nachdenken brauchte – eines seiner wenigen Besitztümer, auf die er Wert legte.

Er hätte Freya gern vom Ufer ins Gefährt geholfen, aber sie war zu wendig und selbstbewusst und saß trotz des faltenreichen Rocks noch vor ihm auf der schmalen Ruderbank. Er verkniff sich ein Lächeln, als er sah, wie sie nach den Rudern griff. Seit sie in Paris lebte, hatte sie sich bemüht, ihre weiblichen Seiten herauszustreichen, aber in ihr steckte auch ein

Mann, der nicht begreifen wollte, warum man ihr Fähigkeiten absprach und damit ihr Leben umständlich machte.

»Du bist müde«, sagte sie, als hätte sie seine Gedanken gelesen.

»Und außerdem ein alter, fauler Kerl. Ja, plag dich ab.« Er gähnte, streckte sich aus und legte die Füße neben ihrem wohlgeformten Hintern auf der Ruderbank ab. Über ihnen zogen Wolken über den Nachthimmel, aber nicht allzu viele. Er beobachtete, wie die Stadtmauer an ihnen vorüberglitt, lauschte dem misstrauischen Ruf eines Wachmanns und dem fernen Gejohle, das aus einer Schenke im unbefestigten Teil der Stadt drang. Freya wirkte blitzwach, ihre Augen tasteten unablässig die Ufer ab. »Angst?«, fragte er.

Sie nickte und brauchte nicht zu sagen, vor wem.

»Hör auf, dich zu sorgen. Über unsere Mauern kommt man nur unter gewaltigen Verlusten. Und das ist nicht, was die Dänen wollen. Sie sind Krämer.«

»Wenn sie gesoffen haben, vergessen sie das.«

»Beim Anblick einer Mauer, für die sie sich den Hals verrenken müssen, um die Zinnen zu sehen?«

Freya schüttelte den Kopf. »Mein eigener Vater gehörte zu ihnen. Ich habe bei ihnen gelebt, und ein Stück von ihnen steckt in mir drin. Es gibt keine Strategien. Die Männer saufen … und irgendwann schlägt jemand vor, wieder mal Paris anzuzünden, und die Sache ist beschlossen. Einen Rückzieher macht dann keiner mehr!«

»Sag das nicht.«

»Was?«

»Dass in dir etwas von diesen Dorschgesichtern steckt, die dir so viel Unglück gebracht haben. Es macht mich zufrieden, sie zu hassen. Das könnte leiden, wenn ich etwas in ihnen entdeckte, in dem sie dir ähnlich sind.«

Freya lachte, und er schloss die Augen. Er war wirklich

sehr müde. Doch sein Schlaf war unruhig. Sie trieben noch in Sichtweite der Stadt, als er die Augen wieder aufschlug. Freya hatte die Ruder auf ihren Schoß gezogen und starrte ihn an. Vielleicht war es ihr Blick, der ihn geweckt hatte.

»Was ist?«

»In einem bin ich anders als die Dänen. Ich denke alles gründlich durch.«

»Ja, ich weiß.«

»Aber deshalb habe ich es auch nicht verstanden.«

»Was denn?«

»Warum du damals, bei Roberts Hochzeit, auf Hugo Abbas losgegangen bist.«

»O Gott, ich dachte, du hast das längst vergessen.« Aristid richtete sich auf, er stöhnte ein bisschen, rieb sich den Hals und tauschte dann umständlich mit Freya den Platz. Sie hatten nie über die Sache gesprochen, ihm war sie mehr als peinlich. Freya kauerte sich mit gekreuzten Beinen – sehr unweiblich, äußert verführerisch – dorthin, wo er gelegen hatte. Das Bewegen der Ruder hatte etwas Beruhigendes. »Schwer zu erklären«, murmelte er.

»Was war deine Absicht gewesen, als du mich weggeschickt hast und runter in den Saal gegangen bist?«

»Ich wollte ihn zur Rede stellen, vermute ich.«

»Wie … kreuzdämlich!«

»Ja, das trifft's.«

»Und dann?«

Die Ruder tauchten ins Wasser. Er stellte wieder einmal fest, wie verschwommen seine Erinnerungen waren. »Ich kam in den Festsaal. Alle unterhielten sich. Unser Graf wirkte glücklich und gleichzeitig … schüchtern. Ich weiß noch, dass mich das einen Moment lang rührte. Es gibt nicht viel, wovor Robert Angst hat – seine neue Ehe gehörte mit Sicherheit dazu. Aber ich suchte ja Hugo. Jedenfalls drehe ich mich um, und da unterhält sich der Kerl mit einem jungen Weib, das ihn anhimmelt, weil … Sieht er eigentlich gut aus? Ich meine, mit den Augen einer Frau gesehen?«

Freya nickte.

»Gut. Ich hab ihn also da stehen sehen, er lebte, er war glücklich und lachte über irgendeine Schmeichelei, und plötzlich … Schwer zu erklären. Ich lag auf einmal wieder in Ginevras Haus und hab ihn über mir gesehen, mit den verdammten Blumen, die er mir ins Maul stopfte, und wie er Ginevra niederstach und wie du kamst und er dir ins Freie folgte … Ich habe jahrelang geglaubt, dass er dich umgebracht hat. Verstehst du das? Ich habe wirklich geglaubt, dass du tot bist.« Aristid hüstelte, um zu verbergen, dass seine Stimme schwankte. »Gott hat seine Hand über dich gehalten, dafür danke ich ihm auf Knien, aber in Roberts Halle war das wie weggewischt. Ich war so …«

»… zornig.«

»Wie besessen war ich. Da hatte der Dreckskerl vielleicht wirklich recht. Es war, als hätte etwas Macht über mich gewonnen, etwas so Starkes, das ich unmöglich … Tut mir leid, ich rede Blödsinn.«

»Du wolltest Hugo töten. Und dann?«

»Keine Ahnung. Plötzlich war sein Gesicht vor mir, riesig, ich hab reingeschlagen … Und stand im nächsten Moment im Keller. Und du warst dort. O Freya, das hättest du nicht tun dürfen – mir folgen. Ich glaube, ich hab niemals so eine Angst ausgestanden. Hugo hätte sich nur umzudrehen brauchen …« Aristid spürte den Widerstand des Wassers, als er die Ruder bewegte. Ihm drehte sich der Magen um, allein durch die Erinnerung. »Könntest du mir versprechen, nie wieder …«

Freya lächelte. Dann kroch sie zu ihm und nötigte ihn, die Paddel einzuziehen. Sie machte ihn glücklich, während sie die Seine hinuntertrieben und die Wellen gegen das Boot schwappten, und er hoffte, dass es ihm umgekehrt ebenfalls gelang. Hugo hatte verloren, das musste er sich in den Kopf hämmern. Der Mann würde nie wieder ihren Weg kreuzen. Und die Dänen hoffentlich vor Ostanglien und Konstantinopel verrotten.

Es dauerte exakt neunundzwanzig Tage, bis diese Hoffnung starb. Der 18. März begann mit einem diffusen Nebel, der sich aber zu lichten versprach und sicher in Sonnenschein münden würde, wie schon in den beiden Wochen zuvor. Aristid sah die weißen Schwaden, bewegt vom milden Frühlingswind, am Fenster des Wehrturms vorüberziehen, er hörte den melodiösen Gesang mehrerer Amseln, die ihr Revier abgrenzten und um die Weibchen buhlten.

Rousel, der mit ihm in den Raum unterhalb der Wehrplatte gestiegen war, beugte sich über einen Haufen feingliedriger Ketten, die er mit großem Aufwand in der Schmiede hatte herstellen lassen, und pries ihre Vorteile. Sie brauchten für die Kessel, in denen sie im Fall eines Angriffs flüssiges Pech und heißes Wasser erhitzen wollten, etwa vier Ellen tiefe Löcher in trockener Erde und Unmengen von Brennholz, weshalb es sich ja angeboten hatte, dafür die Keller in den Wehrtürmen zu nutzen. Im Fall des Falles mussten die gefüllten Kessel an Seilen durch die dafür vorgesehenen Schächte auf die Wehrplatten gezogen werden. Diese Seile waren allerdings wegen der Ratten ständig im Zustand des Zerreißens und Verrottens. »Warum also nicht Ketten benutzen?«

Aristid gefiel die Idee. Sie war teuer, genau wie die Herstellung des Pechs, würde aber einen wichtigen Beitrag leisten, wenn sie in Bedrängnis gerieten.

In den Gesang der Amseln mischte sich ein weiteres Geräusch, ein Ton, der aus dem Süden der Insel zu ihnen getragen wurde, allerdings zu verwaschen, um sie aufzuschrecken. Anders wäre es vermutlich gewesen, wenn er von Norden gekommen wäre, von wo aus sie den Angriff der Dänen erwarteten. So aber hob Aristid den Kopf erst, als einer der Torwächter mit seiner Eisenstange auf dem schildgroßen Gong Alarm schlug.

»Herrgott, sie sind da«, murmelte Rousel perplex. Sie rannten los.

»Auch so ist es schlimm genug«, meinte Robert, bei dem sie sich eine knappe halbe Stunde später zur Beratung zusammenfanden. Er durchmaß mit langen Schritten den Raum. Seine Stimme hallte – die Wandteppiche mit den Abbildungen archaischer Schlachten, die ihren Klang normalerweise dämpften, wurden soeben draußen im Sonnenschein ausgeklopft.

Das Pergament mit der Nachricht, die sie in diesen Raum gebracht hatte, lag zusammengeknüllt auf dem Boden. Es war eine flehentliche Bitte des Grafen Gauzfried von Maine und seines Nachbarn Ranulf von Poitou um Hilfe. Ihre beiden Verbündeten hatten auf der Loire die Drachenboote der Dänen gesichtet. Gewiss würden sie wieder die Städte längs der Ufer angreifen. Der Bote, der die Nachricht gebracht hatte, war erschöpft zwischen zwei gusseisernen Kerzenständern in sich zusammengesunken und schlief.

Auf dem Tisch befand sich eine Landkarte, Steinchen markierten die Städte, um die es ging: Nantes, Angers, Tours und Orléans. Die vierzehn Männer im Raum waren beunruhigt und zornig, einige auch abwartend. Abwartend, weil die Feuer der Plünderung ja hundertfünfzig Meilen entfernt brannten. Was natürlich nicht bedeutete, dass die Sache sie nichts anging: Die betroffene Region stand aufgrund einer Vereinbarung mit König Karl unter Roberts Schutz. Er hatte sich gemeinsam mit Ranulf und Gauzfried verpflichtet, das verfluchte Dänenheer zur Hölle zu schicken, sollte es sich wieder einmal ins Westfrankenland wagen. Aber natürlich hatte die Sache einen Haken. Wenn sie Paris verließen, raubten sie ihrer eigenen Stadt die Kampfeskraft. Und wenn die Dänen nun genau darauf kalkulierten? Wenn sie in Wirklichkeit das reiche Paris im Auge hatten?

»Lasst es gar nicht erst in eure Köpfe!«, pfiff Robert Rousel und zwei andere Männer an, die verstohlen miteinander flüsterten.

»Wir entblößen unser Herz, um die Hand und den Fuß zu schützen«, murrte Looïs, ein Mann, der als scharfsinniger Schlachtenplaner geschätzt wurde. Er klopfte mit der flachen Hand gegen die Wand, als würde darin ihr Herz schlagen.

Robert trat mit hochgezogenen Brauen auf ihn zu. »Wenn wir den Dänen die Schädel von den Hälsen schlagen wollen, dann kriegen wir das nur mit einer militärischen Übermacht hin. Gerade jetzt haben wir solche Verbündete – wie es in einem Jahr aussehen wird, weiß nur Gott.«

Aristid sah die Skepsis in den Gesichtern der Männer. Und fand sie verständlich. Bündnisse wurden in diesen Jahren schneller gebrochen als ein Lamm zur Schlachtreife kam. Robert selbst hatte sich vor etlichen Jahren an die Spitze einiger Adligen gestellt, die gegen König Karl revoltierten. Der Bruch war gekittet worden, aber Aristid hätte kein Gran Salz darauf verwettet, dass das neue Bündnis zwischen König und Graf den Frühling überstehen würde. Und dieses Misstrauen herrschte nicht nur zwischen Karl und Robert – der gesamte Adel war davon wie von einer Seuche betroffen. Wer heute noch als Freund galt, konnte morgen schon mit dem Feind kooperieren.

Roberts Blick wurde kalt wie selten. »Wir brechen auf«, erklärte er, »und zwar morgen früh.«

Sechshundert Mann fanden sich am nächsten Tag bei dem Petit Pont zusammen. Sie trugen Brünnen unter ihren Mänteln, bemalte Langschilde und Helme. Schwerter baumelten an Wehrgehängen oder Schulterriemen. Wer sich kein Schwert leisten konnte, hatte sich mit Hand- und Breitäxten und Wurfbeilen bewaffnet. Auch Speere mit Quereisen, die den getroffenen Gegner darin hindern sollten, mit seiner Waffe in die Nähe des Angreifers zu kommen, konnte Aristid ausmachen. Lastenpferde und Karren dienten dazu, einen Teil der Rüstungen und Waffen zu tragen, um die Kämpfer während des Gewaltmarschs zu entlasten.

Die Pferde wieherten und stampften mit den Hufen. Ansonsten herrschte eine bedrückende Stille, unterbrochen nur von den Schluchzern und Segenswünschen der Angehörigen, als sie losmarschierten.

Orléans, die Stadt, die sie mit einem Gewaltmarsch innerhalb von zwei Tagen erreichten, war verschont geblieben. Ihre jahrhundertealte Mauer, dreiunddreißig Fuß hoch und zehn Fuß breit, hatte sie gerettet. »Zwei Tage haben die Fischfresser uns die Hölle heiß gemacht. Vorgestern sind sie weiter nach Angers«, teilte ihnen der hochverdiente, uralte Fürst Lambert mit und begann von alten Ruhmestaten zu plappern.

Tatsächlich wurde Robert nach einem flüchtigen Essen, das sie mehr aus Hunger denn aus Genuss zu sich nahmen, vom Führer der Garde beiseite genommen. »Lambert hat recht, die Dänen wollen ganz sicher über Angers und Nantes zurück in ihr verfluchtes Meer. Aber …«

»Ja?«, fragte Robert, und Aristid, der neben ihm stand, spitzte die Ohren.

»Was mich wundert: Nur ein Teil ihrer Männer ist runter zum Fluss zu den Booten. Die meisten, eine kleine Armee, sind zu Fuß und zu Pferde in den Norden abgedreht. Ich denke …«

»Zu Pferde, die Dänen?«, fragte Aristid ungläubig.

»Ich sag, was ich gesehen habe. Sie kamen mit Booten die Loire hinauf, aber viele eben auch zu Fuß und etliche sogar auf Pferden – Satan mag wissen, wo sie die gestohlen haben.«

»Und von hier aus sind sie nach Norden?«, vergewisserte sich Robert.

»Die meisten, bestimmt drei von vier Männern.«

»Le Mans«, erklärte Robert düster. »Sie haben eins aufs Maul bekommen – nun wollen sie sich an Le Mans schadlos halten.«

Ein weiterer Gewaltmarsch war zu bewältigen, der an den Kräften der Männer zerrte. Robert führte den Heerestross und schickte zwei seiner besten Männer als Späher voraus – doch sie kehrten weder an diesem noch am folgenden Abend zum Heer zurück, was die Stimmung in den Keller brachte.

Am Vormittag des dritten Tages tauchte Le Mans endlich vor ihnen auf. Schon der erste Blick zeigte, dass sie mit ihren Befürchtungen richtig gelegen hatten – und dass sie zu spät kamen. Rauchschwaden umhüllten die Dächer der Stadt. Eine breite Spur, die sich durch mehrere Wiesen und Felder zog, und eine aufgewühlte Fläche beim Stadttor zeigten, wo die Dänen herangezogen waren und wo sie sich den Zutritt erkämpft hatten. Ein Murmeln setzte ein, als die vordersten Männer beim Tor zwei nackte Leichen entdeckten, die kopfüber vom Torbogen baumelten – ihre eigenen Späher, denen man zum Hohn die Augen ausgestochen hatte.

Das war jedoch nichts gegen das Grauen, das sie in der Stadt erwartete. Die Gassen, durch die sie liefen, wurden von Leichen gesäumt, auf deren zerhackten Körpern sich Fliegen und anderes Getier gesammelt hatte. Niemand war verschont worden, nicht einmal die Kinder. Das Wort »Berserker« wurde geraunt, und in den Köpfen derer, die bereits gegen die Dänen gekämpft hatten, schoben sich Bilder von Bestien, die zitternd vor Kampfeslust aus dem Mund schäumten und in die Ränder ihrer Schilder bissen.

An den Hauswänden lagen zerstörte Karren, vor den Fenstern zertrümmertes Mobiliar. Hier und da auch Pferdekadaver. Die Häuser selbst schienen verlassen zu sein. Als Aristid mit anderen Reitern zum Zentrum der Stadt vordrang, fanden sie die Bischofskirche, einen grauen Bau, dessen Tür mit Rammböcken aus den Angeln geschlagen worden war. Aristid war einer der Ersten, der sie betrat. Er schluckte mit trockenem Mund. Auf dem heiligen Altar lagen Säuglinge mit aufgeschlitzten Leibern, sorgfältig aneinandergereiht, gruppiert zum Symbol eines Hammers. Ihre Mörder hatten das Kreuz aus dem Steinboden gerissen und es so gegen den Rand des Altars gelehnt, dass der Heiland die armen Kleinen anstieren musste. Der Hammer Thors verhöhnte den Christenglauben.

An diesem Ort, den sie fast alle aufsuchten, wandelte sich die Stimmung im Heer. Einige wenige Feiglinge flohen, die anderen schienen hart wie in der Sonne getrockneter Lehm zu werden.

Plötzlich krochen auch die Überlebenden aus ihren Verstecken. Viele stierten stumpf ins Nichts, andere klammerten sich an die Kleider der Kämpfer, und wieder andere lachten, tanzten oder schnitten sich mit scharfen Gegenständen die Haut auf – sie waren dem Wahnsinn verfallen.

Ein Bauer, der durch einen Sprung in eine Fäkaliengrube

überlebt hatte, ließ sich zu Robert bringen. Der Graf hatte seine Truppführer neben dem Tor im Schutz einer hölzernen Palisade zur Lagebesprechung versammelt, und der Bauer erstattete Bericht. Vor allem nannte er Zahlen. Er schätzte, dass die Stadt von wenigstens tausend Männern überrannt worden war. »Aber das waren nicht nur Dänen, sondern auch Bretonen, dem Dialekt nach zu urteilen. Gott möge sie verdammen – sie haben das heilige Wasser der Taufe erhalten und schlachteten Kinder wie Ferkel.« Nun verlor er doch die Fassung und biss in seine Faust.

»Dafür werden sie in der Hölle brennen, und Satans Knechte werden sie mit brennendem Pech übergießen und ihnen Speere in den Leib rennen, und zwar bis in die Ewigkeit!«, fluchte einer der Männer. Andere heulten vor Wut. Ein Hund bellte verstört und jagte sinnlos über die von Feuer angesengte Wiese.

Robert blieb kühl. »War Salomon unter den Bretonen? Ihr Fürst?«

»Den kenne ich nicht. Aber an der Spitze der Schlächter, direkt neben dem Dänenhäuptling, ritt ein beleibter Mann.« Der Bauer schloss die Augen, als wollte er das Bild zurückholen. Dann erklärte er, immer noch mit geschlossenen Augen: »Der Mann besaß einen Makel – einen weißen Fleck im dunklen Haar, direkt über dem linken Auge, als hätte Satan ihm draufgepisst, um ihn als sein Geschöpf zu brandmarken.«

Unter Roberts Männern setzte ein Murmeln ein. Wer Salomon kannte, bestätigte es den anderen: Jawohl, der Fürst aus dem Norden, der sich mit dem Namen des weisesten Dieners Gottes schmückte, war durch einen Fleck im Haar gezeichnet.

»Und hast du hören können, wohin die Mordbrenner von hier aus ziehen wollten?«

Der Bauer schüttelte den Kopf. »Dorthin, wo sie ihre verfluchten Boote versteckt haben, schätze ich.«

Als es Abend wurde, machten sich die Strapazen bemerkbar. Roberts Männer wollten … sie mussten schlafen. Aristid betrachtete mit Sorge, wie sie unter ihre Mäntel krochen. Was, wenn ihre Feinde sie durch Späher beobachten ließen? Wenn sie sie später im Schlaf überraschten? Er sprach Robert darauf an, aber auch der konnte sich vor Müdigkeit kaum noch auf den Beinen halten. Also tat Aristid, was er für nötig hielt: Er teilte die Männer in Trupps von je vierzig ein und nötigte sie, sich an strategisch wichtigen Plätzen in der Stadt zu verteilen. Dort sollten sich die meisten ausruhen, aber zwei Mann aus jeder Gruppe mussten Wache schieben. Den überlebenden Mönchen des Klosters verwehrte er den Zugang zum Glockenturm und stellte auch dort Männer als Wachposten ab – der Schlag der Glocke würde in dieser Nacht als Alarmzeichen dienen.

»Du machst sie nervös«, erklärte Robert, der trotz seiner Erschöpfung nicht zur Ruhe kam.

Aristid nickte, ohne zu antworten. Er hatte keine Ahnung, wie es seinen Kameraden in dieser Nacht ergehen mochte – auf ihn selbst jedenfalls sollte Roberts Prophezeiung zutreffen. Das Gras verwandelte sich in ein Nagelbrett, er wälzte sich frierend unter seinem Mantel und lauschte auf verdächtige Geräusche, bis seine Ohren brannten. Das penetrante Schnabelknappen eines Waldkauzes zerrte an seinen Nerven, der Leichengeruch an seinem Verstand.

Es mochte kurz nach Mitternacht sein, die Zeit, in der die Nacht am finstersten war, als er aus dem Schlaf, der ihn am Ende doch noch überwältigt hatte, aufschreckte. Pferde. Jenseits der Palisade. Leises Wiehern, metallene Geräusche, das

Wummern von Stiefeln. Es hörte sich an, als würde sich ein gepanzerter Moloch auf die Stadt zu wälzen.

Die Wächter hatten Obacht gegeben. Einer weckte bereits Robert, andere rüttelten und traten die Schläfer. Während Aristid seinem Pferd den Sattel überwarf und Schwerter und die Streitaxt umhängte, trug die Glocke ihre Warnung in die Nacht. Aus den Häusern der Überlebenden drangen plötzlich Schreie. Sie hätten den Menschen einhämmern müssen, dass sie Ruhe zu bewahren hatten. Zu spät.

Aristid lenkte sein Pferd zum Tor. Dort, wo die Leichen ihrer Späher gehangen hatten, war der Weg aus der Stadt ehemals durch ein doppelmannshohes Gitter gesichert gewesen. Jetzt war der Weg frei, denn die Dänen und Bretonen hatten das eiserne Hindernis aus den Angeln gerissen – es ragte aus dem Schutzgraben vor der Palisade. Aristid starrte in die Nacht hinaus. Als seine Augen sich an die von einem matten Streifen Mondlicht durchbrochene Dunkelheit gewöhnt hatten, erkannte er etwas Riesiges, Schwarzes, das sich wie eine Raupe über die Felder heranschob. Zweihundert Mann? Noch mehr? Unmöglich zu schätzen. Er konnte nicht einmal Reiter von Fußvolk unterscheiden.

In Aristids Rücken sammelten sich die Kämpfer. Das Geschrei der Menschen von Le Mans war nicht mehr zu überhören – sinnlos, selbst leise zu sein. Robert teilte die Männer bereits mit gebrüllten Befehlen ein. Aristid winkte die Bogenschützen vor den Palisadenzaun und sorgte dafür, dass sie sich in mehreren Reihen formierten. Sie legten Pfeile ein, die meisten davon mit Widerhaken versetzt, um ihre Wirkung zu vervielfachen. Wenn sich die Angreifer auf hundert Meter genähert hatten, würden sie ihnen einen Pfeilregen entgegenschicken. Seitlich des Tordurchbruchs sammelten sich Reiter und Fußvolk.

Allmählich schälten sich schwarze Schemen aus der Masse.

Zuvorderst ritt ein Bannerträger. Aristid kniff die Augen zusammen. Er trug eine Standarte, aber der Stoff wickelte sich um sich selbst. Dann blähte er sich wieder auf. Bitte, ein Mondstrahl, nur für einen kurzen Augenblick. Der Mondstrahl kam, und im selben Moment brüllte Rousel, der sein Pferd neben das von Aristid getrieben hatte: »Gott sei gelobt! Die goldenen Kastelle von Poitou. Es ist Ranulf. Verflucht, es ist Graf Ranulf …«

Die Schützen senkten ihre Bögen. Ein unbeschreiblicher Jubel brach los.

Ranulf und Gauzfried, die beiden mit Robert verbündeten Grafen, hatten von Bauern erfahren, dass sich ein Heer mit dem Grafen an der Spitze auf dem Weg nach Le Mans befand, und da sie sich nur wenige Stunden südlich aufhielten, waren sie losmarschiert, um sich mit ihnen zu vereinen. Sie brachten beunruhigende Nachricht. Das Heer der Dänen und Bretonen befand sich offenbar bereits auf dem Weg nach Angers. Trotz der späten Stunde setzten sich die Führer der beiden Heere zur Beratung ums Feuer. Die Erschöpfung machte sie anfällig für die Kälte. Sie froren unter ihren Decken und Umhängen. Man reichte ihnen heißen Wein mit Honig, den einige vor Müdigkeit verschütteten.

»Eines ist sicher – wenn wir nichts unternehmen, wird Angers fallen«, murmelte Gauzfried. »So viele, es sind so viele …« Verzweiflung malte sich in seinem dicklichen Gesicht.

»Wir sind mit fünfhundert Männern unterwegs. Nach Schätzung unserer Späher sind die dreckigen Mörder uns um das Dreifache überlegen«, erklärte Ranulf. Die Weintropfen, die ihm in den Bart kleckerten, ließen ihn noch älter aussehen, als er sowieso schon war.

»Und wir haben sechshundert Mann, achtzig davon beritten«, sagte Robert. »Dann wären wir gut tausend Mann gegen etwa ebenso viele Feinde.«

»Du kannst nicht zählen. Tausend Bretonen, fünfhundert Dänen«, brummte Gauzfried.

Eine bedrückte Stille trat ein, in der nur das Prasseln des Feuers zu hören war. Aristid unterbrach sie schließlich. »Die Dänen kämpfen nicht um Ehre oder Land, es geht ihnen ums Plündern. Wenn sie sehen, dass wir uns ihnen entgegenstellen, werden sie zu ihren Booten fliehen.«

»Und Salomon? Bei dem fressen da, wo andere ihren Verstand haben, die Ratten«, schnauzte Gauzfried.

»Aber allein auf sich gestellt, wäre er uns unterlegen«, wandte Robert ein. »Außerdem hängt der Mann sein Mäntelchen in den Wind. Wenn er glaubt, dass er besiegt werden könnte – und ohne die Hilfe der Dänen wäre das sicher –, würde er fliehen oder verhandeln.«

»Würde er, ja?« Gauzfried trat nach einem der Hunde, die hungrig das Lager durchstreiften. »Denkst du auch weiter? Vielleicht würden die Scheißer ja wirklich davonrennen – aber nächstes Jahr kämen sie wieder. Wir brauchen einen Schlag, der sie auf Jahrzehnte zertrümmert.«

»Das gelingt aber nur mit der Hilfe des Königs. Er muss die Kräfte des Reichs bündeln und die Bretagne angreifen«, meinte Ranulf.

Robert lachte verächtlich auf. »Wenn wir auf Karl setzen, können wir uns auch gleich eine Eisenkugel ans Bein binden.«

In dem großen Feuer, an dem sich die einfachen Soldaten wärmten, fielen krachend mehrere Äste in sich zusammen. Kurz wandten sie ihre Köpfe, dann starrten sie wieder in die eigene Glut.

Die drei Grafen und die meisten anderen Männer, die an der Beratung teilnahmen, stammten aus dem fränkischen Adel, sie waren miteinander verwandt und verschwägert. Familie, sozusagen. Aristid beobachtete sie verstohlen und merkte, wie er verglich: In Rom war sein Dienst einfach gewesen. Dort hatte er den Heiligen Vater und damit das Christentum verteidigt. Es hatte nie ein Zurückweichen oder auch nur Zaudern gegeben. Die Seiten waren klar gewesen, es ging um Siegen oder Untergehen.

An Robert schätzte er vor allem den Menschen. Der Graf war ein Mann, der für die, die man ihm anvertraut hatte, das Leben riskierte. Nicht umsonst hatte man ihm den Beinamen *der Tapfere* geben. Ranulf und Gauzfried dagegen … Aristid mochte sie nicht sonderlich. Vor allem mochte er ihr Reden nicht, das sich jetzt plötzlich um Grafschaften drehte, die in diesen Kreisen offenbar wie Rüben gehandelt wurden. Sie sprachen von Cotentin, einer Halbinsel am Ärmelkanal, und dem Avranchin, einem weiteren Gebiet am Kanal. Würde König Karl diese beiden Lehen an Salomon abtreten, um sich seine Loyalität gegen die Dänen zu erkaufen? Oder würde er im Gegenteil versuchen, die Dänen, die hier gerade die Bevölkerung massakriert hatten, mit einem Versprechen auf Land zu bestechen? Welche Rolle, dachte Aristid, spielen die Menschen bei eurem Geschachere, die sich immer neuen Herrschern unterwerfen müssen und dabei nicht mehr gelten als Münzen bei einem Handel?

Er sah Freya vor sich, die ihm ihr Messer in die Hand drücken wollte und es dann ins Gras warf, weil sie beschlossen hatte, niemanden mehr zu verletzten, und einen Moment lang fühlte er sich der Klarheit ihres Herzens stärker verbunden als jedem der Männer hier am Feuer. Doch am Ende: Was folgte für ihn in diesem Moment daraus? Gar nichts. Er musste helfen, den Dänen und dem Verräter Salomon Einhalt zu gebieten.

30. KAPITEL

Ein Teppich aus Blausternblüten hatte sich zwischen den Bäumen des kleinen Gartens im Palais ausgebreitet. Die Kirsch- und Birnbäume trieben erste zarte Blüten. Ein Eichhörnchen fegte die Burgmauer hinab und schnupperte am Kadaver eines Jungvogels, der aus dem Nest gefallen war. Es war ungewöhnlich warm für einen Apriltag.

Freya fand Adelais auf einer der rot gestrichenen Bänke im Schatten der Obstbäume. Sie hatte ihr Hospital nur ungern verlassen, eine Frau lag mit Zwillingen in den Wehen. Aber die Gräfin hatte nach ihr gesandt, und dafür musste sie Gründe haben. Nachrichten vom Pariser Heer? Über Aristid? Freyas Magen krampfte sich zusammen. *Es tut mir so leid, meine Liebe, aber Robert hat einen Boten geschickt* … Krampfhaft versuchte sie, ihre Gefühle zu verbergen, indem sie sich über das Körbchen des kleinen Robert beugte, der vergnügt zappelte und krähte, als er sie sah.

»Ein Wildfang.« Adelais lächelte, doch ihre Stimme klang belegt. Ja, es gab schlechte Neuigkeiten. Freya setzte sich zu ihr. Sie blickten beide zu Odo, der mit seinem Holzschwert einen Fechtkampf gegen einen Stachelbeerstrauch ausfocht. Sein Triumph bestand darin, die weißen Blüten abzuschlagen.

»Lass das!«, protestierte Adelais. »Man muss die Blüten pflegen, nicht zerstören!«

Aus Odos Verwirrung wurde sofort Starrsinn. Er ließ sich ungern etwas vorschreiben, da war er wie sein Vater. Zack, ein weiterer Hieb.

»Du zerschlägst deine Naschereien für den Sommer. Aus den Blüten wird Obst«, sagte Freya. Odo starrte auf die Blütenblätter zu seinen Füßen. Er war zwei Jahre alt und sprach wenig, aber seine Neugierde war ohne Grenzen. Nach einem kurzen Zögern erhellte sich seine Miene, er trug zwei der Blüten zu Freya, hob den Kopf und wartete auf eine Begründung. Aber wie erklärte man das Wunder, das aus einer Blüte eine Frucht entstehen ließ? Freya tat ihr Bestes. Gott schenkt uns zunächst Freude durch den Anblick der Blüten, dann nährt er uns mit dem, was aus dem Kern der Blüte heranwächst.

»Gott mag Blumen?«, vergewisserte Ode sich.

»Er hat sie erschaffen – da wird er sie sicher auch gern haben.«

»Mich hat Gott auch erschaffen«, sagte Odo und ließ es wie eine Frage klingen.

»Und deshalb kannst du sicher sein, dass er dich ebenfalls lieb hat«, bestätigte Freya ihm.

»Wieso komm ich dann in die Hölle?«

Freya verfluchte die Amme, die ihm vermutlich bei einem seiner unschuldigen Vergehen mit dem Fegefeuer gedroht hatte. Sie war eine ruppige Frau, deren einziger Vorteil in ihren nie versiegenden Brüsten bestand. »Deine Mutter und dein Vater beschützen dich vor allem Bösen, weil sie dich lieb haben. Wie sollte Gott, in dem eine noch größere Liebe ist, dich nicht beschützen wollen? Vergiss die Hölle«, sagte sie und strich über den kleinen Kinderkopf.

»Aber vergiss nicht, dass Gott die Bösen straft«, fügte Adelais rasch hinzu, doch Odo sauste schon wieder davon. Es entstand eine kurze, beklommene Pause. Dann nahm Freya ihren Mut zusammen. »Was ist passiert?«

»Irmingard hat geschrieben.«

»Oh!« Es ging also gar nicht um Aristid! Und doch musste die Botschaft bedrückend sein. Freya wusste, dass die Gräfin und die Äbtissin einander regelmäßig Briefe sandten. So hatte sie erfahren, dass Grethlein doch noch geheiratet hatte – einen Gärtner von der Herreninsel, der mit ihr in ihr Elternhaus gezogen war. Und dass König Lothar immer noch darum kämpfte, vom Heiligen Vater die Erlaubnis zur Scheidung zu bekommen, damit er endlich Waldrada heiraten konnte, die ihm inzwischen einen Sohn und eine Tochter geboren hatte. Aber worum ging es nun?

»Die Äbtissin hat sich, wann immer sie Besuch bekam, auch nach Hugo umgehört. Und bei einem Weihnachtsbesuch des Königs von Aquitanien hat sie erfahren … Wie es aussieht, hat mein Sohn sich mit dem Herzog der Bretonen zusammengetan, einem Mann namens Salomon, der ein übler, von Machtgier getriebener Mörder sein soll. Es heißt, dass dieser Salomon seinen eigenen Cousin getötet hat, um die Herrschaft über die Bretagne zu erlangen, und …« Adelais holte Luft. »Jedenfalls hat er sich mit den Dänen verbündet, die die Städte längs der Loire angreifen. Und Hugo … Verstehst du, worauf es hinausläuft? Hugo steht jetzt auf Seiten der Feinde meines Ehemanns.«

Freya suchte nach behutsamen Worten. Ihr fielen keine ein. »Glaubst du, es geht ihm um Rache?«

»Was sonst? Bei einer Schlacht sterben unzählige Männer. Ich muss befürchten, dass Hugo die Gelegenheit nutzen will …«

Sie brach in Tränen aus, und Freya legte unbeholfen den Arm um ihre Schulter. Ein Mord, unerkannt begangen im

Getümmel einer Schlacht? War so etwas möglich? Mit Sicherheit. »Was soll ich nur tun?«, flüsterte die Gräfin.

Freya holte ihr Pferd und machte sich noch in derselben Stunde auf den Weg. Und von dem wusste sie nur eines: dass er sie zu einer Stadt namens Orléans führen musste. Die Torwächter hatten ihr eine Straße beschrieben, der sie folgen sollte – wieder eine der uralten römischen Handelsstraßen. Sie tat wie geheißen und verlor trotzdem die Orientierung, als ihr Weg zu einem matschigen Pfad wurde und sich bald darauf in der Natur verlor… Sie orientierte sich am Stand der Sonne und fragte sich bei Bauerngehöften durch.

Von Unruhe zerrissen preschte sie durch zartgrüne Wälder und an seidigen Seen vorbei. Es war, als wollte die Natur sie mit ihrer Lieblichkeit verhöhnen. Man hatte ihr auf Adelais' Befehl hin das beste verbliebene Pferd im Stall überlassen, aber sie war eine ungeübte Reiterin. Die Meilen zogen sich. Sie verbrachte eine ruhelose Nacht im tiefsten Wald, und es kam ihr fast wie ein Wunder vor, als sie am nächsten Vormittag tatsächlich Orléans vor sich liegen sah.

Es war Sonntag. Glocken riefen in der ummauerten Stadt am Fluss zum Kirchgang, alles schien friedlich, nur die Wachen behielten die Straßen genau im Auge. Freya zückte Adelais' Begleitbrief, in dem die Gräfin um Unterstützung für ihre Botin bat, und reichte ihn durch das Fallgitter. Einer der Wächter nannte ihr die Straße von Le Mans nach Angers als wahrscheinlichste Möglichkeit, auf Roberts Heer zu treffen. »Aber achte auf die verfluchten Dänen, Bursche. Das Heidenpack zertritt, was ihm unter die Füße kommt, die haben weder Herz noch Gewissen.«

Freya trug Männerkleidung – das Sicherste, wenn man in Kriegszeiten allein unterwegs war. Die Haare hatte sie unter einer Mütze verborgen. Dass man sie einen *Burschen* nannte, nahm sie als gutes Omen.

Sie ritt eine weitere Stunde, dieses Mal durch ein ausgedehntes Waldstück. Aber dann, so allmählich, dass sie es, müde wie sie war, zunächst gar nicht wahrnahm, mischte sich ein ungewöhnliches Geräusch zwischen die Balzrufe der Vögel, ein Klangteppich, ähnlich dem Brausen von Zugvögeln, die sich von ihren Rastplätzen erhoben. Es machte sie nervös, doch sie war zu schläfrig, um über die Ursache nachzudenken. Erst, als sich die Bäume lichteten, wurde ihr klar, woher die irritierenden Laute stammen mussten: aus menschlichen Kehlen. Und als sie noch näher kam, begriff sie, dass es sich um Schmerz- und Angstschreie handelte. Roberts Heer hatte das der Feinde offenbar gestellt.

Ihre Haut fing an zu prickeln. Was nun? Auf der Seite der Pariser kämpfen? Sinnlos. Selbst mit dem Stock hatte sie lange nicht mehr geübt. Sie musste sich ein Versteck suchen.

Warum trieb sie ihr Pferd trotzdem weiter? Die Angst um Aristid, natürlich. Noch konnte sie die beiden Heere nicht sehen und abschätzen, wer siegen würde oder vielleicht kurz vor der Niederlage stand. Ein Trampelpfad zweigte vor dem Wald ab und schlängelte sich einen Hügel hinauf. Oben auf der Anhöhe stand eine Vogelscheuche mit bunten, schmutzigen Kleidern und einer Haube, deren Bänder im Wind flatterten. Ein Rabe hatte sich frech auf der Haube niedergelassen und starrte zur Quelle des Lärms. Freya lenkte ihr Pferd zu ihm hinauf.

Der Lärm wurde immer lauter, aber der Blick, der sich ihr schließlich auftat, zeigte keine Menschen. Ein monströses Ungeheuer schien sich auf der anderen Seite des Hügels und den sich anschließenden Wiesen zu wälzen. Seine Falten verschoben sich, die Muskeln hoben und senkten sich, Blasen ragten aus seinen Rändern, die Haut glänzte rot und silbern. Mit jedem Hieb, der in der Sonne aufblitzte, wurde ein Mensch verstümmelt oder starb. Eine grausame Schlachterei – eine … Ungeheuerlichkeit. Freya legte die Hände auf die Ohren, ihr Pferd tänzelte angstvoll.

Wie lange verharrte sie neben der Vogelscheuche? Zeit existierte nicht mehr. Als der Rabe aufflog, gab sie ihrem Tier die Sporen und hetzte es in den Wald zurück. Sie verkroch sich mit ihm hinter einem moosbesetzten Felsen, der sie notdürftig zum Weg hin verbarg, und krümmte sich im Gras zusammen.

Die Sonne verlor bereits an Kraft, als der Moloch jenseits des Hügels verstummte. Benommen stand Freya auf. Sie ging einige Schritte. Und erstarrte erneut. Wieder Geräusche, aber dieses Mal kamen sie aus einer anderen Richtung – und waren bedrohlich nah. Geduckt huschte sie zwischen Bärlauch und Buschwindröschen, bis sie einen Hang erreichte, der sich zur Biegung eines Flusses hinabsenkte.

Eine Gruppe fliehender Männer hastete kaum einen Steinwurf entfernt im Gänsemarsch am Ufer des strudelnden Gewässers entlang. Dänen. Es waren Dutzende, und es wurden immer mehr. Freya ließ sich zwischen die Farne zu ihren Füßen sinken und spähte durch die gezackten Blätter. Die Männer waren blutverschmiert, verwundet, die Gesichter verwüstet. Sie schoben einander und drängten voran. Viele trugen Kammhelme, einige Holzschilde, die zu Boden flogen, wo sie von Nachfolgenden zertrampelt wurden. Ein Mann mit blondem Bart fiel weinend neben einem Sterbenden auf die Knie und schlug ihm ins Gesicht. Ein anderer warf sich, kaum noch fähig zu laufen, ins Wasser, als würde das vertraute Element ihn umarmen.

Freya dachte an Snorri, dessen Kopf vielleicht ebenfalls unter einem der Helme steckte. Weg, weg mit dem Gedanken! Mit angehaltenem Atem wartete sie, bis die Männer vorüber waren. Dann schlich sie zu ihrem Pferd zurück. Die Schlacht war vorüber. Und offenbar zugunsten der Pariser ausgegangen.

Sie erklomm erneut den Hügel mit der Vogelscheuche. Als sie hinabblickte, musste sie schlucken. Tote, Verletzte … viele hundert Männer, vielleicht mehr als tausend, bedeckten einen Acker. Das Wort Schlachtfeld bekam eine neue, bittere Bedeutung. Viele der Geschundenen lagen auf dem Boden, einige begraben unter Schilden oder Waffen. Männer irrten zwischen ihnen herum und schnitten ihre Kehlen durch, wo der aufgerissene Bauch oder der zerschmetterte Schädel eines Kameraden nur noch unnötiges Leid verhießen. Sie orientierten sich dabei offenbar an goldgelben Binden. Wer sich durch keine Binde als Verbündeter auswies, an dem entlud sich der angestaute Hass. Ihren Feinden stachen sie mit Lanzen in die Köpfe oder zerfetzten sie mit Äxten und Schwertern. In den Furchen des Ackers schwamm das Blut. Über den Gemarterten schwebten Krähen, deren Krächzen sich in die Schreie der Sterbenden mischte.

Das Grauen war zu umfassend, zu unwirklich, als dass Freya noch etwas hätte empfinden können. Sie hob den Blick zur anderen Seite des Schlachtfelds, wo sich ein Trupp Reiter gesammelt hatte, nicht viele, sechzig Mann vielleicht. Ihre Helme glänzten im Schein der tiefstehenden Sonne.

Freyas Herz schlug schneller, als sie auf einigen Umhängen Roberts Lilienwappen ausmachte. Sie bildete sich ein, unter einem der Helme verstrubbelte, dunkle, mit grauem Haar durchsetzte Locken zu entdecken. War das Aristid? Der Mann kehrte ihr den Rücken zu – unmöglich, sein Gesicht zu erkennen. Worüber die Männer auch immer beraten hatten, sie schienen einen Entschluss gefasst zu haben, denn sie wendeten plötzlich ihre Pferde und galoppierten los, alle in dieselbe Richtung, auf einen breiten Weg zu, der gen Norden führte.

Auch Freya trieb ihr Pferd an. Sie lenkte es in einem weiten Bogen um das Schlachtfeld. Ihr Wallach war müde, aber nicht so erschöpft wie die Streitrösser der Männer, sie rechnete sich also Chancen aus, sie einholen zu können. Als sie den nördlichen Pfad erreichte, sah sie, dass er und auch die angrenzenden Wiesen von Pferdehufen und Schuhabdrücken zerpflügt waren. Angestrengt musterte sie die Ränder des zertrampelten Areals. Als ein schmalerer Pfad den Weg querte, fand sie Spuren, die Richtung Osten wiesen. Sie folgte ihnen, bis sie schließlich zu einem Wäldchen kam, hinter dem sich der obere Teil eines Turms erhob. Lag dort eine Stadt? Ein Kloster?

Die Reiter waren um das Wäldchen herumgeritten, und Freya tat es ihnen gleich. Der Turm entpuppte sich als Teil einer uralten gelben Kirche mit einem spitzen Ziegeldach und Unkraut zwischen den Steinen des gepflasterten Platzes vor dem Portal. Zur Linken schloss sich ein Dorf an, während rechts wohl derselbe Fluss schäumte, an dessen Ufer die Dänen gerade ihr Heil in der Flucht suchten. Freya zügelte ihr Tier. Das Dorf lag verlassen, die Bewohner waren vermutlich ins Wäldchen geflohen. Aber vor der vom Abendlicht rot gefärbten Kirche herrschte ein hektisches Gedrängel. Roberts Männer hatten das Gebäude umzingelt – offenbar waren sie irgendwelchen Flüchtigen gefolgt, die sich im Gotteshaus verbarrikadiert hatten. Ihre Blicke waren auf ein Drillingsfenster über dem Kirchenportal gerichtet. Einige der Kämpfer hatten ihre Bögen gespannt, die Pfeile zeigten zur Fensteröffnung.

Die Leute in der Kirche waren allerdings zu vorsichtig, um sich eine Blöße zu geben. Gelächter drang aus den Mauern, einer der Eingeschlossenen verspottete mit lauter Stimme die Karnickel, die sich nicht in die Arena der Wölfe trauten. »Holt euch einen Rammbock, ihr verfickten Ärsche. Wir warten auf euch!« Keine dänische Stimme, der Mann sprach im bretonischen Dialekt.

»Komm runter!« Die Worte galten zu ihrer Überraschung nicht den Verbarrikadierten, sondern ihr selbst. Aristid stand neben ihrem Pferd und streckte ihr die Arme entgegen.

Es wurde innerhalb kürzester Zeit dunkel. Die Männer hatten ihre Waffen wieder gesenkt und entzündeten Feuer. Es war klar, dass sie vor der Kirche die Nacht verbringen mussten. Einige brachen in die Bauernhäuser ein, stahlen dort Decken und drehten Hühnern und Kaninchen die Hälse um, um sie an ihren Lanzen zu braten. Freya und Aristid sonderten sich aber bald von den anderen ab und verkrochen sich in einem der von Frühlingsgerüchen durchtränkten Gärten hinter den Bauernhäusern.

»Du zitterst«, sagte Freya.

»Lass mir einen Rest Stolz. O Gott, ich kriege das Geräusch nicht aus den Ohren, diese Schreie. Was tun wir nur, Freya? Was tun wir nur?« Er ließ sich ins Gras sinken, ohne Rücksicht auf Schafsurin und Ziegenköttel. Sein Haar klebte am Kopf, obwohl es längst getrocknet war. Sein Gesicht war von Blutspritzern gesprenkelt. Er wandte sich ihr zu, und sie umarmten einander, ließen es aber bald wieder sein. Aristid war so erschöpft, dass er sich kaum noch bewegen konnte.

»Ich frag nicht, wie du zu mir gefunden hast. Ich liebe dich einfach dafür. Erklär mir nur das *Warum*. Warum dieses Risiko?«

Freya begann von Irmingards Brief zu erzählen, und Aristid stöhnte auf. »Dieser verräterische Dreckskerl! Herrgott! Gesehen hab ich ihn aber nicht. Obwohl – in dem Getümmel? Aber vielleicht hat er es sich anders überlegt. Du siehst ja, Robert ist ohne Schramme davonge…« Er brach ab.

»Was?«

»Nicht ganz ohne Schramme. Eine Axt hat ihn am Bein gestreift. Ist allerdings kaum der Rede wert. Und die Axt wurde von einem Dänen geschwungen. Ein Spangenhelm mit Gesichtsschutz. Nein, das war keinesfalls Hugo.«

Freya berichtete ihm von den Männern, die sie am Fluss beobachtet hatte.

»Da sind sie also hin. Nach Süden, wo die Boote liegen. Konnte man sich ja denken. Aber sehr viele können es nicht mehr gewesen sein. Diese verfluchte Wiese war so glitschig von ihrem Blut, dass die Pferde wie auf Schlittschuhen geeiert sind. Mag sein, wir sind sie endgültig los.« Er wischte mit der Hand über sein Kinn und starrte auf die Fingernägel, mit denen er das getrocknete Blut abgekratzt hatte.

»Sie werden zurückkehren.«

»Komm, mein Herz, ein bisschen Gottesglaube ist heute angebracht.«

Freya zwang sich zu einem Lächeln. »Wann kehrt ihr heim?«

»Sobald wir die Kirche ausgeräuchert haben.«

»Ist das euer Plan? Gottes Haus anzünden?«

»Wir bauen ihm ein neues. Feuer ist am wirkungsvollsten und fordert die wenigsten Verluste. Morgen früh, wenn wir ein bisschen geschlafen haben, geht's los.« Er gähnte und fasste verstohlen an seine Hüfte, als er hätte er Schmerzen.

»Was ist?«

»Nicht der Rede wert. In der Kirche steckt übrigens auch Salomon – er war's, der von Karnickeln und Wölfen gefaselt hat. Merk dir seine Stimme. Ach, Blödsinn, du brauchst sie dir nicht zu merken. Morgen um diese Zeit …« Aristid horchte auf. Aus Richtung der Kirche erscholl plötzlich ein kehliges Gebrüll, das einen Wimpernschlag später von wütendem Geschrei beantwortet wurde. Beides schwoll an.

»Küss mich!«

»Was?«

Aristid presste seine Lippen gegen ihre eigenen, so fest, dass es wehtat. »Versteck dich irgendwo!« Dann rannte er los, als hätte es seine Erschöpfung nie gegeben.

Freya wollte sich nicht verkriechen. Stattdessen folgte sie einem sandigen Weg zu einem kleinen Stall. Ein Kantholz klemmte quer über der Tür zwischen zwei eisernen Haken, um das Vieh am Ausbruch und schlaues Raubgetier am Einbruch zu hindern. Sie wuchtete es aus den Klemmen und starrte darauf. Schmerz-, Angst- und Wutgeschrei drangen weiter durch die Büsche. Sie hasste die Bretonen, die diesen unnötigen Krieg begonnen hatten und nun schon wieder anfachten. Sie hasste sie mit aller Leidenschaft.

Rasch umrundete sie eine Fäkaliengrube, zertrampelte zarte Gemüsepflanzen, schob einen Bock beiseite, den der Besitzer an einem Zaun angebunden hatte … Das Kantholz umklammernd rannte sie über ein frisch eingesätes Feld und erreichte schließlich die Rückseite der Kirche. Von dort lugte sie um die Ecke.

Der Kampf war bereits ausgefochten. Vor dem offenen Kirchenportal lagen die Getöteten, fast ausschließlich Bretonen, wie die roten Bänder an ihren Ärmeln bewiesen. Einer von ihnen war in ein Feuer gestürzt, seine Leiche brannte, stank und qualmte. Aus dem Wäldchen tönte Geheul, das sich rasch entfernte – Feinde, denen offenbar nach dem Ausfall die Flucht gelungen war. Warum setzten Roberts Männer ihnen nicht nach?

Freya ließ ihr Holz fallen und ging zu Aristid. Er hatte mit seinen Kameraden neben dem Kirchenportal einen Kreis gebildet. Ein Kerl mit halb herabgelassener Hose presste die Hand gegen seinen blutenden Unterleib und schnaufte, um den Schmerz zu unterdrücken. Sonst war es totenstill. Freya drängte sich neben Aristid. Die Männer hatten sich um ihren Grafen geschart. Robert lag am Boden und rührte sich nicht. Ein Pfeil hatte sich in seinen Hals gebohrt. Der Wind zauste die beiden Gänsefedern am Schaft.

Aristid führte Freya zu den verbliebenen Pferden. Er weinte und versuchte gar nicht, es zu verbergen. Stumm sattelte er sein Pferd. Nein, ihres. Seins war ja von der Schlacht noch viel zu erschöpft. Er zog den Sattelgurt fest. Dann packte er sie und flüsterte: »Es war Hugo, Freya. Die Kapuze hing ihm ins Gesicht, aber er war's. Der Scheißefresser kam zu Fuß aus der Kirche. Er ist auf Robert zu, als wollte er um Gnade betteln, und als er vor ihm stand, hat er den Pfeil unter dem Umhang vorgezogen.«

»Aber …«

»Die Sache war geplant. Kaum war der Pfeil gesetzt, ist ein berittener Komplize mit Hugos Pferd aus der Kirche heraus und hat ihm zur Flucht verholfen.«

Freya nickte wie betäubt. »Was hast du vor?«

»Ja, überleg doch! Wer steht denn noch zwischen Hugo und der Macht? Roberts Söhne! Dieser Dreckskerl ist durch Adelais zu Roberts Stiefsohn geworden. Das wird er nutzen … Gott, ja, das wird er tun!« Aristid erklomm unbeholfen den Sattel.

»Was ist mit deiner Hüfte?«

»Lass gut sein. Hugos Mähre ist erschöpft. Bete für mich, dass ich Paris vor ihm erreiche!«

31. KAPITEL

Vor dem Tor des Wachturms an dem Petit Pont lungerten Bewaffnete herum, einige Männer flickten am Seineufer auf Schemeln ein Netz, und eine Frau entleerte nicht weit entfernt davon eine Schubkarre mit durchtränktem Mist in den Fluss. Zwei Schwäne zogen mit ihrem Nachwuchs einen Bogen, um den schwimmenden Mistfladen auszuweichen. Kein Anzeichen von Gefahr. Alles wie immer. Konnte das sein?

Freya nötigte Aristids Pferd, langsamer zu gehen. Es begann zu tänzeln, nervös, als würde es immer noch von den bestialischen Bildern der Schlacht heimgesucht, was möglicherweise sogar stimmte. Oder sie reizte das Tier schlicht durch ihre Unsicherheit.

Sie war Aristid am Morgen nach seinem Aufbruch gefolgt, immer mit seiner Bemerkung im Kopf: Roberts Kinder sind schutzlos. Sie hatte sich keine Pause gegönnt. Aber nun war sie so abgekämpft, dass sie Schwierigkeiten hatte, einen klaren Gedanken zu fassen. Sie musste versuchen, die Lage einzuschätzen, jetzt, in diesem Augenblick.

Was würde passieren, wenn sie über den Petit Pont ritt? Waren die Gräfin und ihre Söhne durch Roberts Tod tatsächlich schutzlos geworden? Sie wusste, dass der Herr von Paris aus einer früheren Ehe ältere Söhne gehabt hatte. Müsste nicht einer von ihnen jetzt nach der Macht greifen? Waren sie bereits in der Stadt eingetroffen? Oder waren sie längst verstorben? Sie hatte noch keinen von ihnen kennengelernt, und wenn es sie gäbe, hätte der Graf sie dann nicht Aristid gegenüber erwähnt? Nein, diese Söhne waren tot oder auf andere Weise verhindert, und Hugo würde seine Chance nutzen. Und deshalb …

»Maman!«

Erschrocken riss Freya an den Zügeln, ihr Pferd stieg und wollte ausbrechen, beruhigte sich jedoch, als es sah, dass nur ein junges, mageres, waffenloses Mädchen durch die Büsche brach.

»Endlich, Maman, endlich …« Cosima zerrte an Freyas Bein und nötigte sie zum Absteigen, dann hängte sie sich an ihren Hals und begann zu weinen. »Ich dachte, du kommst niemals wieder heim.«

Wie sich herausstellte, hatte das Mädchen seit drei Tagen auf dem Friedhof hinter der Mauer der Abtei Saint Germain auf Freya gewartet. Auch jetzt suchten sie wieder Schutz. Ein Schuppen links, ein dampfender Misthaufen rechts und die neuen Schutzmauern, die auch den Gottesacker umgaben, verbargen sie vor neugierigen Blicken. Endlich konnte Freya ihre Tochter in die Arme nehmen, und Cosimas Redefluss, kurzfristig versiegt, begann von Neuem. Sie stammelte von Percival. »… so freundlich … er hat gleich geholfen …« Und sein Vater war ebenfalls besorgt und treu wie der liebe Gott gewesen.

Wer war Percival? »Gott segne ihn dafür«, flüsterte Freya, die kein Wort verstand und vor Ungeduld barst. »Hast du etwas von Aristid gehört?«

Cosima schüttelte den Kopf.

War also die Nachricht von Roberts Tod noch gar nicht bis nach Paris gedrungen? Ausgeschlossen. »Ist Hugo … du weißt schon, der Sohn der Gräfin … ist er ins Palais gekommen und stiftet Unruhe? Gestern? Oder vorgestern? Was sagen denn die Leute?«

»Percival und sein Vater …«

»Warum hast du das Palais überhaupt verlassen?«

»Ja, wegen der Kinder doch.« Cosima stammelte in heller Verzweiflung. »Die Jungs. Odo und Robert. Ich war in der Küche. Da gab es Dörräpfel. Ich wollte Odo …« Sie brach ab und versuchte aus ihren Erinnerungen die wichtigen herauszugreifen. »Die Gräfin kam ins Küchenhaus. Sie war ganz aufgeregt … hat geweint. Und … Bring die Kinder fort, hat sie gesagt und mir Robert in die Arme gedrückt. Wohin denn?, frag ich. Ist gleich, bring sie fort. Nur wusste ich doch nicht …«

»Aber du hast sie aus dem Palais geschleust?«

»Durch den Hühnerstall. Und dann an den hinteren Häusern vorbei.« Zum ersten Mal trat etwas wie Stolz in Cosimas Gesicht. »Und dort hab ich Percival getroffen.«

»Wer ist das?«

»Der Junge, der die Fleischpastetchen bringt, die unsere Gräfin so gern isst.«

»Und ihr habt die Kinder …«

»Aber ja, Maman.«

»Sie sind also drüben in der Vorstadt?«

Cosima nickte.

Percivals Vater, der Pastetenbäcker Ote, war ein geschäftiger, atemloser Mann. Als Freya ihn nach einer durchwachten Nacht und einer Bootsfahrt, die ihr ein zwielichtiger Fischer oberhalb der Seine gegen ein goldenes Kettchen gewährte, aufsuchte, wirbelte er in seiner rußgeschwärzten Küche. Man konnte, obwohl die Tür zum Garten sperrangelweit offenstand, vor Rauch kaum atmen. Wahrscheinlich war seine Lunge so schwarz wie die Wände.

Das Erscheinen der Hospitalärztin raubte ihm die Fassung. Natürlich wollte er alles wissen. Wie die Schlacht ausgegangen war, wie Robert ums Leben gekommen war … »Hugo? Dieser dreckige Teufel! Und da kehrt er nach Paris zurück wie die Schlange in den Garten Eden!« Seine Tätigkeit erforderte Konzentration, und die einzelnen Handgriffe duldeten keine Pausen. Während er zusammenhanglos Kommentare ausspie, befeuerte er das Loch unter dem Ofen, knetete den einen Teig, würzte den anderen und holte mit einem langen Holzschieber seine berühmten, dieses Mal ein wenig dunkel gewordenen Pasteten aus dem heißen Schlund über dem Feuer, um sie auf einem Tisch, dem einzigen halbwegs sauberen Möbel in der Küche, abzulegen. Nebenbei trat er nach der Katze, die begierig einen Tontopf voller Mus umkreiste.

Als Freya ihn schließlich am Arm packte und ihn nötigte, sich zu ihr umzudrehen, war es, als würde man die Luft aus einem Schlauch herauslassen. Er starrte sie an, dann sackte auf einen Schemel. »Mein Leben gehört unserer Königin, aber bei Gott: Du musst mir die beiden Jungen abnehmen. Ich würde sie mit meinem Leben schützen, ich tu's ja schon, aber sie weinen und machen Lärm und … jeder weiß, dass ich keine kleinen Kinder habe. Wir fliegen auf, ich warte nur darauf. Aber wenn ich sie zu Rousels Schwester bringe – was die Gräfin über deine Tochter befohlen hat – und vier Tage keine Brote und Pasteten mehr liefere, dann ist es doch, als würde ich eine Fahne auf meinem Dach aufziehen: *Seht, hier geht etwas Verdächtiges vor sich* … Gestern sind mir zwanzig Brote verkohlt, weil die Kleinen so laut weinten und sich nicht beruhigen ließen, und meine Frau … Ich hab ja keine mehr, wie du weißt.«

Ja, inzwischen war es Freya wieder eingefallen. Ote war der unglückliche Mann, der vor Jahren Honiggebäck ins Hospital geschleppt hatte und in Tränen zerflossen war, als seine hübsche, noch sehr junge Ehefrau gestorben war. Er lebte mit seinem Sohn Percival allein.

»Wieso Rousels Schwester?«

»Weil die Gräfin glaubt, dass diese Dame ihr treu ergeben ist. Sie besitzt ein vornehmes Haus in Meaux. Dort könnte man die Kinder verstecken. Hier, nimm!« Er reichte Freya eine mehlbestäubte Schürze von einem Haken – die Nachbarn sehen alles! – und ging mit ihr in den Garten. Dort hatte er im Schatten alter Bäume eine Art Keller gegraben, um sein Mehl, den Honig, die Gewürze und all seine anderen Kostbarkeiten zu schützen, für den Fall, dass die Dänen zurückkehren würden. Er schnaufte, als er die unter altem Laub verborgene Falltür hochstemmte, kippte sie nach hinten und stieg eine Leiter hinab.

Freya folgte ihm. Aus dem Halbdunkel schälten sich Mehlsäcke, Krüge und Töpfe heraus; zwischen den Balken, die den Keller abstützten, hing gedörrtes Obst an dicken Fäden. Mäuse flitzten über ihre Füße. Adelais' Söhne schliefen in einer Holzkiste, die der Bäcker mit Stroh und Stoff ausgepolstert hatte. Sie rührten sich nicht.

»Wein«, erklärte Ote flüsternd. »Die beste Art, sie ruhig zu halten. Lieber besoffen als tot.«

Freya fühlte nach dem Puls der Kinder, der zum Glück gleichmäßig schlug. Auch ihr Atem ging ruhig. Ote ließ sich stöhnend auf einen Sack sinken. Endlich erhielt sie einen umfassenden Bericht. Der Bäcker begann damit, wie vor vier Tagen am späten Nachmittag ein einsamer Reiter über den Petit Pont galoppiert war. Die Wächter, diese dämlichen Idioten, hielten ihn nicht auf. »Er soll ausgesehen haben wie der Teufel selbst – getrocknetes Blut im Gesicht und an den Kleidern, lachend, die Augen wie im Wahnsinn aufgerissen. Und dann hat er auch noch gebrüllt: Der Graf ist in der Schlacht gefallen!, und da waren die Männer wie gelähmt. Der Kerl ist direkt zum Palais, ließ sich auch dort von niemandem aufhalten – und wenig später hieß es, dass es sich um den Sohn von der Gräfin handele, um Hugo, der damals …«

»Wie wurde er von Adelais empfangen?«

»Das weiß niemand. Er ist rauf in ihre Räume, hat sie aber wohl nicht angetroffen. Und als sie schließlich kam und er sie nach ihren Söhnen fragte, hat sie die Lippen zusammengepresst. Da hat er ihre Damen rausgeworfen und die Tür hinter sich geschlossen. Angeblich haben die Weiber gehört, dass der Mistkerl seine Mutter geohrfeigt hat.« Die ruchlose Tat, die nicht nur Adelais, sondern auch Gott selbst gekränkt haben musste, ließ den Bäcker verstummen. Leiser fuhr er fort: »Es heißt, dass die Gräfin immer noch darauf beharrt, nicht zu wissen, wo die Jungen stecken, was übrigens auch stimmt. Sie hat sie deiner Tochter übergeben, und alles danach geschah ohne ihr Wissen.«

Gut. Und nun kam die andere Frage, die schwere, die Freya kaum über die Lippen wollte. »Gibt es auch Kunde von meinem Ehemann?«

Jeder in Paris kannte den militärischen Ratgeber des Grafen. Aristid war beliebt, weil den Parisern die Angriffe der Dänen wie eine Krankheit in den Knochen gesteckt hatten. Die Mauer, die auf seine Initiative hin errichtet worden war, bedeutete ihnen nicht nur Schutz, sie war auch ein sichtbarer Beweis, dass man ihre Sorgen ernst nahm und sich um sie kümmerte. So etwas merkten sich die Leute.

Ote erwischte den Schwanz einer Ratte, die sich in die Ecke geflüchtet hatte, er tötete sie mit einem Schlag gegen einen Stützbalken und warf sie in hohem Bogen hinaus ins Sonnenlicht. Dann gab er seufzend Auskunft. »Der Italiener hat die Brücke nur wenige Stunden nach Hugo überquert. Es heißt, er war verletzt. Kennst du Looïs?«

Ja, natürlich. Robert hatte seinen buckligen Adjutanten in der Stadt zurückgelassen, als Herzstück der Verteidigung, falls man sich verkalkuliert haben und die Loirestädte tatsächlich nur ein Ablenkungsmanöver und Paris das wahre Ziel der Dänen sein sollte.

»Als Aristid in den Hof eingeritten ist, kam der verräterische Dreckskerl raus aus dem Palais, sagen die Leute. Er hat ihm die Hand gereicht, zum Schein, als wollte er ihm aus dem Sattel helfen. Dann hat er ihm die Faust ins Gesicht geschlagen und zwei Wachen herangewinkt. Seitdem ist dein Mann verschwunden.« Ote schwieg bekümmert. »Tut mir herzlich leid. Aber ich fürchte, es besteht kaum Hoffnung für ihn. Looïs hat sich auf die andere Seite geschlagen, und seitdem wagt niemand mehr gegen Hugo aufzumucken.«

Freya dachte an Johanna, von der es hieß, dass sie auch in schwierigen Situationen nüchtern geblieben war und getan hatte, was getan werden musste, kühl wie ein Mann, mit klarem Geist. Genauso würde sie es ebenfalls halten. Sie schickte Ote zu dem Fischer, der sie in der Nacht zuvor über die Seine gebracht hatte, damit er Cosima vom Friedhof abholte und sie auf der östlichen Seite der Seine zu einer Wegkreuzung brachte, wo sie auf ihre Mutter warten sollte.

Als Ote zurückkehrte, lieh er Freya ein weites Wams, das sie mit Stroh ausstopften, um sie unförmig erscheinen zu lassen. »Dein Gesicht ist leider überall bekannt«, bedauerte er und nötigte ihr einen breitrandigen Hut auf. Anschließend betteten sie die Kinder, denen Freya ein mildes Betäubungsmittel gegeben hatte, in eine Karre und bedeckten sie mit Säcken voller leerer Nussschalen und Stroh. Ote lugte aus der Vordertür. Halb Paris schien sich in den Gassen zu tummeln, aber was half's? Er ließ Freya mit der Karre ins Freie. Sie lief das Pflaster hinauf, und ihr gesenkter Oberkörper erschien dabei wie eine natürliche Haltung. Man rempelte sie an, sie kassierte einen Fluch, als sie einem Reiter vor das Pferd geriet, aber niemand schenkte ihr wirklich Beachtung. Sie war ein unwichtiger, dicklicher Mann mit einer Karre.

Hinter der Stadt bog sie rechts ab und erreichte bald die Lichtung, die angeblich gelegentlich Schauplatz teuflischen Hexenwerks war. Dort wartete Percival, Otes Sohn, ein hübscher Bengel mit Augen wie Kohlen, auf sie und übergab ihr die Zügel zweier Pferde, die er von einem Onkel entliehen hatte. Dann eilte er davon.

Der kleine Robert begann, sich unter den Säcken zu bewegen. Freya beugte sich über ihn und streichelte seine Wange, und er sackte in seinen künstlichen Schlaf zurück. Wenig später kam der Fischer mit Cosima. Auch er hatte es eilig, wieder fortzukommen. Hugo war es bereits gelungen, die Stadt mit Furcht zu überziehen.

Überrascht beobachtete Freya, wie sicher ihre Tochter sich auf den Pferderücken schwang. Hatte Aristid ihr das Reiten beigebracht? Sie erinnerte sich dunkel, dass Cosima gelegentlich von einem Ausritt mit ihrem Vater geschwärmt hatte. Sie reichte ihr den in Decken gewickelten Robert und bestieg mit Odo auf dem Arm ihr eigenes Reittier.

In Meaux wurden sie von einer äußerst liebenswürdigen Matrone mit Namen Iseulte empfangen. *Die Kinderchen, die armen Kinderchen* … Es war keine Frage, dass die Frau für sie sorgen würde, bis die bedauernswerte Mutter wieder dazu in der Lage wäre. Und auch für Cosima natürlich, ein so reizendes Mädchen. Waren Kinder nicht sowieso das größte Glück auf Erden? Sie bat, Grüße an ihren Bruder auszurichten, wenn Freya ihn in Paris treffen sollte.

Nur vier Tage war Freya fort gewesen, aber in dieser Zeit hatten sich die Ereignisse in Paris überschlagen. Ote, der Freya in der Nacht ihrer Rückkehr in sein Haus schlüpfen ließ, sprudelte von den Neuigkeiten über, die er von der Île de la Cité aufgeschnappt hatte. Die wichtigste und bestürzendste: Adelais war tot. Ihr Sohn, dieses ehrgeizige, gewissenlose Schwein, hatte sie umgebracht – das war Otes Überzeugung und die aller Männer, mit denen er sich besprach, weil er ihnen vertraute.

Freya musste das Gesicht fortdrehen, um ihre Tränen zu verbergen. Adelais, die tapfere Adelais, die den eigenen Sohn fortgeschickt hatte, weil sie es nicht ertrug, einen Unschuldigen leiden zu lassen … »Wie viele sind das, *alle*?«, zwang sie sich zu fragen.

»Was?«

»Wie vielen Männern vertraust du?«

»Sechs! Tut mir leid, das ist verflucht schäbig. Ich würde gern eine größere Zahl nennen, aber Anstand und Ehre sind verderbliche Waren, besonders wenn die Sonne des Verrats brennt. Die offizielle Version lautet, dass sich die Gräfin aus Schmerz über den Tod ihres Gatten und das unerklärliche Verschwinden ihrer Söhne vergiftet hat. Und … jetzt wird es noch bitterer, Freya: Hugo streut Gerüchte über Aristid. Wie's aussieht, will er ihn zum Sündenbock machen. Es soll eine offizielle Anklage geben, dass Aristid den Tod seines Herrn verursachte, um ihn für einen Putsch zu nutzen. Angeblich hat er gleichzeitig die Kinder der Gräfin entführen lassen, damit er sich halbwegs legal zu ihrem Vormund und damit zum Herrn über Paris aufzuschwingen kann. Nur Hugo und der getreue Looïs konnten verhindern, dass Aristid das Palais usurpierte. Als einzelner Mann, ich bitte dich! Hugo hat jedenfalls einen Boten zu König Karl geschickt. Er bietet ihm an, Paris für ihn zu schützen … Du verstehst doch, was das heißt: schützen? Es bedeutet …«

»Er will die Stadt stehlen«, sagte Freya dumpf.

»Und alle Besitzungen, die dazugehören! Adelais soll in zwei Tagen beerdigt werden. Und anschließend soll so schnell wie möglich ein Gerichtsprozess gegen Aristid anberaumt werden, weil Hugo eine Legende schaffen will, die seinen Anspruch auf die Stadt untermauert.«

»Wo sind Roberts Getreue?«

»Nun, die meisten inzwischen zurück in die Stadt. Aber sie ducken sich. Rousel allein hat einen Protest gewagt. Das war gestern. Und er wurde umgehend als Aristids Helfershelfer in den Turm befördert. Hugo musste gar nicht viel sagen. Looïs stänkert für ihn gegen jeden, der es wagt, sich zu widersetzen. Es heißt, dass es unter Roberts Männern, also unter denen, die ihm treu ergeben waren, brodelt, aber niemand rührt sich. Die Machtfrage scheint allzu klar.«

»Sie sind feige Schweine.«

»Sie wollen leben«, meinte Ote nüchtern. Er erhob sich von dem Tisch, an dem sie saßen, legte den Finger auf den Mund und schaute zu Percival. Cosima hatte während ihres Ritts auffällig viel von dem Jungen gesprochen. Hatten die beiden sich ineinander verliebt? Jetzt lag er erschöpft neben dem Backofen, der in dieser noch kühlen Nacht ein wenig Wärme versprach, und schnarchte.

Ote beugte sich zu Freya vor, auf seiner Haut saß der Ruß aus der Backstube. »Und nun das Letzte und Schlimmste: Es ist Nachricht gekommen, verlässliche Nachricht, dass König Karl sich leutselig zu Hugos Ansprüchen geäußert hat.«

»Er *glaubt* ihm?«

»Dann wäre er noch dümmer, als man behauptet. Nein, er sieht, wo sein Vorteil liegt, nämlich in einem erwachsenen Mann, der ihm etwas schuldet – nicht in zwei Kindern, die vielleicht nicht einmal das Erwachsenenalter erleben werden. Man sagt, der König sei bereits auf dem Weg nach Paris, um

Hugo die Stadt offiziell zu übergeben. Wenn ich dir etwas raten darf: Flieh, solange es möglich ist.«

Freya verbarg sich in dem Wald mit der Wegkreuzung. In unregelmäßigen Abständen kam Ote zu ihr hinaus, um von den neuesten Entwicklungen zu berichten. Adelais war beerdigt worden, und Hugos Speichellecker hatten während der Beisetzung gelauscht, ob sich jemand unvorsichtig zu ihrem Tod äußerte. Kurz darauf waren Leichen mit durchschnittenen Kehlen in der Seine gefunden worden. Zwei Männer, die düster über das Schicksal von Roberts rechtmäßigem Erben Odo schwadronierten, waren eingekerkert und nur wenige Stunden später öffentlich, im Beisein aller Pariser Einwohner, die man auf die Schnelle hatte zusammentreiben können, hingerichtet worden. Rousel, so hieß es, liege im Sterben …

»Was ist mit Aristid?«

»Es heißt, dass ihn niemand zu sehen bekommt, bis auf Hugo. Der trägt ihm sogar selbst das Essen hinein.«

Freya brach in Tränen aus. In den folgenden Stunden fasste sie einen Entschluss. Cosima und Adelais' Kinder befanden sich in Meaux in der größtmöglichen Sicherheit, die man für sie erhoffen konnte. Sie würden unter der Obhut von Rousels couragierter Schwester in ihr eigenes Leben hineinwachsen. Aber sie selbst konnte und wollte die Ungewissheit nicht länger ertragen. Bei Einbruch der Nacht setzte sie den Strohhut auf und machte sich auf Weg zur Île de la Cité.

Der Grand Pont wurde bewacht. Natürlich! Was hatte sie erwartet? Die beiden Brücken waren die Einfallstore auf die Insel, ihre verletzlichste Stelle. Männer patrouillierten bei den Toren, auf den Wehrgängen und in den Wachtürmen, jetzt, in dieser von Verrat durchseuchten Zeit, gründlicher denn je.

Und nun?

Freya, die hinter einem Pfeiler Schutz gesucht hatte, schlang fröstelnd die Arme um den Oberkörper. Sollte sie auf die Loyalität von Aristids alten Gefährten setzen? Nein, zu riskant. Sie dachte an Otes Warnung: Jeder wollte überleben. Eine lange Zeit starrte sie in den Fluss, der durch die Gatter schäumte, die Aristid als Barrikade gegen die Dänenboote zwischen den Brückenpfeilern herabgelassen hatte. Es war windig, die Wellenkämme blitzten im Mondlicht. Eine Insel aus ineinander verhakten Ästen und daran angeschwemmtem Laub trieb vorüber und fing sich im Gatter. Sie musste an Snorri denken, der ihr mit Hilfe zusammengebundener Hölzer das Schwimmen beigebracht hatte. Aber diese Fähigkeit würde in ihrer Situation nichts nutzen. Die Île de la Cité war ja ummauert. Und diese Barriere war nicht zu überwinden.

Minuten dumpfer Verzweiflung verstrichen. Ihr Blick glitt zum Hôtel-Dieu hinüber, das sie hinter den Türmen der Kathedrale natürlich nur erahnen konnte. Dort lag ihr Heiligtum, in dem sie jahrelang gewirkt und sich inspiriert gefühlt hatte. Schmerz und Tod waren ihre Feinde gewesen, Salben, Verbände, Einläufe und Wickel ihre Waffen … Ihr ureigenes Schlachtfeld, wenn man so wollte. Ein ureigenes und nicht weniger blutiges Schlachtfeld als das zu Füßen der Vogelscheuche.

Plötzlich runzelte Freya die Stirn.

Schlachtfeld …

In das eine Bild mischte sich ein anderes. Und plötzlich sah sie den Hof des Hospitals vor sich, eine abgelegene Ecke, verborgen hinter Holunderbüschen … Gab es vielleicht doch eine Möglichkeit, ungesehen in die Stadt zu gelangen? Nein, ihre Idee war verrückt. Verrückt, jawohl! Aber … doch denkbar?

Sie verließ die Stadt und lief fast zwei Meilen flussaufwärts. Dann stieg sie zum Seineufer hinab. Von dort konnte sie den südlichsten Zipfel der Île de la Cité sehen – auch einen Teil der nachtschwarzen Hospitaldächer, vor denen sich die neue Mauer erhob. Ja, dort drüben war die Stelle, die sie suchte. Und sie lag günstig, denn der Fluss machte vor ihr eine leichte Biegung, die ihr helfen würde, in die Mitte des Gewässers zu gelangen.

Es hatte angefangen zu regnen – die Wasseroberfläche kräuselte sich von den spritzenden Tropfen. Freya legte ihre Kleider bis auf die Pluderhose und das Hemd ab. Sie stopfte sie zwischen die Äste, die sie unterwegs zusammengerafft hatte, und band daraus mit Hilfe ihres Gürtels ein Bündel. Damit watete sie ins Wasser. Die Strömung war wild und kalt. Aber das erwies sich zunächst als Vorteil: Ihr Kopf wurde schlagartig klar. Schon rissen die Wellen sie mit sich, und sie begann mit den Füßen zu treten. Den Kopf hielt sie starr im Nacken, ihr Blick war auf einen mächtigen Pfeiler links vom Hospitalgebäude gerichtet. Dort lag ihr Ziel – sie musste möglichst exakt auf diese Stelle zusteuern.

Das Wasser besaß Kräfte, die an ihr wie Neptuns Hände zerrten, je näher sie der Insel kam. Es war, als gäbe es einen unsichtbaren Feind, der sie daran hindern wollte, ihr Vorhaben auszuführen. Sie versuchte langsamer, dafür aber kräftiger zu treten. Wasser schwappte in ihre Nase, Schaum vernebelte ihren Blick. Ob einer der Männer in den beiden Wachtürmen, die diese südliche Seite der Insel im Auge behielten, sie in den Fluten ausmachen konnte? Nein, nicht in der Nacht!

Auch an diesem Zipfel der Insel gab es einen schmalen Uferstreifen. Wo sie angeschwemmt wurde, war er etwa drei Fuß breit. Freya krallte sich zähneklappernd ins Unkraut, zog sich an Land und rang nach Luft, während eine aufgescheuchte Ente schnatternd aus dem Schilf das Weite suchte. Nach einer kurzen Verschnaufpause wrang sie ihre nassen Sachen aus, zog sie über den eiskalten Körper und lief geduckt zu dem angepeilten Pfeiler. Etwa auf Hüfthöhe durchbrach hier ein von Säulen gestützter Schacht die Mauer, der sich in steilem Gefälle zum Wasser neigte. Der Abwasserschacht des Hospitals. Als Freya sich über den schwarzen Ausgang beugte, hätte sie sich fast übergeben. Es stank nach allem, was sich seit dem Bau der Mauer hier ins Wasser ergoss: Fäkalien, Erbrochenes aus den Krankenzimmern, verdorbene Küchenreste, Kot und Urin aus den Nachttöpfen …

Entschlossen holte sie Luft und wuchtete sich in den Schacht hinein. Die Innenwände waren glitschig, aber, wohl für gelegentliche Reinigungen, mit eisernen Griffen versehen, so dass es ihr gelang, sich die Schräge hinaufzuhangeln. Sie hielt die Luft an, so lange es möglich war. Hinter der Stelle, an der sie die Mauer vermutete, flachte die Röhre ab. Dort musste sie Atem holen. Sie kämpfte mit ihrem Würgereiz. Es wurde auch enger, und einen Moment packte Freya die beklemmende Vorstellung, wie man ihre Leiche mit Hakenstangen aus dem Loch zerren würde, weil man feststellte, dass der Dreck des Hospitals nicht mehr ins Wasser rutschen wollte.

Sie zog und schob sich weiter, einer ihrer Fingernägel brach. Doch allmählich wurde die Luft wieder frischer. Mit zitternden Muskeln erreichte sie das Ende der Röhre, wuchtete sich ins Freie und ließ sich in das Unkraut fallen, das unterhalb des schwarzen Röhrenlochs wucherte. Neben ihr erhob sich ein Misthaufen, aber der roch beinahe lieblich, nach dem, was sie gerade noch eingeatmet hatte.

Freya brauchte mehrere Versuche, ehe sie auf die Füße kam. Sie fror bis in die Knochen hinein, doch noch schlimmer war die schmierige, stinkende Masse auf ihrer Haut. Es schüttelte sie vor Ekel. Das Hôtel-Dieu besaß den Luxus eines eigenen Brunnens, der sich aber leider in der Mitte des nebenan gelegenen weiträumigen Hofs befand und von vielen Fenstern aus einsehbar war. Ihr Blick ging zum Pferdestall des Hospitals.

Dort gab es eine Tränke, die aus den Regenrohren des Dachs gespeist wurde. Sie machte sich auf den Weg.

Der Riegel schabte überlaut, die Tür knarrte in Angeln, die wohl seit Ewigkeiten nicht geölt worden waren. Freya hörte die Pferde wittern und angewidert schnauben. Rasch schlüpfte sie aus ihren Kleidern. Der Stall besaß Fenster, und sie konnte sehen, wie sich die mächtigen Tierleiber als Schemen vor den dunklen Wänden bewegten. Rasch stieg sie in die Tränke. Es war eine Wohltat, die Brühe von ihrem Körper zu spülen, aber das Wasser war natürlich ebenfalls kalt. Bald verließ sich den Bottich wieder und wollte gerade ihre abgelegten Kleider in die Tränke werfen, um sie zumindest ein wenig zu reinigen, als ein Geräusch sie aufhorchen ließ. Aus dem Hof näherten sich Schritte. Sie suchte erschrocken Schutz zwischen den Pferden, doch …

»Höllendreck verdammter …« Zwischen den Pferdeleibern wuchs plötzlich ein Mann hervor. Er musste sie die ganze Zeit beobachtet haben. Wortlos warf er ihr etwas Weiches zu, ein Kleidungsstück.

»Joscelin?«, kam es aus Richtung der Tür.

»Was ist denn?«, knurrte ihr Helfer, wohl ein Pferdeknecht.

»Nichts. Hab mir nur eingebildet, ich hätte jemanden … Ach, Schwamm drüber! Aber halt die Augen auf.« Der Mann machte kehrt.

Eilends zog Freya das Gewand über den Kopf. Ihr Helfer trat ihre schmutzigen Kleider in eine Ecke. Dann trottete er ins Freie, ohne ihr noch einen Blick zu gönnen. Sie hörte, wie er mit jemandem redete, die Stimmen entfernten sich.

»Jesus und Maria! Pssst, komm hierher, ja ins Bett – das Bett einer heiligen Schwester ist der sicherste Ort auf Erden!«, versicherte Angela, deren Gesicht wie ein heller Tupfer in der

Dunkelheit glänzte. Sie zuckte zusammen, als sie Freyas kalten Körper spürte. »Heilige Jungfrau! Nein, lass, Jesus weiß ja, dass ich dich nur wärme, damit der Frost aus deinen Gliedern weicht.« Angelas muskulöse Armen schlossen sich um die frierende Freundin. »Du riechst ein bisschen … Erzähle, wo bist du gewesen?«

Freya beschränkte sich auf wenige Sätze, und auch Angela hielt sich kurz. Sie wiederholte, was Ote bereits erzählt hatte: dass Hugo Aristid mittlerweile als Roberts Mörder und den Usurpator seines Throns verunglimpfte. »Und die Kinder sind ja wirklich weg.«

»Sie leben und sind in Sicherheit.«

»Oh! Das sollte aber besser niemand wissen. Hugo ist übrigens der Einzige, der Aristids Kerker …«

»Ich weiß. Wo hat er ihn untergebracht?«

»Im äußersten Nordturm. Aber die Wachen, die trotzdem gelegentlich hineinspähen, glauben, dass er ihn schont. Weißt du, dass der König morgen oder übermorgen die Stadt erreichen wird?«

»So schnell?«

»Seine Boten sind schon hier. Wir nehmen an, dass Hugo, sobald Karl angekommen ist, den Prozess gegen deinen Ehemann abhalten wird.«

»Auch einen gegen Rousel?«

»Rousel ist tot.«

Freya schluckte. Iseulte hatte an ihrem Bruder gehangen. Sie hatte ihn praktisch aufgezogen, weil die Mutter früh gestorben war. »Warum schont Hugo Aristid?« Dumme Frage, wahrscheinlich, weil der Mann eine besonders grausame Hinrichtung plante, für die das Opfer in einem guten körperlichen Zustand sein musste, um nicht zu rasch zu sterben.

»Man munkelt, dass einige Wächter deinen Mann heimlich mit Essen versorgen«, versuchte Angela sie zu trösten. »Mehr trauen sie sich aber nicht. Hinter Hugo steht der König. Gegen Hugo zu rebellieren hieße also, gegen den König selbst rebellieren.«

»Wie kann ich zu ihm gelangen?«

Angela wiegte bekümmert den Kopf.

Doch dann ergab die Gelegenheit sich ganz von selbst. Am Mittag des folgenden Tages schreckten laute Trompetenklänge die Île de la Cité auf – eine Vorhut des Königs kündigte dessen Ankunft noch am selben Tag an. Die Menschen liefen zusammen, sie warfen ihren Sonntagsstaat über, bunte Tücher wurden herausgekramt, Blumenkränze in die Fenster gehängt, Sägespäne, Gras und Frühlingsblüten, die man vorsorglich in Körben gesammelt hatte, auf den sandigen Boden im Innenhof des Palais gestreut. Ähnliches geschah wohl auch auf der Hauptstraße der Vorstadt, dem Lärm nach zu urteilen, der über die Seine zum Hospital drang.

Freya stahl Angelas zweite Nonnentracht und zog sie über ihre eigenen Sachen, die sie heimlich aus dem Stall geholt und gewaschen hatte. Der feuchte Stoff klebte an ihrem Körper. Alle Flure waren leer, als sie das Zimmer der Nonne verließ. Wer irgendwie entbehrlich war, hatte sich unter die aufgeregte Bevölkerung gemischt. Freya nutzte die Gelegenheit und huschte in ihr eigenes Zimmer. Hektisch wickelte sie in Salzlake eingelegte Alraunenblätter in ein Tuch. Lappen und Binden kamen in einen Beutel, dazu ein verschlossenes Gefäß mit Öl aus den Samen des Bilsenkrauts. Nach kurzem Nachdenken griff sie sich auch noch eine Decke, die sie um ihre Taille band und unter der Tunika verbarg.

Das Hospital war immer noch wie leergefegt, als Freya den Raum verließ, die Gassen der Insel dafür so verstopft, dass sie kaum vorankam. Sie hatte damit gerechnet, erkannt zu werden, doch das Nonnenkleid und die allgemeine Aufregung machten sie förmlich unsichtbar. Alle Aufmerksamkeit war auf den Grand Pont gerichtet, über den ihr von Gott eingesetzter Herrscher einreiten würde, um die Menschen seiner Gnade teilhaftig werden zu lassen.

Als Freya den Hof des Palais erreichte, hielt sie abrupt inne. Hugo wartete auf der Treppe, die vom Saal hinab in den Hof führte. Er schien über seine natürliche Größe hinausgewachsen zu sein, strahlte leutselig, lachte, machte einen Scherz – sie wurde von einem Hass erfüllt, der ihr buchstäblich die Luft zum Atmen nahm. Das Gefühl verging jedoch rasch, als sie sah, wie er sich mit Looïs und den anderen Männern unterhielt. Hugo tat, als lauschte er ihnen, aber er nickte und lachte an den falschen Stellen und wirkte abgelenkt und gehetzt. Musste man seine Aufregung nicht so deuten, dass der König sich keineswegs bereits auf seine Seite gestellt hatte? Hugo mochte schlauer, entschlossener und willensstärker als Karl sein, aber der König, den sie den Kahlen nannten, besaß die Macht, ihn mit einem Fingerschnipsen zu zerstören.

Im Moment spielte das allerdings keine Rolle. Die Sorge trieb Freya weiter. So unauffällig wie möglich drängte sie sich durch die Menschenmenge zu dem Torbogen, der in den Garten führte. Dieser Teil des Palais war privat und daher völlig verlassen. Eilig lief sie über eine kleine, weiß-rosa blühende Allee zu einem Pfad hinter einer Hecke, der die nördlichen Türme miteinander verband. Die Wächter, die momentan sicher keinen Angriff erwarteten – wer wollte eine Stadt stürmen, der sich eine befreundete Armee näherte? –, hatten sich auf die Wehrgänge begeben. Ihre Blicke glitten über sie hinweg, und Freya erreichte ungesehen die schmalen Stufen, die in den abgelegensten der Türme führten.

Das Tageslicht verblich, als sie den düsteren, mit Waffen, Schemeln und einem Tisch vollgestellten Eingangsraum betrat. Auch hier keine Menschenseele. Ihr Blick fiel auf mehrere Schlüsselbunde, die an einem Nagelbrett an der Wand hingen. Sie griff sich eines davon und begann, damit die Türen zu öffnen, die von der Wachstube abgingen. Hinter ihnen lagen Treppen – zwei führten hinauf, eine hinab. Alles war so einfach, dass es ihr beinahe Unbehagen bereitete.

Die Erbauer des Turms hatten den Treppenschacht, der ins Erdreich führte, eng gehalten, die Stufen spreizten sich auf weniger als Armeslänge. Sie endeten vor einer weiteren Tür. Freya tastete über das Holz, fand einen Riegel, schob ihn zurück und stieß die Tür auf. Und stand vor einer Wand aus kompletter Finsternis. Das wenige Licht, das durch den Treppenschacht drang, versickerte noch vor der Türschwelle.

»Aristid?«

Keine Antwort. Nervös hastete sie in den Wachraum zurück, entzündete eine der Pechfackeln an der Wand, klemmte eine Kerze unter den Arm, packte einen mit Wasser gefüllten Eimer, der in einer Ecke stand, und kehrte ins Verlies zurück. Ihre Lichtquelle erhellte einen runden Raum, dessen Boden sich ein wenig zur Seite senkte, so dass einsickerndes Schmutzwasser sich in einem schimmernden Halbmond auf der rechten Seite sammelte. Aristid kauerte abseits davon vor einer rohen Wand. Um jedes seiner Handgelenke war eine Kette geschlungen, die locker an der Mauer in seinem Rücken befestigt waren. Eine erstaunlich humane Fesselung, die ihm einiges an Bewegungsfreiheit ermöglichen musste.

Freya stellte den Eimer beiseite, steckte die Fackel in eine Wandhalterung, entzündete die Kerze an der Flamme, ging zu ihm und kniete sich neben ihm nieder. Sie hob sein Kinn an, und erst jetzt, nach einigen schweren Atemzügen, öffnete er die Augen. Sie schob den Nonnenschleier vom Kopf, und plötzlich wurde sein Gesicht lebendig. »Gottverdammt, was machst du hier?«

Seine Augen waren entzündet. Da er sie aber erkannt hatte, mussten sie trotzdem einigermaßen in Ordnung sein. Sie fasste nach seinem Puls – und spürte nur einen holpernden Galopp, der aber auch mit ihrer Anwesenheit zusammenhängen mochte. Ein Lächeln drängte auf ihre Lippen. Wie sie ihn liebte! O Gott, wie sie ihn liebte! Aber wenn sie ihm helfen wollte, musste sie die Ruhe bewahren.

Kurz ballte sie die Hand zur Faust, um sich zu konzentrieren, dann untersuchte sie ihn weiter. Sein Körper schien ausgekühlt – das war nicht gut, allerdings besser als fiebrig. Die Kleider stanken und waren so feucht wie ihre eigenen, was an dem eindringenden Grundwasser lag, das sich über die Luft auf den Steinen niederschlug. Ein Segen, dass sie an die trockene Decke gedacht hatte. Aber zuerst musste sie nach der Wunde sehen, die er sich während der Schlacht zugezogen hatte und die sicher nicht versorgt worden war. Sie schob Hemd und Hose so weit auseinander, bis sie das Übel fand. Eine handtellergroße entzündete Fläche. Zum Glück nicht so schlimm, wie sie befürchtet hatte.

»Wo sind die Kinder?«

Freya erzählte von Iseulte, die freundlich wie ein Sommermorgen, wie die Heilige Mutter Gottes gewesen war und tatkräftig wie ein Soldat. Dabei holte sie den Wassereimer und tauchte ein sauberes Tuch hinein.

»Ich will, dass du ebenfalls zu ihr gehst. Du wartest in ihrem Haus ab, bis sich …«

»Auf keinen Fall.«

Aristid biss auf seine Lippe. »Das mit dem Gehorsam war wohl nicht allzu ernst gemeint?«

»Was?« Freya begann die Wunde zu säubern, und Aristid gab einen gurgelnden Laut von sich und krallte die Finger in ihr Nonnengewand. Aber es half ja nichts. Sie ignorierte seine Qualen, wie sie es gelernt hatte. Auf die gereinigte Wunde kamen die eingeweichten Alraunenblätter, ein erprobtes Mittel gegen Entzündungen, darüber ein sauberes Stück Stoff.

»O Gott, du könntest als Folterknecht arbeiten.«

»Nicht jammern.« Sie musste den Stoff mit einer Binde fixieren. »Es wäre hilfreich, wenn du dich auf den Rücken legst. Geht das?«

Er wehrte ihre Hand ab, und sie versuchte mit sanftem Druck nachzuhelfen, aber er ließ es nicht zu. Warum? Voller böser Ahnungen begann Freya seinen Rücken abzutasten. Ihre Hände berührten einen dünnen, abgebrochenen Holzstift, dann noch einen und weiter unten einen weiteren. Aristid keuchte vor Schmerz. Sie tastete weiter. Sein Rücken war bis zur Taille mit angespitzten Hölzern gespickt. Sie steckten in seinem Fleisch wie die Pfeile im Körper des Heiligen Sebastian.

»Verdammt, kannst du bitte … Freya …«

Sie brauchte einen Moment, ehe sie die ganze Bösartigkeit begriff. Wann immer Aristid, von Erschöpfung übermannt, zu Boden sackte, bohrten sich die Pfeile tiefer in sein Fleisch. Unmöglich, die angespannten Muskel auszuruhen oder gar zu schlafen. Sie zitterte vor Zorn und Mitleid so heftig, dass sie erneut die Hände ballen musste. Wie lange mochte das schon so gehen? »Wir müssen das entfernen.«

»Geht nicht. Hugo kontrolliert … Hör doch bitte endlich …«

Die Pfeile waren mit Widerhaken versehen – eine der teuflischen Erfindungen der Kriegsführung. Das würde es nicht leichter machen. »Wer hat die Schlüssel zu den Ketten?«

»Was glaubst du denn!«

Hugo, natürlich. Den Wachen würde der Mann kaum trauen. Wie sollte sie Aristid aus dem Turm schaffen, wenn sie die Ketten nicht lösten konnte? Freya verzweifelte. Immerhin eines konnte sie für ihn tun. Sie kramte nach der Flasche mit dem Bilsenkrautöl. Bilsenkraut löste Krämpfe, es berauschte, es verursachte Visionen, in höheren Dosen einen ohnmachtsähnlichen Schlaf. Und wenn man darüber hinausging, konnte der Schlaf auch in den Tod übergleiten. Diese Gefahr bestand. Aber spielte das noch eine Rolle?

Sie setzte Aristid das Fläschchen an die Lippen und nötigte ihn zu trinken. Er stöhnte nicht mehr, doch ihr Hantieren an den Pfeilen kostete ihn die letzten Kraftreserven. Wahrscheinlich kippte er nur deshalb nicht zur Seite, weil sein verstörter Körper eine eigene Furcht vor den Pfeilen entwickelt hatte, die nichts mehr mit seinem bewussten Willen zu tun hatte.

Sanft legte Freya ihren Arm um seinen Hals und stützte ihn, so gut es ging, damit er sich zumindest ein wenig entspannen konnte. Sie streichelte mit den Fingerspitzen seine Wange. Die Hinrichtung würde sie verhindern, zumindest das, schwor sie sich.

Als er endlich das Bewusstsein verlor, begann sie die restlichen Pfeile zu entfernen. Sein Rücken wurde glitschig von den stark blutenden Wunden. Doch die Betäubung war tief genug. Er gab keinen Laut mehr von sich.

Sie war so völlig in ihr Tun versunken, dass sie gar nicht bemerkte, wie die Tür zum Verlies aufgestoßen wurde. Erst ein Räuspern schreckte sie auf. »Es tut mir leid.« Stille. »Es tut mir wirklich entsetzlich leid!«

Auch die Fackel des Ankömmlings landete in einem der Eisenhalter. Der Mann kam zu ihr und ging in die Hocke. »Ich könnte heulen, wenn ich das sehe, aber … Was sollten wir denn tun? Wenn wir die Ketten zerschlagen hätten …«

»Ich weiß.«

»… hätten wir ihn trotzdem nicht aus der Stadt bringen können. So konnten wir wenigstens dafür sorgen, dass er nicht hungern oder dürsten muss.« Der Mann, ein schmächtiger

Kerl mit abstehenden Ohren, sog die Luft ein. »Warum klagt er nicht?«

»Weil er bewusstlos ist.«

Endlich hatte Freya den letzten Pfeil gezogen. Wieder brauchte sie Alraunenblätter, saubere Tücher und Binden. Der Mann stützte Aristid, um ihr die Arbeit zu erleichtern. Er war ein Italiener, einer von den Kameraden, mit denen Aristid so oft zusammengesessen hatte. Sein Name lag ihr auf der Zunge, aber sie kam nicht drauf. Er besaß eine fränkische Frau, die viel lachte, und einen halbwüchsigen Sohn, den er anbetete. Ein guter Mann.

»Wir sind so … wütend. Aber zwei von uns, die sich getraut haben aufzubegehren, sind schon tot. Und wir müssen ja auch an unsere Weiber und Kinder denken. Wer nur das eigene Leben riskiert …«

»Ich verstehe das sehr gut. Hilfst du mir, ihn hinzulegen?«

Der Wächter besaß die Körperkraft, die ihr fehlte. Sie lächelte ihn mit einer Freundlichkeit an, von der sie hoffte, dass sie die Last der Scham von seiner Seele nehmen würde. »Ich danke dir. Mehr gibt es nicht zu tun. Bitte sei so gut und lass mich und meinen Ehemann wieder allein.«

Freya hörte sogar im Turmverlies das begeisterte Lärmen, als König Karl in die Stadt einritt. Das Geräusch schwoll an und nach einiger Zeit wieder ab, wohl als der Frankenherrscher im Inneren des Palais verschwand. Tiro – ihr war der Name des Italieners, der ihr geholfen hatte, wieder eingefallen – kehrte überraschend zurück und brachte einen Korb mit Brot und Wein. Sein sorgenvoller Blick fiel auf Aristid. »Lebt er noch?«

Freya nickte.

»Hier, das ist für dich.« Er nötigte ihr den Wein auf und gab nicht nach, bis sie einige Schlucke trank. »Ich schäme mich so.«

»Lass gut sein, Tiro. Manchmal ist das Schicksal unerbittlich.«

»Was machen wir, wenn Hugo Zeit findet und wieder hier herüberkommt? Manchmal macht er das. Dann schickt er uns alle raus auf die Wehrgänge und schließt die Tür zur Treppe ab. Was sollen wir tun, wenn das wieder passiert?«

»Redet mit ihm, so laut und so lange es geht, verschafft mir Zeit. Und wenn er euch später zu sich rufen sollte, dann wundert euch gebührlich. Wie sollt ihr wissen, auf welche Weise ich hier reingekommen bin. Zauberei?« Sie lächelte ironisch und müde.

»Verstehe«, murmelte Tiro niedergeschlagen.

Das Quälendste war, wie lange sich alles hinzog.

»Der König hat Kopfweh«, erklärte Tiro, als er den Raum das nächste Mal aufsuchte – und da war bereits mindestens ein Tag verstrichen. »Hugo schleicht die ganze Zeit um ihn herum, vielleicht, weil er Angst hat, dass jemand schlecht über ihn redet, wenn er ihn allein lässt. Wir sollen dafür sorgen, dass Aristid nicht verdurstet oder verhungert. So lautet der Befehl.« Er trug eine frische Fackel bei sich und ersetzte damit die andere, die erloschen war. Auch einen Tonkrug mit Bier und etwas Brot und Fisch hatte er im Gepäck. »Wie geht es ihm?«

Aristid hatte stundenlang wirr geredet – gut, dass niemand ihn gehört hatte. Die Wirkung gewisser Arzneien wurde oft mit teuflischen Einflüssen verwechselt. »Kannst du zu Angela gehen und sie um Bilsenkrautöl bitten? Sie weiß, wo sie es findet.«

Tiro nickte. »Solange der König Kopfweh hat, wird es kein Gericht geben«, murmelte er. »Das ist die gute Nachricht. Karl liegt in einem völlig dunklen Zimmer, jedes Geräusch tut ihm weh. Kaum, dass er das offizielle Begrüßungsmahl durchgehalten hat.«

»Beschränkt sich der Schmerz auf eine Seite des Kopfes?«

»Wieso? Ist das wichtig?«

»Wenn's so ist, leidet er vermutlich an einem Ungleichgewicht der Säfte, an einem Übermaß an gelber Galle«, erklärte Freya mechanisch, was sie von dem berühmten Caelius Aurelianus gelernt hatte.

»Hugo lungert vor seiner Schlafkammer, um auf keinen Fall den Moment zu verpassen, in dem er den König um seine Huld bitten kann.«

»Das kann ich mir denken.«

Die Stunden quälten sich weiter dahin. Schließlich öffnete Aristid die Augen. Er blickte sich um, sein Verstand schien klarer geworden zu sein, aber seine Erinnerung hatte gelitten. »Was machst du hier?«, fragte er mit klebriger, geschwollener Zunge.

»Ich passe auf dich auf.«

Seine Blicke wanderten über die Wände, er runzelte die Stirn und stöhnte, als er den Oberkörper bewegte. Irgendwann sagte er: »Tu das nicht, Freya. Geh, so lange du kannst.«

Sie nötigte ihn zu trinken und schaffte es, ihm ein wenig Brot aufzudrängen. Dann sackte er wieder weg.

Und erneut Schritte. Dieses Mal brachte nicht Tiro, sondern einer der fränkischen Wächter Essen. Nouel. Ein sehniger, kräftiger Glatzkopf, mit dem sich Freya früher schon gelegentlich unterhalten hatte. »Dann stimmt es also wirklich!« Er machte eine linkische Verbeugung, wackelte verlegen mit dem Kopf und setzte den Korb mit dem Essen ab. »Der König ist raus aus seinem Bett, und Hugo umschwänzelt ihn wie eine läufige Hündin.« Er wechselte die Fackel aus.

»Und sonst?«, machte Aristid sich unvermutet bemerkbar.

Nouel drehte sich langsam um. Auf sein Gesicht trat ein Lächeln, breit wie gespannter Bogen. »Teufel und Hölle, ich hab's doch gesagt: Tiro, hab ich gesagt, den Kommandeur kriegt man nicht unter. Ich hau dir eins in die Fresse, hab ich gesagt, wenn du nicht zu jammern aufhörst. Unser Kommandeur lässt sich durch ein paar beschissene Schrammen …« Er wischte über seine Augen und beugte sich zu Aristid, als wollte er dessen Zustand in sich aufsaugen, um später jede Einzelheit beschreiben zu können. »Hugo nennt dich einen verräterischen Satan.«

»Und der König glaubt ihm.«

»Ach, der König!« Nouels Lächeln war voller Verachtung. »Ich hab ihn mir anders vorgestellt. Karl ist …« Sein Blick ging zur Tür, er senkte die Stimme. »Sieht aus, als wäre er verliebt. Jedenfalls schäkert er mit einer der jungen Damen, die Adelais aufgewartet haben. Und er ist betrunken. Fast immer. Wir haben einen sonderbaren König.«

»Einen, der säuft, frisst und hurt.«

»Pass auf deine Zunge auf.«

»Trag ihm zu, ich muss ihn sprechen.«

Nouel schwieg, er suchte nach Worten, sein Lächeln verblasste. »Ich fürchte, dafür ist es zu spät. Heute Morgen sind Boten ausgeschickt worden zu … Ich weiß es nicht. Irgendwelche Grafen. Zwei oder drei werden kommen, heißt es, und am Sonnabend soll dann ein feierliches Fest stattfinden. Wie es aussieht, hat der König Hugo nachgegeben, sagt Tiro. Er will jemanden haben, der seine Lande hier verteidigt. Das Gebiet zwischen Seine und Loire, die bretonische Mark …«

»Und dafür ist ihm ein ehrgeiziger Mann lieber als zwei Kinder.«

»Wir holen dich hier heraus, Aristid. Das ist es, warum ich hauptsächlich gekommen bin. Um dir das zu sagen. Auch von den anderen. Dass wir dich bei der nächsten günstigen Gelegenheit von hier wegbringen.«

32. KAPITEL

Es war, als wäre ein Damm gebrochen. Nun kamen Aristids Wächter ständig in den Keller, nicht nur Nouel und Tiro, auch drei andere, alle angespannt, alle mit Plänen für die Flucht ihres Kommandanten beschäftigt. Freyas Mut stieg, vor allem, weil Aristid sich mit atemberaubender Geschwindigkeit erholte.

»Drück meine Hand«, sagte Nouel zu Aristid.

»Warum?«

»Ich will sehen, ob du schon genügend Kraft besitzt, eine Leiter zu benutzen.« Nouel besaß keine Familie mehr. Er wollte für Aristids Rettung den Kopf hinhalten, das hatte er mit seinen Kameraden abgesprochen. Sein Plan: gemeinsam mit dem Kommandanten und dessen Frau per Boot aus Paris fliehen. Die Stadt für immer verlassen und das Glück in der Fremde suchen, wenn es denn so sein sollte. Auf jeden Fall wollte er sämtliche Schuld auf sich laden. Die anderen Männer würden sie mit Pferden und Waffen unterstützen, die sie im Wald für die Flüchtigen deponieren wollten …

Doch dann kam alles anders.

Es waren nur wenige Stunde verstrichen, seit Nouel seinen heroischen Entschluss verkündet hatte, da stieß Tiro die Tür auf. Er riss Freya, die neben Aristid auf dem Boden lag und döste, auf die Beine, herrschte sie an zu schweigen und zog sie mit sich. Keine Zeit für Widerstand oder auch nur Protest. In fliegender Hast nötigte er sie die Wendeltreppe hinauf, zerrte sie durch den Wachraum und wollte mit ihr ins Freie. Zu spät. Die Stimmen und Schritte, auf die Freya seit Tagen voller Angst gelauert hatte – sie näherten sich bereits und hatten den Turm schon fast erreicht.

Tiro schleppte sie zu einer der Treppen, die auf den Wehrgang führten, er schleifte sie fast hinauf. Unter ihnen wurde nach der Wache gebrüllt. Und während Freya in eine Ecke flog, hastete Tiro mit gespielter Leutseligkeit nach unten und tat, als öffnete er die Riegel, die ins Verlies führten. Kurz darauf drangen Flüche zu ihr hinauf. Dann Gebrüll und ein Schrei, schmerzgepeinigt.

Freya war vor den dunkelbraun glänzenden Balken gelandet, die den Wehrgang zum Fluss hin abgrenzten. Es war ein warmer Maienabend, diesig, aber atemberaubend schön. Sie rappelte sich auf. Nebel glänzten über den Flussläufen, die Sonne hing tief und groß wie eine Orange über den Wäldern. Haubentaucher zogen ihre Bahnen, und in der Nähe des Grand Pont dümpelten einige Boote. Alles war so makellos und zugleich so grauenhaft wie ein von Zuckerguss überzogener Alptraum.

Mit klopfendem Herzen trat sie zur Innenseite des Wehrgangs und spähte in den Garten hinab. Hugo musste geahnt haben, dass Aristids Männer ihren Kommandanten nicht kampflos preisgeben würden. Vielleicht hatte es Gerüchte gegeben, vielleicht sogar einen echten Verrat. Besaß nicht jede Freundesgruppe ihren Judas, wenn es hart auf hart kam? Jedenfalls hatte man Nouel und die anderen Männer, die Aristid treu geblieben waren, zwischen den Beeten zusammengetrieben. Sie waren gefesselt und wurden von den Verrätern, mit denen sie früher Seite an Seite gekämpft hatten, in ausdruckslosem Schweigen bewacht.

Die Tür des Wehrturms flog auf. Aristid wurde ins Freie geschleppt, eingekeilt von Bewaffneten. Er hielt sich aufrecht, als würde das seine Lage weniger schrecklich machen. Tiro, der hinkte und im Gesicht blutete, versuchte es ihm gleichzutun, aber er schaffte es nicht, sie hatten zu schlimm auf ihn eingeprügelt. Der Garten war von Kirschblüten wie von rosafarbenem Schnee bedeckt. Die Männer wirbelten sie auf und traten sie in den Staub, während sie zur Gruppe der Wartenden gingen. Gemeinsam machten sie sich auf den Weg zum Palais. Jetzt war also die Stunde der Abrechnung gekommen? Hatte der König beschlossen, Hugo als Zeichen seiner Gunst endlich die ersehnte Hinrichtung zu gewähren?

Freya drehte sich um. Sie rutschte wieder an der Bohlenwand zu Boden. Was tun? Was konnte sie nur tun?

Die Sonne verblasste. Die Fischer auf der Seine – einige Boote waren noch dazugekommen – nutzten die letzte Helligkeit für ihre Arbeit, der Garten war inzwischen wie leergefegt. Freya stieg ins Turmzimmer hinab und trat ins Freie. Ihr kamen waghalsige Einfälle zur Rettung ihrer Freunde, keiner davon war sinnvoll, versprach auch nur einen Hauch von Erfolg. Nahe der Mauer hatte jemand ein Bäumchen gepflanzt, das durch einen wallnussbreiten, geraden Stock gestützt wurde. Sie zog ihn heraus, weil er sie an den Stock erinnerte, mit dem Snorri ihr das Kämpfen beigebracht hatte. Er lag gut in der Hand. Und würde ihr überhaupt nichts nutzen.

Langsam ging sie weiter bis zum Innenhof des Palais. Er war von Hugos Getreuen und den Männern des Königs in Besitz genommen worden, zwischen denen eine ausgelassene, betont kumpelhafte Stimmung herrschte. Durch die Fenster klangen Gelächter und die verlorene Stimme eines Minstrels, der sich vergebens Gehör zu verschaffen suchte. Freya nahm all den Lärm nur gedämpft wahr, wie durch dicken Stoff. Niemand beachtete sie. Die Nonnentracht machte sie zu einem der geistlichen Raben, die zur Insel gehörten wie ihre gefiederten Namensschwestern und ebenso wenig beachtet wurden.

Sie stieg die Treppen hinauf und erreichte die Tür des Festsaals. Er wurde verschwenderisch von Fackeln erleuchtet, deren beißender Brandgeruch sich mit dem Duft zertretener Pfingstrosen und dem Aroma würziger Braten mischte. Zwei Lautenspieler standen auf einer hölzernen Erhöhung, aber sie machten keine Musik, sondern lächelten unschlüssig, als hätte man sie eben unterbrochen.

Der König residierte an einem Quertisch über die Gesellschaft – ein hässlicher, von Dekadenz gezeichneter Mann mit einem aufgedunsenen Gesicht auf einem hageren Körper. Er lachte, wedelte mit den Händen und versuchte einer jungen Frau in den Ausschnitt zu greifen, was sie ihm abschlug, doch nur in scheinbarer Züchtigkeit, wie ihr Kichern verriet. Emihild, eine junge Frau aus Orléans, fast noch ein Kind, das erst im vergangenen Winter dazu auserwählt worden war, der Gräfin zu dienen. Und jetzt bescherte ihr das Schicksal die Gunst eines Königs.

Hugo saß mit gezwungenem Lächeln neben seinem Herrn und presste sich Bemerkungen ab, die wohl entspannt klingen sollten.

Und Aristid? Man hatte ihn gezwungen zu knien. Er blickte geradeaus, starr, mit unbewegtem Gesicht. Was sollte sie tun? Zum König laufen und ihren Ehemann durch einen nutzlosen Versuch, ihn zu verteidigen, beschämen? Hätte sie einen Bogen und Pfeile aus dem Turm an sich nehmen und Aristid einen raschen Tod schenken sollen? Zu spät, und außerdem war es Jahre her, dass sie zuletzt eine Bogensehne gespannt hatte. Sie hätte ihm nur zusätzliches Leid zugefügt.

Einen Moment sah Freya ihn wieder, wie er mit ihr im Boot die Seine hinabtrieb und von seiner Liebe sprach. Ihr Herz zog sich vor Schmerz zusammen … Die Wellen, die Rufe der Wächter, die sie wohl erkannt hatten und nachsichtig über ihren Kommandeur lächelten, das Murmeln des Wassers, der Gesang der Nachtvögel …

Das Murmeln … das Wasser …

Eine neue Unruhe kam in ihr auf, die sie im ersten Moment gar nicht einordnen konnte. Ein zweites Bild schob sich über das der nächtlichen Fahrt. Erst schwach, dann wurde es schärfer. Fischerboote. Die Boote, die sie vorhin auf der Seine bemerkt hatte. Was war damit? Boote auf der Seine … Die Männer gingen oft in der Dämmerung zum Fischen, das war doch nichts Besonderes. Und dennoch … Die Netze, dachte sie. Plötzlich lief es ihr eiskalt über den Rücken. Wo waren die Angeln und Netze gewesen? Sie hatte nur treibende Boote gesehen … und auch keine Menschen?

Benommen drehte sie sich um, kehrte in den Hof zurück und begann, sich zwischen den Männern hindurchzuschieben. Die waren jetzt auf dem Weg zum Festsaal, wohl weil es im Hof inzwischen dunkel wurde. Freya kämpfte gegen eine Flutwelle und erntete trotz ihres Habits Flüche und Verwünschungen. Vor dem Palais kam sie rascher voran. Die Tariser waren in ihren Häusern verschwunden, die Feier wurde ignoriert.

Die Verteidigungstürme des Grand Pont lagen am Ende einer breiten Straße, welche die Insel querte. Freya stürmte in den linken der beiden Türme. Kein Mensch lungerte im Wachraum herum, nicht einmal die Fackeln oder Kerzen waren entzündet worden. Wo, zur Hölle befanden sich die Soldaten? Freya rannte die Treppen hinauf und erreichte die oberste Plattform. Bestürzt starrte sie die Wehrgänge entlang, die sich rechts und links von ihr durch die Dunkelheit schlängelten. Auch hier: keine Seele. Ihr Blick ging weiter nach Norden, und tatsächlich – dort zauste der Wind die Flammen mehrerer Fackeln. Wahrscheinlich hatte es sich herumgesprochen, dass Aristid ins Palais geschafft worden war, und seine Kameraden waren zu den nördlichen Wehrgängen gelaufen, in der Hoffnung, dort etwas vom Geschehen mitzubekommen. Diese Narren!

Freya wandte sich dem Fluss zu. Unter ihr, deutlich als Schemen auf den Wellen zu erkennen, bewegten sich Dutzende Schiffe auf die Wehrmauern zu. Sie sahen aus wie ein gigantischer Pfeilregen, dessen Flug durch Götterhand verlangsamt wurde. Die geschnitzten Drachenköpfe auf den gebogenen Vordersteven hoben sich deutlich gegen den Himmel ab. Die Ruderer bewahrten völlige Stille – Katzen vor dem Sprung. *Beute! Kampf! Ehre!* Der Stock, den Freya immer noch umklammerte, zitterte in ihren Händen.

Neben der Tür der Wehrplattform hing der Gong für den Alarm. Sie hob ihren Stock und ließ ihn gegen das Metall krachen. Wieder und wieder. Die Schläge hallten durch die Nacht. Aus den Augenwinkeln sah sie, wie die Fackeln auf dem Wehrgang sich plötzlich bewegten, erst unsicher, gleich darauf in höchster Eile. Die Männer rannten zu ihren Posten zurück.

Es zeigte sich sofort, dass Hugo kein Soldat war. Er war mit den Bretonen geritten, als es galt, Robert zu schaden, aber militärisches Denken war ihm fremd. Als Freya zum Palais zurückkehrte, stand er mitten im Hof und versuchte die Bewaffneten, die ihm unterstanden, zu befehligen. »Verteidigt die Mauern, verteidigt den König!« Kommandos so hilfreich, als würde er den Männern befehlen zu atmen. Sie wollten ja kämpfen. Das Wort *Dänen* hatte es bereits in den

Hof geschafft. Alle wussten, dass es ums nackte Überleben ging.

Freya suchte in der Menge nach Looïs. Er war zwar ein Verräter an Aristid, doch ein erfahrener Kriegsmann. Stand er bei den Soldaten, die in einer Ecke des Innenhofs gestikulierten? Und Aristid – wo befand der sich überhaupt?

Hugo schien aufzugehen, dass er nichts bewirkte. Er folgte dem König, der betrunken in die hysterische Menge gestarrt hatte und nun von seiner Garde ins Innere des Palais gezogen wurde. Die Tür fiel mit einem lauten Krachen ins Schloss.

Freya eilte zu den Soldaten und dankte Gott. Von Looïs war immer noch nichts zu sehen, aber Aristid stand im Kreis seiner Männer, und zwar frei von den Fesseln, die sie ihm offenbar abgenommen hatten. Er musste brüllen, um sich Gehör zu verschaffen, und brauchte den Halt einer Mauer, um auf den Füßen zu bleiben. Offenbar hatte er mit seinen Leuten geübt, wie im Fall eines Dänenangriffs zu verfahren war. Seine Anweisungen waren kurz und wurden sofort verstanden und befolgt. Einer nach dem anderen rannten die Männer aus dem Hof.

»Wer verteidigt den Petit Pont? Wo steckt Looïs?«, tönte es aus dem Kreis derer, die noch bei ihm standen.

»Zum Teufel mit dem Verräter! Der rammt uns noch vor den Dänen das Messer in den Rücken«, kam es gehässig von einem der Kameraden zurück.

Aristid zwang sich, seinen Männern zu folgen. Freya sah, welche Anstrengung ihn das kostete. Als er sie erblickte, leuchteten seine Augen auf. Er packte ihre Hand. »Mitkommen«, sagte er leise.

In den folgenden Stunden wurde Freya zerrissen von Panik, Mitleid, Ekel und einer seltsamen Siegeseuphorie, die sie sich angesichts sterbender Menschen niemals hätte vorstellen können. Die Dänen waren entscheidende Augenblicke zu spät gewesen. Freya erlebte ihren Angriff auf dem Wehrturm des Grand Pont mit. Sie beobachtete, wie ihre Feinde Leitern aus den Booten wuchteten und sie auf den schmalen Uferstreifen gegen die Mauern lehnten, um die Wehrgänge zu stürmen. Ihr rhythmisches »*Hoho … hoho*« brachte die Nachtluft zum Schwingen. Gelächter bewies ihre Zuversicht, und der Reflex, fortzulaufen und sich zu verstecken, war überwältigend. Aber Freya blieb. Trotz aller Angst fasziniert beobachtete sie, wie Aristids Männer stoisch auf ihren Posten ausharrten. Jeder schien zu wissen, was er zu tun hatte, und dass sie diese Situation Hunderte Male geübt hatten, gab ihnen die nötige Widerstandskraft.

Zuvorderst ging es ihnen um die Leitern. Sie fortzustoßen, war gefährlich, denn die Verteidiger mussten sich dafür über die Brüstung zwischen den Zinnen lehnen und wurden dabei von Pfeilen aus den Booten attackiert. Wenn das Manöver gelang, wurden sie nicht einmal mit dem Tod ihrer Feinde belohnt, denn die Angreifer stürzten fast alle lediglich ins Wasser.

Wer es von den Dänen über die Zinnen schaffte, begann zu kämpfen. Anfangs wurden die Männer mit den eisernen Helmen niedergemacht, aber bald entspannen sich gefährliche, todbringende Kämpfe.

Nach einiger Zeit stieg Freya der Geruch kochenden Pechs in die Nase. Pariser Bürger, die nicht kämpfen konnten, aber doch ihre Stadt verteidigen wollten, zogen die heiße Flüssigkeit an den Ketten auf die Wehrgänge hinauf und gossen sie über den Leitern aus. In das »*Hoho*« mischten sich jetzt bestialische Schreie.

Auch Freya wollte einen der pechgefüllten Eimer packen, um ihn hinter der Brüstung zu hieven, aber sie brachte es nicht über sich. Stattdessen griff sie sich ein Messer, das auf den vom Blut glitschigen Brettern lag, schnitt und riss Stofffetzen aus ihrem Nonnengewand und begann die Verletzten zu verbinden. Die Dänen ließ sie links liegen. Sie waren die Angreifer, sie sollten ja sterben, je mehr von ihnen, umso besser. Sie oder wir, dachte sie. Und doch ging ihr auch das Schmerzgebrüll der Nordmänner an die Nieren. Vielleicht weil sie in der Sprache ihrer Kindheit klagten. Freya hasste die Menschen, die ihre Mutter entführt und am Ende umgebracht hatten. Nichts verband sie mit ihnen, gar nichts. Warum schnitt ihr verdammtes Wimmern ihr trotzdem ins Herz?

Sie stillte Blutungen und renkte Glieder ein. Die Schlacht wurde verbissen geführt, mehrere Male strich ein Schwert über ihren Kopf oder schlug neben ihr in die Bretter. Aber Aristids Männer schützten sie. Und allmählich ließen die Kampfgeräusche nach. Als Freya sich schließlich müde erhob und zur Brüstung trat, sah sie, dass die Boote sich flussabwärts wandten. Die Dänen flohen. Einige ihrer Boote strebten allerdings auch zum jenseitigen Ufer. Um in der Vorstadt Beute zu machen, nachdem den Angreifern die Île de la Cité verschlossen geblieben war? Natürlich, was sonst?

Freya stützte sich auf die Brüstung. Sie dachte an Ote und seinen Jungen. Mussten sie nun, da der Angriff zurückgeschlagen worden war, nicht ihren Leuten jenseits des Flusses zu Hilfe kommen? Sie sah, dass die Männer, die neben ihr den Abzug beobachteten, zögerten, und ahnte ihre Befürchtungen. Was, wenn die Flucht nur ein Scheinmanöver war, mit dem die Dänen die Kämpfer aus den Mauern locken wollten?

Die Drachenboote fassten etwa siebzig Mann Besatzung. Freya schätzte, dass ihre Angreifer mit ungefähr zweitausend Kämpfern gekommen waren. Wie viele waren sie selbst? Sie hatte in dieser Nacht keinen einzigen Mann des Königs zu Gesicht bekommen. Natürlich besaßen sie gegenüber den Dänen den Vorteil, dass sie von den Mauern aus kämpfen konnten. Aber waren sie ihnen damit auch auf Dauer überlegen? Ihr fehlte das Wissen, um es einzuschätzen.

Plötzlich beobachtete sie, wie sich auf dem letzten der Kampfschiffe eine massige Gestalt erhob und die Faust gegen die Insel schüttelte. Das Gesicht des Mannes war unter seinem golden schimmernden Kampfhelm mit dem typischen Nasen- und dem Augenschutz verborgen. Aber es sah nicht aus, als wollte er aufgeben. Wahrscheinlich glaubte er sich von Thors Licht erleuchtet und von den Göttern bejubelt.

Bedrückt wandte sie den Kopf ab.

Als der Morgen anbrach, lag über Paris eine unnatürliche Stille. Die Menschen auf den Wehrtürmen starrten zu den Häusern jenseits des Flusses. An mehreren Stellen quoll dicker Rauch zum Himmel, dort mussten die Dänen Feuer gelegt haben. Die Lage war jedoch immer noch schwer zu beurteilen. Keine Menschenseele ließ sich auf dem runden Platz beim gegenüberliegenden Brückenkopf oder in einer der sich anschließenden Gassen blicken. Entweder waren die Bewohner der Vorstadt in den nahen Wald geflüchtet, oder man würde später Berge von Leichen zwischen den Häusern entdecken.

Aristid hatte sich kurz vor Anbruch der Morgendämmerung mit einigen Männern ans andere Ufer aufgemacht, um nachzuforschen, wohin der Feind verschwunden war. Er argwöhnte, dass sich die Dänen in den zahllosen Seitenarmen des Flusses verkrochen hatten, um auf eine günstige Gelegenheit für einen weiteren Angriff zu warten. Und genau das wäre auch ihre Art, dachte Freya.

Sie kehrte dem Fluss den Rücken zu und starrte auf ihre Fingernägel, unter denen das Blut der Verletzten getrocknet war. Ihr Nonnengewand war ebenfalls mit Blut besudelt. Sie musste sich rasch etwas Sauberes zum Anziehen besorgen. Fröstelnd legte sie die Arme um die Brust. Ob sie die Bilder der Nacht je wieder aus dem Kopf bekommen würde? Das des mutigen Nouel, dem mit einer Axt der kahle Schädel gespaltet worden war? Oder das seines Kameraden, wie er Nouels Mörder zu Boden stieß, ihm die Knie zertrümmerte und die Hände abhackte und ihn dann in seinem Blut liegen ließ? Freya hatte gehört, wie der Sterbende nach seiner Mutter schrie, mit der dünnen Stimme eines Heranwachsenden. Aber auch er war ein Feind gewesen, und Feindschaft in einem Gefecht wie diesem schloss die hilfreiche Hand aus.

Wie hochmütig ihr Satz gewesen war: *Ich werde nicht mehr töten.* In Stunden wie diesen tötet man, gleich ob man handelt oder passiv bleibt, dachte sie müde.

Sie sah, dass die Blicke vieler Kämpfer sich zum Palais gewandt hatten, und ihr kam ein beunruhigender Gedanke: Was, wenn die Männer dort sie nicht nur im Stich gelassen hatten, sondern Aristid und alle, die mit ihm kämpften, inzwischen ebenfalls als Gegner betrachteten? Hugo konnte es ja nicht gleichgültig sein, dass sein alter Feind die Pariser Soldaten befehligt hatte. Er könnte ihn beim König verleumdet, den Kampf als Farce dargestellt haben. Saßen sie jetzt vielleicht zwischen zwei Feinden in der Falle? Oder drehte sie gerade durch? Der König musste doch begriffen haben, wem er sein Leben verdankte.

Freya zuckte zusammen, als jemand ihr einen Kuss aufs Haar drückte. Aristid. Als sie ihn umarmte, merkte sie, dass er vor Erschöpfung zitterte, aber sie sah auch neuen Glanz in seinen Augen. Das Licht, die frische Luft, vor allem aber die Tatsache, dass er die Insel hatte halten können, schienen ihn belebt zu haben. Er war ein Kämpfer, immer schon gewesen. Als er mit dem freien Arm winkte, strömten seine Hauptleute zusammen. Minuten später versammelten sie sich um einen Tisch im Turm.

»Die Dorschnasen sitzen wie hechelnde Hunde im Auwald«, erklärte Aristid, während er nach einem Stück Brot griff. »Pépin versteht ihre Sprache. Er hat sie belauscht. Sie schmieden Pläne für einen weiteren Angriff.« Er stopfte sich das Brot in den Mund, schob die Schüssel weiter und nickte seinem Kameraden zu.

»Ja, die Scheißkerle sind wie besessen davon, uns doch noch eins auf die Rübe zu geben«, bestätigte Pépin, ein älterer, sehniger Mann mit schütterem Haar. Worte flogen hin und her. Strategien wurden angesprochen und verworfen. Aristid wirkte dabei allerdings seltsam abwesend – bis er plötzlich mit der Faust auf den Tisch schlug. »Es hat keinen Sinn, um den Brei zu reden. Wir müssen mit dem König sprechen. *Ich* muss das tun!«

Aber das erwies sich als unmöglich. Karl versteckte sich im Haupthaus des Palais. Türen und Fenster waren verrammelt, Aristid, der persönlich in den Hof des Palais ging und laut nach einer Audienz rief, wurde ignoriert. Aus Angst? Aus Scham, weil man die Pariser in der Stunde der Not im Stich gelassen hatte? Wenn man den Schmähungen glauben durfte, die auf den Wehrgängen die Runde machten, wohl eher aus Gleichgültigkeit. Was außerhalb seiner Zimmer geschah, interessierte den König nicht. Angeblich vergnügte er sich betrunken mit Emihild.

Auch den Parisern blieb Karls Passivität und die ihres neuen Grafen nicht verborgen. Sie nahmen sie düster zur Kenntnis, besannen sich auf ihre eigenen Kräfte und kramten alles zusammen, was als Waffe dienen konnte. Ihren Nachbarn aus der Vorstadt, die sich tatsächlich in die Wälder gerettet hatten und bei Tagesanbruch den Schutz der Inselmauern suchten, drückten sie Keulen und Äxte in die Hände. Selbst kleine Eisenkessel, die an einer Schur wie eine Schleuder benutzt werden konnten, galten plötzlich als Verteidigungswaffen. Die Leute standen in den Gassen, sprachen leise miteinander, und ihre Blicke wanderten immer wieder zu den Wehrgängen, wo die Männer patrouillierten, denen allein sie noch vertrauten. Als Freya später am Tag zum Hospital ging, um die Wunden der verletzten Kämpfer zu versorgen, hörte sie die Menschen ihren ungeliebten neuen Grafen verfluchen. Man trauerte um Robert, und gelegentlich fiel Aristids Name.

Die nächsten Stunden waren mit Arbeit und Sorgen ausgefüllt. Jeder Messerstich, jeder Axthieb, die überlebt worden waren, bedeuteten Tage, wenn nicht Wochen oder Monate voller Mühen, damit der Kranke in sein Leben zurückkehren konnte – falls es überhaupt gelang. Freya verteilte reichlich vom Bilsenkrautöl, besonders dort, wo die Verletzten nur noch voller Qual auf den Tod warteten.

Nachmittags gönnte sie sich eine Pause und kehrte zum Wehrturm zurück. Auch dort herrschte Hektik. Die Männer waren dabei, den Uferstreifen zwischen Mauer und Fluss mit Hilfe eines Gemischs aus Wasser, Öl und Tran in eine Rutschbahn zu verwandeln, die jede erneute Attacke über Leitern unmöglich machen würde. Andere versuchten in einer Kraftanstrengung gemeinsam mit den Pariser Zimmermännern den Turm des Grand Pont um ein viertes Stockwerk zu erweitern, das bessere Schussmöglichkeiten bieten würde. Etliche Frauen waren Aristids Ruf gefolgt und verrührten Eisenpulver und Salpeter für Brandpfeile, die sie anschließend in mit Wachs getränkte Tücher wickelten und in flüssigen Schwefel tauchten. Damit stellten sie wohl die effektivsten Waffen zur Verteidigung der Stadt her. Ein Boot, das brannte, bedeutete siebzig Mann, die ertranken oder flüchten mussten. Allerdings verfügten auch die Angreifer über Brandpfeile, das hatten sie schmerzlich feststellen müssen. Überall standen Eimer mit Löschwasser.

Freya kehrte ins Hospital zurück und arbeitete, bis sich die Sonne auf die westlichen Wälder senkte. Als es dunkel wurde, suchte sie nach Aristid und sah ihn heftig gestikulierend zwischen seinen Männern oben auf der Baustelle stehen. Sie wollte zu ihm hinauf; Bescheid zu wissen, war ihr wichtig. Aber vor der zweiten Treppe überfiel sie plötzlich eine knochentiefe Erschöpfung. Ihr wurde schwindlig und übel, die Wände begannen, sich zu drehen. Sie musste schlafen, sonst würde sie zusammenbrechen – so einfach war das. Ins Hospital zurück würde sie es aber kaum noch schaffen. Also rollte sie sich in einer Ecke des Turmzimmers zusammen und schlief auf der Stelle ein.

Mitten in der Nacht wurde Freya durch dumpfe Geräusche geweckt. Ein fortwährendes Wummern, das die Luft zum Schwingen brachte und ihr bis in die Knochen fuhr. Entsetzt sprang sie auf. Über ihrem Kopf hörte sie die Füße der Verteidiger, aber das Wummern kam von außerhalb. Sie erklomm die Wehrplatte, auf dessen östlicher Seite sich Aristids Männer drängten, und als sie sich einen Platz zwischen ihnen erobert hatte, sah sie, dass sich die Dänen am jenseitigen Ende des Grand Pont gesammelt hatten. *Wumm* … ein weiterer Schlag. Tiro stieß ihr den Ellbogen in die Seite. »Sie benutzen Rammböcke!« Als er ihr verständnisloses Gesicht sah, fügte er hinzu: »Um den äußeren Turm zum Einsturz zu bringen.«

Die Verteidigungsstrategie der Pariser war einfach: Man nahm die Dänen mit den Brandpfeilen unter Beschuss. Mehrere Getroffene gingen in Flammen auf und taumelten als lebende Fackeln Richtung Fluss, doch nur wenige schafften es bis zum Wasser, und keiner tauchte daraus wieder auf. Die Angreifer ergriffen die Flucht, und die Pariser, denen man über die Mauern die gute Nachricht zubrüllte, brachen in Jubel aus.

Am folgenden Morgen rührte sich endlich auch etwas im Palais. Sechs Männer verließen das hermetisch verriegelte Haupthaus des Grafensitzes. An ihrer Spitze schritt ein Mann, den Tiro Gunter nannte – der Kommandeur der königlichen Garde. Seine linke Gesichtshälfte war durch eine schlecht verheilte Wunde und sein Mund durch faule Zähne entstellt. Mit versteinerter Miene betrat er die Verteidigungsanlagen. Aristid, der ebenfalls ein paar Stunden geschlafen hatte, wurde geweckt und erläuterte ihm knapp, wie die Verteidigung abgelaufen war. Gunters Nachfragen waren schroff, hörten sich aber kundig an.

»Und besten Dank auch für eure Unterstützung«, meinte Aristid schmallippig, als der Mann kehrtmachte, um ins Palais zurückzukehren.

Gunter drehte sich noch einmal um. »Aristid … Das ist doch dein Name, oder?«

Aristid zuckte mit den Schultern. Der Kommandeur hatte ihn mehrfach während ihrer Unterhaltung benutzt.

Nüchtern fuhr Gunter fort: »Wenn ich dir einen Wink geben darf, Aristid: Pass auf dich auf! Dein neuer Graf ist kein dankbarer Mensch.« Dann wandte er sich ab, um seinem König Bericht zu erstatten.

Gegen Mittag öffnete das Palais sich erneut. Dieses Mal kam Gunter auf einem Schlachtpferd zum Grand Pont, und er wurde von einem Dutzend wichtig aussehender Männer begleitet, deren schwere Goldketten und Gewänder aus blau und gelb schimmernder Seide verrieten, dass sie in Karls Gefolge bedeutende Posten bekleideten.

Freya, die dabei war, die Wunde eines Mannes zu versorgen, der sich trotz seiner eiternden Verletzung weigerte, den Turm zu verlassen, sah die Königsleute auf das Brückentor zureiten. Hastig eilte sie auf das halb fertige oberste Stockwerk hinauf und kam gerade recht, um zu hören, wie Gunter den Torwächtern mit lauter Stimme befahl, das Tor zur Brücke zu öffnen. Die Männer zögerten und blickten zum Wehrturm hinauf, wo Aristid sich über den Abgrund beugte. Er hob ratlos die beiden Arme.

Das Tor schwang auf, und der königliche Kommandant ritt auf die Brücke hinaus, die Hufe seines Pferdes klapperten auf dem Stein. Mittig zwischen den Türmen nötigte er sein Tier zu einer leichten Drehung und suchte mit den Augen das gegenüberliegende Ufer ab. Keine Menschenseele weit und breit. Natürlich nicht! Die Dänen leckten ihre Wunden.

»Was soll das? Ich verstehe nicht, was das soll«, murrte Tiro, der wieder neben Freya gestrandet war.

Eine Weile verstrich. Dann sirrte plötzlich ein Pfeil haarscharf an Gunters Kopf vorbei und bohrte sich hinter ihm ins Gebälk eines Pfostens. Ziel verfehlt oder im Gegenteil punktgenau getroffen? Gunter lächelte dünn. »Der König ist bereit zu verhandeln!«, schallte seine Stimme über den Fluss.

Freya blickte zu Aristid. Auf seinen Lippen lag ein zynisches Lächeln. Sie verstand gar nichts mehr. Was sollte das bedeuten: Der König will verhandeln? Und warum harrte Gunter trotz des Beschusses weiter dort unten aus?

Plötzlich tat sich doch etwas am Seineufer. Die Zweige einiger weiß getupfter Büsche wurden auseinandergebogen, und ein Mann wagte sich hervor. Er überquerte eine Butterblumenwiese, bis er am Fluss stand. Ein Däne. Breitschultrig, bewaffnet, mit dem überheblichen Gestus eines Menschen, der sich für unverwundbar hält. »Der König will also reden?«

Freya starrte ihn an. Blondes Haar quoll unter einer eleganten veilchenblauen Kappe hervor. Das schmale, lange Kinn war mit einem sorgfältig geflochtenen Bart geschmückt, der sich fächerförmig über der Brust ausbreitete. Sein Gesicht war blau und gelb bemalt, in den Farben der Ragnarssons. Und obwohl es auf die Entfernung unmöglich war, bildete sie sich ein, Fransen an seinem linken Ohr zu erkennen. Hasteinn. Dort drüben stand Björns Bruder. Sie war absolut sicher. Der Mann, der sich ihren Tod auf den Schild geschrieben hatte, befand sich keinen Steinwurf von ihr entfernt.

Einer der Männer pfiff durch die Zähne. »Verdammt, das ist doch der Däne aus Brissarthe! Robert hat ihn in den Arsch getreten, nun will er sich Paris holen.«

»Aber unser Graf ist doch tot«, wandte ein anderer ein.

»Hat der Däne nicht mitgekriegt oder ist ihm egal.«

»Öffnet dem Mann das Tor«, hallte Gunters Stimme zu ihnen hinauf.

Was?

Plötzlich schien ein eisiger Wind über die Plattform mit der halb fertigen Brüstung zu ziehen. Die Männer blickten zu Aristid, der die Arme über der Brust gekreuzt hatte und mit unbewegtem Gesicht zu dem Dänen starrte. Tiro, der neben ihm stand, fragte verstört: »Warum will unser König verhandeln? Wir haben den Fischfressern doch standgehalten. Noch ein paar Tage …«

»Es ist bestimmt eine List«, unterbrach ihn einer seiner Kameraden nervös. »Wenn der Mistkerl im Palais ist, wird der König ihn hinrichten lassen und seinen Kopf …«

»Keine List«, murmelte Aristid. »*Proditio*.«

»Verrat«, übersetzte Freya leise.

Er sollte recht behalten.

Das Gespräch zwischen König Karl und Hasteinn Ragnarsson dauerte kaum eine Stunde und endete damit, dass der Däne, eskortiert von Gunters Mannen, unbehelligt zu den Seinen zurückkehrte. Noch eine weitere Stunde verfloss, dann verließ Karl mit seinem Gefolge den Grafenpalast. Karren, beladen mit Kleidern, heiligem Gerät für den Gottesdienst, Waffen und kulinarischen Kostbarkeiten, alles sicher schon am Vortag gepackt, rumpelten Richtung Grand Pont. Die Jagdhunde kläfften vor Lust, sich wieder bewegen zu können. Karl ritt in der Mitte des Trosses auf einem nachtschwarzen Rappen, dem ein kostbares Geschmeide auf die Stirn hing. Er selbst trug ein goldenes Kettenhemd, das Schwert an seiner Seite verlieh ihm ein martialisches Aussehen. Nur sein Gesicht wirkte düster, als plagten ihn wieder heftige Kopfschmerzen.

Aristid erwartete den Zug vor dem Brückentor. Er griff Gunter, der voranritt, in die Zügel. »Was hat der König mit Hasteinn ausgemacht?«

Kurz sah es aus, als wollte Gunter ihm die Hand fortschlagen, doch dann glitt der Blick des königlichen Vasallen zu den Menschen, die furchtsam aus den Fenstern schauten. Er seufzte, beugte sich rasch vor und flüsterte: »Unser König hat freien Abzug für sich selbst ausgehandelt, und auch die Stadt wird von den Dänen verschont werden.«

»Was hat Hasteinn als Gegenleistung bekommen?«

Die Leute hinter dem Kommandeur begannen zu tuscheln, und Gunter wisperte etwas, aber Freya, die auf den Stufen des Turms stand, konnte die Worte nicht verstehen. Dafür Aristids Antwort: »Herrgott! Da leben Christen wie wir!«

»Solche, die gegen Karls Herrschaft revoltieren.« Gunter gab dem Pferd die Sporen, und Aristid musste die Zügel fahren lassen.

Stumm trat er zurück, und sie sahen zu, wie der kaiserliche Tross auf die Brücke rumpelte. Als der letzte Wagen die Île de la Cité verlassen hatte, befahl Aristid mit rauer Stimme: »Verrammelt die Tore!«

33. KAPITEL

Gerüchte liefen durch die Stadt, böse Gerüchte, die den Triumph über die eben erst errungenen Siege hinwegfegten.

»Die Leute sammeln sich überall – vor der Kathedrale, beim Palais, am Vorplatz der Brücke … die machen sich gegenseitig komplett verrückt«, erklärte einer von den Männern, die Aristid losgeschickt hatte, um die Lage zu erkunden.

Andere stimmten ihm zu. »Sie wollen wissen, warum der König gegangen ist.«

»Warum haben die Dänen ihn nicht angegriffen?«

»Hat Karl sich freigekauft?« So war es bei der letzten Belagerung von Paris gewesen, das hatte Aristid inzwischen erfahren. Ja, hat er, dachte er grimmig, aber nicht mit Silber und Gold.

»Hat uns der König im Stich gelassen?«

Tiro stieß ihn an. »Aristid, wach auf! Die Leute sind so nervös, als würden sie auf einem Sack voller Schwarzpulver sitzen.«

»Brauchen sie nicht.«

Aristid ließ seine Männer stehen und verzog sich auf die Baustelle oben auf dem Turm. Er brauchte Ruhe, er musste nachdenken. Über den Spitzen der Schwarzerlen auf der anderen Flussseite kreisten Zeisige und Sommergoldhähnchen.

Ein Hase schnupperte an den Resten einer der dänischen Leitern, die zerbrochen zwischen den Butterblumen lag. Er nahm es kaum wahr. Gunters Worte brannten wie kürzlich die Pfeile in seinem Rücken. Er fuhr mit beiden Händen durch seine Haare. Gott, war er müde! Die Zeit im Verlies war noch lange nicht aus seinen Knochen. Und doch: Er musste nachdenken! Sie standen an einer Weggabelung, und es gab einen einfachen und einen schweren Weg. Einen anständigen und einen … pragmatischen. An ihm lag es zu entscheiden, welchen davon Paris einschlagen sollte. Nur wollte er das nicht. Eigentlich brauchte er es auch nicht. Warum nicht seine Männer wählen lassen? Paris war ihre Stadt, noch mehr als seine.

Weil ich ihre Entscheidung fürchte.

Tiro war ihm auf die Plattform gefolgt. Er tat, als würde er konzentriert das andere Ufer in Augenschein nehmen, aber das hielt er nicht lange durch. »Du musst uns sagen, was jetzt passieren soll, Aristid. Der König ist fort, aber Hugo ist hier. Die Kameraden warten auf Befehle.«

Aristid holte tief Luft. »Wir werden abwarten«, sagte er.

Es dauerte bis zum Nachmittag, ehe sich beim Palais etwas tat. Seine Späher kamen angerannt und berichteten, dass Hugo sich mit sämtlichen Bewaffneten, die ihm geblieben waren, auf dem Innenhof des Palais sammelte.

»Mehr als zweihundert?«, vergewisserte sich Aristid.

»Schätzen wir. Sieht so aus, als ob er dem König einige seiner Männer abschwatzen konnte.«

»Ich glaube, er kommt hierher. Er will die Sache ausfechten«, meinte Tiro, der ebenfalls unter den Spähern gewesen war.

Aristid blieb oben auf dem Turm. Es mochte feige wirken, dass er Hugo nicht entgegentrat, aber Stolz konnte er sich in dieser Situation nicht leisten. Es war klar, dass sein Widersacher alles daran setzen würde, ihn zu töten. Und ebenso klar, dass ihm das auf dem Vorplatz gelingen würde, es sei denn, es gäbe zwischen den Männern, die er mitbrachte, und den Verteidigern der Mauern einen erbitterten Kampf, den sie sich aber ebenfalls nicht leisten konnten, so lange die Dänen sie belagerten.

Bald füllte sich der den Brückentürmen vorgelagerte halbrunde Platz mit Bewaffneten. Der vom König frisch ernannte Graf, wehrhaft mit Brustpanzer und Helm ausgestattet, zügelte sein Pferd. Ein exzellentes Tier. Muskulös und gehorsam, mit glänzendem schwarzen Fell. Es stammte aus Roberts Stall. Ausgerechnet, dachte Aristid. Aber das durfte ihn jetzt nicht wütend machen. Er musste kühl bleiben. Kalt. Eiskalt.

Hugo richtete sich im Sattel auf. »Befehl des Königs: Zieht die Gatter des Grand Pont hinauf!«, donnerte er.

Einige Pariser waren vom Vorplatz geflohen, als ihr Graf erschien. Aber viele waren geblieben, und die sich zurückgezogen hatten, waren nicht in ihre eigenen Häuser zurückgekehrt, sondern hatten Zuflucht in den anliegenden Behausungen gesucht. Ihre Köpfe tauchten hinter Fenstern und halb geöffneten Türen auf.

Aristid nutzte den Vorzug seiner erhöhten Warte. Er richtete sich auf und brüllte hinunter: »Warum das?«

»Weil dein Graf es dir befiehlt!«

»Ich verstehe das nicht, Hugo. Ich bin ein einfacher Soldat. Warum sollen die Gatter hinauf, während wir von einem Feind belauert werden, der im Besitz einer respektablen Flotte ist.«

»Wie du ganz richtig sagst: Du bist ein einfacher Soldat. Schnell mit der Waffe, aber Scheiße im Kopf.«

Das war eine extrem dumme Bemerkung, weil Hugo mit ihr nicht nur Aristid, sondern sämtliche Männer, die unter Einsatz ihres Lebens die Stadt gerettet hatten, beleidigte. Nicht nur unter den Soldaten erhob sich ein böses Summen.

»Wenn ich die Gatter hochziehen ließe, *Graf* Hugo …«, Aristid betonte den Titel spöttisch, »würde das ja bedeuten, dass die Dänen unbehelligt die Seine hinauffahren …«

»Du widerlicher Schiss eines Verräters! Wenn unser heiliger, von Gott gesandter König dir über mich einen Befehl erteilt, gibt es keine Fragen. Wer sich widersetzt, wird nicht nur die Peitsche spüren – ihn erwarten Feuer und Strang. Männer von Paris, Helden unserer Mauern …« Letzteres ging an die Soldaten auf den Wehrgängen, die er eben noch düpiert hatte, »ich befehle euch, den Mörder unseres geliebten Grafen Robert festzunehm…!«

»Gut, ich hab's verstanden. Die Dänen sollten also freie Fahrt bekommen. Wohin? Nach Burgund?«

Das war der Name, den Gunter Aristid genannt hatte. Karl von der Provence, der burgundische König, war kürzlich an der Fallsucht gestorben, und seine beiden Brüder hatten seinen Besitz unter sich aufgeteilt. Aber Ludwig kämpfte in Italien, und Lothar war immer noch damit beschäftigt, bei Papst Nikolaus um seine Scheidung zu betteln. Wahrscheinlich würden die beiden Männer den Däneneinfall ignorieren und hoffen, dass die Angreifer nach ihrem Feldzug von allein wieder abzogen. Das wussten die Dänen, das wussten Karl und Hugo, und dem empörten Aufstöhnen nach zu urteilen, das aus den umliegenden Häusern kam, wussten es auch die Einwohner von Paris. Ihr König hatte beschlossen, die Burgunder seiner eigener Sicherheit und Bequemlichkeit zu opfern.

»Bezweifelst du die Weisheit deines Königs?«, donnerte Hugo. »Burgund verdient keinen Schutz, es hat sich gegen unseren König erhoben!«

Ja, das hatte auch Gunter behauptet. Aber es handelte sich um alte Geschichten. Der Vater der angeblichen Aufrührer hatte nach Karls Geburt das Gerücht gestreut hatte, dass der neugeborene Frankenkönig ein Kind der Sünde sei, ein Bastard. Karl hatte sich also seit frühester Jugend gegen den gefährlichen Vorwurf der Illegitimität wehren müssen, und wahrscheinlich war es ihm nur um eine schäbige, späte Rache an den Söhnen seines Feindes gegangen, als er befahl, die Dänen nach Burgund durchzuwinken.

Ein zorniges Raunen lag über dem Platz.

Aristid hob die Hände, um sich Gehör zu verschaffen. »König Karl hat den Dänen die Erlaubnis gegeben, Burgund zu verheeren! Jetzt habe ich's begriffen. Das ist der Preis für seine und unsere Rettung. Wir können also in dem Augenblick, in dem wir diese Gatter heben, anfangen, die Stunden zu zählen, die unsere christlichen Brüder und Schwestern in Dijon und Auxerre noch zu leben haben. Wir haben vom Turm aus gesehen, dass die Dänen bereits in ihren Booten sitzen. Männer und Frauen von Paris, sobald die Gatter oben sind, segeln die Drachenschiffe an uns vorbei. Auf zum Brennen und Morden! Doch zum Glück geht uns das nichts an, stimmt's? War etwa Judas schuld daran, dass Jesus ans Kreuz geschlagen wurde?«

Die Menschen brauchten einen Moment, um seinen Sarkasmus zu verstehen. Dann brach die Hölle los.

»Ich hab einen Bruder in Beaune«, kreischte eine Frau aus einem der Fenster.

»Zum Teufel! Ich lass doch … Verfluchtes Weib, nimm deine Pfoten weg. Ich lass doch nicht zu …«

»Ich habe keinen Bruder, aber Ehre im Leib. Anders als du, Ramon!« Etwas flog aus dem Giebel eines alten Hauses und traf einen von Hugos Reitern am Kopf. Ein Nachttopf voller Pisse. Eher lächerlich als gefährlich, aber Aristid sah, dass Hugos Männer unruhig wurden. Sicher wäre es anders gewesen, wenn sie nicht alle aus Paris stammen würden. Doch es waren ihre Freunde und Verwandte, von denen sie beschimpft wurden.

Er sah, wie Hugo sich nervös umblickte. Der Mann fand es schwer, die Lage einzuschätzen. Was wusste er auch schon von Treue! Unvermittelt wendete er sein Pferd, stieß ihm die Sporen in die Seiten und brüllte zornig: »Rebellion! Beendet das!« Er stob davon. Und das war das Dümmste, das wahrhaft Dümmste, was er tun konnte!

Was anschließend geschah, war zwangsläufig. Aus den Häusern und bald auch aus den Gassen ergossen sich die Menschen. Aristid hörte sie ihre Wut herausschreien, sie verfluchten die Männer, die sich im Palais verkrochen hatten, während andere für sie kämpften. Er rannte die Treppe hinab. Jetzt nur kein Gemetzel! Keine Toten, die später wie ein Fluch über der Stadt liegen würden. Hinter sich hörte er das Trampeln von Stiefeln.

Als er die Tür des Wehrturms aufriss, blieb er wie angewurzelt stehen. Das Bild, das sich ihm bot, jagte ihm einen Schauder über den Rücken. Die Soldaten waren Hugo nicht gefolgt, aber sie hatten auch nicht die Schwerter gegen die herandrängenden Menschen gezogen – obwohl ihre Gegner nicht nur Fäuste schüttelten, sondern Messer und Beile schwangen. In ihren Gesichtern mischten sich Ratlosigkeit und Verzweiflung. Hamo da drüben – das war ihr Bruder oder Onkel. Bei der Mutter von Melisende kauften sie Schnüre, um daran Fische zu räuchern.

Aristid hob die Arme. »Gebt Ruhe!«, brüllte er, obwohl es völlig still war. Die Leute drehten sich zu ihm. »Scappa!«, schrie er die Soldaten an. *Haut ab.* Hatte er italienisch gesprochen? War egal, man verstand ihn. Die Männer und Frauen senkten ihre Waffen und bildeten eine Gasse. Niemand behelligte die Überläufer, als sie verschwanden. Nur ein paar verächtliche Rufe mussten sie schlucken.

Und dann bemerkte Aristid, dass Hugos letzter Befehl doch ein Opfer gefordert hatte. Looïs! Er krümmte sich auf dem Pflaster – noch nicht tot, aber er lag zweifellos im Sterben. Ein Schwerthieb hatte seinen Buckel wie einen Schinken in der Mitte geteilt, sein Gesicht war von etwas Rundem, Hartem zerschlagen worden, ein Zahn schwamm im Blut seiner geschlitzten Wange.

Aristid beugte sich über ihn. Wer hatte den Mann so zugerichtet? Einer seiner ehemaligen Untergebenen? Er wollte etwas sagen, aber ihm fiel nichts ein. Waren sie einmal Freunde gewesen? Er war froh, als die Augen brachen.

34. KAPITEL

Hugo und seine Helfershelfer waren geschlagen. Eine der Nonnen trug die Botschaft ins Hospital, und sofort brandete Jubel auf. Adelais und Robert waren geliebt worden, aber Hugo hatten sie gehasst. Das Gerücht, er könnte der Mörder seiner eigenen Mutter sein, und, Gott behüte, womöglich auch der seiner kleinen Stiefbrüder, hatte selbst bei den braven Nonnen Wut hochkochen lassen. Nun war er also endlich … Ja, was denn?

An dieser Stelle blieb die schwer atmende Nonne die Antwort schuldig. Wo war der Mann abgeblieben? Die Frauen begannen zu spekulieren. Einige glaubten, dass er erschlagen worden sei, andere, dass er sich ins Palais gerettet habe, wieder andere, er sei in die Seine gesprungen und zu den Dänen geschwommen, die ihn – hier senkte man die Stimmen – hoffentlich erschlagen hatten.

Freya, die sich um einen der Verletzten gekümmert hatte – seine schwärende Bauchverletzung stank so erbärmlich, dass kaum noch jemand sein Zimmer betreten mochte, aber nun war er, Gott sei's gedankt, endlich gestorben –, verließ den Krankenraum.

Sie bat die Nonnen, den Tischler wegen eines Sargs zu beauftragen, und die alte Aveline, die die Räume sauber hielt, die Eimer mit dem Schmutzwasser und den Fäkalien, die der Sterbende im Todeskampf noch ausgeschieden hatte, fortzubringen.

Die Nachricht von Hugos Verschwinden hörte sie erst jetzt. Und war zutiefst erleichtert. Die Angst, was Hugo Aristid womöglich antun könnte, hatte ihr die ganze Zeit wie Blei auf der Seele gelegen.

Ein Mann kam freudestrahlend aus einem der Zimmer, in den Armen ein nacktes Kind. Seine Frau hatte es vor einer kurzen Weile zur Welt gebracht. Elend und Glück hausten hier Wand an Wand. Freya rief den frischgebackenen Eltern einen Segenswunsch zu, dann ging sie in ihr eigenes Zimmer, um sich zu waschen und nach Aristid zu sehen.

Als sie den Turm bei der Brücke erreichte, schickte man sie zum Palais weiter.

»Ist Hugo dorthin geflüchtet?«

»Vermutlich!«, brüllte einer der Männer.

Das große Tor an der Außenmauer des gräflichen Palasts stand sperrangelweit offen, der Tunnel dahinter war unversperrt, und Freya betrat den Innenhof. Die Tür zum Festsaal war mit Gewalt aufgebrochen worden. Weil es Widerstand gegeben hatte? Überall wimmelte es von Bewaffneten, die aber nicht zu Hugos Streitmacht zu gehören schienen. Auch einfache Bürger streunten durch die Räume. Weil sie plündern wollten? Freya betrat das Haupthaus.

Die Türen, die hier sämtlich offenstanden, lösten in ihr ein Gefühl der Scham aus. Leute, die zu normalen Zeiten niemals Zugang zu den gräflichen Gemächern bekommen hätten, zerwühlten Adelais' Bett und warfen die Kissen aus der Wiege des kleinen Robert. Im Arbeitszimmer seines Vaters hatte jemand ein Tintenfass gegen die Wand geschleudert, so dass die Tinte die Mauer wie schwarzes Blut besudelte. Der Geruch, der im Zimmer hing, bewies, dass der Raum auch als

Abtritt benutzt worden war. Es war, als hätte man einer respektierten Person die Kleider herabgerissen.

Noch schockierender fand sie aber die Spuren verschwenderischer Gelage in Roberts Schlafkammer, die gewiss vom König hinterlassen worden waren. Überall Essensreste, zum Teil verschimmelt, Weinreste in einem Nachttopf, Glasscherben, eine zerschlagene Laute … Freya hob ein schmutziges Hemd auf, das vielleicht Emihild gehört hatte, und stopfte es in eine Truhe, als könnte sie damit ein wenig von der Würde des toten Grafenpaares bewahren.

Bald begegneten ihr Bedienstete, die sich aus abgelegenen Zimmern hervorwagten. Ihre beschämten Gesichter zeigten, in welchem Dilemma sie sich befunden hatten, als sie Hugo dienten. Nur der Koch, unberührt von moralischen oder politischen Bedenken, schmorte gelassen ein würziges Kesselgulasch zusammen, dessen Duft durch die Fenster in den Hof zog – essen wollten sie ja alle.

Und wo steckte Hugo? Man gab ihr überall die gleiche Antwort: Er sei wie vom Erdboden verschluckt. Und er blieb es auch, als man später die Suche auf die ganze Île de la Cité ausdehnte. Gleich, wie viele Winkel und Hinterhöfe man durchstöberte, es war keine Spur von ihm entdecken.

Es wurde allmählich dunkel, aber Freya hatte Aristid immer noch nicht gefunden. Er war wie ein Zweig in einem Wasserwirbel – eben noch hatte er sich im Pferdestall des Palais aufgehalten; als sie dort ankam, war er bei dem Petit Pont, dann auf dem Weg in die Pechkeller der Wehrgänge …

»Der Kommandeur wird eine Rede halten, im Garten des Palais!« Eine junge Mutter, die zwei Kinder hinter sich her zog, brüllte es den Entgegenkommenden zu, und der Menschenstrom änderte die Richtung. Freya schloss sich ihnen an. Sie mussten noch eine Weile ausharren, ehe Aristid auf der Treppe vor dem Festsaal erschien. Er sah erschöpft aus, seine

Augen brannten ungesund, seine Schulter zuckte, als wollte sie gegen den Mangel an Ruhe protestieren. Entsprechend hielt er seine Sätze kurz.

»Um allen Gerüchten ein Ende zu bereiten: Roberts Söhne, Odo und der kleine Robert, leben. Sie sind wohlauf und in Sicherheit. Die Linie der Robertiner besteht weiter.«

Hob sich die Stimmung im Hof? Freya hörte einige Jubelrufe, war aber zu müde, um es beurteilen zu können.

»Woher sollen wir denn wissen, ob das stimmt?«

Alle Köpfe drehten sich. Die skeptische Bemerkung kam von Pater Gilles, dem ehemaligen Beichtvater von Robert. Freya kannte ihn als beherzten Redner, der gern auch gegen die allgemeine Meinung segelte. Aber sein Einwand war berechtigt. Jeder wusste ja, unter welcher Anklage Aristid von Hugo eingekerkert worden war. Und war dieser Italiener nicht tatsächlich ein Fremder, den die meisten kaum kannten?

Sie erklomm die Stufen und stellte sich neben ihren Ehemann. Sie hatte mit zahllosen Pariser Familien Stunden voller Schmerz und Tränen verbracht und baute darauf, dass man ihr vertraute. »Ich habe die Kinder selbst fortgebracht, zusammen mit meiner Tochter, mit Cosima, zu einer Person, der unsere Gräfin vertraute.«

»Und ich kann das bezeugen!« Ote winkte mit beiden Armen, und sie schenkte ihm ein warmes Lächeln.

Argwöhnisch hakte der Priester nach: »Wo stecken sie denn?«

Aristid griff nach Freyas Arm. »Das bleibt geheim, bis sicher ist, dass ihnen in dieser Stadt kein Leid mehr droht. Und dann erst werden sie auch zurückkehren.«

Allgemeines Nicken in der Menge. Trotzdem kam Gilles mit einem weiteren Einwand. »Alles schön und gut. Nur ist Graf Robert tot, und der König hat Paris nicht seinen leiblichen Kindern, sondern seinem Stiefsohn zu Lehen gegeben. Das ist eine Tatsache, die wir akzeptieren müssen.«

»Ah ja? Gut, dann akzeptieren wir«, brach es aus Aristid heraus. »Wir akzeptieren – und ducken uns weg und schauen zu, wie Karl uns verkauft: an die Dänen, an die Bretonen … an jeden Dreckskerl, der ihm einen Silberling bietet!«

Totenstille. »Aber der König ist der König.« Nicht zu sagen, woher der Einwurf kam.

»Von Gott selbst berufen«, ergänzte Gilles lau. Sie hatten Angst, natürlich. Jeder hätte es in ihrer Situation.

Eine junge Frau, fast noch ein Mädchen, erklomm die Treppen. Sie öffnete den Mund, wollte etwas sagen, brachte aber keinen Ton heraus. Sie weinte auch nicht. Sie bewegte einfach die Kiefer, als würde sie die Worte zwischen den Zähnen zermahlen.

»Ihr Bruder«, übersetzte jemand die Grimassen. Die Gesichter der Leute zeigten, dass sie wussten, was dem Mädchen widerfahren war, aber niemand raffte sich zu einer Erklärung auf.

»Ja, was schlägst *du* denn vor?«, fragte Gilles schließlich gereizt. »Ich habe nichts gegen eigene Pläne, nur müssen sie Hand und Fuß besitzen. Darf ich das sagen? Darf ich sagen, dass ich mich nicht einfach kratze, wenn's mich juckt, sondern meinen Verstand benutze? Leg auf den Tisch, was du planst. Dann können wir entscheiden, ob wir dir folgen wollen.«

»Gute Worte, Gilles, endlich was Vernünftiges!« Aristids Stimme füllte den Hof. »Hört also zu! Als Erstes müssen wir unbedingt verhindern, dass Hugo die Stadt verlässt. Wenn er den König erreicht und es schafft, ihn zur Umkehr nach Paris zu bewegen, haben wir keine Chance. Selbst wenn wir wehrhaft genug wären, uns gegen die königlichen Truppen zu verteidigen – kein Frankenfürst würde dulden, dass sich das gemeine Volk gegen einen Herrscher erhebt. Es wäre ein

Exempel, das sie irgendwann selbst von ihren Thronen fegen könnte. Sie würden sich hinter Karl versammeln.«

»Das ist es ja, was ich meine!«, schnaubte Gilles.

»Deshalb muss es *einer von uns* sein, der Karl davon unterrichtet, dass die Erben seines geschätzten Graf Robert leben. Es muss *unser* Bote sein, der ihm erklärt, dass Hugo ein Verräter ist, der auf Seiten der Dänen gegen Robert kämpfte und ihn schließlich ermordete. Falls es uns aber gelingen sollte, Hugo zu erwischen, bevor er die Stadt verlassen kann, müsste *unser* Bote Karl beibringen, dass der Graf bedauerlicherweise …« Aristid stockte.

»… vom Pferd gefallen ist?«, half ein schneller Denker aus der Menge aus.

»Ersoffen in seiner eigenen Pisse?«, schlug ein Spaßvogel vor. Plötzlich begann sich die Stimmung zu drehen. Eben war alles noch schwammig gewesen, jetzt gab es echte Vorschläge, die sie verstanden.

»… dass er bedauerlicherweise verstorben ist«, sagte Aristid. »Weiterhin müsste dieser Bote von der Treue der Pariser zum Geschlecht der Robertiner erzählen und natürlich und vor allem von ihrer unbedingten Treue zu ihrem König. Wir bräuchten einen beredten Mann, der erklären könnte, dass Odo, gestützt und beraten durch einen vom König eingesetzten Vormund, zu dessen treuem Verbündeten heranwachsen würde, zu einem Gefolgsmann, auf dessen Loyalität Karl sich unbedingt verlassen könnte. Aber um dieses Überzeugungswerk zu vollbringen, bräuchte es einen Maestro der geschickten Zunge.«

Er schaute zu Pater Gilles, der erst verblüfft die Augen aufriss und dann scharlachrot anlief. Ihm war anzusehen, wie wenig ihm die Aufforderung behagte. Sich mit dem König einen Kampf der Argumente zu liefern, hatte eine andere Qualität als ein Wortwechsel mit einem Soldaten. »Was ist denn mit den Dänen drüben im Auwald?«, unternahm er einen lahmen Versuch, sich aus der Schlinge zu winden.

»Darum werde *ich* mich kümmern.«

Kurz war es still, dann brach Jubel los. Gilles wurde gepackt, die Männer hoben ihn auf ihre Schultern. Sie liefen mit ihm im Kreis, als wäre er ein Messias. Der Abend war angebrochen, ein brennender Himmel badete den Hof in rosafarbenes Licht, als wollte der Allmächtige ihrem Tun seinen Segen geben. Es war unmöglich, von dieser Begeisterung nicht angesteckt zu werden, und allmählich hellte auch Gilles' Gesicht sich auf. Er reckte die Arme und brüllte: »Gott schütze Paris! Gott schütze Graf Odo!« Der Ruf wurde aufgenommen und weitergetragen.

»Und Gott schütze dich und deine flinke Zunge!«, murmelte Aristid.

Es dunkelte bereits, als sie ins Kloster zurückkehrte. Auf den Treppen der Kathedrale, die sich stadteinwärts vor dem Hospital befand, hatten sich Menschen eingefunden – Leute aus der Vorstadt, schätzte Freya, die in keinem der Häuser Aufnahme gefunden hatten. Nonnen und Mönche verteilten Suppe aus Kesseln, die auf prasselnden Feuern in hastig ausgehobenen Sandkuhlen warm gehalten wurden. Zwischen zwei Säulen der Kathedrale hockte ein in altes Gelumpe eingemummelter Bettler. Eine viel zu große rote Kappe ließ ihn wie einen Narren aussehen. Kinder, die am schmerzlichsten getroffenen Opfer der feindlichen Überfälle, klammerte sich an ihre Eltern. Ein junger Mann, der zwei Säuglinge auf den Armen trug, starrte gierig zu den Kesseln, war aber zu müde, um sich entscheiden zu können, wo er die Kleinen ablegen sollte.

Freya fehlte die Kraft, ihm zu helfen. Allein die Augen offen zu halten bedeutete eine schier übermenschliche Anstrengung. Sie stolperte. Der Anblick eines eiternden Arms, den ihr ein weiterer Bettler hinhielt, ließ sie einfach nur die Richtung wechseln. »Komm morgen ins Hospital.«

Als sie das Hôtel-Dieu erreichte, kam ihr aus dem Krankenzimmer, in dem der Kämpfer gegen die Dänen so jämmerlich gestorben war, immer noch ein grauenhafter Gestank entgegen. Sie lehnte sich gegen den Türrahmen und starrte ins Zimmer. Der Sarg, eine billige Bretterkiste, war geliefert und der Tote hineingebettet worden, aber Aveline hatte Bett, Schüsseln und den Fußboden nur notdürftig gesäubert. Sie war eine Greisin, man musste wohl froh sein, dass sie die Plackerei überhaupt in Angriff genommen hatte. In einer Ecke stand ein mit trüber Brühe gefüllter Eimer – das Wasser, mit dem eine der Nonnen den Toten gewaschen hatte. Obenauf schwammen die Fäkalien, die den Gestank verursachten. Raus damit, dachte Freya, raus. Nur noch das eben erledigen.

Sie schleppte den Eimer in den Innenhof. Dort war inzwischen die Nacht hereingebrochen. Ein kleines Heer von Nachtfaltern stürzte sich in die Flamme einer Fackel, die dem Hof ein wenig Licht bescherte, ein Fuchs flüchtete sich hinter den Misthaufen. Beides nahm sie kaum wahr. Den Eimer entleeren und dann – endlich – schlafen …

Vor der gemauerten Röhre blieb Freya verdrossen stehen. Nach ihrer Rückkehr aus dem Verlies hatte sie einen der Hospitaldiener angewiesen, einen Deckel mit Spangen und Riegeln zu fertigen, um den Abflussschacht sicher verschließen zu können. Vielleicht war diese Vorsichtsmaßnahme ja übertrieben gewesen, aber es hatte sie gefreut, dass er die Arbeit noch am selben Tag erledigte. Nun sah sie, dass die Holzplatte nutzlos an der Mauer lehnte. Was für ein Leichtsinn, gerade in Tagen wie diesen!

Sie entleerte den Eimer und packte das klobige Holzstück. Während sie sich damit aufrichtete, fiel ihr Blick auf ein Licht, das in einiger Höhe draußen hinter der Klostermauer schwebte. Es flackerte im Turm der Kathedrale Saint-Étienne. Sie kniff die Augen zusammen. Wer mochte die steilen Turmtreppen erklommen haben? Und zu welchem Zweck? Man konnte jetzt, bei Nacht, doch überhaupt nicht erkennen, was unten in der Stadt vor sich ging. Vielleicht ein Träumer? Oder eher noch: einer, den die Angst vor den Dänen in die Nähe des Himmels getrieben hatte?

Egal, es war nicht ihre Sache. Sie hievte den Deckel über das Loch und fixierte ihn mit Hilfe der Riegel. Ein kurzes Ruckeln – er saß fest.

Und dann endlich tat sie das, was wirklich nötig war: Sie legte sich in ihrer Krankenhauskammer aufs Bett, um auszuschlafen.

Wovon wurde sie geweckt? Waren es Schritte? Ein schweres Atmen?

»Psst, schon gut. Ich bin's nur. Rutsch ein bisschen. Geht das?«

Glück durchflutete sie. Aristid schloss sie in seine Arme. Er hatte sich auf die Seite gelegt, die Wunden auf seinem Rücken waren längst noch nicht verheilt. Mit den Fingern strich er über ihren Nacken.

»Habt ihr Hugo gefunden?«

»Ist wie vom Erdboden verschluckt. Wenn wir Pech haben, hat er immer noch Verbündete in der Stadt, die ihn in ihren Häusern …«

»Pssst«, murmelte sie und legte den Finger auf seinen Mund. Diese Stunde gehörte ihnen beiden.

Aber Aristid fand keine Ruhe, er umschloss ihre Hände mit den eigenen und flüsterte: »Ich bin nicht sicher, ob jeder, der heute Nacht Wache schiebt, wirklich auf unserer Seite steht. Na ja, zumindest kann Hugo nicht schwimmen, das hat einer der Männer mitgekriegt. Also hilft es ihm nicht, wenn er es über eine der Mauern schafft, aber …«

»Das ist doch gut.«

»Und die Brücken werden bewacht wie das Goldene Vlies.«

»Dann hast du alles getan, was in dieser Nacht möglich ist.«

»Und vielleicht doch irgendwas übersehen? Mir kribbelt die Haut, Freya. Ich habe das Gefühl …«

»Das falsche, mein Lieber, es ist das falsche.« Sie legte die Hand zwischen seine Schenkel.

Er lachte, aber sein Körper blieb angespannt.

»Wir werden Odo, Robert und Cosima nach Paris zurückholen«, flüsterte sie. »Du wirst die Knaben beschützen und erziehen, und in einigen Jahren wird Odo auf dem Thron seines Vaters sitzen.«

»König Karl hat unter den Fürsten keinen guten Stand, weil er das Land nicht gegen die Dänen verteidigt. Darauf könnten wir bauen. Ludwig der Deutsche …«

»Wer ist das?«

»Sein Halbbruder. Er hasst ihn, und …«

»Pssst«, sagte sie wieder.

»… und er …«

»Pssst.

»Ja«, er holte tief Luft, »pssst.« Endlich fuhr seine Hand unter ihr Hemd, und er begann, ihre Zärtlichkeiten zu erwidern. Für einige wenige wunderbare Augenblicke waren sie nur miteinander beschäftigt. Doch als ihre Sehnsüchte gestillt waren, kehrte die Rastlosigkeit zurück.

»Jemand war mit einer Fackel oben im Turm der Kathedrale«, erklärte Freya.

»Warum das denn?«

»Weiß ich nicht. Es ist mir nur aufgefallen. Aber jetzt denke ich plötzlich …« Sie zögerte. »Ob es Hugo gewesen sein könnte?«

»Der sich dort verkriecht, um uns gleichzeitig mit einer Fackel sein Versteck zu verraten. Blödsinn!«

»Blödsinn, außer …«

»Außer was?«

Freya fuhr mit der Zunge über ihre Lippen. »Könnte das Licht nicht ein Zeichen gewesen sein? Für … die Dänen?«

»Worin sollte der Sinn bestehen? Die Tore werden doch bewacht.« Sein Zeh strich unruhig über ihre Wade – dann schob er die Decken beiseite und erhob sich.

»Nimm jemanden mit, wenn du nachschaust. Geh nicht allein!«, rief sie ihm nach, als er durch die Tür verschwand. Sie bezweifelte, dass er es noch gehört hatte.

Freya war immer noch müde, aber unfähig, erneut in den Schlaf zurückzufinden. Eine Zeitlang wälzte sie sich auf der Strohmatratze, schließlich stand sie auf, wusch sich und zog ein frisches Hemd und einen sauberen Rock an – Kleidung, die sie für überlange Tage und durchwachte Nächte in einer ihrer Truhen aufbewahrte.

Das Reden der Menschen vor der Kathedrale war verstummt, als sie in den Hof zurückkehrte. Stattdessen hörte sie beim Stall das erbärmliche Quieken einer Katze, die von einem Kater begattet wurde und offenbar wenig Freude dabei empfand. Wieder starrte sie zum Turm von Saint-Étienne. Das Licht war erloschen. Hatte Aristid den Mann zu packen gekriegt?

Ihr Blick wanderte zum Abflussschacht. Sie schnupperte, plötzlich unruhig. Roch es dort drüben nicht wieder intensiver? Tatsächlich, es war, als würde der Fäkaliengestank erneut ungefiltert aus dem gemauerten Rechteck dringen. Zögernd tat sie einige Schritte. Die Fackel war erloschen, also machte sie kehrt und besorgte sich aus einem der Hospitalflure eine neue. So bewaffnet kehrte sie zum Abflussschacht zurück. Sie brauchte gar nicht bis ganz zur Öffnung zu gehen. Der Deckel lag wieder neben dem Schacht im Unkraut.

Das Licht im Turm … der Deckel … Sie musste sich zum Denken zwingen. Jeder Gedanke war wie eine Scherbe, die mühsam aufgenommen und mit anderen Scherben verglichen und zusammengefügt werden musste. Hasteinn hatte den König aufgesucht, das wusste sie. Und dort war er gewiss auf Hugo gestoßen. Karl hatte ausgehandelt, dass die Dänen flussaufwärts nach Burgund fahren dürften, wenn er selbst freien Abzug bekäme und Paris verschont würde. Aber Hugo hatte die rebellischen Wächter auf den Wehrtürmen vor Augen gehabt, mit Aristid, von dem er nicht wusste, wie er auf den Befehl des Königs reagieren würde. Hatte Hugo Hasteinn in eine Ecke gezogen? Und ihm erklärt, was er unternehmen würde, falls die gottverdammten Wächter sich weigern sollten, Karls Anweisung zu gehorchen?

Es gab vier Abflussschächte in der Stadt. Der eine endete bei dem Grand Pont, und niemand konnte sich ihm nähern, ohne die Turmwächter auf sich aufmerksam zu machen. Die beiden anderen befanden sich im Palais, aber sie waren lang und steil und zu schmal, als dass ein Mensch sie als Durchschlupf hätte benutzen können. Wie oft hatte Freya die Knechte und Mägde fluchen hören, weil die Schächte wieder einmal verstopft waren. Nur der Abfluss hier im Hospital bot eine reelle Möglichkeit, unbemerkt in die Stadt zu gelangen. Hatte Hugo Hasteinn auf dieses Einfallstor aufmerksam gemacht? *Ich sende dir ein Licht vom Turm der Kathedrale, wenn du kommen kannst?*

Freya leckte über die trockenen Lippen. Sie klemmte die Fackel in einen Mauerspalt über dem Schacht, dann bückte sie sich nach dem Deckel, um ihn zurückzulegen. Noch während sie ihn packte, begriff sie ihren nächsten Denkfehler. Wenn Hugo wirklich den Deckel entfernt hatte, müsste er im Hof gewesen sein. Was, wenn er sich immer noch hier aufhielt? Sie ließ den Deckel wieder sinken und drehte sich um. Aber da war niemand. Auch hinter den Lehmwänden des Pferdestalls herrschte Stille. Die Tür, durch die sie das Hospital verlassen hatte, stand immer noch offen. Der Misthaufen glänzte im Mondlicht. Und das kleine Küchenhaus, das wegen der Feuergefahr separat an die äußere Mauer gebaut worden war, zeigte nichts als nackte schwarze Wände.

Obwohl … Sie schluckte … und fühlte es mehr, als dass sie es sah: Aus der Ecke zwischen der Küchenwand und der Mauer löste sich etwas. Nur einen Steinwurf von ihr entfernt. Eine menschliche Gestalt. *Hugo*? Seine Züge schälten sich aus der Dunkelheit, als er ins Licht der Fackel trat. Er musste sie die ganze Zeit beobachtet haben. Da war die Frau, die er zweimal fast getötet hätte und die ihm beide Male durch die Finger gerutscht war. Der Schatz seines Feindes, etwas, durch das er ihn vielleicht doch noch zerstören oder zumindest bis ins Herz versehren könnte. Seine letzte Revanche, falls die Hilfe der Dänen ausblieb. Sie spürte, wie er danach gierte, bei ihr ein Zeichen von Angst zu entdecken. Seine Hand umklammerte etwas Glänzendes – ein Messer oder Kurzschwert. Sie konnte sehen, dass seine Nase gebrochen war und Blut sein Haar verfilzte. Er lächelte und begann sie gleichzeitig flüsternd zu beschimpfen, mit Ausdrücken, die sich alle um das Wort Aristid rankten.

Als er seine Waffe – tatsächlich ein Schwert – hob, wich Freya zurück. Sie sah eine Stange an der Mauer neben der Hospitaltür lehnen. Die Pflanzhilfe, die sie aus dem Beet des gräflichen Gartens gezogen und dort offenbar irgendwann abgestellt hatte. Sie rannte los – und wusste, dass sie es nicht bis zu der kläglichen Waffe schaffen würde. Zweimal duckte sie sich weg, um Hugos Klinge zu entkommen.

Dann brüllte ihr Verfolger auf. Als sie herumfuhr, sah sie die Spitze seines Schwerts auf ihre Brust zufahren, aber Hugo schwankte, er verfehlte sie. Sie sah eine zweite Schwertspitze, die sich wie ein silbernes Segel vorn aus Hugos Brust bog. Dann sackte der Mann mit einem Ausdruck grenzenlosen Erstaunens zu Boden.

»Verstehe ich nicht. Warum hier? Warum ist er ausgerechnet hierhergekommen?« Aristid umklammerte sie, und Freya rang nach Worten, um zu erklären, was sie vermutete.

Er hörte ihr kaum zu. »Bist du wirklich unverletzt?« Er zog sie ins Licht, um sie akribisch in Augenschein zu nehmen. Allmählich begann er, sich zu beruhigen. Der Schacht also. Darum war es gegangen. Er lief die wenigen Schritte und beugte sich über die Öffnung. »Denkst du, wir sind Hugo los, wenn wir seine Leiche hier reinwerfen?«

»Nicht auf Nimmerwiedersehen.«

»Ein Gewicht, was? Wir müssen ihm ein Gewicht an die Beine hängen.« Suchend blickte Aristid sich um.

»Im Backhaus gibt es eiserne Kochgeräte.«

Er machte sich auf den Weg, und Freya trat zu dem schwarzen Loch. Im Schacht war alles still. Nur aus dem Wald am gegenüberliegenden Ufer hörte sie das »Pieszt … pieszt …« einer Waldschnepfe, und im Schilf hinter der Hospitalmauer quakten Frösche. Angestrengt lauschte sie. Dass Hugo hier im Hof gewesen war, konnte nur eines bedeuten: Sie lag richtig. Er hatte tatsächlich mit Hasteinn einen Handel abgeschlossen.

Im Küchenhaus schepperte Eisen auf Eisen, Aristid schien fündig geworden zu sein.

Ihr Stock stand immer noch neben der Hospitaltür. Freya holte ihn sich und kehrte zu dem Abfluss zurück. Während sie das Holz umklammerte, dachte sie an die Päpstin Johanna, an ihre Notizen, in denen sie penibel aufgeschrieben hatte, welche Arznei was für Beschwerden linderte. Und auch an ihre Taten jenseits der Heilkunst, von denen Aristid ihr erzählt hatte. Johanna hatte das Marcianische Aquädukt wieder aufbauen lassen, damit die Menschen im Campus Martius sauberes Wasser bekamen. Sie gründete eine Schule für Frauen. Sie wagte sich am Tag des schlimmen Hochwassers aus ihrem Palast, um ihren Schutzbefohlenen beizustehen. Was immer sie getan hatte – es war darauf ausgerichtet gewesen zu helfen. Freya fühlte sich ihr so verbunden wie wohl noch nie. So will ich es auch, dachte sie, während ihr Blick über die stinkende Öffnung glitt.

»Kannst du mir helfen?« Aristid kam mit einem Kessel aus der Küche, in seiner zweiten Hand baumelte die Kette, an der er wohl gehangen hatte.

Freya wollte zu ihm gehen … Und bildete sich plötzlich ein, jenseits der Mauer ein Platschen zu hören. Außerdem ein Geräusch, als würde etwas über das Gras geschleift.

»Was ist denn?«

Sie packte ihren Stock fester und hielt den Atem an. Ein Kopf schob sich aus der Öffnung des Schachts. Der Mann, dem er gehörte, hatte den Helm abgesetzt, um leichter durchzukommen. Sie sah das blonde Haar, dann den geflochtenen Bartansatz und hob den Stock. Und schlug zu. Mehrere Male, mit aller Kraft, die sie aufbringen konnte. Hasteinns Schädel brach, es war ein Geräusch wie Holz, das im Ofen knackt. Seine haarigen Hände rutschten vom Mauerrand. Wie ein Dämon glitt er in die Finsternis zurück.

Auf dem Uferstreifen jenseits der Mauer wurden unterdrückte Rufe laut, eine abgehackte Frage, dann, auf Dänisch:

»Bei Odin, o Scheiße!« Sie hörte, wie das Boot ins Wasser zurückschoben wurde. Alles geschah blitzschnell und fast geräuschlos. Die Männer hatten wohl Hasteinns zerschlagenen Schädel gesehen und wussten, dass sie entdeckt worden waren. Würde die dänische Flotte nun das Weite suchen? Vermutlich. Der Verräter, der ihnen helfen wollte, hatte sie getäuscht, so würden sie denken. Paris war verloren. Sie würden heim nach Dänemark segeln, wo zweifellos sofort die Kämpfe um Hasteinns Nachfolge einsetzen würden.

Aristid stand hinter ihr, er schlang die Arme um sie. »O Gott«, sagte er leise.

»Ich wollte niemals wieder töten«, flüsterte Freya.

»Ich weiß. Und doch: Weil einer gestorben ist, werden Hunderte leben.« Aristid ließ sie los und schleifte Hugos Leiche heran. Er nestelte die Kette mit dem Kessel um sein Bein und hievte ihn ebenfalls über den Rand. Der verhasste Mann verschwand wie zuvor Björns Bruder. Ein platschendes Geräusch verriet sein Ende. »Es ist vorbei.«

Freya blickte zu den Hospitalfenstern, aber seltsamerweise war im Haus alles ruhig geblieben, als hätten die Ungeheuerlichkeiten eben gar nicht stattgefunden.

»Du hast es richtig gemacht«, murmelte Aristid.

»Ich weiß« sagte Freya leise.

FÜNFZEHN JAHRE SPÄTER

Paris, Mai 882

EPILOG

Sie mussten sich beeilen. Zum Glück gab es an diesem Jubeltag keine Kontrollen am Tor. Der Grand Pont stand jedermann offen, die Pariser, aber auch zahllose Gäste aus den umliegenden Grafschaften drängten hinüber auf die Île de la Cité. Unter ihnen waren Händler, die die Gunst des Tages nutzen wollten. Auf ihren Karren lagen Hauben, wollene Strümpfe, einige in kühnen bunten Farben, Kessel und Schürhaken, Kisten voller Nägel, Waffen, Kinderrasseln, jemand trug sogar an Bändern ein halbes Dutzend Lauten auf dem Rücken.

Da die Feier auf einen warmen Julitag fiel, waren die Häuser vor allem mit Blumen geschmückt. Die Gasse, die zum Palais führte, hatte sich in einen bunten Tunnel verwandelt. Fast genau wie damals, als König Karl hier eingeritten ist, dachte Freya, und einen Moment fiel ein Schatten auf ihr Gemüt.

Aristid ließ ihr jedoch keine Zeit für düstere Erinnerungen. Er zog sie zum Brückenturm. Das oberste Geschoss, dessen Rohbau sie während der Belagerung durch die Dänen errichtet hatten, war durch eines aus Stein ersetzt worden, sonst schien sich nichts verändert zu haben. Freya hastete hinter Aristid die Treppen hinauf. Was wollte er hier? Und warum hatte er es so eilig? Es würde dauern, bis der neue Graf die Stadt erreichte. Bald standen sie auf der Wehrplattform.

Hier herrschte ebenfalls Gedränge, doch Aristid ergatterte einen Platz bei den Zinnen, der ihnen Ausblick direkt auf die Brücke und einen Teil des Vorplatzes bot. Niemand nahm ihm die ausgefahrenen Ellbogen übel. Weil man sie beide erkannt hatte? Ihre Vermutung wurde im selben Moment bestätigt.

»Dass ich diesen Moment noch erleben darf!« Die älteren Bewaffneten drängten sich um sie. Ein Mann zog Freya zur Seite, und ihre Wange wurde nass von seinen Tränen. Tiro! Er war zum Greis geworden, aber unverkennbar immer noch derselbe Draufgänger. Seine Hand fuhr auf Aristids Schulter herab. Gelächter, Begrüßungen …

»Das Hospital war nicht mehr das alte, nachdem du gegangen warst.« Diese Worte kamen von … Wer war das? Archimbald? Auch sein Gesicht war hinter Falten und braunen Flecken verschwunden. Er zeigte hinüber zur Kathedrale, hinter der sich das Hôtel-Dieu befand.

»Geht es den Nonnen gut?«

»Aber ja. Nur traut man ihnen nicht wie dir damals.«

»Hör auf zu schmeicheln!«

»Aber Verehrteste …«

»Da kommen sie!«, unterbrach ihn eine Frauenstimme.

Freya drängelte sich neben Aristid, sie warf ihm einen verstohlenen Blick zu. Auch er war älter geworden. Das Haar fast völlig grau, der Bart silbrig geworden, der Körper magerer. Gelegentlich schmerzten ihn seine Gelenke. Aber sein Blick war – anders als bei vielen alternden Menschen – scharf geblieben, mit dem belustigenden Funkeln in den Augen, das sie so liebte. Gott war mir gnädig, dachte sie und genoss seine Nähe.

Der Jubel der Bevölkerung wurde stärker, als der Hauptteil des Trosses die Brücke erreichte, Vögel flogen von den Dächern auf. An der Spitze des Zugs ritt Odo, elegant gekleidet in dunkles Blau mit einer wippenden Feder an der Mütze. Sein Ross – nicht ganz so edel, wie Aristid es sich gewünscht hätte, aber doch ansehnlich – trug unter dem Sattel ebenfalls ein blaues, mit goldenen Lilien besticktes Tuch.

Freya wurde flau vor Zärtlichkeit. Aus dem kleinen Jungen, den sie damals auf einer Karre aus der Stadt geschmuggelt hatte, war ein vor Selbstbewusstsein strotzender junger Mann geworden, kämpferisch, klug und großherzig. Direkt hinter ihm ritt sein jüngerer Bruder Robert, den er wohl am liebsten an seiner Seite gehabt hätte. Zwischen den beiden gab es keine Spur von der Rivalität, die gewöhnlich in den adligen Familien herrschte. Aber neben dem neuen Grafen musste Erzbischof Gauthier reiten, der ihn gekrönt hatte und ihn als Zeichen der Legitimität nach Paris begleitete.

Bis zu diesem Moment, bis zu Odos Rückkehr über die Brücke war es ein langer Weg gewesen. Pater Gilles war nach Hugos Tod tatsächlich zum König geritten, aber Karl hatte es abgelehnt, das Erbrecht von Roberts Söhnen anzuerkennen. Und das war, im Nachhinein betrachtet, ein Glücksfall gewesen. Sie und Aristid waren im Anschluss nach Meaux geritten, und Iseulte hatte sie mit offenen Armen aufgenommen. Die Frau war Witwe und kinderlos gewesen, ihr ermordeter Bruder der einzige Mensch, der ihr etwas bedeutet hatte. Und nun gab es plötzlich zwei kleine Jungen und ein gesprächiges, freundliches Mädchen in ihrem Haus. »Bitte, bleibt alle hier«, hatte sie zu Aristid gesagt und es ernst gemeint. Sie hatten das Angebot dankbar angenommen, und es folgten stille, friedliche Jahre, in denen Aristid die Kinder Moral, Kampfesmut und Kameradschaft lehrte.

Freya hatte damals begonnen, gemeinsam mit Cosima, die zu einer pummeligen, sturen, scharfsinnigen und hingebungsvollen Ärztin heranwuchs, in der Stadt Meaux ein kleines Hospital einzurichten. Alles war gut gewesen, ein erfülltes Leben, zudem ohne finanzielle Sorgen, weil Iseulte, als sie starb, ihnen ihr Gut vermachte.

Wie sehr Freya es bedauert hatte, als Aristid im vergangenen Jahr die fränkischen Fürsten aufsuchte, um Roberts Söhnen den ihnen gebührenden Platz zurückzuerobern. Was sollte das, wo sie doch so glücklich waren? Aber er hatte die Jungs längst mit seinem Ehrgeiz angesteckt. Und die Gelegenheit war wirklich günstig gewesen. Der Welfe Konrad, der Paris bis zu diesem Zeitpunkt regiert hatte, war verstorben. Und der Name des toten Robert hatte immer noch einen guten Klang unter Seinesgleichen. Aristid hatte sich mit Erzbischof Gauthier zusammengetan, und sie hatten eine Versammlung einberufen, in der sie Odo und Robert den Großen des Westfrankenreichs vorstellten.

Odo sprach, und die Fürsten honorierten das Feuer in seiner Rede und vielleicht noch mehr die Klarheit. Sie brauchten jemanden, der sie vor den immer noch plündernden Dänen und Schweden schützte, und Odo war dazu bereit. Obwohl er beim Tod seines Vaters noch ein kleiner Junge gewesen war, quälte ihn ein tiefer Groll auf die Nordmänner.

»Was grübelst du?«, fragte Aristid.

Freya schüttelte den Kopf.

»Komm, sag's mir.« Er beugte den Kopf zu ihrem Mund.

»Du solltest dort unten an Odos Seite reiten.«

Das hatten sie schon mehrfach diskutiert. *Odo muss als Sohn des toten Grafen in Paris einziehen – nicht als Mündel eines zwielichtigen Kommandeurs,* hatte er gebetsartig wiederholt. Auch jetzt schüttelte er den Kopf. Er knuffte sie, und sie beließ es dabei. Die beiden jungen Männer würden ja trotzdem in Meaux ein Heim besitzen und es hoffentlich gelegentlich aufsuchen.

Und es war unwahrscheinlich, dass sie wie König Karl enden würden, der es zwar am Ende bis zum Kaiser gebracht hatte und doch von den Mächtigen seines Reichs zeitlebens verachtet worden war. Oder wie Lothar, dessen Ehe mit Waldrada weder von Papst Nikolaus noch von dessen Nachfolger Hadrian anerkannt worden war und den auf seiner Heimreise aus Rom ein Fieber dahingerafft hatte.

Aber hoffentlich auch nicht wie Johanna, die ihr Leben unter den Blicken lüsterner Gaffer ausgehaucht hatte, während der Mann, den sie liebte, nur wenig Meter von ihr entfernt gestorben war. Das war … grauenhaft gewesen, ungerecht. Gott spendete Schutz oder Verderben nicht nach Verdienst.

»Was ist?« Der Tross hatte den Turm passiert, und Aristid drehte sich zu ihr um.

»Wie behütet man sie?«

Er lächelte. »Es ist gut«, sagte er. »Für diesen Augenblick ist alles gut, und mehr gibt es nicht.«

Was in dem Buch ist wirklich passiert, was ist erfunden?

Das ist eine Frage, die viele Leser von historischen Romanen interessiert. Sie ist schwer zu beantworten. Je länger ein Geschehen zurückliegt, umso weniger Quellen sind vorhanden, und umso fragwürdiger ist deren Wahrheitsgehalt. Schreiben konnten im 9. Jahrhundert nur wenige Menschen, vor allem Mönche, und die meisten Geschehnisse, über die sie berichteten, wurden ihnen zugetragen. Außerdem gab es natürlich die Tendenz, Feinde herabzuwürdigen und die eigenen Herrscher zu loben. Wess Brot ich ess, dess Lied ich sing, erklärten schon die Minnesänger pragmatisch.

Von Hasteinn, dem Wikingerfürsten, ist bekannt, dass ihn zahllose Beutezüge nach England und ins Frankenreich und schließlich sogar ans Mittelmeer führten und er dort plünderte, was das Zeug hielt. Der normannische Mönch Dudo von Saint-Quentin beschrieb ihn als grausam, wild, düster und gesetzlos. Auch an der Schlacht von Brissarthe war er beteiligt, und angeblich war er es, der dort Robert den Tapferen getötet hat. Im Roman habe ich mir die Freiheit genommen, diesen Mord Hugo Abbas in die Schuhe zu schieben.

Robert wird in den Fuldaer Annalen als »gleichsam ein Makkabäer in unseren Zeiten« beschrieben, also als mutiger Kämpfer. Er gilt als Ahnherr des Hauses Frankreich.

Hugo war tatsächlich sein angeheirateter Stiefsohn, wobei wir über ihn nur wenig wissen. Ich habe ihn zum Antagonisten des Romans gemacht, aber die meisten der im Roman beschriebenen Untaten hat er nicht begangen. In Rom ist er meines Wissens auch nicht gewesen.

Die Schlacht um Paris, die im Buch beschrieben wird, fand in Wirklichkeit erst knapp zwanzig Jahre später statt, nämlich 885/886, und sie wurde von Roberts Sohn Odo geführt. Hier war ich gezwungen, zugunsten der Spannung und Übersichtlichkeit Daten, Ereignisse und Figuren auf die Romanhandlung zuzuschneiden. Die Mauer als Schutz gegen die Wikinger wurde übrigens wirklich gebaut und hat sich bewährt.

Lothar II. von Lothringen wurde in dem Roman wohl ziemlich genau getroffen. Sein Verhalten gegenüber seiner Ehefrau, der er vorgeworfen hat, ein sexuelles Verhältnis mit ihrem Bruder zu pflegen, ist belegt, ebenso sein Wunsch, Waldrada zu heiraten, die von vielen Zeitgenossen als Hexe bezeichnet wurde. Über das Widerstreben von Papst Nikolaus und über Lothars Ende gibt es schriftliche Zeugnisse. Waldrada starb ein knappes Jahr nach Lothar als Nonne im Kloster Remiremont.

Was Irmingard von Frauenchiemsee angeht, rühmte man sie für ihre Nächstenliebe und ihre Fürsorge für die Armen. Sie wurde 1928 seliggesprochen.

Von den Dämonen, die mit Hämmern gegen Häuser klopften, deren Bewohner später starben, lesen wir in den Fuldaer Annalen.

Besonders interessant fand ich die Gestalt des Soranus von Ephesus. Er lebte um 100 n.Chr. in Rom, und von ihm sind tatsächlich Texte überliefert, die er selbst verfasst hat. Grundlage der medizinischen Beschreibungen im Roman ist eines seiner Bücher, die »Gynäkologie des Soranus von Ephesus«, die von Forgotten Books auf Deutsch herausgegeben wurde und von Soranus ursprünglich als Anleitung für Hebammen gedacht war. Was mich bei der Recherche beeindruckte, ist der kritische, offene, kluge und äußerst humane Geist des Autors.

Die Hauptfiguren Freya und Aristid, die den Roman zusammenhalten, sind Fiktion und ihre Erlebnisse, auch wenn sie sich an realen Begebenheiten orientieren, komplett erfunden.

Mein Dank gilt Donna W. Cross, die einer Fortsetzung der »Päpstin« nach Durchsicht meines Exposés zustimmte. Außerdem dem Verlagsleiter von Rütten & Loening, Reinhard Rohn, der mir mit Kritik und Aufmunterung zur Seite gestanden hat. Und nicht zuletzt meinem Agenten Dirk Meynecke, der wieder einmal das richtige Gespür hatte.

Helga Glaesener
Die Wikingerin
Roman
464 Seiten. Klappenbroschur
ISBN 978-3-352-00962-4
Auch als E-Book lieferbar

Eine Frau im Kampf zwischen Magie und Vernunft

Solveig ist eine junge Wikingerin. Ihr Vater, König Harald Schönhaar, hat ihre Mutter im Liebeswahn geheiratet. Nachdem sie gestorben ist, glaubt er sich von seiner toten Frau verzaubert und beginnt, Solveig zu verfolgen. Als sie begreift, dass ihr Vater sie töten will, heuert sie in Männerkleidern bei fremden Wikingern an, die auf einen Raubzug nach Irland wollen. Das Ziel ist die Abtei Bangor, doch die Norweger werden besiegt, und Solveig wird eingekerkert. Mit ihr wird ein Ire namens Dhoire gefangen gehalten, ein Druide, der sich mit Mathematik und Magie befasst. Dhoire bringt Solveig seine Kunst bei und sagt ihr den Tod eines Wikingerfürsten voraus: Sigurd Schlangenauge. Sein Bruder hat ihre Halbschwester geheiratet. Am Tag, an dem die beiden hingerichtet werden sollen, gelingt es Solveig zu fliehen – und sie entdeckt, dass sie schwanger ist.

Regelmäßige Informationen erhalten Sie über unseren Newsletter.
Jetzt anmelden unter: www.aufbau-verlage.de/newsletter

rütten & loening

Donna W. Cross
Die Päpstin
Roman
Aus dem Englischen von Wolfgang Neuhaus
567 Seiten. Klappenbroschur
ISBN 978-3-352-00951-8
Auch als E-Book lieferbar

Die Geschichte der heiligen Johanna

Die Geschichte einer besonderen Frau In einer kalten Winternacht im Jahr 814 wird in Bingen ein Mädchen geboren, das zur Legende wird – Johanna. Ihr gelingt, was anderen Frauen verwehrt bleibt: Sie erhält eine heilkundliche Ausbildung. Doch sie weiß, dass sie als gelehrte Frau kaum überleben kann. Als Mönch verkleidet, zieht sie erst ins Kloster Fulda, dann nach Rom. Dort steigt sie zum Leibarzt des Papstes auf. Dann geschieht das Unerhörte: Von widerstreitenden Parteien wird Johanna wird zum Papst gewählt. Wenig später erfährt sie, dass sie schwanger ist. In einem ausführlichen Nachwort schreibt Donna Cross, wie die Kirchenoberen die Wahrheit über die Päpstin Johanna aus der Geschichte zu tilgen versuchten.

Regelmäßige Informationen erhalten Sie über unseren Newsletter.
Jetzt anmelden unter: www.aufbau-verlage.de/newsletter

rütten & loening

Roman Wolf
Die Nibelungen
Historischer Roman
512 Seiten. Broschur
ISBN 978-3-7466-3980-2
Auch als E-Book lieferbar

Die Macht der Liebe und der Rache

Siegfried von Xanten hat nur ein Ziel: Er möchte der mächtigste Krieger in seinen Landen sein. Deshalb kämpft er gegen einen Drachen und erbeutet einen sagenumwobenen Goldschatz. Dann zieht er in den Suavawald, um sich bei einem geheimnisumwitterten Schmied ein Schwert anfertigen zu lassen. Doch zu seiner Überraschung ist der Schmied eine schöne Frau – die Königin Brunhild selbst. Die beiden verlieben sich. Brunhilds Seherin aber prophezeit, dass Siegfried die Königin bald verraten wird. Als Siegfried wenig später dem Königreich Burgund gegen die Sachsen zu Hilfe eilt, verliebt sich die Königstochter Kriemhild in ihn – und das Schicksal, das ganze Völker ins Unglück reißen wird, nimmt seinen Lauf.

Das größte Helden-Epos des Mittelalters – packend, atmosphärisch und völlig neu erzählt

Regelmäßige Informationen erhalten Sie über unseren Newsletter.
Jetzt anmelden unter: www.aufbau-verlage.de/newsletter

atb aufbau taschenbuch